1978—2018 中国优秀散文

贾兴安——主编

中国出版集团 现代出版社

图书在版编目（CIP）数据
1978-2018中国优秀散文 / 贾兴安主编. —北京：现代出版社，2019.1
ISBN 978-7-5143-7475-9

Ⅰ. ①1… Ⅱ. ①贾… Ⅲ. ①散文集—中国—当代
Ⅳ. ①I267
中国版本图书馆CIP数据核字（2018）第256095号

1978-2018中国优秀散文

主　　编：贾兴安
组稿编辑：庞俭克
责任编辑：申　晶
出版发行：现代出版社
地　　址：北京市安定门外安华里504号
邮政编码：100011
电　　话：010-64267325　64245264（兼传真）
网　　址：www.1980xd.com
电子邮箱：xiandai@cnpitc.com.cn
印　　刷：三河市南阳印刷有限公司

开　　本：710mm×1000mm　1/16
印　　张：26.5
字　　数：475千字
版　　次：2019年1月第1版　2019年1月第1次印刷
书　　号：ISBN 978-7-5143-7475-9
定　　价：65.00元

目　录

代序：有关这些年散文创作的零星手记

贾兴安

之一

呈现在读者朋友面前的这个选本，纯属以我个人的目光和阅读趣味使然，因此我不承认也不允诺经典和权威，只能说：这是一本自新时期以来，国内知名作家的优秀散文精品汇集，是展示中国散文创作40年历程极为丰硕的成果文本，弥足珍贵，具有影响力和收藏价值，并以散文的名义向中国改革开放40周年致敬和献礼，值得永远记忆和留念。

自新时期以来，散文这一文学样式由于特殊的“身份”，与小说和诗歌比起来，无论是读还是写，都具有广泛的群众基础和众多的民间群体，就连几年前流行的博客和微博以及近两年风靡的微信，也与广义的散文息息相关。曾几何时，有论者说散文是“虚假的繁荣”也好，说全民“散文热”也罢，但散文比其他文学样式在社会上更受民众喜爱、喜欢写作散文的人数越来越多却是趋势，这应该是散文创作40年间发展和流变中不争的事实。

40年了，人生过半，襁褓里的孩子都步入中年，一棵小树都长成栋梁之材了。倘若非要让我盘点和细数这个人或者那棵树的成长史，我实在说不清楚也不愿意絮叨那些琐碎的陈年旧事，更不好去鉴别在其成长史里哪一出故事才精彩和动人。这便是我在选编这本集子时，首先面对的问题和进行的一番考虑。40年来，散文大家层出不穷，散文佳作浩若繁星，真要鉴别哪人的哪篇作品最具经典和权威，实在是强人所难。“一千个读者，就有一千个哈姆雷特。”因此我只好硬着头皮按自己的涉猎范围和偏好，来“典藏”和“珍存”我自认为的“优秀”散文。但选编时也有标准，大致上有三个：一是有意义，二是有意味，三是有意韵。意义是说有价值的，给人启迪的，能让我们树立正确世界观和改变既定观念的，是指散文的思想性；意味是说有情调，有趣味，含蓄深远，耐人寻味，取材新颖、别致，是指艺术性；意韵是说作品的景象、神韵、气场、风骨，字里行间蕴藏的那些细如纤毫的肌理，是指语言的特色和个性。本选本里这些篇什，基本是在这三个原则下遴选而出，有的三者并存，有的取其之一。也许，有的比入选的更值得推崇和入选，很可能会挂一漏万，但因为我的视野和阅读范围有限，只能道一声遗憾了。另外，对那些影响很大，很多选本多次选过的，有的作者已经去世被“盖棺认定”者，也尽量避开频繁重复选入，在此一并申明。

对于40年的散文创作，我们感觉到，在蓬勃、繁荣、丰富、多姿、立体、健康发展的同时，也有很多不尽人意之处。许多创作者和学者认为散文数量惊人、质量不高，特别是创新不够，引起反响的不多，“文化散文热”之后几乎多年没有了“热点”，似乎有些迷茫和迷失。一句话，近几年来，散文和散文创作领域比较平庸。说如今的散文创作比较平庸，一是表现在题材上。乡村、城市、历史、文化、战争、亲情、情感、情趣、哲理、自然、游记、科技（普）、学术、忆旧、生活等等，基本上都涉猎了，进入“类型化”的套子或者模式。散文像是一个做好的组合柜，柜里安装着一个个的小抽屉，我有什么了拉开填进去就可以了，甚至，我需要了，可以把这个小抽屉搬出来，出版一本散文集。这本集子，其实就是一篇散文，其他篇什，是一模一样“套”或者“克隆”出来的。散文写作跟工业产品放到“流水线”上差不多了。二是表现在语言上。在小说、诗歌、散文这三大文学样式中，自新时期以来特别是自20世纪90年代以来，艺术思维的多元化，也就是文学的先锋性和当代意识，给小说和诗歌在思想观念和写作方法上带来了巨大的冲击，试验文本屡见不鲜，为中国的传统文学注入了鲜活的艺术生机，但唯独没有为散文创作带来根本性的变化，其最鲜明的标志，就是散文语言和叙述方式没有明显的改观，虽然也有一些探索性的“新锐散文”，但并没有形成整体性的冲击。无论是叙述方式、切入视角，还是词句的排列组合，几乎都是墨守成规的白话文，有点像公文或者文件甚至与通讯、特写，学生们的论文、记叙文差不多了。因此，换句大白话说，你写的内容没新意，再加上语言很“老套”，还能算是散文吗？也许，这就是制约散文创作向纵深发展和进步的原因之一。

之二

中国散文的历史传统悠久，无论内容还是形式，都形成了一套自己独有的艺术风格。在写什么的问题上，并不难解决。范仲淹的“先天下之忧而忧”也好，王勃的“落霞与孤鹜齐飞”也好，思想的和自然的，精神的和物质的，我们人类就那么点事，我们很难跳出或者改变人类文明共同生存而逐渐形成的“模板”。那么，在这个“模板”上怎么写出完美的东西，却是可以琢磨、研究和商量的。写作者，就像一个程序员，利用那些既定的软件，来编制自己满意的程序。这就是创作方法。具体到散文创作来说，那就是散文语言革命的问题。不认真对待散文语言，散文创作不可能有质的突破和飞跃。也许，这有一种鼓吹“技术至上、技术第一”之嫌，但是，不要忘了，科学技术是第一生产力。再好的材料，再好的资源，没有科学技术的进步，不但做不出好产品，还会造成极大的浪费。有时候我们真的非常忧虑，深深感到我们的散文很“老套”，“老套”并不是说单纯表现在题材上，而是“老套”在语言上、感觉上。我们做不到“老瓶装新酒”，总是沉湎于形式和语言的故步自封。

在形式、结构、视角上难富于变化，不能为散文语言的创新提供新的可能性，因此，我们强调“有天分的写作”。在《关于写作：七篇随笔、四封信和五个访谈》一书中，著名作家和文学批评家塞缪尔·德拉尼认为：“有天分的写作”其潜力在于把微妙而又引人注目的感觉压缩成非常有效的信息数据包。在许多方面，天才作家都具有华兹华斯所认为的属于诗人的特质，他把诗人描述为一个“被赋予了更敏锐的感性，更热情和温和，对人类本性有着丰富的认识，以及比普通人更有悟性的灵魂”。德拉尼说：在修辞方面，“写作不是在删除中练习，而是一种通往声音的旅途”。文采飞扬的作家，通常使用修辞上有趣、悦耳或者抒情的措辞。天才作家能够迸发出一些转瞬即逝的感受或行为，梳理见解，以及描述我们都能识别的从属感觉。散文是文学品性，文学与其他样式的文艺作品相比，比如电影电视剧、摄影戏剧、美术音乐等，这些艺术作品可能通过画面和声音直接表现出来，让我们看到了颜色、形象、气氛和声音，而文学作品却不能，是文字和书面语言的艺术。这是劣势也是优势。如果我们再不讲究、不重视文学语言，那我们的文学就什么都没有了。要说时事，要说故事，要说历史和文化，要说情感和时尚，我们不如去看新闻，去读八卦和揭秘，不如去看史书典籍，去看煽情的情感类综艺节目，还关注文学干什么！

文学或者说散文要想把读者拉回来，迫切需要进行语言的“革命”，创造出崭新的语言形态和叙述方式，使其有形象、有色彩、有气味、有情绪、有节奏、有细节、有空间、有张力，与音像文艺作品媲美。而鲜活语言形态的形成、写作手法的改变、叙述方式的进步，也必然会带动观念的突破、思想的升华，如同当年的“意识流”“新感觉”“魔幻现实主义”带给中国小说创作领域的突飞猛进一样。一旦散文领域注入真正的“语言艺术”，散文界的创作繁荣，才有可能是名副其实的，令人欣喜和称道的。

之三

散文应该有形象，有色彩，有气味，有情绪，有节奏，有细节，有空间，有张力；应该是细腻的，生动的，形象的。通常，我们说谁写的东西有味儿，大概就是这个意思。无论是抒情还是叙事，即便是“随笔式”或者是“论文式”的散文或什么历史文化散文，依然需要有味儿。而这个味儿，就是从日常生活语言、从大众化庸俗的书面语言中嬗变为文学创作语言并最终形成自己的个性和风格。于是我有时就惶惑，为什么小说家的散文就有“意味”，比如说王蒙、铁凝、贾平凹、李存葆、张炜等，也许他们更“文学化”吧！从严格意义上讲，很多貌似或者以散文的名义出现的所谓散文，并不是文学意义上的散文，比如一个小故事、一段小感情，基本上是简单的，明了的，直来直去的，完了也就完了，基本上没有描写，没有空间和张力，直言不讳告诉人们什么或有什么启迪。但文学不应该是这样，文学应该是意味深长的，是活色生香的。它不是靠惊天动地的故事或者故作高深的理念吸引读者，而是凭借有滋有味的书面语言调动你的阅读兴趣，让你身临其境般进入写作者布置的情境中完成一次审美的历程。至于作者告诉读者什么，由读者自己去回味，不是“教育”，也不是“教化”。甚至可以像在大街上看“美女”那样，没有实质上的东西，就是欣赏，作品“好读”“亮眼”，让我们感叹和羡慕。常常惊叹茨威格的中篇小说《一个女人一生中的二十四小时》对一双手的描写与刻画，在这个不算长的中篇里，他仅写女人的手，就写了一千七百多字，我们能吗？不能！没有这个语言能力，想象力和词汇量都贫乏，驾驭不了。这就是文学语言的基本功。很多的写手写了很多年，写了很多文章，但最起码的文学功力都没有，没有观察事物和体验、感悟生活的能力，掌握的词汇又很少，写到山时就知道巍峨，写到河时就知道清澈，还有别的吗？一篇三千字的文章，同义词要重复五六次，先不说你写的什么，文字语言都不过关，还能写出什么好作品？也许，有人对此不屑，会说好文章是洗尽铅华的，不是华丽辞藻堆砌的。但问题是，即便是“土得掉渣”，也要靠语言调动起来。许多散文作者和作家，写“痛苦”“孤独”“感动”，都是那么几句话，尽管“难忘家乡那条小河”“从前那条小路变宽了，小树长大了”的句式这几年基本上消失了，但“历史的尘埃”“我心中永远的痛”又频繁地出现了。当然，我们强调散文的语言，并不是推崇表面上的文字华丽。其实，真正的华丽也不存在，我们的笔力与大自然和客观事物较量，永远是弱者，永远是笔力不逮，永远达不到清代大文学家张潮所说的“文章是案头山水，山水是大地文章”那样的境界和要求。

之四

由于工作的关系，我这些年迫不得已阅读了大量散文。读多了，就渐渐有了一些想法。

我一直不大喜欢散文，这并不是因为散文这种形式不好或没有好的散文。在我看来，事情恰恰相反，正由于散文这种独特的艺术形式和我国从古至今代代作家创作出的诸多散文名作，才使得我敬畏得有点儿不敢上前。这就像一个风姿绰约的女子，由于她太美丽了，让人崇拜得不敢有非分之想，只有站在远处偷偷窥视。向往久矣而又亲近不得，渐渐地就不喜欢这种东西了，因为再疯狂追慕下去是自讨没趣。此美艳的“东西”不是我等形秽之辈所追求得到或能够享用的。所以，我想有自知之明的人，最好退避三舍另择其爱。我大概就是因为自惭形秽而不敢去喜欢散文的这类人。于是，在我迷恋文学创作时我选择了小说。小说可以编故事，篇幅长一些，文字有一个伸缩的空间，为求艺术真实可以想象虚构，能塑造一个形象承载你的想法。这些人物或想法，可以是自己的也可以是别人的，还可以将诸多人像“合并同类项”那样综合起来归到一起阐释。但好的散文却不能这样，好的散文必须是自己的或者是从自己的真心里流露出来，是自己生命的真实体验，编不得、造不得、虚不得、假不得，否则的话，散文也是散文，但不是好的散文。既然不是好的散文，为什么要写呢？不写就不写，要写就写好的散文。即便是名家，一年能写两篇好散文，也是不容易的。和一些朋友或作家谈起来，都说散文难写，悟出个新感受实在不容易，但与其相悖的事实却又令人吃惊：现在散文满天飞。在这里，我觉得应时性的专栏散文或快餐式散文，不算真正意义上的散文，这些文章的形成，更像工业化流水线上的消费性“产品”。一个人，怎么有那么多真正的幸福与痛苦、兴奋与悲伤呢？怎么能有那么多真正的人生感悟呢？即使真的“有病”，也不能“天天呻吟”啊。否则，倒是真的该去医院看看了。“无病呻吟”者太多，或许正是一些评论家对当前散文现状不满的原因之一吧。恐怕，稍微有点文学常识的人，都不会否认这样一个事实：有许多好的散文，不是专事散文创作的人写的，而偏偏是出自一些职业小说家或诗人之手。这是为何呢？仔细想来道理很简单，这些小说家或诗人在创作之余偶尔为之，将生活中体验最深的那些碎烂于心的东西漫不经心地娓娓道出，所以很棒很好很有味儿。相反，专事写散文的人写出的作品，也有好的，但少。从前，我不只在一个场合，听铁凝主席谈关于对散文的看法，她说散文是世界上最难驾驭的文体，向她约稿，她只说：“哎呀，这可不是说写就能写的，得好好想想，我写散文，一点儿不敢轻率，正因为散文没有技巧，随意性大，所以才不好写。”作家们如果都以铁凝的这种极其严肃的态度去写散文，别把散文当作雕虫小技（啥时高兴了或不高兴了，一抬头看见什么了，就想发泄着写出来叫人看），散文创作是不是就会有点儿意思了呢？散文更需要厚积薄发，更需要生命的积淀，因此，我觉得，专事散文创作的作家越少越好。散文以它自由随意恬淡的文体，不仅仅适合作家去写，同时更适合工农商学或有特殊技能的人去任意操作，这种认识，已被近几年散文读者和作者越来越多的现象所佐证。

——写于2018年11月

我的处世哲学

王　蒙

我没有受过完好的学校教育，所读书卷也很有限。有时承蒙不弃，被认为还有点什么思想见解，并不随波逐流也者，首先是得益于生活实践的启示与好学好问的感悟。

就是说，我承认“实践出真知”的基本命题，同时也不否认基本之外的例外与变异。

马上就是我的60岁生日了，积一个甲子之经验，我能够告诉读者们一点什么呢?

第一，不要相信简单化。

我到处讲一个意思：凡把复杂的问题说得小葱拌豆腐一清二白者，皆不可信；凡把解决复杂的问题说得如同探囊取物，易如反掌者，皆不可信；凡把麻烦的事情说成是一念之差，说成是一人之过，以为改此一念或除此一人则万事大吉者，皆不可信。

主要矛盾解决了，次要矛盾也就迎刃而解了——说实话我这一辈子还没怎么碰到过这么便宜的事情。大多数，绝大多数是主要矛盾解决了，次要矛盾反而更加突出激化、更加麻烦了。

所以我虽然赞扬针灸，却不相信点穴和咒语。

我知道世上没有万能药方，所以我也不为某味药的失灵而气恼或反目为仇。我常常不抱非分的期望，所以也很少过于悲观绝望。

第二，不要相信极端主义与独断论。

世界上绝对不是只有黑白两种颜色、善恶两种品德、敌我两种力量、正谬两种主张、资无两个阶级。

要善于面对和把握大量的中间状态、过渡状态、无序状态与自相矛盾的状态、可调控状态、可塑状态等。

世界上的事情绝对不是谁消灭了对方就可以天下太平光明灿烂。动不动把自己树成正确正义一方，把对方扣成错误乃至敌对一方，动不动想搞大批判骂倒对方——不论是依势的甲批乙还是迎潮的乙批甲，都带有欺世盗名自我兜售的投机商味道与小儿科幼稚。要学会面对真正的大千世界而不是只“面对”被某种意图或者理论过滤过改绘过的简明挂图。

在没有绝对的把握的大量问题上，中道选择是可取的，是经得住考验的。

第三，不要被大话吓唬住。不要被胡说八道吓唬住。不要被旗号吓唬住。

因发明了一句话而搞得所向披靡者，多半大有水分。大而无当的论断下边不知道有多少漏洞和虚应糊弄。

过犹不及。过于伟大或过于卑微，过于高明或过于愚蠢，过于奇特或过于陈旧的话语，都值得怀疑。

不要陷于标签与旗号之争，不要认为一划类一戴帽子就可以做出价值判断。不要以为一划类一判决世界就井井有条了——多半是相反，更加歪曲了。

戴上桂冠的也可能狗屎，扣上屎盆子的也可能冤枉，这是一。桂冠云云可能本身就不可贵，盆子云云可能本身就不丢人，这是二。同一个类属或概念之下可能掩盖着各种不同的状态以至于性质，这是三。你的分类法本身就没有被证明过，你的划类术又极低智商，因此不足为凭，这是四。

要善于使用概念而不是被概念所使用所主宰。

一般地说，在没有足够的根据的情况下，在常识与大言之间，我选择前者。但我也绝不轻率地否定一种惊人高论。对后者我愿意抱走着瞧的态度。

第四，不要搞排他，不要动不动视不同于自己的为异端。

特别是在文学与艺术问题上，以及在许多问题上，宁可相信别人与自己都是处于瞎子摸象的过程中，人们各有道理又各执一词。世间的诸故事中，没有比瞎子摸象的比喻更深刻更普遍更给人以教益的了。

所以，多年来我坚持一种说法：可以党同，慎于或不要伐异。最好是党同喜异，党同学异。可以老王卖瓜自卖自夸，不要王麻子剪刀别无分号。提倡多元互补，不要动不动搞你死我活。

我致力于提倡与树立建设性的学术品格。多数情况下，我主张立字当头，破在其中——立了正确的才能破除也等于破除或扬弃谬误的。事实已经证明，没有立基没有建设的单纯破坏，带来的常常只能是失范、混乱、堕落，这种真空比没有破以前还糟糕。

第五，所以我提倡理解，相信理解比爱更高。

甚至于批评谬误，也要先理解对方，知道他是怎么失足，怎么片面而且膨胀的，知道他的局部的合理性乃至光彩照人与总体的荒谬性是怎么表现与“结合”的。而不是简单地把对方视如妖孽。没有人有权力动不动把对立面视如妖孽、牛鬼蛇神。

我主张见到自己没有见过或弄不清楚的事情先努力去理解它体味它，确有把握了，再批评它匡正它。我不赞成那种凡遇到自己不明白的东西就声讨一番，先判罪再找理由的恶习。自己弄不懂的东西不一定就坏，对于自己闹不明白的东西明智的做法是一看二研究，不行就先挂起来。

所谓理解也就是弄清真相的意思，先弄清真相再做出价值判断，这是最根本的原则。先做出价值判断再去过问真相，乃至永不去过问真相，这是聪明的白痴的突出标志。

任何人试图以真理裁判道德裁判者自居，以救世主自居，众人皆浊我独清，众人皆醉我独醒，不要随便信他。

所以我提倡费厄泼赖，我不相信鲁迅的原意是让人们无止无休地残酷斗争下去。

所以我赞成不搞无谓的争论，对于花样翻新的名词口号，对于热点热门，对于咋咋呼呼，我常常抱不为所动所怒，静观其变，不信其邪，言行对照，比较分析的态度。

所以我常常怀疑关于自己已经发现终极真理的自我作古的宣告。

第六，我承认特例，但更加重视常态；我梦想某种瞬间，但更重视经常；我不相信用特例和瞬间来否定常态和一般的矫情。不管这种矫情以什么样的大言的形式出现。

所以我原谅乃至常常同情凡俗，认为适度的宽容是必要的。

待人，我喜欢务实态度，我宁愿假定人是有缺点的，多数是平庸的。平庸不是罪，通俗不是罪，对于有毛病的人不必疾恶如仇。利己也不是罪，但是不能害人。害人害国，只知谋私利，我很讨厌。

（选自《我的处世哲学》，中国青年出版社 2007 年 1 月版）

怀念孙犁先生

铁 凝

20 世纪 60 年代后期，因为时局的不稳定，也因为父母离家随单位去作集体性的劳动改造，我作为一个无学可上的少年，寄居在北京亲戚家。

“革命”正在兴起，存有旧书、旧画报的人家为了安全，尽可能将这些东西烧毁或者卖掉。我的亲戚也狠卖了一些旧书，只在某些照顾不到的地方遗漏下零星的几册，比如床缝之间，或角落里的一张桌子腿儿底下……

我的身高和灵活程度很适合同这些地方打交道，不久我便发现了丢落在这些旮旯里的旧书，计有《克雷洛夫寓言》《静静的顿河》、电影连环画，等等，还有一本书脊破烂、作者不详、没头没尾的厚书，在当时的我看来应属于长篇小说吧。

我胡乱翻起这本“破书”，不想却被其中的一段叙述所吸引。也没有什么特别，那只是对一个农村姑娘出场的描写。

那姑娘名叫双眉，作者写她“哧哧的笑声”，写她抱着一个小孩用青秫秸打枣，细长身子，梳理得乌黑明亮的头发披在肩上，红线白线紫花线合织的方格子上衣，下身是一条短裤，光脚穿着薄薄的新做的红鞋。

她仰头望着树尖，脸在太阳地里是那么白，眼睛是那么流动……细看，她脸上擦着粉，两道眉毛那么弯弯的，左边的一道却只有一半，在眼睛上面，秃秃地断了……

以我当时的年龄，还看不懂这小说的时代背景是土改时期，不知道这双眉因为相貌出众，因为爱说爱笑，常遭村人的议论。吸引我的是被描绘成这样的一个姑娘本身。

特别是她的流动的眼和突然断掉一半的弯眉，留给我既暧昧又神秘的印象，使我本能地感觉这类描写与我周围发生的那场革命是不一致的，正因为不一致，对我更有一种“鬼祟”的美的诱惑。

那年我大约11岁。

多年以后我才知道这本“破书”的作者是孙犁先生，双眉是他的中篇小说《村歌》里的女主人公。

我产生要当作家的妄想是在初中阶段。

我的家庭鼓励了我这妄想。父亲为我开列了一个很长的书目，并四处奔走想办法从已经关闭的市级图书馆借出那些禁读的书。

在父亲喜欢的作家中，就有孙犁先生。

为了验证我成为作家的可能性，父亲还领我拜会了他的朋友、《小兵张嘎》的作者徐光耀老师。记得有一次徐光耀老师对我说，在中国作家里你应该读一读孙犁。

我立即大言不惭地答曰：孙犁的书我都读过。

徐光耀老师又问：你读过《铁木前传》吗？

我说，我差不多可以背诵。那年我16岁。

现在想来，以那样的年龄说出这样一番话，实在有点不知深浅。但能够说明的，是孙犁先生的作品在我心中的位置。

时至今日，我想说，徐光耀是我文学的启蒙老师，他在那个鄙弃文化的时代里对我的写作可能性的果断肯定和直接指导，使我敢于把写小说设计成自己的重要生活理想；而引我去探究文学的本质、去领悟小说审美层面的魅力，去琢磨语言在千锤百炼之后所呈现的润泽、力量和奇异神采的，是孙犁和他的小说。

那时还没有“追星族”这种说法，况且把孙犁先生形容成“星”也十分滑稽。我只像许多文学青年一样，迷恋他的文字带给我们的所有愉悦，却没有去认识这位大作家的奢望。但是一个机会来了。

1979年，我从插队的乡村回到城市，在一家杂志作小说编辑，业余也写小说。秋天，百花文艺出版社准备为我出版第一本小说集，我被李克明、顾传菁二位编辑热情请去天津面谈出版的事。

行前已故作家韩映山嘱我带封信给孙犁先生。这就是我的机会，而我却面露难色。可以说，这是我没有见过世面的本能反应；也因为，我听人讲起过，孙犁的房间高大幽暗，人很严厉，少言寡语。连他养的鸟在笼子里都不敢乱叫。

向我介绍孙犁的同志很注意细节的渲染，而细节是最能给人以印象的。我无法忘记这点：连孙犁的鸟都怕孙犁。韩映山看出了我的为难，指着他家镜框里孙犁的照片说："孙犁同志……你一见面就知道了。"

我带了信，在秋日的一个下午，由李克明同志陪同，终于走进了孙犁先生的"高墙大院"。这是一座早已失却规矩和章法的大院，孙犁先生曾在文章里多次提及，并详细描述过它的衰败经过。

如今各种凹凸不平的土堆、土坑在院里自由地起伏着，稍显平整的一块地，一户人家还种了一小片黄豆。那天黄豆刚刚收过，一位老人正蹲在拔了豆秸的地里聚精会神地捡豆子。

我看到他的侧面，已猜出那是谁。

看见来人，他站起来，把手里的黄豆亮给我们，微笑着说："别人收了豆子，剩下几粒不要了。我捡起来，可以给花施肥。丢了怪可惜的。"

他身材很高，面容温厚，语调洪亮，夹杂着淡淡的乡音。说话时眼睛很少朝你直视，你却时时能感觉到他的关注或说观察。他穿一身普通的灰色衣裤，当他腾出手来和我握手时，我发现他戴着一副青色棉布套袖。

接着他引我们进屋，高声询问我的写作、工作情况。我很快就如释重负。我相信戴套袖的作家是不会不苟言笑的，戴着套袖的作家给了我一种亲近感。这是我与孙犁先生的第一次见面。

其后不久，我写了一篇名叫"灶火的故事"的短篇小说，篇幅却不短，大约15000字，自己挺看重，拿给省内几位老师看，不料有看过的长者好心劝我不要这样写了，说"路子"有问题。

我心中偷偷地不服，又斗胆将它寄给孙犁先生，想不到他立即在《天津日报》的《文艺》增刊上发了出来，《小说月报》也很快作了转载。当时我只是一个刚发表几篇小说的业余作者，孙犁先生和《天津日报》的慷慨使我对自己的写作"路子"更加有了信心。

虽然这篇小说在技术上有着诸多不成熟，但我一向把它看作自己对文学的深意有了一点真正理解的重要开端，也使我对孙犁先生永远心存感激。

我再次见到孙犁先生是次年初冬。

那天很冷，刮着大风。他刚裁出一沓沓粉连纸，和保姆准备糊窗缝。见我进屋，孙犁先生迎过来第一句话就说："铁凝，你看我是不是很见老？我这两年老得特别快。"

当时我说："您是见老。"也许是门外的风、房间的清冷和那沓糊窗缝用的粉连纸加强了我这种印象，但我说完很后悔，我不该迎合老人去证实他的衰老感。

接着我便发现，孙犁先生两只袄袖上，仍旧套着一副干净的青色套袖，看上去人就洋溢着一种干练的活力，一种不愿停下手、时刻准备工作的情绪。这样的状态，是不能被称作衰老的。

我第三次见到孙犁先生，是和几位同行一道。那天他没捡豆粒，也没糊窗缝，他坐在写字台前，桌面摊开着纸和笔，大约是在写作。看见我们，他立刻停下工作，招呼客人就座。我特别注意了一下他的袖子，又看见了那副套袖。

记得那天他很高兴，随便地和大家聊着天，并没有摘去套袖的意思。这时我才意识到，戴套袖并不是孙犁先生的临时“武装”。一副棉布套袖到底联系着什么，我从来就说不清楚。

联系着质朴、节俭？

联系着勤劳、创造和开拓？好像都不完全。

我没有问过孙犁先生为什么总戴着套袖，若问，可能他会用最简单的话告诉我是为了爱护衣服。但我以为，孙犁先生珍爱的不仅仅是衣服。为什么一位山里老人的靛蓝衣裤，能引他写出《山地回忆》那样的名篇？

尽管《山地回忆》里的一切和套袖并无瓜葛，但它联系着织布、买布。作家没有忘记，战争年代山里一个单纯、善良的女孩子为他缝过一双结实的布袜子。

而作家更珍爱的，是那女孩子为缝制袜子所付出的真诚劳动和在这劳动中倾注的难以估价的感情，倾注的一个民族坚韧不拔、乐观向上的天性。滋养作家心灵的，始终是这种感情和天性。

所以，当多年之后，有一次我把友人赠我的几函宣纸精印的华笺寄给孙犁先生时，曾收到他这样的回信，他说：“同时收到你的来信和惠赠的华笺，我十分喜欢。”

但又说：“我一向珍惜纸张，平日写稿写信，用纸亦极不讲究。每遇好纸，笔墨就要拘束，深恐把纸糟蹋了……”

如果我不曾见过习惯戴套袖的孙犁先生，或许我会猜测这是一个名作家的“矫情”，但是我见过了戴着套袖的孙犁，见过了他写给我的所有信件，那信纸不是《天津日报》那种微黄且脆硬的稿纸就是邮局出售的明信片，信封则永远是印有红色“天津日报”字样的那种。

我相信他对纸张有着和对棉布、对衣服同样的珍惜之情。他更加珍重的是劳动的尊严与德行，是人生的质朴和美丽。

我第四次与孙犁先生见面是去年 10 月 16 日。

这时他已久病在床，住医院多年。我知道病弱的孙犁先生肯定不希望被频频打扰，但是去医院看望他的想法又是那么固执。

感谢《天津日报》文艺部的宋曙光同志和孙犁的女儿孙晓玲女士，他们满足了我的要求，细心安排，并一同陪我去了医院。病床上的孙犁先生已是半昏迷状态，他的身材不再高大，他那双目光温厚、很少朝你直视的眼睛也几近失明。

但是当我握住他微凉的瘦弱的手，孙晓玲告诉他“铁凝看您来了”，孙犁先生竟很快作出了反应。他紧握住我的手高声说：“你好吧？我们很久没有见面了！”

他那洪亮的声音与他的病体形成的巨大反差，让在场的人十分惊异。我想眼前这位老人是要倾尽心力才能发出这么洪亮的声音的，这真挚的问候让我这个晚辈又难过，又觉得担待不起。

在四五分钟的时间里，我也大声说了一些问候的话，孙犁先生的嘴唇一直嚅动着，却没有人能知道他在说什么。

在他身上，盖有一床蓝底儿、小红花的薄棉被，这不是医院的寝具，一定是家人为他缝制的吧，真的棉布里絮着真的棉花，仿佛孙犁先生仍然亲近着人间的烟火，也使呆板的病房变得温暖。

这是我最后一次见到孙犁先生。

“我们很久没有见面了！”直至今年7月10日孙犁先生逝世，我经常想起孙犁先生在病床上高声对我说的话。

我想，我已经很久没读孙犁先生的小说了，当今中国文坛很久以来也少有人气定神闲地读孙犁了。春天的时候，我因为写作关于《铁木前传》插图的文章，重读了《铁木前传》。

我依然深深地受着感动。

原来这部诗样的小说，它所抵达的人性深度是那么刻骨；它的既节制，又酣畅的叙述所成就的气质温婉而又凛然；它那清馨而又讲究的语言，以其所呈现的素朴大美使人不愿错过每一个字。

当我们回顾《铁木前传》的写作年代，不能不说它的诞生是那个时代的文学奇迹；而今天它再次带给我们的陌生的惊异和真正现实主义的浑厚魅力，更加凸显出孙犁先生这样一个中国文坛的独特存在。

《铁木前传》的出版距今45年了，在45年之后，我认为当代中国文坛是少有中篇小说能够与之匹敌的。

孙犁先生对当代文学语言的不凡贡献，他那高尚、清明的文学品貌对几辈作家的直接影响，从未经过“炒作”，却定会长久不衰地渗透在我的文学生活中。

以我仅仅同孙犁先生见过四面的微薄感受，要理解这位大作家是困难的。他一直淡泊名利，自寻寂寞，深居简出，粗茶淡饭，或者还给人以孤傲的印象。但在我的感觉里，或许他的孤傲与谦逊是并存的，如同他文章的清新秀丽与突然的冷峻睿智并存。

倘若我们读过他为《孙犁文集》所写的前言，便会真切地知道他对自己有着多少不满。因此我更愿意揣测，在他“孤傲”的背后始终埋藏着一个大家真正的谦逊。

没有这份谦逊，他又怎能甘用一生的时间来苛刻地磨砺他所有的篇章呢。1981 年孙犁先生赠我手书“秦少游论文”一帧：

> 采道德之理，述性命之情，发天人之奥，明死生之变，此论理之文，如列御寇庄周之作是也；别黑白阴阳要其归宿，决其嫌疑此论事之文，如苏秦之所作是也；考同异次旧闻不虚美不隐恶人，以为实录此叙事之文如司马迁班固之所作是也。

我想，这是孙犁先生欣赏的古人古文，是他坚守的为文为人的准则，他亦坦言他受着这些遗产的涵养。前不久我曾经有集中的时间阅读了一些画家和他们的作品，我看到在艺术发展史上从来就没有自天而降的才子或才女。

当我们认真凝视那些好画家的历史，就会发现无一人逃脱过前人的影响。好画家出众不在于轻蔑前人，而在于响亮继承之后适时地果断放弃。这是辛酸的，但是有欢乐；这是“绝情”的，却孕育着新生。

文章之道难道不也如此吗？

孙犁先生对前人的借鉴沉着而又长久，他却在同时“孤傲”地发掘出独属于自己的文学表达。他于平淡之中迸发的人生激情，他于精微之中昭示的文章骨气，尽在其中了。

大师就是这样诞生的吧！

在前人留给人类宝贵的文化遗产和丰富的文学遗产面前，我再次感到自己的单薄渺小，也再一次对某些文化艺术界的“狂人”那种前无古人、后无来者的莫名其妙的自大生出确凿的怀疑。

在我为之工作的河北省作家协会，有一座河北文学馆，馆内一张孙犁先生青年时代的照片使很多人过目不忘。那是一张他在抗战时期与战友们的合影，一群人散坐在冀中的山地上，孙犁是靠边且偏后的位置。

他头戴一顶山民的毡帽，目光敏感而又温和，他热情却是腼腆地微笑着。对于今天的我们，对于只同他见过四面的我，这是一个遥远的孙犁先生。

然而不知为什么，我越来越相信病床上那位盖着碎花棉被的枯瘦老人确已离我们远去，近切真实、就在眼前的，是这位头戴毡帽、有着腼腆神情的青年和他的那些永远也不会颓败的篇章。

（选自《铁凝散文》，人民文学出版社 2009 年 11 月版）

呼伦贝尔记忆（节选）

李存葆

一

人类的记忆常是文化的记忆，人类的历史也靠文化的链环得以衔接和赓续。

由拓跋鲜卑氏开创的北魏王朝，离我们已十分遥远了，整个鲜卑族在我们这个多民族的国度里，也早已失却了席位。然而，这个隐遁于历史深处的民族，似乎又距我们很近很近。今天，当人们在淮水以北的大半个中国旅行，徜徉于锦山秀水间的时候，会常常与北魏王朝不期而遇。它那斑斓多彩的历史衣袂，常常会飘忽在人们的眼前。

北魏时在其辽阔的疆域内，曾有着三万余处梵宫佛寺；石窟、石刻、碑铭，更是不可数计。历经战乱、兵燹和风剥雨蚀，而侥幸逃脱岁月磨难的北朝古迹虽多有损毁，但今人仍可借这些文化遗存，“究天人之际，通古今之变”。

拓跋鲜卑入主中原后，胡风汉制，崇佛尚道尊孔。信仰是精神的劳动，信仰是人类认识自己智慧的结晶。当这智慧的劳动转化为有形有色有彩有声的辉煌艺术品时，便成了一个民族心灵之树上结出的文化圣果。

在生我养我的齐鲁，于南北朝时，曾是拓跋王朝的辖域。北朝文化的流风遗韵，越一千五百余载，代代相沿，迄今仍在山东大地上袅袅不绝。

文化名城青州市驼山下的龙兴寺，因规模宏大，气势非凡而向有“九州佛国”之誉。1996 年，在驼山开掘出的四百八十余尊北魏佛教造像，被列为中国该年度十大考古发现之首。傍依云门山的玲珑山，因有了北魏书法宗师郑道昭的摩崖石刻，而益发玲珑剔透。我每到青州访古，总感到鲜卑人播种斯文、耕耘风雅遗留下的文化浓香，仍弥散于林泉之下，缭绕于白云之巅。

位于胶东半岛的莱州市和平度市，山河壮丽，阡陌如绣。莱州的文峰山、大基山，平度的天柱山，也因有了郑道昭的碑刻及多处摩崖石刻，而名重域内海外。郑公之书法，被奉为“隶楷至极”，在中国书法史上，向有南王（羲之）北郑之誉。20世纪80年代，国家文物部门饬令对文峰山下的郑碑严加保护。此碑早已被玻璃密封罩盖，上系铜锁数把，钥匙由数个部门分掌。即使当今国内顶尖级的书画大家，欲以自己的巨幅精品换此碑拓片一张，也已万万不能了。国内外游客欲一睹此碑芳容，只能凭栏凝睇。

在南北朝时，中国的五岳，除南岳衡山外，均为北朝领地。西岳华山始建于北魏的崔嵬宏伟、飞檐点金的西岳庙，至今仍是华山第一大佛寺。腾誉世界的中岳嵩山少林寺，也是拓跋鲜卑的原创。悬于刀削般悬崖上的北岳恒山悬空寺，以建筑的“奇、险、巧”著称于世，北魏人将力学、美学、宗教，精妙地融为一体；在其“三教殿”中，鲜卑人让释迦牟尼、老子、孔子并排端坐，让儒释道三教的祖师同居一室。面对此寺，今人不得不惊叹北魏人天才的构想，超拔的设计。

五岳之尊的泰山，是一座中国传统文化的“博物院”。鲜卑族统治时的北朝，在这架文化之山上，也留下了极为厚重的一笔。北魏法师僧意，在此创建的玉泉寺，至今仍晨钟暮鼓，香火氤氲。泰山的道家圣地岱岳观，也为北魏所建，道家音乐也是北魏所创。至今仍有众多游客来岱岳观求签问卜，圆梦起课，禳灾驱魔。

郭沫若曾说，泰山是中国历代书法的展览馆。泰山上的碑铭、石刻多达六千余处，其中以仅存九个半字的《李斯碑》、经石峪的《金刚般若波罗蜜经》之石刻，最为著名。经石峪石刻，镌于斗母宫东北一公里处的花岗岩溪床上。现存一〇六七字，南北长五十六米，东北宽三十六米，每字之大，在半米上下，蔚为壮观。凡书画当观韵。抑或是为让石刻起到“溪中生花”之妙，原创人将经文刻于清澈可鉴、悠悠流淌的溪床之上，让山色与石色共丽，书韵与水韵齐流。这肇自然之性，成造化之功的奇思妙构，竟出自北朝无名氏之手。汉语有“榜书”一词，原指写在宫阙门额上的大字，后泛指招牌一类的大型字。千百年来，作为书法大字的鼻祖，经石峪的石刻被代代文人骚客心慕手追，赞誉之词，不绝如缕。近代国学大师康有为初识经石峪时，惊叹不已，称其为“榜书第一，书法津梁”……近些年来，我几乎遍览了北中国的名胜古迹。细检北魏的文化遗存，应该说，那遍布北中国的佛教造像，才是鲜卑族献给中华民族和整个人类的最具代表性的文化符号。大同云冈石窟、洛阳龙门石窟、敦煌千佛洞、天水麦积山石窟、巩县石窟寺、响堂山石窟、永靖炳灵寺石窟等，均为鲜卑族石窟造像的经典之作，而大同云冈石窟，则是北魏佛像艺术皇冠上的璀璨宝石。

今年盛夏，呼伦贝尔市文联的友人，约我去领略大草原、大森林的旖旎风光。其间，我和十余位文友一道，探访了一个神秘的山洞——嘎仙洞。一步入这古老的山洞，我茅塞顿开，豁然贯通：一个创造了那么多美的文化符号的鲜卑族的生命之源，竟从这里流出。

今日，我要记述的一切，不仅与兴安岭大森林有关，更与呼伦贝尔大草原有关……从走进呼伦贝尔这片令人心驰神往的土地的那一刻起，我仿佛是在大自然赋予的幻与真、梦与醒的感觉中度过的。它闪现在我眼前和萦绕在我脑际的，首先是一个“大”字。

静卧神州北陲的呼伦贝尔，是个地级市，面积为二十六万三千平方公里，幅员之大，是鲁、苏两省的总和，人口却仅有二百七十余万。境内有八万平方公里的天然牧场，十二万平方公里的天然森林，三千多条河流，五百多个湖泊。那世界三大草原之一，被誉为“北国碧玉”的呼伦贝尔大草原，给予我们的是大辽阔，大安闲；那被称为“中国历史幽静后院”的兴安岭大森林，给予我们的是大神秘，大幽深；那斗折蛇行的条条河流，给予我们的是大蜿蜒，大滋润；那浸润着马背民族精神的呼伦湖，给予我们的是大澄澈，大宁静；而那晖河及根河湿地，给予万千生灵的则又是大接纳，大包容……这天一大早，我和文友们从呼伦贝尔市驱车东行，去鄂伦春自治旗访古。车刚离开市区，顷刻间便驶进了碧草连天的大草原。隔窗眺望，但见草色浓浓淡淡，起起伏伏，宛如偌大的绿色绒毯，无休止地向天边伸展。时有羊群似团团白云飘落在绿毯之上，偶见马群在葱绿的草地上踱着绅士般悠闲的步子。这脱掉尘埃之气，清逸灵透的意境，已超出了画图的色彩，而化生出人间天堂的意味。途中，我们数度恳请司机停车，以爽耳目。每每见到的是红、白、黄、蓝、紫的各种野花，在草丛里掩映着，在阳光里闪亮着，在微风里绽放着，在蜂蝶轻轻地亲吻下羞晕着。香草在我们的膝边，熏风在我们的脸上，微笑在我们的周围。没有拘束，没有猜忌，没有讥刻，没有督饬，这里留给我们的是放松心灵中的永难抹去的绿的记忆。

经过五个多小时的行程，大兴安岭的万顷苍翠，涌入了我们的眼帘。大兴安岭北起黑龙江漠河县，南至内蒙古赤峰市，南北长一千四百公里，东西宽三百公里，其百分之八十多的林区面积在呼伦贝尔境内。大兴安岭与亚马孙雨林，并称为地球上的两大肺叶。一扑进大兴安岭那阔茫茫、气滔滔的怀抱，我顿生千岭结一绿，世外疑无天的喟叹。大兴安岭林区里，有大小河流七千一百余条，山中有水，水中有山，山缠水绕，水山相亲。

“天地之大德，曰生”。正是地母以她的宽厚和仁慈托起了高高的兴安岭，并以她乳汁饱满的胸脯，孕育着这里的“生”，滋哺着这里的“长”，展示着这里的“茂”，高擎着这里的“美”！

车子在林区的土路上跳荡着。我们在澹澹河溪叠叠岭，蓝蓝湖色青青山的林海里穿行着……日暮时分，我们才住进了大兴安岭东麓的一家林区宾馆。

呼伦贝尔的大草原和大森林，共同谱写了一卷卷游牧民族的充满激情和戏剧性的叙事诗。开国后尤其是近几十年来的考古发现，进一步证明了大兴安岭森林，是人类早期的栖息地之一，是东胡、鲜卑、室韦、契丹、女真、蒙古等众多马背民族的生命源头。

“鲜卑”作为一个民族称谓，意为生活在森林里的百姓。在蒙语中，“鲜卑”和“室韦”也为森林之意。“鲜卑”一名，最早见于周初。《国语·晋语八》中，有周成王在今宝鸡市的岐山会盟天下诸侯时，不屑和南面之荆蛮、北方之鲜卑为盟的只言片语的记载。成稿于公元554年的《魏书》，是二十四史中第一部记述马背民族创建的封建王朝的正史。《魏书·序记》载：“国有大鲜卑山，因以为号，其后，世为君长，统幽都之北，广漠大野，畜牧迁徙，射猎为业，淳朴为俗，简易为化，不为文字，刻木纪契而已……”北魏第三代皇帝拓跋焘掌国时的真君四年（公元443年），拓跋鲜卑祖先的老邻居——乌洛侯国，遣使朝贡时禀奏：乌洛侯国西北，拓跋先祖的旧墟石室，保存完好，“室有神灵，民多祈请”……拓跋焘闻奏，即派中书侍郎李敞，率队从代京平城（今大同市）出发，北行四千里，来到乌洛侯国使者所言之“石室”，以马、牛、羊为牺牲，告祭天地，并将“祝文”刻于石室之壁。此举在《魏书》的纪、传、志中均有记载。《魏书》不仅誊录了石刻“祝文”的全文，且将石室“南北九十步，东西四十步，高七十尺”的空间大小，也笔录得颇为翔实。然而，大鲜卑山位于北疆何域，石室又藏在哪座山岭？千百年来，却一直是史学界的“哥德巴赫”猜想。

历史的经经纬纬里，总是沉潜着若干神秘；有时候，历史最精彩的篓页，往往匿藏得很深很深。北宋以降，修史者对《魏书》中的“旧墟石室（亦称石庙）”的记载，凭主观臆断，多有修改。司马光编著《资治通鉴》时，避开“石室”之谓，屡称“旧墟”为“石庙”。宋人王钦若等辈所编的《册府元龟》一书中，数黑论黄，竟将《魏书》中“石室南距代京可四千余里”，改为“石室南距岱宗可四千余里”。这将“大同”变为“泰山”的篡改，虽两字之易，却谬以千里。后来，有人把大鲜卑山推定为燕山；有人则认为大鲜卑山不过是神话传说之山，难定其真实位置，可谓以讹传讹，三纸无驴……唯坚忍者方能遂其志。二十世纪七十年代以来，考古学家米文平，便痴迷于对拓跋鲜卑的“石室”及“祝文”石刻的寻找。他曾费时年余，查访了呼伦贝尔域内的诸多山洞，均因与《魏书》记载之“石室”不符而告返。1979年盛夏，米文平偶闻鄂伦春自治旗境内有一嘎仙洞，便抱一线希望，前来探究。见洞之规模，与《魏书》记述凿枘相应，遂喜出望外。然而，考古毕竟是将结论建立在实据上的学问。米文平三探嘎仙洞，仍未觅见“祝文”之踪影。有“石室”而不见“祝文”，无疑是劳而无功，苗而不秀。1980年7月29日，他率同行四进嘎仙洞，终在石壁的苔垢下发现一凹痕，经洗苔除垢后，北魏“祝文”惊现于世。如同虎符的一半与另一半得到了对接，一个千古历史谜题，终于破解！

继而，米文平又带人对洞内的泥土进行挖掘，先是见到了一千五百余年前，北魏人刻石时所遗下的花岗岩碎片；再行开掘，除发现了獐、狍、鹿、野猪、黑熊的众多兽骨外，还发现了大批旧、新石器时代的文化遗存，又印证了《魏书》所记的拓跋氏在大鲜卑山积“六十七世”之言，绝非无妄之说。

嘎仙洞石刻祝文的“显身”，石破天惊，它向世人宣示，嘎仙洞就是鲜卑人先祖的“旧墟石室”，大鲜卑山就是大兴安岭！

我这次来大兴安岭的首要目的，就是去探访嘎仙洞。我和文友们从鄂伦春自治旗政府所在地阿里镇出发，乘车沿嘎仙河边狭窄的柏油路，向西北方向而行，只见河两岸高林巨树，遮天蔽日，悬葛垂藤，绕岩挂石。不到半个小时，车子便在浓密的树荫下停了下来。举目仰望，但见一巍然高耸、陡似斧削的悬崖，矗立于浩茫的原始森林之中。悬崖的石壁上，赫赫然有一宛若三角形的巨大洞口，这便是我心仪已久的嘎仙洞了。沿人工铺凿的石阶登攀而上，进得洞中，我神情为之一振。这天然山洞，深达一百余米，宽近三十米，高有二十余米；穹顶高旷，浑然天成，石壁平直，细滑如切。看上去，古意苍苍，威严肃穆。

北魏石刻镌于洞内西侧的石壁上，刻辞十九行，全文二百零一字。这颂扬拓跋先祖功德，祈祷皇天之神护佑鲜卑子孙福禄永延的祝文，字大如拳，古朴刚劲。字里行间，折射出一种玄奥、雍容的宫廷气象。

我紧靠着护栏，久久凝视着栏内石壁上的祝文。嘎仙洞祝文的“惊艳”于世，除印证史实外，最关键的是，大鲜卑山地理方位的确定，不仅校正了北国历史地理上的几处谬误，厘清了历史地理上的一些疑团；而且还为后人研究游牧民族的地缘、天缘、人缘和风神脉息，提供了一个向四周辐射的基准点。从这多重意义上讲，嘎仙洞的祝文，作为马背民族的第一份石刻原始档案，和璧隋珠不足方其珍，凤毛麟角无以喻其贵！

嘎仙洞是鲜卑民族最古老、最真实的历史证人。它曾见证过一个坚忍的民族，是怎样面对凶兽的觊觎，蛇虫的叮咬，不畏雷霆的炸响，不惧雪暴的肆虐，一代又一代顽强生存的。它也见证了一个无畏的民族，是怎样以强烈的求生存意识，在部落首领推寅的率领下，让那似马非马、似牛非牛的森林“神兽”——驯鹿，驮着兽皮，驮着桦皮制作的生活器皿，驮着老人，驮着稚童，驮着渡河用的桦木舟，西迁，西迁，南行，南行，奔向呼伦湖畔，奔向大草原……一切是自然的产物。一个民族的文化，也常是地理与环境的文化。这正如宽广时可响遏行云，绵长时如旋雪回风，婉转时可余音不绝的蒙古民歌长调一样，它只能生发于呼伦贝尔这样的大草原上。

近二十余年来，我曾四次走进大兴安岭；在造访我中蒙、中俄边防部队时，也曾三度穿越呼伦贝尔草原。我没有浪漫诗人的灵感，也不具备菩萨的慧眼，但在领略了呼伦贝尔四季之美景后，也不由得一次次感叹上苍造物之诡谲万象。

没有百鸟之鸣唱，珍禽之争翔，就不是呼伦贝尔。

呼伦贝尔那星罗棋布的湖泊与湿地，是天鹅、灰鹤、银鸥、鸿雁、丹顶鹤、蓑羽鹤、白琵鹭等诸多候鸟北徙南迁的重要驿站。仲春时节，我曾在晖河湿地和乌兰诺尔湖，观赏过万鸟云集的盛景。那一群群周身洁白的天鹅，舒展着翅羽，在幽蓝的湖上，时而高翔，时而低回，时而在碧波中一起一伏，像一艘艘游弋的小白船；那头顶着丹霞般耀眼红球的丹顶鹤们，则收敛起雪白的蓑毛，举着赤色的长喙，像饱学之士一样，在湖边踱着优雅的步子，而靛蓝的湖泊，仿佛是上苍为它们精心设计的镜匣；那颈项或白或黑，脑后翘着小辫样羽翎的蓑羽鹤，站立时只觉得它那流线型的身躯黑白分明，飞翔时却能望见它的躯体竟是红、黄、蓝、白、黑五彩纷呈……这些天地间美的精灵，它们的每一根骨骼，每一节肢体，每一条筋脉，每一片羽毛，无一不贯穿着宇宙间的丰沛活力，是呼伦贝尔肥美的水草与邈远的天空，给它们提供了自由生存的机会，也赋予了它们远行万里的定力、耐力及明察天候的神异。

没有繁花似锦，也不是呼伦贝尔。

北国杜鹃是呼伦贝尔的市花。暮春时节，在大兴安岭最长最深的神指峡里，那胭红、金红、橘红、猩红、绯红的杜鹃花，于这峡谷两岸的河边岩旁，壁缝石隙，林中树下，一齐绽蕾怒放。微风徐来，像陈酿一样馥郁的香味，飘洒在空气中，曾令我深深陶醉。这样的场景，在呼伦贝尔的每座山岭的苍松白桦间，会随处可见。北国杜鹃，擎出的是一则则古老而馨香的故事。呼伦贝尔从春到秋，花事不断。翠雀、瞿麦、柳兰、紫菀、毛菊、芍药、山丹、刺玫、苞鸢尾、山丁子、金芙蓉、梅花草、野罂粟、天蓝苜蓿……争芳竞艳，应时开放。这些身着各款“时装”、千娇百媚的“小娘子”们，受了碧水清溪的润泽，受了晶亮甘露的涵濡，受了明丽阳光的温慰，她们即使不能放声曼歌，也要在轻柔的风中欣欣摇舞，也要把襟底怀中的清香尽情吐泻。她们仿佛要把马背民族那几百阕的情词哀曲，融会于胸中。

没有百草之吐翡铺翠，还不是呼伦贝尔。

“海拉尔”在蒙古语中意为“野韭菜”。海拉尔现为呼伦贝尔市府所在地。它辖区内的草原，凡最翠绿之地，必然生有茎肥叶厚的野韭菜。它们比肩争头，攒攒挤挤，密密连连。我对羊肉并无偏爱，但每次来北国草原，总感到这里的羊肉吃来不膻不腻，其香郁郁，其味馥馥，一羊上桌百味淡，我常是尽情饕餮，大快朵颐。当地文友告诉我，这是因羊常食野韭所致。在这草原上，野韭虽为寻常之草，但它们却以爱美、爱色、爱香的群体烈情，成为百草中的主宰。每届盛夏，那雪白、月白、露白的野韭花结成的花海，呈喷涌之势，铺展到无涯的天边。进得野韭丛中，你便会觉得，野韭以黛绿作为永远一致的符号，以银白作为永远统一的头饰，去集体展示生命原力的内动，以实现群体生命的彻底痛快。

没有冰雕玉砌的大洁白，仍不是呼伦贝尔。

严冬时节，那一场场大雪，是呼伦贝尔向世界发出的圣洁的敦请和邀约。我曾在大雪过后，目睹过这里森林与草原的雪景。但见山若玉雕，石似晶铸，粉塑千桦，银裹万松；它们与大草原一望无垠的雪野连在一起，共同构成了童话般的银色大天堂。雪的母性般的宁静与端庄，柔软与纯净，磊落与厚重，使我领悟到“精神澡雪”的意蕴。雪国的大洁白，以诗意般的沉默，赐予人们诗意般的思索。希冀、渴望、追恋、向往，是一切生命的本质。奇寒酷冷，并没有降落万物生命的帆篷，而是更加强劲了它们的筋骨。在我眼里，那舞雪举翠的獐子树，那挂银盔、披银甲的兴安松，则像蓄势待发的士兵，在静静等待生命冲锋的号示……我从介绍呼伦贝尔的有关资料上得知，在距今二至三万年前，呼伦湖畔即有古人类活动。呼伦贝尔的草原与森林里，至今仍有三千多种野生植物和四百多种野生动物。我们完全可以说，呼伦贝尔几乎包容了大自然的所有色彩，也收藏了人类历史与生命进程的所有符号。

今天，走进呼伦贝尔的人们，多以审美的目光，来观赏这里的山川风物与民族风情。而两千多年前，拓跋鲜卑从密林深处的嘎仙洞迁徙到这大草原，则完全是为了求得民族的生存与壮大。

人类的先祖，在一个地方留下的物体或痕迹，常会成为今人解读这一方民族文化品格和精神气质的向导。从呼伦贝尔草原上发掘出的大批的墓葬和文物可以印证，拓跋鲜卑大约是在公元前50年至公元前5年，迁来这大草原的。他们大约在这里生活了七代。在那近二百年的时光里，拓跋鲜卑渐次完成了从狩猎民族到游牧民族的转换。

因鲜卑没有本民族的文字，在入主中原前，拓跋氏历史上所发生的重要事件，全靠代代严谨的口传心授。他们当时在呼伦贝尔草原上的生活境况，史少记载。但我们仍可调动丰富的想象力，去再现他们的部分生存场景。

逐水草而牧、大量繁殖的马、牛、羊，其肉其皮其毛其乳，可使鲜卑氏衣食有着。那饱食百草的壮牛和常啃野韭的肥羊，被宰杀、炙烤后，会让鲜卑人吃得两腮鼓鼓，口角生香；那鲜美的牛乳、羊奶和浓稠的奶酪，能让拓跋孩童胖嘟嘟的脸庞吹弹可破，也能使鲜卑汉子脸泛红光；那湖泊河流中捕捉不尽的活鱼跳虾，强化着一个民族的体魄与智慧；那与中原通商换得的美酒及自酿的马奶酒和野果酒，勃发着一个民族的剽悍与豪气；那大泽中天鹅与丹顶鹤的仙子般的倩影，岁岁会给他们带来美的惊喜；白云下百鸟的合鸣，是上苍送给他们的天外音响；草原上的百花，可让拓跋少女任意编织戴在头上的花环；大雪后的大原野，则又是鲜卑少年强身习武的大教场……从有“森林之舟”美誉的驯鹿的脊背，到跨上蒙古马的雕花马鞍，是拓跋鲜卑走向历史大舞台的最关键的跨越。

在世界文明史上，人类对马的征服，是一次最高贵的征服。历史跨上马背，是人类文明的第一次大跨越，马也成了冷兵器时代速度的象征。

蒙古马是大自然的杰作。英雄史诗《江格尔》中曾这样深情地赞美它：“如同离弦的箭一样快，像火花似的闪耀，气势磅礴……把那公牛和大象吓得心惊胆战。人们一看那漫天的红尘，就知道是阿兰扎尔神驹来临。”蒙古马体格虽小，但头大颈短，体魄强健，胸宽鬃长，皮厚毛粗，耐寒，耐劳，耐热，站着便能入睡。它虽有着扬蹄能击碎狐狼脑壳的凶悍，但对主人却俯首帖耳，忠心耿耿。成吉思汗曾把战马训练得“千马为群，寂无嘶鸣，下马不用系控，亦不走逸”。呼伦贝尔经过改良的蒙古马——三河马，至今仍是中国唯一可与欧美马争雄的国产马。二十世纪三十年代，三河马曾在上海国际赛马大会上，以最快的速度，力挫群雄，拔得头筹。

历史上，中原汉民族与周边民族的争战，基本是荷锄民族与马背民族的战争。在秦汉时，将北方各大游牧部落统一了的匈奴，一直是荷锄民族心中最大的痛。西汉初年，在著名的“白登山之战”中，汉高祖刘邦曾被匈奴冒顿单于率领的四十万骑兵，围困于今山西大同市的来掠山，达七天之久。汉军以重金向冒顿单于的阏氏（即王后）行贿，方得以救驾。当时匈奴的四十万骑兵，竟能以马的颜色分类编队：南面全为红马，北面皆为黑骏，西面均为白驹，东面悉为青骥。那其势汹汹，其马济济的浩大场面，诠释着当时匈奴畜牧业的高度发达和驭马本领的炉火纯青。匈奴就是凭着“所向无所阔，万里可横行”“怒行追疾风，忽忽跨九州”的蒙古马，不断对荷锄民族进行着不图占领，只为掠掳之战争的。匈奴人竟有这样的奖掖“条例”：“凡斩得首虏者赐一卮酒，所抢掠财物归抢者所有，掠得的人口作为其奴婢。”秦嬴政修筑的万里长城，关锁不住蒙古马那奔星般飞扬的马蹄；汉军戍边将士的短刃长戈，也抵挡不了匈奴人那呼啸飞卷的狼旗马鞭。中原被大劫后的集镇茅舍，常是一片狼烟野火；塞外的王廷牙帐里，则是征服者的狂饮与狞笑……面对匈奴铁骑恣行无忌的烧杀抢掠，刘汉王朝靠宫中的美姝丽媛与匈奴的和亲之策，只能求得短暂的绥靖；汉武帝举全国之力数度重创匈奴，也只能换取几十载的和平。

汉宣帝神爵四年（公元前58年），匈奴内部发生“五单于争位”，匈奴的势力才大为削弱。后虽有王昭君的夫君呼韩邪单于率部臣汉，而漠北之匈奴却仍像草原野韭一样，割了此茬，又生彼茬。直到东汉和帝时，又几番重挫匈奴，方使得部分匈奴西去欧洲，部分匈奴南归中原……在人性色彩的板块上，永不满足的欲望是重要的色块。它既能支配生命的动机和力量，也是幻想未来的刺激素。华夏民族同匈奴掠夺与反掠夺的号角乍歇，北方另一马背民族——鲜卑，驰驱中原的金鼓又鸣。由拓跋、慕容、宇文等诸多部落组成的鲜卑民族，随着匈奴的桑落瓦解，便乘虚而入，尽占匈奴故地。

拓跋鲜卑自嘎仙洞一带迁居呼伦贝尔大草原后，经过七代人的养精蓄锐，势力已空前壮大。这期间，他们早就以草原雄鹰一样高远而犀利的目光，瞄向了中原那较之游牧经济，高着一个等级的农耕文明。追求新颖、渴望舒适、期盼富有，是人类通有的情愫。当鲜卑的首领们觉察到自己那夏闷冬寒的流动毡房，怎么也比不上中原雕梁画栋的殿堂和向阳敞亮的茅舍时；当他们看到自己那用灰褐色粗糙的兽皮制成的衣物，怎么也比不上中原绸缎的光鲜亮丽时；当他们觉得自己那用桦皮制作和泥土烧制的器皿，怎么也比不上汉人的金杯银盏和木制漆器精美讲究时；当他们感到毡房外夜间的狐鸣狼嗥，更不能与中原之华堂里、戏台上的丝竹笙歌同日而语时……焉能不怦然心动，见异思迁，图谋中原！

于是，鲜卑人一路西迁南下，历经九难八阻，历时一百余载，先吉林，而赤峰，而乌兰察布，而包头……当拓跋首领子微定都盛乐（今呼和浩特市和林格尔县）时，其所部已“控弦骑士达二十余万”，初步具备了与北方其他游牧部落争雄的能力。

于是，拓跋鲜卑人以呼伦贝尔大草原赋予的大视野，带着大兴安岭森林的充沛元气，带着呼伦湖候鸟迁徙时的颖异，带着碧草百花一样的灵性，也带着草原狐的狡黠、大漠狼的凶狠，跨上纵鬃扬尾的蒙古马，去不断进行力的征服，美的创造！

四

杰出的英雄人物，常是改写历史的一个符号，一个指数。北魏王朝所以能结束“五胡十六国”长达一百三十多年昏天黑地的大割据，是因为出了开国皇帝拓跋珪和第三代皇帝拓跋焘，这两位上马会打仗，下马可安邦的豪杰。

拓跋珪的祖父什翼犍在盛乐建立代国不久，即被氐族创建的前秦所灭。幼年丧国丧父的拓跋珪，其童年是在匈奴贺兰部的舅舅家度过的。其时的北中国，攻伐与战乱是上演不尽的剧目；颠沛与苦难是百姓吞食不尽的涩果。公元 386 年暮冬，失散的拓跋各部落头领会聚牛川（今内蒙古锡拉木河），一致拥戴年方十五岁的拓跋珪赓继代王之位。同年，他率部族从牛川重迁故都盛乐，并改国号为北魏。

其时的北魏，南有独孤部，北有贺兰部，东有库莫奚部，西有铁弗部，阴山以北还有高车部及柔然部，可谓四面多垒，虎视狼窥。聪颖异常、心雄万丈的拓跋珪，在拓跋族面临生死存亡的关键时刻，发出了铿锵有力、铮铮有声的决定性呼唤。公元 387 年仲秋，他联合鲜卑慕容氏的后燕，击溃了占据山西北部的匈奴刘显部，将河套以东的大草原尽归拓跋；公元 388 年盛夏，他亲率士饱马腾的队伍，东征库莫奚部于落水（今赤峰一带），使大片土地为北魏所统。公元 389 至 390 年，拓跋珪率军先破高车部，又平吐突麟部，再伐贺兰部，并将塞北的纥突、纥奚等多个游牧部落，尽属北魏。

“若建非常之功，需待非常之人”。在“五胡十六国”时，仍以狼为楷模，仿效狼的群体攻击，贪欲永不餍足的匈奴后裔所建的几个政权，一直是拓跋珪的心腹大患。为御虎狼之师于国门之外，公元 391 年初冬，拓跋珪主动向漠北的匈奴别种柔然出击。面对屡战屡胜的北魏骑兵，柔然从游牧地狼山西逃，拓跋珪西奔六百里，进行大追击。此时，部将以粮草难继为由，建议暂且偃旗息鼓。拓跋珪率骑兵征战，每人至少配正、副两匹战马，轮番换乘，马歇人不歇。拓跋珪果断决定，杀副马为食，又打马追风，率部狂奔三日，终在大戈壁的南床山下追上柔然部众，将其分割包围，杀得柔然一败如水，鱼溃鸟散。此大捷，使柔然大部将士或倒戈卸甲，或俯首就擒，魏军获牛羊、军资无数。

拓跋珪在击败柔然南返途中，匈奴铁弗部刘卫宸遣其长子直力鞮，率九万兵马进犯北魏南部。拓跋珪闻警，仅率五千精骑及部分辎重车辆，星夜赶到后，即被直力鞮的九万大军围得水泄不通。久经战阵的拓跋珪了无惧色，急令部下以车身为屏，结成方阵，从缝隙中射杀匈奴骑兵。经几番箭矢如雨的拼杀，直力鞮的九万兵马溃不成军。拓跋珪兵不歇刃，马不离鞍，以破竹之势，直捣铁弗部的大本营悦跋城（今内蒙古伊金霍旗西北一带）。魏军后续部队火速赶来后，刘卫宸父子闻讯仓皇弃城而逃，拓跋珪分遣轻骑紧追不舍，生擒直力鞮，刘卫宸也为部下所杀。刘氏父子的余党五千余人逃至盐池（今属宁夏），亦被紧紧追赶的魏军全部投尸黄河。此役，北魏获战马三十余万匹，牛羊四百余万头，成为以“驯鹿”为图腾的鲜卑民族，敢于以少胜多，全歼以“狼”为旗帜的匈奴强敌的典型战例。

统帅有狮子般的雄心，士卒就有咆哮的勇气；统帅胸有良谋、腹藏吞吐天地之气，士卒就会迸发出所向披靡的力量。时光跨入公元 395 年，能与拓跋鲜卑在北中国争雄者，只有慕容鲜卑建立的后燕王国。同年五月，后燕的开国皇帝慕容垂，派太子慕容宝率兵八万出中山（今河北定州）北进，抵近五原（今包头）时，大造船只，欲渡黄河与魏军决战。慕容宝所领部队虽少，但均为人马披甲的重装骑兵与步兵，且极富作战经验。北魏军队虽多，但大都为轻装骑兵，与后燕铁军正面对抗，胜算无多。拓跋珪以逸待劳，避实就虚，暗将精锐部队匿藏于河套一带，使慕容宝百余天都觅不到魏军主力的踪影。其间，拓跋珪屡派斥候（侦察兵）擒获燕主信使，切断慕容宝与燕都的一切联络，并广散年逾七十的燕主已病亡的假讯，动摇燕军军心。急于继位的慕容宝难辨消息真假，便焚烧渡船，率燕军且防且退。是年十一月初三，风雪骤降，黄河冰封。藏器待时的拓跋珪，亲率两万精骑，连夜踏冰过河，在参合坡（今内蒙凉城一带）将睡梦中的燕军包围。慕容宝在部属护卫下逃走，五万燕军束手被俘……翌年深秋，拓跋珪趁慕容垂新死，后燕内乱之机，以“司马九伐”之威，率四十万大军伐燕。魏军多路出击，马啸旌飘，绵延两千余里。在这长达一年的战役中，魏军分兵攻城略地，将后燕领土悉数占领，把晋、冀、鲁、豫的大部土地，划入北魏版图。

十年征战，拓跋珪将呼伦贝尔大森林、大草原赋予鲜卑民族的刚毅、奔放、神勇、机警与豪烈的性格，展现得淋漓尽致。但作为第一个入主中原的马背民族，如何得到荷锄民族的认可，进而得到拥护，这是比打天下还难上百倍的历史大课题。所幸的是，拓跋珪以草原一样的大胸襟、大包容，向历史交上了一份颇为合格的答卷。

与秦汉时以掳掠为业的匈奴不同，跻身农耕文明，是鲜卑族多少代人的梦寐以求。拓跋氏对夺得的中华半壁江山，自会分外珍惜。

拓跋珪自幼就攻读汉家兵书与历史。戎马倥偬中，对汉人的典章、制度、语言、文化及风俗也多有涉猎。为更好地掌控中原，他做的第一件事就是，将北魏的国都由盛乐迁至战略要地平城（今山西省大同市）。他让跟随多年的朝中汉臣，将长安、洛阳、邺城等历代皇都的设计蓝图，一一寻来，萃新奇，熔精华，建起了像中原王朝一样的宫殿楼阁、园林亭台；并立下新皇登基必祭黄陵，拜孔子的规矩。马背民族"兄终弟及"的传位制度，所频发的豆萁相煎、弑父杀兄的史实，让拓跋珪想来不寒而栗。与汉廷的传位规则两相考量，拓跋珪决计实行汉人"立太子"之制。汉武帝暮年确立宠妃钩弋所生的年幼的刘弗陵为太子时，怕钩弋成为吕后第二，便赐死了钩弋。拓跋珪邯郸学步，竟将汉武帝这非常时期的一时之举，定为北魏王朝代代必遵的金科玉律。

为富民强国，也为了加速鲜卑人的汉化，拓跋珪强势推行屯田制。他将战争中所掳的游牧部落的牧人改为农民，让他们到大片荒芜的土地上从事农耕。这等于国家办了无数个小农场。由于分配时注意向农人倾斜，大大消弭了归顺者的国灭之恨。他还把京郊附近的地片，划为"畿田"，由皇室直接管理，并亲自到"畿田"参与劳作与督导。他多次下诏，强制解散靠血缘关系建立起来的鲜卑部落组织，分地分土让他们定居，或从事农耕，或在分得的地片里放牧。此重大变革，加速了鲜卑人由半奴隶社会向封建社会的过渡……这一切举措的实施，不仅使众多平民衣食有着，也强化了国力，为北魏王朝在政治、经济、军事和文化上的不断壮大，夯下了坚实的台基。

公元424年，拓跋珪的孙子拓跋焘继位，成为北魏第三代皇帝。他初登龙墩，柔然首领大檀，便趁北魏第二代国君拓跋嗣新丧，统骑兵六万，入侵云中（今内蒙古托克托县）。年仅十六岁的拓跋焘御驾亲征，率骑兵日驰夜奔，三天两夜即赶至交战地。魏军未及休整，就被柔然的兵马，里里外外围了五十多重。拓跋焘挥军布阵，镇定自若，首先射杀了前敌先锋将帅，柔然兵马大乱。拓跋焘一马当先，冲向敌群，柔然大败亏输……首战奏凯，尽显少年天子卓越的军事才能。匈奴铁弗部，曾被拓跋珪几近斩草除根。当时，仅有首领刘卫宸的小儿子刘勃勃只身独骑逃走。勃勃投奔了后秦高平公没于奕，并成了没于奕的乘龙快婿。勃勃兵权在握后，凶残地杀死其岳父，借后秦之尸还刘氏之魂，在统万城（今陕北靖边）

建立夏国。统万城在拓跋焘时，早已大名鼎鼎。其城墙既高且宽，用石灰、白黏土、糯米汁搅拌夯筑，有崤函之固。欲破此城，戛戛其难。公元 427 年，拓跋焘率轻骑三万，长途奔袭，突现统万城下。他采用声东击西、引蛇出洞的战术，终使城中夏军出城，落于魏军布下的口袋阵。夏兵大溃，夏主赫连昌（刘勃勃次子）率残部弃城而逃……拓跋焘即位后，匈奴后裔柔然，又成为东起外兴安岭，西逾阿尔泰山，南到外蒙大漠，北至贝加尔湖的强大游牧国家，对北魏王朝构成了严重威胁。公元 429 年春，拓跋焘发动了他称帝后最大一次对柔然的主动出击。其时，柔然无备，民畜遍野。魏军云盔雾甲，如天兵飞降，柔然措手不及，仓促烧毁帐舍，慌不择路，狼奔豕突。拓跋焘兵分数路，飞马急追，在东西五千里，南北三千里的大漠和草原上，展开了地毯式的大搜捕。使得柔然三十万户牧民归降北魏，敕勒部（即高车部）亦有三十万人投降拓跋。拓跋焘将这些降顺的部落，迁至漠南几千里的北魏边境，在魏军监督之下，从事农耕和畜牧，岁岁向拓跋皇廷交贡纳税。继而，拓跋焘又东征辽海，平定北燕；西出秦陇，翦灭西凉……在这一连串的征战中，拓跋焘与其祖父拓跋珪一样，将奔袭战、运动战、游击战、阵地战、攻坚战、歼灭战，演绎得出神入化，使北魏成为中国历史上第一个由马背民族创建的饮马长江的王朝。

拓跋焘一统北中国后，偃兵息武，大倡文治。比其祖辈、父辈，益发求贤若渴，礼贤下士。在选贤任能时，他对有大略者不问种族，有大才者不分贵贱。他多次下诏，征选遗落稗野民间的逸士。当他得知一些州郡官员，在延揽人才时，有胁迫行为，又再下敕令，告诫群臣，对征召士子，要高看一眼，厚爱一层。受拓跋焘惜才、爱才诚意之感召，通晓经义的学者，文章冠世的名儒，纷纷来到平城。拓跋焘对北魏所灭诸国中的汉族官吏，不计前嫌，量才录用；他对从南朝归顺而来的廊庙之才，更是青眼有加，委以重任。斯时，南朝刘宋皇室，见北魏良将如雨，谋士如云，常使反间计，图谋造成北魏君臣失和。拓跋焘以过人的明察和任人不疑的胆识，数次戳穿了南朝谋士的鬼蜮伎俩。这就使得在南朝有志难伸的高人介士，骥子龙文，纷纷越江而来，会聚北魏。对此，北魏高允曾写下《高士颂》，以志其盛。

拓跋焘早就意识到，只有提升鲜卑官员的汉化水准，才是巩固政权的有效手段。为拓展汉语的表达功能和书写领域，他令朝中汉臣新造汉字千余，经他一一审定后，诏布天下。他在北讨南征时，即在京都城郊办起太学，让鲜卑子弟，研读汉族经史，学习儒家文化。

拓跋焘在生活上远避奢靡浮华，衣不多备，食不多味，行不多车马，要求后宫也要节衣食，俭财用，禁侈泰。他赏罚严明，对为国尽力尽忠者，不论是士卒还是官员，多有赏赐；而对外戚内亲，从不多赐额外财物。朝中权臣，曾多次上谏拓跋焘修缮扩建皇宫，以彰天子威仪。拓跋焘以夏都统万城虽皇宫豪华、城墙坚固却被本朝所陷为例，严词驳回权臣奏章。他即位不久，便按农户贫富程度，诏令富裕户照常纳赋，中等户免赋两年，贫困户免赋三年。在审定朝臣制定的法律时，凡不利百姓之处，他下令一一删改……凡此种种，使马背民族与荷锄民族的融合，很快闪出了一抹亮眼的曙色。

乱世造就了拓跋珪，历史选择了拓跋焘。这祖孙二人在北中国山川大地上留下的刻痕，早被岁月久久地尘封，鲜为今人所知。但这些一千五百多年前的旧事逸闻，却仍能与时间抗衡，成为当今的鉴诫，后世的教训。

五

皇后作为封建帝王的嫡妻，凭借着香宫贵位，隔一帘纱幕，在中国历史上编织出了多少或悱恻或缠绵或凄美或残忍的故事。由于封建史家的大汉族情结及大男权主义，对北魏参政一朝、摄政两代的冯太后，鲜有提及，甚至连她的雅名芳字也给隐去。然而，论及冯太后其德其才其智其绩，都远远高过在历史上大出风头的汉吕后、唐武后、清慈禧者流。这位不被史家看重的冯太后，却是北魏中兴的真正的“总设计师”。正是她，在北魏江山社稷的画稿上，硬黄匀碧，尽情挥洒，写下了标新立异、恢宏隽妙的画卷。

冯氏祖籍河北，生于长安。祖父曾是“十六国”时的北燕国君，父亲曾为北燕广平公。拓跋焘平燕时，冯氏的祖父为停战言和，屈将冯氏的仪态绝丽的姑母献给北魏后宫，成为拓跋焘的昭仪。幼年的冯氏，失母丧父，便被姑母带进宫中。冯昭仪对侄女呵护备至，四书五经，天文地理，文学历史，宫廷礼仪，无不悉数传授。冯氏冰雪聪明，口不绝吟，很快便以容貌靓丽、顾影合度、温文尔雅，成为宫中的“小明星”。公元452年，十三岁的拓跋濬即位，成为北魏第五代皇帝。冯氏十一岁便被封为贵妃，十四岁时，她艳压群芳，“美”挫另外三位竞选对手，成为拓跋濬的皇后。

拓跋濬登基前，宫中宦官宗爱，在八个月内连弑拓跋焘、拓跋余两帝，弄得朝野上下人心惶惶。幸有忠于魏室的几位大臣，诛杀了宗爱，方稳定了朝局。冯氏立为正宫后，便同十六岁的拓跋濬鸾凤和鸣，共克时艰，采取宽刑简政、与民生息等安国之策，渐次使北魏物阜民康。正当这对琴瑟和谐的帝后，欲大展强国富民的抱负之时，天不假年，年仅二十六岁的拓跋濬，竟驾崩于平城。

按拓跋葬仪风俗，国丧三日那天，皇帝生前所御用器物，要在陵前全部焚烧。失君之痛，令冯皇后肝肠寸断，不能自持。她挣脱搀扶的宫女，纵身一跃，投进熊熊烈焰之中。太监们手疾眼快，速把皇后救起，才使得昏迷的冯氏安然脱险。

这纵火一跳，使一身素缟的冯氏，在鲜卑人的心目中，俨然成了浴火重生圣洁无比的天鹅。

这纵火一跳，不仅使冯氏这位汉家女在满朝文武心目中的形象越发高大；她以死殉夫的忠贞，也在民间传为美谈。

拓跋濬称帝后第四年，立两岁的拓跋弘为太子。根据开国皇帝拓跋珪立下的“子贵母死”的规矩，太子的生母李夫人即被赐死。拓跋濬便让他极为信赖的皇后冯氏，抚养太子弘。母亲是伞，是豆荚儿；稚童是伞下的宝贝，是荚里的金豆儿。冯氏对拓跋弘精心鞠育，恩同再造。从另一个角度说，冯氏取得了对太子的抚养权，也就等于为她树起一架攀上北魏权力峰巅的天梯。拓跋弘继位时，仅有十二岁。前朝权可倾国的大将军乙浑，觉得皇上年幼可欺，便盗用皇帝诏令，呼朋引类，肆无忌惮地诛杀异己，不臣之心，昭然若揭。弄得京都平城，一片腥风血雨。幼帝拓跋弘，只知在母后冯氏面前啼哭。是冯氏只手擎起了北魏皇权之安。为保全母子生命，冯氏先是以屈求伸，封乙浑为丞相，总揽朝政；继而又暗中笼络朝中几位耿介之臣，派兵一举将乙浑诛杀，灭其三族……在这场捍卫皇权的角逐中，年轻的冯太后显示出过人的政治智慧，由一代佳丽变为铁腕人物。她断然从幕后走向前台，临朝听政。她重用一批治国能臣，使朝局趋向稳定。一年后，拓跋弘的长子拓跋宏出生，冯氏还政于拓跋弘，悉心鞠养皇太孙。

拓跋弘掌国初始，凡朝中疑难大事，还请母后定夺。随着羽毛渐丰，生性优柔寡断的拓跋弘，却变得自以为是。对母后的治国方略，他畏首畏尾，不予实施。冯氏对拓跋弘多次规劝、敦促乃至训斥，使他抵触情绪愈来愈大。见国事日非，头绪难理，十七岁的拓跋弘便将帝位禅让给五岁的拓跋宏，当起了太上皇。他躲进崇光宫，日夜礼佛。当冯氏以太皇太后的身份，辅佐孝文帝拓跋宏处理朝政时，太上皇拓跋弘竟指指戳戳，时常插一杠子。朝中前尚书李欣，调相州任刺史两年间，横征暴敛，强取豪夺，当他把十大车金银珠宝及细软之物运回京都平城时，激起了民变。冯氏当即将李欣打入死牢。李欣唆使其女婿向拓跋弘告密，言太皇太后冯氏与中领军李奕有苟且之事。太上皇闻知，当即将李奕诛杀，赦免李欣。弘、欣二人密谋，要用糕点毒死冯氏。东窗事发，冯氏气得蛾眉倒竖，凤眼圆睁，她果决出手，派人鸩杀了拓跋弘，再度临朝柄国。

痛苦的报酬是经验。养子反目、面首被诛的事实，告诉冯氏，不采取霹雳手段，其命运注定会重蹈覆辙。她先是将拓跋弘的左辅右弼、心腹大臣，清除殆尽；又将幼主孝文帝拓跋宏生母一族，在朝中的势力也一一肃清。与此同时，她将胞兄冯熙及两个情人王叡、李冲委以重任；将德高望重与前朝皇帝若即若离的大臣，收买拉拢过来。另外，冯氏还擢升了一批对她忠心耿耿的宦官，让他们死心塌地充当自己的鹰犬耳目……皇冠虽仅是一顶镶金缀珠的帽子，但争夺起来，从来都是刀飞血溅。胜者必须既是猛虎又是狡狐，冯氏概莫能外。值得庆幸的是，冯氏翦异排他，绝非仅为一己之私，而是为了大展她积蕴已久的政治抱负。

汉人史家在著录这段历史时，出于男权心态，对冯氏养面首一事，多有指责。历史上，秦始皇后掖中有万名丽人的香阵，唐玄宗宫廷里有四万美媛的艳景，可史家在记述时，不过是理重事复，甚至津津乐道。其实，性爱是人类心理感受中最为敏感的神经元，是人生享受中最大的享受，人在这种感受中获得的快乐也是最大的快乐。二十四岁守寡、雪肤玉貌的冯氏，仅与二三情人宠臣，在宫闱里两情缱绻，效鱼水之欢，当在情理之中。

思危则安，思亡则存，思乱则治。太皇太后冯氏在掌控了朝局后，便展开了多层面、系统性的政治和经济体制的大变革。

公元484年，她首先推行了“班禄制”。在这之前，北魏的大官小僚，仅靠战争掠掳，来满足或豪华或小康的生活。拓跋焘统一北方后，战争益少，单靠掠夺，已是短绠汲深。于是，贪污之风盛行，官员中出现了贫富悬殊的巨大反差。曾在拓跋焘朝写下《高士颂》的高允，此时已身居中书令高位，但他仍清廉自守、不饮盗泉，竟全家栖身破草房，仅靠咸盐煮青菜度日。然而，像高允这样的清官，毕竟寥若晨星，而大贪小贪却如过江之鲫。冯氏对各级官吏及皇室成员，一律按官阶定禄，统由国家发给米、帛、田户、力役等。同时，她还主持制定了极为严苛的惩贪刑法，凡贪污、勒索之财物达一匹绸绢之价值者，即判死刑……民不富足而政权稳固的王朝，亘古未有。志存高远的冯氏，于公元485年，又在北魏紧锣密鼓地推行了“三长制”和“均田制”。

此前，北魏各地实行“宗主督护制”，宗主以“督护”地方的身份，代朝廷征收租税。这些宗主们，名义上虽自称一户，实则为三五十家，甚至多达百余家。他们瞒报户口，把应交赋税据为己有的劣行，使得国库空虚，佃民一贫如洗。加之显宦豪强广吞田产，强占山林牧场，使国家可控土地，益见稀少；无田可耕、啼饥号寒的百姓走投无路，以武力抗争的事件，时有发生。为解黎庶于倒悬，冯氏派出大批官员，在夏收秋种时节，出其不意地于田间清查户口。在彻查人丁之后，她排除一切阻挠，雷厉风行地推行起了“三长制”：五家为一邻，五邻为一里，五里为一党；邻有邻长，里有里长，党有党长。三长制之实行，赋役由此前所谓一户，变为真实的一家，朝廷可直接掌控，这就大大加强了北魏王朝的中央集权统治。

“三长制”初成，冯氏又以孝文帝的名义下达了“均田令”。均田制规定：凡十五岁以上的男子，每人授露田四十亩，女子减半；奴婢授田数与平民相同；一头耕牛授田三十亩，以四头为限；官员也按职位高低，授予数目不等的公田。露田、公田为粮田，所有权归国家，且根据人口、耕牛的变换情况，随时调整。另外，每个男子授桑田二十亩，女子五亩，用以种植桑、枣、榆、麻等经济作物。桑田为“世业田”，可代代相承。冯氏还采取特别优惠的政策，鼓励百姓由地少人多的“狭乡”，迁至地广人稀的“宽乡”……均田制所含纳的内容，环环相扣，细针密缕。在甘露普洒人间的同时，还尤为眷顾鳏寡孤独等弱势群体。

均田制的推行，使北魏的生产力像井喷一样尽情迸发。广袤的山川大地上，每一片，每一垄，都成了天下黎庶忘情恋栈的“伊甸园”。拓跋鲜卑由开国之初，学习荷锄民族田园生活的“仿本”，一下变成具有原创色彩的农业文明的“正版”。这具有全新意义的封建均田制，成为北齐、北周、隋唐的“沿用本”，历三百余载而不衰。且为以后各朝各代的统治者，在如何对待“农田”这个事关国运的大课题上，提供了不可或缺的“蓝本”与“参照本”。由是观之，冯氏的均田制，无疑是中国农业文明史上的一块永闪光华的里程碑！

一代国色安天下，锦绣心机“史”中藏。自幼饱读史书的冯氏，深谙封建王朝的覆亡多由腐败引起，而腐败又往往从皇室内部发端，而后上行下效，蔓延全国，最终导致政权彻底崩溃。冯氏二度柄国后，面对北魏王室及各级官员的腐败日甚一日，在推行班禄制前夕，就大造“反腐倡廉”的舆论。她以华夏历史为殷鉴，亲自为北魏王室成员，撰写了珠圆玉润，文采斐然，朗朗上口，多达三百余章的《劝戒歌》。《劝戒歌》告谕王室成员要自珍、自重、自廉、自律，守节不移，公忠体国，并将之定为皇室学馆的必读本。

冯氏儿孙辈的王室成员，在反复诵读《劝戒歌》后，尚能遵章守规；而与冯氏同辈的诸王，却对冯氏的良苦告诫，视为耳边轻风。怀朔镇将、汝阴王拓跋天赐，雍州刺史、南安王拓跋桢，均是冯氏之夫君拓跋濬皇帝的弟兄，这“二王”贪赃枉法，纸醉金迷，为北魏王朝的两大巨贪。冯氏派两个“专案组”，分头去彻查二王之后，将二王押回京城，欲施以极刑。朝中几位老臣再三跪请，冯氏迫不得已，才免二王一死。但在以孝文帝名义颁布的诏令中，仍列举二王十恶不赦的罪行，以儆效尤，并将二王打入囚牢，终身禁锢。时隔不久，冯氏得悉，她派出的专案组组长朝中大臣闾文祖，在赴长安侦破南安王犯罪事实时，有受贿行为，便当即革去闾文祖的官职……冯氏在这场“反腐风暴”中，对皇族中的二王尚且如此严惩，对其他贪官污吏更不手软。当她接到知情者举报秦州刺史尉洛侯、雍州刺史目辰、长安镇将陈提等人贪污不法时，气得周身颤抖，便即刻派人去查清了他们的罪行，旋即下令处死洛侯、目辰，发配陈提。这之后，冯氏又以孝文帝的名义，下诏罢免了从中央到地方的一千余名只反小贪，不反大贪，只捉“苍蝇”，不打“老虎”的办案官员……这一系列厉法禁令必行，罪则治的反腐举措，使得侥幸落网的贪官，捻神捻鬼，睡不安枕，黑手不敢再伸；而那些本来清正的官员，益发勤政廉政，脂膏不润。

人类社会进程犹如浩浩东去的长河，它既是历史的，又是现实的。一千五百余年前，太皇太后冯氏在北魏的反腐刺贪的史实，已超越时空；她所擒拿的那一批批赃官墨吏，仍如同从当今河池里捕捉的鱼鳖虾蟹一样，在我们面前活蹦乱跳。

班禄制、三长制、均田制和整饬吏治等全方位的大变革，使北魏很快走向鼎盛与辉煌。据《魏书》记载，太皇太后冯氏辅佐孝文帝掌国期间，“百国千城，莫不欢附”“九州致贡，殊域来宾”“商胡贩客，日奔塞下”……当时北魏辖户五百万，人口两千五百万，是当时世界上人口最多的国家之一。

司马迁有云：“恃德者昌，恃力者亡。”太皇太后冯氏，深明“俭为德之共，奢为恶之大”的奥义。她清茶淡饭，衣不完采。她经常带着皇孙孝文帝深入民间，访贫问苦。在均田制实施的第二年，北魏大旱，百姓望云霓而断颈，禾苗盼甘霖而折腰。冯氏在开仓赈灾的同时，下令停建朝廷的楼堂馆所，并把宫中与纺织无关的宫女，发送出宫。不久，又在宫中停止制作皇室所用的绫罗，还把宫中十分之八的衣物珍宝、太官杂器、太仆乘具、内库弓箭刀铃以及外府的大半衣物、缯布、丝纺一一分发给六镇戍兵、贫民和残疾人。

冯氏见皇孙孝文帝已能不折不扣地贯彻她的治国大计，便淡出了政治舞台。这时，冯氏越发显得宅心仁厚。她的心境像秋日的呼伦湖一样淡定、澄明；她的心态像大雪后的呼伦贝尔草原一样宁静、轻软。一天，冯氏身体欠安，需服菴闾子。御厨因夜间失眠，误把稀粥当汤药端给了太皇太后，而且稀粥里还有一只死蜻蜓。孝文帝见状，勃然大怒，下令处死御厨。冯氏摆手制止，用筷子挑出蜻蜓，边喝粥边笑吟吟道：御厨做的这粥太香了，连小蜻蜓也飞来凑热闹……公元490年深秋，冯氏魂归普陀，享年四十九岁。纵观冯氏刚柔并济，王霸张弛，屈辱过，哭泣过，仇恨过，挚爱过，欢笑过，开明过，光辉过的一生，会令多少男性君王自愧弗如!

孝文帝嘉给皇祖母的谥号为“文明太后”，可谓实至名归。

六

文化是个复合体。它包括信仰、宗教、道德、法律、知识、艺术、风俗及人作为社会一员所形成的习惯等。文化是一个国家与民族的生存之根，是生生不息的灵魂与血脉。最终印证一个国家和民族伟大的，是她的文化。北魏王朝在文明太后冯氏主政时期，在中国历史上第一次形成了游牧文化与农耕文化、华夏文化与外域文化兼容并蓄的显著特质。

这特质集中体现在大同云冈石窟佛教造像上。

云冈石窟位于今大同市西郊武周山南麓，石窟依山而凿，东西绵延一公里，现存石窟五十三座，造像五万一千余尊，佛像最高者达十七点八米；动植物花纹浮雕图案，更是不可胜数。其工程之大部分，告竣于文明太后柄国期间。

公元 446 年，太武帝拓跋焘西征长安镇压“盖吴起义”时，发现一寺庙内，暗藏兵器，群聚淫乱，遂发生了历史上有名的“太武灭佛”事件。这之后，北魏朝中，内侍宗爱“连弑二帝”；引得朝野上下，说佛谈禅，甚嚣尘上。即位不久的文成帝拓跋濬，在皇后冯氏及大臣们的极力撺掇下，再度复法兴佛。

公元 452 年，拓跋濬颁诏：凿石造佛，如我帝身。僧师与工匠于兴安初年，凿出一尊魁梧的“兴安佛像”。这尊释迦像的脸上、足上，竟各有黑石，冥同拓跋濬面上、脚上的黑痣。这将梵宫之“梁”，换作帝王之“柱”的手段，显示出拓跋王朝过人的精神统治智慧。这种艺术上的胆略和气魄，也只有马背民族才能做得出来!

翌年，西域高僧昙曜，应诏来到平城。不久，他即被拓跋濬与皇后冯氏尊为帝师。在冯皇后的董理下，由昙曜主持，皇家又相继开凿出“昙曜五窟”（现第 16 至 20 窟）。五窟从开国皇帝拓跋珪到时任皇帝拓跋濬，一帝一窟，依次而建。每窟一石门，一石窗，外壁雕满千佛，主佛释迦均高达十三米以上。它们或坐或立，无不假释迦之躯，雕皇帝之态，借释迦之仪，传皇帝之神。使云冈石窟，成为神圣不可侵犯的拓跋皇室祖庙。

这借佛之望，增帝之威的“僭越”，挣脱了中外造佛艺术的绳墨，恰恰成为鲜卑人在佛文化上的独创。那一尊尊圆髻方额、高鼻深目、眉眼细长、嘴角上翘、巨耳垂肩、身躯健硕的释迦，神情既威严又可亲，气度既恢宏又睿智。在这里，释迦俨然成为从呼伦贝尔大草原上走来的“顶天立地奇男子，照古腾今大丈夫！”

一切能够永存的艺术作品，是用它时代的本质雕刻的。昙曜五窟中的释迦，是西域造像艺术东传后的顶级作品。从五尊释迦眉梢、嘴角上流溢出的微笑里，每个人都会有着不同的解读。我们读到的可以是，佛家那普度众生的慈悲、亲和、怜悯与宽容；也可以是，一个从刀林剑丛中杀出的马背民族，在文化上的自信、自觉、独尊与高贵。这佛爱无涯和权力至上，佛光普照和皇恩浩荡的巧妙契合，所形成的独特风格，使昙曜五窟产生了永恒的艺术魅力！

我曾两次拜谒过云冈石窟。鲜卑族对游牧文化的守望与眷恋，令我感慨良多。各民族的文化差异，是每个民族的特征和标志。舍弃这种差异，其文化就成了不伦不类的摹本。云冈早期开凿的石窟，形状与穹顶，均如同放大了的巨型草原毡包，大佛释迦身着的袈裟，或披或袒，那厚重的衣纹，酷肖草原的毛纺织品。云冈之中、晚期开凿的佛窟，呼伦贝尔大森林、大草原的美的元素，仍随处可见。拓跋氏将有着“森林神兽”之称的驯鹿，镌于石窟门楣，让鲜卑族的图腾，在佛堂里占有一席之地；拓跋氏将挺拔修直的白桦，刻于石窟立柱，使庄严的佛殿，平添了隽永秀逸的诗意。梵宫本是莲界，而云冈的一些石窟里，却将大草原上的花草，点缀其间，使莲花的梵宫，益发气韵生动。鲜卑人还将佛教中“白马吻足”的故事，刻于佛堂明窗两壁，让他们刻骨铭心的爱马情怀，得以细腻感人地展示。石窟里护法神鸟那折扇般的翅羽，飞天那翩然而翔的衣袂，很容易让人们联想到呼伦湖畔白天鹅、丹顶鹤们的典雅、娇娜、舒展的舞姿……风格是思想的衣裳。鲜卑族毫不掩饰的对游牧文化的守望与眷恋，足以引导人们走进他们灵魂的秘境。

守望与包容，是民族文化发展的两个密友。鲜卑族在建筑云冈石窟时，一刻也没有忘记艺术上的兼收并蓄。文明太后冯氏主政时，云冈石窟汉化倾向日见明显。在洞窟形制上，不仅有毡包形，更多地出现了具有荷锄民族风格的前后殿堂式和方形中心塔柱式。随着石窟面积的大幅增加，雕刻的形式及内容，也异彩纷呈。这些佛窟里，虽仍以释迦、菩萨为主雕，但释迦的十大弟子及飞天、比丘、力士、金刚、伎乐天等，皆一一雕在殿内两侧、四壁、窟顶及由雄狮、大象驮起的廊柱上。佛经的故事，也多被雕在石窟各处，使中国传统建筑的云冈石窟，充满了佛国仙境的浪漫。云冈六窟之中心塔柱下的佛龛里，有一“九龙灌顶”的石雕。原佛经中，有二龙为释迦吐净水沐浴的情节，而在这里却变为九龙。“九”在中国为最高之数，“一言九鼎”，“九五之尊”，是皇帝常用和专用的术语。英国历史学家汤因比的“佛教一进入中国即被中国化了”的说辞，在这里得到了确切的佐证。

最能代表云冈艺术之兼收并蓄的，当属第十二窟。此窟亦称音乐窟。其前室北壁上，伎乐天们，手持中原、草原、西域、中亚的各种古代乐器，或拨或弹或吹或奏或击或打或敲，组成了一支庞大的“交响乐团”。这场面，这情景，仿佛是在看不见的皇室巨手的幕后指挥下，共同吹奏着北魏的经济强盛曲，文化繁荣歌。

智慧的人类，为使各民族及个人的历史，能彪炳千秋，常以文字的形式，或铸于铜鼎，或写于竹帛，或载于纸页，有的帝王甚至将自己的形象塑成金身。而从嘎仙洞石室走出来的拓跋氏，最钟情、最信赖的却是石头。拓跋濬在复法兴佛的诏令中曾云：纸帛易破，泥塑易碎，金像易烁，唯石雕可与天地共长。云冈石窟，实则是一部拓跋王朝的石刻之历史，“无韵之离骚”。

历史常是胜利者的自我宣传。作为胜利者和为北魏谱写出壮美华章的文明太后冯氏，有资格被雕于这石刻历史上。

文明太后掌国后的云冈佛像，一改此前清一色男性佛像的单调，在一些雕像中，出现了女性化特征。女人，常被誉为上帝微笑的化身；没有一种力量，能比一个自信而美丽的女子的微笑，更能征服人心。这将佛像女性化的艺术变革，使云冈佛像的佛光，更能照彻人的心胸中的蕴蓄，夺人魂魄。第七窟之“六美人”之佛雕，“宝相庄严，拈花带笑”，是变革后的代表作。云冈石窟，雕有多幅有关太子的佛经故事。那“姨母养育太子”的情景，仿佛不是来自佛经，而是冯氏抚养两代太子的移花接木。云冈有近四百处释迦与多宝二佛并坐的雕像，此乃暗喻文成帝拓跋濬与皇后冯氏，“二圣”共理朝政。孝文帝拓跋宏对祖母冯氏至孝至顺，在祖母过世后，特颁诏将最豪华的第六窟命名为“佛母洞”，旨在称颂创造出“正版”农业文明的太皇太后的大功大德……建筑与雕塑常是考量一个国家文明的尺度。云冈石窟，是以皇权的意志，集北魏的高僧逸士、画师国手、能工良匠，建造的国家级工程。

云冈，是今人解读北魏政治、经济、军事及文化艺术的石刻的“四库全书”。

云冈的全石化建筑，富丽堂皇，雍容华贵，闳阔深沉，巧夺天工，既具自然美，又富规则美；云冈的石像、石雕惊世骇俗，别树一帜，豪荡奇峭，流丽精工，是形之于石的诗，也是形之于佛的画。

云冈石窟，是荷锄民族与马背民族联袂创造的文化宝石，也是中华民族献给全人类的艺术明珠！

“城中好高髻，四方高一尺，城中好大袖，四方全匹帛”。云冈石窟的修建，引得北魏疆域内的礼佛造像，蔚成风气。各地官员及百姓，仿效皇家之举动，纷纷推陈出新，佛为我用。妻子为亡夫造佛者有之，儿子为先父造佛者有之，子孙为先祖造佛者亦有之。一时间，竟出现了梵宫遍立，万佛争竖的景象。达官贵妇及富豪，也学着皇廷的样儿，将家族历史、个人生平，刻在石头上，一股“墓志铭”之热，也兴起于北魏……文化的力量在于对人的心智、美学、道德的培养。倘若说文明太后冯氏董建的云冈石窟，足可以在世界美术史上永灼其华；那么在她精心启蒙、训迪、教化乃至激励、鼓舞下成长起来的一代英主拓跋宏，该是她的最得意“作品”。

文明太后谢世后，独掌朝纲的拓跋宏，承袭了祖母的衣钵，以文治为中心，加速汉化，完全实现了鲜卑族与汉族的大融合。

孝文帝拓跋宏在位期间，最大的举动，是于公元 495 年秋，将帝都从平城迁至洛阳，使这个荒废了一百七十余年的汉、晋古都，又以万象更新的姿态，矗立于中原大地。街道的宽阔，宫殿的巍峨，佛寺的华美，自不待言。那为富商大贾专划的居住区，那为雅士、艺人专辟的街道，那为酒家、茶客规置的酒肆茶楼，无不绿树掩映、错落有致。那为江南来客专建的“金陵馆”，那为东方来宾专造的“扶桑馆”，那为塞外友朋专设的“燕然馆”，那为西域睦邻专修的“崦嵫馆”，也是人到熙熙，马到攘攘。龙门石窟，也应运而生。当时的洛阳，成了亚洲文化的中心。

迁都洛阳前后，孝文帝对鲜卑族全盘汉化。他先是修订刑律，将此前斩刑犯人时“除衣裸体”、一人犯罪“株连全族”等之酷恶之法废除；接着又改官制，中央及地方一律按汉制设立文武官吏，同时取消王公贵族世袭爵位的制度。他下令废陋婚，厉禁鲜卑同姓人通婚，并亲做月下老，促成皇室子弟与汉族官员的儿女结为姻亲；他敕令改制鲜卑服饰，无论男女，一律着汉服。他颁诏讲汉话，朝中凡三十岁以下的鲜卑官员，“不得以北俗之语，言于朝廷，若有违者，免所居官”。为把汉化进行到底，他将鲜卑族的一百一十八个复音姓，全部改为汉姓；并率先垂范，将“拓跋”改为“元”，自尊元宏。于是，“丘穆陵”易为“穆”，“步六孤”易为“陆”，“独孤”易为“刘”，“贺赖”易为“贺”，“纥嵇”易为“嵇”，“尉迟”易为“尉”，“拔拔”易为“长孙”……并定魏、陆、奚、贺、桓、刘、于、长孙等八大姓为国姓，与朝中汉族崔、卢、郑、王四大姓，享受同等政治待遇。孝文帝将朝中鲜卑人的籍贯，通通改为洛阳县；同时还命令死于洛阳的鲜卑贵族，不得还葬平城……服饰、语言乃至姓氏，是每个民族的特征和标志，是血肉关系中最亲密、最不应该泯灭的部分。孝文帝的激进改革，后人褒贬不一。鲜卑这个民族经过无以复加的汉化，最终消失，无疑是一个民族的悲哀。但换一个角度看，荷锄民族与马背民族第一次真正的大融合，对推动中华文化大发展的意义，也不应低估。

一个民族的文化越是悠久，文明越是彬彬有礼，它风尚的诗意则会愈来愈少。要使一个民族的文化经久不衰，就必须不断给其注入新的刺激与活力。

书法，是中华民族精神家园里独有的一方仙苑；书法，是中国传统文化的核心。书法在篆、隶、楷、行、草五体之外，还有一体曰“魏碑”。魏碑正是野性飞扬、悟性灵动的马背民族鲜卑人，在对汉文化的冲击与融合中诞生的。它上承汉隶，下启唐楷，隶楷兼备。康有为言魏碑有“十美”：一曰魄力雄强，二曰气象浑穆，三曰笔法跳跃，四曰点画俊厚，五曰意态奇异，六曰精神飞动，七曰兴趣酣畅，八曰骨法洞达，九曰结构天成，十曰血肉丰美。与康齐名的梁启超，对魏碑也情有独钟，说“书法以北魏为主系，唐为润系”。在我国现存的诸多魏碑中，以莱州的《郑道昭碑》、西安碑林中的《晖福寺碑》和孔庙的《张猛龙碑》，最享盛名。自北魏以降，历代书法大家，大都视魏碑为圭臬，经反复研摹，方自成一格。清代的书法大家赵之谦，近代的书法巨匠弘一法师、于右任，都曾师从魏碑……胡风汉制的北魏，对中华文化的巨大贡献不独石雕、石刻及魏碑。那“天苍苍，野茫茫，风吹草低见牛羊”的《敕勒歌》，至今仍是受众面最广的古民歌之一；那《木兰辞》中之“朔气传金柝，寒光照铁衣”的警句，至今仍勃发着中华儿女的豪气。大受毛泽东激赏的郦道元的《水经注》，至今仍是研究中国古代江河及历史地理的经典教本；贾思勰的《齐民要术》，至今仍是探究古代黄河流域农业技术的必读书。北魏还大量翻译了佛经，使儒释道三教，在中国初成鼎足之势……从呼伦贝尔大草原走出的鲜卑族建立的北魏王朝，在中国历史上存在了一百四十九年。这在封建王朝的“周期律”里，寿命不算长也不算短。鲜卑族虽然消失了，但这个在中原大地上，曾留下过嘹亮歌声和矫健身影的杰出民族，是永远不会在中华史册上消失的。它的历史活着，它的文化活着。鲜卑族与汉民族，早已你中有我，我中有你。隋文帝的独孤皇后是鲜卑人，唐高祖李渊的母亲是鲜卑人，李世民的长孙皇后是鲜卑人，唐代诗人元稹是鲜卑人，辽金诗人元好问也是鲜卑人……隋唐五代，有大批鲜卑人南迁成为客家人，客家人代有英杰辈出，更是不争的史实。

文化的强大影响力，是人类不断前进的助推器。北魏王朝在文化上的开放、开明与开通，为李唐王朝提供了借鉴，为托起一个盛唐搭起了平台。李唐政权持汉制，取胡风，一改秦始皇的“非秦纪皆焚”，汉武帝的“独尊儒术”，将少数民族视为中华民族大家庭的兄弟，以更广阔的襟怀，更大的包容，更全面的融合，将中华文化推向了风光无限的峰巅。

七

拜别嘎仙洞，沿着鲜卑族西迁、南下的路线，我们在呼伦贝尔的额尔古纳市的根河岸边驻足。它的北面、东面是大兴安岭，西南面是呼伦湖，南面是千里一碧的大草原。

呼伦贝尔，是一片何等神奇、神秘而神圣的土地啊！它既是马背民族的主要诞生地，也是游牧文化的重要输出地。

这里曾走出契丹族。契丹建立的大辽国，其疆域面积是北宋的一倍。它与北魏王朝一样，胡风汉制，在中国的经济史、文化史上，也留下了一道道瑰丽的风景。

这里曾走出女真族。女真人曾龙腾虎踔，掌控过大半个中国。大金国面对以奢靡拥抱着皇权、怯懦猥亵着果敢、阴谋扼杀着忠勇、淫乱侮弄着情爱的南宋，抵瑕蹈隙，发起过翻江倒海的进击。马背民族带给荷锄民族的是一声声惊雷，一个个震撼。女真人在无情冲击腐朽南宋王朝的同时，也十分注重用汉文化的儒雅，去填补本民族慓悍心灵的露缝。当时的金朝，上自帝妃，下至百官，以赋诗填词为尚。海陵王曾吟出“大柄若在手，清风满天下”“提兵百万西湖侧，立马吴山第一峰”的豪迈诗句。金章宗和李妃于琼华岛并坐赏月时，竟也玩起汉人联对、组字的游戏，章宗口占“二人土上坐”，李妃即刻对以“孤月日边明”。章宗用两个“人”于“土”上组成“坐”字;李妃以“月”比己，以“日”喻帝，用日、月结成“明”字……这里诞生了有着谜一样色彩的英雄的蒙古族。呼伦湖周边的敖包山、马蹄坑、脚印湖、拴马柱、石马群、苍狼白鹿岛之自然景观，无不与一个如雷贯耳的名字——成吉思汗联结在一起。成吉思汗的母亲诃额仑，生于呼伦贝尔，长于呼伦贝尔。成吉思汗九岁时与他日后的皇后孛儿帖，也在呼伦贝尔赤绳系定。一代天骄成吉思汗，正是以呼伦贝尔为大后方，率领着他的蒙古大军，挥动着“上帝之鞭”，像一道道闪电，似一阵阵狂飙，掠过贝加尔湖，掠过叶尼塞河，直达里海；他的马队，长啸于天山脚下，帕米尔高原；他的马队，丈量过外兴安岭的山山水水，也丈量过云南边陲的岭岭峰峰，并与南海一起高歌……当时的元朝，是世界上疆域最大的国家。这梦幻般的谜题，曾令整个世界骇异、费解和太息。蒙古族在打开亚欧文化通道的同时，也创造了本民族的灿烂文化。长达十万行的蒙古英雄史诗《江格尔》、卷帙浩繁的《蒙古秘史》，早已被世界众多国家翻译出版。研讨这两部巨制，已成为当今世界的国际性学科……蒙古族为中华民族定都北京，举行了奠基礼。今北京北海的团城内，有一元初用整块大玉石雕成的“渎山大玉海”，至今它仍睁着巨大的玉一样眼睛，用公正、诚实的目光，见证着一座伟大城市，是怎样在荒野里诞生，于泥淖里分娩……满族的前身是从这里走出的女真人。满族创建的大清国也曾创造出和盛唐“贞观之治”一样民富国强的“康乾盛世”。清朝鼎盛时的国土面积为一千三百八十余万平方公里，是当时世界上国土面积最大的国家……20 世纪 30 年代至 80 年代，在内蒙古赤峰、辽河流域，不断发现的“红山文化”，震惊了中外。蛇形原龙、鹿形原龙、马形原龙，猪形玉龙的出土，宗教礼仪性的大规模的建筑群“积石冢、神女庙、石祭坛”的显现，一再确证，北国的游牧民族和中原的华夏民族，同出一脉，同为中华儿女，同是龙的传人。

天地浮浮沉沉，春秋来来往往，朝代更更替替。以唯物史观去观照历史，自北魏以来，荷锄民族与马背民族的战争，是兄弟阋墙、争坐江山的争斗。在这部长长的历史连续剧里，荷锄民族与马背民族，都曾当过权力的主角与配角。在南北朝、宋辽金时，也曾同为 A 角。纵观中国历史，中华民族总是在割据、对立、抗衡中，最终走向统一的。统一，是中华民族的主题词；统一，是中华民族大发展的最牢固的基石。历史上的每次大统一，各少数民族都以一股股新鲜的血液，激活了汉民族的肌体和机能，优化了汉民族的基因和品质。今日之大同市，曾是北魏京都，辽金陪都，元朝西京，当属历史上民族融合的“金三角”地带。大同自古出美人。从北魏至明朝，大同曾出过二十五位皇后，九名嫔妃……文化同世间的万物万有一样，也会有着诞生、发展、衰退乃至消逝的过程。古埃及、古希腊、古巴比伦、古印度等原生态的“母文化”，同中华传统文化一样古老，一样著名，后均因外族的占领和外族文化的侵蚀，渐次消亡了。中华文明何以历五千年而不衰，在呼伦贝尔这片古老的游牧文化的输出地，在当今这片仍有着四十三个民族居住的圣土上，我们似乎能找到某些答案。

崇尚天人合一，讲究和平仁爱，追求综合包容，是中国传统文化的精髓；但也打有安土重居、封闭自守的农耕文明的烙印。正是因为汉文化有着巨大的向心力和凝聚力，才使得历史上的马背民族和其他少数民族心向往之。然而，正如近亲婚姻，“其生不蕃”一样，单一的文化是不会有强大发展动力的。一种文化必须有多种异质文化的不断刺激、掺和与交糅，才能在互补中焕发出勃勃生机。历史上，马背民族对汉民族的一次次冲击，只会像磨剑石一样，磨去的仅是中华传统文化的惰性，而其剑体越发显得光华四射。

正是五十六个民族文化差异的相互砥砺，才共同书写了中华民族精神的图谱！

呼伦贝尔的记忆，很多很多。它既是中国的记忆，也是世界的记忆。

呼伦贝尔是“中国历史的幽静后院”，也是当今我国硕果仅存的环境后院。

徜徉于根河岸畔，流连于大草原的碧草清流之间，鲁迅在《中国地质略论》中的名言，倏地闪现在我的脑际：“中国者，中国人之中国。可容外族之研究，不容外族之探险；可容外族之赞叹，不容外族之觊觎者也。”

物质丰富世界，文化设计未来。我们正处在经济迅猛发展，传统文化失忆的年代，也处在物欲横流，真善美最容易被击碎的年代。为振兴强大中华民族的国力，我们汲取西方文化的先进部分，是完全必要的。但对某些国家的侵略文化、霸权文化、损他利己文化，我们应像大草原的雄鹰一样，时刻保持高度的警惕……要守住中华文化之根！

（选自《美文》2011 年第 12 期）

中国文脉

余秋雨

一

中国文脉，是指中国文学几千年发展中最高等级的生命潜流和审美潜流。

这种潜流，在近处很难发现，只有从远处看去，才能领略大概，就像那一条倔强的山脊所连成的天际线。

正是这条天际线，使我们知道那个天地之大，以及那个天地之限，并领略了一种注定要长久包围我们生命的文化仪式。

因为太重要，又处于隐潜状态，就特别容易产生误会。必须要纠正的误会有以下六个方向——

一、这股潜流，在绝大多数情况下，不是官方主流；

二、这股潜流，在绝大多数情况下，不是民间主流；

三、这股潜流，属于文学，并不从属于哲学学派；

四、这股潜流，虽然重要，但体量不大；

五、这股潜流，并不一以贯之，而是时断时续，断多续少；

六、这股潜流，对周围的其他文学现象有吸附力，更有排斥力。

寻得这股潜流，是做减法的结果。我一向主张，研究文化和文学，先做加法，后做减法。减法更为重要，也更为艰难。

减而见筋，减而显神，减而得脉。

减法难做，首先是因为人们千百年来一直处于文化匮乏状态，见字而敬，见文而信，见书而畏，不存在敢于大胆取舍的心理高度；其次，即使有了心理高度，也缺少品鉴高度，与多数哄传一时的文化现象相比，“得脉”者没有那么多知音。

大胆取舍，需要锐利斧钺。但是，手握这种斧钺的人，总是在开山辟路。那些只会坐在凉棚下说三道四、指手画脚的人，大多不懂斧钺。开山辟路的人没有时间参与评论，由此造成了等级的倒错，文脉的失落。

等级，是文脉的生命。

人世间，仕途的等级由官阶来定，财富的等级由金额来定，医生的等级由疗效来定，明星的等级由传播来定，而文学的等级则完全不同。文学的等级，与官阶、财富、实效、传播等因素完全无关，只由一种没有明显标志的东西来定，这个东西叫品位。

其他行业也讲品位，但那只是附加，而不像文学，是唯一。

总之，品位决定等级，等级构成文脉。但是，这中间的所有流程，都没有清晰路标。这一来，事情就麻烦了。

环顾四周，现在越来越多的“成功者”都想以文炫己，甚至以文训世，结果让人担忧。有些“儒商”为了营造“企业文化”，强制职工背诵古代那些文化等级很低的发蒙文言；有些电视人永远在绘声绘色地讲述着早就应该退出公共记忆的文化残屑；有些当代“名士”更是染上了古代的“嗜痂之癖”，如鲁迅所言，把远年的红肿溃烂，赞为“艳若桃花”。

颇让人不安的，是目前电视上某些文物鉴定和拍卖节目，只要牵涉到明清和近代书画，就对作者的文化地位无限拔高。初一听，溢美古人，无可厚非，但是这种事情不断重复也就颠覆了文化的基本等级。就像一座十层高塔，本来轮廓清晰，突然底下几层要自成天台，那么上面的几层只能坍塌。试想，如果唐伯虎、乾隆都成了“中国古代一流诗人”，那么，我们只能悄悄把整部《全唐诗》付之一炬了。书法也是一样，一个惊人的天价投向一份中等水准的笔墨，就像一堆黄金把中国书法史的天平压垮了。

面对这种情况我曾深深一叹：“文脉既隐，小丘称峰；健翅已远，残羽充鹏。”

照理，文物专家不懂文脉，亿万富翁不懂文化，十分正常。但现在，现代传媒的渗透力度，拍卖资金的强烈误导，使很多人难以抵拒地接受了这种空前的“文化改写”，结果实在有点恐怖。

有人说，对文学，应让人们自由取用，不要划分高低。这是典型的“文学民粹主义”，似是而非。就个人而言，不经过基本教育，何能自由取用？鼠目寸光、井蛙观天，恰恰违背了“自由”的本义；就整体而言，如果在精神文化上也不分高低，那就会失去民族的大道、人类的尊严，一切都将在众声喧哗中不可收拾。

如果不分高低，只让每个时间和空间的民众自由取用、集体“海选”，那么，中国文学，能选得到那位流浪草泽、即将投水的屈原吗？能选得到那位受过酷刑、耻而握笔的司马迁吗？能选得到那位僻居荒村、艰苦躬耕的陶渊明吗？他们后来为民众知道，并非民众自己的行为。而且，知道了，也并不能体会他们的内涵。因此我敢断言，任何民粹主义的自由海选，即便再有人数、再有资金，也与优秀文学基本无关。

这不是文学的悲哀，而是文学的高贵。

我主张，在目前必然寂寞的文化良知领域，应该重启文脉之思，重开严选之风，重立古今坐标，重建普世范本。为此，应努力拨去浮华热闹，远离滔滔口水，进入深度探讨。选择自可不同，目标却是同归，那就是清理地基，搬开芜杂，集得高墙巨砖，寻获大柱石础，让出疏朗空间，洗净众人耳目，呼唤亘古伟步，期待天才再临。由此，中华文化的复兴，才有可能。

二

文脉的原始材料，是文字。

汉字大约起源于五千多年前。较系统的运用，大约在四千年前。不断出现的考古成果既证明着这个年份，又质疑着这个年份。据我比较保守的估计，大差不差吧，除非有了新的惊人发现。

汉字产生之后，经由“象形——表意——形声”这几个阶段，开始用最简单的方法记载历史，例如王朝谱牒，应该夏朝就有了，到商代的甲骨文和金文，已相当成熟。但是，甲骨文和金文的文句，还构不成文学意义上的“文脉之始”。文学，必须由“意指”走向“意味”。这与现代西方美学家所说的“有意味的形式”，有点关系。既是“意味”又是“形式”，才能构成完整的审美。这种完整，只有后来的《诗经》，才能充分满足。《诗经》产生的时间，大概离现在二千六百年到三千年。

然而，我发现了一个有趣的现象。商代的甲骨文和金文虽然在文句上还没有构成“文脉之始”，但在书法上却已构成了。如果我们把“文脉”扩大到书法，那么，它就以“形式领先”的方式开始于商代，比《诗经》早，却又有所交错。正因为此，我很喜欢去河南安阳，长久地看着甲骨文和青铜器发呆。甲骨文多半被读解了，但我总觉得那里还埋藏着孕育中国文脉的神秘因子。一个横贯几千年的文化行程将要在那里起航，而直到今天，那个老码头还是平静得寂然无声。

终于听到声音了，那是《诗经》。

《诗经》使中国文学从一开始就充满了稻麦香和虫鸟声。这种香气和声音，将散布久远，至今还闻到，听到。

十余年前在巴格达的巴比伦遗址，我读到了从楔形文字破译的古代诗歌。那些诗歌是悲哀的，慌张的，绝望的，好像强敌刚刚离去，很快就会回来。因此，歌唱者只能抬头盼望神祇，苦苦哀求。这种神情，与那片土地有关。血腥的侵略一次次横扫，人们除了奔逃还是奔逃，因此诗句中有一些生命边缘的吟咏，弥足珍贵。但是，那些吟咏过于匆忙和粗糙，尚未进入成熟的文学形态，又因为楔形文字的过早中断，没有构成下传之脉。

同样古老的埃及文明，至今没见过古代留下的诗歌和其他文学样式。卢克索太阳神庙大柱上的象形文字，已有部分破译，却并无文学意义。过于封闭、过于保守的一个个王朝，曾经留下了帝脉，而不是文脉。即便有气脉，也不是诗脉。

印度在古代是有灿烂的文学、诗歌、梵剧、理论，但大多是围绕着“大梵天”的超验世界。同样是农耕文明，却缺少土地的气息和世俗的表情。

《诗经》的吟唱者们当然不知道有这种对比，但我们一对比，它也就找到了自己。其实，它找到的，也是后代的中国。

《诗经》中，有祭祀，有抱怨，有牢骚，但最主要、最拿手的，是在世俗生活中抒情。其中抒得最出色的，是爱情。这种爱情那么“无邪”，既大胆又羞怯，既温柔又敦厚，足以陶冶风尚。

在艺术上，那些充满力度又不失典雅的四字句，一句句排下来，成了中国文学起跑点的砖砌路基。那些叠章反复，让人立即想到，这不仅仅是文学，还是音乐，还是舞蹈。一切动作感涨满其间，却又毫不鲁莽，优雅地引发乡间村乐，咏之于江边白露，舞之于月下乔木。终于由时间定格，凝为经典。

没有巴比伦的残忍，没有卢克索的神威，没有恒河畔的玄幻。《诗经》展示了黄河流域的平和、安详、寻常、世俗，以及有节制的谴责和愉悦。

但是，写到这里必须赶快说明，在《诗经》的这种平实风格后面，又有着一系列宏大的传说背景。传说分两种：第一种是“祖王传说”，有关黄帝、炎帝和蚩尤；第二种是“神话传说”，有关补天、填海、追日、奔月。

按照文化人类学的观念，传说和神话虽然虚无缥缈，却对一个民族非常重要，甚至可以成为一种历久不衰的“文化基因”。这在中华民族身上尤其明显，谁都知道，有关黄帝、炎帝、蚩尤的传说，决定了我们的身份；有关补天、填海、追日、奔月的传说，则决定了我们的气质。这两种传说，就文化而言，更重要的是后一种神话传说，因为它们为一个庞大的人种提供了鸿蒙的诗意。即便是离得最近的《诗经》，也在平实的麦香气中熔铸着伟大和奇丽。

于是，我们看到了，背靠着一大批神话传说，刻写着一行行甲骨文、金文，吟唱着一首首《诗经》，中国文化隆重上路。

其实，这也就是以孔子、老子为代表的先秦诸子出场前的精神背景。

三

先秦诸子出场，与世界上其他文明的巨人们一起组成了一个“轴心时代”，标志着人类智能的大爆发。现代研究者们着眼最多的，是各地巨人们在当时的不同思想成果，却很少关注他们身上带着什么样的文化基因。

先秦诸子，都是思想家、哲学家、教育家、社会活动家，没有一个是纯粹的文学家。但是，他们要让自己的思想说服人、感染人，就不能不运用文学手段。而且，有一些思维方式，从产生到完成都必须仰赖自然、譬引鸟兽、倾注情感、形成寓言，这也就成了文学形态。

思想家和哲学家在运用文学手段的时候，有人永远把它当作手段，有人则不小心暴露了自己其实也算得上是一个文学家。

先秦诸子由于社会影响巨大，历史贡献卓著，因此对中国文脉的形成有特殊贡献。但是，这种贡献与他们在思想和哲学上的贡献，并不一致。

我对先秦诸子的文学品相分为三个等级——

第一等级：庄子、孟子；

第二等级：老子、孔子；

第三等级：韩非子、墨子。

在这三个等级中，处于第一等级的庄子和孟子已经是文学家，而庄子则是一位大文学家。

把老子和孔子放在第二等级，实在有点委屈这两位精神巨匠了。我想他们本人都无心于自身的文学建树，但是，虽无心却有大建树。这便是天才，这便是伟大。

在文脉上，老子和孔子谁应领先？这个排列有点难。相比之下，孔子的声音，是恂恂教言，浑厚恳切，有人间炊烟气，令听者感动，令读者萦怀；相比之下，老子的声音，是铿锵断语，刀切斧劈，又如上天颁下律令，使听者惊悚，使读者铭记。

孔子开创了中国语录式的散文体裁，使散文成为一种有可能承载厚重责任、端庄思维的文体。孔子的厚重和端庄并不堵眼堵心，而是仍然保持着一个健康君子的斯文潇洒。更重要的是，由于他的思想后来成了千年正统，因此他的文风也就成了永久的楷模。他的文风给予中国历史的，是一种朴实的正气，这就直接成了中国文脉的一种基调。中国文脉，蜿蜒曲折，支流繁多，但是那种朴实的正气却颠扑不灭。因此，孔子于文，功劳赫赫。

本来，孔子有太多的理由在文学上站在老子面前，谁知老子另辟奇境，别创独例。以极少之语，蕴极深之义，使每个汉字重似千钧，不容外借。在老子面前，语言已成为无可辩驳的天道，甚至无须任何解释、过渡、调和、沟通。这让中国语文，进入了一个几乎空前绝后的圣哲高台。

我听不止一位西方哲学家说："仅从语言方式，老子就是最高哲学。孔子不如老子果断，因此在外人看来，更像一个教育家、社会评论家。"

外国人即使不懂中文，也能从译文感知"最高哲学"的所在，可见老子的表达有一种"骨子里"的高度。有一段时间，德国人曾骄傲地说："全世界的哲学都是用德文写的。"这当然是故意的自我夸耀，但平心而论，回顾以前几百年，也确实有说这种"大话"的底气。然而，当他们读到老子就开始不说这种话了。据统计，现在几乎每个德国家庭都有一本老子的书，其普及度远远超过老子的家乡中国。

我一直主张，一切中国文化的继承者，都应该虔诚背诵老子那些斩钉截铁的语言，而不要在后世那些层级不高的文言文上厮磨太久。

说完第二等级，我顺便说一下第三等级。韩非子和墨子，都不在乎文学，有时甚至明确排斥。但是，他们的论述也具有了文学素质，主要是那干净而雄辩的逻辑所造成的简洁明快，让人产生了一种阅读上的愉悦。当然，他们两人实干家的形象，也会帮助我们产生文字之外的动人想象。

更重要的是要让出时间来看看第一等级，庄子和孟子。孟子是孔子的继承者，比孔子晚了一百八十年。在人生格调上，他与孔子很不一样，显然有点骄傲自恃，甚至盛气凌人。这在人际关系上好像是缺点，但在文学上就不一样了。他的文辞，大气磅礴，浪卷潮涌，畅然无遮，情感浓烈，具有难以阻挡的感染力。他让中国语文，摆脱了左顾右盼的过度礼让，连接成一种马奔车驰的畅朗通道。文脉到他，气血健旺，精神抖擞，注入了一种"大丈夫"的生命格调。

但是，与他同一时期，一个几乎与他同年的庄子出现了。庄子从社会底层审察万物，把什么都看穿了，既看穿了礼法制度，也看穿了试图改革的宏谋远虑，因此对孟子这样的浩荡语气也投之以怀疑。岂止对孟子，他对人生都很怀疑。真假的区分在何处？生死的界限在哪里？他陷入了困惑，又继之以嘲讽。这就使他从礼义辩论中撤退，回到对生存意义的探寻，成了一个由思想家到文学家的大步跃升。

他的人生调子，远远低于孟子，甚至也低于孔子、墨子、荀子或其他别的"子"。但是这种低，使他有了孩子般的目光，从世界和人生底部窥探，问出一串串最重要的"傻"问题。

但仅仅是这样，他还未必能成为先秦诸子中的文学冠军。他最杰出之处，是用极富现象力的寓言，讲述了一个又一个令人难忘的故事，而在这些寓言故事中，都有一系列鲜明的艺术形象。这一下，他就成了那个思想巨人时代的异类，一个充满哲思的文学家。《逍遥游》《秋水》《人间世》《德充符》《齐物论》《养生主》《大宗师》……这些篇章，就成了中国哲学史，也是中国文学史的第一流佳作。

此后历史上一切有文学才华的学人，都不会不粘上庄子。这个现象很奇怪，对于其他"子"，都因为思想观念的差异而有明显的取舍，但庄子却例外。没有人会不喜欢他讲的那些寓言故事，没有人会不喜欢他与南天北海融为一体的自由精神，没有人会不喜欢他时而巨鸟、时而大鱼、时而飞蝶的想象空间。

在这个意义上，形象大于思维，文学大于哲学，活泼大于庄严。

四

我把庄子说成"先秦诸子中的文学冠军"，但请注意，这只是在"诸子"中的比较。如果把范围扩大，那么，他在那个时代就不能夺冠了。因为在南方，出现了一位比他小三十岁左右的年轻人，那就是屈原。

屈原，是整个先秦时期的文学冠军。

不仅如此，作为中国第一个大诗人，他以《离骚》和其他作品，为中国文脉输入了强健的诗魂。对于这种输入，连李白、杜甫也顶礼膜拜。因此，戴在他头上的，已不应该仅仅是先秦的桂冠。

前面说到，中国文脉是从《诗经》开始的，所以对诗已不陌生。然而，对诗人还深感陌生，何况是这么伟岸的诗人。

《诗经》中也署了一些作者的名字，但那些诗大多是朝野礼仪风俗中的集体创作，那些名字很可能只是采集者、整理者。从内容看，《诗经》还不具备强烈而孤独的主体性。按照我给北京大学学生讲述中国文化史时的说法,《诗经》是“平原小合唱”,《离骚》是“悬崖独吟曲”。

这个悬崖独吟者，出身贵族，但在文化姿态上，比庄子还要“傻”。诸子百家都在大声地宣讲各种问题，连庄子也用寓言在启迪世人，屈原却不。他不回答，不宣讲，也不启迪他人，只是提问，没完没了地提问，而且似乎永远无解。

从宣讲到提问，从解答到无解，这就是诸子与屈原的区别。说大了，也是学者和诗人的区别，教师和诗人的区别，谋士与诗人的区别。划出了这么多区别，也就有了诗人。

从此，中国文脉出现了重大变化。不再合唱，不再聚众，不再宣讲。在主脉的地位，出现了行吟在江风草泽边那个衣饰奇特的身影，孤傲而天真，凄楚而高贵，离群而悯人。他不太像执掌文脉的人，但他执掌了；他被官场放逐，却被文学请回；他似乎无处可去，却终于无处不在。

屈原自己没有想到，他给两千多年的中国历史开了一个大玩笑。玩笑的项目有这样两个方面——

一、大家都习惯于称他“爱国诗人”，但他明明把“离”国作为他的主题。他曾经为楚抗秦，但正是这个秦国，在他身后来世统一了中国，成了后世“爱国主义”概念中真正的“国”。

二、他写的楚辞，艰深而华瞻，民众几乎都不能读懂，但他却具备了最高的普及性，每年端午节出现的全民欢庆，不分秦楚，不分雅俗。

这两大玩笑也可以说是两大误会，却对文脉意义重大。第一个误会说明，中国官场的政治权脉试图拉拢文脉，为自己加持；第二个误会说明，世俗的神祇崇拜也试图借文脉，来自我提升。总之，到了屈原，文脉已经健壮，被“政脉”和“世脉”深深觊觎，并频频拉拢。说“绑架”太重，就说“强邀”吧。

雅静的文脉，从此经常会被“政脉”“世脉”频频强邀，衍生出一个个庞大的政治仪式和世俗仪式。这种“静脉扩张”，对文脉而言有利有弊，弊大利小；但在屈原身上发生的事，对文脉尚无大害，因为再扩大、再热闹，屈原的作品并无损伤。在围绕着他的繁多“政脉”“世脉”中间，文脉仍然能够清晰找到，并保持着主干地位。

记得几年前有台湾大学学生问我，大陆民众在端午节划龙舟、吃粽子的游戏，是否肢解了屈原？我回答：没有。屈原本人就重视民俗巫风中的祭祀仪式，后来，民众把他也当作了祭祀对象，屈原已经不仅仅是你们书房里的那个屈原。但是如果你们要找书房里的屈原也不难,《离骚》《九章》《九歌》《招魂》《天问》

自可细细去读。一动一静，一祭一读，都是屈原。

如此文脉，出入于文字内外，游弋于山河之间，已经很成气象。

五

屈原不想看到的事情终于发生了，秦国纵横宇内，终于完成了统一大业。

几乎所有的文学史都在谴责秦始皇为了极权统治而“焚书坑儒”的暴行，严重斫伤了中国文化。繁忙烟尘中的秦朝，所留文迹也不多，除了《吕氏春秋》，就是那位游士政治家李斯了。他写的《谏逐客书》不错，而我更佩服的是他书写的那些石刻。字并不多，但一想起就如直面泰山。

对秦始皇的谴责是应该的，但我从更宏观的视角来看，却有另一番见解。

我认为，秦始皇有意做了两件对不起文化的事，却又无意做了两件对得起文化的事，而且那是真正的大事。

他统一中国，当然不是为了文学，却为文学灌注了一种天下一统的宏伟气概。此后中国文学，不管什么题材，都或多或少地有所隐含。李白写道：“秦王扫六合，虎视何雄哉”，可见这种气概在几百年后仍把诗人们笼罩。王昌龄写道：“秦时明月汉时关，万里长征人未还”，秦人为后人开拓了情怀。

不仅如此，秦始皇还统一了文字，使中国文脉可以顺畅地流泻于九州大地。这种顺畅，尤其是在极大空间中的顺畅，反过来又增添了中国文学对于三山五岳、五湖四海的视野和责任。这就使工具意义和精神意义，产生了相辅相成的互哺关系。我在世界上各个古文明的废墟间考察时，总会一次次想到秦始皇。因为那些文明的割裂、分散、小化，都与文字语言的不统一有关。如果当年秦始皇不及时以强权统一文字，那么，中国文脉早就流逸不存了。

由于秦始皇既统一了中国又统一了文字，今后两千多年，只要是中国文人，不管生长在如何偏僻的角落，一旦为文便是天下兴亡、炎黄子孙；而且，不管面对着多么繁密的方言壁障，一旦落笔皆是汉字汉文，千里相通。总之，统一中国和统一文字，为中国文脉提供了不可比拟的空间力量和技术力量。秦代匆匆，无心文事，却为中华文明的格局进行了重大奠基。

六

很快就到汉代了。

历来对中国文脉有一种最表面、最通俗的文体概括，叫作：楚辞、汉赋、唐诗、宋词、元曲、明清小说。在这个概括中，最弱的是汉赋，原因是缺少第一流的人物和作品。

是枚乘，是司马相如，还是早一点的贾谊？是《七发》《子虚》《上林》？这无论如何有点拿不出手，因为前前后后一看，远远站着的，是屈原、李白、杜甫、苏东坡、关汉卿、曹雪芹啊。

就我本人而言，对汉赋，整体上不喜欢。不喜欢它的铺张，不喜欢它的富丽，不喜欢它的雕琢，不喜欢它的堆砌，不喜欢它的奇僻，当然，更不喜欢它的歌颂阿谀、不见风骨。我的不喜欢，还有一个长久的心结，那就是从汉代以后两千年间，中国社会时时泛起的奉承文学，都以它为范本。

汉赋的产生是有原因的。一个强大而富裕的王朝建立起来了，确实处处让人惊叹，而"罢黜百家，独尊儒术"的思想文化统治使很多文人渐渐都成了"润色鸿业"的驯臣。再加上汉武帝自己的爱好，那些辞赋也就成了朝廷的主流文本，可称为"盛世宏文"。几重因素加在一起，那么，汉赋也就志满意得、恣肆挥洒。文句间那层层渲染的排比、对偶、连词，就怎么也挡不住了。这是文学史上的一种奇观，如此抑扬顿挫，涌金叠银，流光溢彩，确实也使汉语增添了不少辞藻功能和节奏功能。

说实话，我在研究汉代艺术史的时候曾从不少赋作中感受过当时当地的气象，颇有收获；但从文学的角度来看，这些赋，毕竟那么缺少思想，缺少个性，缺少真切，缺少诚恳，实在很难在中国文脉中占据太多正面地位。这就像我们见过的有些名流，在重要时段置身重要职位，服饰考究，器宇轩昂，但一看内涵，却是空泛呆滞，言不由衷，那就怎么也不会真正入心入情，留于记忆。这，也正是我在做过文学史、艺术史的各种系统阐述之后，特别要跳开来用挑剔的目光来检索文脉的原因。如果仍然在写文学史，那就不应该表达那么鲜明的取舍褒贬。

汉赋在我心中黯然失色，还有一个尴尬的因素，那就是，离它不远，出现了司马迁的《史记》。

司马迁和《史记》，这是我心中永远的太阳。

大家可能看到，坊间有一本叫《中国文化四十七堂课——从北大到台大》的书，这是我为北京大学中文系、历史系、哲学系、艺术学院的部分学生讲授"中国文化史"的课堂记录，在大陆和台湾都成了畅销书。四十七堂课，每堂都历时半天，每星期一堂，因此是一整年的课程。用一年来讲述四千年，无论怎么说还是太匆忙，结果，即使对于长达五百年的明、清两代，我也只用了两堂课来讲述

（第四十四、四十五堂课）。然而，我却为一个人讲了四堂课（第二十一、二十二、二十三、二十四堂课）。这个人就是司马迁。看似荒唐的比例，表现出我心中的特殊重量。

司马迁在历史学上的至高地位，我们在这里暂且不说，只说他的文学贡献。是他第一次，通过对一个个重要人物的生动刻画，写出了中国历史的魂魄。因此也可以说，他将中国历史拟人化、生命化了。更惊人的是，他在汉赋的包围中，居然不用整齐的形容、排比、对仗，更不用辞藻的铺陈，而只以从容真切的朴素笔触、错落有致的自然文句，做到了这一切。于是，他也就告诉人们：能把千钧历史撬动起来浸润到万民心中的，只有最本色的文学力量。

大家说，他借用文学写好了历史；我则说，他借用历史印证了文学。除了虚构之外，其他文学要素他都酣畅地运用到了极致。但他又不露痕迹，高明得好像没有运用。不要说他同时的汉赋，即使是此后两千年的文学一旦陷入奢靡，不必训斥，只需一提司马迁，大多就会从梦魇中惊醒，吓出一身冷汗。除非，那些人没读过司马迁，或读不懂司马迁。

我曾一再论述，就散文而言，司马迁是中国古代第一支笔。他超过“唐宋八大家”，更不要说其他什么派了。“唐宋八大家”中，也有几个不错，但与司马迁一比，格局小了，又有点“作”。这放到后面再说吧。

七

不要快速地跳到唐代去。由汉至唐，世情纷乱，而文脉健旺。

我对于魏晋文脉的梳理，大致分为“三段论”——

首先，不管大家是否乐见，第一个在战马硝烟中接续文脉的，是曹操。我曾在《丛林边的那一家》中写道：“曹操一心想做军事巨人和政治巨人而十分辛苦，却不太辛苦地成了文化巨人。”我还拿同时代写了感人散文《出师表》的诸葛亮和曹操相比，结论是：“任何一部《中国文学史》，遗漏了曹操是难于想象的，而加入了诸葛亮也是难于想象的。”

曹操的军事权谋形象在中国民间早就凝固，却缺少他在文学中的身份。然而，当大家知道，那些早已成为中国熟语的诗句居然都出自他的手笔，常常会大吃一惊。哪些熟语？例如：“老骥伏枥，志在千里”；“烈士暮年，壮心不已”；“对酒当歌，人生几何”；“何以解忧，唯有杜康”；“青青子衿，悠悠我心”；“月明星稀，乌鹊南飞”；“山不厌高，海不厌深”；“东临碣石，以观沧海”；“秋风萧瑟，洪波涌起”；“日月之行，若出其中，星汉灿烂，若出其里”……还有那些描写乱世景象的著名诗句：“白骨露于野，千里无鸡鸣，生民百遗一，念之断人肠”……

在漫长的历史上，还有哪几个文学家，能让自己的文句变成千年通用？可能举得出三四个，不多，而且渗入程度似乎也不如他广泛。

更重要的是等级。我在对比后曾说，诸葛亮的文句所写，是君臣之情；曹操的文句所写，是宇宙人生。不必说诸葛亮，即便在文学史上，能用那么开阔的气势来写宇宙人生的，还有几个？而且从我特别看重的文学本体来说，像他那么干净、朴素、凝练的笔墨，又有几个？

曹操还有两个真正称得上文学家的儿子，曹丕、曹植。父子三人中，文学地位最低而终于做了皇帝的曹丕，就文笔论，在数千年中国帝王中也能排到第二。第一是李煜，以后的事了。

在三国时代，哪一个军阀都少不了血腥谋略。中国文人历来对曹操的恶评，主要出于一个基点，那就是他要“断绝刘汉正统”。但是我们如果从宏观文化上看，在兵荒马乱的危局中真正把中国文脉强悍地接续下来的，是谁呢？

这是“三段论”的第一段。

第二段，曹操的书记官阮瑀生了一个儿子叫阮籍，接过了文脉。还算直接，却已有了悬崖峭壁般的“代沟”。比阮籍小十余岁的嵇康，再加上一些文士，通称为“魏晋名士”。其实，真正得脉者，只有阮籍、嵇康两人。

这是一个“后英雄时代”的文脉旋涡。史诗传奇结束，代之以恐怖腐败，文士们由离经之议、忧生之嗟而走向虚无避世。生命边缘的挣扎和探询，使文化感悟告别正统，向着更危险、更深秘的角落释放。奇人奇事，奇行奇僻，随处可见。中国文化，看似主脉已散，却四方奔溢，气貌繁盛。当然，繁盛的是气貌，而不是作品。那时留下的重大作品不多，却为中国文人在血泊和奢侈间的人格自信，提供了众多模式。

阮籍、嵇康是同年死的。在他们死后两年建立了西晋王朝，然后内忧外患，又是东晋，又是南北朝，说起来很费事。只是远远看去，阮籍、嵇康的风骨是找不到了，在士族门阀的社会结构中，文人们玄风颇盛。

玄谈，向被诟病。其实中国文学历来虽有写意、传神等风尚，却一直缺少形而上的超验感悟、终极冥思。倘若借助于哲学，中国哲学也过于实在。而且在汉代，道家、儒家又被轮番征用为朝廷主流教化，那就不能指望了。因此，我们的这些玄谈文士们能把哲学拉到自己身上，尤其出入佛道之间，每个人都弄得像是从空而降的思想家似的，我总觉得利多于弊。胡辩瞎谈的当然也有不少，但毕竟有几个是在玄思之中找到了自己，获得了个体文化的自立。

其中最好的例子要算东晋的王羲之了。他写的《兰亭序》，大家只看他的书法，其实内容也可一读，是玄谈中比较干净、清新的一种。我在为北大学生讲课时特地把它译述了一遍，让年轻人知道当时这些人在想什么。学生们一听，都很喜欢。王羲之写《兰亭序》是在公元353年，地点在浙江绍兴，那年他正好五十岁。在写完《兰亭序》十二年之后，江西九江有一个孩子出生，他将开启魏晋南北朝文学“三段论”的第三段。

这就是第三段的主角，陶渊明。

就文脉而言，陶渊明又是一座时代最高峰了。自秦汉至魏晋，时代最高峰有三座：司马迁、曹操、陶渊明。若要对这三座高峰作排列，那么，司马迁第一，陶渊明第二，曹操第三。曹操可能会气不过，但只能让他息怒了。理由有三：

一、如果说，曹操们着迷功业，名士们着迷自己，而陶渊明则着迷自然。最高是谁，一目了然。在陶渊明看来，不要说曹操，连名士们也把自己折腾得太过分了。

二、陶渊明以自己的诗句展示了鲜明的文学主张，那就是戒色彩，戒夸饰，戒繁复，戒深奥，戒典故，戒精巧，戒粘滞。几乎，把他前前后后一切看上去“最文学”的架势全推翻了，呈现出一种完整的审美系统。态度非常平静，效果非常强烈。

三、陶渊明创造了一种以“田园”为标志的人生境界，成了一种千年不移的文化理想，不仅如此，他还在这种“此岸理想”之外提供了一个“彼岸理想”——桃花源，在中华文化圈内可能无人不知。把一个如此缥缈的理想闹到无人不知，谁能及得？

就凭这二三点，曹操在文学上只能老老实实地让陶渊明几步了，让给这位不识刀戟，不知谋术，在陋屋被火烧后不知所措的穷苦男人。

陶渊明为中国文脉增添前所未有的自然之气，洁净之气，淡远之气。而且，又让中国文脉跳开了非凡人物，而从凡人身上穿过，变得更普世了。

讲了陶渊明，也省得我再去笑骂那个时代很嚣张的骈体文了。那是东汉时期开始的汉赋末流，滋生蓬勃于魏晋，以工整、华丽的“假大空”为其基本特征。而且也像一切末流文学，总是得意扬扬，而且朝野吹捧。只要是“假大空”，朝野不会不喜欢。

八

眼前就是南北朝了。

那就请允许我荡开笔去，说一段闲话。

上次去台湾，文友蒋勋特意从宜兰山居中赶到台北看我，有一次长谈。有趣的是，他刚出了一本谈南朝的书，而我则花几年时间一直在流连北朝，因此虽然没有预约，却一南一北地畅谈起来。台湾《联合报》记者得知我们两人见面，就来报道，结果出了一大版有关南北朝的文章，在今天的闹市中显得非常奇特。

蒋兄写南朝的书我还没有看，但由他来写，一定写得很好。南朝比较富裕，又重视文化，文人也还自由，可谈的话题当然很多。蒋兄写了，我就不多啰唆了，还是抬头朝北，说北朝吧。

蒋兄沉迷南朝，我沉迷北朝，这与我们不同的气质有关，虽老友也“和而不同”。我经过初步考证，怀疑自己的身世可能是古羌而入西夏，与古代凉州脱不了干系，因此本能地亲近北朝。北朝文化，至少有一半来自凉州。

当然，我沉迷北朝，还有更宏观的原因，而且与现在正在梳理的宏观文脉相关。

文脉一路下来，变化那么大，但基本上在一个近似的文明之内转悠。或者说，就在黄河和长江这两条河之间轮换。例如,《诗经》和诸子是黄河流域，屈原是长江流域，司马迁是黄河流域，陶渊明是长江流域。这么一个格局，在幅员广阔的中国也不见得局促。但是那么多年过去，人们不禁要问，作为一种大文化，能不能把生命场地放得再开一些？

于是，公元5世纪，大机缘来了。由鲜卑族建立的北魏王朝，由于文明背景的重大差异，本该对汉文化带来沉重劫难，就像公元476年欧洲的西罗马帝国被“北方蛮族”灭亡，古希腊、古罗马文明一时陷入黑暗深渊一般；谁料想，北魏的鲜卑族统治者中有一些杰出人物，尤其是孝文帝拓跋宏（元宏），居然虔诚地拜汉文化为师，快速提升统治集团的文明等级，情况就发生了惊人的变化。他们既然善待汉文化，随之也就善待佛教文化，以及佛教文化背后的印度文化。这一来，已经在犍陀罗等地相依相融的希腊文化、波斯文化，乃至巴比伦文化也一起卷入，中国北方出现了前所未有的世界文明大汇聚。

从此，中国文化不再只是流转于黄河、长江之间了。经由从大兴安岭出发的浩荡胡风，茫茫北漠，千里西域，都被裹卷，连恒河、印度河、幼发拉底河、底格里斯河的波涛也隐约可见，显然，它因包容而更加强盛。山西大同的云冈石窟可以作为这种文明大汇聚的最好见证，因此我在那里题了一方石碑，上刻八字：“中国由此迈向大唐。”

这就是说，在差不多同时，当苏格拉底、亚里士多德的文脉被“北方蛮族”突然阻断，而且会阻断近千年的当口上，中国文脉，却突然被“北方蛮族”大幅提振，并注定要为全人类的文明进程开辟一个值得永远仰望的“制高点”。

阿基米德说：“给我一个支点，我能撬起整个地球。”我觉得，北魏就是一个历史支点，它撬起了唐朝。

当然，我所说的唐朝，是文化的唐朝。

为此，我长久地心仪北魏，寄情北魏。

即使不从“历史支点”的重大贡献着眼，当时北方的文化，也值得好好观赏。它们为中华文化提供了一种力度，一种陌生，让人惊喜。

例如，那首民歌：“敕勒川，阴山下。天似穹庐，笼盖四野。天苍苍，野茫茫，风吹草低见牛羊。”

这里出现了中国文学中未曾见过的辽阔和平静，平静得让人不好意思再发什么感叹。但是，它显然闯入了中国文学的话语结构，不再离开。

当然，直接撼动文脉的是那首北朝民歌《木兰诗》。“唧唧复唧唧，木兰当户织”，这么轻快、愉悦的语言节奏，以及前面站着的这位健康、可爱的女英雄，带着北方大漠明丽的蓝天，带着战火离乱中的伦理情感，大踏步走进了中国文学的主体部位。你看，直到当代，国际电影界要找中国题材，首先找到的也还是花木兰。

在文人圈子里，南朝文人才思翩翩，有一些理论作品为北方所不及，如刘勰的《文心雕龙》、钟嵘的《诗品》。而且，他们还在忙着定音律、编文选、写宫体。相比之下，北朝文人没那么多才思。但是，他们拿出来的作品却别有一番重量，例如我本人特别喜爱的郦道元的《水经注》和杨衒之的《洛阳伽蓝记》。这些作品的纪实性、学术性，使一代散文走向厚实，也使一代学术亲近散文。郦道元和杨衒之，都是河北人。

九

唐代是一场审美大爆发，简直出乎所有文人的意料。

文人对前景的预料，大多只从自己和文友的状况出发。即便是南朝的那些专门研究来龙去脉的理论家、文选家，也无法想象唐代的来到。

人们习惯于从政治上的盛世，来看待文化上的繁荣，其实这又在以“政脉”解释“文脉”。

政文两途，偶尔交错。然而，虽交错也未必同荣共衰。唐代倒是特例，原先酝酿于北方旷野上、南方巷陌间的文化灵魂已经积聚有时，其他文明的渗透、发酵也到了一定地步，等到政局渐定，民生安好，西域通畅，百方来朝，政治为文化的繁荣提供了极好的平台，因此出现了一场壮丽的大爆发。

这是机缘巧合、天佑中华，而不是由政治带动文化的必然规律。其实，这种“政文俱旺”的现象，在历史上也仅此一次。

不管怎么说，有没有唐代的这次大爆发，对中国文化大不一样。试看天下万象，一切准备，如果没有展现，那就等于没有准备；一切贮存，如果没有启用，那就等于没有贮存；一切内涵，如果没有表达，那就等于没有内涵；一切灿烂，如果没有迸发，那就没有灿烂；一切壮丽，如果没有汇聚，那就没有壮丽。更重要的是，所有的展现、迸发、汇聚，都因群体效应产生了新质，与各自原先的形态已经完全不同。因此，大唐既是中国文化的平台，又是中国文化的熔炉。既是一种集合，又是一种冶炼。

唐代还有一个好处，它的文化太强了，因此成了中国历史上唯一不以政治取代文化的朝代。说唐朝，就很难以宫廷争斗掩盖李白、杜甫。而李白、杜甫，也很难被曲解成政治人物，就像屈原历来所蒙受的那样。即使是真正的政治人物如颜真卿，主导了一系列响亮的政治行动，但人们对他的认知，仍然是书法家。鲁迅说，魏晋时代是文学自觉的时代。这大致说得不错，只是有点夸张，因为没有“自立”的“自觉”，很难长久成立。唐代，就是一个文学自立的时代，并因自立而自觉。

文学的自立，不仅是对于政治，还对于哲学。现代有研究者说，唐代缺少像样的哲学家和思想家。这种说法也大致不错，但不必抱怨。作为一种强大而壮丽的审美大爆发，不能不让哲学的油灯黯淡了。

文学不必贯穿一种稳定而明确的哲学理念。文学就是文学，只从人格出发，不从理念出发；只以形式为终点，不以教化为目的。请问唐代那些大诗人各自信奉什么学说？实在很难说得清楚，而且一生多有转换，甚至同时几种交糅。但是，这一点儿也不影响他们写出千古佳作。

为什么一个时代不能由文学走向深刻呢？为什么一批文学家不能以美为目标，而必须以理念为目标？

唐代文学，说起来太冗长。我多年前在为北大学生讲授中国文化史时曾鼓励他们用投票的方式为唐代诗人排一个次序。标准有两个：一是诗人们真正抵达的文学高度；二是诗人们在后世被民众喜爱的广度。

北大学生投票的结果是这样十名——

第一名：李白；

第二名：杜甫；

第三名：王维；

第四名：白居易；

第五名：李商隐；

第六名：杜牧；

第七名：王之焕；

第八名：刘禹锡；

第九名：王昌龄；

第十名：孟浩然。

有意思的是，投票的那么多学生，居然没有两个人的排序完全一样。

这个排序，可能与我自己心中的排序还有一些出入。但高兴的是，大家没有多大犹豫，就投出了前四名：李白、杜甫、王维、白居易。这前四名，合我心意。

在一个琳琅满目的世界，学会排序是一种本事，不至于迷路。有的诗文，初读也很好，但通过排序比较，就会感知上下之别。日积月累，也就有可能深入文学最微妙的堂奥。例如，很多人都会以最高的评价来推崇初唐诗人王勃所写的《滕王阁序》，把其中“落霞与孤鹜齐飞，秋水共长天一色”说成“全唐第一佳对”，这就是没有排序的结果。一排，发现这样的骈体文在唐代文学中的地位不应该太高。可理解的是，王勃比李白、王维大了整整半个世纪，与唐代文学的黄金时代相比，是一种“隔代”存在。又如，人们也常常对张若虚的《春江花月夜》赞之有过，连闻一多先生也曾说它是“诗中的诗，顶峰上的顶峰”。但我坚持认为，当李白、杜甫他们还远远没有出生的时候，唐诗的“顶峰”根本谈不上，更不要说“顶峰上的顶峰”了。

但是，无论是王勃还是张若虚，已经表现出让人眼睛一亮的初唐气象。在他们之后，会有盛唐、中唐、晚唐，每一个时期各不相同，却都天才喷涌，大家不绝。唐代，把文学的各个最佳可能，都轮番演绎了一遍。请看，从发轫，到飞扬，到悲哀。到反观，到个人，到凄迷，各种文学意味都以最强烈的方式展现了，几乎没有重大缺漏。

因此，一个杰出时代的文学艺术史，很可能看成了人类文学艺术史的浓缩版。有学生问我，如果时间有限，却要集中地感受一下中国文化的极端丰富，又不想跳来跳去，读什么呢？

我回答："读唐诗吧。"

与我前面列述的中国文脉的峰峦相比，唐诗具有全民性。唐诗让中国语文具有了普遍的附着力、诱惑力、渗透力，并让它们笼罩九州、镌刻山河、朗朗上口。有过了唐诗，中国大地已经不大有耐心来仔细倾听别的诗句了。

因为有过了唐诗，倾听者的范围早就超过了文苑、学界，拓展为一个漫无边际的不确定群落。他们粗糙，但很挑剔。两句听不进去，他们就转身而去，重新吟诵起李白、杜甫。

十

再说一说唐代的文章。

唐代的文章，首推韩愈、柳宗元。

自司马迁之后九百多年，中国散文写得最好的，也就是他们两位了，因此他们并不仅仅归属于唐代，也算是"千年一出"之人。

他们两位，是后世所称"唐宋八大家"的领头者。我在前面说过，"唐宋八大家"的文学成就，在整体上还比不过司马迁一人，这当然也包括他们两位在内。但是，他们两位，做了一件力挽狂澜的大事，改变了一代文风，清理了中国文脉，这是司马迁所未曾做过的。

他们再也不能容忍从魏晋以来越来越炽盛的骈体文了。自南朝的宋、齐、梁、陈到唐初，这种文风就像是藻荇藤蔓，已经缠得中国文学步履蹒跚。但是，文坛和民众却不知其害，以为光彩夺目、堆锦积绣，就是文学之胜，还在竞相趋附。

面对这种风气，韩愈和柳宗元都想重新接通从先秦诸子到屈原、司马迁的气脉，为古人和古文"招魂"。因此，他们发起了一个"古文运动"。按照韩愈的说法，汉代以后的文章，他已经不敢看了。(《答李翊书》："非三代两汉之书不敢观。")这种主张，初一看似乎是在"向后走"，但懂得维护文脉的人都知道，这是让中国文化有能力继续向前走的基本条件。

他们两人，特别是韩愈，显然遇到了一个矛盾。他崇尚古文，又讨厌因袭，那么，对古人就能因袭了吗？他几经深思，得出明确结论：对古文，"师其意而不师其辞"，学习者必须"自树立，不因循"。甚至，他更透彻地说："惟陈言之务去。"只要是套话、老话、讲过的话，必须删除。因此，他的"古文运动"，其实不是模仿古文，而是寻找千年来未颓的"古意"。"古意"本身，就包含着创新，包含着不可重复的个性，即"辞必己出"。

他与柳宗元在这件事上有一个强项，那就是不停留在空论上，而是拿出了自己的一大批示范作品。韩愈的散文，气魄很大，从句式到词汇都充满了新鲜活力。但是相比之下，柳宗元的文章写得更清雅、更诚恳、更隽永。韩愈在崇尚古文时，也崇尚古文里所包含的"道"，这使他的文章难免有一些说教气。柳宗元就没有这种毛病，他被贬于柳州、永州，离文坛很远，只让文章在偏僻而美丽的山水间一笔笔写得更加情感化、寓言化、哲理化，因此也达到了更高的文学等级。与他一比，韩愈那几篇名文，像《原道》《原毁》《师说》《争臣论》等，道理盖过了审美，已经模糊了论文和文学的界限。

总之，韩愈、柳宗元他们既有观念，又有实践，"古文运动"展开得颇有声势。骈体文的地位很快被压下去了，但是，随之也带来了一些消极的后果。在骈体文盛行的魏晋南北朝，文学已经逐渐自觉，虽触目秾丽，也是文学里边的事。现在"古文运动"让文章重新载道，迎来了太多观念性因素。这些因素，与文学不亲。

十一

讲了诗文，忍不住还想顺便说一下书法，因为所有的诗文都离不开它。

唐代书法，是继晋代书法之后的又一次辉煌。如果要对唐代的书法家排一个序，我不分字体地排列如下——

第一名：颜真卿；

第二名：欧阳询；

第三名：张旭；

第四名：怀素；

第五名：褚遂良；

第六名：柳公权；

第七名：孙过庭；

第八名：虞世南。

我知道这个排列会引起不同意见，但希望不要对颜真卿的至高地位产生争议。其实在这个排列中，颜真卿的第一名是远远高出于后面这个名单的。后面这个名单里的人，都是第一流的书法家，而颜真卿，则是整个中国历史上的文化巨人。记得我在前面说到王羲之《兰亭序》时曾脱开它的书法意义而提到了它的内容，还说我在给北大学生讲课时还特地把它翻译成了现代文。这让我想起，我讲到颜真卿时曾做了一件让学生们很吃惊的事，那就是暂停课程的讨论形态，那天下午，由我一个人完整地讲述颜真卿的生平事迹，这也就构成了全部课程中的第三十九课。对于颜真卿的人格力量，我实在太敬佩了，因此，由他拌泪书写的《祭侄文稿》，我也看成千年文脉的突发性呈现。由神赋形，那份文稿的书法价值达到了仅有《兰亭序》可比肩的程度。相较之下，《兰亭序》仍是典雅之最，而颜真卿的文稿则把中国文化的生命悲壮，推到了极致。书法是无声的，但中国成语“可歌可泣”四字，在这幅书法中得到最佳体现。

正因为如此，我是不赞成把另一位书法家柳公权与他并列的（所谓“颜筋柳骨”）。草书将张旭列为首位，是觉得他的线条张力所呈现的生命强度，超过了怀素和孙过庭。唐代著名文学家留下的墨迹中，我最赞赏的是杜牧的《张好好诗》三百多字。其实，唐太宗李世民本人的字也写得不错，那份《晋祠铭》，可把他推到中国历代皇帝中书法第一名。第二名是后来写“瘦金体”的宋徽宗赵佶。两位帝王，政治盛衰各至极端，而书法名次却连在一起，分获冠亚。

十二

写到这里，联想到了另一位衰运之帝，李煜。唐朝灭亡后，由藩镇割据而形成了五代十国的分裂局面。一度曾经诗情充溢的北方已经很难寻到诗句，而南方却把诗文留存了。特别是，那个南唐的李后主李煜，本来从政远不及吟咏，当他终于成了俘虏被押解到汴京之后，一些重要的诗句穿过亡国之痛而飘向天际，使他成了一种新的文学形式——“词”的里程碑人物。

李煜又一次充分证明了“政脉”与“文脉”是两件事。在那个受尽屈辱的俘居小楼，在他时时受到死亡威胁而且确实也很快被毒死的生命余隙之中，明月夜风知道：中国文脉光顾此处。

从此，“春花秋月”“一江春水”“不堪回首”“流水落花”“天上人间”“仓皇辞庙”等意绪，以及承载它们的“长短句”的节奏，将深深嵌入中国文化；而这个倒霉皇帝所奠定的那种文学样式“词”，将成为俘虏他的王朝的第一文学标杆。

人类很多文化大事，都在俘虏营里发生。这一事实，在希腊、罗马、波斯、巴比伦、埃及的互相征战中屡屡发生。在我前面说到的凉州到北魏的万里蹄声中，也被反复印证。这次，在李煜和宋词之间，又一次充分演绎。

十三

那就紧接着讲宋代。

我前面说过，在唐代，政文俱旺；那么，在宋代，虽非“俱旺”，却政文贴近。

这有两个原因。

第一个原因，宋代重视文官当政，比较防范武将。结果，不仅科举制度大为强化，有效地吸引了全国文人，而且让一些真正的文化大师如范仲淹、欧阳修、王安石、司马光等占据行政高位。这种景象，使文化和政治出现了一种特殊的“高端联姻”，文化感悟和政治使命混为一体。表面上，既使文化增重，又使政治增色，其实，并不完全如此，有时反而各有损伤。

第二个原因，宋代由于文人当政，又由于对手是游牧民族的浩荡铁骑，在军事上屡屡失利，致使朝廷危殆、中原告急。这就激发了一批杰出的文学家心中的英雄气概、抗敌意志，并在笔下流泻成豪迈诗文。陆游、辛弃疾就是其中最让人难忘的代表，可能还要包括最后写下《过零丁洋》和《正气歌》的文天祥。

这确实也是中国文脉中最为慷慨激昂的正气所在，具有长久的感染力。但是，我们在钦佩之余也应该明白，一个历时三百余年的重要朝代的文脉，必然是一种多音部的交响。与民族社稷之间的军事征战相比，文化的范围要广泛得多，深厚得多，丰富得多。

因此，文脉的首席，让给了苏东坡。苏东坡也曾经与政治有较密切关系，但终于在“乌台诗案”后两相放逐了：政治放逐了他，他也放逐了政治。他的这个转变，使他一下子远远地高过于王安石、司马光，当然也高过于比他晚得多的陆游、辛弃疾。他的这个转变，我曾在《黄州突围》中有详细描述。说他“突围”，不仅仅是指他突破文坛小人的围攻，更重要的是，突破了他自己沉溺已久的官场价值体系。因此，他的突围，也是文化本体的突围。有了他，宋代文化提升了好几个等级。所以我写道，在他被贬谪的黄州，在无人理会的彻底寂寞中，在他完全混同于渔夫樵农的时刻，中国文脉聚集到了那里。

苏东坡是一个文化全才，诗、词、文、书法、音乐、佛理，都很精通，尤其是词作、散文、书法三项，皆可雄视千年。苏东坡更重要的贡献，是为中国文脉留下了一个快乐而可爱的人格形象。

回顾我们前面说过的文化巨匠，大多可敬有余，可爱不足。从屈原、司马迁到陶渊明，都是如此。他们的可敬毋庸置疑，但他们可爱吗？没有足够的资料可以证明。曹操太有威慑力，当然挨不到可爱的边。魏晋名士中有不少人应该是可爱的，但又过于怪异，过于固执，过于孤傲，我们可以欣赏他们的背影，却很难与他们随和地交朋友。到唐代，以李白为首的很多诗人一定可爱，但那时诗风浩荡，一切惊喜、感叹都凝聚成了众人瞩目的审美典范，而典范总会少了可爱。即便到了晚唐只描摹幽雅的私人心怀，也还缺少寻常形态。

谁知到宋代出了一个那么有体温、有表情的苏东坡，构成了一系列对比。不管是久远的历史、辽阔的天宇、个人的苦恼，到他笔下都有了一种美好的诚实，让读到的每个人都能产生感应。他不仅可爱，而且可亲，成了人人心中的兄长、老友。这种情况，在中国文学史上几乎绝无仅有。因此，苏东坡是珍罕的奇迹。

把苏东坡首屈一指的地位安顿妥当之后，宋代文学的排序，第二名是辛弃疾，第三名是陆游，第四名是李清照。

辛弃疾和陆游，除了前面所说的英雄主义气概之外，还表现出了一种品德高尚、怀才不遇、热爱生活的完整生命。这种生命，使兵荒马乱中的人心大地不至下堕。在孟子之后，他们又一次用自己的一生创建了"大丈夫"的造型。

李清照，则把东方女性在晚风细雨中的高雅憔悴写到了极致，而且已成为中国文脉中一种特殊格调，无人能敌。因她，中国文学有了一种贵族女性的气息。以前蔡琰也写出过让人动容的女性呼号，但李清照不是呼号，只是气息，因此更有普遍价值。

李清照的气息，又具有让中国女性文学扬眉吐气的厚度。在民族灾难的前沿，她写下了"生当作人杰，死亦为鬼雄"的诗句，就其金石般的坚硬度而言，我还没有在其他文明的女诗人中找到可以比肩者。这说明，她既是中国文脉中的一种特殊格调，又没有离开基本格调。她离屈原，并不太远。

十四

在宋代几位一流的文学家中，辛弃疾是最后一个压阵之人。他在晚年曾勇敢地赶不少路去吊唁当时受贬的朱熹。朱熹比他大十岁，也算是同辈人。他在朱熹走后七年去世，一个时代的高层文化，就此垂暮。在我看来，这也许是我心中整个中国古典文脉的黄昏。

朱熹算不上文学家，我也不喜欢他重道轻文的观念。但是，观念归观念，这位杰出的哲学家对文学的审美感觉却是不错。哲学讲究梳理脉络，他在无意之中也对文脉作了点化，让人印象深刻。

朱熹说，学诗要从《诗经》和《离骚》开始。宋玉、司马相如等人“以浮华为尚，而无实之可言矣”。相比之下，汉魏之诗很好，但到了南朝的齐梁，就不对了。“齐梁间之诗，读之使人四肢皆懒，慢不收拾”。这种论断，切中要害。

朱熹对古代乐府、陶渊明、李白、杜甫都有很好的评价。他认为陶渊明平淡中含豪放，而李白则有“清水出芙蓉，天然去雕饰”的自然美。对他自己所处的宋代，则肯定陆游的“诗人风致”。这些评价，都很到位。但是，他从理学家的思维出发，对韩愈、柳宗元、苏东坡、欧阳修的文学指责，显然是不太公平。他认为他们道之不纯，又有太多文人习气。

在他之后几十年，一个叫严羽的福建人写了一部《沧浪诗话》，正好与朱熹的观念完全对立。严羽认为诗歌的教化功能、才学功能、批判功能都不重要，重要的是吟咏性情、达到妙语。他揭示的，其实就是文学超越理性和逻辑的特殊本质。由于他，中国文学在今后谈创作时，就会频频用到“不涉理路，不落言筌”“羚羊挂角，无迹可求”“透彻玲珑，不可凑泊”“水中之月，镜中之像”等词语，这是文学理论水准的一大提升。但是，他对同代文学家的评论，失度。

从朱熹和严羽，不能不追溯到前面提到过的《文心雕龙》《诗品》等理论著作。那是七百多年前的事了，我之所以没有认真介绍，是因为那是中国文论的起始状态，还在忙着为文学定位、分类、通论。当然这一切都是需要的，而《文心雕龙》在这方面确实也做得非常出色，但要建立一种需要对大量感性作品进行概括的理论，在唐朝开国之前八十多年就去世了的刘勰毕竟还缺少宏观对比的时间和范例。何况，南朝文风也不能不对概念的裁定带来局限，影响了理论力度。这只要比一比七百多年后那位玩遍了一切复杂概念的顶级哲学家朱熹，就会发现，真正高水准的理论表述，反倒是朴实而干净。

十五

李清照、陆游、辛弃疾、文天祥他们都认为，中国文脉将会随着大宋灭亡而断绝，蒙古马队的铁骑是中华文明覆灭的丧葬鼓点。但是，实际情况并非如此。

元代的诗歌、散文，确实不值一提。但是，中国文脉在元代却突然超常发达。那就是，中华文明几千年的一个重大缺漏，在这个不到百年的短暂朝代获得了完满弥补。这个被弥补的重大缺漏，就是戏剧。不管是古希腊悲剧还是古印度梵剧，都在两千五百多年前已经充分成熟。而中国，不仅孔子没看到过戏剧，连屈原、司马迁、曹操、李白、杜甫、苏东坡都没有看到过，这实在有点说不过去了。为什么会产生这种情况，而元代又为什么会改变，这是很复杂的课题，我在《中国戏剧史》一书中有系统探讨。有趣的是，既然中国错过了两千多年，照理追赶起来会非常困难，岂能料，不知从哪里冒出来关汉卿、王实甫、马致远、纪君祥等一大批文化天才，合力创作的元杂剧。结果，正如后来王国维先生所说，中国可以立即在戏剧上与其他文明并肩而“毫无愧色”。

此时的中国文脉，在《窦娥冤》，在《望江亭》，在《救风尘》，在《西厢记》，在《赵氏孤儿》，在《汉宫秋》……

在这里，我和王国维先生一样，并不是从表演、唱腔着眼，而只是从文学上评价元杂剧。那些形象，那些故事，那些冲突，那些语言，以及它们的有机组合，在中国文学史和艺术史上几乎是空前的。

是不是绝后呢？还不好说。但是如果与明代的传奇——昆曲相比，昆曲虽然也出现了汤显祖这样的作家写出了《牡丹亭》这样的作品，但放在元杂剧面前，却会在整体张力上略逊一筹。多数昆曲作品过于冗长、秾丽、滞缓、入套，缺少元杂剧那种活泼而爽利的悲欢。比《牡丹亭》低一等级的《桃花扇》《长生殿》又过于拘泥历史，减损了作为一种民间艺术的生命力。

至于清代后期勃发的京剧，唱腔很好，表演虽然没有戏迷们幻想的那么精彩，也算可以，而文学剧作，则完全不能细问。没有文学就只能展示演唱技能了，在整体上当然不能与元杂剧相提并论。

因此，中国文脉之于中国戏剧，如果以十分计，那么，大概是六分归元杂剧，三分归昆曲，一分归地方戏曲。这一分中不包括京剧，因为它已不是地方戏曲。当然，如果是从音乐唱腔着眼，它的地位就会不低。

由于元代的统治者是少数民族，一些本该褪色的文化也就失去了官方支撑，因此比较彻底地挣脱了文辞间的道统气、宫廷气、阿谀气、头巾气、腐儒气，为贴近自然的天籁式创造留出了空间。这种空间看似边缘，却很辽阔，足以伸展手脚。由此联想到同样产生于元代的那幅具有划时代意义的《富春山居图》。比之于宋代那些皇家画院里的宫廷画师，黄公望只是一个居无定所的流浪卜者，但是，即使把宋代所有宫廷画师的最好作品加在一起，也无法与他相比。

元杂剧的情况也是如此，我们哪怕是把后来京剧从慈禧太后开始给予的全部最高权力的扶持加在一起，也无法追赶元杂剧的依稀踪影。元杂剧即使衰落也像一个英雄，完成了生命过程便轰然倒下，拒绝有人以“振兴”的说法来做人工呼吸、打强心针。

一切需要刻意“振兴”的文化，都已经与文脉无关。而且，极有可能扰乱了文脉的自然进程。现在社会上经常有人忙着要把那些该由博物馆保护的文化遗产折腾到现实生活中来，而且动静很大，我就很想让他们听听元杂剧轰然倒地的壮美声响。

十六

明清两代五百四十余年，中国文脉严重衰弱。

我在给北京大学学生讲授中国文化史的时候指出，这五百多年，如果要找到能与屈原、司马迁、陶渊明、李白、杜甫、苏东坡、关汉卿并肩站立的文化巨人，只有两个：一是明代的哲学家王阳明，二是清代的小说家曹雪芹。我们今天所说的文脉，范围要比我在北大讲的文化更小，王阳明不应列入其中，因此只剩下曹雪芹。

这真要顺着他说过的话，感叹一句：白茫茫一片大地真干净。

为什么会产生这么惊人的情况？

原因之一，是明清两代统治者实行的文化专制主义已发展到了文化恐怖主义（如“文字狱”）。这就必然毁灭文化创新，培养出大量的文化侍从、文化鹰犬、文化侏儒。当然也产生了一些文化叛逆者和思考者，但囿于时间和空间，叛逆和思考的程度都不深。有人把他们当作“启蒙主义者”，其实言之有过，因为并没有形成“被启蒙群体”。真是可称得上启蒙的，要等到近代的严复。

原因之二，是中国文脉的各个条块，都已在风华耗尽之后自然老化，进入萧瑟晚景。这是人类一切文化壮举由盛而衰的必然规律，无可奈何。文脉，从来不是一马平川的直线，而是由一组组抛物线组成。要想继续往前，必须大力改革，重整重组，从另一条抛物线的起点开始。但是明清两代，都不可能提供这种契机。

除了这两个原因外，从今天的宏观视野看去，还有一个对比上的原因。那就是在中国明代，欧洲终于从中世纪的漫长梦魇中醒了。而且由于睡得太久，因此醒得特别深刻。一醒之后，他们重新打量自己，然后精力充沛地开始奔跑。而中国文化，却因创建过太久的辉煌而自以为是。欧洲文艺复兴发生在中国的什么时候？我只需提供一个概念：米开朗琪罗只比王阳明小三岁。

明清两代五百年衰微中，只剩下两个光点：一是小说，二是戏剧。但明清戏剧我在前面已经作为元杂剧的对比者而约略提过，因此能说的只有小说了。

小说，习惯说“四大名著”，即《三国演义》《水浒传》《西游记》《红楼梦》。我们中国人喜欢集体打包，其实这四部小说完全没有理由以相同的等级放在一起。

真正的杰作只有一部：《红楼梦》。其他三部，完全不能望其项背。

《三国演义》气势恢宏，故事密集。但是，按照陈旧的正统观念来划分人物正邪，有脸谱化倾向。《水浒传》好得多，有正义，有性格，白话文生动漂亮，叙事能力强，可惜众好汉上得梁山后便无法推进，成了一部无论在文学上还是精神上都是有头无尾的作品，甚为可惜。《西游记》是一部具有精神格局的寓言小说，整体文学品质高于上两部，可惜重复过多，套路过多，影响了精神力度。如果要把这三部小说排序，那么第一当是《西游记》，第二当是《水浒传》，第三当是《三国演义》。

这些小说，因为有民间传闻垫底，又有说书人的描述辅佐，流传极广。在流传过程中，《三国演义》的权谋哲学和《水浒传》的暴力哲学对民间有严重的负面影响，于今尤烈。

《红楼梦》则完全是另外一个天域的存在了。这部小说的高度也是世界性的，那就是：全方位地探寻人性美的存在状态和幻灭过程。它为天地人生设置了一系列宏大而又残酷的悖论，最后都归之于具有哲思的巨大诗情。虽然达到了如此高度，但它极具质感的白话叙事，竟能把一切不同水准、不同感悟的读者深深吸引。这又是世界上寥寥几部千古杰作的共同特性，但它又中国得不能再中国。

于是，一部《红楼梦》，慰抚了五百年的荒凉。

也许，辽阔的荒凉，正是为它开辟的仰望空间？

因此，中国文脉悚然一惊，猛然一抖，然后就在这片辽阔的空地上站住了，不再左顾右盼。

明清两代，也有人关注千年文脉。关注文脉之人，也就是被周围的荒凉吓坏了的人。

例如，明代以李梦阳、何景明等“前七子”提出过“文必秦汉、诗必盛唐”的口号。他们还认为“今真诗乃在民间”，例如《西厢记》能与《离骚》相提并论。他们得出结论：各种文学的创建之初虽不精致但精神弥满，可谓“高格”，必须追寻、固守。这种观点，十分可喜。

清代的金圣叹则睥睨历史，把他喜欢的戏剧、小说，如《西厢记》《水浒传》，与《庄子》《离骚》《史记》和杜甫拉成一条线，构成了强烈的文脉意识。

明清两代在文脉旁侧稍可一提的，是“晚明小品”。在刻板中追求个性舒展，在道统下寻找性灵自由，虽是小东西，却开发了中国散文的韵致和情趣。这种散文，对后来五四新文化运动中白话美文的建立，起到了正面的滋养作用。新时代的文学改革者们不会喜欢清代桐城派的正统，更不会喜欢乾嘉骈文的回潮，为了展示日常文笔之美，便找到了隔代老师。当然，在精神上并非如此，闲情逸致无法对应大时代的风云。

与明代相比，清代倒有两位不错的诗人。一是前期的纳兰性德，以真切性灵写出很多佳句，让人想到即使“李煜”处于胜利时代也还会是一个伤感诗人；二是后期的龚自珍，让人惊讶在一个朝野破败的时代站出来的一位思想家居然还能写出这么多诗歌精品。但是，这两位诗人都遇到了太大的变动：纳兰性德脚下的民族土壤急速变动，龚自珍脚下的精神土壤急速变动，使他们诗句一时找不到稳定的承载。他们的天分本该可以进入文脉，但文脉本身却在那个找不到价值坐标的年月仓皇停步了。

除了他们两位，我还要顺便提一笔个人爱好，那就是18世纪只活了三十几岁的年轻诗人黄景仁。我认为20世纪古体诗写得最好的郁达夫，就是受了他的影响。

十七

既然已经说到现代，那就顺着再说几句吧。

中国近、现代文学，成就较低。我前面刚说明清两代五百多年只出了两个一流文人，哲学家王阳明和小说家曹雪芹，那么，我必须紧接着说一句伤心话了：从近代到现代，偌大中国，没出过一个近似于王阳明的哲学家，也没有出过一个近似于曹雪芹的小说家。

一位友人对我说：感冒无药可治，因此世上感冒药最多；同样，中国近、现代文学成果寥落，因此研究队伍最大。研究队伍一大就必然出现夸张、伪饰、围啄、把玩的风尚，直接影响当代文学的创作。

说起来，中国现代文学的起点倒是可喜，那就是顺应中国文脉已经不能不转型的指令，成功示范并普及了白话文。由于几个主事者气格不俗，有效抵拒了中国文学中最能闻风而动、见隙而钻的骈俪、虚靡、炫学、装扮等旧习，选了朴实、通达一路，诚恳与国际接轨，与当代对话，一时文脉大振。但是，由于兵荒马乱、国运危殆、民生凋敝、颠沛流离，本来迫于国际压力所产生的改革思维，很快又被救亡思维替代，精神哲学让位给现实血火，文学和文化都很难拓展自身的主体性。结果，虽然大概念上的中华文明有幸免于崩溃，而文脉则散佚难寻。已经显出实力的鲁迅和沈从文都过早地结束了文学生涯，至于其他各种外来流派的匆忙试验，包括现实主义在内，即便流行一时也没有抵达真正的“高格”。

现代作家之中，真正懂文脉的也是鲁迅。这倒不是从他的小说史，而是从他对屈原、司马迁和魏晋人物的评价中可以窥探。郭沫若应该也懂，但天生的诗人气质常常使他轻重失度，投情过专，影响了整体平正。

在学者中，对中国文脉的梳理做出明显贡献的，有梁启超、王国维和陈寅恪三人。本来胡适也应排列在内，但他作为一个优秀的大学者却缺少文学感悟能力，例如他那么成功地考证了《红楼梦》，却不知道这部小说的真正魅力在何处，因此对文脉总有一些隔阂。梁启超具有宏观的感悟能力，又留下了大量提纲挈领的表述；王国维对甲骨文、戏曲史、《红楼梦》的研究和《人间词话》的写作，处处高标独立；陈寅恪文史互证，对佛教文学、唐代文学和明清之际的研究十分精到。我本人对陈先生的最高评价，在他对唐中期分界为中国全部古代历史分界的论定。这三位中，成就最大的是王国维。可惜，这位真正的大学者只活到五十岁就自沉于北京颐和园昆明湖。

其他人文学者，即使学贯中西、记忆惊人，也都没有来得及对中国文化做出什么实质性的推动。须知，记忆性学问和创造性学问，毕竟是两回事。

现代既是如此荒瘠，那就不要在那里流浪太久了。

如果有年轻学生问我如何重新推进中国文脉，我的回答是：首先领略两种伟大——古代的伟大和国际的伟大，然后重建自己的人格，创造未来。

也就是说，每个试图把中国文脉接通到自己身上的年轻人，首先要从当代文化圈的吵嚷和装扮中逃出，滤净心胸，腾空而起，静静地遨游于从神话到《诗经》、屈原、司马迁、陶渊明、李白、杜甫、苏东坡、关汉卿，以及其他文学星座的苍穹之中。于是，你就有可能成为这些星座的受光者、寄托者、企盼者。

中国文脉在今天，只有等待。

（选自《美文》2012 年第 9 期））

愿生命从容（外两篇）

贾平凹

把生与死看得过分严重是人的禀性，这禀性表现出来就是所谓的感情，其实，这正是上天造人的阴谋处。识破这个阴谋的是那些哲学家，高人、真人、所以他们对死从容不迫。另外，对死没有恐惧的是那些糊里糊涂的人。最要命的是高不成低不就的人，他们最恐惧死，又最关心死，你说人来世上是旅游一趟的，旅游那么一遭就回去了，他就要问人是从哪儿来的又要回到哪儿去。道教来说死是乘云驾鹤去做仙了，佛教来说灵魂不生不死不来不往，死的只是躯体，唯物论讲师来说人来自泥土，最后又归于泥土。芸芸众生还是想不通，诅咒死而歌颂生，并且把产生的地方叫作“子宫”，好像他来人世之前是享受到皇帝的待遇的。

不管怎样美好地来到人世的情景，又怎样地不愿去死，最后都是死了。这人生的一趟旅游是旅游好了还是旅游不好，每个人都有自己的体会。我相信有许多人在这次旅游之后是不想再来了，因为看景常常不如听景。但既然阳世是个旅游胜地，没有来过的还依旧要来的，这就是人类不绝的缘故吧。作为一个平平常常的人，我还是作我平常人的庸俗见解，孔子有句话，是“朝闻道，夕死可矣”，当我第一次读到这句话，我特高兴，噢，孔圣人说过了，早上得了道，晚上就可以死了，这不是说凡是死的人都是得了道的吗？那么，这死是多么高贵和幸福，而活得长久的，则是一种蠢笨，不悟道，是罪过，越是拥戴谁万寿无疆，越是在惩罚谁，他万寿了还不得道，他活着只是灾难更多，危害更大。

海明威有个小说，写的是一个人看见妻子在生产，他承受不了人生人的场面，就割破动脉血管而死了。海明威讲的是生比死可怕。我小时候听水磨坊的老汉说过一个故事，一个人夜里独自在家，有鬼来骚扰，这人不理，鬼很生气，闹得更厉害，以死来威胁，这人说了一句："我对活着都不怕，我怕死？！"这人说得真好，人在世上，是最艰难的事，要吃喝拉撒，要七情六欲，要伤病灾痛，要悲欢离合，活人真不容易的。那些自杀的人，自己能对自己下手，似乎很勇敢，其实是一种自私、逃避和怯弱。

既然死是人的最后归宿，既然寿的长短是闻道的迟早，既然闻道而死去的时候是一种解脱和幸福，对于死应该坦然。而恐惧的人，不能正确地面对死去，也绝不会正确地面对活着，这样的人即使一时还未死，却错误地理解人生，以为人生就是在有限的时间里吃好穿好玩好，要吃好穿好玩好就去掠夺、剥削、欺骗、伤害别人。这样的活着把自己的肚腹变成埋葬山珍海味的坟墓，穿丝挂绸，把身子变成一个蚕，只能是久久得不了道，老而不死，"老而不死则为贼"了。

说房子

人活在世上需要房子，人死了也需要房子，乡下的要做棺、拱墓，城里的有骨灰盒。其实，人是从泥土里来的，最后又化为泥土，任何形式的房子，生前死后，装什么呢？

有一个字，囚，是人被四周围住了。房子是囚人的，人寻房子，自己把自己囚起来，这有点像是投案自首。

为了房子，人间闹了多少悲剧：因没房女朋友告吹了。三代同室，以帘相隔，夫妻不能早睡，睡下不敢发声。单位里，一年盖楼，三年分楼，好同事成了乌眼鸡似的，与分房不公的领导鱼死网破。

人为什么都要自个儿寻囚呢？没有可以关了门、掩了窗，与相好谈恋爱的房子，那么到树林子去，在山坡上，在洁净鹅卵石的河滩，上有明月，近有清风，水波不兴，野花幽香，这么好的环境只有放肆了爱才不辜负。可是，没有个房子，哪里都是你的，哪里又岂能是你的？雁过长空无痕，春梦醒来没影，这个世界什么都不属于你，就是这房子里的空间归你。砰地推开，砰地关上，可以在里边四脚拉叉地躺着抽烟，可以伏在沙发上喘息；沏一壶茶品品清寂，没有书记和警察，叱斥老婆和孩子。和尚没有家，也还有个庙。

人多多少少都会有点房子的，是一室的或者两室三室的——人什么都不怕，人是怕人，所以用房子隔开，家是一人或数人被房子囚起来。

有了房子，如鸟停在了枝头，即使四处漂泊，即使心还去流浪，那口锅有地方，床有地方，心里吃了秤锤般的实在。因此不论是乡下还是闹市，没有人走错过家门，最要看重的是他家的钥匙。

书上写着的是：家是避风港，家是安乐窝。有房子当然不能算家，有妻子儿女却没有房，也不算有家。家是在广大的空间里把自己囚住的一根桩。有趣的是，越是贪恋，越是经营，心灵的空间越小，其对社会的逃避性越大。家真是船能避风吗？有窝就有安与乐吗？人生是烦恼的人生，没做官的有想做做不上的烦恼，做了官有不想做不做不行的烦恼。有牙往往没有锅盔（一种硬饼），有了锅盔又往往没了牙齿。所以，房间如何布置，家庭如何经营都不重要，睡草铺如果能起鼾声，绝对比睡在席梦思沙发床上辗转不眠为好。用不着热羡和嫉妒他人的千般好，用不着哀叹和怨恨自己的万般苦，也用不着耻笑和贱看别人不如自己，生命的快活并不在于穷与富、贵与贱。

世上的事，认真不对，不认真更不对，执着不对，一切视作空也不对，平平常常，自自然然，如上山拜佛，见了佛像就磕头，磕了头，佛像还是佛像，你还是你——生活之累就该少下来了。

说花钱

中国传统文化里，有一路子是善于吹的，如气功师、街头摆摊的卜卦者、餐桌上的饮者、路灯下拥簇着的一堆博弈人和观弈人，一分的本事吹成十二分的能耐，连破棉袄里抠出一个虱来，也是珍养的，也是双眼皮的，俊的。依我们的经验，凡是显山露水的，都不足怕，一个小孩子在街头说他是毛泽东，由他说去，谁信呢？人不信，鬼也不信。前些年里，戴口罩很卫生，很文明，许多人脖子上掉着白绳子。后来又兴墨镜，也并不戴的，或者高高架在脑门上，或者将一只镜腿挂在衣扣上。而现在却是行立坐卧什么也不戴的，带大哥大，越是大庭广众越是大呼小叫地对讲，这些都是显示身份的，显示有钱的，却也暴露了浅薄和贫相。金口玉言的人只能是皇帝而不是镶了满口金牙的人，浑身上下皆是名牌服饰的人，没有一个是名家贵族。带兵打仗大半生的毛泽东主席从不带一刀一枪，亿万富翁大概也不会有个精美的钱夹装在身上。

越不是艺术家的人，其做派越像艺术家，越是没钱的人越是要做出是有钱的主儿。说句好话钱不能证明一切，但也不能说钱不是一种价值的证明。说难听点，还是怕旁人看不起，过日子的秉性是，过不好受耻笑，过好了遭嫉妒，豪华宾馆的门口总竖着牌子写着“衣着不整者，不得入内”，所谓不整者，其实不是华丽的衣着。虽然凡人的邋遢是肮脏，名人的邋遢是不修边幅之说，但常常有不修边幅的名流在旁人说出名姓后，接待者的脸面方有冷清到生动的情形。于是，那些不失漂亮的女子，精致的手袋里塞满了卫生纸，她们不敢进澡堂，剥了华丽的外套，得缩身捂住破旧不堪的内衣，锃亮的高跟皮鞋不能脱，袜子被脚趾捅了个洞。她们得赶快谈恋爱，去花男朋友的钱，或者不结婚，或者结了婚搞婚外恋，傍大款，今天猎住这个，明天瞄准那位，树有多高藤有多高，男人们下海在水里扑腾，她们下海在男人的船上。社会越来越发展到以法律和金钱维系，有定数的钱就在世上流通，聚聚散散，来来往往，人就在钱上穷富深浮。若将每一张钞票都当一部小说来读，都会有一段传奇故事。

如果平静来讲，现在可爱的倒不是那些年轻女子了，老太太更显得本质、真实，做小市民的有小市民的味；头梳得油光光的去菜市场，问过了这一摊位的价格，又去问那一摊位的价格，仰头看天，低首数钱，为一分两分为摊主争吵，要揭发要告状呀地瞧摊主的秤杆秤砣，剥菜叶子，掐葱根，末了要走了还随手拿几棵豆芽菜，年轻的女子在市民里仍有个“小”字，行为做事却要充大。越是小越怕人说小，如一个长江口上的滩城偏要叫作大上海。

依一般的家庭，能花钱的都是女人，女人在家庭有没有地位就看是否掌握着花钱的权利。如今的妻管严日益增多，是丈夫们越来越多地失去了经济独立的权利。事实上，真正的男人是不花钱的。日本的一位首相说过，好男人出门在外口袋里只装十元钱。他有能力去挣钱，挣了钱就让女人去花吧，看着女人去花钱，是把烦琐的家庭日常安排之任务交给女人完成了。即使女人们将钱花在衣着上，脸面上，那也是男人的快乐。试想一个被他救过命的人又救过另外一个人的命，他是从内心深处不愿常见到恩人而企望被救过的那人常出现在他面前。不管如何否认和掩饰，今日的社会还是以男人为中心的社会。女人如张爱玲所说，即使往前奔跑，前面遇到的还是男人。所以，有了钱的，做了强女人，虽指望一切要主动，却一切皆不主动，尤其是爱情。

钱的属性虽然是流通的，钱就如身上的污垢，人又是泥捏的，洗了生，生了洗。李白说，千金散尽还复来。守财奴全是没钱的。人没钱不行，而有人挣的钱多，有人挣的钱少，表面上似乎是能力大小，实则是人的品种所致。蚂蚁中有配种的蚁王，有工蚁也有兵蚁；狗不下蛋，鸡却下蛋，不让鸡下蛋鸡就会憋死。百行百业，人生各规其位，生命是不分贵贱与轻重的。钱对于我们来说，来者不拒，去者不悔，花多花少，皆不受累，何况每个人不会穷到没有一分钱（没有一分钱的是死了的人），每个人更不会积聚所有的钱。钱过多了，钱就不属于自己，钱如空气如水，人只长着两个鼻孔和一张嘴的。如果这样了，我们就可以笑那些穷得只剩下钱的人，笑那些没钱而猴急的人，就可以心平气顺地完成各自生存的意义了。古人讲“安贫乐道”并不是一种无奈后的豁达和贫穷的幽默，“安贫”实在是对钱所产生的浮躁所戒，“乐道”则是对生命的伟大呼唤。

（选自《民主》2017 年第 2 期）

谈简朴生活

张　炜

简朴的观念

谈简朴生活、表达这方面的观念的书，已经出过不少，写得大多好读，有趣味。不过其中有一些，其实是讲衣食无忧之后，怎样过日子才更舒服、更雅致的。有人以为它正好和现在这种欲望的消费的社会是对立的——但作为对立的观念推广出来，却多少有些不对位。欧洲出过这种书，美国也有，而且很畅销。看来追求雅致的生活，已经超过了追求实用和简朴。

许多人认为中国人这段时期特别需要简朴地生活着，不要大手大脚，需要多灌输这种理念，需要讲讲它的道理。人们认为简朴生活能够挽救和赢得未来。怎样把简朴生活的好处讲足，并尽力讲得通俗易懂，讲得很市民化，也不容易。

中国人口这么多，不提倡简朴生活，不建设节约型的社会，对能源的消耗会不得了，对人类生活空间的争夺会不得了。当然倡导这种生活的理由很多，也很现实。至于精神层面的讨论，要深入下去就难了。

在一个以消费拉动生产的资本主义理论大框架下，要谈简朴生活不仅困难，而且容易变成一种奢谈。现在的主要潮流是千方百计地引导消费，千方百计地让人把手中的钱花出去，这又怎么会简朴下来呢？

这样看，好像奢华生活的对立面，就是简朴生活。但也有人认为，过惯了奢华生活之后，上升到一个更高的层面，才有了简朴的理念。这里可以注意，他们的这种简朴，其实是一种更加讲究和雅致。于是，这种简朴需要极大的经济保障，需要有闲，需要具备比较精致的文化修养。

结果这样的简朴就有了许多的烦琐，有了大量的准备，大量的功课，而后才能进入简朴的境界。

简朴即便作为一种进步，在这里也被大大地复杂化了，概念化了。

不错，简朴谈的是人和物质的关系，但简朴就是简朴。

不被物质所累

一位海外朋友说，有一次一个政客在拉选票时，不停地谈今后要怎样为当地搞来更多的钱。当地的一位老太太听着听着就插话说，我们不再需要这么多钱了，我们的钱已经足够花了，我们现在最需要的，是要我们的孩子还能够继续到海边捡贝壳。

老太太的话让在场的人一愣，随即一片掌声。政客是蒙的，一时对不上口，因为他一辈子也搞不懂这是怎么一回事、怎么一种逻辑。

老太太的要求简单至极，而且这么具体：能够让孩子捡到贝壳。她的要求看起来极小，其实很大。因为海边的贝壳没有了，要解决这个问题看来不是个小问题。究竟是怎么将贝壳弄没了的，这可能是一个极复杂和极长的过程。这显然并非是一日之功。所以老太太的要求看起来小，实际上大得不得了。

海水污染到怎样的程度，又经历了怎样的阶段，老人没有谈得太多。她只是要求捡到贝壳。类似的要求，有的地区还化为了行动。比如有的地方为了保卫自己的生存之地，民众能够一起躺在海滩上，躺在隆隆前进的机器前面，宁可死了也不让开建有害的工厂。这样的民众一个会等于一万个，所以有没有这个力量大不一样。西方人说“牛奶不好，奶酪也不会好”，就是在说民众的普遍素质与管理者的素质，讲这二者之间的关系。

所以我们平时也需要从讨论“牛奶”开始。可是我们现在很多的时候，仅仅放在讨论“奶酪”上，却忘了奶酪是从哪里来的了。当然，后一种讨论也是必需的、紧迫的。

小资的生活理念很畅销，这可以理解，但不能不将其加以分析和区别，特别是不能将它混同于简朴生活的理念。在大资们看来，小资们已经很简朴了，这种生活简单而又不失体面，故可以谓之“简朴”。其实呢，简朴与否，这不仅是个物质保有的程度问题，还有精神质地的问题。小资的简朴理念与真正的简朴生活理念，这之间的区别当然很大。

粗粗一看，小资们似乎涉及简朴生活，大谈小城或郊外风光，还有旅游远足之类。这就是简朴吗？那么怎样的奢华才算是不简朴？如果仅仅是走向了这种所谓的“简朴”，离更大的奢华大概也就不远了。

自然环境回到原来的、好的生态时期，对自然环境来说就是一种简朴。人文环境回到诚实和有信，对人文环境来说就是一种简朴。简朴就是真实无欺，就是极为符合人性的一种简单。简朴当然不会是简陋，不会是穷棒子精神。

现在这个时期的中国，刚开放不久，向西方学习，很向往资产阶级，特别是小资产阶级的生活。因为大资产阶级学不了，台阶更高，所以先学学小资。将来有了条件，就肯定会学大资。欲望是没有止境的。现在不学小资，不是觉悟，而是财力所限。所以这时候围绕着小资话题，从这个角度，谈了那么多的简朴和简单，实际上也是不得已而为之，是退而求其次的做法。

简朴生活不是在对比中被确定的，小资生活也并不能因为大资的对比而变成了简朴生活。简朴是一种生活质地，是精神也是状态，这与第三世界初来乍到的小资生活毫无关系。

有人在商品经济中发了财，然后就卖力地推销一种生活方式，什么怎样抽雪茄，怎样吃巧克力、喝红酒，这方面的知识印成的图书一排排的。小资的欲望调动起来是很容易的，调动者完全不负责任。据说这可以让人变得高贵。他们闭口不谈这样也可以让人变得轻浮。要知道雪茄巧克力之类并不是土生的国货。把洋化生活等同于高贵的生活，这是什么心态和逻辑？

有人引进欧美，特别是美国简朴生活的概念。我们觉得不是那么回事。讨论一下什么是简朴，简朴的必要性和可行性，简朴的理念，在这个时期十分必要。因为不同的理念会引导不同的生活。这些都得想透，不能人云亦云。关于整个欲望社会、消费社会，从能源消耗到伊拉克战争，不妨什么都想一想。因为这是一个立体的问题。有人不断地举例，说一些欧美头面人物所谓的日常“简朴”，我却深深怀疑。

谈简朴不是反对人类强烈的求知欲，不是反对科学，不是推广愚昧，不是清教徒，不是反对俗世。简朴正是回到真实的俗世，是不为物质所累。简朴会让人类社会生气勃勃，会保持和推进人类的文明成果，会让人类长存。不妨回头看看自己的历史，如春秋战国。

齐国的科技和物质在当时是最进步最丰饶的，出土的车马文物何等华丽精巧。轿车上都铺着地毯，漂亮得不得了，到现在看也是极为舒适的，上面还有酒柜，有精美的酒具。在艺术上，像韶乐，令孔子听后三月不知肉味。但这样一个大富大贵的齐国，最终却被秦国灭亡。而同时期的秦国粗陋多了，他们却举着冷兵器从西部打过来了。

齐国被物质所累，上层人士一味追求奢华，哪里还谈得上简朴生活。齐的鼎盛时期是威王宣王阶段，那时的国都临淄如何了得。齐的昌盛与占领东莱古国有关，这个古国在胶东，可能以今天的蓬黄掖为核心。齐国从此大得渔盐之利，还据有了天下最大的铁矿、最先进的炼铁技术。它的边界最远的时候到了莱芜。从此齐国的纺织、大米天下无双，还有无数的战马和铁器。这就有了后来临淄国都的“举袂成云，挥汗成雨”。

它物质上这么发达，在当时是最不愿过简朴生活的一个国度，所谓的最繁荣、科技最进步、生产力最先进，但就是被最不发达、最粗蛮的秦国给灭亡了。物质和文明是伟大的创造物，但是它也能使一个民族很累很累。

看来一个民族真是需要简朴的生活理念，要活得清爽一些。

时间和生命

文明走向烦琐，物质走向奢靡，结果会是极可怕的。如今天，有的城市上班路上需要花掉四五个小时，这种情况已不罕见。私家车特别多，中国的交通状况不行，道路永远车满为患。看来这部分挤车烦得要命的人，要忍受一辈子了。省会以上的城市，才刚刚开始这种厌烦的生活，他们厌烦这种无边的烦琐和无处不在的物质主义。

大概有智慧的人，以后要设法躲开省会以上的城市了。为什么？就因为耗不起，就因为时间是生命。生命不是无限的，它有长度。在城市长期煎熬，这太可怕了，而且每天如此、年复一年。

怎样变成小资这一套，有人可以到处作报告，推销他们的理念，还说是过简朴生活。其实这全是骗人的胡说。跟上他们跑，单是时间上就花不起。

在海外有位佛学大师，感动了很多人。她的钱多得不得了，开办了很大的医院和大学，在世界上的许多地方做慈善事业，影响极大。但大师并没有丢掉本色，每天还要体力劳作，起早诵经，种地制茶，做蜡烛卖，还开了个有名的蜡烛作坊。吃饭也非常简单。大师是弘法的，但她从简朴生活开始做起。

大师事业搞得很大，也就有了一些很漂亮的场所，有星级宾馆。但无论物质搞得多么好，多么丰足，都尽可能不被它所累，而是用来回报社会，比如说办教育、办医疗，还有一个很大的出版作坊，自己印刷，自己发行，把向善的精神传遍四方。世界各地，甚至非洲，都有大师援建的项目。

在有限的时间里做尽可能多的事业，将一切的耗费时间的无聊之事都尽力地压缩掉，这不是最大的简朴吗？其实人间最大的浪费和奢华就是把时间糊糊涂涂地打发掉，把时间贡献给不值得的东西。前一段有个口号，叫作时间就是金钱，时间哪里是什么金钱，时间是更要命的东西，是生命。不要时间，就是不要命。

清清爽爽的人生，就是只看重时间的人生。这种朴实的认识与简朴生活的理念当然是一体的。

简朴就是劳作

只想享受，不想劳动，哪里会有简朴。有人只想做一些简单的工作，用以调剂日常生活，这不是什么劳动。劳动是出力和流汗。所以有的谈简朴生活的书，说的都是怎样到室外活动，干一点无伤大雅的活儿，说这样对身体和精神有利。这是养生。这样的设计与简朴无关，与精打细算的生活也无关。

如果一个城里人戴上斗笠扛着锄头，大兴劳动之风，大壮劳动之势，就是简朴了？这在老百姓看来不过是细粮吃腻，代以红薯，追求健康而已。这也没有什么不好，只是不要硬扯到简朴两个字上。

劳动反对烦琐的礼节，尤其反对虚荣。劳动是量力而行，户外户内一律平等。劳动要真实，不要花架子，不是给人看，闷声而做，做完回家。

一个劳动者想不简朴，其实是很难的。仨瓜俩枣收存起来的岁月和日子，在某些知识分子看来是很美的，在过惯了粗茶淡饭的劳动者看来却是平淡无奇的。

而在物质主义者简朴的家里，却会发现最大的奢华。物质主义者放松下来的时候，一切都无所谓了，他随意处置起物质来的那种洒脱劲儿，有时会让人目瞪口呆，这也容易和一般意义上的简朴混淆起来。

物质主义者通常是用更大的消耗，来换取所谓的简朴。

（选自《文艺报》2013年1月30日）

澳门游思

蒋子龙

澳门是安静的。

澳门怎么可能是安静的？它应该是喧闹的，大喊大叫，乃至在烟气腾腾中气急败坏！因为它是世界著名的“四大赌城”之一，赌徒的情状谁还没见过？但，它确实是安静的。更像一个沉机默运的智者，平静、和厚、无所不容。

关闸大厅内的几十条通道都排满了人，潮水般的人流还在从关外广场上不断涌入，却并不嘈杂，大家静静地缓缓地前行。出入关手续办理便捷，几乎无须多停留。进入澳门后，人流疏导很快，又像潮水般散开，一辆接一辆的免费大巴把游人送往各个著名的地点或景区。对，是免费的。当你离开澳门时，从所在的酒店乘大巴到关闸，同样也是免费的。澳门是全球最发达、富裕的地区之一，属“福利社会”，也惠及外人。或者说是一种和气生财的智慧，知道这些人都是来给澳门送钱的，干吗不尽力提供便利？

在我的意象里，总觉澳门像一串糖葫芦，处于顶端的澳门半岛下面，串联着氹仔、路环两个岛。但从观光直升机上俯瞰澳门，却形似“变形金刚”。三座跨海大桥以及连环状的环岛公路，将其铆固成一个顿挫有致、气势磅礴的整体，灵活而营运能力极强，且游刃有余。没有到过澳门的人，或许以为它不过是“弹丸之地”。可就是这个“弹丸之地”，每年却要接待三五千万的游客，几乎是本地居民的百倍。即便在繁华的闹市，并不宽阔的马路也通畅而洁净。路，就是效率，是发达的条件，也是发达的标志。不塞车，没有碰瓷的，人们便不烦不躁，不会有“路怒一族”。澳门每年还要举办国际F3赛车，成为举世无双的传奇赛事。足见它并非“弹丸之地”，而是极富弹性的福地。

所谓“福地”，即山水搭配与人文气象极致谐调，水土养人，人养山水，共生共荣。澳门面积不足三十三平方公里，平面面积是长乘宽乘出来的，那高呢？澳门多山，自北向南，莲花山、炮台山、东西望洋山、妈阁山、九澳山、观音山、鸡颈山、叠石塘山……“山不在高，有仙则灵”，当年葡萄牙人第一次来到澳门，就是从妈阁山下登岸，那里正是当地盛传妈祖娘娘显圣的地方。这或许令他们飘飘然有如临仙境之感。

澳门之“高”，还因鳞次栉比的巨楼太多太高。殿阁嵯峨，飞槛摩空，致使其天上地下浑然成为一个迷幻般的立体世界。楼凌绝岘，绮窗出尘冥；广殿峻阁，飞升蹑云端。黄金门，白玉堂，形态炫目，气象万千。或炫奇骇俗，或端崇雄伟。有的九重宫阙内藏深湖，神奇莫测，每晚都上演着世间各种水上大戏。有的在十里楼台里修运河，水光涟漪，船行其上，头顶蓝天白云，两岸店铺林立，游人如织。

四百多年前，汤显祖被贬广东，乘船换船颇费周章地登上澳门这个偏远的岛湾，见帆樯如林，珠宝成堆，虽刚刚遭受重击竟有了新奇的诗兴：“不住田园不树桑，珴珂衣锦下云樯。明珠海上传星气，白玉河边看月光。”甚至连西洋少女在他笔下也情趣盎然：“花面蛮姬十五强，蔷薇露水拂朝妆。”后来他还将在澳门所感写进传奇《牡丹亭》，这为我们了解澳门性格的形成，提供了经典性的文化视角。

澳门，古属百越。泊口，可称“澳”。《澳门纪略》载：“东西五六里，南北半之，有南北二湾，可以泊船，规圆如镜，故曰‘濠镜’。”后又引申出“海镜”“濠镜澳”等别名。明嘉靖三十二年（1553），葡萄牙人从明朝广东地方政府租得澳门居住权，成为第一批进入中国的欧洲人。或许从那时候开始，澳门就在慢慢培养自己性格中最重要的特点——包容性。

就像那些世界一流的漂亮大楼，都是综合性购物修闲娱乐场所，谁都可以进去，到里面可以一掷千金，也可以一毛不拔、只过眼瘾。许多人带着孩子，还有用轮椅推着老人，整家整家地来到这个“花花世界”，凭自己的喜好，各得其乐。

社会永远都是有差异的。世界迎来了旅游时代，游人便是闲人。悠闲也是生命的必需品，悠闲中的人或许才是自然的人。澳门恰恰是悠闲者不可不去的地方。

说澳门是“福地”，却并不是因为它只有繁华。路环岛东侧，还有极其独特的休闲妙处“黑沙湾”。状如巨大的摇篮，铺满干净而柔软的黑色细沙，浸水则硬，水退则软，赤脚踩上去光洁而舒适。在海浪轻轻的抚弄下，如黑绸般掀起一道道皱褶，闪烁着一片片或一层层的金色光点。这就是大自然的奇妙，沙子是黑色的，发出的光却是金色的。黑沙似乎是对灯红酒绿、纸醉金迷的一种协调，不能不说造物主真是厚爱澳门。

黑沙湾背靠叠石塘山，登上制高点，站在妈祖像前，澳门五彩斑斓的景致便尽收眼底。当夜幕降落，另一幕“星光秀”就开场了，山下环绕着一片璀璨的灯海，远处则是黑沉沉凝固了似的大海。转头西望，隔着一条两岸如刀裁般齐整的水道，便是珠海的长隆公园，主楼通体放光，如同一座流光溢彩的古堡。这条水道就连着著名的“十字门”，1279 年，大宋王朝便覆亡于此。

当时的十字门及门外的洋面上，漂浮着做最后一搏的十万宋兵的尸体，海战惨败，战船起火，血红的波涛沸腾着，狂风呼叫，海天变色，状极惨烈！宋景定年间的进士陆秀夫，“先驱自己的妻儿跳海”，随后背起宋朝最后一个仅有 8 岁的小皇帝赵昺，也投海殉国。与陆秀夫同榜的状元便是在距此不远的零丁洋上“叹零丁”的文天祥，所以后人才有“忠节萃于一榜”之赞。

转过黑沙滩，循小路进入九澳山，在面临九澳湾的山坡上，葱茏的林木掩映着一片错落有致的古村落。路边的古屋有所修缮，用的是现代材料，越往山里走，古屋保留越完好，里面生活着澳门的原住民。你面对他们及他们的老宅，什么话都不用说就会感受到一种历史感，一种神秘和好奇。在这样一个举世知名且不算广阔的发达之地，他们是怎样能闹中取静、完好地保留了自己的生活习惯及生存环境？据传在赵宋王朝灭亡后，有许多赵家后人散落在澳门和十字门对面的斗门镇，有的甚至被逼改姓。不知这九澳山的古村落中是否有赵宋皇族的后裔？

一个国家或一个地区的定力，来自它的历史积淀。有深厚的积淀，才有包容性。每天清晨，珠海农民可以划着小船，穿过十字门水道，来澳门卖花、卖青菜，卖完了再划小船回去。晚上，澳门人也可以通过莲花大桥，到十字门对面的长隆去看马戏。

——就这样随着时间的潜移默化，历经数百年，澳门形成了独有的包容性。而包容，是一个地区繁荣的良药。

既到澳门，就不能不说说“赌”。在每座辉煌的大楼里，都有博彩大厅。里面与我以前见过的同样是一些国际知名赌场大不一样，没有腾腾烟气，没有游荡于各赌台之间察言观色的放贷者……甚至比其他购物及娱乐场所更为安静。博彩原本就是智力游戏，众多赌客都在绞尽脑汁，功夫下在手与眼上，本无须多言。世界著名的赌城，竟变成了清雅之地。在我参观过的几家博彩大厅里，也都有一些空台，这一现象意味深长……

无论人烟多么稠密的热闹场合，没有人大声喧哗，地面干干净净，连去洗手间大家都在静静地排队。这或许就是一种入乡随俗的“从众现象”。澳门自己能守得住魂、静得下心，自然就有非比寻常的净化力。

强大的净化能力，也是能够具有极大包容度的重要原因。在包容别人的同时也给自己创造了足够大的心理空间，以及精神与情感上的宽松。所以，澳门的人口密度很高，人均寿命也很高，连大陆报纸都曾报道过一个饶有兴味的故事，“赌王”何鸿燊家的马来西亚籍女佣，过生日买彩票中奖3000多万港元，却依旧留在何家做用人。无论多少金钱也不能让她割舍跟何家的情分，而且在澳门也住习惯了，舍不得离开。

但，澳门最大的包容性，体现在对制度的包容上，有一种无为而无不为的境界。两种社会制度在这里相互包容，取长补短，又何乐而不为?

［选自《人民日报》（海外版）2018年4月23日］

小春秋

李敬泽

1. 办公室里的屈原

《离骚》，古今第一大牢骚也。

据说，屈原是伟大的浪漫主义诗人。但照我看来，屈原丝毫不浪漫，《离骚》里，该同志官场失意，就开始失态："制芰荷以为衣兮，集芙蓉以为裳"，换上奇装异服，并戒了大吃大喝："朝饮木兰之坠露兮，夕餐秋菊之落英"，然后，就天上地下一通乱转，把古圣先贤、八方神仙全都请教一遍，阵势弄得极"浪漫"，但那"抒情旋律"七弯八绕，始终不离最实际的问题：怎么办？调离、跳槽还是留下来、熬到底？是从此放松了思想改造还是继续严格要求自己？多年前看过《离骚》，只觉得它像一座热带植物园，充满稀奇古怪的花木。如今再看，已是人到中年，这才发现它是有关中国读书人的人生意义，这意义简单地说就在"进退出处"之间，四字如四面铁壁，牢笼多少灵魂。而屈原的天马行空其实也是狮螺壳里的道场，正在那儿焦虑地挠墙。

这些话不该说，想必很多人不爱听，至少粽子厂不高兴。但我已经不打算吃粽子，粽子厂的心情与我无关。反正粽子总会有人吃，比如老公有了情人或包了二奶，那就不妨在端午节买几个，一边吃，一边长吁短叹读《离骚》，正所谓情景交融。《离骚》本是政治诗，但屈原有时把它写得像情诗，而且是失恋的、被抛弃的情诗，这可能是他的一大发明。汉儒讲《诗经》，"寤寐思服，辗转反侧"，明明是想那小妹妹想得睡不着，硬解成心里惦着领导，生生熬出了失眠症！这种奇怪诠释纯属不说人话。现在重读《离骚》，我觉得该思路恐怕是受了屈原启发："惟草木之零落兮，恐美人之迟暮"，"众女嫉余之蛾眉兮，谣诼谓余以善淫"，话里话外，眉头心头，直把大王比成了老公，当自己是怨妇；每看到此等处，我便欲掩卷叹息：何必呢，何必呢，离婚就是了。

但屈原终究伟大，他唱出了中国人恒久的心病；在我们的男权社会，没有男人喜欢人家把自己当成女人，但有一个重要的例外，就是"美人芳草"的诗学传统，也就是说，自古以来，男人们见了女人还是男人，见了有权有势、高高在上的男人，马上就在心里变成了楚楚可怜的女人。

然后呢，就自恋，就发牢骚。于是每间办公室里都可能有屈原：上司昏聩，小人当道，俺这正派能干的人儿兮，偏不受重用……

2. 谎言饲养的王

燕将乐毅率六国联军攻破齐国，齐王逃到卫国。该王是个想得开的，据史载，在逃亡中他的肚子整整胖了三圈儿，因此，他在卫国的主要工作除了吃和睡就是散步减肥，一日，该王走得乏了，坐在石头上发呆，忽然就想起了他的国家——此时的齐国只剩下两座孤城，临淄王宫里的宝贝被抢个精光，更不用说生灵涂炭，百姓流离，不过伟大的王不会考虑这些琐事，他不想则已，一想就是大问题：历史的经验教训。

于是，齐王发了一会儿呆，忽然对身边的大臣公玉丹说："我已亡矣，而不知其故，吾所以亡者，果何故哉？我当已。"——我到底为什么落到这步田地？告诉我吧，我一定改！

王的语调是诚恳的、亲切的，都有点可怜了，公玉丹实在是不能不说点什么了，如果不说简直就是对不起他的王了，于是，该大臣整了整衣冠，豁出去了，这回真的要掏心窝子了——"王之所以亡也者，以贤也。天下之王皆不肖，而恶王之贤也，因相与合兵而攻王，此王之所以亡也。"

也就是说，大王您落到这么个猪不吃狗不咬的田地，没别的原因，就因为您太好了。天下其他的国君全是坏人，他们就见不得您这么一个好人，于是就合起伙来攻打您、欺负您。

齐王听罢，仰天长叹："做个好人就这么难吗？"他的眼圈红了，他要是会作诗恐怕一篇《离骚》也做出来了。

该王最终被"坏人"们拉出去杀了，关于他国破身灭的原因，当时想必是众说纷纭，但如果在齐国做个民意调查，上述“好人论”恐怕只有两票，如果调查是匿名的，那肯定就剩下一票。所以，全天下都听得出公先生在撒谎，唯一那个上当的就是他们的王。

我不打算探讨该王的智商问题，对智商低的人我们应该同情。我觉得更有趣的一件事是，公先生为什么撒谎？那时的齐王不过是无牙的老虎，他就是说几句真话谅也不会被推出去砍头，况且人家的态度还那么诚恳，可是公先生还是忍不住要骗他一下，为什么？因为习惯？因为他从中得到了快乐？

是的，我认为，公玉丹先生当时是快乐的，他看着他的王，一句句地编造着精巧的谎言，他为自己的聪明而快乐，而更隐秘、更甜蜜的快乐是：我在欺负他，欺负这个自以为无所不知无所不能的人。

——在人类历史中，存在一个可怜的群体，他们是孤独的，绝大多数人都认为他们和自己不一样，他们遭到蔑视、遭到欺负，他们是如此无助，以至于即使是光着屁股上街也没人告诉他他没穿衣服，他们被谎言包围、饲养，他们的名字是皇帝或国王。

这位齐王就是他们的杰出代表，他曾经具有绝对的权力，所有的人都对他撒谎，人们撒谎不仅因为恐惧，还因为快乐，看着这头怪兽一本正经津津有味地吞噬谎言，他们感到了近似于欺负弱者的恶毒的快乐：这件事扯平了，绝对的权力令人恐惧，恐惧滋生谎言，而谎言又使绝对的权力变成了笑柄。

然而，公玉丹的快乐我认为更为复杂，是恶毒的，也是温暖的，带着一点怜悯：这个人一直是由谎言饲养得这么胖，现在再喂他最后一口……

3. 独不可以舍我乎

古时，越人活动于今之浙江，卧薪尝胆，施美人计，给人的感觉是比较深、比较忍、比较狠。但越人当初也曾生猛，断发文身，不高兴就杀人。比如有一段时间，越人热衷于一项有趣的活动，就是杀他们的国王，杀了一个又一个，连着杀了三个。杀国王这件事不算有趣，有趣的是，杀完了一个，兄弟们消了气，又开始着急，没有国王怎么行？于是连忙张罗着再找一个。

显然，越人的国王基本上是养来杀的，近似于家禽家畜。于是，有任职资格的人们惶惶不可终日，生怕有一天大家伙儿呼啸而来，宣布他是王。就这样，第三个倒霉蛋又被杀死了，消息传来，一个名叫“搜”的王子掐指一算，这回怎么着也该轮到我了。谁都不想当家畜，搜也不想，于是开了后门，一溜烟儿上了山藏进了山洞。

但是，该王子的名字就没起好，他偏偏叫“搜”，他要叫“溜”事情或许就不至于像后来那样。越人杀完了一个国王，第二天一觉醒来，心里空空荡荡，果然就成群结伙地跑来拥戴王子搜，进门一看，新王跑了，这还得了，搜！

于是就搜。当然很快就搜到了，一群“粉丝”（Fans）呼啦啦跪在山洞口，苦苦哀求：

出来吧出来吧，我们的王我们的哥哥我们的偶像！

但王子搜躲在山洞里，千呼万唤不露头。渐渐地，越人的脾气又上来了：不出来？好，架上柴火，熏他！

这些可爱的越人也不想想他们的新王很可能会变成熏肉，他们只是想要一个国王，这卑微而真诚的心愿怎能得不到满足？

当然，王子搜出来了，换了我我也得出来，人群向他欢呼，他被架上国王华丽的马车，没人征求他的意见，问问他想不想当国王，他已经是王。

可怜的“搜”，他孤立无援地站在车上，“仰天而呼曰：‘君乎，独不可以舍我乎？’”那意思是：老天爷呀，你咋就偏偏不肯放过我呢？

——这个故事载于《吕氏春秋》，我们的相国吕不韦大人由此得出教训曰：人不可以国伤其生，就是说要是需要搭上一条小命，那么给你个国王也别干。

这种鸡贼“顺生论”如今大行其道，我对此无话可说，只能祝大家长命百岁，好好活着，别费心去想活着值得还是不值得。但就王子搜来说，我觉得吕大人是误解他了，他其实不是怕死，他的逃避和挣扎包含着一个问题：我能不能自己做自己的主？能不能按照自己的真实意愿生活？能不能“自由”？

这实际上就是个日子值得不值得过的问题，当然，对王子搜来说，结论是不能。那么也就只得好死不如赖活着了。

所以，在古代中国，悲剧是有的，就在王子搜绝望的“仰天而呼”当中。

至于越人，谁都看得出他们的后裔已经遍布于这片大地的每个角落。

4. 君子之睡眠问题

——《易经》《乾》卦九三：“君子终日乾乾，夕惕若，厉无咎。”

就是说如果一人他是个君子，德才兼备，人五人六，这时候他绝不能松懈，必须“朝乾夕惕”，从早到晚奋发向上而战战兢兢，如服了伟哥之人，如横过马路之鼠，总之保持肾上腺素的充分分泌，永远兴奋和紧张。

为什么呢？孔子给了两个理由；第一是人当了君子就必须奋发向上，不向上就会退步、堕落，就不再是君子；第二呢，人当了君子就比较招人烦，所以必须战战兢兢，以防小人暗算。

后一个理由的依据是木秀于林，风必摧之，如果换了庄子，就会说：得，咱也别当君子了，当棵小灌木成不成？但孔子他老人家不这么看，他认为不仅不能当灌木，而且还得越长越高；那么风来了怎么办？除了提心吊胆就只有长成一棵钻天杨，收枝拢杈，别去张牙舞爪地招风。

——都是老掉牙的智慧，而且智慧和智慧之间还要吵嘴，所幸我在此要谈的只是一个相关的小问题：君子之睡眠问题。

做君子，长期兴奋长期紧张，没有一副好身板显然是不行的。春秋时代人的平均寿命顶多三十几岁，孔夫子却活到了七十多，属于古稀人瑞，不做"文化昆仑""大师""巨人"真是天都不答应。考察老先生长寿之道，除了食不厌精，热爱旅行，还有一条是反对睡觉——这方面有个"宰予昼寝"的例子：弟子宰予大白天睡觉，老爷子看见了气得什么似的，一口断定"朽木不可雕也，粪土之墙不可圬也"，可怜的宰同学别说是大树了，一觉就把自己睡成了朽木。

这段公案成了现代人打倒"孔家店"时一个颇为煽情的口实。我上初中时正赶上批林批孔，老师愤怒声讨"克己复礼"，大家听了也无甚心得，但讲到"宰予昼寝"这一段，同学们对该老头儿的印象马上就不好，白天睡一小觉，多大个事儿呢？值得这么上纲上线？

后来人长大了，读了《易经》，再读《论语》，读书而明理，终于比较理解孔老夫子的苦心：睡觉在古代的确是个大问题，那时候空气清新，人的想法又相对地少，大众娱乐活动基本没有，生活全面无聊，一个人就很容易昏昏欲睡，夜里睡了，白天想想闲着也是闲着，再眯一觉，这样下去他就比较慵懒、比较松懈，就比较不容易"朝乾夕惕"，他就只有堕落下去了。

正因为明白这个道理，古典中国的有志青年乃至老年，与睡眠展开了艰苦卓绝的斗争，在此过程中产生了很多可歌可泣的事迹，其中最让人心惊肉跳的莫过于"头悬梁、锥刺骨"，那是苏秦在苦读，头发吊在房梁上，一锥子扎进骨头里，知道的，他在读书，不知道的还以为他想不开呢。

话说到这儿，又说回到"古老智慧"：孔子催人上进，这很好，但人太上进了，就难免自虐、变态，自己跟自己过不去，也就难免别人看你不顺眼。所以，让我选择的话，吾从庄周，我认为我们的问题不在不上进，而是两千年来太上进，自己把自己逼拧巴了，所以，重新把自己理顺溜的办法之一，就是睡个好觉，放松，爱怎么着怎么着。

5. 纪念律师邓析

中国最早的律师应是邓析。

春秋时，子产当上了郑国的相国。该先生有理想，他认为他知道什么是对的、什么是错的，他决心告诉人们如何正确地生活。这样的先生如果不得志，也许就成了孔子，后人对他指出的方向心怀向往；但子产不幸得了志，一朝权在手，便把令来行，头一件事，就是对付邓析。

此前郑国颁布法令，照例要写在牌子上，挂在城门口，这叫“悬书”。假设国王有一天忽然认为走路先迈左脚是不对的，应该禁止，那么好，他只需要写一句：行路左足先者，笞五十！然后挂出去。第二天，全国的老百姓抬脚之前就会捂着屁股反复思量。

这本来很好，令行禁止，可谓大治。但是偏偏出了一个邓析，此人有研究法律的爱好，而且生就一张铁嘴，如此的尖牙利齿必然是个人来疯，你看他，站在人群里，手指告示，摇头晃脑地评点：左足先者笞五十，那么只好右足先，可是右足落了地之后怎么办？不是还得左足先？照此说来，岂不是人人落地穿鞋就得被打屁股？

你看，本来一清二楚的事，让他一搅和，大家全糊涂了，郑国的百姓都不会走路了。怎么办？子产着手解决这个问题，他的办法是取消“悬书”，以后法令不再公示，官府说什么就是什么，比如你在街上忽然被捉了去打了五十板子，那么你肯定触犯了某条法律，至于是哪一条，你不要问，你如果问了你就触犯了另外一条法律，又得再打五十板子。

这确实也是个好办法，极大地提高执法效率，同时增强百姓对法律的敬畏。但是，新的问题又出现了，连挨几顿五十板子的倒霉蛋们屁股朝天被抬回家，哭爹叫娘之余想来想去，压抑不住对神秘的法律的求知热情，总得知道屁股因何而开绽吧，怎么办呢？找邓析去。

于是邓析家门口挤满了要求普法的百姓。如果邓析是个聪明人，他就会在他的铁嘴上挂一把铁锁，把钥匙扔到井里去，可是他的人来疯是必然要犯的，他口沫横飞如雨，告诉人家前五十板子是依据某一条，后五十板子是依据某一条，根据你的情况，前后五十板子都于法无据。

义务咨询倒也罢了，邓先生还公然收取报酬包打官司，这就俨然是后世的律师了。春秋时货币经济不发达，所以邓律师的收费标准是：大案成衣一套，小案只收上衣或者裤子一件。结果生意兴隆，客户蜂拥，我估计邓析他太太还得开一间店铺，把家里成堆的衣裳换成小米或者猪羊，至于换回那么多小米猪羊怎么办我就猜不出了。

但与此同时，郑国的民风变得不淳朴了，过去拉人进来打板子大家都是一声不吭，低眉顺眼像个太监，可现在呢，板子还没举起来，人家就喊，且慢！叫邓析来，说说清楚！然后就扯着嗓子大叫孩儿他妈，快借两件新衣裳找邓先生去！

于是，据《吕氏春秋》记载："郑国大乱，民口喧哗"，问题不解决不行了。子产相国断然决定：杀邓析而戮之，把他杀了而且陈尸示众。

效果当然很好，再没人敢跟板子叫板，郑国从此大治。子产虽然没当成孔子，但是就连孔子都对他的成就赞叹不已，认为是在乱糟糟的春秋时代实行王道的典范。

在这个问题上，我完全不同意孔子的意见，我认为子产我们就把他忘了算了，但是我们应该纪念邓析，这个最早的律师，这个招人烦的铁嘴，这个把法律带给民众并为此牺牲的人。

6. 伍子胥的眼

伍子胥过昭关，一夜白头。

我认为，这是中国精神史上一个被遗忘的重要事件，昭关下飘飞的白发决然地划出了界限：这边是红尘、是黑发，那边是荒原，是孤独的英雄。

司马迁的《史记》，至今不可企及，那是最壮丽的汉语；读《史记》读到《伍子胥列传》，只觉风云激荡，鬼哭神惊：

"抉吾眼悬吴东门之上，以观越寇之入灭吴也！"

——伍子胥横剑自刎。他那双圆睁的眼真的悬在城门上了吗？他的诅咒竟如审判，如天罚，这个两千多年前的楚人，他看见了什么？仅仅是越王勾践那支卑贱而阴险的大军？

在司马迁笔下，伍子胥一直在狂奔，在逃跑，在追逐，他没办法停下来，让上级喜欢，让朋友高兴，让世界舒适地接纳他，他永远搞不好一切关系，永远不能苟且将就，永远怒气冲冲，时刻准备拔剑而起，投入殊死的战斗。

——这样的家伙真叫人受不了啊，咱们的古人不是说了吗：皎皎者易污，你穿一身白衣行走江湖，怎么会不沾上泥点子，况且空气污染还那么严重？

伍子胥却偏要白着，结果呢？生生把自己逼白了头。他不宽恕别人，也不宽恕自己——说这话时，我想起了鲁迅，我想啊想，可惜也只想起了鲁迅，中国人中也许只有他能和伍子胥为伴。

而伍子胥其实是不需要伙伴的，他不会扎堆儿，不会人来疯，不会和群众打成一片；他的心中也没有上帝、没有天道，没有可以壮胆儿的大词，比如他不会说“时代”怎么样、“历史”怎么样、“社会”怎么样，他是英雄，一个人孤独地做出选择，在战斗中承受自己的命运——这是我对“英雄”的定义，他是绝对的“个人”。

在我们这个时代——对不起，我也用了这个巨大的词——红男绿女们乐于相信自己是“个人”。一小时前，电视上一个冷酷的妹妹忽然指着我说：你的风格、你的选择！我的心中一阵温暖，这个“你”就是我呀，还犹豫什么呢，赶快去商场吧。

我知道我在犯傻，那个“你”其实指向无名的广大人群，但是，有什么关系呢？我身在人群之中，我和人们一样想事儿，一样说话，一样买东西过日子，一样上网发牢骚骂人，这使我觉得安全踏实，同时我还可以在幻觉中相信：我是我，不是“我们”，不是别人。

——于是，伍子胥那双幽深的眼睛看着我们，两千年的孤独，三千丈的白发……

7. 大隐隐于屠

中国古人相信，奇人隐于民间。假如来到两三千年前的中国，你要千万小心，路上这个一脸风霜的老农可能刚刚嘲笑了孔子，或者明天早晨荷锄下地时他就碰上了国王，到中午他已经成为宰相……民间的奇人以农夫居多，一室不扫，何以平天下？同样，种好一亩三分地，料理天下也不难。——这是古人的想法，我们的古人都是诗人，不讲逻辑，善于类比，常常一个筋斗就从小类翻到了大类，这中间已经跳过了千山万水。

按照这种如诗的智慧，老子说：治大国如烹小鲜，治理一个国家和煎小黄鱼同理，那么，政治家不仅可以在农夫中产生，也可以从厨师中产生。在这方面，有个非常有说服力的例子：商汤的宰相伊尹本就是掌勺的大师傅。

总的来说，我觉得那个时代是有趣的——我指的是秦汉之前的时代，那时我们对才能、身份和命运有一种天真烂漫的想象，我们相信奇迹，奇迹也果然发生；到后来，我们渐渐相信刻苦，相信读书和考试，相信循规蹈矩、老奸巨猾地向上爬……除了农田、厨房，另外还有一个地方常有古代奇人出没，就是肉店。那些提着尖刀的肥胖屠夫，临闹市，据肉案，冷眼看熙熙攘攘、软红十丈，他们心中除了当日的肉价，可能还有某种深黑的冲动。

《史记》里，春秋战国几件石破天惊的大事中都有屠夫的身影，著名的刺客聂政"乃市井之人，鼓刀以屠"；信陵君窃符救赵，勇士朱亥一槌砸死大将晋鄙，而朱亥也是"市井鼓刀屠者"。至于不识时务地刺秦的荆柯，当他在燕都鬼混时，一个朋友是搞音乐的高渐离，另一个朋友就是无名的"狗屠"。

显然，屠夫们也有脱颖而出的机会，但比起农夫和厨师，他们的机会更近于本行：由屠猪屠狗改为屠人。而且，聂政和朱亥一样，都是经不住人家几句好话，屠夫为知己者死，没头没脑地就去卖命。

我反对杀人，但屠夫们的故事里情境的转换令我着迷：血腥的肉店与洁净的殿堂，卑贱的屠夫粗暴地干预了历史，而他根本不知道他干了什么。

司马迁对此也很感兴趣，在他的笔下，聂政是个奇人，聂政的命运是令人惊悚的奇迹。他坐在汉朝的书房，恐惧注视着聂政一步步穿过目瞪口呆的人群，肾上腺素在他的笔下激越地分泌（当然，仅仅是笔下），他看见了历史中那黑暗狂暴的力量，这种力量隐于肉店中、隐于血中，那是与井井有条的农田、厨房截然不同的世界，是混乱的、非理性的，是本能和毁灭。

司马迁把它写下，然后，急忙忘掉。

8. 英雄要离

吴王阖闾恨庆忌，这种恨当然是有起因的。但是，我估计，到了后来，恨的起因已经无关紧要，吴王只是单纯、悲愤地恨着，这种恨让他的生活有了目标，那就是杀死庆忌。

吴王的臣民们也已经记不起老大为什么恨庆忌，他们更为悲愤地恨着，同时热烈地探讨杀死庆忌的种种方法。如果这些方法一一实行，庆忌已经死过 N 次。但庆忌还活着，曾有六匹马拉的战车追杀他，但他跑得比刘翔还快，战车追不上他；他还是杂耍高手，迎着刺客射来的箭，他双手翻飞，快如疾风，箭射完了，箭全在庆忌手里，一手一把，他安静地看着刺客，刺客们喷出数口悲愤的血。

就这样，一个名叫要离的找到吴王，他说：我能杀庆忌。吴王低下头看着要离——不低头不行，要离太矮了——吴王说："你，成吗？"

要离一挺他的小身板:“大丈夫只要有胆儿，没个不成!”

于是，根据要离的诚恳请求，吴王杀了他的妻儿，焚尸扬灰，要离这个英勇的小男人逃脱了吴王的魔爪，投奔庆忌。庆忌当然收留了他，敌人的敌人就是朋友，而普天之下最恨吴王的应该就是要离。

庆忌想错了。庆忌最终斗不过吴王，因为他对人性的拧巴、混账缺乏领会，所以，当在长江上的一艘船上，要离突然拔剑向他刺来时，庆忌肯定是一肚皮的不理解，幸亏他还没有失去传说中的敏捷身手，他一把抓住要离，咔嚓把他扔进江中。

接下来的事像一幕残酷的喜剧，要离被捞上来，晃晃悠悠又提着剑来杀人，又被咔嚓扔下去，如是者三回。最后庆忌撑不住了，长叹一声:服了你了，你走吧。

要离就这样回到了吴国。他没能杀掉庆忌，但吴王在一番严肃认真的思考后认为，要离的忠贞、勇气以及拿着老婆孩子去套狼的牺牲精神值得提倡，郑重决定把吴国分一块儿给他。

我估计，要离本来是想活下去的，否则他就会多喝几口江水把自己呛死算了，但如今吴王这么一褒奖，他想活也活不下去了，拔出剑来往脖子上一架——这回他总算干成了，他杀了自己。

要离，在中国古人心中是英雄，《吕氏春秋》在讲述他的事迹后评论道:“要离可谓不为赏动矣。姑临大利而不易其义，可谓廉矣。廉故不以贵富忘其辱。”意思是说，要离了不起，还知道人有脸树有皮，不肯没羞没臊地分一小块地盘去做土皇帝，难能可贵啊。

照此说来，我也同意要离是个英雄，不仅因为他有脸皮——当然我也担心他挂着这张脸皮怎么去阴间见他的老婆孩子，不过，春秋时的人和咱们一样，似乎是不信来世阴间那一套的，所以办事决绝、“狼”性充沛——还因为，要离毕竟真的去选择、行动并且承担了后果，如果是现在，他尽可以在互联网上发帖子，悲愤而安全地发泄他的种种仇恨，泄完了，关电脑，洗洗睡。

9. 象忧亦忧，象喜亦喜

“象忧亦忧，象喜亦喜”，《红楼梦》里有此雅谜——看官且慢兴奋，在下不谈《红楼梦》。一部《红楼》，大小文人参详了一百多年，只看出满纸八卦，杜鲁门·卡波提曰:“所有的文学都是飞短流长”，这话至少适用于“红学”，专业和业余的狗仔队认定，该书便是大清朝的政治谣言高层绯闻——据说这很有趣，但我看还是张靓颖或厉娜的花花事儿更有意思些。

现在说正题，“象忧亦忧，象喜亦喜”，语出《孟子》，说的是舜爱他的老弟——该老弟名象，据神话学者研究，他还真就是一头大象，至于大象怎么就成了舜王爷的弟弟，学者没说，我们所知的是，象高兴了舜就欢喜，象要是挂着脸，舜也跟着忧愁。

那么象是不是同样爱着他的哥哥呢？非也。象弟最盼望的一件事就是他的舜哥死，马上死。

这就不能不谈到我们的大圣人舜王爷的麻烦家世，舜之父据说名瞽瞍，此二字皆有失明、盲目之义，我怀疑这是讽刺老爷子是非不分黑白莫辨，当然，瞽瞍也许确实是个瞎子，而且可能是中国最早的游唱乐手，据说十五弦的古瑟就是瞽瞍所创。这位音乐家的原配就是舜的母亲，后来死了，他又娶了一房，生了个儿子就是象。

父亲——后妈——异母兄弟；权力——血缘——财产——人的自私和残暴；这是有家庭、有婚姻、有私有制之后就有了的老故事，而舜的故事是老故事中最初、最老的：舜成了人家三口儿的眼中钉，他们对这没娘的孩子百般虐待，而舜呢？那时没有警察、妇联和媒体，他只能忍，而且他是如此善良，他把这视为一种考验，考验他对父亲和家人的爱，他当然经得住考验，他还为其后数千年间的中国孩子发明了承受家庭暴力的正确原则：“小杖受，大杖走”，要是父亲大人抡着小棍子打过来，那就扛着，要是棍子又粗又长那就赶紧跑，跑不是因为怕疼或怕死，而是担心自己没出息不禁打，万一被一棍子打死了，岂不陷父亲大人于不义？

我幼时没挨过爹的打，但我们那个大院里的孩子们都曾热烈地想象自己遭受酷刑，老虎凳、辣椒水、吊起来、鞭子抽，来吧（当然不会真来）！我们为真理而受难，牺牲的羔羊感到黑暗的甜美——如今想来，这中间必定萌动着受虐倾向，痛苦是爱是美是忠诚是道德是快乐。

就这样，舜在迫害和拷打中成长为一名圣人，尧王爷打算把天下传给他，不过还要考察，考察的办法之一是把两个女儿一并嫁给他，当然带着丰厚的陪嫁。

舜成了大人物，有产有权有名有背景，他的瞎老爹怎么办呢？这个固执的老人，他认为他有了更充分的理由恨自己的长子，他决心杀死他。

于是，据孟子说：“父母使舜完廪，捐阶，瞽瞍焚廪。使浚井，出，从而掩之。”

父亲慈祥地笑着，把大儿子叫来替他修缮粮仓，舜刚爬上房顶，父亲就抽走了梯子，放火。

当然没有得逞。老爷子脸皮够厚，过几天又找上门：儿子啊儿子，回去把老井挖一挖。舜又去了，他下到井里，一抬头，只见黄土倾泻如暴烈阳光。

小儿子象力大如象，一口气把井填实了，把他哥活埋了，拿脚踩了踩，转身奔向舜家，一路大喊：

“谟盖都君咸我绩！牛羊父母！仓廪父母，干戈朕、琴朕！弤朕！二嫂使治朕栖！”

这是上古的大白话：舜死了，我干的！牛羊归爹娘！粮仓归爹娘！干戈归我！琴归我！弓箭归我！两个嫂子跟我睡！

他就这么一边发表分割财产的宣言，一边闯进了舜家，迎头看见他的哥哥舜正在安然抚琴，此时，即使是象也有点不好意思了，为了纪念这点不好意思，当时的人们想啊想，终于想出了“忸怩”一词，象“忸怩”道：嘿嘿，哥，你没事儿啊，人家正担心你呢嘛！

舜慈爱地看着这个弟弟，曰：象啊，来得正好，这一大摊子家业正想让你帮着管管呢。

很久以后，有人问：舜不知道象要杀他吗？

孟子说：他当然知道，但象忧亦忧，象喜亦喜啊。

——这个故事有古希腊悲剧的严厉、阴森和绝望，但有个中国式的完美温暖的结局，舜终于感动了他的瞎老爹，感动了象，他们从此过着和谐幸福的生活。

善是无敌的，仁是无敌的，在孟子的讲述中，舜的故事成为神圣的启示，我们必须相信善相信爱，相信宽恕和忍耐。

我愿意相信。但是我注意到孟子省去了一个至关重要的环节：舜是如何逃过谋杀的？

对此，《史记》中有语焉不详的记载，大意是两个背景非凡的太太拿出了法宝：绘有鸟纹和龙纹的衣裳，结果，舜化为鸟飞离火海，化为龙顺黄泉而逃。

孟子当然不信这套，所以略过不提，同时，他可能也意识到他的训诲有一个致命的漏洞：如果舜要靠太太的搭救才能逃脱恶势力的戕害，那么善的力量由何体现又何以成立？难道做一个善人又不想被人坑死就得先娶一个至两个有背景的太太？难道善的前提必须是权力或成功？

与孟子的论述相反，我们常常发现善竟是世上最软弱的事，善不会向你应许任何现世的利益，善不是一个有关获取的故事，而是关于舍弃；善之艰难，尽在于此。这是人类普遍的痛苦和困惑，孔和孟都未能给出有力的解答，两位好心肠的老先生只是絮絮叨叨地告诉我们：做个好人并不难，做个好人有好报，舜的故事中，有一个场面最为苍茫深远："舜往于田，号泣于天。"

荒野上，舜仰天长哭。对此孟子作了一番牵强乏味的解说，我一个字都不信，我只看见几千年前的那个人，他孤独地、无所凭依地坚持着善，此时，他不是孔孟所想象的因善而成功的人士，他在受苦，极端软弱，天无言，荒野无言，只有这个灵魂在颤动。

——"象忧亦忧，象喜亦喜"，《红楼梦》中的谜底我忘了，也懒得去查，大概是镜子，或者演员。

10. 鸟叫一两声

《诗经》开卷第一首就是《关雎》："关关雎鸠，在河之洲"，大家想必背得出，此处不念了。现在要问的是，这首诗是什么意思？

对面那女子脸儿一红，扭捏道：啥意思？相思病呗。

对，相思病，不仅是相思病，还由相思病并发失眠症："悠哉悠哉，辗转反侧。"如果有人问：中国人从何时开始失眠呢？现存最早的文字记载就是《关雎》，那至少在商朝末周朝初，而且原因正是"女人"。

当然，在《关雎》中，相思病最终痊愈，"窈窕淑女"娶回家了，"琴瑟友之""钟鼓乐之"，卡拉 OK 估计要唱大半夜，处处啼鸟惊不破三千年前的春梦。

然而，错啦，同学们哪，你们都错了，看看《毛诗序》里是怎么说的："《关雎》，后妃之德也。""乐得淑女以配君子，忧在进贤，不淫其色，哀窈窕，思贤才，而无伤善之心也。"

这话翻译过来就是，皇上的大老婆看见一小女子模样长得俏，然后就睡不着，就急得两手瞎抓挠（"参差荇菜，左右采之"），急什么呢？不是急着遣人把小妖精做了，而是急着怎么把她弄进宫来做小老婆，从此东宫西宫左右一心，共同辅佐皇上、治理天下。这是什么境界？是不知人间有醋的境界，真乃"后妃之德也"，真乃男人之福也！

我要是这么解说《关雎》，肯定被人啐得满脸唾沫，但这是《毛诗序》，是关于《诗经》的最权威、最正统的诠释，两千年间无数大人物、无数聪明脑袋都学，而且都信：《诗经》里怎么可能仅仅是男欢女爱呢，那不成了"私人写作"吗？这事儿没这么简单，必定是有微言大义，渭河边那两只鸟必定与朝堂风云、天下大势相连着，连不上拧巴着连，结果就弄出这么一通男性自恋狂的疯话来。

《诗经》是好的，但要看出《诗经》的好，必得把秦汉之后的诠释一概抛开，直截了当地读诗。吟出那些诗篇的人们，他们曾经真实地活着，看山就是山，看水就是水，看美女就是美女，看了美女睡不着也不会说是心忧天下，等真要为国出征的时候，他们就尽他们的责，提起弓箭去战斗、去死——那是一种不曾被各种各样大话浮辞所蒙蔽的人生。

“雎鸠”据说是鱼鹰，脖子被系住，鱼叼到嘴里咽不下去，只好再吐出来让人拿去红烧或清蒸。我见过的鱼鹰都是蔫耷耷一副厌世的样子，除了捉鱼，拒绝开口；难怪啊，一种鸟，一辈子遭束缚，叫一声还被解说得云山雾罩、离题万里，如果是我我也懒得叫，我会暗自断定人这种动物是靠鱼和废话噪声生存，我将保持沉默。

但是我相信，在三千年前的某个夜晚，确有一只鱼鹰闲叫了一声：“关！”另一只应了一声：“关！”是夜月白风清，儒生、教授、记者、编辑和知识分子们都睡了，只有一个年轻男子睡不着，他听见了那两声，他的心便向渭河去——那条三千年后已经干涸，有时又泛滥成灾的古河。

（选自《小春秋》，新星出版社 2010 年 5 月版）

鼻子的逸事

冯骥才

我一直认为人类的艺术创造有个重大疏漏，就是没有一种满足鼻子的艺术。在艺术中，有满足眼睛的，比如美术、雕塑和摄影；有满足耳朵的，比如音乐和歌唱；影视和戏曲是综合艺术，它们能同时满足眼睛和耳朵，却唯独把鼻子排斥在“艺术爱好者”之外了。嘴呢？对了，你会问。不要说也没有专供嘴巴来享受的艺术吧，千变万化的烹调艺术足能使嘴巴受用不尽了。聪明万能的人类为什么偏偏冷淡了、小瞧了甚至荒废了鼻子？这个位居脸的中心的高贵的鼻子难道是个“艺盲”？难道它迟钝、麻木、低层次、无感受、缺乏情感细胞？难道它只能分辨香臭、只是用来呼吸的吗？是啊，是啊，你想想看，流泪是一种感情的表露，那么流鼻涕呢？那不是伤心而是伤风。

然而，请你静下心再想一想——

每每早春初至，你是怎样感受到它的来临？那时，大地既没有绽露些许绿意，冰河尚无解冻时清脆的声响——你显然不是依靠眼睛和耳朵，而是凭着灵敏的鼻子察觉出这大自然催生的气息……我说过，春天最先是闻到的。

你是从哪一种气息里闻到的？

从融雪的气息、腐叶的气息、带着寒意的清晨的气息、泥土中苏醒的气息里，还是从一阵冷冷的疾雨里？世间雨的气息各种各样，有瑟缩深秋的绵绵细雨、炎炎夏日骤然浇下又热烘烘蒸腾起来的阵雨，以及随同微风可以闻到的凉滋滋的夜雨……这种种不同的雨的气味，比起雨的画面更能勾起你在同一种雨中经历的回忆。一次空空的等待或一次失去般的离别，一次义气的援救或是一次负疚的逃脱——不管具体细节怎样，总是气味帮助你记忆，也帮助你回忆；混同气味记在心底的，也只能被同一种气味勾上心头。再往深处想想，是不是世界上只有亲人的气味你记得最深最牢？母亲的、恋人的、孩子的。这气味比形象和声音更不能模仿和复制。精确分辨又刻骨铭心记住的不全是依靠鼻子吗？

我知道一个女人，一直保存着她逝去的丈夫的一件睡衣。她从来不洗这件睡衣，为了保留丈夫身体的气味，每当思念之情不能自已时，就拿出这件睡衣，贴在脸上闻一闻，活生生的丈夫便在身边。由此我得知，当生命消失时，它会转化为一种气息留在世上，活着的人靠着鼻子与他息息相通、默默相连。鼻子并非呼吸的器官，而是心灵的器具。由于多愁善感的鼻子，我们对这世界的感知便多了一倍！

鼻子又是慷慨无私的。尽管人类不给它任何享受艺术的方式，它却积极地参与艺术的创造。对了！我说的是鼻音，想想看，当歌唱家们使用鼻音时，那声音就会变得何等的奇异与美妙！

这叫我想起一件往事。虽然有些怪诞，却是我经历过的。

很多年前，我有个邻居是位业余歌手，他相貌寻常，身材四肢都极普通，唯有那鼻子大得像只梨儿挂在脸的中央。如果你坐在他身旁，会觉得呼吸困难，好像氧气都叫他那硕大无朋的鼻子吸走了。他说话，声音似乎不穿过喉咙而穿过鼻腔，那声音就像火车穿过隧道那样隆隆作响，唱起歌来根本听不见歌词，仿佛一百只大黄蜂在空中狂飞，据说他考过许多专业歌唱团，但谁会选取这种听不清歌词的鼻子叫呢；而邻居们不过把他的歌唱，当作一种有高低音变化的鼾声罢了。

后来，他走运了。一个名叫“海河合唱团”的团长以伯乐的眼光瞧上他的大鼻子，把他请进合唱团。合唱团不管他咬字是否清晰，只要他的鼻音。谁料到他这闷雷般的轰鸣，像是给合唱加进去一架大风琴那样，发出意想不到的声音效果。上百张嘹亮的嘴巴加上一个浑厚的鼻子，开创一个前所未闻的神奇境界。这个平淡无奇的合唱团竟因为一个鼻子走红了。很多观众为这鼻音而来，向台上寻找这奇妙声音的发源地。看吧，这梨儿似的鼻子，多像是给合唱团佩戴的一枚闪闪发光的勋章！

“文革”期间，许多文艺团体受冲击，合唱团为了跨时代地存在下去，改名叫作“红太阳宣传队”。但我这个邻居遇到了麻烦。因为当时所唱的歌曲一律是革命歌曲。他吐字不清，被怀疑是故意不唱歌词。受怀疑比受指责更可怕，他必须赶快学会吐字。大革命真是无坚不摧，这先天的毛病居然也改了。有生以来，声音一直从他鼻孔出来，现在竟改道走喉咙了；随着一个个字儿愈来愈清楚地蹦出嘴唇，那鼻音便一点点稀薄和消退，最终他唱起歌来和所有演员没有两样。一旦被统一了，他也就消失了;大家全一样，每个人便都可有可无。“红太阳宣传队”因此没了魅力，在后来的社会变动中无声无息地散了伙。

失去了鼻子的世界居然会变得如此乏味，你说究竟为了什么；是因为那独特的鼻子，还是因为那鼻子的独特?

（选自《冯骥才散文》，人民文学出版社 2005 年 5 月版）

何处是乡愁（外一章）

梁　衡

乡愁，这个词有几分凄美。原先我不懂，故乡或儿时的事很多，可喜可乐的也不少，为什么不说乡喜乡乐，而说乡愁呢？最近回了一趟阔别六十年的故乡，才解开这个人生之谜。

故乡在霍山脚下。一个古老美丽的小山村，水多，树多。村中两庙、一阁、一塔，有很深的文化积淀。我家院子里长着两棵大树。一棵是核桃，一棵是香椿，直翻到窑顶上遮住了半个院子。核桃，不用说了，收获时，挂满一树翠绿滚圆的小球。大人站到窑顶上用木杆子打，孩子们就在树下冒着“枪林弹雨”去拾，虽然头上砸出几个包也喜滋滋的，此中乐趣无法为外人道。香椿炒鸡蛋是一道最普通的家常菜，但我吃的那道不普通。老香椿树的根不知何时，从地下钻到我家的窑洞里，又从炕边的砖缝里伸出几枝嫩芽。我们就这样无心去栽花，终日伴香眠。每当我有小病，或有什么不快要发一下小脾气时，母亲安慰的办法是，到外面鸡窝里收一颗还发热的鸡蛋，回来在炕沿边掐几根香椿芽，咫尺之近，就在锅台上翻手做一个香椿炒鸡蛋。那种清香，那种童话式、魔术般的乐趣，永生难忘。当然炕头上的记忆还有很多，如在油灯下，枕着母亲的膝盖，看纺车的转动，听远处深巷里的犬吠和小河流水的叮咚。这次回村，我站在老炕前叙说往事，直惊得随行的人张大嘴合不拢。而村里的侄孙辈也如听古。因为那两棵大树早已被砍掉，河已不在。只有旧窑在，寂寞忆香椿。

出了院子，大门外还有两棵树，一棵是槐树，另一棵也是槐树。大的那棵特别大，五六个人也搂不住，在孩子们眼中就是一座绿山，一座树塔。常记小树下总是拴着一头牛或一匹马。主干以上枝叶重重叠叠，浓得化不开。上面有鸟窝、蛇洞，还寄生有其他的小树、枯藤，像一座古旧的王宫。而爬小槐树，则是我们每天必修的功课。隐身于树顶的浓荫中，做着空中迷藏。槐树枝极有韧性，遇热可以变形。秋天大人们会在树下生一堆火，砍下适用的枝条，在火堆里煨烤，制作扁担、镰把、担钩、木杈等农具，而孩子们则兴奋地挤在火堆旁，求做一副精巧的弹弓架或一个小镰把。有树必有动物。现在，野生动物事业，就归国家林业局来管。村里的野物当然也不离古树。各种鸟就不用说了，松鼠、黄鼠狼、獾子、狐狸的造访是家常便饭。夏天的一个中午，正日长人欲眠，突然老槐树上掉下一条蛇，足有五尺多长，直挺挺地躺在树荫中。一群鸡，虽以食虫为天职，但还从未见过这么大的虫子，一时惊得没有了主意，就分列于蛇的两旁，圆瞪鸡眼，死死地盯着它。双方相持了足有半个时辰。这时有人吃完饭在河边洗碗，就随手将半碗水泼向蛇身。那蛇一惊，嗖地一下蹿入草丛，蛇鸡对阵才算收场。现在，就是到动物园里，也看不到这样的好戏。

还有一天的晚上，我一个叔叔串门回来，见树下卧着一个黑影，便上去踢了一脚，说："这狗，怎么卧在当道上！"不想那"狗"嗖地翻身逃去。星光下分明是一条狼。大约是来河边喝水，顺便在树下小憩片刻。第二天听了这故事，很令人神往，我们决心去找这只狼。长期在农村，早得了关于狼知识的秘传：铜头、铁身、麻秆腿。腿是它的最弱项。傍晚时分，四五个孩子结伴向村外走去。随身带上镰刀、斧头、绳子，这都是平时帮大人打柴的家什。大家七嘴八舌，说见了狼，我先用镰刀搂腿，你用斧砍，他用绳捆。正说得热闹，碰见一个大人，问去干什么？答，去找狼。大人厉声训斥道："天快黑了，你们还不都喂了狼？给我回去！"我们永远怀念那次未遂的捕狼壮举。

出大门外几十步即一条小河。流水潺潺，不舍昼夜。河边最热闹的场景是洗衣。在没有自来水和洗衣机之前，这是北方农村一道最美丽的风景。是家务劳动，也是社交活动，还是一种行为艺术。女人和孩子们是主角，欢声笑语，热闹非凡。许多著名的文艺作品都喜欢借用洗衣这个题材。如藏族舞蹈《洗衣歌》，歌剧《小二黑结婚》等。我们山西还有一首原汁原味的民歌就叫《亲圪蛋下河洗衣裳》。印象最深的是河边的洗衣石，有黑、红、青各色，大如案板，溜光圆润。这是多少女子柔嫩白净的双手，蘸着清清的河水，经多少代的打磨而成的呀。河边总是笑声、歌声、捶衣声，声声入耳。偶尔有一两个来担水的男子，便成了女人们围攻的目标。现在想来，那洗衣阵中肯定有小二黑、小青、亲圪蛋等。洗好的衣服就晒在岸边的草地上，五颜六色，天然图画。

我们常在河边的青草窝里放羊，高兴时就推开羊羔，钻到羊肚子下吸几口鲜奶，很是享受。那时也不懂什么过滤、消毒。清明前后，暖风吹软了柳枝，可退下一截完整树皮管，做成柳笛，呜哇，呜哇地乱吹。大人不洗衣时我们就在这洗衣石上玩泥，或坐上去感受它的光润。那时洗衣用皂角，村里一棵硕大的皂角树，一季收获，够全村人用上一年。皂角在洗衣石上捶碎后，它的种子会随河水漂落到岸边的泥土里，春天就长出新的皂角苗。小村庄，大自然，草木之命生生不息，孩子们的心里阳光满地。大家比赛，看谁发现了一株最大的皂角苗，然后连泥捧起种到自家的院子里。可惜，这情景永不会再有了，前几年开煤矿破坏了地下水，村里的三条河全部干涸，连河床都已荡平，树也没了踪影。洗衣歌、柳笛声都已成了历史的回声。

忆童年，最忆是黄土。我的老乡，前辈诗人牛汉，就曾以敬畏的心情写过一篇散文《绵绵土》。村里人土炕上生，土窑里长，土堆里爬。家家院里有一个神龛供着土地爷。我能认字就记住了这副对联“土能生万物，地可载山川”。黄土是我的襁褓，我的摇篮。农村孩子穿开裆裤时，就会撒尿和泥。这几年城里因为环保，不许放鞭炮，遇有喜事就踩气球，都市式的浪费。且看当年我们怎样制造声响。一群孩子，将胶泥揉匀，捏成窝头状，窝要深，皮要薄。口朝下，猛地往石上一摔，泥点飞溅，声震四野，名“摔响窝”。以声响大小定输赢，以炸洞的大小要补偿。输者就补对方一块泥，就像战败国割让土地，直到把手中的泥土输光，俯首称臣。这大概源于古老的战争，是对土地的争夺。孩子们虽个个溅成了泥花脸，仍乐此不疲。这场景现在也没有了，村子成了空壳村，新盖的小学都没有了学生。空空新教室，来回燕穿梭。村庄没有了孩子，就没有了笑声，也没有人再会去让泥巴炸出声了。

农家的孩子没有城里人吃的点心，但他们有自己的土饼干。不是“洋”与“土”的土，是黄土地的“土”。在半山处取净土一筐，砸碎，细筛，炒热。将发好的面拌入茴香、芝麻，切成条节状，与土混在一起，上火慢炒至熟，名“炒节子”。然后再筛去细土，挂于篮中，随时食用。这在城里人看来，未免有点脏，怎么能吃土呢？但我们就是吃这种零食长大的。一种淡淡的土味裹着清纯的麦香，香脆可口。天人合一，五行对五脏，土配脾，可健脾养胃，村里世代相传的育儿秘方。

从春到夏，蝉儿叫了，山坡上的杏子熟了，嫩绿的麦苗已长成金色的麦穗，该打场了。场，就是一块被碾得瓷实平整、圆形的土地。是粮食从地里收到家里的最后一道程序，再往下就该磨成面，吃到嘴里了。割倒的麦子被车拉人挑，铺到场上，像一层厚厚的棉被，用牲口拉着碌碡，一圈一圈地碾压。孩子们终于盼到一年最高兴的游戏季，跟在碌碡后面，一圈一圈地翻跟头。我们贪婪地亲吻着土地，享受着燥热空气中新麦的甜香。一次我不小心，一个跟头翻在场边的铁耙子上，耙齿刺破小腿，鲜血直流。大人说："不碍，不碍。"顺手抓起一把黄土按在伤口上，就算是止血了。至今还有一块疤痕，留作了永久的纪念。也许就是这次与土地最亲密的接触，土分子进入了我的血液，一生不管走到哪里，总忘不了北方的黄土。现在机器收割，场是彻底没有了，牲口也几乎不见了，碌碡被可怜地遗弃在路旁或沟渠里。有点"九里山前古战场，牧童拾得旧刀枪"的凄凉。

没有了，没有了。凡值得凭吊的美好记忆都没有了。只能到梦中去吃一次香椿炒鸡蛋，去摔一回泥巴、翻一回跟头了。我问自己，既知消失何必来寻呢？这就是矛盾，矛盾于心成乡愁。去了旧事，添了新愁。历史总在前进，失去的不一定是坏事。但上天偏教这物的逝去与情的割舍，同时作用在一个人身上，搅动你心底深处自以为已经忘掉了的秘密。于是岁月的双手，就当着你的面将最美丽的东西撕裂。这就有了几分悲剧的凄美。但它还不是大悲、大恸，还不至于呼天抢地，只是一种温馨的淡淡的哀伤。是在古老悠长的雨巷里"逢着一个丁香一样的结着愁怨的姑娘"。乡愁是留不住的回声，捕捉不到的美丽。

那天回到县里，主人问此行的感想。我随手写了四句小诗：

何处是乡愁，云在霍山头。儿时常入梦，杏黄麦子熟。

南潭泉记

霍州之下马洼村，因唐李世民过此下马而得名。儿时记忆中是一个极美丽的山村。两山一沟，东西走向。窑洞顺北坡而下，高低错落，掩映于黄土绿树之间。鸡犬相闻，炊烟袅袅，有如仙境。南山为翠柏所覆，村民推窗见绿，天生画屏。沟里有三条小河穿村而过。我家院子临近沟底，前后各有一河，朝洗青菜门前溪，夜闻窑后水淙淙。南山之顶不知何年修了文昌阁、文笔塔各一座，倒映于山下池中，取"巨笔砚影"之意。而沟底的杨、柳、椿、槐，为追探阳光，与两山比高，千树如帆，一沟绿风，为远近闻名之奇景。

村中多泉，大小十余处，最美数南潭泉。泉贴南山之根，有一老杏树护于泉上，青枝绿叶，如华盖之张。环泉一片杏林，杏林之上是连绵的古柏，堆绿叠翠，直接蓝天。泉不大，仅一席之地，甘洌沁脾，无论雨旱，涌流如常。水极清，沙粒颗颗、鱼虾往来，清晰可见。杏叶筛落一池阳光，水波陆离万变，宛若龙宫之穴。水极静，如鱼吐泡，从沙中轻轻泛出，细流漫淌，汇于数十步外的一个大池中，蓄以灌田。池上一大沙果树，偶有鸟啄果落，叮咚有声。杏熟时，孩童攀缘于树，如猿之影。

南潭泉在村人心中是神泉、药泉，可去灾、可保命。天有大旱，于此求雨，屡屡有应。人有病，来提水一罐，涤肠洗心。家父三十一岁时得大病，一年不起，高烧不退，渐至垂危。有老者说，人临走也须还一个清凉。遂到南潭取水一罐，缓缓灌下，未想竟起死回生。遇有山洪暴发，数日内河水不清，而密林中的南潭泉则神清气定，清澈如镜，为全村最后之备用水源。每到夏日，割麦打场，酷日当头。人嗓子里冒烟，牲畜顺毛流汗。大人抢夏，孩子们的任务就是到南潭提水。人喝畜饮，暑气顿消。取水多用孩子，合童贞之纯；必用瓷罐，表质朴之心。不怕头上三尺火，一片冰心在罐中。南潭泉永是村人心中一道清凉的风景。

我是 20 世纪 50 年代离开故乡的，南潭美景时在梦中。21 世纪初某日，有村干部来京，说因开煤矿，全村已河断泉枯，水声不再，杏林不存。我心中怅然有失，断了相思，碎了旧梦。2017 年春节回乡，忽闻喜讯，县里发展旅游，将重修南潭泉，追回旧时景。

凡村不可无水，或河或井，最好是泉。才从地心来，又在人心上流。顾盼其影，叮咚其声，一村之魂。我八岁离乡七十回，真正够得上少小离家老大还了，故乡已几经沧桑。

六十年一甲子，风水今又转了回来。

南潭归来，山水之幸，吾乡之幸。

（选自《人民日报》2017 年 3 月 29 日）

文赤壁

朱增泉

文赤壁在黄州，武汉向东，车子开一个来小时就到了。一下车，我就远远望见苏东坡，是山坡下一尊高高站立的汉白玉石雕像。文赤壁的名声犹胜武赤壁，苏东坡是这里的主角。大家走近前去，仰视这位千古文豪。一个人一旦被刻成一尊石像，即便恣肆汪洋如苏轼，他那眉宇间，襟袍临风处，拂袖挪步，毕竟已少了那份气质。他的醉态流漫呢？他的才情风骨呢？他的失意豁达呢？一尊石像纵万古不朽，终究已不是有血有肉的那个人了。难怪，苏东坡这样豪放的人，也曾在这里感叹过“哀吾生之须臾，羡长江之无穷”。

江山如画，逝者如斯！

迎面一座小山，不高，拾级而上。可能是这里的人都让文赤壁比武赤壁更“赤”、更吸引游客吧，山壁上泼了一层赭红色涂料，显得假了。苏东坡的文采名声，哪里还用得着粉饰媚俗？

登临而观，山壁下只剩两池死水。抬头北望，远处才是白茫茫的长江江面。在古代，长江是在这座小山脚下拍壁而流的，千百年来渐渐淤积成滩，如今滩地上都已盖满房子。当年，苏轼重游赤壁时，就已感叹“曾日月之几何，而江山不可复识矣”。他去世至今已九百多年了，星换斗移，江山已改，虽是涛声依旧，毕竟江面已远。

唯有东坡在，剩有游人处。

苏东坡获罪入狱，旋被朝廷发配来黄州，这反而为他营造出了创作“三赤”名篇的主观情绪和客观环境。正是黄州落难这几年，苏东坡写下了不朽名篇《念奴娇·赤壁怀古》《前赤壁赋》《后赤壁赋》。当时朝廷任命他为团练副使。其实那只是一个虚职，挂职领一份钱粮而已。一个失意文人，被安排去挂职当一名“武官”，真是阴差阳错。

然而，文赤壁的全部意蕴，又恰恰产生在一连串的阴差阳错之间。古时，此山有峭壁插入江中，形如象鼻，故名“赤鼻矶”。苏东坡是四川人，想必他初来乍到，竟将湖北口音“赤鼻”错听为“赤壁”。落难中的苏东坡“孤舟出没烟波里”，游饮江上，身临赤壁，伤感而怀古，触景而生情。面对万古东流、惊涛拍岸的浩浩长江，他心中也被满腔的不白、不公、不平，掀起阵阵巨大的感情波澜。他遥想当年赤壁之战时，时势何等风起云涌，一时多少豪杰，“而今安在哉”？于是，“苏子愀然”，扣舷而歌，“大江东去，浪淘尽，千古风流人物”。情起波涛中，句出骇浪间，一吟成杰作，一叹成绝唱。

看来，生前的“命”与身后的“名”，从来不是一回事。生前命运好、身后名声也好的人是有的，但并非人人都能如愿、如意。有的人生前飞黄腾达，大红大紫，身后却瞬即灰飞烟灭，再没有人想起、提起，因为他生前其实并没有做过什么留得住的事；或是反倒被人想起、提起他生前曾做过某些恶事、丑事、腌臜埋汰之事，落个臭名昭著，也未可知。有的人生前大起大落，甚至连遭大灾难，最终即艰难玉成，留下了传颂千古的大成就、大名声。所以，一个人对于眼前那点阴差阳错、阳差阴错，大可不必太在意。苏东坡赤壁怀古之词、之赋，皆悲愤中更见其旷达情怀。他若是一味排遣蝇营狗苟、狭隘不能自拔之情，纵然文丽辞美，也决计成不了杰作，更流传不到今天。

文赤壁，虽然并不是历史上赤壁之战的古战场，但细想起来，其实苏东坡在这里也打了一场赤壁之战。不过，他打的是一场“文战”，对手是那些围攻他、诬陷他的政敌。他的态度是超拔的，不屑于去同对手打那些是是非非的笔墨官司。他没有打黄盖，没有借东风，也没有草船借箭，只是借了几分酒力，信笔纵情写华章。这场赤壁“文战”的结果，苏东坡大获全胜，以其三篇不朽之作流传千古。

（选自《朱增泉散文与随笔·游记卷》，人民文学出版社 2017 年 6 月版）

千载心香域外烧

王充闾

一

那天在河内我国驻越南大使馆，听到一个惊人的信息：“初唐四杰”之首、著名文学家王勃的墓地和祠庙在越南北部的义安省宜禄县宜春乡，那里紧靠着南海。《旧唐书》中本传记载，王勃到交趾省父，“渡南海，堕水而卒”。罹难场所和葬身之地向无人知，想不到竟在这里！

由于急切地想要看个究竟，第二天，我们便在越南作家协会外联部负责人的陪同下，驱车前往实地访察。一路上的话题，自然离不开这位短命的天才诗人。对于一个一千三百多年前的外国文学家，友好邻邦的同行们不仅熟知，而且饶有兴趣，确属难能可贵。只是，我们心里越是急切，汽车越是跑不起来，路又窄，车又多，不足二百公里的路程竟然走了六个小时，到达那里已经是夜幕沉沉了。

我们在海边一家简易旅馆住下。客房在楼上，很空阔，窗户敞开着，夜色阴森，林木缝隙中闪现出几星渔火，杂着犬吠、鸦啼，空谷足音一般，令人加倍感到荒凉、阒寂。“哗—哗—哗”，耳畔涛声阵阵，好像就轰响在脚下，躺在床上有一种船浮海面，逐浪飘摇的感觉，似乎随时都可能漂走。迟迟进入不了梦乡，意念里整个都是王勃——到底是怎么死的，死了之后又怎么样……很想冲出楼门，立刻跑到海边去瞧一瞧，无奈环境过于生疏，只好作罢，听凭脑子去胡思乱想。

当年，少陵诗翁出巫峡，至江陵，过诗人宋玉故宅，曾有“怅望千秋一洒泪，萧条异代不同时”的慨叹，其时上距宋玉时代恰值千年上下；于今，又过去了一千多年，我们来到了另一位名扬中外、光耀古今的诗人的终焉之地，不仅是“萧条异代”了，而且远托异国，自然感慨尤深。我多么想望，这位同族同宗的先辈文豪，能够走出泉台，诗魂夜访，相与促膝欢谈，尽倾积愫啊！他那脍炙人口的“海内存知己，天涯若比邻”的名句，不知倾倒了多少颗炽热的游子之心，今天晚上，而我竟然“天涯作比邻”了，真是三生有幸，“与有荣焉”。

二

东方刚刚泛白，我便三步变作两步地飞驰到海边。风很大，衣服被鼓胀得像个大包袱隆起在背上，海潮也涨得正满，目力所及尽是如山如阜的滔滔白浪。几只渔船正劈波入海，时而被抛上浪尖，时而又跌下谷底。说是船，其实本是藤条编的大圆笸箩，里外刷上厚厚的黑漆。平时扣在潮水漫不到的沙滩上；捕鱼季节到来，渔民把它们翻转过来，然后推进海里，手中架起长长的木桨，艰难费力地向前划行着。

当地文友说，这里是蓝江入海口，距离中国的海南岛不远，大体在同一纬度上。气候很特殊，看上去滩平坡缓，视野开阔，没有任何遮拦，可是，老天爷却老是耍脾气，喜怒无常，瞬息万变。说声变脸，立刻狂风大作，搅动得大海怒涛汹涌，面目狰狞，往来船只不知底里，时常遭受灭顶之灾。听到这些，王勃遇险的因由，我已经猜到几分了。

草草用过了早餐，我们便赶忙去看王勃的祠庙和墓地。听说有中国作家前来拜望王勃，乡长停下正在进行的会议，早早等候在那里。见面后，首先递给我一本铅印的有关王勃的资料。封面印着王勃的雕像，里面还有墓碑的照片，正文为越南文字，后面附有以汉文书写的《滕王阁序》。大家边走边谈，突然，一大片荒榛断莽横在眼前，几个圆形土坑已经长起了茂密的茅草。乡长指着一块凹凸不平的地基说，这就是王勃祠庙的遗址，整个建筑 1972 年被美国飞机炸毁了。我急着问：“那么，坟墓呢？”当地一位乡民指告说：离这里不远，也都被炸平了。这时，乡长从我手里取回资料，让大家看封底的照片——炸毁前此地的原貌：几株参天乔木笼罩着一座园林，里面祠堂高耸，径路依稀，不远处有荒冢一盔，累然可见，徜徉其间还有一些游客。于今，已全部化作了尘烟，进入了虚无。真是“此情可待成追忆，留得残图纸上看”了。

全场静默，榛莽无声。苍凉、凄苦、愤懑之情，壅塞了我的心头；而目光却继续充盈着渴望，我往四下里搜寻，很想从历史的丛残碎片中打捞出更多的劫后遗存。于是，又拨开对面的灌木丛，察看隐没其间的一座墓碑。已经断裂了，碑额抛掷在一旁，以汉字刻写的碑文多处残损，而且漫漶模糊，大略可知竖立于王勃祠庙重修之际，时间约在18世纪末年。

三

王勃字子安，山西绛州龙门人，生于唐太宗贞观二十三年（公元649年）。祖父王通，世称“文中子”，是隋末的知名学者，声望极高，“往来受业者，不可胜数，盖将千余人”，唐初许多著名人物，像李靖、房玄龄、魏徵、薛收等，都是他门下的弟子；叔祖父王绩，是著名诗人；父亲王福畤、伯父王福郊也都声誉素著。在这样一个良好的家庭环境熏陶下，王勃的诸兄弟都是“一时之健笔”，而他更是其中的佼佼者，一生著述甚丰，有《王子安集》传世。

他悟性极强，六岁善文辞，即有“神童”之誉。他见到庭前的风吹叶落，便随口吟出：“高高山头树，风吹叶落去。一去数千里，何当还故处！”寥寥二十个字，竟然隐喻了他一生的行藏。当时在场的有他父亲的挚友杜易简，听后便说，此子日后必将长成参天的大树。九岁时，他读了颜师古所著《汉书注》，一一指摘其中疵误，并辑录成册，博得周围名士交口称赞。因为颜师古是唐初著名的文献学家，素称功底深厚，学风谨严，考据翔实。颜氏以其毕生功力，精心修撰了这部著作，被奉为研习《汉书》的学术经典。而一个小小孩童，竟能从中寻疵指谬，实在不同凡响。后来，经朝廷重臣刘祥道举荐给唐高宗，王勃入朝为朝散郎，当时才十四岁。

但是，他的仕途并不顺畅，由于恃才傲物，深为同僚所嫉，屡遭颠折。当时，他的名声很高，使得高宗的几个儿子都争相礼聘，要网罗他进入自己的王府。后经高宗批准，他来到刚刚受封的沛王李贤府中，担任修撰，充当谋士和指导教师的角色，深得沛王信任。其时宫中盛行斗鸡之戏，沛王也是一个积极分子。他有一只体高性烈、毛色鲜美的公鸡，多次比赛中都大获全胜，独独被英王李显的“鸡王”所战败。英王神色飞扬，无限得意，而沛王却十分尴尬。年轻气盛的王勃，当即产生了创作冲动，援笔立成一篇《檄英王鸡》的游戏文章，当场吟诵，博得一阵阵笑声。后被高宗发现，读了盛怒不已，指责说，无比庄重的文体竟以儿戏出之，如此放肆，这还得了？文章说是檄鸡，实则意在挑动兄弟不和，真是可恶得很。于是，下令免除王勃官职，并逐出王府。

王勃的第二次遭贬，后果更为严重，不仅自己丢掉了官职，被投进监狱，险些送了性命，而且连累了他的父亲。事情是这样的：他被逐出沛王府之后，即远游江汉，旅食巴蜀。闲居数年之后，经友人陵季友帮忙，补为虢州参军。这里盛产药草，而他对中医药颇有兴趣，就在公余之暇从事草药的采集与研究。一天，有人主动登门求见，自称得祖上秘传，王勃遂待为上宾。其实，此人原是一个官奴，杀人后潜逃至此，官府正通缉捉拿。按大唐法律，窝藏罪犯当连坐，王勃深悔自己的孟浪，但为时已晚。万般无奈之下，他便趁夜黑天将罪犯杀掉、掩埋。消息很快就传出了，于是，以窝藏并私自处死罪犯之罪被捕下狱，将被判处死刑。这一年他二十六岁。据一些人推测，由于他得罪了同僚，此案很有可能是经人精心策划的，引诱他上了圈套。幸亏赶上高宗册立太子，大赦天下，他才挣脱了这场杀身之祸。仕途的险恶，使他惊悸万端，心灰意懒，决意从此告别官场，远涉千山万水，前往交趾看望被流放的父亲。

四

这年六月，他从龙门出发，一路沿黄河、运河乘舟南下，再溯江而上，经芜湖、安庆抵达马当。九月初八这天，听说滕王阁重修工程告竣，洪州都督阎伯屿将于重阳节邀集宾朋，盛宴庆祝。他十分珍视这次以文会友的机会，可是，马当山离洪州（南昌）尚有七百里之遥，一个晚上是万万不能赶到的。这时奇迹发生了，据说，因有江神相助，一夕间神风飒飒，帆开如翅展，船去似星飞，次日清晨就系舟于滕王阁下。于是，“敢竭鄙诚，恭疏短引，一言均赋，四韵俱成”，那篇千秋杰作《滕王阁序》应运而生。

显而易见，王勃此行，心情是十分压抑的。少年壮志已成尘梦，而今以一无爵无禄的刑余之人，萍浮梗泛，羁身南北，怎能不深深陷于极度的愤懑与绝望之中！这种情怀在序文中表现得十分充分。文章在正面描绘了滕王阁壮美的形势和秀丽的景色之后，笔锋一转，便进入淋漓酣畅的抒怀，极写其兴尽悲来，怀才不遇的惆怅：

> 关山难越，谁悲失路之人；萍水相逢，尽是他乡之客。怀帝阍而不见，奉宣室以何年？嗟乎！时运不齐，命途多舛。冯唐易老，李广难封。屈贾谊于长沙，非无圣主；窜梁鸿于海曲，岂乏明时？

里面满是牢骚，满是愤慨。最后，索性弃官就养，一走了之——“舍簪笏于百龄，奉晨昏于万里”了。

显然，这是借滕王的酒杯浇自己的块垒。我想，即使没有这次重阳雅集，他也会凭借其他由头写出类似文字的。许久以来，他实在是太伤心、太抑郁、太苦痛了，憋闷得简直喘不过气来，胸膛都要炸裂了。作序，使他在集中展现才华的同时，也获得一个敞开心扉、直抒忧愤的机会。

其实，这里面是潜藏着一定的风险的。好在与会者一时为其华美的辞章所打动，惊服他的旷世才情，并没有过多地玩索其中的深意；否则，纵使初唐时期文学环境比较宽松，不致像后世的苏东坡那样，遭人轻易地罗织一场新的“乌台诗狱”，也总会给那些蓄意倾陷，别有用心之人提供一些彰明昭著的口实，难免再次招致什么难以预料的灾愆。

五

就是说，这次他还是很幸运的。雄文一出，不但四座叹服，并且为后世文坛所极力推崇。当然，也有轻薄訕议王勃等四子之文“以骈骊作记序，多无足取”者，但受到了诗圣杜甫毫不留情的抨击：“王杨卢骆当时体，轻薄为文哂未休。尔曹身与名俱灭，不废江河万古流。”轻薄者“身名俱灭”，而王勃为首的“初唐四杰”则“江河万古”。大文豪韩愈一向是眼空四海，目无余子的，可是，他也为自己的《滕王阁记》能排在王文之后而感到无比荣耀。此后，地以文传，马当山也跟着出了名。清代诗人潘耒路过这里，题诗云：“飞帆如箭劈流开，遥奠江神酒一杯。好风肯与王郎便，世上唯君不妒才。”借着讲述马当山神风相助的故实，抒写他对王勃高才见嫉的深切同情和愤懑不平。

也是借助这一故实，后来在元明小说、戏曲中便出现了一句常用的文词：“时来风送滕王阁”。中国过去讲究对句，那么，“运去……”呢？也还是因为风神作祟。王勃于公元676年夏初来到交趾，陪父亲一起度过了炎热的溽暑，秋八月踏上归程，由蓝江启航，刚刚驶入南海，即不幸为风浪所噬，终年二十八岁。也许是“天道忌全”吧，一个人如果太完美、太出色了，即将为造物者所忌。上帝总是在最不合时宜的当儿，忍心摧折他亲手创造的天才。结果，那七彩斑斓的生命之华还未来得及充分绽放，就悄然陨落了，身后留下了无边的空白。

据越文资料记载，那一天，海水涨潮倒灌，把王勃的尸体顶入蓝江，被村人发现，认出是这位中土的早慧诗人，即刻通知他的父亲，然后就地埋葬在蓝江左岸。出于对他的崇敬，并且雕像、修祠，永为纪念。千古文章未尽才，无论就整个文坛还是就他个人来讲，都是抱恨终天的憾事。传说王勃死后，情怀郁结难舒，冤魂不散，蓝江两岸总有乌云滚动。还有人在南海之滨看到过他那飘忽不定的身影；夜深人静时，风翻叶动，簌簌有声，细听，竟是他操着中原口音在吟咏着诗文。

这一带文风比较盛。过去许多上了年纪的人都能背诵“落霞、孤鹜”的名句和“闲云潭影日悠悠，物换星移几度秋”的诗章；子弟们潜心向学，有的还科名高中，历代出现过许多诗人。其中，成就最大、声望最高的是被誉为“越南的屈原”“民族的天才诗人”阮攸。他出生于黎王朝的末叶，中年入仕后，曾几度出使中国，到过长江沿岸许多地方，对于中国的风物人情，尤其是汉文学素有深湛研究。他根据中国章回小说改写的诗歌作品《金云翘传》，长达3254行，享有世界性的声誉。阮攸从小就熟读王勃的诗文，心向往之，不仅在作品中引用过“风送滕王阁”的逸闻佳话，还专门凭吊过王勃祠、墓。听说，重修后的王勃祠庙的对联：“座中尽是他乡客，眼底无非失路人”，就是阮攸亲拟的；还有一副联语：“信哉天下有奇作，久矣名家多异才”，引自陆放翁诗，亦出自阮攸之手。他曾在《漫兴》一诗中写道：“行脚无根任转蓬，江南江北一囊空”，虽有自嘲意味，但用来比况王勃也是至为贴切的。

明朝末年，中国的白话短篇小说“三言二拍”付梓后，不久便传入越南，并产生深远的影响。其中冯梦龙编的《醒世恒言》第四十回：《马当神风送滕王阁》，里面有“王勃乃作神仙而去”的说法，还附了一首七绝：“从来才子是神仙，风送南昌岂偶然？赋就滕王高阁句，便随仙杖伴中源（江神名）。”大约就是从这时开始，王勃便在南海沿岸一带被作为神祇供奉了。原本是出于敬慕，现在又涂上了一层信仰的釉彩，于是，这位青年才俊便在香烟缭绕中开启了他的仙家岁月。

什么圣帝贤王、天潢贵胄、巡边都抚、镇海将军，当地人民早已通通置诸脑后了，唯有这位谈不上任何功业而又时乖运蹇的文学家，却能世世代代活在人们的心里。

六

承乡长见告，王勃祠庙遭受轰炸后，当地一位名叫阮友温的退伍大尉，冒着生命危险把王勃的雕像抢救出来，没有地方安置，便在家中腾出一间厅堂把他供奉起来。这引起了我们的极大兴趣，立即赶赴阮家探望。阮先生已经故去，其胞弟阮友宁和先生的儿媳、孙儿接待了我们。王勃像供在中堂左侧，前面有一条几，上设香案。像由上好红木雕刻，坐姿，为唐朝士大夫装束，通高约一米四五。由于年深日久，脚部已开始朽损，面孔也有些模糊。跟随着主人，我们一同上前焚香拜祝。我还即兴吟咏了一首七律：

南郡寻亲归路遥，孤篷蹈海等萍飘。
才高名振滕王阁，命蹇身沉蓝水潮。
祠像由来非故国，神仙出处是文豪。
相逢我亦他乡客，千载心香域外烧。

站在雕像面前，我为这样一位悲剧人物深情悼惜——

对于文学天才，造物主不该这样刻薄悭吝。唐代诗人中得享上寿者为数不少，怎么偏偏同这位“初唐四杰”之冠过不去，不多留给他一些创造璀璨珠玑的时间！

短命还不算，在他二十几年的有限生涯中，几乎步步都在翻越刀山剑树，弄得伤痕累累，焦头烂额。他的身心实在是太疲惫了，最后，只好到南海之滨寻觅一方逍遥化外的净土，让那滚滚狂涛去冲洗倦客的一袭黄尘、满怀积愤，让富有诗情画意的蕉风椰韵去抚慰那颗久滞异乡的破碎的心。

他失去的太多太多。他像彗星那样在大气层的剧烈摩擦中倏忽消逝，如一粒微尘遗落于恒沙瀚海。他似乎一无所有，然而却在文学史上留下了一串坚实、清晰的脚印，树起一座高耸云天的丰碑，特别是能在域外长享盛誉，历久弥新。如此说来，他可以死而无憾了。

王勃属于那种精神世界远比行为层面更为丰富、更为复杂的文学家，有着广泛而深邃的可研究性。相对地看，我们对于这位天才诗人的关注反而不如兄弟邻邦，至于不为成见所拘，独辟蹊径地解读其诗文，恐怕就更欠火候了。

（选自《人民文学》2004 年第 7 期）

伊犁秋天的札记

周　涛

一

对大家来说，伊犁是个好地方。对我来说，伊犁则是个留下过不好记忆的好地方。

那些令我不快的记忆我现在不想说它，因为它足够那些想编故事而苦于生活经历贫乏的人写一部长篇小说。而我，恰恰不会写小说，但是我喜欢画画——不用颜料的那种画，另外我还喜欢一点点哲学之类的东西和历史、动物学及幽默等玩意儿的杂种，总之是个四不像。

我想画点什么，从伊犁回来以后我一直想画点什么。但是我又不会画——这的确是个天大的误会；这个世界没有把我引向一名画家的画室是它的一个重大损失，这不怪我。这种职业的遗憾对别人是不是终生耿耿于怀我不知道，对我，仅只是些微的、些微的惋惜。一个人从一个完全无从回忆的地方来到人世间，摇摇晃晃孤立无援地走到了人生的路口，道路千条一下子向你涌来，就像红灯区名色妓女向你邪恶而彩色地招手……你也许还有更合适的职业，但你当时还太年轻，你紧张慌乱，所以就按照你的虚荣心去做了，当然也可能是本能，你在选择的同时就丧失了尝试其他道路的可能。

几乎每种职业都可以让人走得很远很远，几乎每种职业都可以用魅力或习惯吸住你，几乎每种职业都不是用常人的一生所能穷尽的，除非天才。所以天才一般都死得很早，上帝说，你已经穷尽了，你必须结束。所幸，我直到现在还不是天才，所以我还能活着。

可是我对我的职业已经开始有了厌恶感，这当然也包括对我自己——我厌恶自己在生活中扮演的这个角色，我当初肯定是有意识去这么做的，渐渐不知不觉地就扮演到了今天这种地步。现在，我停下来，回头仔细地审视着过去的一系列的自己，有时偶然能听到一些断断续续的自言自语，那好像是说“我该怎么回去呢？”

回是回不去了，这我知道。人生是真正的过河卒子，只有拼命向前；向前是向哪儿？终点当然都是死亡，谁也别想悔棋。

就这样，我们对很多东西无法选择，不仅是职业，我们鬼使神差地被固定在世界的某一点上，单线条地过一辈子。这不，我又到伊犁来了，伊犁还是伊犁，而我已经非我。我像一个和从前的我有某种契约关系的别人那样，我面目全非，心态大异，我和原来的我之间相差了十年二十年的漫长人生经历，我现在的容貌气质也和从前大不一样——我有时十分惊异的就是，人们怎么竟然还能够偶尔把我认出来？这的确是一桩奇怪的令人百思不得其解的事。

二

我到伊犁来过三次，每次都能非常强烈地感觉到某种异样的冰冷和温暖。这不是伊犁的自然所传达的，伊犁的自然环境永远有着它刚健的妩媚；也不是伊犁的风俗所赋予的，伊犁的风俗民情是全中国最有味儿、最鲜明也是最幽深的。某种异样的冰冷和温暖，是伊犁州府所在地的伊宁社会散发出来的、像气味一样无法看清的面部表情。这里含有风景这边独好的骄傲和自负，也带着边陲重镇见多识广对什么都不再以为然的轻漠，同时还有点儿新疆人“我不尿你”的特殊心态。

这也许没什么大不了的不好，可能每一个地方都有那么一点排他性以显示自尊。伊宁也不例外，只是稍稍有些露骨。然而很快，当你一旦深入进去，这种社会组织呈现出来的态度很快就会被它卓越的自然风采和宁静的民间情调所融化。因此，伊犁具有非常鲜明的三种层次：官方的、民间的、自然的。虽然这三种层次（我竟然也使用了这个时髦得发霉的词汇，请读者原谅）在当前任何地方都存在着，但是似乎哪儿也没有伊犁表现得那么鲜明，那么诗意，那么独立成章而又混合为一体，像是一支变奏着三重旋律的乐队。它们分别代表着三种象征，即现实、历史和永恒。这三种时间概念如同三种颜色的水在同一河床里流动，使伊犁显得比别处丰富多姿，使伊犁有一股缓慢舞蹈着的移动感。它仿佛随时都在消化掉尘世的噪声和骚动，又随时都在制造着当代的律动和尘土，它的现实因此蒙上一层恍惚的意味，有隔世之感，一切活动的事物都有顷刻滑入变成风景的危险。

它是个供观赏的旁观者，是个把历史无意中写在脸上的现实主义者，是个不受理论指教的随遇而安的会过日子的古典艺术家。其实我也知道，想把伊犁弄清楚或概括出来这种事，完全不是我这种没知识的人所能做的;我之所以使用了“层次”“历史”“永恒”之类的词，完全是为了文字显示的庄严性，真正的意思我完全不懂。假如有人一定要我解释这些词，我大概就傻了。

我刚才说过我到伊犁来过三次，这三次之间相隔的时间依次递减。不知这里面含有什么象征意味或命运启示。总之，给我留下的最简练的印象是：第一次我丢失了一个皮箱；第二次我被一匹拉套的马磨破了屁股；第三次就是这次，这觉得伊犁不太喜欢我。虽然我写出过：“伊犁河是我的河”这样英勇蛮横的诗句。当时，这句诗像名言一般不胫而走。震慑住了不少善良小心的灵魂，但我今天为它羞愧，我为我年轻时的无知而羞愧。即使人们没有责怪我，那仅仅是因为人们的宽容和健忘，但是自己，难道也应该是宽容和健忘的吗？

羞愧——对过去肤浅的狂妄所付的代价，我羞愧了，但我却决不因此而去修改我的这句诗，这句诗所贡献于世人的并不是它的真实程度，而是它强烈的自尊态度和对生活有力的拥抱。诗就是这样，一方面忍受着现实无情的嘲弄、践踏，另一方面又以它强有力的攻击力倏忽之间命中庸人世界的灵魂。诗是没有等级的，它没法相当于哪一级，因为它本身就同时拥有了最低贱和最高贵这两极。它唯一的生命力就是它有一颗真正自由驰骋的心灵！因此，藐视诗是一件容易的事，它要比藐视金钱、权力、汽车、房子以及豪华酒吧等东西容易得多。明白这点，当今为什么会有那样众多的豪杰一致地把自己嘲弄的矛头指向诗并进而指向文学就不是一桩难理解的事了。

有人对我说，其实你的散文比你的诗好。

我理解这种称赞并且也相信，因为我的散文是站在诗的肩膀上的。我花了二十年，经历过痛彻心脾的疑惑、思考、实践、寻找，而终未能真正完成诗。那是因为在诗的领域内，我的对手太强了，他们以惊人的洞察力和才气及对现实的直觉把握向我摆出一个又一个阵势，尽是些我前所未见的棋局。

我感谢他们——这些未曾谋面的影子的对手。他们帮助我战胜了一部分自己，同时也使我享受了一段时间的散文领域里的轻松自由。懂得感谢高明的对手，这可能就是绅士精神，是人的自我观照态度的一种进步，较之对对手的嫉恨、偏见、死不服气、打肿脸充胖子当然明智坦荡了许多，因为后者不过是文场中的牛二或王妈。不行就不行，这没什么可耻，可耻的是不行还硬撑，还装得挺行，还进而要领导别人。

十亿中国人里没有不行的，这真是当今一大令人恐怖的社会现象。我不懂为什么这现象还没有成为当今的“热门话题”，现在的“热门话题”总是离每个人的痛处太远了些。

三

写到这里，我耳边已经警铃般响起了指责声：

——你已经离题万里啦，难道这就是你所谓的伊犁秋天的风景吗？

——请问，你这究竟是杂文呢还是创作谈？散文难道是可以这样随意东拉西扯的吗？

我本来想回答一下，但我假如一回答，这篇文字就更多了一条不像散文的理由。何况这问题原本是不值得回答的，倘使我能使多种文体融于散文，那是我的造化。至于伊犁、秋天、风景，我写的不正是这些吗？我写的如此丝丝入扣，文风严谨，我所展现的一个人的内心的风景，我甚至还要倾听风景的独白，追忆河流的往事，模糊时间的视线和撷取暴雨的花朵……我有一支听话的笔，它一旦在稿纸上任性起来，就是一匹天生奔放的神骏，颠跑、奔腾或弹跃，都浑然自成为美，精神若有神助，它似乎凭着天性的力量就可以踏着现实的头顶飞跃过去。

可惜的是，我快老了。

中年是一个异常痛苦的年龄段，是个转换得难以适应的时期。成熟是需要适应的。人的全部思想和才情都不过是肉体的“这一个”在发展过程中的产物。谁能听到秋天的叹息？谁能懂得秋天苍凉的表貌后面隐藏的内心裂变？谁又能破译生命在秋天发出的低语呢？

每一片落叶，都曾经历了繁华的季节，饱尝了生长的过程，欣赏或被人欣赏，残缺或完美，承受光芒或迎接风雨，被全部天空和大地照耀、养育，每一片叶子都是珍奇的。每一片叶子都是一枚由自然精心铸造的金币，在万物中发行。可是谁曾珍视过它呢？

现在，它飘落了，告别母体。

谁又能听到它断裂的一瞬间发出的惊叫声呢？

四

这里就正是秋天。

它辉煌的告别仪式正在山野间、河谷里轰轰烈烈地展开：它才不管城市尚余的那三分热把那一方天地搞得多么萎蔫憔悴呢，它说“我管那些？”说完，就在阔野间放肆地躺下来，凝视天空。秋天的一切表情中，精髓便是：凝神。

那样一种专注，一派宁静；

它不骄不躁，却洋溢着平稳的热烈；

它不想不怨，却透出了包容一切的凄凉。

在这辉煌的仪式中，它开始奢侈，它有了一种本能的发自生命本体的挥霍欲。一夜之间就把全部流动着嫩绿汁液的叶子铸成金币，挥洒，或者挂满树枝，叮当作响，掷地有声。

谁又肯躬身趋前拾起它们呢？在这样豪华慷慨的馈赠面前，人表现得冷漠而又高傲。

只有一个孩子，一个女孩子。她拾起一枚落叶，金红斑斓的，宛如树的大鸟身上落下的一根羽毛。她透过这片叶子去看太阳，光芒便透射过来，使这枚秋叶通体透明，脉络清晰如描。仿佛一个至高境界的生命向你展示了它的五脏六腑，一尘不染，经络优美。“呀！”那女孩子说，“它的五脏六腑就像是一幅画！”

还有一个老人，一个瘦老头儿，他用扫帚扫院子，结果扫起了一堆落叶。他在旁边坐下来吸烟，顺手用火柴引着了那堆落叶，看不见火焰，却有一股灰蓝色的烟从叶缝间流泻出来。这是那样一种烟，焚香似的烟，细流轻绕，柔纱舒卷，白发长须似的飘出一股佛家思绪。这思想带着一股特殊的香味，黄叶慢慢燃烧涅槃的香味，醒人鼻脑。老人吸着这两种烟，精神和肉体都有了某种休憩栖息的愉悦。

这时的每一棵树，都是一棵站在秋光里的黄金树，在如仪的告别式上端庄肃立。它们与落日和谐，与朝阳也和谐；它们站立的姿势高雅优美，你若细细端详，便可发现那是一种人类无法模仿的高贵站姿，令人惊羡。它们此时正丰富灿烂得恰到好处，浑身披满了待落的美羽，就像一群缤纷的伞兵准备跳伞，商量，耳语，很快就将行动……大树，小树，团团的树，形态偏颇的树，都处在这种辉煌的时刻，丰满成熟的极限，自我完美的巅峰，很快，这一刻就会消失，剩下一个个骨架支棱的荒野者。

但是树有过忧伤吗?

但是树有过拒绝落叶的离开吗?

当然没有。它作为自然的无言的儿子，作为季节的使者和土地的旗帜，不准备躲避或迁徙，这是它的天职。

当我们在原野上看到一棵棵树的时候，哪怕是远远地，只看见团团的、兀然出现在地面上的影子，我们也会感到这是自然赐给我们的一番美意。当然随之我们就会遗憾太少，要是更多一些该多好，要是有一片森林该多好！但是毕竟是因为有了这几棵树才引起我们内心更大的奢望。

对森林的奢望，是每个人对远古生活本能的回忆和依恋。

荒野是那么寥廓；

荒野上的道路是那么漫长；

原先驻守在这片荒野上的树呢？它们曾经无比强大，像一支永远不可能消失的大兵团，密集的喧哗的笑声，仿佛在嘲笑一切妄想消灭它们的力量，而且它们拥有鸟类和众多的野兽，这些鸟兽类也不相信森林会消失。

但是时间被人利用了；

时间使人成了最强大的；

人类坚持不懈地努力着，一斧头砍死一棵树，就像杀死一个士兵，最终，整个兵团消失了，连骨头也不剩。

后来的人，谁还记得荒原不久以前的童话呢？关于树的呼吁已经很多了，我不打算重复了。我只是觉得，树在中国北方像流窜深山的小股残匪一样悲惨。

我忽然想到，当地球上砍伐掉最后一棵树的时候，人类肯定是更发达、更神奇了。但是那时人类将用什么办法复制一棵树呢？复制一棵真正的树——会增长年轮的、会发芽、开花、结果、叶子变成金币自动飘落的树——假如有谁可以做到，那无疑会成为科学史上的崭新一页。

但那将是多么滑稽的一页呀！

因此，对树充满敬意吧——从现在就开始，对任何一棵树充满敬意，就像对自己的上司那样。

（选自《周涛散文选集》，百花文艺出版社 2012 年 1 月版）

瓦浪如海

肖复兴

老北京四合院的房顶铺的都是鱼鳞瓦。灰色，一片灰色的瓦，紧挨着一片灰色的瓦，连接着一片浩瀚的灰色，铺铺展展，犹如云雾天里翻涌的海浪一样，一波又一波，直涌到天边。

这种由鱼鳞瓦组成的灰色，和故宫里那一片碧瓦琉璃，做着色彩鲜明的对比。虽不如碧瓦琉璃那般炫目，那般高高在上，但满城沉沉的灰色，低矮着，沉默着，无语沧桑，力量沉稳，秤砣一般压住了北京城，铁锚一样将整座城市稳定在蓝天白云之下。难怪贝聿铭先生那时来北京，特别愿意到景山顶上看北京城这些灰色的鱼鳞瓦顶，对此情有独钟。

同样作为建筑师，张开济之子张永和先生，对于这些由鱼鳞瓦所呈现的灰色，拥有着和贝聿铭先生同样由衷的情感。这位从小在奶子胡同里长大的建筑师，对这样的鱼鳞瓦太熟悉不过，他说："我成长于一个拥有低矮地平线的城市中。从空中俯瞰，你只能看到单层砖屋顶上灰色的瓦浪向天际展开，打破这波浪的是院中洋溢着的绿色树木以及城中辉煌的金色。"

他说得真好，特别是他说的"灰色的瓦浪向天际展开"，真的是太好了。是的，只有北京房屋上面那些瓦，才能成为一片瓦浪如海。那些绿色的树木和城中辉煌的金色，只有在这样一片灰色的瓦浪中，才会显示出自己的力量。而这样的力量，是在灰色的层层瓦浪的衬托下，才呈现，才拥有的。

在我的童年，即 20 世纪 50 年代，北京的天际线很低，不用站在景山上面，就是站在我家的房顶上，从脚下到天边，一览无余，基本上是被这些起伏的鱼鳞瓦顶所勾勒。那时候成片成片的四合院占据了北京城的空间。想贝聿铭先生看见这样的情景，一定会觉得这才是老北京，是世界上任何一座城市都没有的色彩和力量吧？

想想，真的很有意思，那时候，四合院平房没有如今楼房的阳台或露台，鱼鳞状的灰瓦顶，就是各家的阳台和露台，晒的萝卜干、茄子干或白薯干，都会扔在那上面；五月端午节，艾蒿和蒲剑插在门上之后，也要扔到房顶，图个吉利；谁家刚生小孩子，老人讲究要用葱打小孩子的屁股，取葱的谐音，说是打打聪明，打完之后，还要把葱扔到房顶，这到底是什么讲究，我就弄不明白了。

对于那时候我们许多孩子而言，鱼鳞瓦的灰色房顶，就是我们的乐园。老北京有句俗话，叫作三天不打，上房揭瓦，说的就是那时我们这样的小孩子，淘得要命，动不动就跑到房顶上揭瓦玩，是那时司空见惯的儿童游戏。

我刚上小学，跟着大哥哥大姐姐们一起从院子的后山墙爬上房顶，弓着腰，猫似的在房顶上四处乱窜，故意踩得瓦噼啪直响，常常会有大妈大婶从屋里跑出来，指着房顶大喊：哪个小兔崽子呀？把房踩漏了，留神我拿鞋底子抽你！她们骂的时候，我们早都踩着鱼鳞瓦跑远，跳到另一座房顶上了。

鱼鳞瓦，真的很结实，任我们成天踩在上面那么疯跑，就是一点儿也不坏。单个儿看，每片瓦都不厚，一踩会裂，甚至碎，但一片片的瓦铺在一起，铺成一面坡的房顶，就那么结实。它们是一片瓦压在一片瓦的上面，中间并没有什么泥粘连，像一只小手和另一只小手握在一起，可以有那么大的力量，也真是怪事，常让那时的我好奇而百思不解。

漫长的日子过去之后，大院里有的老房漏雨，房顶的鱼鳞瓦换成波浪状的石棉瓦，或油毡和沥青抹的一整块平整的坡顶，说实在的，都赶不上鱼鳞瓦。不仅质量不如，一下大雨接着漏，也不如鱼鳞瓦好看。少了鱼鳞瓦的房顶，就如同人的头顶斑秃一般，即使戴上颜色鲜艳的新式帽子，也不是那么回事了。

十几年前，听说老院要拆，我特意回去看看，路过长巷上头条，看见那里已经拆光大半条胡同了。一辆外地来的汽车车厢里，装满从房顶上卸下来的鱼鳞瓦。那些鱼鳞瓦，一层层，整整齐齐地码在车上，和铺铺展展在屋顶上的景象完全不一样了，尽管也呈鱼鳞状，却像是案板上待宰的一条条鱼，没有了生气，更没有瓦浪如海，翻涌向天际展开的气势了。

我望着这满满一车的鱼鳞瓦，经历了一百多年的雨雪风霜，还是那样的结实，那样的好看。又有谁知道，在那些鱼鳞瓦上，曾经上演过童年那么多的游戏和游戏带给我们的欢乐呢？还曾经有过比我们的游戏和欢乐更多更沧桑的故事呢？

其实，那时在房顶上踩着鱼鳞瓦疯跑的游戏，平日里并没有任何内容，但形式带给我们的快乐大于内容，能惹得邻居大喊却又逮不着我们，便成为我们的一乐。当然，要说它带给我们最大的乐，一是秋天摘枣，一是国庆节看礼花。

那时，院子里是三棵清朝就有的枣树，我们可以轻松地从房顶攀上枣树的树梢，摘到顶端最红的枣吃，也可以站在树梢上，拼命地摇树枝，让那枣纷纷如红雨落下，噼噼啪啪砸在房顶的瓦上，溅落在院子里。比我们小的小不点儿，爬不上树，就在地上头碰头地捡枣，大呼小叫，可真的成了我们孩子的节日。

打枣一般都在中秋节前，这时候，国庆节就要到了。打完了枣，下一个节目就是迎接国庆。

国庆节的傍晚，扒拉完两口饭，我们会溜出家门，早早地爬上房顶，占领有利地形，等待礼花腾空。那时候，即使平常骂我们最欢的大妈大婶，也网开一面，一年一度的国庆礼花，成为那一天我们上房的通行证。由于那时没有那么多的高楼，晚霞中的西山一览脚下。我们的院子就在前门东侧一点，前门楼子和天安门广场都是看得真真的，仿佛就在眼前，连放礼花的大炮都看得很清楚。看着晚霞一点点消失，等候着夜幕一点点地降临，就像等待着一场大戏上演一样。我们坐在鱼鳞瓦上，心里充满期待，也有些焦急，不住问身边的大哥哥大姐姐：礼花什么时候放呀？

我们心里比谁都清楚，让我们期待和焦急的，不仅仅是礼花点燃的那一瞬间，更是礼花放完的那一刻。由于年年国庆都要爬到房顶上看礼花，我们都有了经验，随着礼花腾空会有好多白色的小降落伞，一般国庆那一天都会有东南风，那些小降落伞便都会随风飘过来。燃放礼花的那一瞬间，我们会稳稳坐在那里，看夜空中色彩绚丽的礼花，绽放在我们的头顶。但降落伞飘来的那一刻，我们会立刻大叫着，一下子都跳了起来，伸出早已经准备好的妈妈晾衣服的竹竿，争先恐后去够那些小小的降落伞。

当然，够得着够不着，全凭风的大小和运气了。因为那一刻，附近四合院的鱼鳞瓦顶上站满和我们一样的孩子，都在和我们一样伸着竹竿够降落伞。风如果小，就被前面院子的孩子够走了；风要是大，降落伞就会像诚心逗我们玩似的从头顶飞走。记得国庆十周年，那时我上小学五年级，属于大孩子了。那一天晚上，不知是天助我也，还是那一年国庆放的礼花多，降落伞飘飘而来，一个接着一个，让我轻而易举就够着一个，还挺大的个儿，成为我拿到学校显摆的战利品。

也就是从那一年以后，我没再上房玩。也许，是认为自己长大了吧？便也就此和鱼鳞瓦告别。一直到十几年前，重返我们的老院，又看到童年时爬过的房顶，踩过的鱼鳞瓦，才忽然发现和它们这么久没有相见了，也才发现瓦间长着一簇簇的狗尾巴草，稀疏零落，枯黄枯黄的，像是年纪衰老的鱼鳞瓦长出苍老的胡须，心里不禁一动，有些感喟。

其实，这种狗尾巴草，童年时就曾经见过，它们一直都是这样长在瓦缝之间。风吹日晒，瓦缝之间一点点可怜的泥土早就风干，变得很硬，不知道狗尾巴草是怎么扎下根的，一年又一年，总是长在那里，它们的生命力和鱼鳞瓦一样的强而持久。

去年的秋天，我路过草厂胡同一带，那里的几条胡同已经被打理一新，地面重新铺设青砖，四合院重新改造，有老房子的房顶被改造成露台。顺着山墙新搭建的梯子，爬到房顶，楼房遮挡得远处看不到了，但附近胡同四合院房顶的鱼鳞瓦，还能看得很清楚，尽管已经没有了张永和先生说的“灰色的瓦浪向天际展开”的景象，却还是让我感到亲切，仿佛又见到童年时候的伙伴。真的，这和看惯各式各样的楼顶，哪怕是青岛那样漂亮的红色楼顶的感觉，是不一样的，因为这种灰色的鱼鳞瓦，才能带给我老北京实实在在的感觉，是一种家的感觉。

我还看见眼前不远处屋顶上鱼鳞瓦之间长出的狗尾巴草，迎着瑟瑟秋风，摇曳着枯黄的颜色和鱼鳞瓦的灰色，吟唱着二重唱。我忽然想起冬天逝去的余光中先生写过的一首题为《狗尾草》的小诗：

> 最后呢，谁也不比狗尾草更高，
> 除非名字上升，向星象看齐，
> 去参加里尔克或李白。
> 此外——
> 一切都留在草下。

在我的眼前，在那一片灰色的鱼鳞瓦前，这首诗的最后一句应该改成这样：

> 此外——
> 一切都留在瓦浪下。

（选自《人民日报》2018 年 6 月 18 日）

袁崇焕无韵歌

石　英

一

袁崇焕：

三百多年前的历史曾经呼唤的一个名字，抑或是这个名字在呼唤历史。

呼唤那片被铁蹄践踏得破碎了的历史，呼唤那被硝烟模糊得面目全非的历史，呼唤那备受屈辱而又不甘屈辱的历史，呼唤那被扭曲而仍在拼命挣扎的历史。

他站了出来：

从闽西北邵武县衙堂木声中站起来，从父老北望的忧患目光中站起来。

当封疆大吏尽皆股栗拱手请降的时刻，当辽东名将迭遭败绩敌焰正炽的时刻，你站出来干什么？难道你不知道自己只是一个官微职卑的六品县令？

你毫不理睬一切睥睨，也似乎对世俗的嘁喳充耳不闻，携请缨印信，大步登上宁远城楼，一炮将不可一世的努尔哈赤打下马来，威慑皇太极竟至仓皇失措！

兵还是那些兵，饷还是那些饷，身后仍是那个朽如槁木的明王朝，面对的仍是那伙杀红了眼的后金骠骑恶煞，为什么，为什么你一来，形势就顿时改观？为什么你不但不怵，还试图将拟就草稿的历史重新改写？

古人云：文以气为主；作为一支军队，一个真正的人，又何尝不是以气为主？

人！

二

对于古人，也不是一种声音。

有的明公评论家站出来发言高论：袁崇焕尽管大智大勇，可惜用得不当，殊不知明皇朝暮霭沉沉，清王师杲日东升，袁崇焕不识时务，以卫护腐朽生产力代表而抗拒先进生产力，岂不是逆潮流而动？

什么？什么？

哦，明白了，他是在为古人深表惋惜：如是明智之人，倒戈随清，岂不博个封侯之位？

荒唐！如袁公地下有知，当挺身破穴，指斥这类明公引路人。

明王朝固然腐败透顶，清军难道就是仁义之师？疯狂掠夺，恣意践踏，难道就是先进生产力的代表？

袁崇焕那颗心是一个发光体，他所率的那支孤军奋战的军队是一道新长城，在这颗心和这道长城后面，是食不果腹衣衫褴褛的平民百姓，是荒旱经年奄奄一息的田禾。

当不少同僚都俯首哀恳，露出奴性本相时，他以大炮发言：此路不通！

不能要求他不打着忠于皇帝的旗号，假如不打，恐怕他最亲信的部下也会把他诛杀。历史的悲剧也正在于此。

痛哉！

三

善者未必善报。

袁崇焕以其丰功伟绩之身反遭碎尸之祸。

固然是由于崇祯听信了清方散布的所谓通敌谋反的谣言，可是，真正的祸根究竟在哪里？

虚弱与凶残是孪生姊妹，崇祯是这两种心理的杂交胚；猜疑与阴谗一见钟情，崇祯与多尔衮既是死敌又是恋人。

统治者只是利用忠臣良将，而永远不会信任他们，他们真正信任的只能是佞臣阉党，扭曲的心理最需要畸形人的谄笑来滋润。

袁崇焕与其说是死于最残酷的凶器，不如说是死于人与人之间可能有的由极端妒恨导致的虐害狂。

他被碎尸了，却恰恰又最后完成了自己的形象；他作为用来呼吸的一息终断了，但胸中秉有的那股人间正气却冲天而起。这样，便使他能与文天祥这样的志士仁人在高天烈云间握手。

凡能以浩然正气感召人心、启人前行者，当然也应是先进生产力的代表。

历史上这样的人也许很多，但从另一种意义上说，又太少了！

（选自《天津日报》1989年2月13日）

我与地坛

史铁生

（一）

我在好几篇小说中都提到过一座废弃的古园，实际就是地坛。许多年前旅游业还没有开展，园子荒芜冷落得如同一片野地，很少被人记起。

地坛离我家很近。或者说我家离地坛很近。总之，只好认为这是缘分。地坛在我出生前四百多年就坐落在那儿了；而自从我的祖母年轻时带着我父亲来到北京，就一直住在离它不远的地方——五十多年间搬过几次家，可搬来搬去总是在它周围，而且是越搬离它越近了。我常觉得这中间有着宿命的味道：仿佛这古园就是为了等我，而历尽沧桑在那儿等待了四百多年。

它等待我出生，然后又等待我活到最狂妄的年龄上忽地残废了双腿。四百多年里，它一面剥蚀了古殿檐头浮夸的琉璃，淡退了门壁上炫耀的朱红，坍圮了一段段高墙又散落了玉砌雕栏，祭坛四周的老柏树愈见苍幽，到处的野草荒藤也都茂盛得自在坦荡。这时候想必我是该来了。十五年前的一个下午，我摇着轮椅进入园中，它为一个失魂落魄的人把一切都准备好了。那时，太阳循着亘古不变的路途正越来越大，也越红。在满园弥漫的沉静光芒中，一个人更容易看到时间，并看见自己的身影。

自从那个下午我无意中进了这园子，就再没长久地离开过它。我一下子就理解了它的意图，正如我在一篇小说中所说的："在人口密聚的城市里，有这样一个宁静的去处，像是上帝的苦心安排。"

两条腿残废后的最初几年，我找不到工作，找不到去路，忽然间几乎什么都找不到了，我就摇了轮椅总是到它那儿去，仅为着那儿是可以逃避一个世界的另一个世界。我在那篇小说中写道："没处可去我便一天到晚耗在这园子里。跟上班下班一样，别人去上班我就摇了轮椅到这儿来。""园子无人看管，上下班时间有些抄近路的人们从园中穿过，园子里活跃一阵，过后便沉寂下来。""园墙在金晃晃的空气中斜切下一溜荫凉，我把轮椅开进去，把椅背放倒，坐着或是躺着，看书或者想事，撅一杈树枝左右拍打，驱赶那些和我一样不明白为什么要来这世上的小昆虫。""蜂儿如一朵小雾稳稳地停在半空；蚂蚁摇头晃脑捋着触须，猛然间想透了什么，转身疾行而去；瓢虫爬得不耐烦了，累了，祈祷一回便支开翅膀，忽悠一下升空了；树干上留着一只蝉蜕，寂寞如一间空屋，露水在草叶上滚动，聚集，压弯了草叶轰然坠地摔开万道金光。""满园子都是草木竞相生长弄出的响动，片刻不息。"这都是真实的记录，园子荒芜但并不衰败。

除去几座殿堂我无法进去，除去那座祭坛我不能上去而只能从各个角度张望它，地坛的每一棵树下我都去过，差不多它的每一米草地上都有过我的车轮印。无论是什么季节，什么天气，什么时间，我都在这园子里待过。有时候待一会儿就回家，有时候就待到满地上都亮起月光。记不清都是在它的哪些角落里了，我一连几小时专心致志地想关于死的事，也以同样的耐心和方式想过我为什么要出生。这样想了好几年，最后事情终于弄明白了：一个人，出生了，这就不再是一个可以辩论的问题，而只是上帝交给他的一个事实；上帝在交给我们这件事实的时候，已经顺便保证了它的结果，所以死是一件不必急于求成的事，死是一个必然会降临的节日。这样想过之后我安心多了，眼前的一切不再那么可怕。比如你起早熬夜准备考试的时候，忽然想起有一个长长的假期在前面等待你，你会不会觉得轻松一点？并且庆幸并且感激这样的安排？

剩下的就是怎样活的问题了。这却不是在某一个瞬间就能完全想透的，不是能够一次性解决的事，怕是活多久就要想它多久了，就像是伴你终生的魔鬼或恋人。所以，十五年了，我还是总得到那古园里去，去它的老树下或荒草边或颓墙旁，去默坐，去呆想，去推开耳边的嘈杂理一理纷乱的思绪，去窥看自己的心魂。十五年中，这古园的形体被不能理解它的人肆意雕琢，幸好有些东西是任谁也不能改变它的。譬如祭坛石门中的落日，寂静的光辉平铺的一刻，地上的每一个坎坷都被映照得灿烂；譬如在园中最为落寞的时间，一群雨燕便出来高歌，把天地都叫喊得苍凉；譬如冬天雪地上孩子的脚印，总让人猜想他们是谁，曾在那儿做过些什么，然后又都到哪儿去了；譬如那些苍黑的古柏，你忧郁的时候它们镇静地站在那儿，你欣喜的时候它们依然镇静地站在那儿，它们没日没夜地站在那儿从你没有出生一直站到这个世界上又没了你的时候；譬如暴雨骤临园中，激起一阵阵灼烈而清纯的草木和泥土的气味，让人想起无数个夏天的事件；譬如秋风忽至，再有一场早霜，落叶或飘摇歌舞或坦然安卧，满园中播散着熨帖而微苦的味道。味道是最说不清楚的，味道不能写只能闻，要你身临其境去闻才能明了。味道甚至是难于记忆的，只有你又闻到它你才能记起它的全部情感和意蕴。所以我常常要到那园子里去。

（二）

现在我才想到，当年我总是独自跑到地坛去，曾经给母亲出了一个怎样的难题。

她不是那种光会疼爱儿子而不懂得理解儿子的母亲。她知道我心里的苦闷，知道不该阻止我出去走走，知道我要是老待在家里结果会更糟，但她又担心我一个人在那荒僻的园子里整天都想些什么。我那时脾气坏到极点，经常是发了疯一样地离开家，从那园子里回来又中了魔似的什么话都不说。母亲知道有些事不宜问，便犹犹豫豫地想问而终于不敢问，因为她自己心里也没有答案。她料想我不会愿意她跟我一同去，所以她从未这样要求过，她知道得给我一点独处的时间，得有这样一段过程。她只是不知道这过程得要多久，和这过程的尽头究竟是什么。每次我要动身时，她便无言地帮我准备，帮助我上了轮椅车，看着我摇车拐出小院，这以后她会怎样，当年我不曾想过。

有一回我摇车出了小院，想起一件什么事又返身回来，看见母亲仍站在原地，还是送我走时的姿势，望着我拐出小院去的那处墙角，对我的回来竟一时没有反应。待她再次送我出门的时候，她说："出去活动活动，去地坛看看书，我说这挺好。"许多年以后我才渐渐听出，母亲这话实际是自我安慰，是暗自的祷告，是给我的提示，是恳求与嘱咐。只是在她猝然去世之后，我才有余暇设想，当我不在家里的那些漫长的时间，她是怎样心神不定坐卧难宁，兼着痛苦与惊恐与一个母亲最低限度的祈求。现在我可以断定，以她的聪慧和坚忍，在那些空落的白天后的黑夜，在那不眠的黑夜后的白天，她思来想去最后准是对自己说："反正我不能不让他出去，未来的日子是他自己的，如果他真的要在那园子里出什么事，这苦难也只好我来承担。"在那段日子里——那是好几年长的一段日子啊，我想我一定使母亲作过了最坏的准备了，但她从来没有对我说过"你为我想想"。事实上我也真的没为她想过。那时她的儿子还太年轻，还来不及为母亲想，他被命运击昏了头，一心以为自己是世上最不幸的一个，不知道儿子的不幸在母亲那儿总是要加倍的。她有一个长到二十岁上忽然截瘫了的儿子，这是她唯一的儿子；她情愿截瘫的是自己而不是儿子，可这事无法代替。她想，只要儿子能活下去哪怕自己去死呢也行，可她又确信一个人不能仅仅是活着，儿子得有一条路走向自己的幸福，而这条路呢，没有谁能保证她的儿子终于能找到。——这样一个母亲，注定是活得最苦的母亲。

有一次与一个作家朋友聊天，我问他学写作的最初动机是什么？他想了一会儿说："为我母亲。为了让她骄傲。"我心里一惊，良久无言。回想自己最初写小说的动机，虽不似这位朋友的那般单纯，但如他一样的愿望我也有，且一经细想，发现这愿望也在全部动机中占了很大比重。这位朋友说："我的动机太低俗了吧？"我光是摇头，心想低俗并不见得低俗，只怕是这愿望过于天真了。他又说："我那时真就是想出名，出了名让别人羡慕我母亲。"我想，他比我坦率。我想，他又比我幸福，因为他的母亲还活着。而且我想，他的母亲也比我的母亲运气好，他的母亲没有一个双腿残废的儿子，否则事情就不这么简单。

在我的头一篇小说发表的时候，在我的小说第一次获奖的那些日子里，我真是多么希望我的母亲还活着。我便又不能在家里待了，又整天整天独自跑到地坛去，心里是没头没尾的沉郁和哀怨，走遍整个园子却怎么也想不通：母亲为什么就不能再多活两年？为什么在她的儿子就快要碰撞开一条路的时候，她却忽然熬不住了？莫非她来此世上只是为了替儿子担忧，却不该分享我的一点点快乐？她匆匆离我去时才只有 49 岁呀！有那么一会儿，我甚至对世界对上帝充满了仇恨和厌恶。后来我在一篇题为《合欢树》的文章中写道："我坐在小公园安静的树林里，闭上眼睛，想，上帝为什么早早地召母亲回去呢？很久很久，迷迷糊糊的我听见了回答：'她心里太苦了，上帝看她受不住了，就召她回去。'我似乎得了一点安慰，睁开眼睛，看见风正从树林里穿过。"小公园，指的也是地坛。

只是到了这时候，纷纭的往事才在我眼前幻现得清晰，母亲的苦难与伟大才在我心中渗透得深刻。上帝的考虑，也许是对的。

摇着轮椅在园中慢慢走，又是雾罩的清晨，又是骄阳高悬的白昼，我只想着一件事：母亲已经不在了。在老柏树旁停下，在草地上在颓墙边停下，又是处处虫鸣的午后，又是鸟儿归巢的傍晚，我心里只默念着一句话：可是母亲已经不在了。把椅背放倒，躺下，似睡非睡挨到日没，坐起来，心神恍惚，呆呆地直坐到古祭坛上落满黑暗然后再渐渐浮起月光，心里才有点明白：母亲不能再来这园中找我了。

曾有过好多回，我在这园子里待得太久了，母亲就来找我。她来找我又不想让我发觉，只要见我还好好地在这园子里，她就悄悄转身回去；我看见过几次她的背影。我也看见过几回她四处张望的情景，她视力不好，端着眼镜像在寻找海上的一条船；她没看见我时我已经看见她了，待我看见她她也看见我了我就不去看她，过一会儿我再抬头看她就又看见她缓缓离去的背影。我单是无法知道有多少回她没有找到我。有一回我坐在矮树丛中，树丛很密，我看见她没有找到我，她一个人在园子里走，走过我的身旁，走过我经常待的一些地方，步履茫然又急迫。我不知道她已经找了多久还要找多久，我不知道为什么我决意不喊她——但这绝不是小时候的捉迷藏，这也许是出于长大了的男孩子的倔强或羞涩？但这倔只留给我痛悔，丝毫也没有骄傲。我真想告诫所有长大了的男孩子，千万不要跟母亲来这套倔强，羞涩就更不必，我已经懂了可我已经来不及了。

儿子想使母亲骄傲，这心情毕竟是太真实了，以致使“想出名”这一声名狼藉的念头也多少改变了一点形象。这是个复杂的问题，且不去管它了吧。随着小说获奖的激动逐日暗淡，我开始相信，至少有一点我是想错了：我用纸笔在报刊上碰撞开的一条路，并不就是母亲盼望我找到的那条路。年年月月我都到这园子里来，年年月月我都要想，母亲盼望我找到的那条路到底是什么。母亲生前没给我留下过什么隽永的哲理，或要我恪守的教诲，只是在她去世之后，她艰难的命运，坚忍的意志和毫不张扬的爱，随光阴流转，在我的印象中愈加鲜明深刻。

有一年，十月的风又翻动起安详的落叶，我在园中读书，听见两个散步的老人说：“没想到这园子有这么大。”我放下书，想，这么大一座园子，要在其中找到她的儿子，母亲走过了多少焦灼的路。多年来我头一次意识到，这园中不单是处处都有过我的车辙，有过我的车辙的地方也都有过母亲的脚印。

（三）

如果以一天中的时间来对应四季，当然春天是早晨，夏天是中午，秋天是黄昏，冬天是夜晚。如果以乐器来对应四季，我想春天应该是小号，夏天是定音鼓，秋天是大提琴，冬天是圆号和长笛。要是以这园子里的声响来对应四季呢？那么，春天是祭坛上空漂浮着的鸽子的哨音，夏天是冗长的蝉歌和杨树叶子哗啦啦地对蝉歌的取笑，秋天是古殿檐头的风铃响，冬天是啄木鸟随意而空旷的啄木声。以园中的景物对应四季，春天是一径时而苍白时而黑润的小路，时而明朗时而阴晦的天上摇荡着串串杨花；夏天是一条条耀眼而灼人的石凳，或阴凉而爬满了青苔的石阶，阶下有果皮，阶上有半张被坐皱的报纸；秋天是一座青铜的大钟，在园子的西北角上曾丢弃着一座很大的铜钟，铜钟与这园子一般年纪，浑身挂满绿锈，文字已不清晰；冬天，是林中空地上几只羽毛蓬松的老麻雀。以心绪对应四季呢？春天是卧病的季节，否则人们不易发觉春天的残忍与渴望；夏天，情人们应该在这个季节里失恋，不然就似乎对不起爱情；秋天是从外面买一棵盆花回家的时候，把花搁在阔别了的家中，并且打开窗户把阳光也放进屋里，慢慢回忆慢慢整理一些发过霉的东西；冬天伴着火炉和书，一遍遍坚定不死的决心，写一些并不发出的信。还可以用艺术形式对应四季，这样春天就是一幅画，夏天是一部长篇小说，秋天是一首短歌或诗，冬天是一群雕塑。以梦呢？以梦对应四季呢？春天是树尖上的呼喊，夏天是呼喊中的细雨，秋天是细雨中的土地，冬天是干净的土地上一只孤零的烟斗。

因为这园子，我常感恩于自己的命运。

我甚至现在就能清楚地看见，一旦有一天我不得不长久地离开它，我会怎样想念它，我会怎样想念它并且梦见它，我会怎样因为不敢想念它而梦也梦不到它。

（四）

现在让我想想，十五年中坚持到这园子来的人都有谁呢？好像只剩了我和一对老人。

十五年前，这对老人还只能算是中年夫妇，我则货真价实还是个青年。他们总在薄暮时分来园中散步，我不大弄得清他们是从哪边的园门进来，一般来说他们是逆时针绕这园子走。男人个子很高，肩宽腿长，走起路来目不斜视，胯以上直至脖颈挺直不动；他的妻子攀了他一条胳膊走，也不能使他的上身稍有松懈。女人个子却矮，也不算漂亮，我无端地相信她必出身于家道中落的名门望族；她攀在丈夫胳膊上像个娇弱的孩子，她向四周观望似总含着恐惧，她轻声与丈夫谈话，见有人走近就立刻怯怯地收住话头。我有时因为他们而想起冉阿让与柯赛特，但这想法并不巩固，他们一望即知是老夫老妻。两个人的穿着都算得上考究，但由于时代的演进，他们的服饰又可以称为古朴了。他们和我一样，到这园子里来几乎是风雨无阻，不过他们比我守时。我什么时间都可能来，他们则一定是在暮色初临的时候。刮风时他们穿了米色风衣，下雨时他们打了黑色的雨伞，夏天他们的衬衫是白色的裤子或是黑色的或米色的，冬天他们的呢子大衣又都是黑色的，想必他们只喜欢这三种颜色。他们逆时针绕这园子一周，然后离去。他们走过我身旁时只有男人的脚步响，女人像是贴在高大的丈夫身上跟着漂移。我相信他们一定对我有印象，但是我们没有说过话，我们互相都没有想要接近的表示。十五年中，他们或许注意到一个小伙子进入了中年，我则看着一对令人羡慕的中年情侣不觉中成了两个老人。

曾有过一个热爱唱歌的小伙子，他也是每天都到这园中来，来唱歌，唱了好多年，后来不见了。他的年纪与我相仿，他多半是早晨来，唱半小时或整整唱一个上午，估计在另外的时间里他还得上班。我们经常在祭坛东侧的小路上相遇，我知道他是到东南角的高墙下面唱歌，他一定猜想我去东北角的树林里做什么。我找到我的地方，抽几口烟，便听见他谨慎地整理歌喉了。他反反复复唱那么几首歌。“文化大革命”没过去的时候，他唱“蓝蓝的天上白云飘，白云下面马儿跑……”我老也记不住这歌的名字。“文革”后，他唱《货郎与小姐》中那首最为流传的咏叹调。“卖布——卖布嘞，卖布——卖布嘞！”我记得这开头的一句他唱得很有声势，在早晨清澈的空气中，货郎跑遍园中的每一个角落去恭维小姐。“我交了好运气，我交了好运气，我为幸福唱歌曲……”然后他就一遍一遍地唱，不让货郎的激情稍减。依我听来，他的技术不算精到，在关键的地方常出差错，但他的嗓子是相当不坏的，而且唱一个上午也听不出一点疲惫。太阳也不疲惫，把大树的影子缩小成一团，把疏忽大意的蚯蚓晒干在小路上。将近中午，我们又在祭坛东侧相遇，他看一看我，我看一看他，他往北去，我往南去。日子久了，我感到我们都有结识的愿望，但似乎都不知如何开口，于是互相注视一下终又都移开目光擦身而过，这样的次数一多，便更不知如何开口了。终于有一天——一个丝毫没有特点的日子，我们互相点了一下头。他说：“你好。”我说：“你好。”他说：“回去啦？”我说：“是，你呢？”他说：“我也该回去了。”我们都放慢脚步（其实我是放慢车速），想再多说几句，但仍然是不知从何说起，这样我们就都走过了对方，又都扭转身子面向对方。他说：“那就再见吧。”我说：“好，再见。”便互相笑笑各走各的路了。但是我们没有再见，那以后，园中再没了他的歌声，我才想到，那天他或许是有意与我道别的，也许他考上哪家专业的文工团或歌舞团了吧？真希望他如他歌里所唱的那样，交了好运气。

还有一些人，我还能想起一些常到这园子里来的人。有一个老头儿，算得一个真正的饮者；他在腰间挂一个扁瓷瓶，瓶里当然装满了酒，常来这园中消磨午后的时光。他在园中四处游逛，如果你不注意你会以为园中有好几个这样的老头儿，等你看过了他卓尔不群的饮酒情状，你就会相信这是个独一无二的老头儿。他的衣着过分随便，走路的姿态也不慎重，走上五六十米路便选定一处地方，一只脚踏在石凳上或土埂上或树墩上，解下腰间的酒瓶，解酒瓶的当儿眯起眼睛把一百八十度视角内的景物细细看一遭，然后以迅雷不及掩耳之势倒一大口酒入肚，把酒瓶摇一摇再挂向腰间，平心静气地想一会儿什么，便走下一个五六十米去。还有一个捕鸟的汉子，那岁月园中人少，鸟却多，他在西北角的树丛中拉一张网，鸟撞在上面，羽毛戗在网眼里便不能自拔。他单等一种过去很多而现在非常罕见的鸟，其他的鸟撞在网上他就把它们摘下来放掉，他说已经有好多年没等到那种罕见的鸟了，他说他再等一年看看到底还有没有那种鸟，结果他又等了好多年。早晨和傍晚，在这园子里可以看见一个中年女工程师，早晨她从北向南穿过这园子去上班，傍晚她从南向北穿过这园子回家。事实上我并不了解她的职业或者学历，但我以为她必是个学理工的知识分子，别样的人很难有她那般的素朴并优雅。当她在园中穿行的时刻，四周的树林也仿佛更加幽静，清淡的日光中竟似有悠远的琴声，比如说是那曲《献给艾丽丝》才好。我没有见过她的丈夫，没有见过那个幸运的男人是什么样子，我想象过却想象不出，后来忽然懂了想象不出才好，那个男人最好不要出现。她走出北门回家去，我竟有点担心，担心她会落入厨房，不过，也许她在厨房里劳作的情景更有另外的美吧，当然不能再是《献给艾丽丝》，是个什么曲子呢？还有一个人，是我的朋友，他是个最有天赋的长跑家，但他被埋没了。他因为在“文革”中出言不慎而坐了几年牢，出来后好不容易找了个拉板车的工作，样样待遇都不能与别人平等，苦闷极了便练习长跑。那时他总来这园子里跑，我用手表为他计时，他每跑一圈向我招一下手，我就记下一个时间。每次他要环绕这园子跑二十圈，大约两万米。他盼望以他的长跑成绩来获得政治上真正的解放，他以为记者的镜头和文字可以帮他做到这一点。第一年他在春节环城赛上跑了第十五名，他看见前十名的照片都挂在了长安街的新闻橱窗里，于是有了信心。第二年他跑了第四名，可是新闻橱窗里只挂了前三名的照片，他没灰心。第三年他跑了第七名，橱窗里挂前六名的照片，他有点怨自己。第四年他跑了第三名，橱窗里却只挂了第一名的照片。第五年他跑了第一名——他几乎绝望了，橱窗里只有一幅环城赛群众场面的照片。那些年我们俩常一起在这园子里待到天黑，开怀痛骂，骂完沉默着回家，分手时再互相叮嘱：先别去死，再试着活一活看。现在他已经不跑了，年岁太大了，跑不了那么快了。最后一次参加环城赛，他以 38 岁之龄又得了第一名并且破了纪录，有一位专业队的教练对他说：“我要是十年前发现你就好了。”他苦笑一下什么也没说，只在傍晚又来这园中找到我，把这事平静地向我叙说一遍。不见他已有好几年了，现在他和妻子和儿子住在很远的地方。

这些人现在都不到园子里来了，园子里差不多完全换了一批新人。十五年前的旧人，现在就剩我和那对老夫老妻了。有那么一段时间，这老夫老妻中的一个也忽然不来，薄暮时分唯男人独自来散步，步态也明显迟缓了许多，我悬心了很久，怕是那女人出了什么事。幸好过了一个冬天那女人又来了，两个人仍是逆时针绕着园子走，一长一短两个身影恰似钟表的两支指针；女人的头发白了很多，但依旧攀着丈夫的胳膊走得像个孩子。“攀”这个字用得不恰当了，或许可以用“搀”吧，不知有没有兼具这两个意思的字。

（五）

我也没有忘记一个孩子—— 一个漂亮而不幸的小姑娘。十五年前的那个下午，我第一次到这园子里来就看见了她，那时她大约三岁，蹲在斋宫西边的小路上捡树上掉落的“小灯笼”。那儿有几棵大栾树，春天开一簇簇细小而稠密的黄花，花落了便结出无数如同三片叶子合抱的小灯笼，小灯笼先是绿色，继而转白，再变黄，成熟了掉落得满地都是。小灯笼精巧得令人爱惜，成年人也不免捡了一个还要捡一个。小姑娘咿咿呀呀地跟自己说着话，一边捡小灯笼。她的嗓音很好，不是她那个年龄所常有的那般尖细，而是很圆润甚或是厚重，也许是因为那个下午园子里太安静了。我奇怪这么小的孩子怎么一个人跑来这园子里？我问她住在哪儿？她随手指一下，就喊她的哥哥，沿墙根一带的茂草之中便站起一个七八岁的男孩，朝我望望，看我不像坏人便对他的妹妹说“我在这儿呢”，又伏下身去；他在捉什么虫子。他捉到螳螂、蚂蚱，知了和蜻蜓，来取悦他的妹妹。有那么两三年，我经常在那几棵大栾树下见到他们，兄妹俩总是在一起玩，玩得和睦融洽，都渐渐长大了些。之后有很多年没见到他们。我想他们都在学校里吧，小姑娘也到了上学的年龄，必是告别了孩提时光，没有很多机会来这儿玩了。这事很正常，没理由太搁在心上，若不是有一年我又在园中见到他们，肯定就会慢慢把他们忘记。

那是个礼拜日的上午。那是个晴朗而令人心碎的上午，时隔多年，我竟发现那个漂亮的小姑娘原来是个弱智的孩子。我摇着车到那几棵大栾树下去，恰又是遍地落满了小灯笼的季节。当时我正为一篇小说的结尾所苦，即不知为什么要给它那样一个结尾，又不知何以忽然不想让它有那样一个结尾，于是从家里跑出来，想依靠着园中的镇静，看看是否应该把那篇小说放弃。我刚刚把车停下，就见前面不远处有几个人在戏耍一个少女，作出怪样子来吓她，又喊又笑地追逐她拦截她，少女在几棵大树间惊惶地东跑西躲，却不松手揪卷在怀里的裙裾，两条腿袒露着也似毫无察觉。我看出少女的智力是有些缺陷，却还没看出她是谁。我正要驱车上前为少女解围，就见远处飞快地骑车来了个小伙子，于是那几个戏耍少女的家伙望风而逃。小伙子把自行车支在少女近旁，怒目望着那几个四散逃窜的家伙，一声不吭喘着粗气，脸色如暴雨前的天空一样一会儿比一会儿苍白。这时我认出了他们，小伙子和少女就是当年那对小兄妹。我几乎是在心里惊叫了一声，或者是哀号。世上的事常常使上帝的居心变得可疑。小伙子向他的妹妹走去。少女松开了手，裙裾随之垂落下来，很多很多她捡的小灯笼便撒落一地，铺散在她脚下。她仍然算得漂亮，但双眸迟滞没有光彩。她呆呆地望着那群跑散的家伙，望着极目之处的空寂，凭她的智力绝不可能把这个世界想明白吧？大树下，破碎的阳光星星点点，风把遍地的小灯笼吹得滚动，仿佛喑哑地响着的无数小铃铛。哥哥把妹妹扶上自行车后座，带着她无言地回家去了。

无言是对的。要是上帝把漂亮和弱智这两样东西都给了这个小姑娘，就只有无言和回家去是对的。

谁又能把这世界想个明白呢？世上的很多事是不堪说的。你可以抱怨上帝何以要降诸多苦难给这人间，你也可以为消灭种种苦难而奋斗，并为此享有崇高与骄傲，但只要你再多想一步你就会坠入深深的迷茫了：假如世界上没有了苦难，世界还能够存在吗？要是没有愚钝，机智还有什么光荣呢？要是没了丑陋，漂亮又怎么维系自己的幸运？要是没有了恶劣和卑下，善良与高尚又将如何界定自己如何成为美德呢？要是没有了残疾，健全会否因其司空见惯而变得腻烦和乏味呢？我常梦想着在人间彻底消灭残疾，但可以相信，那时将由患病者代替残疾人去承担同样的苦难。如果能够把疾病也全数消灭，那么这份苦难又将由（ 比如说 ）相貌丑陋的人去承担了。就算我们连丑陋，连愚昧和卑鄙和一切我们所不喜欢的事物和行为，也都可以统统消灭掉，所有的人都一样健康，漂亮、聪慧、高尚，结果会怎样呢？怕是人间的剧目就全要收场了，一个失去差别的世界将是一条死水，是一块没有感觉也没有肥力的沙漠。

看来差别永远是要有的。看来就只好接受苦难——人类的全部剧目需要它，存在的本身需要它。看来上帝又一次对了。

于是就有一个最令人绝望的结论等在这里：由谁去充任那些苦难的角色？又由谁去体现这世间的幸福，骄傲和欢乐？只好听凭偶然，是没有道理好讲的。

就命运而言，休论公道。

那么，一切不幸命运的救赎之路在哪里呢？

设若智慧或悟性可以引领我们去找到救赎之路，难道所有的人都能够获得这样的智慧和悟性吗？

我常以为是丑女造就了美人。我常以为是愚氓举出了智者。我常以为是懦夫衬照了英雄。我常以为是众生度化了佛祖。

（六）

设若有一位园神，他一定早已注意到了，这么多年我在这园里坐着，有时候是轻松快乐的，有时候是沉郁苦闷的，有时候优哉游哉，有时候恓惶落寞，有时候平静而且自信，有时候又软弱，又迷茫。其实总共只有三个问题交替着来骚扰我，来陪伴我。第一个是要不要去死？第二个是为什么活？第三个，我干吗要写作？

现在让我看看，它们迄今都是怎样编织在一起的吧。

你说，你看穿了死是一件无须乎着急去做的事，是一件无论怎样耽搁也不会错过的事，便决定活下去试试？是的，至少这是很关键的因素。为什么要活下去试试呢？好像仅仅是因为不甘心，机会难得，不试白不试，腿反正是完了，一切仿佛都要完了，但死神很守信用，试一试不会额外再有什么损失。说不定倒有额外的好处呢是不是？我说过，这一来我轻松多了，自由多了。为什么要写作呢？“作家”是两个被人看重的字，这谁都知道。为了让那个躲在园子深处坐轮椅的人，有朝一日在别人眼里也稍微有点光彩，在众人眼里也能有个位置，哪怕那时再去死呢也就多少说得过去了。开始的时候就是这样想，这不用保密。这些现在不用保密了。

我带着本子和笔，到园中找一个最不为人打扰的角落，偷偷地写。那个爱唱歌的小伙子在不远的地方一直唱。要是有人走过来，我就把本子合上把笔叼在嘴里。我怕写不成反落得尴尬。我很要面子。可是你写成了，而且发表了。人家说我写得还不坏，他们甚至说：真没想到你写得这么好。我心说你们没想到的事还多着呢。我确实有整整一宿高兴得没合眼。我很想让那个唱歌的小伙子知道，因为他的歌也毕竟是唱得不错。我告诉我的长跑家朋友的时候，那个中年女工程师正优雅地在园中穿行。长跑家很激动，他说好吧，我玩命跑，你玩命写。这一来你中了魔了，整天都在想哪一件事可以写，哪一个人可以让你写成小说。是中了魔了，我走到哪儿想到哪儿，在人山人海里只寻找小说，要是有一种小说试剂就好了，见人就滴两滴看他是不是一篇小说，要是有一种小说显影液就好了，把它泼满全世界看看都是哪儿有小说，中了魔了，那时我完全是为了写作活着。结果你又发表了几篇，并且出了一点小名，可这时你越来越感到恐慌。我忽然觉得自己活得像个人质，刚刚有点像个人了却又过了头，像个人质，被一个什么阴谋抓了来当人质，不定哪天就被处决，不定哪天就完蛋。你担心要不了多久你就会文思枯竭，那样你就又完了。凭什么我总能写出小说来呢？凭什么那些适合作小说的生活素材就总能送到一个截瘫者跟前来呢？人家满世界跑都有枯竭的危险，而我坐在这园子里凭什么可以一篇接一篇地写作呢？你又想到死了。我想见好就收吧。当一名人质实在是太累了太紧张了，太朝不保夕了。我为写作而活下来，要是写作到底不是我应该干的事，我想我再活下去是不是太冒傻气了？你这么想着你却还在绞尽脑汁地想写。我好歹又拧出点水来，从一条快要晒干的毛巾上。恐慌日甚一日，随时可能完蛋的感觉比完蛋本身可怕多了，所谓不怕贼偷就怕贼惦记，我想人不如死了好，不如不出生的好，不如压根儿没有这个世界的好。可你并没有去死。我又想到那是一件不必着急的事。可是不必着急的事并不证明是一件必要拖延的事呀？你总是决定活下来，这说明什么？是的，我还是想活。人为什么活着？因为人想活着，说到底是这么回事，人真正的名字叫作：欲望。可我不怕死，有时候我真的不怕死。有时候——说对了。不怕死和想去死是两回事，有时候不怕死的人是有的，一生下来就不怕死的人是没有的。我有时候倒是怕活。可是怕活不等于不想活呀？可我为什么还想活呢？因为你还想得到点什么，你觉得你还是可以得到点什么的，比如说爱情，比如说价值感之类，人真正的名字叫欲望。这不对吗？我不该得到点什么吗？没说不该。可我为什么活得恐慌，就像个人质？后来你明白了，你明白你错了，活着不是为了写作，而写作是为了活着。你明白了这一点是在一个挺滑稽的时刻。那天你又说你不如死了好，你的一个朋友劝你：你不能死，你还得写呢，还有好多好作品等着你去写呢。这时候你忽然明白了，你说：只是因为我活着，我才不得不写作。或者说只是因为你还想活下去，你才不得不写作。是的，这样说过之后我竟然不那么恐慌了。就像你看穿了死之后所得的那份轻松？一个人质报复一场阴谋的最有效的办法是把自己杀死。我看出我得先把我杀死在市场上，那样我就不用参加抢购题材的风潮了。你还写吗？还写。你真的不得不写吗？人都忍不住要为生存找一些牢靠的理由。你不担心你会枯竭了？我不知道，不过我想，活着的问题在死之前是完不了的。

这下好了，您不再恐慌了不再是个人质了，您自由了。算了吧你，我怎么可能自由呢？别忘了人真正的名字是：欲望。所以您得知道，消灭恐慌的最有效的办法就是消灭欲望。可是我还知道，消灭人性的最有效的办法也是消灭欲望。那么，是消灭欲望同时也消灭恐慌呢，还是保留欲望同时也保留人性？

我在这园子里坐着，我听见园神告诉我：每一个有激情的演员都难免是一个人质。每一个懂得欣赏的观众都巧妙地粉碎了一场阴谋。每一个乏味的演员都是因为他老以为这戏剧与自己无关。每一个倒霉的观众都是因为他总是坐得离舞台太近了。

我在这园子里坐着，园神成年累月地对我说：孩子，这不是别的，这是你的罪孽和福祉。

（七）

要是有些事我没说，地坛，你别以为是我忘了，我什么也没忘，但是有些事只适合收藏。不能说，也不能想，却又不能忘。它们不能变成语言，它们无法变成语言，一旦变成语言就不再是它们了。它们是一片朦胧的温馨与寂寥，是一片成熟的希望与绝望，它们的领地只有两处：心与坟墓。比如说邮票，有些是用于寄信的，有些仅仅是为了收藏。

如今我摇着车在这园子里慢慢走，常常有一种感觉，觉得我一个人跑出来已经玩得太久了。有一天我整理我的旧相册，看见一张十几年前我在这园子里照的照片——那个年轻人坐在轮椅上，背后是一棵老柏树，再远处就是那座古祭坛。我便到园子里去找那棵树。我按着照片上的背景找很快就找到了它，按着照片上它枝干的形状找，肯定那就是它。但是它已经死了，而且在它身上缠绕着一条碗口粗的藤萝。我当然记得园工们种那棵藤萝时的情景，我却不记得是在什么时候它已经长到了碗口粗。有一天我在这园子里碰见一个老太太，她说："哟，你还在这儿哪？"她问我："你母亲还好吗？""您是谁？""你不记得我，我可记得你。有一回你母亲来这儿找你，她问我您看没看见一个摇轮椅的孩子……"我忽然觉得，我一个人跑到这世界上来玩真是玩得太久了。有一天夜晚，我独自坐在祭坛边的路灯下看书，忽然从那漆黑的祭坛里传出一阵阵唢呐声。四周都是参天古树，方形的祭坛占地几百平方米空旷坦荡独对苍天，我看不见那个吹唢呐的人，唯唢呐声在星光寥寥的夜空里低吟高唱，时而悲怆时而欢快，时而缠绵时而苍凉，或许这几个词都不足以形容它，我清清醒醒地听出它响在过去，响在现在，响在未来，回旋飘转亘古不散。

必有一天，我会听见喊我回去。

那时您可以想象一个孩子，他玩累了可他还没玩够呢，心里好些新奇的念头甚至等不及到明天。也可以想象是一个老人，无可置疑地走向他的安息地，走得任劳任怨。还可以想象一对热恋中的情人，互相一次次说“我一刻也不想离开你”，又互相一次次说“时间已经不早了”，时间不早了可我一刻也不想离开你，一刻也不想离开你可时间毕竟是不早了。

我说不好我想不想回去。我说不好是想还是不想，还是无所谓。我说不好我是像那个孩子，还是像那个老人，还是像一个热恋中的情人。很可能是这样：我同时是他们三个。我来的时候是个孩子，他有那么多孩子气的念头所以才哭着喊着闹着要来，他一来一见到这个世界便立刻成了不要命的情人，而对一个情人来说，不管多么漫长的时光也是稍纵即逝，那时他便明白，每一步每一步，其实一步步都是走在回去的路上。当牵牛花初开的时节，葬礼的号角就已吹响。

但是太阳，他每时每刻都是夕阳也都是旭日。当他熄灭着走下山去收尽苍凉残照之际，正是他在另一面燃烧着爬上山巅布散烈烈朝晖之时。有一天，我也将沉静着走下山去，扶着我的拐杖。那一天，在某一处山洼里，势必会跑上来一个欢蹦的孩子，抱着他的玩具。

当然，那不是我。

但是，那不是我吗？

宇宙以其不息的欲望将一个歌舞炼为永恒。这欲望有怎样一个人间的姓名，大可忽略不计。

写于1989年5月5日

修改于1990年1月7日

藏羚羊的跪拜

王宗仁

这是听来的一个西藏故事。发生故事的年代距今有好些年了。

可是，我每次乘车穿过藏北无人区时总会不由自主地要想起这个故事的主人公——那只将母爱浓缩于深深一跪的藏羚羊。

那时候，枪杀、乱逮野生动物是不受法律惩罚的。就是今天，可可西里的枪声仍然带着罪恶的余音低回在自然保护区巡视卫士们的脚步难以到达的角落。当年举目可见的藏羚羊、野马、野驴、雪鸡、黄羊等，眼下已经成为凤毛麟角了。

当时，经常跑藏北的人总能看见一个肩披长发，留着浓密大胡子，脚蹬长筒藏靴的老猎人在青藏公路附近活动。那支磨蹭得油光闪亮的杈子枪斜挂在他身上，身后的两头藏牦牛驮着沉甸甸的各种猎物。他无名无姓，云游四方，朝别藏北雪，夜宿江河源，饿时大火煮黄羊肉，渴时一碗冰雪水。猎获的那些皮张自然会卖来一笔钱，他除了自己消费一部分外，更多地用来救济路遇的朝圣者。那些磕长头去拉萨朝觐的藏家人心甘情愿地走一条布满艰难和险情的漫漫长路。每次老猎人在救济他们时总是含泪祝愿：上苍保佑，平安无事。

杀生和慈善在老猎人身上共存。促使他放下手中的杈子枪是在发生了这样一件事以后——应该说那天是他很有福气的日子。大清早，他从帐篷里出来，伸伸懒腰，正准备要喝一铜碗酥油茶时，突然瞅见几步之遥对面的草坡上站立着一只肥肥壮壮的藏羚羊。他眼睛一亮，送上门来的美事！沉睡了一夜的他浑身立即涌上来一股清爽的劲头，丝毫没有犹豫，就转身回到帐篷拿来了杈子枪。他举枪瞄了起来，奇怪的是，那只肥壮的藏羚羊并没有逃走，只是用乞求的眼神望着他，然后冲着他前行两步，两条前腿扑通一声跪了下来。与此同时只见两行长泪从它眼里流了出来。老猎人的心头一软，扣扳机的手不由得松了一下。藏区流行着一句老幼皆知的俗语："天上飞的鸟，地上跑的鼠，都是通人性的。"此时藏羚羊给他下跪自然是求他饶命了。他是个猎手，不被藏羚羊的怜悯打动是情理之中的事。他双眼一闭，扳机在手指下一动，枪声响起，那只藏羚羊便栽倒在地。它倒地后仍是跪卧的姿势，眼里的两行泪迹也清晰地留着。

那天，老猎人没有像往日那样当即将猎获的藏羚羊开宰、扒皮。他的眼前老是浮现着给他跪拜的那只藏羚羊。他有些蹊跷，藏羚羊为什么要下跪？这是他几十年狩猎生涯中唯一见到的一次情景。夜里躺在地铺上的他久久难以入眠，双手一直颤抖着……

次日，老猎人怀着忐忑不安的心情对那只藏羚羊开膛扒皮，他的手仍在颤抖。腹腔在刀刃下打开了，他吃惊得叫出了声，手中的屠刀"咣当"一声掉在地上……原来在藏羚羊的子宫里，静静卧着一只小藏羚羊，它已经成形，自然是死了。这时候，老猎人才明白为什么那只藏羚羊的身体肥肥壮壮，也才明白它为什么要弯下笨重的身子给自己下跪：它是在求猎人留下自己孩子的一条命呀！

天下所有慈母的跪拜，包括动物在内，都是神圣的。老猎人的开膛破腹半途而停。

当天，他没有出猎，在山坡上挖了个坑，将那只藏羚羊连同它那没有出世的孩子掩埋了。同时埋掉的还有他的杈子枪……

从此，这个老猎人在藏北草原上消失。没人知道他的下落。

这个故事让我久久不能平静，世上的爱还有什么能与母爱相比！

（选自《王宗仁散文精品集》，南海出版公司 2012 年 12 月版）

珍姨的等待

尧山壁

走动的亲戚中，母亲和珍姨最近，尽管只是干姐妹。她们同病相怜，母亲二十五岁上守寡，珍姨二十四岁上丈夫牺牲，小母亲一轮，也是属虎的。民间传说，属虎的女人命硬。

但是她俩的性格迥然不同。母亲内向，沉默寡言；珍姨开朗，快人快语。这也许与时代和经历相关：母亲饱经磨难，从水深火热中走来；珍姨过门时已经是“解放区的天，明朗的天”了。

土地改革时我已经记事了。工作队访贫问苦，动员母亲出来当妇救会主任。母亲说孤儿寡母小门小户担不起事，两个孩子张着嘴等食儿，耽误不起工夫。再来缠磨时，母亲住了姥姥家，一走了之。珍姨娘家是小商贩，嫁到贫农家里捞上个好成分，不等动员，一朵大红花把新婚丈夫送上前线。丈夫前脚走，珍姨后脚就当上了妇救会主任。农会主任领着积极分子斗争地主富农，清算庄窝土地牲口农具。珍姨带一帮娘儿们斗争他们的女人们，平分箱柜衣物绫罗绸缎。珍姨带头举拳头，吐唾沫，革命劲头十足。

农业合作化时，母亲家底薄，入社带着三张嘴，心里不落忍，就起早贪黑下地干活儿。珍姨有娘家陪送的一头大犍牛，昂首牵到了社里，她就可以不下地，晚上记记工分就行了。母亲一门心思土里刨食儿，出来进去一只筐，身上常带着汗味儿。珍姨干净利索，穿衣服像戏子亮箱，换了又换，脸上总有一种香胰子味儿。我从小就喜欢让珍姨牵着手走。或者坐在她怀里，看她熟练地嗑着瓜子儿。珍姨还有一个洁癖，井上挑水回来，只吃前边桶里的水，后边桶里的洗衣服浇花，害怕从身上发出的气味污染。

“文化大革命”初期红卫兵扫“四旧”，五经四书琴棋书画翻出来就烧，花瓶茶壶瓷枕烟嘴抄出来就砸，桌椅板凳锅碗瓢盆凡有龙凤图案、福禄寿字样者无一幸免。母亲有个用了多年的搪瓷脸盆，盆底有齐白石画的虾，也被搜去砸了。红卫兵说贫下中农只能吃杂交高粱棒子面，鸡鸭鱼肉那是地主资本家的，看一看也犯罪。

那天晚上，珍姨的公公老响爷慌里慌张进来，看看四下没人，从怀里掏出一对长方形的梳头镜子。说是儿子结婚时买的，背后有剧照，麒麟童、言慧珠的《别窑》，梅兰芳、孟小冬的《登殿》，儿子在家时喜欢京剧，也是他珍姨的心爱之物。可是运动来了，她嚷着忠于毛主席，要交给红卫兵，趁她不在我偷出来，求您给掩藏一下。母亲用当年对付日本鬼子的办法，把镜子放在瓦罐里，在墙根刨个坑埋了，上面放块捶布石。这对镜子直到粉碎“四人帮”才刨出来物归原主，因为埋得太久，剧照都发了霉，铁镜公主和王宝钏长了胡子。

再关注珍姨是十几年后了。我从省城回来，母亲说快去看看珍姨吧，她可遇到过不去的火焰山了。珍姨已经几天不出门，蜷缩在炕上，脸色蜡黄，眼睛红肿，泪囊鼓得像气球，平添了许多皱纹，一下子变成了老太婆。想起珍姨当年如花似玉的面貌和对我的许多好处，禁不住心酸起来。

珍姨拉住我的手不放，抽泣着说：“不知平时造了什么孽，得罪了何方神灵，让我活见了鬼！”她抖抖颤颤地从枕头底下摸出一封信，是繁体字，很难认。我看了一遍，颓然呆在椅子上，说不出话来。

几天前，来了一位台湾人，捎来这封信，并亲自解释了半天。原来珍姨的丈夫并没有死，一九五〇年渡海攻打金门时中弹，身子沉下去，海面漂起一摊血，部队报了牺牲。谁知后来漂到对岸，治好枪伤送到鹿儿岛，经过几个月洗脑，穿上国民党的军装，从此四十年音信断绝。好不容易等到两岸关系松动，有位朋友途经香港，求他捎来了这封信。

不能接受的现实，天外飞来的陨石，打破了珍姨几十年的平静，惊破了一个长长的梦。一夜之间，从烈士家属变成了反革命家属，从多不胜数的荣誉变成了一个骗局，从习惯了的自豪和风光变成无地自容的难堪，会有多少人戳脊梁骨。她不相信这会是真的，脑袋里呼呼地刮风，神经像毕毕剥剥的导火线。她把来人骂出去，还要把那封信撕碎，被老响爷一把夺去了。珍姨哽咽着求我，无论如何去台湾查证一下。她希望写信的人是个骗子，是个恶作剧，还给她一个清白。多少年来她把荣誉当作财产，当作第二生命，终日与之相依为命，相依相恋。然而事实是那么严峻可怕，经过托朋友再三调查，验明正身，那个写信的人正是她四十年春闺梦里的“烈士”，我可怕的“姨父”。

接上线后，“姨父”不顾一切地要回来探亲，他也是十分忠诚的，几十年没有再娶，在那灯红酒绿的地方守身如玉。然而在珍姨心中，他已经失去人的形容，变成了一个偶像。珍姨痛不欲生，要不是几十年像亲闺女一样待她的老响爷老泪纵横、长跪不起，她是永远也不会松口的。

又过了半年，台湾方面来了电话，定了归期。此时的珍姨已经气息奄奄，被痛苦吞噬得只剩下一把骨头，终日精神恍惚，哭笑无常，满嘴胡话。终于在那人到家前一个小时，长叹一声，芳魂出壳，永远地解脱了。

“姨夫”进门后捶胸顿足，泣不成声。他拾起从床上滑落的一对摔裂的镜子，捧起那《别窑》，翻过去那《登殿》，然后，晕厥过去。

（选自《百姓旧事》，河北教育出版社 2011 年 1 月版）

人与永恒

周国平

自然和生命

1

每年开春，仿佛无意中突然发现土中冒出了稚嫩的青草，树木抽出了小小的绿芽，那时候会有一种多么纯净的喜悦心情。记得小时候，在屋外的泥地里埋几粒黄豆或牵牛花籽，当看到小小的绿芽破土而出时，感觉到的也是这种心情。也许天下生命原是一家，也许我曾经是这么一棵树，一棵草，生命萌芽的欢欣越过漫长的进化系列，又在我的心里复苏了？

唉，人的心，进化的最高产物，世上最复杂的东西，在这小小的绿芽面前，才恢复了片刻的纯净。

2

现在，我们与土地的接触愈来愈少了。砖、水泥、钢铁、塑料和各种新型建筑材料把我们包围了起来。我们把自己关在宿舍或办公室的四壁之内。走在街上，我们同样被房屋、商店、建筑物和水泥路面包围着。我们总是活得那样匆忙，顾不上看看天空和土地。我们总是生活在眼前，忘掉了永恒和无限。我们已经不再懂得土地的痛苦和渴望，不再能欣赏土地的悲壮和美丽。

这熟悉的家，街道，城市，这熙熙攘攘的人群，有时候我会突然感到多么陌生，多么不真实。我思念被这一切覆盖着的永恒的土地，思念一切生命的原始的家乡。

3

久住城市，偶尔来到僻静的山谷湖畔，面对连绵起伏的山和浩渺无际的水，会感到一种解脱和自由。然而我想，倘若在此定居，与世隔绝，心境也许就会变化。尽管看到的还是同样的山水景物，所感到的却不是自由，而是限制了。

人及其产品把我和自然隔离开来了，这是一种寂寞。千古如斯的自然把我和历史隔离开来了，这是又一种寂寞。前者是生命本身的寂寞，后者是野心的寂寞。那种两相权衡终于承受不了前一种寂寞的人，最后会选择归隐。现代人对两种寂寞都体味甚浅又都急于逃避，旅游业因之兴旺。

4

“生命”是一个美丽的词，但它的美被琐碎的日常生活掩盖住了。我们活着，可是我们并不是时时对生命有所体验的。相反，这样的时候很少。大多数时候，我们倒是像无生命的机械一样活着。

人们追求幸福，其实，还有什么时刻比那些对生命的体验最强烈最鲜明的时刻更幸福呢？当我感觉到自己的肢体和血管里布满了新鲜的、活跃的生命之时，我的确认为，此时此刻我是世上最幸福的人了。

5

痛苦和欢乐是生命力的自我享受。最可悲的是生命力的乏弱，既无欢乐，也无痛苦。

6

生命平静地流逝，没有声响，没有浪花，甚至连波纹也看不见，无声无息。我多么厌恶这平坦的河床，它吸收了任何感觉。突然，遇到了阻碍，礁岩崛起，狂风大作，抛起万丈浪。我活着吗？是的，这时候我才觉得我活着。

7

情欲是走向空灵的必由之路。本无情欲，只能空而不灵。

8

愈是自然的东西，就愈是属于彼此的生命的本质，愈能牵动我的至深的情感。例如，女人和孩子。

现代人享受的花样愈来愈多了。但是，我深信人世间最甜美的享受始终是那些最古老的享受。

9

最自然的事情是最神秘的，例如做爱和孕育。各民族的神话岂非都可以追溯到这个源头？

10

生命与生命之间的互相吸引。我设想，在一个绝对荒芜、没有生命的星球上，一个活人即使看见一只苍蝇，或一只老虎，也会发生亲切之感的。

11

文化是生命的花朵。离开生命本原，文化不过是人造花束，中西文化之争不过是绢花与塑料花之争。

12

文化是生命的表达形式。当文化不能表达生命、反而压抑生命的时候，生命的紧张感就增大。这时候，需要改变旧文化，创造新文化，以重新表达生命。但文化的改造不必从文化开始，有时候，直接表达生命的紧张感、危机感，这种表达本身就形成了一种新的文化。现代西方非理性主义文化就是这样形成的。

我们这里也开始大谈非理性主义了，但是，谈得何其轻松。我的朋友说得好："非理性主义本来是要表达生命的紧张感，现在我们却拿来加上中国的老庄禅之类，调成一杯可笑至极的鸡尾酒，获得自我陶醉。"

13

我骑着自行车，视线越过马路上的车辆和行人，停留在傍晚深蓝色的天空上。多么深邃的蓝色啊。我的灵魂仿佛不由自主地投入这蓝色的宇宙之海，潜向无底的深渊。天色愈来愈浓，我愈潜愈深，明知没有生还的希望，却仍然放任自己下沉。

橘黄色的路灯，红绿灯，在深蓝色天空的背景下闪着鲜艳的光芒。色彩的魔力，色彩的梦。色彩的力量纯粹是魔术和梦幻的力量，它刺激眼睛，使人想入非非，被光的旋律催眠，陷入幻觉之中。

我想起了亚当斯的黑白摄影。那是另一种力量。除去了色彩的迷惑，物质世界直接呈现在眼前——不，毋宁说是展现在你的手下，视觉成了触觉的替代，你可以触摸到山岭的粗糙，流沙的细腻，树枝的坚硬，草叶的柔软。透过黑白摄影，你不是看到世界的幻象，而是摸到了质料本身。

14

旅游业发展到哪里，就败坏了哪里的自然风景。

我寻找一个僻静的角落。却发现到处都是广告喇叭、商业性娱乐设施和凑热闹的人群。

15

我皱着眉头。你问我想干什么？我想把天下发出噪声的金属器具，从刀锯斧刨，到机器马达，统统投进熔炉，然后铸成一座沉默的雕像。

16

游览名胜，我往往记不住地名和典故。我为我的坏记性找到了一条好理由——

我是一个直接面对自然和生命的人。相对于自然，地理不过是细节。相对于生命，历史不过是细节。

爱

1

爱的价值在于它自身，而不在于它的结果。结果可能不幸，可能幸福，但永远不会最不幸和最幸福。在爱的过程中间，才会有“最”的体验和想象。

2

爱情的发生需要适宜的情境。彼此太熟悉，太了解，没有了神秘感，就不易发生爱情。当然，彼此过于陌生和隔膜，也不能发生爱情。爱情的发生，在有所接触又不太稔熟之间，既有神秘感，又有亲切感，既能给想象力留出充分余地，又能使吸引力发挥到最满意的程度。

3

我不知道什么叫爱情。我只知道，如果那张脸庞没有使你感觉到一种甜蜜的惆怅，一种依恋的哀愁，那你肯定还没有爱。

4

人们常说，爱情使人丧失自我。但还有相反的情形：爱情使人发现自我。在爱人面前，谁不是突然惊喜地发现，他自己原来还有这么多平时疏忽的好东西？他渴望把自己最好的东西献给爱人，于是他寻找，他果然找到了。呈献的愿望导致了发现。没有呈献的愿望，也许一辈子发现不了。

5

与其说有理解才有爱，毋宁说有爱才有理解。爱一个人，一本书，一件艺术品，就会反复玩味这个人的一言一行，这本书的一字一句，这件作品的细枝末节，自以为揣摩出了某种深长意味，于是，“理解”了。

6

爱情是灵魂的化学反应。真正相爱的两人之间有一种“亲和力”，不断地分解，化合，更新。“亲和力”愈大，反应愈激烈持久，爱情就愈热烈巩固。

7

最强烈的爱都根源于绝望，最深沉的痛苦都根源于爱。

幸福是难的。也许，潜藏在真正的爱情背后的是深沉的忧伤，潜藏在现代式的寻欢作乐背后的是空虚。两相比较，前者无限高于后者。

8

一切终将黯淡，唯有被爱的目光镀过金的日子在岁月的深谷里永远闪着光芒。

9

爱情与事业，人生的两大追求，其实质为一，均是自我确认的方式。爱情是通过某一异性的承认来确认自身的价值，事业是通过社会的承认来确认自身的价值。

10

人在爱情中自愿放弃意志自由，在婚姻中被迫放弃意志自由。性是意志自由的天敌吗？

11

也许，性爱中总是交织着爱的对立面——恨，或者惧。拜伦属于前者，歌德属于后者。

12

情种爱得热烈，但不专一。君子爱得专一，但不热烈。此事古难全。不过，偶尔有爱得专一的情种，却注定没有爱得热烈的君子。

13

爱一个人，就是心疼一个人。爱得深了，潜在的父性或母性必然会参加进来。只是迷恋，并不心疼，这样的爱还只停留在感官上，没有深入心窝里，往往不能持久。

14

凡正常人，都兼有疼人和被人疼两种需要。在相爱者之间，如果这两种需要不能同时在对方身上获得满足，便潜伏着危机。那惯常被疼的一方最好不要以为，你遇到了一个只想疼人不想被人疼的纯粹父亲型的男人或纯粹母亲型的女人。在这茫茫宇宙间，有谁不是想要人疼的孤儿？

15

爱就是对被爱者怀着一些莫须有的哀怜，做一些不必要的事情：怕她（或者他）冻着饿着，担心她遇到意外，好好地突然想到她有朝一日死了怎么办，轻轻地抚摩她好像她是病人又是易损的瓷器。爱就是做被爱者的保护人的冲动，尽管在旁人看来这种保护毫无必要。

16

“我爱你。”

“不，你只是喜欢我罢了。”她或他哀怨地说。

“爱我吗？”

“我喜欢你。”她或他略带歉疚地说。

在所有的近义词里，“爱”和“喜欢”似乎被掂量得最多，其间的差异被最郑重其事地看待。这时男人和女人都成了最一丝不苟的语言学家。

17

给爱情划界时不妨宽容一些，以便为人生种种美好的遭遇保留怀念的权利。

让我们承认，无论短暂的邂逅，还是长久的纠缠，无论相识恨晚的无奈，还是终成眷属的有情，无论倾注了巨大激情的冲突，还是伴随着细小争吵的和谐，这一切都是爱情。每个活生生的人的爱情经历不是一座静止的纪念碑，而是一道流动的江河。当我们回顾往事时，我们自己不必否认、更不该要求对方否认其中任何一段流程、一条支流或一朵浪花。

18

爱情不论短暂或长久，都是美好的。甚至陌生异性之间毫无结果的好感，定睛的一瞥，朦胧的激动，莫名的惆怅，也是美好的。因为，能够感受这一切的那颗心毕竟是年轻的。生活中若没有邂逅以及对邂逅的期待，未免太乏味了。人生魅力的前提之一是，新的爱情的可能性始终向你敞开着，哪怕你并不去实现它们。

19

我不相信人一生只能爱一次，我也不相信人一生必须爱许多次。次数不说明问题。爱情的容量即一个人的心灵的容量。你是深谷，一次爱情就像一道江河，许多次爱情就像许多浪花。你是浅滩，一次爱情只是一条细流，许多次爱情也只是许多泡沫。

20

不要以成败论人生，也不要以成败论爱情。

现实中的爱情多半是失败的，不是败于难成眷属的无奈，就是败于终成眷属的厌倦。然而，无奈留下了永久的怀恋，厌倦激起了常新的追求，这又未尝不是爱情本身的成功。

艺术

1

每个人都有那种奇妙的瞬时的感觉，可是大部分人抓不住，日常琐屑生活的潮流把他们冲向前去了，他们来不及、顾不上去回味和体验。有些人抓住了，但不能赋予形式，表达不出来。只有少数人既能抓住，又能赋予形式。人的感受性是天生的，因而也是容易的。最困难的是赋予自己的感受以适当的形式。天才与一般聪明人的区别就在于此。也正因为这个原因，许多人有很好的感受性，但其中只有极少数人为世界文化宝库提供了自己的东西。

2

有一种人，感受性甚好，知识面甚广，但一切都是碎片，没有能力把它们组织成一个活的躯体。

知识和感受诚然重要，但更重要的是要有驾驭它们的能力，善于赋予形式，否则一切都会白白流失。

3

质朴是大师的品格，它既体现在日常举止中，也体现在作品中。这是一种丰富的简洁，深刻的平淡，自信的谦虚，知道自己无须矫饰。相反，那些贫乏浅薄之辈却总是在言谈和作品中露出浮夸高深狂妄之态，因为不如此他们就无法使自己和别人相信他们也是所谓艺术家。

4

只有质朴的东西才能真正打动心灵。浮夸的东西只会扰乱心灵。

5

把简单的事情说得玄妙复杂，或把复杂的东西说得简单明白，都是不寻常的本领。前者靠联想和推理，后者靠直觉和洞察。前者非聪明人不能为，能为后者的人则不但要聪明，而且要诚实。

6

托尔斯泰的伟大在于他那种异乎寻常的质朴和真实。与他相比，许多作家都太知识分子气了，哪怕写起平民来也是满口知识分子语言。托氏相反，他笔下的知识分子说的仍然是普通的语言，日常生活的语言。事实上，人们历来用生活语言说话，用书本语言写书，已沿成习惯。用书本语言说话和用生活语言写书都是难事，前者非不可救药的书呆子不能为，后者非不可企及的大师不能为。

7

文字平易难，独特也难，最难的是平易中见出独特，通篇寻常句子，读来偏是与众不同。如此只可意会不可言传的独特，方可称作风格。

8

刻意求来的独特是平庸的另一副面孔，你会发现，它其实在偷偷地模仿，而它本身也是很容易被模仿和复制的。真正的独特是不可模仿的。它看不见，摸不着，而你却感觉到它无处不在。它不是某些精心做出的姿态，而是贯穿作者全部作品的灵魂。这便是我所理解的风格。

9

好艺术家像好女人好男人一样，总那么纯，这是一种成熟的单纯，一种有深度有力度的单纯。他们能够不断地丰富自己，却又不为时代的五光十色所侵染，不为成败所动摇，耐得寂寞，也耐得喧嚣，始终保持本色。

10

艺术家所可追求的，无非生前的成功、死后的名声、创作的快乐三者。世事若转蓬，生前的成功究系偶然。人死万事空，死后的名声亦属无谓。唯有创作的快乐最实在，最可把握。艺术家是及时行乐之徒，他的乐便是创作的快乐，仅此一项已足以使他淡然于生前的成功和身后的名声了。

11

如今凡·高的一幅画的拍卖价高达数百万甚至数千万美元了，他在世时的全部生活费用还够不上做这个数字的一个小零头。

你愿意做凡·高，还是拍卖商?

我不相信你的回答。

12

毕生探索技巧，到技巧终于圆熟之时，生命也行将结束了。这是艺术大师的悲哀。

13

我能理解那些销毁自己不满意的作品的艺术家，他们的动机并非为己扬善掩恶，倒是因为爱美成癖。

14

凡缪斯，必永远漂泊。唯有法利赛人才有安居乐业的福气。

15

也许新鲜感大多凭借遗忘。一个人如果把自己的所有感觉都琢磨透并且牢记在心，不久之后他就会发现世上没有新鲜东西了。

艺术家是最健忘的人，他眼中的世界永远新鲜。

16

艺术家常常是不爱交际的，他太专注于内心了。在一般社交场合，他可能显得沉默寡言，心不在焉，因而在俗人眼中不是个有趣的人物。但不少人却把社交场合的活跃和有趣看作艺术气质的标志。

17

所谓艺术气质，其实包括两种全然不同的类型。一种是诗人气质，往往是忧郁型的。另一种是演员气质，往往是奔放型的。前者创造，后者模仿。这里指的不是职业。事实上，有的诗人是演员气质的，他在模仿；有的演员是诗人气质的，他在创造。

18

叔本华说，艺术是人生的麻醉剂。尼采说，艺术是人生的兴奋剂。其实还不是一回事？酒既是麻醉剂，又是兴奋剂。艺术就是人生的酒。至于它哪种作用更显著，则是因人而异的，就像不同体质的人对酒有不同的反应一样。

19

文学是人生感受的表达和人生画面的描绘，哲学是人生根本问题的体悟和思考，在这个意义上，文学与哲学是息息相通的，一个好的文学家不能没有哲学的素养。但是，当今文学界的时髦做法是搬弄哲学上的新概念、新术语，并且自以为这便是在追求文学创作和文学批评的哲学深度，此时此刻，我不禁要说：没有比伪哲学、坏哲学更加败坏文学的了。

20

当今批评界的时髦是沤制概念垃圾，然后一股脑儿倾倒在落入其视野的作品上。这班既不懂哲学又不懂艺术的低能儿，他们唯一的生存策略是在哲学家面前故作放诞，渲染假艺术的气质，在艺术家面前故作高深，玩弄伪哲学的术语。

21

我把散文划分为艺术品和工艺品两类。在旅游地区，常有小摊贩出售千篇一律的劣质工艺品。在游记文学中亦然。

22

在西方，现代艺术（诗、画、音乐）的大师，往往一度曾是古典艺术的高手。可是据说在我们这里有许多天生的现代派。

23

有时候，艺术创作中的败笔反能提供一个契机，启示新的发现，发展出一种新的风格或流派来。有意写实，结果失败了，然而谁知道失实之处会不会是一种成功的变形呢？

也许，意识的失误，其实源于无意识中的真实。

那么，写实成功之作就是古典派作品，不成功之作就是现代派作品吗？别开玩笑！

24

对于真正的艺术家来说，艺术始终是目的本身，而爱情在客观上只成了手段。可是，当他堕入情网、身临其境时，他所爱的对象就是目的，艺术反倒好像成了手段。他歌唱，写作，把作品呈献给心中的偶像。直到爱情消逝了，他的作品的真正价值才得以确立。

25

如果我是女人，我将乐意与艺术家交朋友，听他谈作品，发牢骚，讲疯话。但我决不嫁给他。读艺术家的作品是享受，和艺术家一起生活却是苦难。艺术家的爱情大多以不幸结束，责任决不在女人。他心中有地狱，没有人能够引他进入天堂。

26

女人推进艺术，未必要靠亲自创作。世上有一些艺术直觉极敏锐的奇女子，她们像星星一样闪烁在艺术大师的天空中。我想起了歌德和贝多芬的贝蒂娜，瓦格纳和罗曼·罗兰的梅森葆夫人，尼采和弗洛伊德的莎乐美，柴可夫斯基的梅克夫人。

27

当黑格尔称现代为“散文味的时代”时，他是把“散文”当作贬义词的。但是，这未必公正。散文的心境是一种孤寂、宁静、闲适的心境，有足够的光阴去回忆和遐想。好的散文总是散发出懒洋洋的气息。在我看来，独卧冬日向阳的山坡，或与好友炉边夜话，都是最适宜于散文诞生的情境。现代人却活得过于匆忙了，所以，现代缺乏好的散文。

从诗到散文再到论文是进化，但谁知道是否同时也是一种退化呢？

（选自《人与永恒》，上海人民出版社 2006 年 6 月版）

泥河湾

梅　洁

1

人类从哪儿来？最终到哪儿去？这是永远的斯芬克司之谜。俄狄浦斯死了，所以，斯芬克司永远活着。

……盘古过后，大地上的金石、草木、禽兽化成各种各样的神。神们互相争夺，闹得天昏地暗，直到洪水泡天，淹没了罪恶……洪水中来了五条龙，它们捧着一个大葫芦在海里漂流。一个叫昊天圣母的神打开了葫芦。葫芦里走出了一对兄妹伏羲和女娲，圣母让他们结婚，于是生出了各个创世的神……此后人类诞生了——汉民族史诗《黑暗传》这样讲述着古老的人类起源。

……上帝告诉挪亚："你要用歌斐木造一只方舟，你和你的家人要全部进入方舟，洁净的畜类你要带七公七母，天空的鸟你要带七公七母，你们要活着……我要降四十昼夜大雨，淹没所有的活物，淹没罪恶。"过了一百二十年，挪亚把方舟造成了，于是上帝灭世的洪水瀑布般倾泻下来，40个昼夜后，世界成为一片汪洋。一年后，拯救人类的方舟停泊在了亚拉腊山上，挪亚和方舟的活物走了出来，创造一个全新的世界——《圣经》的"创世纪"里记载着这样一个迷人的传说。

大洪水的故事、挪亚方舟造人的故事在世界的各个角落被传诵着，说法多达六百多种，知道这个故事的人据说多达二十亿，占人类总数的三分之一。这是整个世界的记忆。于是，我们完全有可能相信大地上那个有关洪水的假说——海啸洗劫了田野、山谷，毁灭了一次文明。

大洪水的故事是人类诞生之谜还是人类文明的毁灭与重建之谜？几个世纪以来，世界的考古学家们络绎不绝地在亚拉腊群山寻找着挪亚方舟。

后来，他们在埃布拉遗址——苏美尔人王宫发掘出了古老的苏美尔人、巴比伦人用太古时代的楔形文字记述在黏土泥板上有关那次洪水的故事，泥板上的文字是人类最古老的文字，那是一部神秘的语言，没有人能识别它。直到19世纪末，英国年轻的考古学家乔治·史密斯才终于破译了这一丧失近三千年的语言的秘密。这样的泥板迄今在大英博物馆里藏有上千块，无数人类史前的信息在等待着去破译、去倾听。

史密斯之后的几十年里，世界各地的地质学家、考古学家、宗教学家们始终没有停止努力。于是，挪亚方舟最终得以在时间的消逝中绝处逢生，人们发现它时它已变成一艘巨大的“石头之舟”，停泊在今土耳其境内海拔5000多米的冰山上，成为揭开人类诞生之谜永恒的象征。

2

人类对亚拉腊冰峰上石化了的“方舟”存有深切的感激之情：不是祖先们历经万劫，将不会有我们这些后人。不论“这只方舟”是不是人们千年寻找的“那只方舟”。

找到了写有楔形文字的泥板，找到了亚拉腊山巅之上的方舟，人类寻找祖先的激情、脚步就会中止吗？恰恰相反，那个寻找的神话总是鼓舞着人们在这块大地上奔走不停。

上小学的时候，我们就知道五十万年前的北京“周口店人”是我们的祖先，二十世纪六七十年代我们又听说八十万年、一百万年前的陕西“蓝田人”、云南“元谋人”是我们的祖先，再后来，又听说一百一十万年前的湖北“郧县人”是我们的祖先，再再后来，又听说我们的祖先是从遥远的非洲迁徙而来——因为非洲埃塞俄比亚阿法尔地区、坦桑尼亚的奥杜韦峡谷、肯尼亚的彼福勒地区都发现了三百万年前人类的头骨化石，以及人类最早的工业年代的产品——打制石器……

我们到底乡关何处？

祖先的生命信息离我们到底还有多远？

哪里蕴藏着人类的第一把石斧？

诘问使那位著名的考古学家贾兰坡也面对踌躇："谁也不是算命先生，能精确算出人类的历史到底有多久！"

也许，祖先们原本就处在永远的漂泊之中。

也许，儿孙们永远都在疲惫的旅途。

因为漂泊，我们思念着故乡；因为总在旅途，我们才不断回眸那条具体而又模糊了的乡路……

后来，当有人把千年的"思念"和万年的"回眸"一起聚焦在东亚陆板块上的一片"古湖"上时，人类便又有了新的"家园之说"。

3

现代人都知道中国北方有座古城大同。

大同有北魏王朝创建的宏伟无比的云冈石窟，大同的地底埋藏着无边的煤海，大同辽代的泥塑和明代的九龙壁都有说不尽的艺术秘密。但现代人绝不知道辽阔的北中国大同盆地曾是一片茫茫无涯的湖海，更不知晓我们千年寻觅的祖先居然在这片湖海岸边生活了数百万年……

这片湖海曾经漫及了今天属山西省大同地区的大同、怀仁、山阴、应县、朔县、浑源、阳高、广灵以及属河北省的阳原、蔚县的大部，面积达九千平方公里。我们可以想象海水滔天而来、而后波光粼粼的情景。

后来海退走了。现代人已看不到海景，但却看到了海的文化。比如盆地里的蔚县人"叨古"时这样说："在蔚县与阳原交界处，有一个村庄叫沙洼。这里曾是一片汪洋大海……"后面的故事便说唐僧取经路过这里如何掉进了海里，说八戒怎样一边哭一边用嘴拱海边的岩石，说八戒居然拱出了一道山沟，海水顺着山沟流走了，于是唐僧得救了。末了他们还会告诉你，到沙洼村到处可以捡到鱼的遗骨和海螺的化石；他们还这样说："从前，蔚县是个大海，海中有匹神马……"接着就说这匹马怎样在夜深人静时出来遭害庄稼，说王母娘娘如何倒掉鞋中的土填平了海，人们如何捉住了海里的白神马，于是，这里的村庄就叫作了"白马神村"；他们还说"单疙瘩村"如何埋葬了美丽善良的龙女，说"单疙瘩"就是龙女的坟墓；说南海观音如何用两名金鱼女童镇压了作恶多端的海里的黑龙，最终填平了大海，说现在蔚县境内的"鱼甲山"就是两位金鱼女童的化身……

生活在盆地里的蔚县人、阳原人把关于"海"的故事编了几大本书。"这里曾经是一片大海。"说起他们脚下的土地时，他们总是这样开头。

大学毕业后，我曾在这片属于海的盆地里和盆地北边的阴山脚下工作、生活了近三十年。那时，我不知海对于这块土地是历史还是向往。

后来我听说了盆地里有个泥河湾。

说泥河湾文化是人类祖先的文化；

说泥河湾湖相沉积和欧洲维拉弗朗古沉积是一个时期；

说泥河湾是“中国的奥杜韦峡谷”；

说泥河湾地带是地球第四纪冰期时人类诞生和幸存的地区；

说泥河湾这里曾经有一片存在了几千万年的大海，说这片大海叫“大同湖”；

说“大同湖”孕育了地球最早的人类……

所有的“言说”都出证自那些不畏艰难困苦找寻人类故乡的考古学家和地质学家，于是千年的传说富有了科学的生命。

我惊讶了，也激动了。

到泥河湾去看“海”、到泥河湾去探视人类的故乡，最终成为一种神旨般的牵念。

4

走在大同湖盆地的土地上时，已到了夏日的8月。

这是一个世纪的岁尾，也将有一个千年的临盆，这个时辰离我们祖先在泥河湾生活的年代已相隔了几百万年。这样的探视实在是太久违了。但人类总是怀着乡愁到处在寻找家园，这是一个情结，我们在这个情结的缠绕中，做不停的出发又做梦里的回程。于是，当现代人制作的车轮碾在曾经是海的土地上时，我就不停地从车窗里向外瞭望，我仿佛听见海的声音和祖先“咿呀”的声音，一起从遥远的山谷传来。

然而，车窗外的土地异常干涸，地面上游移着“咝咝”的白色气体，有一种干热使所有的庄稼窒息。8月是北方粮食估产的季节，可眼前谷子没有拔节，玉米没有抽穗，黍子刚刚拱出地皮，只有一尺多高的葵花没有结饼……盆地里的人们说，他们遇到了百年不遇的大旱，说今年的庄稼至多收二成。说他们许多年份里都是靠天收。于是我想，那诞生生命的海呢？那碧波荡漾的大水呢？

海在这里停留了几千万年，海在这里孕育了生命，后来海退走了。在海边走过了几百万年的人们至今依然靠天收！依然艰难！依然贫穷！怎样破译海与文明的密码？怎样想象人类千古的蹒跚？

泥河湾是阳原盆地桑干河畔一个至今只有九十多户人家的小山村。而以此命名的“泥河湾盆地”“泥河湾古湖”“泥河湾层”“泥河湾期”“泥河湾动植物群”“泥河湾文化遗存”已超越了这个普普通通小山村而在世界范围内流传。

研究泥河湾倏忽已有七十多年的历史。这是从一批西方人开始的。1921 年法国神父桑志华向传教士发出呼吁，号召人们搜集古生物化石标本，在阴山脚下的张家口传教的天主教牧师文森特当即应允，并提供了泥河湾出产古生物化石的信息。8 月我到达泥河湾村时，在信仰天主教的泥河湾人建造的辉煌的教堂里，应该说依然回响着文森特当年留在这里的声音。

1924 年美国地质学家巴尔博走进了泥河湾，他惊讶地发现泥河湾广阔的河湖相沉积物散发着人类故乡的信息，无法遏止的激情使他第一个向人类发出了“泥河湾层”的地质呼声。此后的十几年里，巴尔博、桑志华、德日进、皮韦托、步日耶，这些美国、法国、德国、英国的科学家先后走进了泥河湾，他们渴望找到证据来说明三四百万年前濒于灭绝的三趾马经常来喝泥河湾湖水的时候中国就有了人类。后来他们几乎是俯拾即是地获得了大量的哺乳动物化石，他们从化石里发现了人工作用的痕迹。于是，他们相信泥河湾一带在地球第四纪时就有了直立行走的人类。

1948 年第 18 届国际地质学会开始建议把泥河湾地层与欧洲维拉弗朗期地层进行对比，从而作为华北第四纪初期标准地层之一。于是，“泥河湾层”便成为世界考古界的专用名词。1957 年，曾发现了北京“周口店人”的贾兰坡等中国考古专家开始向人们提示：到泥河湾的地层里去寻找比北京人更早的人类吧。

从 70 年代到 90 年代的近二十年里，中国的盖培、卫奇、贾兰坡、汤英俊、尤玉柱、李毅、谢飞、孟浩、成胜泉等数十位考古、地质专家在古大同湖和泥河湾跋山涉水，走峡谷、钻山洞，不辞万苦地寻找着最早制造工具的人群。所有的寻找都充满了传奇，所有的收获都近乎神谕。科学在远古与现实的艰难穿梭中，向我们提供了一个通向人类之初的神秘的幽径——许家窑、小长梁、东谷坨、虎头梁、郝家台、青瓷窑、杨家沟……这些千百年来定居在桑干河两岸的默然而贫寂的小山村，作为旧石器文化遗址，突然一起开始不间断地向现代人讲述着第四纪人——我们远古祖先的故事，我们从这些故事里发现人类的起源和生命不竭的前行。

5

泥河湾村的玉米没有抽穗，叶子也被一场冰雹打得披头散发。我随成胜泉一行来到了泥河湾古文化遗址。

成胜泉说，在泥河湾遗址已发掘出上万件第四纪时期人类使用过的石器，数千件哺乳动物化石，以及针叶树种、阔叶树种和草本植物的孢粉带。当我凝望着眼前厚达百米、数百米的一层叠一层的灰黄、黄绿、灰白、灰蓝、棕红色的黏土、泥沙、砾石时，我就有一种震撼：人与大自然的故事居然在这里被挤压了几百万年！眼前的地层犹如一本千古文献，记录着远古祖先蹒跚的脚印。我们曾经为寻找人类的故乡在地球上走来走去，而故乡离我们居然如此天涯咫尺！

“你往西南那个台地看，那里叫大田洼，那个平台的高度就是数百万年前大同湖底的高度；你再往东南方向看，那边是石匣里峡谷，数万年前，大同湖从那里消失了……”成胜泉说。成胜泉在阳原盆地发掘了二十年，奔走了数万里，吃了很多苦。我敬重他对人类故乡探视的执着与忠诚。

望着秋日茫茫的阳原盆地，我们分享着考古学家们穿越时间与空间看到的那片神秘的古湖风景——

一千多万年前，喜马拉雅造山运动结束了地球上的准平原时期，巨峰大山从地球上隆起，山间断陷盆地——大同盆地在那个时期形成，盆地南边的恒山与北边的阴山也在那个时期隆起。然而，什么时候、什么原因使盆地形成了一片茫茫无涯的古海虽还未考证，但二三百万年以前，大同盆地是一片烟波浩渺的湖海已无可争议。湖海边的山地上生长着茂密的森林，雪松、云杉、古柏一望无际，阔叶的桦、柳、榆、栎随着气候变迁交替性地出现繁盛；森林的间隙和辽阔的山地绿草如茵。这个时候，大同湖已经是个很热闹的世界了。湖边生活着三十多种哺乳动物，其中有第三纪（延续约七千五百万年）残留下来的长鼻三趾马和蹄兔；有第四纪的（延续约四百万年至今）野牛、三门马、纳玛象、板齿犀；有鼢鼠、直隶狼、中国鬣狗；有泥河湾剑齿虎、野猪、转角羚羊……湖海里生活着泥河湾多刺鱼和鲤鱼，湖海的浅水域栖息着大量的丽蚌、蚬、螺等软体动物。气候虽逐渐由热变凉，但总体呈温暖型。直到夏商时代，大同盆地气候依然如同今天我国广东、海南地区。

那时，地球处在多事之秋，大同湖海的水域随地壳变化而变化着。有时，湖水占据了整个盆地，湖水把岸边的岩石溶蚀成无数洞穴，我们至今能在阳原、蔚县盆地四周的蟒山、熊耳山、凤凰山上看到这些远古的洞穴；有时湖水下降，湖水的含盐浓度增大，致使鱼类死亡，以至让我们今天发现了它们的化石。

大同湖一直在下沉着。大约一二百万年过去了，气候变得又冷了些，长鼻三趾马和蹄兔灭绝了，湖边有了新的来客——角枝瑰丽的肿骨鹿。

有一天，突然地动山摇，大同火山爆发了，灼热的岩浆从地球深处喷出，大同湖就像煮沸的开水，热浪滚滚，水气腾空而起，迷雾笼罩着湖面。这时，灾难降临了，湖边的生命纷纷逃遁，来不及逃遁的就只能化为齑粉。大同火山暴戾而桀骜，它爆发时岩浆滚滚，它停止爆发时，滚滚岩浆就在大同湖底凝固沉积，最终形成山丘露出水面。这就是今天我们能看到的著名的大同火山群。

在湖边生活的我们远古的祖先，是因为火山爆发还是其他不幸，让他们远离了这片湖海？抑或是他们原本就漂泊不定？致使现代人在湖边发掘了成千上万件石器却还没有发现他们的踪影。

又有许多年过去了，大概到了十万年前，大同火山熄灭了。于是，在现在的山西大同地区阳高县许家窑村和河北张家口地区阳原县侯家窑村走来了一群人。现在，考古学家把他们叫作“许家窑人”。我们的祖先漂泊了又回归了。许家窑人生活在“大同湖滨”，他们以打猎为主，他们的生活相当艰难困苦，他们不仅吃光猎获动物身上的肉，还砸碎骨头吃尽骨髓，这大约是“敲骨吸髓”这个词汇的起源吧。他们还经常发生人吃人。或许就是这个缘故，呈现在考古学家面前的许家窑遗址除了数万件用来猎获动物的石球、石飞索外，没有一件完整的动物骨架、头骨或肢骨化石，所有的材料都是破碎的，包括许家窑人自身的材料也是破碎的。那个时期，世界是弱肉强食。

许家窑人生活时期，大同湖边的草木是茂盛的，云杉，冷杉、落叶松郁郁葱葱，草原上奔跑着无数的羊与马群。许家窑人主要以猎马、猎羊维生，以至考古学家从许家窑遗址发掘出了马的上、下颌齿就有四千三百多枚！按每四颗牙为一个个体，这便是一个二百一十三匹马的马群！实际上马匹数量要比这个大得多！

处于古湖盆地的阳原从古至今一直以繁殖性能良好的驴、骡、马著称，“阳原骡”“阳原驴”“阳原马”曾经驰名于世看来并非偶然。两汉以来，阳原一带便史称“桑干马邑”，皆为戍边、屯兵要地。西汉名将霍去病率五万骑兵西征匈奴就是从阳原这里出发；《明史·兵四》中记载，明太祖朱元璋在阳原设“官牧草场”，置马坊九个，牧马一万二千匹，马匹仅毛色就分二十五等、品种达三百六十种；今天的阳原县仍有十个村庄叫马坊村，另有东西马圈村、东西白马营村、马圈堡村、草场沟村等，人类在这里留下了前行的脚印；即使到了20世纪70年代，阳原也因率先实现了“万骡县”而由新华社向全国发表了消息。这一切仿佛都在说明：当年的许家窑人及其后裔是和许家窑马群、和森林草原相互维系着从远古走到了现代。

然而，现在森林消失了，这里已不再有美丽的草原……

考古学家从许家窑人的头骨和胸骨化石上发现他们得了一种“氟骨病”和“氟牙症”，他们经受着骨骼畸形、关节强直、腰腿疼痛、四肢变形、牙齿发黄脱落等疾症的折磨，不幸的是这个疾症竟延续了十万年！以至到20世纪七八十年代，阳原县氟中毒病依然覆盖三百多个乡村，病区人口达十九万多人。暴戾的大同火山把大量的氟元素带给了艰难的许家窑人，那时，许家窑人的平均寿命只有二十岁！

许家窑人的不幸还有狂风暴雨，他们经常遭受暴雨袭击。数天的瓢泼大雨过后，湖水猛涨，淹没了他们辛辛苦苦积累的财产——石器和骨器，他们纷纷逃往别处谋生。湖水沉积物慢慢把许家窑人遗留下的家当覆盖了，他们失去了自己的家园。

以后，气候变得干冷了起来，大同湖地域变成了干旱、半干旱的荒漠草原，这时，沙漠速客鸵鸟出现了。而泥河湾古湖也开始了它生命的消亡时期。

大约在五万年前，“大同湖”完全消失了。“大同湖”消失时，桑干河贯穿了整个盆地……

站在泥河湾遗址，我就这样默默打开了地质学家为我们寻找到的一部有关“人类故乡”的大书。望着蜿蜒了数万年、如今已十分疲惫十分羸弱的桑干河，我默默阅读着人类漫长艰难的蹒跚和“故乡”的沧海桑田。

6

人类在地球这个星体上漂泊、迁徙、繁衍、生息了二三百万年，我们感谢上苍赐予了人类一个独一无二且得天独厚的家园。三百万年对于人类自身，应该说是一个相当漫长的年限，但对于已有四十六亿年历史的地球来说，这实在又只是一个瞬间。也许我们无法想象四十六亿年是一个什么概念，三百万年是怎样一个瞬间。那么，我们来看看地理学家和天文学家的宇宙计算尺吧——

他们把地球四十六亿年的演化史比作我们现在的一个昼夜，即二十四小时，于是他们计算出人类的出现则只是在二十四小时的最后半分钟！也就是说只是到了23时59分30秒，地球上才出现了最早的猿人。那是人类的蒙昧时代。而人类从蒙昧进入现代的数百万年，只是这一昼夜的四分之一秒！同样，我们常常感觉不到这四分之一秒。我们感觉不到我们正以每小时10.8万公里的速度随着地球围绕太阳高速运转；更无法感觉出我们正以每小时90万公里的速度随着太阳系围绕银河系高速狂奔。我们感觉不到这些时我们就常常放大我们自身：我们为一时的成功沾沾自喜，也为一己的失败耿耿于怀；我们贪婪、自私、暴戾、愚昧，这是个体人存在的缺陷。人类是带着缺陷往前走的……

某一天，当我们理解了人类诞生仅属于这四分之一秒时，我们才意识到我们在地球这个天体上不过是转瞬即逝，而作为我们每一个个体生命的几十年至多上百年又算得什么？转眼我们便会灰飞烟灭，瞬间我们便会沦为一屑尘埃。

然而，人类存在的意义在于：就整体而言，人类从未因渺小而放弃追求博大，从不为只属一个瞬间而放弃寻找永恒。于是，祖先和我们便历经万劫，创造着属于这个世界的文明。

泥河湾人蹒跚着走过来了，许家窑人蹒跚着走过来了，古湖盆地的人蹒跚着走过来了。所有的艰辛、苦难、创造与命运都留在了他们走过的路上。于是，经过盆地的路便有了古老的“商道”，便有了曾经辉煌的“皮都”，便有了属于那片土地自己的生存与文化……

现在，盆地的人依然种植着产量不高的谷子、黍子，依然遭受着干旱和风沙的侵袭，依然把“衣兜”说成“腰迷”，把“吹牛”说成“日贼粗”，把“水凉了”说成“水巴乎了”，把“少量”说成“一圪升升”……千百年来，他们操着纯朴的泥河湾乡音，携带着同样纯朴的良心，劳作在祖先们最早栖息的土地上，有前行也有遁退，有成功也有伤悲……

作为一个迟到的“探乡人”，《泥河湾》的故事权当我在历史的苍茫中，小心捡拾起的一枚祖先们曾经使用过的石器。

用石头的洪荒来平息我们日子的仓皇吧！

（选自《十月》2006年第6期）

草原上的农民

冯秋子

草原上，前面十几年，搂地毛的农民有很多。

地毛和发菜，是同一件事。内蒙古当地人，管生长在内蒙古中北部特定区域的一种稀有植物叫地毛；别的省市区的人们还有书面语，称它是发菜，源源不断运往南方的装地毛的塑料袋上也标注“发菜”的字样。

专业术语这样解释“地毛”或“发菜”：旱生蓝藻类低等植物。

地毛或发菜，营养价值高，味道鲜美，口感柔软、滑溜，是野生食用藻类植物。每一百克干发菜，内含蛋白质约二十克，约是鸡蛋的一点六倍，是牛肉的一点三倍，牛奶的七倍左右。它含有比较多的钙、磷等矿物元素及微量元素铁、锰、锌、铜、钴等元素，并含有多种氨基酸和丰富的碘、海胆酮、蓝藻素以及蓝藻叶黄素。中医认为，发菜性寒味甘，有利尿、化痰止咳、清热解毒、顺肠理肺和滋补健身的功效。常吃发菜，对于医治高血压、佝偻病、营养不良、慢性气管炎、内热结痰、甲状腺肿大和妇科病症多有助益。此外，发菜因与“发财”谐音，在南方的广东、港澳等地备受追捧，人们喜食发菜，以图日子适润、吉祥，生意兴旺、隆盛，发财致富、长盛不衰。而且又能在形象上、形式上低调、谦和与质朴，如发菜那样自然而然地生存不殆。这一物质生活和精神生活的强烈诉求，使发菜的需求量陡增，以至美国和一些西欧国家也对发菜产生了浓厚兴趣。发菜成了国际市场上的一匹黑色骏马，一路狂奔。内蒙古的汉族老乡路人皆说：一吨发菜实打实可以兑换“十五辆汽车”。

我按内蒙古当地人的说法，叫它地毛。

这个精贵东西，柔软而有刚性，铺展在内蒙古的荒野上，经风历雨，似乎很粗糙地生长着，实际是百般挑剔生长的地方。它多长在砂岩沉积物和风积物造就的红土裸地里，海拔一千至二千八百米高处，而且须是干旱、半干旱的一部分荒漠草原和荒漠地带，具有典型的大陆干旱性的气候条件。

地毛紧贴住潮湿的草滩和沙地生长，速度极其缓慢，天然产量非常低。在内蒙古草原，凡有地毛分布的区域，植被以旱生或真旱生多年生草本植物为主，草势低矮、稀疏，降水稀少，干燥度高，昼夜温差大，四季刀刻一般分明。内蒙古中北部地区，合乎地毛生长的基本条件，为适宜地毛求生之地。

地毛无根、无叶、无茎，呈黑色，幽光发亮，形如人发，丝网一般缠绕在其他植物的茎基或枯枝落叶等死地被植物的上面，是干旱、半干旱草原特有的一种混生苔草。

千百年来，地毛匍匐在北方的草地上，与北方的芸芸众生一起，聆听草地的声息，追随自然安理的召唤，动静自如、内资惬意，从容地顺应着上天，款留着行走于草地的灵敏的动物群落，与他们达成了休戚与共的默契。

地毛若是遭遇搬家，便是在土地被动物狂暴地践踏之后，或是在其他外力的作用下——比如风，它的身体发生断裂，脱离土地，被风搬运到别处，被动迁徙他乡，重新分布。地毛搬迁至何处，由风决定，风是地毛进行再分布，或者扩大分布范围的主要动力因素之一。如果没有天灾人祸的侵扰，草原上百草均衡生长，地毛能够随风而动，逐年扩大其分布的范围。

20世纪80年代初开始，持续二三十年时间，规模庞大的集团军式的农民，开进草地搜刮地毛，成为另一种使地毛搬家的前所未有的强大动因。不同的是，风搬运地毛，是使地毛重新分布，自然进入“扩大再生产”的循环规律。被风带走的、断了骨节儿的地毛，一旦找到适宜的地方，便脚踏实地，坠落土地而后再生。人搬运地毛，是做彻底的分割，使地毛及与之相伴生的杂草、与土地割裂，阻断了地毛的生长可能，彻底消灭了或者说剥夺了地毛这一草本植物的自然资源，并在同一时间，由此同一行为，对地毛赖以生存的土地造成根本性毁坏，直接导致北方草原的生态环境严重失衡、失序，并最终呈现无序的状态。

搂地毛，算不算一个自发的系统工程？有进入第一线搂的，有走村串户收购的，有固定地点加工、出售的，有不断上升的客户需求消费的……

采访搂地毛的农民的过程，我一直被他们处于底线的生存境况所困扰。贫穷与落后的现实，是那些参与或间接参与搂地毛的农民及他们的家庭深陷的沟壑，也使我的脚步沉重如铅，迈不出、绕不开这一残酷的壁垒。北方地区的农民，因贫穷、落后，日常生活、精神渴求和想望，受到自然条件和人文因素的严重制约。基本的生存、发展问题，长期困顿不前，当某一天，不得不去寻找个人的出路，他们会作何选择？真实情况摆在人们的眼跟前。

我想，贫穷和落后是不是万恶之源？贫穷和落后是否使沙漠化的进程加深了、加剧了？

我们不妨在这一思路里作些盘桓。

21 世纪初启的两年，我跟踪采访内蒙古乌兰察布盟（后改为市）商都县一个乡的农民，对他们大规模开进草地搂地毛的行动和事件作社会调查。亲眼所见，土地日益沙漠化的现实是怎样严酷和惨烈，由此造成的草地退化的形势又是怎样日益紧迫，似乎再没有消极、迟缓和拖延的余地。这样的现实情景，对人们有限的生存空间造成了严重的威胁和挑战。处于这样的生存现实，好像无从谈及对美好生活的念想或者梦想，来不及构造一个人的精神生活，来不及发挥个人潜在的创造性，来不及舒缓而放松地做个甜美的、风和日丽的梦。因为在大规模沙漠化的趋势逼近下，人们节节后退。商都县农民郭四清的家乡，也有一大半土地沙化，没成家的年轻人已经走光，有家口的中年人纷纷举家迁移，能多远就多远，逃离开祖祖辈辈生长于斯、埋葬于斯的村庄。辽阔的内蒙古草原，常年经受风沙的侵袭，到处可见被掀出的脊梁骨。那些日见增多的沙丘，条条缕缕，割破了草原，形似一道道伤痕，在许许多多个昏黄的日子，不能自已地呜呜。

为了生活，为了有所收益，甚至获取暴利，人们选择了对地毛下手。

地毛是人的希望。地毛成为人们吃苦耐劳的理由。

风是为了什么而起呢？风由小而大，由大而无法无天，以致疯狂扫荡，打破常规、恣意妄为。

但是对地毛来说，风无论如何只是辅助性动因。真正的主因是人，人才是决定地毛生死存亡的根本性因素。人所处的决断的地位和形势，在人的生存条件、生存意欲和文明要求相互间不甚和谐时，他们的所作所为，常常表现出不加掩饰的、赤裸裸的欲望和急功近利的野蛮粗暴形态。人对地球的无序开发，便是明证。这股邪性力量侵扰、裹挟着草原，日益地把草原推向了没落和毁灭的边缘。其他的，比如风，会因人而改变习性，改变它们对地球的态度和姿势。这一点，不是那个叫郭四清的农民做或不做搂地毛的事情，就能够改变的。

我只是被郭四清打动，想看见个人的真实世界。想看见 20 世纪末 21 世纪初，风沙下的某个人生存的理由和方式。想知道进到草原的农民，跟草地的深重关系曾经有过什么样的格局，是怎样建立、又怎样呈现的。

我想从客观的、人的角度进去，见识和思量一些真实存在的东西，如果走出来的时候，还能保持客观的、人的形状，再好不过，我希望。

回内蒙古，我想找一个人。就是郭四清。

介绍我找郭四清的人，是跟我这么介绍郭四清的：

“我给你说不上个甚，也不能说个甚。你看看那个二不愣去哇，看他给不给你说。那是个人物。”

我问他，你说的“人物”，是什么意思。

他说，敢说敢做，没怕的，打起架来不要命，外号叫个二不愣。

在内蒙古汉族居住区域，很多男性被称作“二不愣”。这是一个广泛的、对不怕死、不惜命的男子的称谓，就像我们旗，喊叫有点莽撞的男子和女子为“愣道尔吉”一样，是没有恶意、但有浩浩荡荡之感的一种称号或者标志。所以“二不愣”特别多，如我们旗的“愣道尔吉”特别多一个道理。

2001 年 5 月 3 日，我在乌兰察布盟所辖的商都县一个村庄，问询到郭四清的家。郭四清的两间土坯房子，堵着窗帘，上着锁，久无人烟的冷僻样子。院里靠墙的地方，滋长了几根孤零零的灰灰菜。从叶片片到根茎，挂牵着零敲碎打的、灰白色的蜘蛛网络。

隔一堵院墙，就是郭四清的父母家。郭家老人居住一堂一屋两间低矮的泥土房。外间贴墙那里，堆聚了七七八八的杂物和农具，几口黑瓷大缸上架着木板，木板上摞着大大小小的纸箱，黑暗阴凉。里间屋住人，一盘大炕上铺了两块接不住缝儿的烂炕席。炕头那里坐着一位棱角分明的老汉，他相貌温和，正抽吸着烟袋锅。看起来比老汉苍老不下十岁的妇女，是郭四清的母亲，她正窝在灶坑那里，费力地呼嗒风箱，在烧一锅开水。

郭老汉说，二小子郭四清外出打工两年多了，人不在本村。

他反过手，从炕席底下抽出一张从田字格作业本上撕下来的纸。

是郭四清留给父母的下落地点？

郭老汉说，是郭四清的地点。

他说，字写得丑，你甭见笑。你看一下，知道个大概方向。

我跨上腿，坐在后炕沿上，跟郭家二老聊起家常。

是郭老汉三小子的儿子，小家伙去了一趟郭四清那儿，老汉指拨他，这回逛了城市，长短得写个作文。小东西不给写作文，一回回推托，老汉不饶过，“小的儿”写了这么一行字交给郭老汉顶作文。

郭老汉说：“找郭四清，你得去白音察干。”

郭四清的母亲硬让我喝一碗水再动身。她说，不喝水不能行。哪有不喝一碗水就动身这种道理。

抄下这个没有街道、门牌，只有“汽车站东刘二铁匠房后过马路再往东一拐左面大院里小南房”的联络地址，喝下一大瓷碗郭四清的母亲为我搅拌均匀的白糖水，我驱车赶往乌兰察布盟察哈尔右翼后旗的旗所在地白音察干。费了些周折，到太阳快要落下去时，找到了那个“小南房”。

郭四清不在家。

他妻子说，郭四清还在外头劳动。我提出，去郭四清劳动的现场看一看。她说我的车进不去那条沟。一定要去，她领我，走路去看郭四清劳动的“沟底”。她说，说不定走到半路能碰上。

果然出城廊不久，遇见郭四清了。

郭四清开动一辆农用小四轮，从距离白音察干七八里、洪水冲刷出的一条沟里，正往旗里行驶。车厢装满沙子，上面插着一把大铁锨。小股细沙不时地从铁皮车厢边缘的缝隙流泻到马路上。

这位男子穿戴简陋，像庄稼地里插的木头人，套衣裹裳，是长一截里儿、短一截面儿，搭挂起来看，没有一件衣裳的年头不长。他身上，隐隐地留存着过去的印记，不仅仅层层叠叠、零零落落的衣裳是过去年代的，人的神志，也有跟过去纠扯不清的既简单虚浮又复杂深远的东西。

风一吹，男子的衣裤掀向后边，跟他一心一意想往前方开拔自己、开拔那台小四个轮机器，反着方向。声音也是两种，农用小四轮的突突声和兜风的衣裤奋力的抖擞声，在空旷的道路上呼呼啦啦地呱嗒。而他高大的身躯和衣裳一样，也在风中颠簸，描画着另外一些形状和模样。

我注意到，郭四清是黄眼珠，高鼻梁，高眼眶骨，还有一对大耳朵。大约他的家族有北方哪个少数民族的遗血。在这里，不到一定的熟悉程度，不便问询这个问题。但我和他年龄相差无几，不似对老年人，不可以造次；加之我是内蒙古人，他不介意我怎样想。我想的是，他是汉族人。

郭四清说：我们就是汉人。

郭四清给一个建筑工地拉沙子。

我随郭四清的妻子，跳上他的小四轮，两条腿旋即被车斗子里的细沙裹住、埋死。

虽然已进深秋，包工头还没有给郭四清结算今年大半年的工钱。他托亲戚跟包工头斡旋，包工头最后同意预支他的柴油费，将来，这部分钱从工钱里扣除，至于工钱何时结算，包工头说“年底看啦”。我问郭四清，今年这半年多时间，使用柴油，一共花费了多少钱？他说半年多天气已经花销了两千多块。别的生活开销有多少？他说不吃个什么，就是水电和烧的煤炭这些费钱。亲戚他们帮了不少。面哩，从老家带出来，肉啦菜啦，亲戚给一些，一年再买个一回两回，就可以了（后来，郭四清跟他妻子劳花多次对我说起，郭四清的亲戚经常接济他们吃的用的，现在家里头使唤的零七碎八用具，也是从亲戚家拿过来的。孩子们在城里上学，是亲戚的二女子托人办理的。这辆小四轮，是亲戚家的孩子们七凑八凑“帮衬”买下来的，等他们将来有了钱再慢慢还上）。

小四轮在土路上颠达，老有要翻倒的惊险时刻出现。我不敢和郭四清多说话，怕有风他听不清，分散注意力，路面发生危险情况时看不着，真的把车翻倒。

与郭四清交谈几次以后，我发现，他的记忆力严重受损。一般情况下，问一句答一句，话少，用的词语也少。问他那次出去遇见什么事情，比如天灾人祸？他说“没有”。遇见没遇见大雪？他说：“有了。”前后矛盾。而且错着位的时候也比较多。于是我们常就一个问题反复交谈，有时候能厘清思路，有时候怎样努力也是枉然。但是很快，也许歇息了一晚以后，他又重新回到模糊状况。

不过，偶尔，郭四清也会沿着单一线条走进回忆。那时候，他显得和缓、安静，脸上分布着笑容。他慢慢地在自己的思路上行走，把一件事情讲述得比较清楚。接触时间长了，我把握到一点规律，每当讲到当初身心困顿、深陷麻烦的时候，他的意识就会混乱，两眼散失光亮，整个儿人看起来离心别意，神不守舍。那种情况下和他说话，他只用一两个词，算作一句话，然后坐成一个墩儿，干不刺咧地待着，谈话很难往下进行。

郭四清确实是个少言寡语的人。他讲，以往，他打的架比说的话多。自从一架打断人家鼻梁骨，赔了一只老母鸡，他送过去；赔了二百六十块钱，他父母一搭儿送到人家里，一回、一回让人家父母亲数落，又听自己的父母亲数落了个够，他觉得“啥事情嘛，这是个，真没意思”，于是就不想再打架。不过打架已经打出了名，远近村子的人们，习惯上还是怕他说不对付就会上手。的确有过，他是用手和脚“说话”。那时，郭四清好说：不行？不行咱们打得看，高低上下，打个结果出来。他总能把别人打到对他表示服帖为止。

郭四清谈论起打架的话题，语调干净、利落，显出北方常见的横、狠的“淘气英雄”的本色。

他笑说，一搭儿去搂地毛的人，轻易不招惹他。一说，人家二不愣咋的、咋的……没人敢欺负他。

那一天，对打架的话题叙谈了很久。

隔天再聊，是什么季节出发，去了什么地方，怎么样一个过程，他说：“哎呀，想不起来了。”

我说，你再遇到着急上火的事，会不会动手打架？

他说，不。不愿意打架。现在脾气没了。

有几次，我和他妻子劳花聊天，劳花告诉我，头天晚上郭四清接受完我的采访，回去以后不睡，又和她讲了好多那些年月的事。劳花对我说了她能记住的一部分。但等我再和郭四清面对面交谈时，郭四清说：“哎呀，没个甚哇，想不起来了。”仅仅隔了一天，他就想不起来了，又跟原先一样，问一句答一句，而且常常答非所问。为了采访能够继续下去，我改变了一点方式，先和郭四清的妻子劳花聊，再和郭四清聊。带着从劳花那儿听到的点点滴滴，摘要处理以后，请郭四清回忆，从他讲述的事情里面再作追究。采访虽然断断续续的，总算得以进行。我相信，他不是因为顾忌什么而有所保留，是确实记不住那些过往的事情了。

劳花告诉我，郭四清的头痛病、腰痛病就是那些年月落下了病根。他一年四季喊叫头疼、腰疼、腿关节痛。睡在热炕头，感觉稍微舒服一些，但不解决根本问题。随着年龄增长，疼痛越发严重起来。如果有一点着凉，情形就会变得更糟。郭四清的肠胃也损坏了，见到小孩拉屎，他肚里的东西就往上翻，没完没了呕吐。还有记性不好，也是那些年给生生地吓出来的。原来不是这样，那时候在村里，郭四清学习功课正经比他哥哥强。他哥哥郭子义是他们家唯一的高中毕业生。郭子义受的苦少，所以能上完高中；郭四清上到高一，就不去学校了，他去了草地。一趟又一趟进去草地，落下病根，好身体没有了，好记性没有了……

劳花说：“真格是患得患失。唉，哪个多、哪个少？人穷没法办，穷人没办法。”

2001 年 10 月 2 日，内蒙古察哈尔草原，降温，下雪。

时隔五个月，我又回到内蒙古。

晚上 8 点多，如约去见农民工郭四清。郭四清收工不久，刚吃罢晚饭。一个大一点儿的女孩和一个小一点的男孩正趴住炕沿写家庭作业。灶台根儿，一只低矮的烧火板凳上，坐着郭四清的妻子劳花。她从烧火板凳上站起，过意不去地笑一笑，说：“你们坐哪里呀？”郭四清在一旁搓手，很不好意思，跟着笑。没地方坐，也不便打扰小孩子写作业，我和郭四清出去，坐在院子里随手捡起的砖头上说话。以后又有几次，是去路旁的小吃店，或者去他的亲戚家，聊过去的日子，郭四清记忆中进草原搂地毛的事情。

随后几天的采访也在傍晚进行，在郭四清收工以后，就是郭四清说的“认灯”以后——郭四清管天黑了，电灯亮了，叫作“认灯”。他说，过去点煤油灯，叫惯“认灯”了，现在还是“认灯”“认灯”的。其实电灯跟人没啥亲近的关系，不像煤油灯，得“认”它，“认”了它才能亮。“认，不是去点一下灯这么一个动作上的事，不全是。”他努力地捕捉“认灯”的含义或者含量。他们家的煤油灯，是他哥哥用完墨水瓶做的，再往前，是他爹用完墨水瓶做的，再往前，是个铜油壶……他们家用过的煤油灯多了，他能记住的是这三种灯壶。灯台是那把铜的、高的，郭四清父亲小时候就用这把灯台。

我想象，很早、很早以前，煤油灯亮起，郭四清一家人守着墨水瓶做成的煤油灯，由高高的铜质墩座、向上的铜柄杆儿、小孩巴掌心大的铜头托儿，架起的那盏黑暗中的灯。大大小小人们的脸面上，定是清明而寂静的。那时，全家人操劳完，闲下手，坐在煤油灯周围，有一句没一句说着话，眼睛盯住煤油灯，一齐聚集在那儿，灯明心亮的地方。看不够，想不够。日久天长，把煤油灯看进脑子里头，看进心里头，在心里头的心里头，就是灵魂里头，认住了它、认下了它，互相谁也跑不脱，谁也不想真的去跑脱，使煤油灯成了他们摘除不开的一部分，他们成了煤油灯那个曾经的好东西的见证人。

像饥饿的经历，在中国人心里形成根深蒂固的记忆一样？

聊到天完全黑，大约22点以后，不能再占郭四清的时间了，于是采访停止。郭四清该回家歇息，攒够力气第二天赶清早出工。等郭四清回家的劳花和孩子们也该歇息了。

郭四清，1964年出生，祖籍山西省天镇县，能数上来的一代又一代老辈人都是读书、教书的。祖父为躲避日本人在1937年9月12日起连续三天对天镇屠城，从天镇城的血海死尸里钻出来，逃亡到“口外”，定居内蒙古乌兰察布盟商都县——今乌兰察布市商都县。郭四清的父亲知书达理，在村里享有很高名望。母亲是山西省阳高县人，因为战乱和穷困，随整个村庄移民口外。母亲兄弟姐妹四个，都在这个村庄里扎了根，因而郭四清的兄弟姊妹拥有众多的表兄弟、表姊妹，走不出十步就能碰到一个。父亲这一脉，相比照，显得微弱单薄一些。郭四清行二，出生时，正有“四清”工作队进村，母亲抓拿住“四清”这个新词汇再没松手，她执意为襁褓中的男孩命名了“四清”。她说，这个家族到了他们这一支才开始多子，读书人家人轻命薄，如果继续听从丈夫，起那些没用的名字，他们家以后指望不上兴旺发达……郭四清的母亲遂夺取了子女的命名权。她的丈夫吭哧半天保留住他们的长子，即郭四清前面的老大，沿用他起的名字“子义”——郭子义；从老二开始，改路数了，掀起夺天统地的变革，便有了叫作“四清”“文革”“进联”的男孩和叫作“改变”“丽缎”的女孩……

郭四清说，其实，他们家结束世代单传，生下一大堆娃娃们，是听了风水先生的指点，把郭四清爷爷的坟自山西老家天镇县移葬到内蒙古商都县，一处背靠青山、面临麦田和羊肠大道的山坡上。但是，郭四清母亲认为，是她为孩子们搜寻出来的好名字，起了实际作用。

郭四清从 1981 年、17 岁上，与同村以及邻近村庄的农民结伴，开始搂地毛。此后十七八年间，每年的早春、深秋、初冬大季，野草枯萎，墨绿色的地毛（发菜）显露出来的时节，他们开进戈壁荒原，把搂地毛这件事当成具有一定专业知识和专业技能的职业，然后又进一步，把搂地毛当作“一头犟牛也拉不回来”的执着事业。

在深草地里，他们用特制的钢丝耙子边找边扒，把地毛，连同草叶、茅根一起“抓拿”回来。每一次向北行进、开往草地，随行二三百人，有时候三四百人，分乘两三辆、三四辆、四五辆不等的解放牌大卡车。平均一年进入草地十七八次。以郭四清不算太长也不算太短这样一位个体行为人的经历，他搂地毛的时间长达“十七八年”（郭四清计算了好几次，都告诉我这个数字）。从少年、青年、单身汉，搂到结婚、生子，搂到两个孩子上了学。郭四清和媳妇劳花一致认为，两个孩子，是靠他们卖地毛养大的。

按郭四清讲的，二十亩草地可以净搂一市斤地毛的比例计算，他去一趟草地，平均搂到五斤地毛（郭四清说七八斤、十来斤也有过。这里暂作低估），郭四清一人共搂十七年（他讲是十七八年，姑且按十七年计），一年平均去十五趟（他讲是十七八趟，有时一年去二十来趟，但早先有过一年去五六趟、七八趟的记录），保守估算，青年农民郭四清一人，大约耙搂了二万五千五百多亩草地。而这一支二三百人、三四百人的队伍，那些年耙搂了多少亩草地呢？如果按二百人计算，每年、每人进草地十五次，一次搂五斤，约耙搂、毁损草地五百一十万亩；如果是三百人的队伍，约毁损草地七百六十五万亩；如果是四百人的队伍，约毁损草地一千〇二十万亩。这是一些较为保守的数字，取了真实存在的最低计算值。

进入新时期以后的二三十年中，在郭四清居住的村庄以外，又有多少支像郭四清他们这样搂地毛也即搂发菜的队伍呢？加上别的盟——现在改盟制为市，别的省，此类情势甚为突出的比如宁夏，每年宁夏回族自治区无固定收入的二十万人马，进入内蒙古地界采集地毛。这些结集自宁夏四面八方的队伍，多年来实施地毯式扒搂、扫荡的草地又是多少呢？

20 世纪 90 年代中“发菜”烘热时期，仅在宁夏同心县，发菜交易量每年达到三百至四百吨，交易额在六千万至八千万元人民币。1998 年中央政府实施西部大开发战略以后，国家明令禁止野生发菜的采集和交易，宁夏同心县发菜交易市场——这个中国唯一的发菜集散地被取缔了。在国家取消贸易、禁止采购的高压政策发布以后，发菜的交易似乎消失了，但是在流通领域里，黑市交易依然存在，而且方式更加灵活多样。仍以宁夏的同心县为例，过去红火一时的发菜集市贸易表面上看是被取缔了，但是在隐蔽中，收购和销售发菜的交易从未停止。2003 年，采集发菜又掀起新一轮高潮。

郭四清居住的村庄和相邻的四五个村庄，结集去到北部草原搂地毛的二三百人、三四百人，均是青年和中年人，即使年长一点的、不超过五十岁。他们每年都去，每家都有人去，而且去过的人，回回再去的时候不落下，除非发生了极为特殊的情况，这次去不成，下回也一定跟上向北开进的队伍。所以，称搂地毛是轰轰烈烈的事业，是因为有全套应衬它的事实。

人，就是这些个人。但是这些个人，只面向一种东西，就是草原上的地毛。

郭四清家兄弟四人，只有老四和郭四清的父亲没有从事过搂地毛这种事业。父亲没去搂地毛，是因患有严重的陈年腰腿疼病，没法去；在他有力气的年月，尚未时兴走这样一条发财致富的路径。老四没去是因为年幼，他的三个兄长都去，也就把小的饶过了。郭四清是郭家去草地次数最多的愣小子，因为郭四清“急活”（灵活）、肯下力，耐得了苦寒。

一年中，出行的次数，视天气和人的状况而定。郭四清讲，有时一年能去二十来次，有时一年去十五六次。头一二年去五六趟、七八趟，那是因为不能适应草地的生活，吃不下苦，以后就没有过这种情况了。这种因吃不下苦而放弃生路、放弃发财的机会，对一个男人来说，不是一个好记录。郭四清向我解释，男人们都是把力气使出去，没啥意外的话不会停下。

“停下算咋回事嘛？‘停下’这种改变生活的营生，不算好事哇。不说别的，单就面皮上，挂不住，让人笑话死了。”

每次在草地坚持待十天左右。十天，是一个极限。不到万不得已，不超过十天。一过十天，天不作乱，人自己就出问题了。抵抗不住没明没夜的生活，身体脱水、发烧的，打哆嗦、说胡话的，过敏、溃疡、烂胳膊烂腿的，饿死、胀死的，精神突然崩溃发了疯的，被草原站和牧民抓住以后打伤的，趟下腰腿疼起不来的，饿得没东西填塞肚子昏死过去的……每回去，每回有意外情况出现。赶上谁，谁都跑不了。不是一个人两个人遇到的麻烦，像饥饿，北上搂地毛的人几乎都面临这个问题，饿得一步走不动。走不动，就回不了家。回不了家，你说，什么结局?

郭四清帮着埋过好几个老乡，都埋在草原上了。返家以后，通知死者家属，搭帮结伙去做了记号的那片草地，挖出临时掩埋的死者，运回旧土故乡，重新安葬。

谁家死下人，谁家的人哭塌天。

在郭四清的记忆里，最长的一次，他们在草地耽搁了十四天。

一般情况下，郭四清他们这支队伍，是向西北，去乌兰察布盟四子王旗的乌兰锡勒，还去正西北方向的西苏旗、东苏旗（即西乌珠穆沁旗、东乌珠穆沁旗。两个苏旗原归属乌兰察布盟，十几年前划归锡林郭勒盟）。郭四清和他的老乡，跨上解放牌大卡车，超高、超载，被运输进深草地。

乘车的众人，一起出资，雇用这些敞篷车辆。一个人来回一趟交七十块、八十块或者更多，车费随地毛的价格涨落。地毛贵，来回乘坐一趟就花得多，最贵的一次，每一个搭乘的老乡出资一百八十块。上路以前，把来回的车钱一并地提早交给司机。这个司机名叫张秉忠，专做包租车生意。他熟悉草地的地理、气候、牧民、草情，就像熟悉他喜欢的女人。张秉忠话不多，动作小，说合个啥事情比较痛快，一般人赶不上他那股劲。无论什么事，张秉忠都知道，迎风的西坡上生长的地毛多，除了原生的，还有随风吹落过来再生的；背风的东坡上地毛稀少，或者根本不长地毛。哪块草地有地毛，哪块草地是干板，他开着车，远远儿瞅一眼，就能知道。至于草地里头更深的学问，他的精通程度，经常让人惊奇得回不过神来。大多数事吧，他一讲，总能八九不离十。张秉忠的能耐，四邻八乡，尽人皆知。“他顶一个向导”。

出发前，郭四清他们跟张秉忠讲好，哪天返回，张秉忠到约定的时间，准时赶到草地去接人。接了人，连夜南下，长途跋涉运送人们返家。之后，张秉忠再去别的草地接送别的一些村子集合起来的搂地毛的队伍。来来回回，不分白天黑夜，一年里不知道要跑多少趟。比起郭四清他们，司机张秉忠更忙、更累，责任更大，当然挣的钱也更多。张秉忠是远近村庄里最富有的人。他家养的汽车，由早先的一辆，发展到两辆，又由两辆发展到后来的三辆。在郭四清眼里，张秉忠算是汽车专业运输大户，是个厉害的人。

张秉忠的车队赶到远天远地的草原，和郭四清他们一干人碰面。若是在太阳高照时，在外十余天，担惊受怕、苦寒难耐的人们，迎见张秉忠的车队以后，还需要拿出耐心，车队和搂地毛的人们，分散隐蔽起来，继续等待一个合适的上路时机。为了安全，人们相互之间保持着高度的默契。

寒冷时节，天黑得早，张秉忠会把车先藏到低凹处隐蔽起来，等到天傍黑、下午四点钟左右，把车开到几里以外、人们聚合的地点。每个人都装进敞篷车厢了，张秉忠把几辆大车快速检视一遍，超载的大车得到指令：走狗日的哇。他们狂奔疾走一黑夜，第二天早上八九点钟、太阳初步升起时，能赶到家。天气暖和以后，白天长、黑夜短，上路既不能早，也不能晚，赶天擦黑的时候动身，也得到晚上九十点钟了。

而白天“万万不敢冒险走动”。白天很容易碰到牧民，或者是草原站的人。

万一真的碰到了，牧民或者草原站的人骑马、开车追赶他们，“硬是往下拦截我们，到手的地毛就全被没收了”。功亏一篑，万万使不得。来的时候，他们带着十几天里吃用的东西，返回的时候，全部的家当就剩一点地毛了。来的时候，是偷偷摸摸地集体潜伏进来；回的时候，是偷偷摸摸地全线逃跑，仅只为了“这些些儿地毛”。

进草地的时候，郭四清他们，每人攥握一把钢丝大耙。齐刷刷的、银光闪闪的大耙子，由百十几根钢丝钳木扎成，头朝上，树立在男人们的身跟前、头顶上。跟一把古老的战器一般样子，或者它就是一面钢丝盾牌，高高地矗立在解放牌大卡车的车厢上空，在风驰电掣的前进中，发出噝噝啦啦的含蓄乐音，有时擦出短促、尖锐的和声。乍一看，威严肃穆，有给掌控它们的男子汉提气壮胆那么一点意思。其实是没别的放处、没别的放法，耙子竖立于身跟前，耙头伸到清凉的高空，由各自的主人控制着，不歪、不倒、不碰到他人。再者，耙子贴身直立，占据的空间少，在严重超载的卡车上，这是最简捷的办法。卡车的目标大，车上的人，和他们手里的耙子，把什么都告诉别人了。也就是说，这样的解放牌大卡车，和这样一车、一车脸色表情单纯执着的人，没有什么能够把守住的秘密。

而一旦结束此行的搂扒重任，手里的耙子就成了第一没用的东西。耙子的个头高得超过人，它的重量大，目标自然也大，带着耙子回家，没有任何可能。敞篷车厢里没有耙子落脚的地方，一条细丝丝缝也没给耙子剩留，这是一；二呢，不能允许高大威猛、招摇过市的耙子把人和大车暴露无遗。但是从内心说，谁也舍不得丢弃自己的劳动工具，何况他们亲手制造了它，尽着力往好了做，花在它身上的钱每一分都得来不易。可怜的耙子，倒霉的伙计，让人心生疼痛的宝贝圪蛋子。唉，这是“耙子的命”。再好一个东西，它短命，没得办法。用完了，就跟人生离死别，惨落风沙雨雪中或者惨落敌手。

告别耙子，容易，也不容易。但是，没有犹疑，每个人做了他们能够做的。和牢牢拖曳的、装地毛的编织袋相比，和作为人的他们相比，耙子是唯一能被丢弃的东西。

他们动手做出耙子。每个准备出远门、进草地的人，都精心地编制一把得心应手、质量尚佳的钢丝大耙子。这需要投入一些财力、物力和人力，对生活艰辛的他们，出力不在话下，生往出拽钱，有点难度。但为了将有的收获，耗费在耙子上的那些花销，没有一户人家、一个出行者为之犹豫。老人们常说："是不是个好皮匠，还得看有没有一个好抓杖（工具）。"绝对是，必须的。耙子不得劲，就是睁眼瞎，白跟着时间瞎颠达哩。没有一把好耙子，搂地毛的动力就攒不齐。用郭四清的话说，跟别人吃的是一样的苦，你耙子不行，搂不下甚东西，耙子底下不出营生，命都快搭上了，苦得不值。

郭四清他们手里的耙子，已经更新换代好几次了。一开始做的是小耙子，头部有一尺宽。后来小耙子不适应了，换成大耙子，头部有一米大，齐刷刷的，人人都做了这种大耙子。现在他们手里拿的是第三茬，头部更大了，在草里一铺展开，下一耙子顶一耙子。但耙头过大，搂的时候颠头拈肚，稳定性欠缺，人们琢磨出，在耙头上绑压一个重物，于是布袋子成了每个远行者的必备物件。他们的女人或者母亲，在他们出行前已为他们缝制好一个结实的布袋。在草地里，动耙子前，各自往布袋里装二十来斤土，人拉着耙子往前走，有扎得紧紧的、有分量的布袋压在耙头上起到稳定的作用，如此，耙子就能下得深，凡耙子到过之处，地毛基本上没跑漏的，连给地毛提供倚伴浮生的其他杂类草，也跟随地毛、跟随这个钢木结构的巨型多齿排钗，被"摧枯拉朽"了，剥离了土地，滚滚而去。

当人疲累了，放下耙子，粗略挑拣一番以后，大部分杂草随风消逝，一小部分杂草跟随地毛被塞进随身携带的编织袋。

郭四清第一次跟村里人结伴出拔，年岁不大，心思也粗浅，就想能帮上他的爹妈，能给家里搭把手。他们那次结集了四十多人，去了西苏旗地片。那时候相关部门对搂地毛的人和事盘查不严，郭四清他们一干人马下了火车，说说笑笑，敢在白天走路，有人还敢放声唱两句蛮汉调调，流行于乌兰察布盟地区的爬山情歌，比如"二斤黑豆十五斤草，我旺亲亲哪阵好"，"走了一黑夜要了半黑夜水，不为旺你不受这些罪"，"想妹妹想得睡不着觉，嘴唇上烤起个大燎泡"，"刮一股大风过一回云，见一个走路的问一声"，"打开窗子瞭蓝天，你可把妹妹瞄了个远"，"旺见大路上一伙人，直往前走来不进村"……被争先恐后地唱出。谁有山野歌子，都不会藏在肚子里不让它出来放放风，见见光，跑跑场。歌声被草地里散落的黑金丝线——地毛切断。离车站四五十里地，就有地毛，众人扔下歌子迅速行动，就在那里铺展开家伙，掀动手脚，搂那些如同金子一般在他们眼前、在他们心里闪闪跳跃的地毛。

那以后，从没间断过进草地。每次出远门，身上背负很重，两只皮毛腿套，一件棉腰子，一瓶治感冒的药，一瓶治拉肚子的药，一瓶止痛药，二十大几斤其他食物，六七十个白面饼子——一个白面饼子三两大，一天吃两顿，每顿吃三四个，不敢多吃。郭四清跟同伴都带这么些，一是怕早早吃完断了口粮；再一个，因为睡的是湿地皮，吃多了睡在凉地坑里怕患染胃病。另外，再少带一点生面和食盐，心细的人捎带一点素油。没蔬菜，去哪儿找蔬菜呢？想买没处买。还有，随身带块毛毯，带一个白塑料水卡子，再者，就是一个布袋和两个大塑料编织袋。

除了白面饼子，每人再装一袋炒面，这部分口粮要匀兑至最后即回家的路上吃。在草地，没有干的吃食，干的吃完了，拿铁筒热一点水冲着、伴着喝点炒面，简单对付一下，赶回家以后再补吃些干的。出门前准备下的这个小铁筒，用处比较大，进草地以后常用石头架起铁筒，点火烧点热水；返家的路上还用这个小铁筒做伴烫喝。做伴烫用的面，是莜面炒面，搂地毛的日子不敢吃、不能吃，吃了莜面肠胃受不了，因为莜面结气滞重，不好消化。要是白面饼子能凑凑合合扛到回家，一般情况下人们尽量不吃莜面炒面。莜面是专为苦寒人生长出来的粮食，那是有热炕头睡，胸口处有衣裳遮挡，又赶上没有多少别种类粮食充饥，才能充分享受到它的好处的口粮。人在野外饥不择食，莜面于人，是个好东西，却也埋伏着危险。

水没有其他的办法解决。上路早，农历二月初，北方草原地冻雪封。除了地表的雪和黄毛毛草踩上去是软的，哪儿哪儿都坚硬得跟铁似的。进入草地以后，化雪、化冰当作水喝，解渴，暖和身体。入了伏天，喝淖尔泊子里的水，郭四清叫作“旱海泊子的水”。他说：“那家伙，那个绿、那个稠，虫虫牛牛掺和得满满的，进了肚子还能感觉到虫虫在里头爬蹭了，营养成分估计足多没少。”他说现在一天不喝水，一点不觉得渴，不觉得想喝个水啥的，练出来了。估计古代匈奴人啊蒙古人啊打仗，就是这么练出来的，那些少有对手的兵，横扫下半个欧亚大陆，唉，谁们能敌。

我们的谈话停顿下来。

郭四清自顾自抽烟，神情散漫。一条腿搭架在另一条腿上，脚上的解放鞋帮子陷进去，大鞋的胶檐直棱棱地向上，看起来鞋子大过了脚，两只鞋后跟底下各粘着一块黑胶掌。

突然，他开口问我：“你喝些不？”起身倒了一搪瓷茶缸开水，放到我面前，“喝些水。”

他没有给自己倒水。

我说："你不渴吗？"

他说："吃完饭喝一碗水，连解渴带洗碗都有了，再不喝了。"

我说，不喝是没去喝，不等于不渴，一个人一天大约需要六杯到八杯水，咱们这儿干燥，估计得喝八杯以上。

郭四清没接我的话。

稀稀拉拉又拉呱了些别的，娃娃们进了城里的学校，女子跟不上，没有一门功课及格。原来学习还可以，在乡里的学校算不上第一，也没跑脱第二，在城里就不灵验啦，日怪得很。现在，女子那儿，形势有点往上走，总算及格了。

小子却不行了。小子脑子活络，一听就会，可这家伙不给你好好听课，手上、脚上动作过多，一会儿也坐不住。人坐不住，那张嘴一阵儿也不失闲，嘴跟着人动。没人搭理，他就跟自己说话，有的话也不知道是跟谁说哩。除了动自己不说，还爱动人家别的孩子，有几次又说又动，被老师一怒之下撵出了教室。他们两口子去给老师说了一箩筐好话，不顶甚用，老师到今天还运气哩。亲戚的女子去说项，老师气消了一些，小子又能坐进教室了。以后，小家伙再乱动弹，老师上去就给他一个大耳刮子，扇得口鼻流血。你说，这叫甚日子哩。

也是不争气，不消停一天，脸蛋子还没消肿，灰小子又想动弹了。

越动，动静越大，现在这个灰圪蛋不给你上消（学）了。

说到儿子，虽然是说儿子的麻烦，说他惹是生非没有消停时候，郭四清虽然无奈，还是面带微笑。

郭四清的媳妇劳花头一天也跟我说起他们的两个孩子。她说，女子脱下衣裳、袜子自己洗；小子脱下的袜子直不棱登站着，没人给他洗他就不穿，脱到哪儿就让它站在哪儿。你说脏到个甚程度，袜子脱下来，直戳戳地立住不倒。你看不下去，你就去洗。反正没他甚事情。

劳花说，小子"过于灰"，真是个不开壳的"灰猴脑袋"（捣蛋鬼）。这是郭四清硬惯出来的。郭四清不让她指摘小子，她实在看不下去想说叨说叨小子，刚要张嘴，郭四清就当着小子的面打她，眼珠子瞪得激灵灵的，都快跌出来了。小子现在不学好，老想跟你要点钱，说学校让买甚、买甚，给了他，拿起钱就进了游戏厅。劳花经常满街跑串那些游戏厅找赖鬼小子，那才容易呢，东找西找，找不见。原来他出出进进，跟她捉迷藏哩。你总有个时间限制，不能一天到晚跟他捉迷藏，进过了一家游戏厅不好意思再进去，你不显乏，游戏厅的人看你也看乏了，一个当妈的进人家的店寻找自己的孩子，寻找起来没个完，实在没脸面。这个赖小子就钻你空子，见你来了，他从这家游戏厅跑出来，进了你才去过的另一家游戏厅。你喊喝小子，小子反过来喊喝你，他说：“让不让人活啦？”眼睛瞪得跟狍灵（北方民间传说中一种威猛怪兽）的一般大。现在，她感觉到实在没能力了，说不响她的小子。

郭四清没觉得有那么严重。他认为，“不到这处程度”。

还不严重？他现在都敢赊账打游戏机、买西装、买大皮鞋了。无底洞已经揭起盖子，你还蒙头睡大觉哩。劳花顶撞郭四清。等他上房揭了瓦才叫严重？说给你，你不当回事，揪你头皮、揭你瓦，迟早有那么一天，等着看哇。你惯他，一眼眼看的你惯他，你快把他惯成武义东西了（不忠不孝之子）。

郭四清瞪媳妇一眼。劳花一直撇着嘴，显然不服气，但不再吭气了。

郭四清的思路又慢慢回到搂地毛的事。

白天不得不躲起来，若被当地牧民发现，事情就不会那么简单了。在两丈深的沟里，再掘地一尺把半、二尺深。挖的坑，不甚讲究，只要能藏得下人，身子能够展开，人能够睡进去就可以。坑底部铺一层他们带来的塑料筒子，再铺一块毛毯，或者是一块线毯，连铺带盖全在这个坑里了。白天躲在地坑里面，当地牧民从地表看不见他们的身影。但是，这种地坑，睡一天，腰杆没有不疼的。这一点已经作为这干人的普遍真理：再好的腰杆熬不过一天。一天以后，腿关节也全部跟着疼，人像一架出了毛病的机器，哪儿哪儿都跟你别着劲。

每天傍晚 6 点钟左右出发。若是早春，天已经黑下来；若是夏天，太阳把半个天照成红色的，一层一层的金光倾泻、流露出来，别提多好看了。大家拎着耙子，拎着那只用来盛土镇压耙子的空布口袋，从驻地悄悄出动，向草地深处走去，神不知鬼不觉的大规模行动即将拉开序幕，他们要在深草地搂一通宵地毛。

天快亮的时候，他们背着从草地搂扒出来的杂草和附生其上的地毛，从几十里外的深草滩悄悄返回驻地。紧接着要做的，是把地毛和连带的杂草一起埋进睡觉的地坑旁挖好的小地坑。他们吃一块干皮饼子，喝几口从水坑里舀上来的冒绿泡的“老汤水”，潜伏进各自的地坑里，蒙头睡觉，把白天当成一个完整的黑夜，囫囵着睡过去。

又是一天过去，又有一天将来。

不用担心有人去搂地坑附近的地毛，没有这种人。不单单儿因为“兔子不吃窝边草”。

搂过地毛的草地，百草被搂地毛的大耙子连根拔起。草地没有了草，光秃秃的一片荒凉。三五年这块草地不见草叶生长，而眼见着草地干枯、结板，显露沙层。慢慢的，被改变了草生秩序和性质的土地，孤零零地冒出几根蒿子秆，牛羊饿死也不会去吃它。草地最终从上苍的手上滑落。

过不了多久，这里便演变成沙漠荒地。

搂过的草地，远远就能辨识出来。所以，他们人人心知肚明，除了让自己的动静尽可能小一些、少一些，没有任何其他选择。事关每个人的身家性命，只有自觉遵守这项约定俗成的规矩。出于安全考虑吧。安全是第一位的，绝对不能毛糙，每个人很清楚这一点，就像清楚自己的性别、家庭成分一样，在这个原则问题上，谁也不敢有丝毫一丁点的马虎。

不暴露目标，被众人视为至高无上的戒律。睡觉的地坑周围，除了分布埋地毛杂草的坑，还挖了埋食粮的坑。这是搂地毛的农民的屯号、埋伏地点，不管谁，不可以随意把他们的营地暴露给外人。因此必须拉着队伍到远离宿营的二三十里的地方去挥舞钢耙。人群中另有一则不成文的条律，谁引出了事，拿谁问罪，亲兄弟、亲父子概莫能外。就是说，他们有私设的刑堂？我将试着在以后的篇幅里作些探究。

背回来的地毛，混在沙土柴草里，只能叫作“毛菜”。人们在紧挨自己睡觉的地坑边，再挖一些小坑，把新搂的混合了杂草的地毛埋进小坑里。一天挖一个小坑，埋进这一夜搂回来的地毛和杂草。有时候两天埋一个坑。有那些特别能干的，每次能搂十大几斤、二十几斤，他挖的坑就会大而且多。在人睡觉的坑洞旁边，他挖的小坑星罗棋布，像一个规模不错的家族墓园，看上去有点奇妙，蔚然壮观。

坑挖得越多，挖得越大，证明你搂的地毛越多。郭四清特别强调地告诉我这一点。

郭四清初进草地时，只能搂四五斤，这里说的是净菜，毛菜当然多了，不过相比较还是没有别的人多。不为别的，没人家能吃苦。郭四清很清楚，总结出自己比别人下的力气少导致这种薄泠泠的结果。郭四清睡一天腰杆酸疼不能坚持，可人家能扛担住，耐苦负重，再苦再疼也不会停下手脚，尽在草地里头下死力气搂哩。说实在的，连抬眼看一看草原的夜空那些个忽闪忽闪的星星们也顾不上，更别提享受那种“草原的夜色有多美”的感觉。有人说，看，星星多得……旁边冒出年岁大点的人，提醒他，好东西是闲汉们的。星星再好，能给你吃了、喝了？能帮你送孩子到学校？能给你老人们看病？能帮你买买煤油、火柴厢厢？星星是逗城里头当官的跟富裕人笑的，引致他们咿咿呀呀讨论感情呀啥的那种闲荡东西。你好好盯住看你的路哇。

郭四清微笑着说，要是想看星星，你搂不出地毛。

搂地毛，也就是搂一点钱。

腰腿疼痛，每个人都是。郭四清慢慢服垳（适应）下来。不过，搂地毛的人都落下了腰腿疼的病。没一个人能逃脱这种命运。而且至今没听说过有谁治好了这个缠人的病。

到了晌午或者下午，夜里下了苦的人们睡醒一觉。如果谁想活动一下身体，就在这条沟里面动弹动弹。不想活动的话，窝在地坑里继续睡回笼觉。

整天朝夕相处，三四百号人在一起，相互之间会不会有摩擦，发生冲突，打不打架？这也是我比较关心的。关于这个问题，我和郭四清交谈了两个傍晚。

庞大的队伍，一面齐心协力，一面各怀心思，人人顾自己，为了顾自己，才不得不顾到集体。但又因为行动要冒很大的风险、行为是半地下状态，集体的概念在这一特殊群体里，被他们自觉地维护着，而且出乎意料地牢固。在这个过程里，每个人都愿意把握住一个底线，就是不能因为个人暴露了大家。暴露了大家，个人的利益即刻间不复存在，甚至生命安全也难以保障。这一点人人明确地认识到了。这是需要每个人遵守和把持的最后尺寸，对他们来说，这是一个根本性尺寸。但是毕竟远离家乡、远离家人，身临异族自治的草场区域，缺油少水，风餐露宿，有不少生存难题，也时也会有残酷的牺牲，并且这个不小的阵营里，混凝了多种元素和色彩；还有，被长年累月搂扒过的草地，出现了什么样的飞沙走砾的荒漠情况，这些，是我另外的篇目里要叙述的。这里不作赘述。

郭四清说，出去的人通常不打架。在村里挨处（相处）再不对付的人，出去有点病病灾灾的时候，人们还是会把带的药啦什么的拿给他吃，谁也不打架，谁也不闹意见，都跟亲弟兄一样。在郭四清看来，去了草地，人们比在村子里头挨处得还好。

也不知道是怎么回事，郭四清笑。单单儿一件事他不明白，就是人家来叼地毛的时候，打我们的人的时候，谁也不敢出面反抗。看着自己的人叫人家打伤，谁也不会站出来说一句话，眼睁睁地站在圈外头观看，没有人动一下嘴，别说动一动胳膊跟腿了。都跟吓傻了似的。

你在这种情况，会不会站出来？

不会。我也不能站出来。

为什么，你怎么想的？

怎么想的？这可复杂了。

郭四清说，到现在，我也没想明白。不瞒你说，我想得头发早就白了，也没想出个道道来。问题是，我得养活家，所以想不清楚没啥了不得。我是一介农民，谁还能把我咋整了？大不了还是个农民。这么个活法，算是到了底线吧。我现在，就想好好睡一觉，半夜醒来，心不慌忙，眼不乱跳，腰不疼痛。我才三十七。劳花不去学校开家长会，怕孩子们笑话她穿戴不合城里头的人，硬让我去开，我去了。孩子们说啥了，说我是赖小子的爷爷。你看，活成个甚。

郭四清有点无奈地笑一笑。

明天是星期天，郭四清一大早还要出工。我告辞出来。

（选自《十月》2014 年第 2 期）

春天的步调

刘亮程

刚发现那只虫子时，我以为它在仰面朝天晒太阳呢。我正好走累了，坐在它旁边休息。其实我也想仰面朝天和它并排躺下来。我把铁锨插在地上。太阳正在头顶。春天刚刚开始，地还大片地裸露着。许多东西没有出来。包括草，只星星点点地探了个头儿，一半儿还是种子埋藏着。那些小虫子也是一半儿在漫长冬眠的苏醒中。这就是春天的步骤，几乎所有生命都留了一手。它们不会一下子全涌出来。即使早春的太阳再热烈，它们仍保持着应有的迟缓。因为，倒春寒是常有的。当一场寒流杀死先露头的绿芽儿，那些迟迟未发芽的草籽、未醒来的小虫子们便幸存下来，成为这片大地的又一次生机。

春天，我喜欢早早地走出村子，雪前脚消融，我后脚踩上冒着热气的荒地。我扛着锨，拿一截绳子。雪消之后荒野上会露出许多东西：一截干树桩，半边埋入土中的柴火棍……大地像突然被掀掉被子，那些东西来不及躲藏起来。草长高还得些时日。天却一天天变长。我可以走得稍远一些，绕到河湾里那棵歪榆树下，折一截细枝，看看断茬处的水绿便知道它多有生气，又能旺势地活上一年。每年春天我都会最先来到这棵榆树下，看上几眼。它是我的树。那根直端端指着我们家房顶的横杈上少了两个细枝条，可能入冬后被谁砍去当筐把子了。上个秋天我趴在树上玩时就发现它是根好筐把子，我没舍得砍。再长粗些说不定是根好锨把呢。我想。它却没能长下去。

我无法把一棵树、树上的一根直爽枝条藏起来，让它秘密地为我一个人生长。我只藏埋过一个西瓜，它独独地为我长大、长熟了。

发现那棵西瓜时它已扯了一米来长的秧，而且结了拳头大的一个瓜蛋，梢上还挂着指头大两个小瓜蛋。我想是去年秋天挖柴的人在这儿吃西瓜掉的籽。正好这儿连根挖掉一棵红柳，土虚虚的，很肥沃，还有根挖走后留下的一个小蓄水坑，西瓜便长了起来。

那时候雨水盈足，荒野上常能看见野生的五谷作物：牛吃进肚子没消化掉又排出的整粒苞米，鸟飞过时一松嘴丢进土里的麦粒、油菜籽，鼠洞遭毁后埋下的稻米、葵花子……都会在春天发芽生长起来。但都长不了多高又被牲畜、野动物啃掉。

这棵西瓜迟早也会被打柴人或动物发现。他们不会等到瓜蛋子长熟便会生吃了它。谁都知道荒野中的一棵瓜你不会第二次碰见。除非你有闲工夫，在这棵西瓜旁搭个草棚住下来，一直守着它长熟。我倒真想这样去做。我住在野地的草棚中看守过几个月麦垛，也替大人看守过一片西瓜地。在荒野中搭草棚住下，独独地看着一棵西瓜长大这件事，多少年后还在我的脑子想着。我却没做到。我想了另外一个办法：在那棵瓜蛋子下面挖了一个坑，让瓜蛋吊进去。小心地把坑顶封住。把秧上另两个小瓜蛋掐去。秧头打断，不要它再张扬着长。让人一看就知道这是一截啥都没结的西瓜秧，不会对它过多留意。

此后的一个多月里，我又来看过它三次。显然，有人和动物已经来过，瓜秧旁有新脚印。一只圆形的牛蹄印，险些踩在我挖的坑上。有一个人在旁边站了好一阵，留下一对深脚印。他可能不太相信自己的眼睛。还蹲下用手拨了拨西瓜叶——这么粗壮的一截瓜秧，怎么会没结西瓜呢？

又过了一些日子，我估摸着那个瓜该熟了。大田里的头茬瓜已经下秧。我夹了条麻袋，一大早悄悄溜出村子。当我双手微颤着扒开盖在坑顶的土、草叶和木棍——我简直惊住了，那么大一个西瓜，满满地挤在土坑里。抱出来发现它几乎是方的。我挖的坑太小，太方正，让它委屈地长成这样。

当我把这个瓜背回家，家里人更是一片惊喜。他们都不敢相信这个怪模怪样的东西是一个西瓜。它咋长成这样了。

出河湾向北三四里，那片低洼的荒野中蹲着另一棵大榆树，向它走去时我怀着一丝的幻想与侥幸：或许今年它能活过来。

这棵树去年春天就没发芽。夏天我赶车路过它时仍没长出一片叶子。我想它活糊涂了，把春天该发芽长叶子这件事忘记了。树老到这个年纪就这样，死一阵子活一阵子。有时我们以为它死彻底了，过两年却又从干裂的躯体上生出几条嫩枝，几片绿叶子。它对生死无所谓了。它已长得足够粗。有足够多的枝杈，尽管被砍得剩下三两个。它再不指点什么。它指向的绿地都已荒芜。在荒野上一棵大树的每个枝杈都指示一条路。有生路有死路。会看树的人能从一棵粗壮枝杈的指向找到水源和有人家的居住地。

我们到黄沙梁时，这片土地上的东西已经不多了：树、牲畜、野动物、人、草地，少一个我便能觉察出。我知道有些东西不能再少下去。

每年春天，让我早早走出村子的，也许就是那几棵孤零零的大榆树、洼地里的片片绿草，还有划过头顶的一声声鸟叫——鸟儿们从一棵树，飞向远远的另一棵。飞累了，落到地上喘气……如果没有了它们，我会一年四季待在屋子里，四面墙壁，把门和窗户封死。我会不喜欢周围的每一个人。恨我自己。

在这个村庄里，人可以再少几个，再走掉一些。那些树却不能再少了。那些鸟叫与虫鸣再不能没有。

在春天，有许多人和我一样早早地走出村子，有的扛把锨去看看自己的地。尽管地还泥泞。苞谷茬端扎着。秋收时为了进车平掉的一截毛渠、一段埂子，还原样地放着。没什么好看的，却还是要绕着地看一圈子。

有的出去拾一捆柴背回来。还有的人，大概跟我一样没什么事情，只是想在冒着热气的野外走走。整个冬天冰封雪盖，这会儿脚终于踩在松软的土上了。很少有人在这样的天气窝在家里。春天不出门的人，大都在家里生病。病也是一种生命，在春天暖暖的阳光中苏醒。它们很猛地生发时，村里就会死人了。这时候，最先走出村子挥锨挖土的人，就不是在翻地播种，而是挖一个坟坑。这样的年成命定亏损。人们还没下种时，已经把一个人埋进土里。

在早春我喜欢迎着太阳走。一大早朝东走出去十几里，下午面向西逛荡回来。肩上仍旧一把锨一截绳子。有时多几根干柴，顶多三两根。我很少捡一大捆柴压在肩上，让自己弓着背从荒野里回来——走得最远的人往往背回来的东西最少。

我只是喜欢让太阳照在我的前身。清早，刚吃过饭，太阳照着鼓鼓的肚子，感觉嚼碎的粮食又在身体里葱葱郁郁地生长。尤其平射的热烈阳光一缕缕穿过我两腿之间。我尽量把腿叉得开些走路，让更多的阳光照在那里。这时我才体会到阳光普照这个词。阳光照在我的头上和肩上，也照在我正慢慢成长的阴囊上。

我注意到牛在春天喜欢屁股对着太阳吃草。驴和马也这样。狗爱坐着晒太阳。老鼠和猫也爱后腿叉开坐在地上晒太阳。它们和我一样会享受太阳普照在潮湿阴部的亢兴与舒坦劲儿。

我同样能体会到这只长年爬行、腹部晒不到太阳的小甲壳虫，此刻仰面朝天躺在地上的舒服劲儿。一个爬行动物，当它想让自己一向阴潮的腹部也能晒上太阳时，它便有可能直立起来，最终成为智慧动物。仰面朝天是直立动物享乐的特有方式。一般的爬行动物只有死的时候才会仰面朝天。

这样想时突然发现这只甲壳虫朝天蹬腿的动作有些僵滞，像在很痛苦地抽搐。它是否快要死了。我躺在它旁边。它就在我头边上。我侧过身，用一个小木棍拨了它一下，它正过身来，光滑的甲壳上反射着阳光，却很快又一歪身，仰面朝天躺在地上。

我想它是快要死了。不知什么东西伤害了它。这片荒野上一只虫子大概有两种死法：死于奔走的大动物蹄下，或死于天敌之口。还有另一种死法——老死，我不太清楚。在小动物中我只认识老蚊子。其他的小虫子，它们的死太微小，我看不清。当它们在地上走来奔去时，我确实弄不清哪个老了，哪个正年轻。看上去它们是一样。

老蚊子朝人飞来时往往带着很大的嗡嗡声。飞得也不稳，好像一只翅膀有劲，一只没劲。往人皮肤上落时腿脚也不轻盈，很容易让人觉察，死于一巴掌之下。

一次我躺在草垛上想事情，一只老蚊子朝我飞过来，它的嗡嗡声似乎把它吵晕了，绕着我转了几圈才落在手臂上。落下了也不赶紧吸血，仰着头，像在观察动静，又像在大口喘气。它犹豫不定时，已经触动我的一两根汗毛，若在晚上我会立马一巴掌拍在那里。可这次，我懒得拍它。我的手正在远处干一件想象中的美妙事。我不忍将它抽回来。况且，一只老蚊子，已经不怕死，又何必置它于死地。再说我一挥手也耗血气，何不让它吸一点血赶紧走呢？

它终于站稳当了。它的小吸血管可能有点钝，我发现它往下扎了一下，没扎进去，又抬起头，猛扎了一下。一点细细的疼传到心里。是我看见的。我的身体不会把这点细小的疼传到心里。它在我疼感不知觉的范围内吸吮鲜血。那是我可以失去的。我看见它的小肚子一点点红起来，皮肤才有了点痒，我下意识抬起一只手，做挥赶的动作。它没看见。还在不停地吸，半个小肚子都红了。我想它该走了。我也只能让它吸半肚子血。剩下的到别人身上去吸吧。再贪嘴也不能叮住一个人吃饱。这样太危险。可它不害怕，吸得投入极了。我动了动胳膊，它翅膀扇了一下，站稳身体，丝毫没影响嘴的吮吸。我真恼了，想一巴掌拍死它，又觉得那身体里满是我的血，拍死了可惜。

这会儿它已经吸饱了，小肚子红红鼓鼓的，我看见它拔出小吸管，头晃了晃，好像在我的一根汗毛根上擦了擦它吸管头上的血迹，一蹬腿飞起来。飞了不到两拃高，一头栽下去，掉在地上。

这只贪婪的小东西，它拼命吸血时大概忘了自己是只老蚊子了。它的翅膀已驮不动一肚子血。它栽下去，立马就死了。它仰面朝天，细长的腿动了几下，我以为它在挣扎，想爬起来再飞。却不是。它的腿是风刮动的。

我知道有些看似在动的生命，其实早死亡了。风不住地刮着它们，从一个地方，到另一个地方，再回来。

这只甲壳虫没有马上死去。它挣扎了好一阵子了。我转过头看了会儿远处的荒野、荒野尽头的连片沙漠，又回过头，它还在蹬腿，只是动作越来越无力。它一下一下往空中蹬腿时，我仿佛看见一条天上的路。时光与正午的天空就这样被它朝天的小细腿一点点地西移了一截子。

接着它不动了。我用小棍拨了几下，仍没有反应。

我回过头开始想别的事情。或许我该起来走了。我不会为一只小虫子的死去悲哀。我最小的悲哀大于一只虫子的死亡。就像我最轻的疼痛在一只蚊子的叮咬之外。

我只是耐心地守候过一只小虫子的临终时光，在永无停息的生命喧哗中，我看到因为死了一只小虫而从此沉寂的这片土地。别的虫子在叫。别的鸟在飞。大地一片片明媚复苏时，在一只小虫子的全部感知里，大地暗淡下去。

（选自《一片叶子下生活》，人民文学出版社 2017 年 5 月版）

长调如河

鲍尔吉·原野

河水流进骏马的血管

祖先给河流赋予吉祥的名字，读起来回声遥远：乌力吉沐沦河，通拉嘎河，乃仁河，额尔古纳河，查干沐沦河，昆都仑河，白音高勒——这是吉祥的河，清澈的河，细的河、突然拐过来的河、白色的河，横过来的河、富足的河——河流灌满了福气，奔流在蒙古高原。说起河的名字就重复着祖先的愿望和这片土地当年的样貌。

傍晚，奔马像鹰群一样飞到河边饮水，河岸像栽种了一排杂色的树林。河水流过牛羊的嘴巴，水里混合了草的汁液。

河流里，如蛋壳一样洁白的卵石和头发一样的水草眷恋水，水带不走它们，像流云带不走牧羊人。

河之不息如长调不息，缓慢地、留恋地流过草原。草原如此之美，河流舍不得流向天际。它像长调那样尽量延长音符，折折叠叠，给草原留下盘肠的痕迹。

平静流淌的额尔古纳河奉献了黄金家族，历史由这条河而改变。额尔古纳河比人们想象的更平静，如生育伟人的母亲那种安详。

河水流进草的根须，流进骏马和牧民的血管里，流过牛羊清洁的胃，跨越千山万壑，像一个网，包裹着蓝色的蒙古高原。

歌声：泉水如花瓣一层层盛开

像孩子一样跳出地面，透明的花瓣一层层开放，泉水来了。

山顶的泉水比山顶还高，山脚的泉水比月亮还亮，泉水来了。

泉水遇见今年的青草，抱住山丹花的腰。泉水倾听大河的喧哗，十里之外，浪涛奔跑。

树林传来泉水的响声，像蝴蝶扇动空气。泉水来了。

泉水的名字叫富裕，叫金子，叫长高（蒙古语中泉水的名字）。泉水的溪流这样稚嫩，比站在山顶俯瞰江河还要细小。泉水来了。

泉水来了，泉水咕嘟咕嘟、咕嘟咕嘟冒出地面。泉水去见鹿群、野黄羊群和小鸟。牛羊肥壮，人畜安好。

一条条哈达献给你，煮好的肉食献给你，请泉水收下我们的心意。

群山注视着草原

草原的山峦缓缓上升，展开父亲的怀抱，注视着草原。

在我国内蒙古、新疆和蒙古国，有蒙古人和山的地方必有一座名叫“博格达”（宝格达）的山。它是天派下来的山，人们视如圣山。所有的博格达山只是一座山，如可汗，遥遥地俯瞰着草原。蒙古人的民歌唱到博格达山，会变得空灵，思绪渐渐遥远，好像他们的匍匐和沉默的思念。

蒙古高原的山上没有财宝，矿藏也不是财宝，山是神住的地方。草木长成神的衣衫，动物是神的子孙和伙伴。奔跑的鹿和小兔在为山神跳舞，神冠上的树叶子被风吹起，化为小鸟。蒙古黄榆从峡谷排列而下，是山的卫兵。神在哪里？神就是祖先的遗训，珍惜大自然，一草一木都是宝。

站在高高的兴安岭，山下只有云和树。秋天来了，落叶松把群山铺满黄金。入夜，山的翅膀合拢一体，大地黑暗，星星布满山顶的穹庐。它威严的头顶悬挂尊贵的北斗七星。大雪覆盖的罕山上，鹰的影子多么寂静。

歌声：两棵树在露水里走路

大山领着小山，走在茫茫的地平线，小山睡在大山胸前，一起度过了多少年。

黄铜色的大草原，大树领着小树，在余晖里影子变成了一条。

羊羔思念山坡的花朵，却不愿离开母羊身边。马驹想看河岸的青草，却不愿离开母马的视线。

父母老了，他们的恩德在儿女心里长成了花园。父母走不动了，眼泪动不动挂在腮边。

抬头看见两座山，看见两棵树在露水里走路，看见羊羔和马驹蹦跳，儿女躺在父母的臂弯。

草原是蒙古人的家园

草原在夏季鲜花盛开，秋日百草肃杀，冬天风雪肆虐。它是它自己，大自然的严峻让人望而生畏，但牧人要承受这一切，这是造物主不可违犯的意志。忍受与顺应是蒙古人的品格之一。

草原不是长满草的广阔地域，它永远不是可耕地，不是矿石之上的覆盖物，它是牧业生产的基础与蒙古人生存的家园，它不为攫取者而生存。

草原是一个谜，没有人知道它无穷变化的理由。草原不过是地表薄薄一层长草的土，它脆弱到不可挖掘。然而大规模的采矿早已开始，从卫星地图看，开矿和开垦造成草原的毁伤。工业化无节制地使用地下水，造成草原荒漠化，这与放牧过度并无关系。在呼伦贝尔，在锡林郭勒，羊群不再洁白，它们身上披挂黑色的煤灰。

如今对草原的诗意描绘已如讥讽，当下唱《美丽的草原我的家》令人茫然。草原消失之后，蒙古文化会像青草一样被连根拔除。不止草原，无论在何处，对大自然的毁伤都是对文化的毁伤，把人变成没有文化的、同质化的生物，与工业快餐饲养场里的肉食鸡没有两样。

草原若不保护，会风干成一个陌生的词，藏身于词典与图片里，歌声就此喑哑。

歌声：万物比你想象的更柔软

拉盐的人啊，把你们支铁锅的三块石头拿走，扔向四面八方，烧过的石头要休息。

石头为你们忍受火焰的灼烤，煮熟了奶茶羊肉，石头要休息。

万物的身体比你想象的柔软。它们像水一样活泼，像旱獭皮毛那么光滑。你看不到石头和沙子的血肉，但它们有血肉。你看不到树和土壤的伤口，它们的痛苦深如峡谷。

唱歌的人啊，你告诉别人：石头在休息，云在天上护卫它。河水在休息，花在岸上护卫它。

民歌的节奏在母亲面前慢下来

蒙古族血液的源头是骆驼一般的母亲，她们像树一样沉默。

民歌唱到母亲，节奏慢下来，像老母亲的脚步那样慢，像叩拜苍天那样慢。蒙古人在童年看到了羊羔跪乳，看到牛犊跟随母牛吃草，学会歌唱母亲的歌。没有母亲的形象就没有蒙古文化。

母亲是大地，柔软的、长满青草的、泥泞的、布满车辙和马蹄印记的黑色潮湿的大地。母亲对儿子、对羊羔和牛犊有一样的爱，她脸上的慈祥一如大自然的慈祥。

歌声：诺恩吉雅的歌声比海青河水更长

你的悲伤比老哈河水还长，出嫁的诺恩吉雅，什么时候才能回到家乡？坐牛车要走上三个多月，青青的牧草渐渐萎黄。

你路过九条没名字的河流，都比不上老哈河水清亮。河边的大雁飞回南方。诺恩吉雅，你回家的时候，已经认不出父母的模样。

海青河的岸边，海青鹰翅膀下有睡觉的小鹰。海日苏树的阴凉底下，海骝马为什么低头彷徨？

美丽的姑娘诺恩吉雅，为什么要出嫁到远方？远方没有比父母更亲的人，你思乡的歌声比海青河水更长。

榆树在榆树叶里眺望你，河水在宽河床里默念你。诺恩吉雅，你带走了云彩的温柔，花朵的颜色，你连影子都没留给家乡。

老哈河水长又长，流走了你的芳香。海青河水长又长，流走了你的目光。茫茫草原像大海一样宽阔，你睡在哪一座毡房？诺恩吉雅，你再也没有回过家乡，没见到自己的爹娘。

云影缓缓覆盖河流

牧民的目光离不开成吉思汗，看到他的画像，榆木一样粗糙的脸上会自然地露出笑意，露出向往。在牧区，所有蒙古人的房子里都挂着成吉思汗的画像。成吉思汗，他们说起这个名字就说出了自己的思念，这个名字的音节和语境刚好符合他们的心意。如果蒙古语当中没有“成吉思汗”这个词，牧民仿佛少了筋骨，感到孤单。成吉思汗是祖先，是神祇，是从苍天之上注视而来的眼光，是所有白马的主人，仅仅他的名字就可以安抚人心，他代表着一切吉祥。

蒙古长调里，能听出一种颂扬。配得上如此追念的，只有成吉思汗。蒙古人把他视如神，更视如血肉相连的家人。蒙古人用长调颂扬心中的怀想——成吉思汗心爱的白马，他的黄金训词，像云影缓缓覆盖河流，簇拥着走向天边。晨雾散了，山脚的白马抬头谛听。河水满了，像端坐着一般的黑天鹅在水里嬉玩。

蒙古人觉得成吉思汗离开的时间并不久，他们自豪地说起成吉思汗的陵园，他妻子的家乡，他弟弟的封地。农耕王朝的君王只是朝廷家族的首领，蒙古人认为成吉思汗属于所有蒙古人，他们像树叶一样长在名为成吉思汗这棵大树上面，树叶黄了又青，但大树一直在他们心里生长。

歌声：北方的天空是站立的大海

北方一直位于正北，草尖能够住下天神。
北方的天空是站立的大海，重叠的山峦是琉璃的天门。
九层云彩的莲台海水环绕，菊花的浪头白马飞奔。
北方的夜空灯火千里，马车穿过宝石的星辰。
神的指缝洒下雨水，手里酒杯波涛滚滚。

神灵坐在敖包的正位

人们肃穆地围拢敖包，脚下的夜色四处流淌。他们在夜里穿戴华丽，马的鼻息划破了潮湿的空气。敖包降临了所有的神灵——从树上、从泉水里、从火里、从岩石上、从毡房里、从摇篮上、从马鞍上、从佛像里、从金器和银器里，吉祥聚集。呼来——呼来——（蒙古语：来吧）神灵熟悉夜色里的每一条河流和每一株草，知道鸟身上羽毛的花纹。神灵稳稳地坐在敖包的正位。敖包里面装着各个村子的泥土，各个河流里的水，装着五谷、装着金银珠宝。石块是敖包的铠甲。呼来——呼来——敖包长宣读祭文：愿长生天保佑大地丰饶、保佑人畜平安、保佑河水清洁、保佑山在山的位置上巍峨矗立、保佑鲜花年年盛开、保佑说蒙古语的儿童和老人心中安稳、保佑燕子年年回到牧民家里筑窝、保佑所有人孝敬自己的长辈、保佑蒙古歌声像云彩一样川流不息，保佑蒙古文化不受到歪曲和损坏、保佑大自然完好如初。呼来——呼来——愿长生天保佑山上的草木生命力旺盛、保佑泉水高出地面，保佑牲畜生产顺利、保佑我们像岩石一样诚实、像河水一样纯洁。呼来——呼来——黄油、炒米、点心、酒和哈达，——请神灵收下我们的礼物，我们跪下领受神灵赐福。呼来——呼来——

山川肃穆，敖包神圣，天色从最远处一点点变亮。

歌声：火苗有数不清的脚在舞蹈

你从哪里跑到柴上，火的脚爪碰碰撞撞。

看啊，数不清火有多少只脚。火的肩膀在抖动，火的腰身像蛇摆晃。

火在攀升，火在找什么？火手掌与夜色相握，人们看不到火的面庞。

火在火里端详人们，瞳孔里有两片火光，脸膛熟了。

跳舞的人们回到童年，像陀螺转起圆圈。火苗高过肩头，火星跳进黑夜，再无踪影。

喝茶的时候火在茶里，烤火的时候火在血里。火的家在锅里，在牛粪饼里。火种住在明亮的星辰里。

五种颜色的绸缎捆住羊的胸脯肉，献给火神，酒和黄油献给火神。平日里沉默的诗歌，今天念给火神。请接受我们的心意。

黑夜里的大地，火的钻石在闪。沉默的火啊，你什么时候为我们唱一首歌？

马把蒙古人变成雄鹰

因为马，蒙古人成为世界上第一个打通欧亚联结的民族。没有马就没有世界史记载的蒙古帝国。马是蒙古人的翅膀，鼓动了他们的雄心，让他们放眼世界。马带着他们穿越蒙古高原，穿过喀尔巴阡山，穿过富庶的欧洲平原，穿过中亚与西亚的崇山峻峰。他们从经过的地域吮取到新鲜的文化养分，壮大筋骨。马不仅是蒙古人的工具，还是他们的心灵朋友。就像他们的视线里要有草原一样，草原上有了马，他们心里才安详。马的身躯与草原谐和，它的鬃发与风中的草叶一并摇摆。牧人说马认得自家的毡房，认得炊烟，认得主人的气味，而主人也能看懂坐骑的眼神。蒙古人相信马与人心心相印。蒙古马矮小坚韧，吃苦耐劳。马在风雪里，在暴雨骄阳下，忠诚于主人。蒙古文学从史诗到民歌，一直在赞颂马。蒙古语有繁多的词汇形容马的毛色、脾气、行走与奔跑的状态。这个民族的词语如此倚重马，马是他们文化的根基之一。

马改变了蒙古人对于时间和空间的认知，马改变了他们对速度的理解。马勇敢而安静，是人类驯化动物最成功的案例。马在奔跑与静立时都呈现雕塑的美感。所谓一座山又一座山不过在马蹄嘚嘚中消逝。海一样的草原上，有马就有岸。月色下，蒙古包前拴着的马如玉石一样洁白，马的背后河水流淌，星斗满天。

蒙古语里，马和好运是同一个词根。

歌声：炊烟在毡房顶上等我

小兔子，你打一个滚能有多远？如果我是兔子，要打多少滚才回到东蒙古的家。

小兔子，你打一个滚能有多远？如果我是兔子，要打多少滚才回到西蒙古的家。

小兔子，你打一个滚能有多远？如果我是兔子，要打多少滚才回到南蒙古的家。

小兔子，你打一个滚能有多远？如果我是兔子，要打多少滚才回到北蒙古的家。

炊烟站在毡房顶上等我，松树站在山峰顶上等我，马鞍在白马的背上等我，新娘在嫁衣的丝线里等我。

小兔子，你打一个滚有多远？我才擦了擦眼睛，你已经没了踪影。

长生天安详

古代的游牧民族无所谓村庄故里，也没有宗庙祠堂。他们的宗庙在辽阔的天空，大地无处不可成为家园。他们眼里没有欧亚的界限，没有种族的界限，只有四季、草场和远方。蒙古人在世代迁徙中，最深的领悟来自大自然，他们称之为长生天。所谓蒙古是无数部落的集合，多种文化聚合成为以长生天为信仰，以成吉思汗为统领的游牧文化中，核心价值观是尊重并匍匐于大自然的脚下卑微生长，豪迈、细腻、单纯、寡言、坚韧、忠诚、歌唱与敬畏天地是蒙古人的集体文化特征。历经过所有的苦难，长生天让蒙古人保护自己的土地，吸吮着自己的文化成长。长生天让蒙古人的思想纯朴，让他们懂得节制与尊重是立身之本，古老而又天真。

歌声：吉利到了

佛灯爆出灯花，吉利到了，长生天安详。

狂飙一般的马群不知从哪儿跑过来，不知跑到了哪里，长生天安详。

莫尔格勒河拐了无数的弯，如竖写的蒙古文字，长生天安详。

毡房里降生的孩子开口会说蒙古语，长生天安详。

母驼用奶水哺育驼羔，牧草按季节返青，长生天安详。

蒙古人的眼睛从火里看到火神，在泉水里看到水神，长生天安详。

（选自《人民日报》2017 年 5 月 22 日）

欢喜佛境界

韩小蕙

我从心底里喜爱欢喜佛。

甚至达到一种崇拜！

1

第一次见到欢喜佛，是在猝不及防之中，撞上的。

那是80年代中期，在承德，有一天随着几个文友，游踪。所谓游踪，其实就是跟着当地人的屁股后面，紧走慢走——承德美景，天下闻名，什么外八庙、避暑山庄、棒槌山，孩提时代起就渐渐如雷贯耳，今天终于亲临其仙境，一时都蒙了，也就剩下了跟着走，跟着看，跟着乱点头的份。

正乱走着，就见右手前方，数百级台阶上面，远远地有一座又小又旧的庙宇，貌不惊人。带路的当地人说，那是××寺，里面只有几尊旧佛像，你们谁愿去就进去看看，不愿去的就在这里休息几分钟算了。我当时恰好在跟一个朋友谈论着什么话题，就边谈着，边和他一起信步向上走去。

果然是一座旧庙。一长排供台上，摆着六七尊旧佛像。之所以在这里用“摆”而不用“供”字，是因为这些残痕断迹的斑驳佛像，的确不像那些修葺一新的轩昂庙宇一样，各位金身菩萨从头发丝到脚指头尽皆金光闪闪，依功德、地位而有序排列，长尊幼卑，各得其所。眼前这些佛像呢，大小、身高、颜色差距甚大，高的长过真人，占据着好大一块地盘，矮的仅有几十厘米，干脆就搁在大佛像身上。风格也如同一本中学语文课本，小说诗歌散文言论语法什么都有，绝不好合并同类相，比如简单粗犷的，三笔两线条一勾勒就算完事，不用说就知道是西北大漠的佛；细腻过人的，又连手指上的纹路都纤毫毕现，一看就呈着南方人的机巧。当地人说得不错，确乎是一些“无庙可归”的塑像，暂时寄放在这里的。

众人兴味索然乱哄哄退出。我的腿却忽然被谁拉住了？

扭头一看——呀！欢喜佛！

先需在此声明，此前，我可从未见过欢喜佛，连照片都没见过，绝不知道他是太阳形象还是月亮模样？但是就在那个瞬间，我就像被哪位神仙醍醐灌顶了似的，内心里一下子就被点透了——这准就是被人们神秘化，神明化，神妙化，神圣化，神威化……的欢喜佛，没错！

一时，我就像热河源头的雾岚，浑身上下都如歌如吟地飘摇起来。

为——什——么——呢？

为了欢喜佛的——美丽！

曾经分明的看过一本关于西藏佛教的画册，里面明明白白有一幅极其狰狞、极其丑陋、简直就像妖魔鬼怪一样的佛像，下面的文字却介绍说，这是 ×× 寺的吉祥天母像，藏语叫作“班达拉姆”，传说每年正月初一她骑着太阳光周游全世界，供奉她可以消除灾难，使人丁兴旺，所以僧人们对她极为宠爱，当作镇寺之宝，轻易不肯示人。实在是因为那形象太凶丑了，也因为僧人们的那种思维太奇特了，和我们的天地美丑观念完全颠倒，所以多年来我一直牢牢记着那幅佛像，并且从此以为，所有重要的佛像、密不示人的佛像，可能都是那种风格的吧？

就这样全然没有一丁点儿思想准备，眼前的这尊欢喜佛，却美丽得逼人！但见这两位紧紧拥在一起的、已地老天荒一般浑然一体不可分的男佛女佛，通体上下洋溢着一种令人热泪盈眶的爱恋之情：男佛怜惜地把爱人捧在胸前，柔和的眼光久久地落在她的脸庞上，里面满是爱慕；女佛则热烈地依附着他，一对美目目不转睛地凝视着他，回递着更深的爱意；四目相对，两两传情，使爱情达到了神圣的、经典的境界。这哪儿是供人跪叩膜拜的佛国神像，分明是一对现世男女的热恋雕塑！

我的眼泪一下子就涌上眼眶，但觉喉咙发紧，心更紧得喘不上气来。这种超凡入圣的大美境界，要说世间还有可比性的话，也就只有古希腊、古罗马的雕塑可媲美了。简直是太美好了，真没想到……

我像傻子一样定在那里，有一种天旋地转的幸福感——爱情，人间最美的感情，连神仙都要来分享，并且借助神条天律“规定”下来，让人顶礼膜拜。威严的神啊，在这个意义上，你想得多么周到，你变得多么可亲近。

走出那座小庙时，我觉得承德的天真高真蓝真明澈，大千世界可真美丽。

2

后来，我又有了一次西藏之行。一路上，我有幸饱览了那片神奇土地上的众多寺庙，特别美好的是，里面有很多很多很多个欢喜佛。他们真实地站立在那里，并非文学梦幻，也不是艺术夸张，而就是实实在在的存在——存在决定意识的“存在”、善男信女们顶礼膜拜的“存在”、酥油灯经年累月长明不灭的“存在”！

藏传佛教的学问深似海，加上语言不通，因此走到哪儿，都是名副其实的瞎看瞎磕头。唯有欢喜佛不同，一看就懂，就喜欢，就着迷，就执着，就心心念念。

每个庙里，欢喜佛都是不同的。

个体的为多，一般都很小，巴掌那么高，像我们在家里桌子上摆的小雕像。其工艺是非常精巧的，往往和众多的其他佛像一起陈列在柜子里，需要认真看，仔细寻找，然后慢慢品味。我曾看到一个鹰面尖嘴的，拥着一个很漂亮的仙女似的，“仙女”的脸上同样有着热烈的崇拜之情。还曾看到一个很狰狞的恶鬼似的，抱着一个很美丽的惹人可怜的，脚下踩着两个小鬼，私心忖度：那大概象征着人类的传宗接代？其余的，就都是很英俊的美金刚，小心翼翼地揽着更为俊美的女菩萨，两两用情，旁若无人。

也有群体的，指的是大型的雕塑群，置在玻璃罩子里，像大沙盘一样，一层一层的，有众多的佛，地位最高的最大，坐在正当中，其余的叠罗汉似的，顶着一大长摞。在这样的“沙盘”里，欢喜佛一般都是位于周围的边缘，有东西南北各守一个城门角的，有东东西西南南北北的，还有十六位的，三十二位的甚至更多。你想想，三几十位或四几十位欢喜佛在一起同歌共舞，那是多么壮观的阵势，简直像集体婚礼一样迷人了。

我每每流连忘返，不舍离去……

绝不是因为猎奇，也不是因为“思想不好”，而是真的牵肠挂肚动了心。这些或金或银或鎏金或鎏银的佛像，可以说是天地间所有的大美、绝美、至美、纯美、最美的晶化合成体，每一尊，都不仅使我想起了敦煌飞天的婀娜外形，还尤其想到了梁山伯与祝英台、简·爱与罗契斯特们的内心激情。在我眼里，每一尊尊欢喜佛的内心里，也一定有着人间这种最坚贞最典范已演绎成为千古榜样的动人爱情，正是他们那种生在一起，死在一起的忘我境界，使我一遍遍咀嚼和体验着“死死生生”这个词，止不住地泪洒神州。

“死死生生”这个词，属于古典的过去岁月，在我们今天这个日益商业化、金钱化、交换化的世俗社会里，已是几乎看不见的稀世珍宝。是的，很久很久了，很累很累，让还停留在古典情怀的“傻子”们诸如韩小蕙，遍寻无着，失魂一样地号啕痛哭。

这天大地大的悲戚终于感动了神灵，当我回到北京家中，一封信也飞来了，里面，有一张中国西藏文物管理委员会编印的明信片，上面是一帧“鎏金铜胜乐金刚像”，亦即我们俗称的欢喜佛。只见一位头戴金冠，身披彩带，三眼圆睁，高大伟岸的美金刚，运足神力，搂抱着一个小巧玲珑、俊美无比的小女佛；小女佛幸福地昂着头，左臂激情地环绕着男佛的脖子，右臂向苍天高举着，擎着一株灵芝；两个身躯紧紧贴在一起，两张嘴唇火热地吻在一起，双修而合二为一。

明信片用汉文和藏文两种文字写着：“万事如意！扎西德勒！”

3

欢喜佛是藏传佛教密宗供奉的一种佛像，原为印度古代传说中的神，即欢喜王，后来形成欢喜佛。欢喜佛梵名“俄那钵底”，意为“欢喜”，汉语的意思是“无碍”。

什么是“欢喜”呢？

什么又是“无碍”？

同世上其他民族文化的衍化一样，关于欢喜佛的来历，也有如大河的源头，有多种支流，甚至也存在着正统典籍与民间传说之分，而后在此之上，形成了各自不同的解说、阐释、教义、观念等。

正统的说法，真是腻烦得让人连听也不要听。比如说“欢喜”二字并非指男女用情而言，而是指佛用大无畏大愤怒的气概、凶猛的力量和摧破的手段，战胜了“魔障”而从内心发出的喜悦等。这完全是为了宣扬佛法教义而牵强附会的阐释，使我想起了一系列“运动”中的种种可笑复可鄙、可耻的行径，这些丑陋至“文革”而达到了登峰造极，比如“最最最”“红红红”“忠忠忠”之类，然而辞藻和行为完全是黑与白、南辕与北辙、天堂与地狱的两极对立和悖反。由此亦可见，无论天国还是凡界，其实都摆脱不了“虚伪”与“粉饰”二词。

那就还不如看看其他说法：

《四部毗那夜迦法》中说：观世音菩萨大悲熏心，以慈善根力化为毗那夜迦身，往欢喜王所。于时彼那王见此妇女，欲心炽盛，欲触毗那夜迦女，而抱其身，于是，障女形不肯受之。彼那王即忧作敬。于是彼女言，我虽似障女，自昔以来，能忧佛教，得袈裟，汝若实欲触我身者，可随我教。于是欢喜王言，从今以后，我依缘随汝守护法。于是毗那夜迦女含笑，而相抱时彼做欢喜言“善哉”。似这样给性力以神秘色彩的“调伏”概念，在金刚乘密教中很重要，《维摩经》经云:“先以欲钩牵，后令入佛智。”坦率说，作为女性，这是我最不喜欢的一种解释，如果以色相攻取在神界同样所向披靡无往而不胜的话，那么我们还值得那么虔诚虔敬地信奉神祇吗?

当然也还有下面的解释，即密宗无上乘是“以欲制欲”的修道法，所谓以淫欲为除障修道之法，实际上是密宗行者思维中的“欲界天人生活”的秘密化，如《大日经》就直言不讳地宣称:“随诸众生种种性欲，令得欢喜。”这倒多少使人感到威严冰冷的神界，居然也有了一点人间烟火，心里不由得升起一丝暖意。可惜在这里，女性又是作为供养物而出现的,《大藏经》中所谓“爱供养”也就是“奉献女性”之意。唉，这个话题已经太古老了，说来，中国女性乃至全世界古往今来的女人们，根本就不怕奉献——她们已经海枯石烂地奉献得天荒地老往事越万年。花儿一般、风儿一般、玉儿一般的女子们，悸怕的忧郁的伤怀的饮泣的血泪相合流的，只是幽谷空悲鸣呀!

因此，我倒宁愿给印度教的“性力派说”一些肯定。性力派是印度教湿婆派的分支，该派认为破坏与温和都是女神的属性，宇宙万物均是由女神性力而生，因此，把性欲的放荡视为对女神的大敬，以性行为为侍奉，作为崇拜女神的仪式之一。这种宗教原本被佛门视为邪魔外道，后来被后期密宗“取其精华，去其糟粕，去伪存真，推陈出新”，再配以佛教义理，竟也渐渐地形成一个派别，修成了无上瑜伽密的所谓“乐空双运”双身修法。我搞不懂什么“密”，什么“派”，什么“法”，也拒绝那些“性力”“淫欲”“放荡”的种种说法，但模模糊糊地觉得，“性力派说”倒是站在男女平等的立场上，给予了女性应有的尊重和肯定，用一句老百姓的话说，就是“也把女人当了一回人”，这似乎是千年万代、古今中外、人间神界、正典野教都没有的一个例外，由不得女人们不拥护。

4

然而我还是没有弄明白，“欢喜”的究竟是什么?

特别不敢肯定的是——他们是否真的因“爱情”而欢喜?

我觉得这是一个非追问清楚不可的原则问题，就向苍茫的大西北飞去，那大片荒寂落寞的芨芨草腹部深处，有一爿小屋，里面住着一位老婆婆。或云：她曾当过女娲的侍女，又从所罗门教修过行；到了我们这个时代，时逢大革命爆发，遂成为西路军的一名女战士，可惜部队被打散后遭遇蹉跎，做过豪绅的小妾、土匪的压寨夫人、兵痞的老婆、农会主席的相好、下放右派的情人……她经历的事情比大漠上的沙粒还要多，脸上的皱纹里全是秘密和经验，足可以写上三百部《女书》。

谁知她听完我的问题打了一个大大的哈欠，然后卖弄地向我伸出她的十个指头，问看上去是否保养得很好？“是的，是很好，非常之好。”我看见那十指依然白得发亮紧绷绷充满弹性就像少妇的手指一样珠圆玉润，心里禁不住暗暗吃惊。只听她背书似的毫无感情色彩地干巴巴地说道：

“这是因为它们已经变得没有血肉。你知道吗，它们曾经比老树还干瘪枯萎，就因为那时我还幻想着爱情。”

她说着，淡漠地挥动着纤纤手指，画符一样地在桌上画了十万个“女”字，再别别扭扭地添上了一个“人”字。冥想了一回，乜斜着眼睛看看我，又狂草书法一样地迅速抹出一颗心，然后“砰”地一拍，那颗心就断裂开来，“滴滴答答”迸出一长串鲜红的血珠。

“明白了吧？”她懒洋洋地对我点了一下头，然后指着门做了个送客的手势。

我不想走，兀自在屋里转悠开了。我是想找到一点儿蛛丝马迹，比如她和那些男人的照片之类，我想看看她当时是一副什么表情——幸福乎？淡漠乎？无奈乎？难耐乎？满不在乎？可惜全被历史的酸雨销蚀了，或者说全被这个老女人掩埋得严严实实。失望之余，我仰头长叹了一口气，心想这趟又是白来了。

突然之间，我的心抽成一团，又马上像烟花一样绽放开来，我发现一面旗帜正在穹窿顶上猎猎迎风飘摇着——欢喜佛！乃藏名为“杰巴多吉”的欢喜金刚佛，主臂拥抱着明妃“金刚无我佛母”，双尊置莲花座上。明王八面十六臂，手皆托头器，内盛神物，右手上为白象、青鹿、青驴、红牛、灰驼、红人、青狮、赤猫；左手上为黄天地、白水神、红火神、清风神、白日天、青狱帝、黄施财。明妃一面两臂，右手执曲刀，左手托头器，含情脉脉地凝睇着威猛的明王。“呵——”我禁不住一屁股坐下来，长长地吐出郁结了一万年的忧闷之气。

谁知老女人一瞬间勃然大怒，伸出她的魔爪来推我：“赶快走开，你！”

我抓住门框，倔强地扭过头来，一字一句极为镇静地说：“我、看、懂、了、你、的、心、思，可、是、我、看、不、起、你、的、行、为，因、为、你、活、得、太、苟、且。要、是、心、死、了，肉、体、何、必、还、活、着?！”

说完，等不得她来抓，我扯住一片云彩飞身就逃。只看见她急得乱找扫帚，好不容易七手八脚骑上去，我已经远在万里之外了。风声里，隐隐传来她呜呜咽咽的歌：

我真的不是个好女人呀
愿你去个做好女人吧
可是要横下心受一辈子摧残哪
还不一定能做得到哟
祝你走运啊，啊啊……

我的眼泪夺眶而出，急转身向老婆婆奔去。谁知大雨倾盆而至！大团大团的乌云像被丢进沸腾的油锅里，狂暴地上翻下腾。雷公电母驾驭着发了疯的红色绞龙，环绕着我的周身“唰——唰——”地左奔右突。一道又一道滔天巨浪兜头卷来，好像非要把我撕成碎片才善罢甘休。山一样重的浓雾里，数不清有多少神、佛、鬼、怪、仙一起擂着战鼓，呐喊着，声讨着，追杀着，就好像是我僭越了什么天条！

“有没有搞错？怎么被围剿的反而是我?！”

突然，一道白烟腾起，一团大火球“轰”地在我头顶炸开来，我只记得五内俱焚，一个倒栽葱跌下云端，就什么也不知道了。

5

醒来一看，我竟奇迹般地降落在承德那个不知名的小庙里，对着那尊大美、绝美、至美、纯美、最美，美得逼人的欢喜佛——祈祷。

（选自《十月》1998 年第 1 期）

1973年的一次下乡

周同宾

现在干部下乡，都是上午去，下午回，坐小车，吃宴席。乡镇款待上级各个部门的来客，起码要开三桌五桌，甚至十桌八桌，主要领导人总是陪不过来，不得不串桌敬酒。去年麦收前，我曾吃过一餐村级的招待饭，菜肴的丰盛，烟酒的档次，也不亚于城市。

真是时代不同了。

想起近四十年前那次下乡，仿佛是上一辈子的事。当年的事，如今的年轻人或许不会相信，认为滑稽、荒唐。然而，却是真的。

公款吃喝固然不该，但本文说的不是这个话题。我要说的是，往事不可忘记。罗素有言："人类唯一的历史教训就是忘记历史教训。"

那时，我在县革委文卫组当差。照理说，这个组管全县的文化、教育、卫生。其实，什么也管不了，也无从管起。

一日，组长老张带上老李和我，要跑几个公社，看"教育革命"。当时正宣传毛泽东主席的"五七指示"，即"学生不但学文，也要学工，学农，学军，也要批判资产阶级……资产阶级知识分子统治我们学校的现象再也不能继续下去了"。老张是老干部，人好，却不得县革委领导信任，以为他"右倾"。老李是支部委员（人称李委员），上面有根儿，一言一行都透出无产阶级革命派的架势。我跟上是要写典型材料，上报，或送报纸发表。

三人都骑自行车。他们俩骑公家的自行车，我的是自己的。刚出县城，老李的车链子断了，我的车轱辘气不足了。推到一条河边的桥头，杨树上挂几个自行车的旧胎，那是招牌，一老人守住扳手、钳子、打气筒之类等活儿。老李接了链子，要三角，我打了两个轱辘的气，要一角。老李让开票，按规矩，公家的车修车费可以报销。老张说，都是下乡办公，写一块儿吧。老李斜我一眼，眼光流露的一半是鄙夷，一半是自傲，意味着我这是公家的车，你那是自己的，自己的不能报销。我当即掏出一枚一角硬币扔给老人："这一毛不要票。"

中午，到了一个公社。和革委会主任接了头。而后，领我们去食堂换饭票，吃饭。四两粮票，五角菜票，一个白面黑面各占一半的馒头，一碗玉米糁稀饭，大半碗萝卜丝炒豆腐，豆腐仅三两片。干部们都蹲食堂门外的树下吃饭。主任吩咐通讯员找来三个小凳，让我们坐下，他也端上碗和我们凑一起，刚蹲下，又回屋拿来一个玻璃瓶，内装酱豆豉，用筷子给我们每人剜一坨儿，算是尽了主人待客之谊。

下午，公社教办室汇报教育革命，说，全社共请了五十余位老贫农兼职教师，办了十几个校办工厂。老张问："老贫农都教啥？"答："教学工、学农嘛。"老李问："为啥不教文化课？"答："他们都不识字。"老李批驳道："不识字就没文化、没知识？识字多的知识分子才最没文化，最没知识。"汇报的人一时傻了，大张嘴，无话说。

晚上，宿公社招待室。招待室没床，只在两间屋里用砖坯垒了六个长方体的台子，上铺麦秆编的稿荐，酷似医院的太平间。没被褥，通讯员去街上赁来六条，每人铺一条，盖一条。在梁上吊的十五瓦电灯泡底下看，那被子黑不黑、花不花的，一摸，又潮又腻，好似剃头匠的挡刀布。睡下就感到有小动物在身上的各个部位爬动，很容易就能够摸到一只，是虱子。而且立即就开始咬了，下口狠，是饿了多日的虱子。老张瞌睡大，盖上被子就打呼噜，鼾声如雷，又有节奏感。老李一再掂起被子，站床边又是拍，又是抖，嘟囔着："他妈，他妈的。这么多。这个公社的卫生革命真成问题。"我翻来覆去睡不着，摸一只，又摸一只，摸出就扔远远的。全身处处都痒，搔也搔不及。挨到五更里，才蒙蒙眬眬入眠。第二天起床，每人都一身指头肚儿大的红点点，前胸后背都像沾满了梅花瓣儿。

上午去看学校，先看学工，校办工厂在一间教室里，其实是个木工作坊。一个老木匠，干瘦，驼背，不住咳嗽，不住擤鼻涕，擤罢就抿在鞋帮上。我们到来，他似乎并不欢迎，只顾锯一块木板，让一个学生拉下锯。十几个学生在一旁看。老张让他讲讲做木工活儿的经验，也就是从理论上给学生阐述一番。老木匠脖颈一直，一扭："有啥说的，三年斧子五年锛，十年刨子学不真。木匠这碗饭不是好吃的。"老李问："你是贫下中农吗？"老人白老李一眼："咋不是老贫农？祖宗八代老贫农。旧社会，地没一分。全靠手艺，养活一大家子人。做三间房的屋架，八斗小麦。打一口棺材，两斗小麦。哪像这些年，干一天八个工分，值不了二毛钱。”老李说：“你这个贫农觉悟不高哇！”老人当即停下活儿，指着老李：“你撅得高，一个月不给你几十块钱，你还愿意下来走走转转，跑跑看看？”

离开校办工厂，老李说：“这个贫农是假贫农。给学校说说，换他。”老张说：“农民嘛，说话直。”

又去看学农。一个老师领我们到一块刚刚犁了一半的地，一个老农也赶着两头牛用拖车拉一架木犁进了地，后跟十几个学生。老农先犁一来回，算是示范。牛都没膘，走得慢。老人的鞭子光在牛头上空挥舞，并不打牛，只是一个劲儿骂牛：“我日你奶奶，走着踩死蚂蚁啦。”“打你个老舅子，一步挪四指远。”牛呼呼喘气，显然已尽了力。老人狠按犁杖，额头出了汗。他身后，新翻开的泥垡子如均匀的波浪，反射着阳光。而后，教学生学犁地。女学生没一个往前站。老师指定一个高个子男生先学。他接过鞭子，手扶犁把。老农交代：“弯下腰，使劲按。记住，说‘嗒嗒’，是叫牛往外走，说‘咧咧’，是叫牛往里走。”学生挥鞭，牛就是不走。老农说：“你骂它呀，你骂它呀。”学生不会骂。老农就教那两句骂牛的话。老师让学生们都记住“我日你奶奶”，“打你个老舅子”。一骂，牛果然走了。看样子，在牛听来，那话不是骂它，而是命令它前进的信号，多日形成的条件反射。牛走了，可犁铧一直插不进土里，只顺着犁沟蹭。好不容易插进土里，又揽得太宽，牛拉不动。老农感叹道：“你们啊，上学是学字的，学这干啥。上学学成，上去了，用不着犁地；学不成，回家种庄稼，自然就会了。”老李不满地瞪老农一眼，扭头指示那位老师：“你犁一趟。”老师也犁不成。老李说：“看看，资产阶级知识分子有啥能耐？脱离实际，脱离劳动，能教出革命事业接班人？”老师羞惭地低下头，满脸通红。老张说：“算了，到这儿吧。”回校的路上，老李说：“教育革命的任务艰巨呀。真应该把这些教师都赶下讲台，请贫下中农去上课。”老张无言，我更不敢插嘴。

第二天，去另一个公社。骑车走到一片还没收获的玉米地边，老张说：“身上太痒，停下来捉捉虱子吧。”太阳很暖和，无风。我们钻进庄稼棵，脱下衣服捉虱子。忽听路上有人说话：“这仨干部钻玉米地里干啥？偷玉米棒哩？”另一个窃窃地笑，可能是看见了我们赤身裸体的模样。赶紧穿了衣服，边系扣子边往外走。我们真像做了贼似的骑上车子匆匆离开，两个年轻人在后面大笑，似乎刚看了一出有趣的好戏。

去一所中学听文化课。这是戴帽高中，即初中也办高中班。校领导安排我们听高中班的数学课。教室是两间低矮的茅屋，无门，窗子是个正方形的窟窿。课桌是土坯支起的木板，凳子高低不一，可能是学生自己带来的。最后一排，摆放三把椅子，是特意为我们准备的。我们落座，学生都向后看，很新奇的样子。学生面前没课本，有的放几张纸，有的是卷了角的笔记本。钟声响了（其实不是钟，是挂在校革委会主任门前檐下的一块三角形的铁板），老师走进教室。是位面容清癯的老教师，穿着颇似农民，气质显然是知识分子。他拿有教本，也写有教案。讲的是二元一次方程。我上高中时，数学不好，听着似懂非懂。他们二位好像更糊涂。老张低着头，似乎在想别的事。老李趴在木板上，似乎困了。老师把两道例题抄黑板上，他的粉笔字绝对一流，有颜体的风格。在读例题时候，老李立即直起了头，警觉地两眼放光。例题是，鸡兔同笼，头共多少，脚共多少，求：鸡几只，兔几只。蜗牛爬杆，日上几厘米，夜下几厘米，杆长几厘米，求：几日爬到杆顶。许是发现了老李异样的目光，老教师显得紧张，说话声音有点颤抖，语言也没了原有的逻辑性。老李严峻的目光和神情，一直持续到下课，老教师的紧张和惶恐也一直持续到下课。

随后，到办公室开会，学校的四位领导班子成员参加。老张还没说话，老李就急不可耐发难："这个老师家庭是啥成分？"校革委会主任说："成分高，是地主。不过，表现还可以。"老李当即一脸义愤："典型的没有改造好的资产阶级知识分子，啥子'鸡兔同笼''蜗牛爬杆'，鸡和兔子装一个笼子里干啥？蜗牛爬杆爬上爬下有啥意思？到什么年代了，还讲这些封、资、修的东西！不能叫他再上课，要组织学生批判。毛主席说，资产阶级统治我们学校的现象再也不能继续下去了。"主任说："缺老师，全校会教代数、几何的，只他一个。"老李发火了："你是政治挂帅还是业务挂帅？"冷场有顷，老张慢腾腾地说道："对这类老知识分子，还是要团结、教育、改造，利用一技之长，为教育革命服务。教材嘛，老的不能用了，要发动革命师生编新的。比如，不说鸡呀兔呀蜗牛呀，说生产队的人呀牛呀行不行？说拖拉机、汽车行不行？"老李鼻孔里哼一声，斜老张一眼，不再说话。老张毕竟是组长。

晚上，住集镇上供销社办的旅社。三间石棉瓦盖顶的平房，有床铺，供应开水，每人每晚三角钱。我们进去时，已有四五个住宿者。有一个劁猪匠，一个卖老鼠药的，一个卖瓦盆瓦罐的，还有两个从安徽来的补锅匠。老张说："哟，人还不少哩。"老李咕哝道："都是搞资本主义的。"因为闷热，都脱了上衣，赤着脚，坐床头说闲话。屋里，脚臭味很浓，直呛人。老张说："还早，出去走走吧。"

街上没行人，两旁的住户只几家门开着，煤油灯昏黄的灯光摇曳。月色透过薄云洒在铺了一层尘土、垃圾的路上。街很短，很快走到街外，街外是农村（其实，街道两旁的住户也是农民），人家聚聚散散，村路呈叶脉状。忽听有器乐伴奏中的歌唱声，古筝、三弦弹奏的曲调是地方曲艺大调曲子里的《鼓子尾》。老张说:“这里的文娱活动搞得还不错哩。去看看。”循声前往，绕了许多弯，终于看见村头的空地上，一棵柳树的横枝下，吊一盏便壶装柴油以蔴做捻儿的冒黑烟的灯。一位老艺人手拿八角鼓，不时用手指敲击着。乐器奏的是《鼓子头》。显然，刚才那段已经结束，又重新开始。他面前坐的站的观众百余人，小媳妇抱娃娃，老太太摇蒲扇，光了上身的汉子旱烟袋明明灭灭。乐器噔的一声止住，老艺人开始唱，嗓音高亢却略带女人腔:

谯楼上打罢了三更锣，
小二姐翻来覆去睡不着。
埋怨一声爹妈错，
咋不找媒婆来把媒说。
二十多岁还不叫我出阁，
难道说黄花女要熬成老太婆?
哎哟哟我的命真薄……

这一段叫《小二姐做梦》，说的是少女思春的故事。那唱词，那曲调，都有乡土味，我听着很受用。老李却突地吼道:“‘四旧’，‘四旧’，现在还演这封资修的东西！停了，停了！谁是干部?”艺人一愣，住了声。观众都回头看老李，乱嚷嚷:“你是啥人，碍你啥屎事啦?”“俺们每家兑二毛钱请来的，为啥不叫演?”“你是县长、省长？闲操心，管得太宽。”“有本事你来唱个不是‘四旧’的。”一个中年人走到老李面前，说话很冲:“我是干部。你啥意思？想撤你把我撤了，我正不想干哩。接着演，我看你能把我的屌咬了！”几个年轻人也蹿到老李身边，握着拳头，满脸怒气，显然要揍他。老张拉上老李:“走吧，先别管这事儿。”我们仨急急离开，我不禁回头看，生怕那几个人追上来。四处很静，可以清晰地听到演唱在继续，小二姐已经入梦，媒婆来说媒，将一直唱到出嫁，拜天地，入洞房，而后，冷不防被打更的锣声把美梦惊醒……

回县城的路上，我问材料怎么写，老张说，没发现典型就不写。老李说:“教育黑线回潮、文艺黑线回潮这么严重，没正面典型有反面典型，就写个批判黑线回潮的文章。写好写不好，就看你的路线觉悟高不高了。”组长没发话，我当然一直没写。

（选自《散文百家》2013 年第 2 期）

关于天地，关于生死

陆春祥

壹、杂草的故事

我们都要将杂草除之而后快。

在水稻生长季节，有稗草混杂其间，起初，人们还识不清它的面目，拔节时，稗的尾巴就露出来了，它显然比稻粗壮，且颜色越来越青，稻已经开始谋划孕育生命，稗却只顾抢夺稻田的养分。迅速拔掉，坚决不能让它伤害稻类。稗，虽然也是禾类，但它已是身份卑微的象征，和卑有关的词，都不怎么有地位，婢女，即便陪主子睡了，也很难成为夫人。

稗草是典型的杂草，人们虽尽力除稗，但它仍能让自己的种子混进稻种里，在来年一起被播种。还有野燕麦，也一样能混进麦粒中而不被发现。人们只是不断陈述杂草的危害程度，却不太了解它的前世今生，更不知道无数杂草有着怎样的命运。其实，细细体味，杂草的生长，很有些哲学含义。

英国博物学家理查德·梅比，他的《杂草的故事》，从园艺、文学、历史的角度，探究了许多杂草的来龙去脉，让我们重新审视那些不起眼的杂草。

顺着梅比的思路，我们来厘清几个关于杂草的概念。

1

杂草是出现在错误地点的植物。

这个观点，如同我们比喻垃圾，垃圾是放置错误的宝贝，因为垃圾是宝贝，所以才会有那么多的人寻宝贝，而一般人都将它当作垃圾丢弃了。

杂草也是这样，这个地方是宝贝，换个地方就成了杂草，反之亦然。

例子比比皆是：独脚金，原产地肯尼亚，它的花朵被用来铺洒在迎接贵宾的道路上，而在美国东部，却使上万亩农田颗粒无收；罗马人把宽叶羊角芹引入英国，因为它有缓解痛风的药效，还可以当食物，但两千年过去，这种植物再无药用价值，变成了英国花圃中，最顽固、最难除的令人厌恶的杂草。

2

杂草只是没有被人类驯养。

我们很自然地将叫不出名字的植物统称为杂草。

但对于那些已经知名的草，却有一种莫名的崇拜。端午刚过，许多人家门上还插着干枯了的艾叶。古罗马哲学家阿普列尤斯，他的《植物记》中，这样讲“艾草”：若将此草之根悬于门上，则任何人都无法损坏此房屋。关于“蓖麻”，他这样写：将此植物种子置于家中或任何地方，可保此地不受冰雹袭击，若将此种子悬于船上，则可平息任何暴风雨。

我居住在大运河杭州终点的拱宸桥边，运河两岸，长着无数的花草，有人工种植的，也有自然生长的，简单数数，不会少于一百种，可我只认识很少的一些，我的内心，常常将那些叫不出名的，称为杂草杂花，其实，在农艺花木专家眼里，它们大部分应该是有名字的，只是一般人不知道。

所以，被称为杂草的植物，其实遍布每一个植物类群，从简单的藻类，到森林的大树，哪里有人类，哪里就有杂草。且，总是那些叫不出名的杂草，生长得最旺盛，你虽然不去刻意照顾它，它却吸吮雨露，沐浴阳光，长得欢快，日日欣欣向荣。梅比观察说，如今世界上杂草生长最繁盛的地方，正是除草最卖力的地方！

这就很让人思考。杂草与人类比邻而居，人类与杂草，保持着共生关系，它意味着，人类从杂草中得到的好处，一点也不比其他植物少。杂草是最早的蔬菜，是最古老的药材，是最先使用的染料。《诗经》中一百多种植物，在先民眼里，就是杂草。

立即想到，我们身边的那些动物，命运也和杂草一样，是不断驯化的结果。如鸡，如狗，原来也是杂兽，长久长久的若干年以前，鸡狗和人类共处共生，慢慢亲近，最后成为朋友，谁也离不开谁。

3

杂草的可怕纯粹是人类的短视。

现实世界，危害极大的杂草确实存在，但杂草的危害力，也是人类对自然世界的破坏造成的，一种植物成为杂草，且凶狠勇猛，纵横多国，是因为，人类把其他野生植物全部铲除，使这种植物失去了可以相互制约、保持平衡的物种。

我们来看，世界危害最大的杂草，排名第七的丝茅。

1964到1971年间，美国向越南喷洒了1200万吨的橙剂，此剂臭名昭著，是因为它让所有的雨林树叶都脱落，美军洒剂，就是为了使越共部队无处藏身。差不多半个世纪了，当年茂密的雨林，现在仍然生长着坚硬的丝茅。每当树木脱叶，丝茅就会旺盛生长一段时间，可一旦树荫重新遮住阳光，丝茅即默默退去。越南人一次又一次烧丝茅，越烧长得越旺，他们尝试种植柚木、菠萝甚至强大的竹子，以遏制丝茅，一次次失败，越南人骂它为"美国杂草"。

有消息说，丝茅躲在亚洲出口的室内包装里潜入了美国，如今，正在美国南部各州疯长。这是丝茅的复仇吗?

其实，丝茅是东南亚森林地表植被的组成物之一。在我们周围，丝茅到处都是，可以说，那些绿化不太好的地方，贫瘠的山沟地边，裸露的岩石上，到处都长着丝茅，顽强得很。我在中学读书的时候，节假日就割过这种茅草，收购站会收，和芒秆一样，造纸用。

丝茅青青，它的茎叶，牛羊也要吃。

中医里，草和药同源，丝茅也有药用价值，利尿，清凉。

4

杂草顽强，无所不在的生命能力，仿佛有从神话中得来的无穷力量。

英国植物学家爱德华·索尔兹伯里，成功地将从蝗虫粪便里提取的种子种活，他还从一只红腿鹧鸪伤腿上的泥巴里，培育出了八十多种植物，他很出名的一个举动是，从自己裤脚卷边带回的零碎中，培育出了二十多种计三百株杂草。

科学表明，一棵颇具规模的毛蕊花或小蓬草，能够释放出超过四十万粒种子。风滚草的种子，能在三十六分钟内萌发。千里光从播种到开花再到播种，整个生命周期，只需要六周。

种子可以休眠，二年、三年、五年，三十年甚至三百年，数千年，一英亩的农田中，可能含有一亿粒休眠的种子。土地中杂草的种子，永远除不干净。我看过一个纪录片，说是有机构在南极建立了一个种子库，里面有数千上万种人类生活需要的种子，种子可以存活一千年以上，如果哪一天，地球发生毁灭性灾难（肯定不是球没了），这些种子就可以帮助我们重建家园。

难怪，杂草无处不在，即便在光光的岩石上，千年的枯枝中，只要迎风有雨，都会蓬勃生长。

5

在中世纪，至少有二十种杂草，被人们赋予魔鬼的恶名：春黄菊——魔鬼雏菊；菟丝子——魔鬼的线；荨麻——魔鬼之叶；蒲公英——奶桶。

有恶草，就会有仙草。车前草，就称为“百草之母”，几乎所有的古老药方中，都有车前草的身影。不仅如此，车前草，还是一种占卜草，可以帮助人们预见未来。

1694 年的 6 月 24 日，英国自然哲学家约翰奥布里，他在散步时，看到二十几个女子，她们中的大部分人，衣着光鲜，跪在地上，十分忙碌的样子，像是在除草，一问，原来她们在找爱人：她们在找车前草根下的木炭，晚上把这些木炭放在枕头下，就能梦见未来丈夫的模样。

三色堇，又叫静心花，一种常见的农田杂草，却成了爱情的象征，引发人们各种浪漫的想象。它的花，像一张沉思的小脸，有两道高高的眉毛，两颊，一个下巴，上面还有看起来很像眼睛或者笑纹的细线条。原来如此。

三色堇的形状，在浪漫的法国人看来，一张脸变成了两张脸，两个嘴唇在接吻。于是，代名词和形容词如潮涌来：吻我然后抬起来头，花园门后的吻，在花园门口给我一个吻，给我一个蜻蜓点水的吻，跳起来给我一个吻，去门口迎接她然后在地下仓库里吻她。法国人似乎整天生活在感情的海洋中，太能想象了，只是一朵杂花而已。

6

孤独的野外，默默地开着的，是一朵朵不起眼的小花，因为无名，被人忽略，于是活下来撒播种子，来年，它们又子孙满地，风轻扬，倔强地生长。

杂草的故事，还有许多隐喻，人类不一定非要将自然世界，拆分成野生与驯养两大部分，杂草至少在提醒我们，生活不可能整天整洁光鲜，一尘不染，人类应该像杂草一样，学会在自然的边界上生存。

此刻，雨后，我到楼下，在壹庐的院子中仔细看了看，这里也有好些不知名的杂草，摇曳婀娜，估计它们是去年藏在各种花木的泥盆里一起迁来的。都是客人，我决计不清除它们，让其自由生长，它们原本也是有名字的，就如茫茫人海中的陌生人，只是我不认识而已。

贰、一平方英寸的寂静

1855年，美国西雅图酋长，为印第安土地部落的购买案，写信给富兰克林·皮尔斯总统，信里有这样两句话：

如果在夜晚，听不到三声夜鹰优美的叫声，或者青蛙在池畔的争吵，人生还有什么意义？

现在，我的窗外，是机器间歇的轰鸣声，铁钻机钻钢筋水泥，吱，吱，吱，节奏嗒嗒嗒，强劲有力，要将硬水泥地钻通，仿佛要将你的心脏一起钻碎。

这种建筑的声音，装修的声音，在城市的随便哪个角落，随时都能听见。

几乎所有的人，都烦噪声，但又在不遗余力地制造噪声。

用科技的手段来对抗噪声，虽然小有成就，但力度，并没有像人类对待治理癌症那样重视。

于是，我们都很向往一种环境，一种安静的环境，想那苍穹下，一望无际，满地青草和鲜花，只有蓝天和白云，还有飞鸟在陪伴我们，想采菊东篱下，悠然见南山，想门对千棵竹，闭门即深山。

这纯属奢侈，要在当下的社会，找到一块安静的地方，很难，今日，宁静就像那些濒临灭绝的物种一样。

穆雷·谢弗在《世界的调音》里，曾经提议，把能否听到自己的脚步声，列为城市的噪声标准之一，他的意思可以这么理解：我们居住的地方，应该安静到足以听到自己或者他人走路的声音。

然而，除了那些无人烟的荒漠高原，各种机器，就是主导我们当今世界的主要声音。

到哪里可以找到安静呢？绝对的安静肯定没有，地球上最安静的地方，应该是实验室，美国欧菲尔实验公司有个无响室，位于明尼阿波利斯的边远地带，底噪只有负九加权分贝。

尽管安静是奢侈品，但我们很多人，还是在不断寻找自然的宁静点，美国声音生态学家戈登·汉普顿也在找，他几十年，都致力于寻找寂静的声音，寻找那一平方英寸的寂静。

我将汉普顿的这种行为，当作一种实验。

2005年4月22日，世界“地球日”那一天，他独自到美国奥林匹克国家公园的霍河雨林，在距离游客中心大约三英里的地方，将印第安部落长老送给他的一块小红石，放到一根原木上，并将那里命名为“一平方英寸的寂静”，他设下这个标记，希望对这个偏远荒地的自然声境有助于保持和管理。他会定期到那里，监测可能入侵的各种噪声，记录下噪声发生的时间，还尝试确认噪声的来源，再用电子邮件通知对方，向他们解释保存仅余的自然寂静声音的重要性，请他们自我约束，他还会随信附上一张有声CD，上面有噪声入侵的实况。

汉普顿录制声音，已经超过二十五年，他的声音图书馆里，藏有3000GB的声音，包括蝴蝶鼓动翅膀的声音，如雷瀑布的轰鸣声，一片飘浮的叶子细微的声响，草原幼狼低柔的咕咕声，传授花粉的昆虫拍扑翅膀时带起的柔和声，等等，可以说是库纳万籁。

一平方英寸的寂静，有什么实际意义吗？在大部分不理解的人看来，这就是矫情，或者是小题大做，或者是愚蠢。汉普顿却认为，如果能保存一平方英寸的寂静，就能减少一千平方英里内的噪声污染！也就是说，大自然的寂静，是能够支配许多平方英里所在的。

他的体验是，一个安静的地方，能让人的感觉全部打开，万物也会生动起来。

汉普顿的记录告诉我们，在美国要找到连续十五分钟以上的寂静，极度困难，在欧洲，这种寂静，更是早已绝迹，现在大部分地方，已经完全没有安静的地方，反而是全天二十四小时都存在着一种以上的噪声来源。

我们来看看，这个声音生态学家的敏捷听觉。

这是一次平常的记录，在他的一平方英寸目标点。

五十英尺外，传来西方鹪鹩的叫声，四十加权分贝。

三十英尺外，传来红胸和栗背山雀的叫声，四十五加权分贝。

下午一点四十五分，一架直升机，沿霍河河谷的北脊飞过，五十加权分贝。

大叶枫林里，强风从河谷吹来，每片叶子从六英尺高掉落到蕨叶上，平均会发出三十加权分贝的声响。

单只熊蜂嗡嗡飞过，音量可能在三十四至四十四加权分贝。

整个早上，他都在静静观察周遭的自然奇景，三十英尺外有一只树蛙，五十五加权分贝，它的声音几乎跟人类平常的聊天一样大，听得很清楚，缓慢，从容，清晰，类似于橡皮绞动的声音。

他开始搜寻麋鹿。他朝步道走了一小段，这时，从低矮的白珠树丛里，传来一种微弱、干脆、叮叮咚咚的新声音，他立刻静止不动。仔细搜寻后，他发现，树丛上，有一些铁杉的针叶，抬头看，它们是从一百英尺以上的高空掉落的。

在一般人眼里，做这些事情，且持续数十年，是不是有点枯燥无味呢？

呵，这得看怎么理解了。汉普顿眼中的寂静，是一块神圣的地方，他记录并极力保护那一平方英寸，是因为他比我们常人，对寂静有更深刻的理解。

他理解的寂静，有内在和外在两种。

内在寂静，是尊重生命的感觉。我们可以带着这种感觉，去任何地方，神圣的寂静，会提醒我们的是非对错，即便在城市嘈杂的街道上，仍能产生这样的感觉。内在寂静，属于灵魂层次。外在寂静，是我们置身于安静的自然环境，它邀请我们敞开感官，与周围万物产生链接，无论我们望向何方，都可以看到相同的链接。外在寂静，还可以帮助我们找回内在的寂静，让心灵充满感恩和耐心。

这也许就是汉普顿和别的一些科学家不一样的地方了，他是世界上最好的倾听者，卓识远见，他在用心实验，他的实验是科学和诗意的交融，他试图找出人类烦躁的病症，他似乎也是中国古代哲学良好的践行者，天人要合一，道法存在于自然中。

2016 年 4 月 30 日夜 10 点，窗外仍然喧闹，我读完汉普顿的《一平方英寸的寂静》，满胸起伏，在扉页上草草记着以下几句：

> 应当觉醒，拯救寂静，是因为寂静变得稀有，差不多快灭绝了；
>
> 寂静，是另一种独特的声音，其实也是万物俱在，空气是翅膀留下的音乐，万物都在音乐中舞动和谱曲；
>
> 人类不是世界的主宰，无论植物或动物，都在同一现场，相互依赖，任何生物都无法单独生存；
>
> 保护寂静，聆听大地的声音。

叁、诗意的雪隐

庄子对着一群来问道的博士生，谆谆教导：道在屎尿。学生你看我，我看你，似乎有点领悟了，我们所寻求的道，存在于一切事物中，连我们每日不洁的出口物中都有。

数千年后，真的有人从屎尿中悟出了道，尽管他不是庄子的信徒。

北宋时期，雪窦山的明觉禅师，曾经在灵隐寺扫厕所三年，整天在和屎尿打交道，但扫出了“雪隐”这个新名词。“雪”，雪窦山，“隐”，灵隐寺，“远观云遮雾罩，若隐若现；近看晶莹剔透，空明澄澈。雪影留踪，禅意盎然”，又是写景，又是抒意，诗意浓厚。后来，僧人们就以“雪隐”代替厕所。这恐怕是厕所最文艺的代称了。

真实情况是，明觉禅师，确实在灵隐隐了三年。他悟性高，出家不久就有了比较大的名气。有一段时间，他打算游历浙江境内的钱塘、西兴、天台山、雁荡山等地，但他的好朋友，池州知州曾会，建议他先到杭州灵隐寺，并为他给当寺住持写了一封推荐信。明觉到了灵隐寺，却没有拿出推荐信，而是在僧众中修持三年。后来，曾会奉使浙西，特地到灵隐寺寻访明觉，竟在上千普通僧中才查找到他。

明觉在灵隐的三年，既然是普通僧侣，没关系，不起眼，不张扬，成了僧侣中的环卫工人，也极有可能。只是，在他眼中，什么工作都一样，皆是修禅，所以，他才能将屎尿参成“雪隐”。

在禅宗中，表示厕所的，其实不仅仅是雪隐，雪隐只是指北边的厕所，南边的厕所以“登司”命之，东边的称“东司”，西边的叫“西净”。西净，是不是西天净土，我也不知道。

其实，雪隐，并不只是一个简单的诗意名词，数千年来，人类一直在为它纠结，甚至吃尽苦头。

恺撒请客，一个非常有名的故事。他远征高卢凯旋，准备了一千多间房子，摆上二万多张餐桌，招待了二十六万罗马市民，人们狂欢，宴会持续时间很长。这样大型的宴会，我很好奇，他们的方便问题如何解决，如此大量的人流，能隐得了吗？

法国作家亨利·盖朗，在他的《何处解急——厕所的历史》中，为我们展现的厕所趣味文明史，让人眼界大开。人类真不容易，妥善处理好自己的屎尿，几乎用尽了智慧。

我很惊讶，中世纪的法国，羞耻心这个词，几乎没有什么意义。人们将街道当作万能，什么脏东西，各种污水，各种垃圾，尿，甚至屎，都从窗户往街上倒，不管是白天还是夜晚。倒的时候，往往会招呼一声“当心上面”“当心尿”，此时，常常来不及，许多行人身上都会便壶淋头，甚至包括圣路易国王，他老人家，喜欢大清早到巴黎街道上散步。即便在凡尔赛宫，窗口也照样传出“注意水啊”的叫喊声，同时泼下一盆屎尿。每天人头攒动的司法宫和罗浮宫，遍地屎尿，当人们踏进院子，或者走楼梯时，都需要特别小心，带永久衬托的长筒靴，是巴黎最适宜的鞋子样式。

便溺的话题，在文艺复兴时代的作品中也时有体现。

盖朗饶有趣味地列举了路德《桌边谈话录》中的一则逸闻：一个贵族的妻子，问她丈夫是否真的爱她，丈夫回答：我爱你，就像爱舒畅地大便一样。妻子对这个回答很不高兴，认为丈夫没教养。第二天，丈夫带着妻子骑马出行，一整天都没让妻子大小便。妻子于是讨饶：哦，老爷，现在，我知道您是多么的爱我，我恳求您，看您对我爱的分儿上，停下来吧。

不少人在苦想解决办法。

对乔纳森·斯威夫特创办厕所股份公司的创意，盖朗显然颇为欣赏：用上等优质石料，建造五百间古典主义风格的厕所，装修要豪华，每间厕所都要有壁画，蹲便的位置蒙上双层棉布，用白纸作手纸，喜欢读书的人，则可使用印有文字的纸张，每一次花费两个苏，每人在里面的时间，不得超过半小时。

我读过巴尔扎克人间喜剧系列的不少作品，他笔下对当时的巴黎也时有抱怨：这个大城市，除了恶臭以外，还有四万所房屋的屋基浸泡在污秽的垃圾中，政府甚至不曾设法用混凝土墙把垃圾圈起来，以防止最臭的烂泥渗入地层，防止它污染水井，半个巴黎，都淹没在庭院、街道以及各种垃圾的腐臭气息里！

许多臭烘烘的事实，仍然不断还原巴尔扎克的文学现场，一直到1876年，塞纳河仍然遭受到强烈的污染：从上游的克里希排污站，到下游的芒特，河水都呈深黑色。在那段河的两岸，人们每天向河中倾倒二十万立方米的污水，大部分污水，都来自工厂和化粪场。

法国政府难道不管不顾吗？绝对不是，但限于技术手段，治理能力极其低下。盖朗无可奈何地感叹，在当时环境下，要扭转人们的观念，也是一件极难的事情。政府推出的规章，市民并不执行，即便在一切权力中心的巴黎，要让市民服从卫生规章，仍然需要两个世纪的时间！

18世纪，英国人马戈尔尼一行，拜见乾隆皇帝，他留下的日记里，对清朝官员的卫生状况，也有不少讥讽，不洗澡，身上有虱子，屋里有便臭。但我不认为，英国人自己的卫生已经处理得很好了，世界共性问题，厕所改革只能一步步推进。

窥一斑而知全豹，法国人大小便的历史，不，应该是所有人的大小便历史，其实就是人类不断进步的文明史。

杭州环城北路，坝子桥边，离单位很近，我专门去了趟雪隐。一抬眼就是巨石一块，上书红色“雪隐”两字，楷体，稳重。进入院中，桂树丛旁，是一座精致的生态旅游公厕。大理石地面，冷热水感应式洗手盆，吹风机，烘手器，椅子，茶几，花格窗子，当然还有盆景，木质板雕上，刻着明觉禅师的“雪隐”故事，这是厕所，不是家，但文化味道着实浓郁。

模拟一个小场景。

一对正在热恋中的年轻人，卿卿我我了好长时间，突然，女孩抱歉起身：对不起，我去下雪隐。

呵，精神虽美好，但终究要回到现实中。雪隐，文明伴生的诗意，也算是对庄子屎尿道的延伸诠释吧。

肆、这回，我们来谈谈死亡

昨日，去省肿瘤医院，探望一位亲戚，刚六十。手术很成功，见面却唉声叹气，我怎么会来这里呢？我们聊了他的烟龄，聊了空气，聊了心态，聊了免疫力，我还和他聊了马原，就是那个肺部检查出重大问题，然后辞教职、卖房子、到西双版纳高山上造了房子的小说家马原。

本来，还想和他聊我最近读的一本书，《哲学家死亡录》，英国作家克里切利，一百九十余位哲学家，上自古希腊，下至今日，跨越数千年，记录了一些值得铭记的死亡事件。转念想，在病房里直接谈死亡，显然不合时宜，我还是和读者谈吧。

事实上，我和那亲戚一样，不，几乎所有人，都恐惧死亡。“死亡同太阳一样，让人无法正视”。（拉罗什富科）

肉体消失，我们都想极力否认，但又义无反顾地奔向健忘，愚蠢地陶醉于占有钱财带来的肤浅感受，我们不断赞美医学的进步，不断赞美各种形式的长寿。同时，我们还会努力寻找那些能拯救死亡的各种仙方，巫师道士们，长生不老的许诺，总令历代皇帝们神往，并为之竭尽全力。

哲学家们却很清醒。

蒙田直言：探讨哲学，就是学习死亡。难怪，那些哲学家死得千奇百怪，哲学家，死得也哲学。因为，哲学家这样认为，教会人们死亡，也就是教会人们活着，换句话说，预先思考死亡，等于提前谋划自由，再通俗一点讲，就是，不懂好好死的人，也不会好好活。

苏格拉底坚持认为，哲学家在面临死亡的时候，应该高兴。

他被判决死刑之后，发出了惊人的语言：现在分手的时候到了，我去死，你们活着；究竟谁过得更幸福，只有神知道。

在他的学生，柏拉图的记述中，苏格拉底发出这样的惊人语一点也不奇怪：死亡具有两种可能性，它或者是一种湮灭，死者不会再有任何意识，或者如有人所说，它是一种真正的转变，灵魂从此地迁徙到彼地，二者必居其一。

到底是先哲，按这样的说法，无论哪种是真，死亡都不值得害怕，如果是一种湮灭，那它就是一次漫长的无梦之眠，如果它通向某地，那将会见到很多老朋友，还能与一些不朽的人交流，两者都是非常美好的事情。

因此，死亡本身没什么可怕，认为死亡很可怕的看法才是可怕的。

现实中，很多人都偏向认同第二种结果，世界上的各大宗教，讲的也是有来生，上天堂，中国古代的各类神话，对彼岸那个世界，都有极其生动的场景描写。泰戈尔有诗：死亡不是油尽灯枯，它只是熄灭灯光，因为黎明已经到来！

庄子的老婆死了，在敲盆子庆祝，惠施认为有些不妥，庄子却大笑：老婆平静地仰睡在天地之间，我反而在旁边哭哭啼啼，这样实在太不懂生命自然的道理了，太阳和大地都将是她的棺材，她只是一种存在形式转向另一种存在形式而已，所以我应该欢庆她的死去。

叔本华、弗洛伊德，整天都在琢磨死亡的事情。在悲观主义者叔本华看来，世界仅仅是一系列转瞬即逝的现象，人生是以受难的方式逐步走向死亡：生命是向死亡讨来的借贷，而睡眠，不过是缴付每日的利息。

看哲学家如何死亡：

赫拉克利特，将自己闷死在牛粪里；

埃斯库罗斯，据说是一只老鹰将一只乌龟扔到了他的秃头上被砸死了；

恩培多克勒，想成为神，跳进了埃特纳火山口；

柏拉图，据说是用乌头毒草毒死了自己；

第欧根尼，自己憋气窒息而死；

阿维森纳，死于激烈的性交之后的鸦片服用过量；

培根，为了评估冷藏的效果，往一只鸡体内塞满雪后，得感冒死了；

孟德斯鸠，死在了情人的怀里，留下了一篇未完成的论文；

狄德罗，吃杏时噎死；

康德，死前最后一句话是“够了”；

边沁，让人将自己的尸体塞满稻草，坐在伦敦大学学院中的一个玻璃盒子里供人观瞻，目的是让自己的效用最大化；

梭罗，在一个雨夜，去数三棵树桩上的年轮，染上了支气管炎而死。

显然，哲学家的死亡，没有多少值得称道，只是怪诞而已，这肯定不是作家克里切利写作的重点，却是卖点，虽然他直言，哲学家最伟大的艺术作品往往正是他们的死亡方式，但他还是通过哲学家的死亡，很简练地回顾了哲学家的成就，这样，《哲学家死亡录》就显得极其有趣有深度。

当然，克里切利的书中，还有不少自己第一手的研究材料：

比如第欧根尼，这位被称为“疯掉的苏格拉底”，有很多趣闻：他住在一只木桶中，夏天就在炽热的沙滩上滚来滚去，冬天，通过拥抱落满雪的雕像来习惯寒冷。他站在集市中手淫，还说希望这就像通过摩擦空空如也的胃，来缓解饥饿感一样容易。他认为，听柏拉图的课是浪费时间，有一次上课时，柏拉图将人定义为一种两足无毛动物，得到了热烈的掌声，老第就跑到市场上，将一只鸡的毛拔光，一把拎到了讲台上，向听众宣布：这就是柏拉图所说的人！

比如尼采，我们看到的是一个略带神经质、思想却无比光鲜的哲学家，但这位哲学家，却有让人辛酸的疯癫病史：他健康垮掉的原因是感染梅毒，这病是他1865年逛科隆妓院时染上的，那会儿他还是个学生；也有专家认为，他的病因是过度手淫；他似乎患上了食粪癖，专门偏好自己的粪便，喝自己的尿液。

哲学家很另类，他们的死法很另类，但也有形象很正派的，比如伊壁鸠鲁。

伊氏，在所有的事情上，都奉行节制原则。他曾感慨，只要拥有一个大麦面包和一些水，他就敢和宙斯比幸福。他关注培养人们的幸福感，这是一种没有欲望、没有烦恼、没有焦虑的生活。如果人们总是渴望，拥有他们没有的东西，他们将永远不会幸福。他这样说死亡：练习好好活，与练习好好死，是同一回事。

写到这里，结论已经相当明确，死亡是人类生命的组成部分，死亡也是人类成长的最后阶段。

一定会有很多人反驳，死亡那么美好，你为什么不去死呢？我不回答，我用下面这个故事借代：

泰勒斯，通常被认为是人类第一位哲学家，他坚持认为生与死之间没有差别，有人就反问：那你为什么不去死呢？他答道：因为没有差别！

无论怎么说，生命的短暂或漫长，与死亡的永恒相比，都不值得一提。

7853号小行星叫孔子，7854号小行星叫老子，孔子、老子，都变成了天体，即便如此，也不会永恒！

因此，被伏尔泰称作“最伟大的人”的马可·奥勒留，他的《沉思录》，就可以当作我们每一个活着的人的座右铭了：

把每一天都当作最后一天来过，永不慌乱，从不冷漠，也永不装腔作势——这便是人性的完美境界。

一句话，我们来谈谈死亡，就是为了获得当下。

（选自《黄河文学》2017年第4期）

娘

彭学明

一

路的两边是田，田的两边是山。顺着田和山，娘背着我，进了寨子。

寨子不大，却有几蔸大古树。枫香树。高高的。有几个人合抱那么大。是秋天了，地下是一大片枫香叶。金红金红的，金黄金黄的。娘踩着落叶，落叶沙沙有声。一只狗从一户人家冲出来，对着娘和我吠。娘顺手从路边的园圃篱笆上抽了根竹条，对着狗挥。被吓退的狗，引出了更多的狗。一个寨子就被狗吵乱了，吠破了。寨子上的人都走出来，认出了娘，亲热地喊娘，心最热的，就手脚很快地走出来，在半路上迎接娘。狗们见主人跟娘是熟人，也懂事而亲热地摇起尾巴来。有的狗远远退到一边，像做错事的孩子，默默地望着我们。乡亲们都跟着娘走到了石板路上。边走边跟娘讲话。

走到水井边时，娘把我放下来，洗衣的、洗菜的、挑水的和一路跟过来的人都围着我转，每个人还喜滋滋地捏我的脸蛋，摸我的鼻子，扯我的耳朵。

嘿，走的时候，抱到手上的，长这么大了，泡儿一样，家云哥米（没）有福气。寨上人七嘴八舌地议论。

泡儿是山上的一种野果，有两三颗苞谷籽大，红红的，甜甜的，熟透的时候，红得发亮，看得见里面一包红甜水。有点像草莓。比草莓小很多，甜很多。特别熟的，会发黑。是我至今认为最好吃的水果。我们湘西讲长得像泡儿一样，就是讲你长得好看，长得乖，嫩得像熟透的泡儿。

乡亲们讲的家云就是我爹。我娘带我来这个寨子，是找我爹要伙食费的。我尚未生下来，我娘我和爹就脱离了，用城里人话说，就是离婚了。我娘和我爹脱离后，我爹一分伙食费也米过（米，在我们那就是没的意思。过，就是给的意思。米过，就是没给）。我娘的日子实在糊不下去了，就找我爹来了。

娘从水井里舀了一瓢水喂我，走了一天了，我们都渴了。那是我记忆中吃到的故乡的第一口水。那时候，我是分不出故乡的水有多甜的，长大后，当我第一次回到故乡时，我才知道故乡的水是多么的甜。

有人站在水井边大喊：家云哥！快出来！你儿子来了！嫂子带着你儿子来了！

那个叫家云的爹，早就听见外面的动静了。他家离水井很近。只隔着一丘田。田里的稻子正是金黄。

爹站在门前的阶沿上，目光穿过那层金黄的稻浪，远远地望着我们。稻浪起伏翻滚，爹的心也在起伏翻滚。娘说，你爹是又喜又怕。

见爹站在那里不动，又喊：家云哥，你还挨什么？还不快来接？（挨，我们读 ai，第三声。）

众人都附和：是啊，快来接。

爹就慢慢地走到水井边，笑笑地看看我，又看看我娘，不晓得如何是好。

寨上人说：你还看什么？家云哥，嫂子都把儿养这么大了，你还不快抱下儿子？

爹傻笑着，在身上搓了搓手，想抱，却米（没）抱。爹急促不安地看看娘，又看了看后面。那是一片竹林。竹林里面掩映着一户人家。那是爹的叔叔婶娘家。人们都晓得，爹是想看他的婶娘和叔叔在不在。爹怕他们不欢喜。尽管竹林的绿色很密很厚，爹还是怕他叔叔婶娘的眼光比竹林还尖还厚。

娘晓得爹的顾虑，指着我爹对我说：喊爹，他是你爹。

我看着爹，“咯咯”地笑。

娘又说：喊爹，喊，爹——

我就奶声奶气地喊了一声爹。

爹却羞红了脸，还是诚惶诚恐地往后面竹林的屋坎上看。

寨上人就骂我爹：

你还怕什么？你个儿子你不要？快抱屋里去！

是的撒！你到哪里捡这么大个儿子去？抱个人（自己）儿子，还把你吃了？

爹又不安地看了看竹林后面，憋了气，大了胆子，走到背篓边，把我抱了起来。边走边把我亲了又亲。

记忆中，这是爹唯一的一次亲我。

娘和爹都流下了泪。

进了屋，爹就烧火给我和娘煮饭。文贵二叔到他家拿了两个鸡蛋。那时都穷得卵拖灰，两个鸡蛋，比现在的什么盛大宴会都珍贵。寨上人也挑水的帮着挑水，烧火的帮着烧火，洗菜的帮着洗菜。边看着我边跟我娘讲话。他们很久米（没）见我娘了，心里很是亲热。见我娘把我养了这么大，我还如此可爱，他们心生感激。我们那个寨子，一个寨子都是家务堂和亲戚。

水还米（没）开，爹就被他婶娘叔叔喊到他们屋去了。

爹的婶娘和叔叔米有（没有）孩子，爹就主动承担起了赡养他们的义务。

寨上人叹气：

"唉！家云哥一辈子就是米有（没有）主见，信他叔叔婶娘摆。

"不晓得家云哥哪门（为什么）那么怕他叔叔婶娘？

"不晓得他叔叔婶娘又要跟他摆什么主意？"

饭熟了，爹都还米（没）下来。

爹自己有房子。但因为他叔叔和婶娘米有（没有）儿女，他就跟他叔叔婶娘住。爹的房子，和他叔叔婶娘的房子坎上坎下挨着。就隔了几十米。

这几十米，就是几重天。我娘和我爹就是被几十米的距离生生分开，天各一方。

很久，爹下来了。爹闷着，不讲话。

寨上人问：你婶娘哪门（怎么）讲？

爹憋了老半天，说：儿子我要。你把儿子留下。

娘说：不行，法院是判跟我的。

爹说：判跟你的，我也要。你要是把儿子留下，我就把这两年的伙食费过（给）你，你不把儿子留下，我就一分都不过（给）。

娘惊愕地：法院判的也不准数？

爹说：不准数，我后悔了。

娘说：你后悔米（没）有后悔药。

爹说：我不要后悔药，就要儿子。

娘说：你一个后生家，哪门（怎么）养得活？儿还要吃奶。

爹说：儿两岁了，吃什么都养得活了。

娘的泪水一下子就出来了：吃什么都养得活？你给他吃什么？喂鸡食还是吃猪草？你上头有两个老的，下头有两个小的，你拿什么养？你莫把我儿饿死了。

娘说的两个小的，是指我同父异母的一个哥哥和一个姐姐。

其时，我那个哥哥和姐姐都在旁边站着，好奇地看着我。十六年后，我见着了我那个同父异母的哥哥，那个同父异母的姐姐却早就去世了。

娘还记着这两个孩子，还特意给他们买了一包松子糖。

娘把糖给我那哥哥姐姐时，哥哥姐姐都高兴地叫了一声娘。那个年月，要吃一块糖比过年还难。

爹有些感动，却还是把眼一瞪，对着两个孩子吼：你娘死了！一边去！

两个孩子就乖乖地站到一边去了。

娘说，你吼什么？我两年不见两个小的了，买包糖你吼什么？

爹说：你莫管他两个，你把老二还我。

娘说：我的，我还你？还你你也养不活。

爹说：那你莫管我的，我养得活。

娘说：你养不活。

爹说：我养得活。

娘说：你肯定养不活。

爹说：我肯定养得活。

爹和娘争执不下时，爹的婶娘站在屋后面骂起来了：养不养得活是我彭家人的事，不关你吴家人的事（我娘姓吴）！你肯把小杂种留下来，我们就把这两年的伙食费过你，你以后永远不要到这里踩脚迹！你不留小杂种也可以，赶快死出去，莫到这里耽误我们工夫！

寨上人就劝我娘：嫂子，把儿子留给家云哥，也得两个钱用下。

娘的泪就一把一把地流出来，放开嗓门哭了起来：他养不活的，我跟他坐了几年，我还不晓得他是什么人？他痛他儿，人家不痛他儿。

寨上人晓得我娘指的是我爹的婶娘和叔叔。劝：是他个人（自己）的肉，人家痛不痛无所谓，他痛就成。

娘说：他痛得了鼻子痛不了嘴巴。还是我个人（自己）带到。我留跟他们了，我脚迹都不能踩，看都不得看了，我留跟他们搞什么？

寨上人还是劝：不让看也是你儿子，长大了还得认你这个娘。你一个人拖着几个孩子也不容易，你就留跟家云哥算了，也省了心。

娘说：我晓得，你家云哥要的不是他儿子，是舍不得他十八年的伙食费。他舍得，他叔叔婶娘也舍不得。你家云哥不过（给）伙食费算了，我不为难他，我不要了。我做叫花子讨米都要把儿养大。

娘边说边把我往背篓里放，背起我就走。

见娘背起我就走，寨上人喊：家云哥，天都黑了，你还不留他们娘儿俩？娘儿俩天长路远饭都米（没）吃！

爹就抓住娘的背篓，不让走。

娘死命地往前奔，偏要走。

一来二去，背篓里的我，只差被他们拽出来。

我被吓得哇哇大哭。

情急中，爹把我从背篓里抱出来，死死箍着。我娘怎么抢，也抢不过来。

爹喊：你要走你走，儿子我要。

娘喊：你早搞什么去了？儿子养这么大了你要？

爹喊：我的儿子我当然要。

娘喊：法院判跟我了，与你米得（没有）关系。

爹喊：与我米得（没有）关系，你找我要伙食费？！

娘喊：法院判了你要付十八年的伙食费，你不肯就算了，我不要了。

两人你争我抢，我吓得哭声更大。

我哪里肯认我爹，对着我娘大哭大喊，要娘。

所有的人，都被我哭喊出了眼泪。

寨上人对我爹说：快松手家云哥，莫吓着你儿子！退给嫂子吧，这儿子，命里是嫂子的。

爹放了我。泪，也伤感地流了。

娘像怕我再被抢走似的，背了我就跑。

一跑，就是十六年。

事后，寨上对娘说，娘背着我跑对了，要是落在我爹手上，我不是病死就是饿死了。因为我那个同父异母的姐姐，就是在七岁时病死在家里了。那时我爹常年出去给生产队做木匠活挣工分，哥哥姐姐都米得（没有）人管，姐姐是病了一个多月也米得（没有）人送她去医院。寨上人说，如果，我真的被留下了，也许跟我那同父异母的姐姐是一样的命运了。

我娘在我最危险的时候，抢回了我的命。

这个寨子叫熬溪。

二

流浪时间最长的当属古丈县茄通公社的上布尺。那是我人生中最重要的一个标点和记忆。

我童年少年的痛，我童年少年的恨，我童年少年的欢乐和甜蜜，都动不动就梦回那里，动不动梦里醒来，热泪满腮。

这也是一个土家族语的地名。我不知道这地名的汉语是什么意思。只知道是湖南湘西古丈县最偏远的一个村寨。

寨子不大，就三十来户人。田姓和金姓两家大户外加一孔姓人家。

去上布尺的那天，我已有六岁，可以满山乱跑了。是继父带着一群人来接的。没有锣鼓吹吹打打，就一行人寂寞地走在高高的大山里。

这是娘的第四次婚姻。娘的第一次婚姻是嫁给史家，生育了我大姐、二姐和哥哥。20 世纪 50 年代末无休止的“大跃进”“大食堂”“大炼钢铁”，造成了 60 年代初的三年苦日子，全中国都是一个空袋子，面黄肌瘦，骨瘦如柴，没有饱饭。娘为了养活我的两个姐姐和一个哥哥，带着他们离开了我那姓史的伯父，嫁给了我父亲。娘说，我史伯父高大英俊，是个裁缝。本可以跟他过上一个好日子，可米（没）过成。三年苦日子，裁缝的手艺派不上用场。一家人跟所有的人一样，天天挨饿。饿死的人太多了，天天都有饿死人的消息传进闭塞的寨子。寨子上也不断有人饿死。山上的草和树叶都吃光了，米有（没有）活路了，娘只好带着我的姐姐、哥哥改嫁。娘说，我史伯父的饭量大得惊人，每天得到的汤汤水水都不够他自己一个吃。她只好带着我的姐姐哥哥另寻活路。这样，娘就有了第二次婚姻，跟我爹。我爹是个木匠，也是手艺人。虽然我爹的手艺也同样派不上用场，但我爹居住的那个寨子是一个旱涝保收的好寨子，用娘的话说，比我姐姐哥哥那个寨子好讨吃。而且那个寨子都是同根生的一姓人，三年苦日子，大家都偷偷地种点菜、养只鸡，也米有（没有）人去检举揭发。虽然也吃不饱，但瓜菜带，也不至于饿死。所以，当有人给娘说到我爹和我爹那个寨子的情况时，娘就跟史伯父商量着离了。为了孩子能够活命，史伯父也只好如此。孩子似的哭！娘跟史伯父说：不哭，孩子养大了，就送转到你身边来。史伯父就站在村口，把娘和我姐姐哥哥送了出去。

后来，娘没食言。苦日子一过，娘真把姐姐哥哥全部送到了史伯父身边。

娘的第三次婚姻当然就是跟我妹妹的父亲了。这样，我同母异父的兄弟姐妹五个，同父异母的哥哥、姐姐两个。我的家庭背景具有了特殊性和复杂性。

娘本来是想在彻土库照顾二姐的，但娘不但照顾不了二姐，还给二姐添了不少麻烦。嫁出去的二姐本来就家境贫寒，帮不了娘和我及妹妹，可二姐天下第一心好，她自己不吃不喝也要给娘和我们兄妹。二姐夫自己都要吃米（没）吃，要穿米（没）有穿，哪里允许二姐帮衬我们？于是就常常毒打二姐。娘不忍心拖累二姐，就留下孤零零的二姐，带着我和妹妹远嫁上布尺，开始娘的第四次婚姻。

娘的第四次婚姻实在是远，远得走了一天也走不到头。那山，实在是高，高得一抬头望不到顶，头晕目眩。娘的婚姻像是悬在高天上的云朵。上坡时鼻子贴着路面，下坡时，脚像伸进深渊。看到山越走越高，路越走越陡，谷越走越深。我一下子就恐惧得哭了。同行的一群人中就有人蹲下来，背我。母亲则背着更小的妹妹，爬山。背我的那个人就是我的继父，他是跟寨子上的人一道接我们母子三人的。

这背我的人姓金。他住的这个寨子就是上布尺。

这个寨子坐落在半山腰上。几十户人家。散落在几级台地上。

第一级台地上田姓两兄弟。旁边有一棵巨大的枫树。枫树旁边是好大一排生产队的牛栏。牛栏旁边是一个碾坊。碾坊过去，是好大一坝田。

第二级台地，是最密集的。有 20 多户人家，都姓田。左边是学校和操场。右边是仓库和晒谷场。操场是泥的。很大。晒谷场是石板铺的，有上中下三个晒谷坪。

第三级台地，是一孔姓人家、三田姓人家和一金姓人家。孔姓和田姓的房子连为一体。很大。吊脚楼。很气派。

第四级台地，是金家四兄弟，也是连为一体的，很大，但不是吊脚楼。没有下面的人家气派。左右两边都是园圃。一年四季长满了绿色蔬菜。后面就是高耸入云的山。陡直陡直的，金家几兄弟的房子就像是靠在山上一样。

还有一家姓黄，因是地主，没人愿意挨着他们，孤零零地立在一边。母子俩，照孽得很，母亲身体不好，儿子是个哑巴。照孽，在我们那就是可怜的意思。黄家成分不好，经常挨斗。我记得有几次都是晚上把那可怜的地主婆抓来批斗。虽然老被批斗，但风景黄家最好。前面是一条再干旱都四季长流的小溪水，后面是一层层蜿蜒有致的梯土，左边是隔着一定距离的金姓人家，右边是郁郁葱葱的一片竹林。

继父是金家几兄弟最小的。有两个孩子，一儿一女。女儿跟地主家儿子一样，是个哑巴。家境极为不好，只有一间很大的房子。我娘嫁给金家之前不晓得看米（没）看过这个地方和这个家，自然环境这么恶劣的地方和家境这么不好的人家，娘居然就嫁过来了。也许，那个年代的爱情就是这样，或者不叫爱情，有一个安身立命的地方就可以了。

娘把我和妹妹拉到继父面前，要我们叫他爹。我爹死得早，从我记事时起，我就不晓得爹是什么，不晓得哪门（怎么）开口。憋了老半天，还是叫了。继父也喊他的孩子叫我娘为娘。都是孩子，很容易听话。也很容易熟悉。日子虽然清苦，却也安宁。

安宁的生活没有多久，日子就乱了。

在乡下，下堂的女人，即改嫁的女人是被人看不起的。下堂的孩子，即随母改嫁而来的孩子，也是被人看不起的。可我和妹妹的学习成绩偏偏最好。语文最好。算术最好。音乐最好。美术最好。体育和劳动也是最好。这在我们那个小小的山寨等于放了一颗卫星。附近的几个村子都知道上布尺这个地方随母改嫁来了两个小“神童”。我和妹妹逆境中读书的事迹还上了县广播站的高音喇叭。有邻居笑着对我娘说：“我们的孩子都在地下，你的孩子都在天上，这个学堂是给你两个孩子办的。”“我们那些孩子一天到晚读书读到牛屁眼里去了。”

继父也很高兴。时间长了，高兴也就没了。因为他的孩子成绩不好。有心不好的人常常在他耳边挑拨：你苦死苦活盘什么书？你个的孩子读不得书，盘去盘来都给她的孩子盘了，她的孩子翅膀一硬，就飞出去了，还认你这个后老子？你到时候两只手蹲（cūn）到灰窝里，什么都米有（没有）。

继父一想，也是，就真的不想给我们盘书，要我们都停学。娘当然不肯。她所有的希望都在我们两兄妹身上，两兄妹成绩这样好，她哪门（怎么）会就这样把我们毁了？于是，娘和继父就不断地有摩擦，吵嘴、打架，那是常事。

一个好端端的家，就这样因为我们兄妹俩读书的事常年硝烟弥漫。

开始娘跟继父的战争多半是围着孩子展开的。在娘的眼里，我和妹妹是米有（没有）爹的孩子，米有（没有）人疼，米有（没有）人爱，也米有（没有）人管。我们是孤家寡人，孤立无援。继父的孩子虽然也米有（没有）娘，但毕竟一个寨子都是他们的亲戚，有人疼，有人管，有人爱，一有什么风吹草动，那些亲戚都会围拢来帮他们。娘对我和妹妹就有了一种本能的保护。不仅是眼睛里揉不得沙子，甚至是眼睛里揉不得风。

一次，一屋人正在吃饭，我跟继父的儿子不晓得为什么争吵了起来。还动了手。那是我们第一次动手。他说那家是他的，我是外来人，要我滚出去。我说你这么小哪门（怎么）是你的？是爹的。他说不是你爹是我爹，你跟你娘都滚出去。

我听了，站起来就走。他以为我站起来是要打他，立马扑上来，给了我一拳。我从小体育成绩就好，篮球、乒乓球、跳高、跳远是我的长项，曾经被县体校选上，只是人家县上有人，我米（没）去成体校。见他来招，我就接招，一个绊脚，也就是一个扫堂腿，把他扫倒在地。继父呵斥住了我们，然后用铁钳一个打了几下，算是教训。继父的儿子被打哭了，我却不哭，因为我不感觉怎么痛，继父就又连打了我几下，我还是不哭。反倒看着继父儿子装哭的表情笑了起来。这可惹恼了继父，又举起铁钳狠抽了我几下。小腿肚和肩膀上是又红又黑的印痕。

娘也晓得继父的儿子是装哭，就给我使眼色，让我也赶快哭。哭了，继父就不会打了。我从小性格倔强，再痛再疼，我都不会喊哭。我来到这个寨子，备受欺负，继父却从来不管，我对继父充满了怨恨或仇恨，我哪里会哭？打死我也不哭。要是二别个（别人），早就被打哭了，可我背得起家伙，神得起（撑得住），我就是不哭！任他打！这可把娘急坏了，当继父举起铁钳还要打时，娘放下饭碗，一把夺过铁钳吼：你要把学明打死起来是不是？不是你儿子你打起来不痛是不是？你要打死就把我打死起来！

娘哪里夺得过继父，继父的手是另一把铁钳死死地拿住娘的手。继父说：这两个狗日的居然打起架来了，现在不教以后就教不了了！

娘说：哪有你这么教的？教一个不教一个，打一个不打一个！

继父的孩子读书成绩很差，与我相比是天壤之别。继父说：明天都不要读书了！跟大人上工去！

娘说：为什么不读了？

继父说：不听话，读什么书？我盘不起。

娘说：吃你好多？穿你好多？盘不起？

继父说：就是不准读了，我讲了算。

娘说：就是要读，你讲了不算。

继父说：我的儿反正不让读了，你的儿也不能读，一碗水端平。

娘说：你儿不读，是你儿读不得书，我儿读得，就是要读。

这下戳了继父的痛处，他一直因为自己儿子不争气抬不起头来，身前身后，他听到了太多的关于我们兄妹的赞美，太多的关于他的儿子的贬损，娘这一说，他对准娘就是一拳头。娘的嘴角破了，血流如注。娘立时像发怒的老虎一口咬住继父的手，与继父厮打起来。两个孩子的战争，演变成了两个大人的战争。两个大人为此大打了一顿。

当继父把娘按倒在地，猛打猛抽时，我居然不晓得上前帮娘的忙，而是站在旁边看热闹。这时，我才晓得，我怨恨和仇恨的不仅是继父，还有娘。我是在心里仇恨娘把我和妹妹带到了这样一个家庭、这样一个寨子，让我们在这里被人看不起，受人侮辱。

是的，我那时就是这么想的。我来到这个寨子不久，每当有女人跟娘吵架时，我都听到那些女人刻毒地骂娘嫁千家嫁万家，都骂娘不要脸，我就感到羞辱。当我的小伙伴们受大人教唆说我是外来的杂种时，我就感到羞辱。我的尊严、我的自尊心，都在幼小的心灵受到了极大的伤害。在寨子上，在学堂里，我老感到有人在背后指指点点地说我和娘的不是。像做了强盗一样，我心虚得很。我人前人后都抬不起头来，有时候恨不得找一地孔钻进去。前面说过，在农村，下堂（改嫁）的女人是低贱的，下堂女人带的孩子，当然也是低贱的。我想，要不是娘下堂，我就不会受到这样的屈辱。因此，我对娘的不解，对娘的怨恨，对娘的抵抗，从小时候就已经开始了。这种怨恨，开始是一颗埋在火堆里的炭火，被厚厚的火灰闷在里面，看不见。后来是一粒灶火里飘出的火星，飘出就灭。再后来是一个小小的萤火虫，时明时灭。最后就是一缕熊熊的火焰，在我心里呼呼燃烧。

娘使眼色要我哭，我不认为是娘对我的疼爱，而是娘对继父耍心眼。我不痛，我为什么要哭？娘叫我哭就是叫我耍心眼。我讨厌耍心眼的人！娘和老师平时都要我们诚实，这时候怎么叫我耍心眼呢？不要！其实，我当时很疼很痛，只是我不愿意哭。我的肩和腿上的伤后来淤积成青紫色，肿了好几天才消失。也许是我心灵的伤害太深太重了，肉体的伤害才不觉得。

心灵的伤害，在我身上是看不见，也摸不着的。全在娘身上和心上。但我感觉不到娘的痛。娘身上和心上的伤，像一面镜子，在阳光下反射出一个圆圆的光圈，投射到我的身上和心上，让我感到晕眩、疼痛和窒息。

我经常放学回家时看都娘跟继父或寨上人吵架，却从米（没）问过娘为什么跟寨上吵架。我总觉得娘不应该跟人吵架或打架，那是不团结的表现，因为我的老师们天天教育我们要团结不要分裂，娘跟那么多人吵架就是搞不团结，肯定是娘的不对。我就米（没）想过农村吵架打架其实不是娘一个人，人人之间几乎都吵过打过；我就是米（没）想过娘不跟人吵，人家会跟娘吵，娘不惹事人家会找娘惹事。我总责怪娘跟人吵架打架，却从没想过娘吵架打架是为了我们兄妹不被人欺负。老牛护犊不惜舍命的娘是在牺牲她的尊严来争取我们孩子的尊严，娘是用她身心的痛苦来赢取我们孩子的幸福。我却一点都不理解。只是固执地认为娘老跟人吵架很丢人。我把自己和娘完全划开了一个鸿沟，娘在鸿沟那边，我在鸿沟这边。我以为自己是一个不徇私情的铁面包公，简单地站在看似公正的立场来判断是非，来质疑娘的不是。尽管我从米（没）当面质疑过，但在心里无数次质疑过，抗议过，甚至讥讽过。

对于我和妹妹。娘对我的疼爱明显多于妹妹。也许是我是儿子。别说人家动我指头，就是提我一个不字，娘都会跟人闹得鸡犬不宁。那时候，妹妹经常挨娘的打，而我却有生以来只被娘打过一次。之所以挨打，用娘的话说，我是贱骨头，讨打。

那天放学后，我们一群孩子还舍不得回家，在学校里玩。先玩的是比胆子大，后玩的是比力气大。比玩胆子大，是从高高的屋梁上往下跳。我们猴子一样爬上高高的房梁上，看谁敢跳下来。结果是谁也不敢跳，就是我一个人一连跳了好几次。显然我成了孩子们心中的英雄。继父的儿子不服气，又提出比力气大，摔抱鸭子。摔抱鸭子，就是汉族人讲的摔跤。继父的儿子说，你狠，你一个人摔我们大家试试？我平时力气大，加上刚刚从高高的屋梁上跳下来的那种英雄气和骄傲劲，当然不在话下，满口应承。于是来一个我放倒一个，来一双我放倒一双。一个一个全被我放倒。继父的儿子见难不倒我，又说，你那么狠，你悃（睡）到地上让我们压，有本事你翻起来，那才叫狠！

我想，这不就是像下棋让几着子一样嘛，行，让！我悃（睡）到地上，你们都来压，我照样把你们翻过底朝天。

结果，三个人压在我身上时，我不费吹灰之力翻过身来，把他们一个个撂倒在地。

六个人压在我身上时，我费点吹灰之力翻过身来，把他们一个个撂倒在地。

当十多人使劲压在我身上时，我虽然能够动弹，却始终未能咸鱼翻生。

僵持了半个小时后，我还是翻不过身来。站在一旁的妹妹急得要大家放开，可大家都在征服我的胜利中，哪里肯放。妹妹只好赶忙跑回屋里把娘喊来。

看到我被十几个人饼子一样压在身下，娘的怒火不打一处来。她顺手抄起一根棍子，朝着十几个孩子一顿乱扫，把孩子们打得七零八落。然后抄起棍子朝我一顿猛打：你骨头贱，打死你！你骨头贱，打死你！看你贱不贱?！

我当时并未感到是娘心疼我，而感觉是娘无事生非。我说：我们好玩，你打我搞什么，打他们搞什么？

娘边打边说：你还嘴硬，看你还玩不玩？看你还玩不玩？

我看娘疯似的打我，晓得娘真愤怒了。跳起脚就跑。娘不放手，拿着棍子追。

我无路可逃，从半山腰一直冲到山谷。娘跑不动了，站在山腰生闷气。

娘在想她为什么养了这样一个任人欺负甚至是喊人欺负的憨宝和蠢家伙。

晚上我回到屋后，不解气的娘又把我绑在柜子上狠狠地打了一顿。

娘不是心狠，是要我长记性。娘说，我们不欺人，但也不能任人欺；我们不骗人，但不能任人骗。

事后孔家大婶娘屋的二女儿告诉大婶娘：继父的孩子要我们比跳房梁和摔抱鸭子（摔跤），的确是一个事先预谋好的阴谋。他就是想让我跳死和摔死。

怪不得，他们爬上了房梁都说不敢跳，只我一个人跳；怪不得平时都跟我很要好的同学，那天都使出吃奶的力气，想压死我。

娘打的不是我，娘打的是自己的心窝。

天长日久，继父的孩子与我越来越有仇，跟我娘更是形同路人。不管娘对他怎么好，他都对娘横眉冷对。我们从小听到的关于后娘的故事都是不好的故事，听到的后娘都不是好娘。后娘在小孩子们的心中，就是尖酸、狠毒、鸡屎和唾沫。所以，当有人对继父的孩子说：你喊她娘做什么？你娘到天上，早死了。你喊她娘，你娘会一辈子眼睛不闭。继父的孩子就真的不喊我娘做娘了。有时候还直呼我娘的名字。

继父的儿子不喊我娘做娘，我也以牙还牙，不喊他爹做爹。同在屋檐下，形同陌路人。

娘与继父整个家族的战争，是在我十岁时的深秋。

跟湘西的每一个深秋一样，那个深秋依旧很美。高山界的深秋，虽然霜天风寒。但还是漫山遍野的野花。漫山遍野的野果。漫山遍野的风景。肥美的湘西，一年四季都有鲜花绽放的。那些野地里的鲜花，都带着野地里的野性，不计天时，不分地利，不管日夜，尽情绽放。红的，黄的，白的，粉的，紫的，橙的，都从一山一山的绿色里钻出来，挺直腰身，花枝招展。有羞答答、低眉含苞的，有火辣辣、勾人心魄的，有矜持持、不知所措的，有端庄庄、落落大方的，当然，还有温柔柔、含情脉脉的。当花枝招展的花们逝尽芳华孕育果实、落尽繁华托举果实时，一树花蒂就是一个果园，一座大山就是一座粮仓。野花脱胎出来的野果，吸尽天然的甘露与芬芳，比任何人工种植的果实都甘甜、芬芳和原生态。三月泡、龙船泡、野樱桃、野葡萄、野梨子、地枇杷、八月瓜、洋桃子、红泡、羊屎泡，好一个天然生态大果园。采野果，就成了孩子们一次又一次的狂欢。

那天，放学回家的我们，忽然发现路边的羊屎泡一夜间红了、熟了，就大欢小呼地扑进了满山绿色。羊屎泡，学名叫羊奶子，不是野果中最好吃的。但这个时候，只有羊屎泡熟了。跟羊屎一样大小和形状的羊屎泡，在满山绿色里，透出一丛丛密麻的红来，熟透的模样，像涨得通红的奶头，要流出酸甜酸甜的水来，诱惑得我们的口舌也酸甜酸甜的，流出口水。

我肯定是跑得最快，摘得最多的。我箭一样射进绿色，靠近羊屎泡时，那些已经涨得通红的羊奶子，被我的手指轻轻一碰，就落入囊中。伙伴们蜂拥上前，摘啊，抢啊，一边往口里塞，一边往书包里装，还一边叽叽喳喳地闹个不停。你喊这蔸是你的！他嚷那蔸是他的！抢得手忙脚乱，欢快无比。大家一人一蔸都占山为王，各摘各的，相安无事。继父的孩子却依然容不得我，邀了他几个亲戚的孩子，扑向我这蔸，抢我的地盘和羊屎泡。抢不赢时，他们就拽下羊屎泡树，往我的头上猛扎！羊屎泡树，是一种长满棘刺的小杂木树。那刺，一排排的，锯齿一样，大的有大人的小拇指大，小的有绣花针一样大，尖利无比。我站在地势较矮的坎下，他们站在地势较高的坎上，拽下的羊屎泡树枝，刚好直击我的脑袋。他们一下一下地往下猛拽，刺一排一排地扎进我的脑袋，虽然很痛，但我却满不在乎。我要多抢一点，好给我妹妹和娘。我的心，已经沉浸在抢摘羊屎泡中的喜悦里了。那是劳动的喜悦。是劳动成果的喜悦。是胜利者的喜悦。我不晓得鲜血早已把我的头、脸和脖子都染遍了，不晓得鲜血早已被深秋的冷风凝固成斑块了。我已经痛麻木了。直到一个放牛收工的大婶路过看见吓一大跳而大声制止时，他们才停止了对我的进攻。那位大婶赶忙扯了一把草药，用嘴嚼烂，敷在我的头上。我才幸免于难。

一个血人裹着一阵深秋的寒风，滚进家门时，娘的惊讶和震怒，可想而知。娘一边大哭，一边端来一盆热水给我清洗一头的瘀血。血，已经把头发凝固成一块钢板了，娘得给我泡软。一盆的血水，仿佛不是羊屎泡刺扎出来的，而是娘心里流出来的。当娘看到我的头上密密麻麻地扎满了断刺时，娘像十月怀胎难产的少妇一样，哇哇大哭。那刺，一截截断在了我的头皮，却留在了娘的心里。娘一颗一颗给我小心地拔了大半天也拔不尽时，只好边剔我的头发边拔我的断刺！

得知，我被“打”成一个血人，一寨的人，都跑来看。有的是开了眼睛地看。有的是抱了同情地看。有的是看热闹地看。我担心娘跟人拼命，被打吃亏，也不想娘打架打输了出丑，不想让伙伴们说你娘万人不和，就怎么都不肯讲是谁下此毒手，而是撒谎说自己不小心弄的。

小孩的谎不是天衣。小孩的谎全是漏缝。娘很快就晓得是继父的孩子干的。娘冲到每一个参与“残害”我的孩子们家里，站在门前，叉腰大吼：有娘养无娘教的！你们喊人谋我儿的命算什么本事？有本事谋我的命！我把命送上来了，你们有本事就谋！

自知理亏的人家，起先不敢接音。见娘越骂越起劲，就开了门来，对娘一顿猛踢猛打！人家人多势众，对付一个外来的弱女子，就像对付一只小蚂蚁。

娘身上的血和伤，当然不会换来继父的同情。那些都是他的亲戚，他不会为了娘去找他们算账，何况他的儿子是主谋。这个寨子，除了孔姓人家，全是亲戚！因为山高路远，男不好娶，女不好嫁，就一个寨子之间相互开亲，开来开去，一个寨子都是扯葛藤动一寨的亲戚了。

继父不但不教训儿子，还用拳脚狠狠地把娘练了一顿。

娘，像一只孤苦无助的羊，被狼群撕咬得伤痕累累，倒在地上。

就这样一次次地争吵。

就这样一回回地挨打。

内外交困的娘，终于觉得自己救不了孩子，觉得自己成不了孩子的靠山。娘，选择了逃避和死亡。娘想，她一死，我和妹妹就成了孤儿，我和妹妹就是党的孩子，政府的孩子，就米（没）有人敢欺负了。谁敢欺负党和政府的孩子呢？除非他不想活了。

在一个夜黑风高的夜晚，娘拿了一根绳索，走到屋后的山上，上吊了。

幸好，我和妹妹及时发现。行将赴死的娘，被我和妹妹的眼泪救活。

为了我和妹妹能够读书，娘和继父离婚了。一根藤子上的两个苦瓜，被命运的剪刀一箭，两个本是同病相怜的苦瓜都掉在地上，碎了。而苦的种子落在了土里，更苦的瓜果，在土地上发芽。

那时是靠工分吃饭。出集体工是要打分的。打的分就是工分。工分是村里根据能力大小打的，满分是十分。一旦分数定了，就一辈子都是这分。人民公社，村民都叫社员。每个社员都有一个工分本。出一天工，就在工分本上记一次工分，年底分粮时，就按工分积累的多少分粮。分得的粮食就叫口粮。

娘那时不是体弱多病，而是非常健康，但却每天只有六分。分数是群众评定的，一个拖儿带女嫁过来的下堂女人，是没有群众基础的，何况金家一个大家族的群众，都成了娘的敌人，娘能够得六分，就是天大的恩赐。在人屋檐下，一滴水和一枯叶，都可以砸死弱小的人。

为了能拿到更多的工分，分到更多的口粮。娘什么重活苦活都抢着干，那些犁田耙地的男人活，娘也抢着干。我至今还记得那个雷雨交加的夜晚。

那是我终生难忘的夜晚。

那年，那晚，大旱了一个冬天的村子，就像一堆干草，一点就燃。眼已望穿的时候，滂沱的大雨，终于在声声炸雷声中滚下。一个寨子的男人，都像冲锋的战士，连夜打着火把，上山犁田赶水。娘，也从睡梦中一跃而起，赶着牛，扛着犁，走往山岗。

一阵阵雷砸下来。

一道道电闪下来。

一团团黑色的风滚下来。

娘，深一脚浅一脚的，把干旱一寸寸犁开。

娘在疾风里耕风。

娘在暴雨里播雨。

娘在闪电里种电。

娘在惊雷里排雷。

娘一次次摔倒。

娘一次次站起。

娘的黑夜，是全身湿透的雨水、泥水和血。

天亮了，田也犁好了，娘却两眼一黑，倒在了田头。

幸好孔家婶娘看见了，把娘救了回来。一个寨子，我娘就孔家婶娘一个依靠和避难所。

孔家婶娘，我们喊她大婶娘。大婶娘虽然在这个寨子是单家独姓，但米（没）有人敢欺负大婶娘。因为大婶娘是大队支部书记，大婶娘的丈夫孔庆良是乡干部特派员。加上大婶娘为人善良、正直、公道，深得一个大队拥戴。那时农村建制不是以村为单位，而是以大队为单位。村叫大队，乡叫公社，最小的组，叫生产队。我们所在的生产队是上布尺，所在的大队叫下布尺，所在的公社叫茄通，全是土家族的地名，遗憾的是，我这个土家族后代已经被汉化得不知道这些地名的意思了。

大婶娘人特别善良。哪个有难她都去帮，哪个有苦她都想办法加点糖。即便揪斗地主婆婆时，也只是象征性的。上面抓得紧，她不得不走过场。斗完后，照样给困难的地主婆婆分困难补助和救济粮。我们一家更是得到了大婶娘一家的多方关照。每次娘受欺负后都去给大婶娘诉苦，大婶娘总是一边安慰娘，一边批评继父和那些欺负娘的人。继父和那些欺负娘的人就会安静一段日子。大婶娘的丈夫在外，家里就全靠她和丈夫的爹带着六个孩子。她女儿就嫁在同寨的田家。二女儿和大儿子跟我差不多大，二儿子和三女儿跟我妹妹差不多大，四女儿很小。我和妹妹经常上大婶娘屋玩。玩夜了就经常睡在大婶娘屋歇（到屋里歇了就是到屋里睡了的意思。主人不说到我屋里睡了，而是到屋里歇了，显得是一家人，亲切）。

其实，一个寨子坎上坎下住着，不用歇，摸着夜路，趁着月色，几分钟就到个人（自己）屋了。但有时候，伙伴们在一起玩得兴起，难分难舍，就经常你在我屋歇，我在你屋歇了。童年少年的情谊，就像刚刚降落还没走路的溪水，清亮清亮的，纯洁无瑕，亲密无间，令人一生怀念。人，还是不长大的好啊，一长大，那些世俗、那些功利也随着长大，变成不可或缺的一个人体细胞，慢慢病变。

娘跟继父离婚后，米（没）马上搬走。我们还跟继父同在一个屋檐下，甚至是同在一个房间里。继父跟他的父兄分家时，只分得一间房子，但很高，很宽。宽可以隔成两间，高可以隔成两层。那时，满山都是古树，只要就地取材，房屋就很高很宽。娘跟继父分开后，房屋一分为二，我们依然可以在此安身立命。法院判的，继父再不乐意，也无可奈何。

我们就挨着继父的火坑新挖了一个火坑，挨着继父的床新开了一个床。一个堂屋，两个火坑。一个楼板，两个大床。看似井水不犯河水，实则藕断丝连。的确，我们都各自生自己的火，各自做各自的饭，早晨或黄昏，当一个堂屋里两个火坑同时飘出炊烟时，那是一种怎样奇异的家庭景象？更奇的是，两家人分开了，两家的日子却连起来了，哪家炒了一点好菜时，都会分一点给对方。哪家什么米有（没有）了，另一家就会借给对方或者送给对方。如果哪家大人出远门米有（没有）回来，另外一家的大人就会主动照顾小孩的吃住。继父跟娘也不吵架打架，相互客气了。继父的孩子也不跟我斗气赌恨，经常在一起玩了。吃完饭，两家人会坐在一起聊天，讲家长里短，讲是非小话，娘和继父还会轮流给我们摆龙门阵、讲故事。要死要活地分开了，居然若即若离地融洽、和好了。你说这生活有多么奇妙和奇怪？

这是距离产生美呢，还是生活太丰富神秘？也许都是。也许都不是。生活，有时候就是一潭深水，我们只能在水边踏浪、嬉戏，而不能在水里泛舟、游泳。我们只要不往深处走，就不会被卷进漩涡，不会被活活淹死。两家人原来如此水火不相容，可能就是把生活这趟水蹚得太深，太混，全是漩涡了。

相安无事且有点其乐融融的生活，使得继父想跟娘复婚。孔家大婶娘也劝娘跟继父复婚。但娘似乎已经看懂生活了，娘不想以复婚的方式打破这种平静，更不想以复婚的方式破坏我和妹妹难得的快乐生活。没读过一天书的娘，以自己的婚姻实践明白了古人总结的道理：婚姻就是坟墓。为了孩子，娘宁愿自己做一个与色、性绝缘的清教徒。

但这种平静很快被一场突如其来的病魔打碎了。那时，我 12 岁，在茄通公社办的古丈县第二中学读初一。

三

说起古丈二中，每一个古丈人都在心中藏有一种愉悦而神圣的情感。虽然这是一所乡下中学，但那时的古丈二中却极为辉煌、极为骄傲。她的办学质量和声誉远远超过县城的古丈一中。县委书记和县长的孩子都不是以在古丈县一中读书为荣，而是以在古丈县二中读书为荣。如今，古丈县从上到下出的人才和官员，有百分之七十出自古丈二中。古丈县现在在任的各科局负责人也百分之八十出自古丈二中。

古丈二中坐落在从古丈到保靖两个县际的连接线上。在茄通公社的茄通村。背后是一座山，不高，像虎。左右两边各是一条岭，很长，若龙。两条岭的中间，是古丈县难得的一片开阔平坦地带，似毯。背靠虎威，肩倚龙脉，眼收坦途，古丈二中，可谓天时地利风水好。人们至今还怀念古丈二中，就是怀念古丈二中的好风水。风水好，才人气旺、人才多!

古丈二中依山而建。最底的一级是两个很大的篮球场。第二级是一个台地。长满了绿草。第三级是一栋长有二十四间教室的教学楼，上下两层。教室前是一个很大的操场。操场上有两蔸桂花树，一蔸梨子树。桂花树一年四季郁郁葱葱，不落片叶。一到秋天，满校园都是桂花的芬芳。梨子树足有 100 米高大，直插蓝天。走遍全国，我还没见过如此高大的梨子树。那一定是成了精的梨子树。教学楼的旁边是一个大礼堂。只是礼堂一般不用，只在雨天时用来开全体师生大会或上体育课。礼堂很大，几千学生装进肚里还绰绰有余。学校把余下的后半截作为食堂，开了十来个窗口，一天三餐，钟声一响，我们都像箭一样射进礼堂，抢着排队打饭。饭堂的旁边是专门用来炒菜的厨房。大教学楼的后面是第四层，第四层有一栋教师宿舍楼，六间，很小。一栋只有两间教室的教学楼。教学楼的两头两尾是四间教师宿舍。再后，就是连着的几栋学生宿舍和一栋很小的老师宿舍。

我们这些十几岁的孩子，与那些青年单身教师米有（没有）一点隔阂，经常有事无事地去老师那串门，甚至吃饭时去老师那赶菜。老师只要有什么好菜，恰巧又有他的学生路过，就会叫上学生去叉上一筷子。学生也习以为常，秋风扫落叶般把老师的好菜吃个精光。有的成绩好表现好的学生，甚至把衣服、鞋子、钱包等所有的“家当”都放在老师那，俨然把老师的家当成了自己的家。全校几十个老师，个个老师家都住有几个学生。校长鲁开文家也不例外。老师对学生好，学生当然记得。学生记得，家长当然就晓得。如此，家长也会时不时地让学生从家里带些萝卜白菜和野味给老师。情意重的家长还会亲自登门拜访和感谢老师。老师当然不会占了学生的便宜，他们会千方百计把家长留下吃一餐饭喝几杯酒。一来二去，学生跟老师，家长跟老师，都亲人似的相互牵挂。如此亲密的师生关系及家长与学校的关系，自然在古丈县比风吹得还快。本就很小的古丈县，人人都晓得古丈二中老师好，古丈二中校风好，古丈二中成绩好！古丈二中，自然成了学生和家长希望的圣地和未来的殿堂。

老师爱学生，学生就尊重老师，听课格外认真。几乎所有的学生读书时都有一个老师情结，哪个老师对学生好，学生上课就开心，格外认真；哪个老师对学生不好，学生上课就赌气，极不认真。好像学生读书不是为自己读是为老师读。这样，学校就会常常出现一种奇怪的现象，对学生好的老师，他教的这门课，学生成绩普遍都好。对学生漠不关心或者比较粗暴的老师，他教的这门课，学生成绩普遍不好。

幸运的是，我考上了古丈二中。更幸运的是我的成绩特别好。在古丈二中求学的日子里，所有的老师都喜欢我。所有的学生都敬重我。离开了上布尺那个让人伤心、米有（没有）尊严的地方，我在这里得到了空前的尊重。从初中一年级到高中二年级（那时只有高二，读完高二就高中毕业），全校几千学生，每一个学生都知道我的大名，都会给我投来敬佩的目光，都会以给我做朋友为荣。上布尺那种家庭环境中的压抑和阴霾，一扫而光。我不但是学校的大明星，更是学校的掌上明珠。

那时候，学校除了评三好学生，还评三好标兵，就是比三好学生还优秀的学生。全校只有两个，高中部一个，初中部一个。我读初中时，我是初中部的那个三好标兵。我读高中时，我是高中部的那个三好标兵。每年，都是校长给我发奖状、戴红花，我都要在全校大会上做典型发言，都要接受台下几千学生和老师暴风雨般的掌声和敬佩的目光。我个子不高，站在台上做典型发言时，就像一只小蚂蚁。可这种至高无上的荣誉给我带来的自豪感，使我觉得在天空中飞翔一样，美。那时的奖励都是精神的，很少有物质的，即便有也只是一支钢笔或一本笔记本（呵，可不是现在的电脑笔记本），可那时的人们都因精神的鼓励而快乐，因精神的褒奖而骄傲。精神和荣誉，真的是金钱买不来的。不然，现今的亿万富翁们就不会那么空虚、苍白和不自信了。

不自量力地，我很快坠入情网。我暗暗地爱上了一个各方面都很优秀的女孩。那时的爱情不像现在这样火辣辣、赤裸裸，而是羞涩的、地下的，像小偷一样。想爱却不敢爱。爱却不敢表达。期待，害怕，沉醉，奇妙地搅在一起，让人整天处在亢奋中。那时的男生女生是不敢写信，不敢递字条的，爱和被爱，都在眼神里，表情上。我知道，那女孩也喜欢我，不然她不会对我那么好，不会那么把家里什么好吃的都拿来给我，不会有事无事就找我搭话，不会总找借口想与我在一起。尽管这样，爱的火焰，还是不敢燃起来。我知道，我们的地位相差悬殊，我们不可能结成正果。相反，只会是苦果。我不能给她写酸菜一样滋味的情书，不能让她过酸菜一样贫穷的生活。我的爱，只是一根火柴划了一下，没有去点亮一盏灯，没有去燃起一堆火，而是亮光一闪就灭了。即便我自己不掐灭这一点光亮，老师和她的家长也会掐灭。那时，学校只要发现谈恋爱，就会处分甚至开除。我的初恋，就这样悄无声息地无疾而终。因为，我彻骨感到，我没有资格谈恋爱。爱，如果不能给爱的人幸福和快乐，就没有资格。

当我爱一个人而感到没有资格时，我对我的家庭又增加了一分厌倦，对我娘又增加了一种埋怨。如果，如果，如果，我想象了好多个如果来设想我的命运。我唉声叹气，怨天尤人，后悔自己出生在这样一个家庭。慢慢地，这种悔恨越来越强大，以一种不可阻挡的力量穿透了我本很脆弱的心灵，击溃了娘赋予我的所有亲情。

我不愿回到那个破碎的家。

我不愿看到我娘。

即便见到了我娘，我也不愿跟娘讲话，动不动就对娘大发雷霆。

家庭苦难带给我的变态的自尊，已经让我彻底沦为了一个不孝之子。

每年的寒暑假，我不回家。我待在学校里守学校。我不是怕回家劳动，而是怕回家看寨上人对娘的欺负，对我的白眼。作为一个长大成人的男子汉，我不是用男人的血性和孩子的孝顺去保护娘，而是胆怯别人的白眼。我现在在想，因为别人一道阴冷歧视的白眼，我就选择了逃避，放弃了娘，如果是一把寒光闪闪的刀架在娘的脖子上呢？我会怎样？我会不会眼睁睁地看着那把刀在娘的脖子上抹出血口？会不会眼睁睁地看着娘倒在刀下？很可能会。一寨子阴冷歧视的白眼，不但让我失去了血性，也失去了人性。我对娘的冷漠和粗暴，何尝不是一把寒光闪闪的刀呢？我不知道，我当时的举动，给娘的伤害有多深，多痛，但我知道，我对娘的冷漠和粗暴，的确是插在娘心口上的一把刀。

我待在学校，参加学校的护校队，守校。一可以逃避家庭的郁闷和寨上的白眼，二可以得到一定的补助，减轻家里的负担，三还可以利用寒暑假看很多的书，增加一些课外知识。暑假不回家，也许还可以以学校有补助，可以减轻家里负担为由。寒假过年都不回家，实在是大逆不道。而且从初中二年级到参加工作，一连六年，我都没有回家过年。我在学校，可以吃到学校给我们的好年肉好年饭，护校队有十来个人，也很热闹。我娘和妹妹呢？冷冷清清，孤孤零零，连肉影都看不见。我不知道娘和妹妹过了多少没有肉味的年。

我不愿回家。娘只得到学校来给我送钱、送米。农村的孩子在乡镇或县里读书，一般每个周末都要成群结队地赶上十多公里甚至几十公里回趟家，取米，取菜或者跟父母要点钱。我们那个时候寄宿学校，条件好的农村孩子就在学校食堂买饭买菜吃，条件不好的农村孩子，就只从家里带米带菜到学校吃。米交到学校食堂，再交点钱，叫搭餐。菜都是在家里炒好的酸菜。什么苞谷酸、豇豆酸、萝卜酸、大蔸菜酸、胡葱酸、酸辣子，应有尽有。之所以带酸菜，而不是新鲜菜，是因为酸菜不会馊臭，放上十天半月，都没有问题。吃饭时，就从学校食堂买点白米饭，就着酸菜吃。冬天菜冷，就把酸菜焐在热乎乎的米饭下，等热了再吃。全县各地来的酸菜，都是一种品位，却味道不一样。有的油多，香。有的还是跟腊肉一起炒的，更香。当然，更多的都只是没有什么油盐的。即便都不富裕，吃饭时，还是让人终生难忘。因为，没有一个同学把好吃的菜收着自己吃，而是拿出来，大家分享。再不好的菜，也是大家一起品尝，一起分享。

娘肯定不能每个星期都给我送米、送菜，娘要出集体工挣工分养活我和妹妹。但娘每次给我送的酸菜，都很香，很好吃。油多啊，自然香。娘把一年出工分得的茶油、菜籽油都用来给我炒酸菜了。娘和妹妹一年四季都是烧的红锅子。就是说，娘和妹妹自己在家里炒菜吃时，从没放过一滴油。缺油的锅子，都变成锈一样的红锅子了。娘和妹妹，因为常年没油，全都营养不良，全身浮肿。

在年复一年的操劳里，娘终于病倒了。娘得了巴骨瘤痰病，瘫痪在床。一瘫就是一年多。

由于多年不肯回家，我不知道娘曾经在床上瘫痪了一年多。娘不允许我妹妹和二姐告诉我。娘怕我伤心、担心和难过，影响我学习。我们那最偏僻，太闭塞，也无从从其他渠道知道娘的消息。娘瘫痪的那一年多，妹妹没钱读书，休了学，二姐离开姐夫和孩子伺候娘一年多。

而这些，我都是不知道的。

直到有一天，娘作为流窜犯被抓捕到人民公社时，我才如梦初醒。

四

上世纪70年代末到80年代中期，改革开放刚刚起步时，一些头脑灵活的人，利用城乡的剪刀差和地域经济发展的不平衡，四处进货出货，倒买倒卖商品。这种市场经济的商业行为，被认为是不务正业，是投机倒把，是扰乱社会主义市场经济秩序的投机倒把罪。一些没有倒买倒卖，但却经常外出，做点手工生意的人，也被当作游手好闲、不务正业的投机倒把分子进行打击。

我至今不明白流窜犯是什么性质的犯罪，流窜犯可能是也像投机倒把犯一样，不务正业，四处流窜，才叫流窜犯。

那天，在人民公社做特派员的孔庆良大叔到学校找到我，说我娘被抓到公社了，让我去看看。他说，娘是他抓的，全县搞运动，打击好吃懒做的流窜犯，他米有（没有）办法，他不能徇私情，要我理解和原谅。我问他为什么，他说我娘瘫痪一年多，病好了，不出集体工，而是好吃懒做，继续装病，拄着拐杖到处乱窜，丢社会主义的脸。

我一听娘好吃懒做，装病乱窜，丢社会主义的脸，我这社会主义教育出来的好孩子好学生，特别是社会主义教育出来的三好标兵，真是无地自容。娘怎么能这样呢？我一定要跑到公社问问娘为什么。

公社与学校只有几百米之隔。我生怕老师和同学知道娘被当作流窜犯抓起来了，做贼似的，心虚得很。我恨娘丢了脸。但还是担心娘米有（没有）吃饭，就在食堂打了一碗饭，还跟同学借了菜票，打了一勺肉，装在书包里，边走边回头看看是不是有同学或老师发现了我的秘密。

学校和公社之间的一大坝田园里，油菜花张灯结彩，开得正旺。春风的刷子，只那么轻轻一刷，一丘丘油菜地，就变成了一块块黄地毯。油菜花的鲜黄和芬芳把我浸润、淹没。我无心迷醉，穿过鲜黄和芬芳，朝着公社，一路小跑。

公社很大。有五六栋。都是两层楼的木房子。一栋木房子的一层楼全关的流窜犯。其他的流窜犯都是五六个人一间房关着，就娘是单独的一间，在二楼。

当我端着饭碗站在窗户边时，娘惊喜地站了起来，随后就落泪了。娘已经好几年没看见我了，娘流着泪问：你来了，学明，孔庆良大叔喊你来的？

我说是。

我把饭从窗户里递给娘。娘没接。娘说，娘吃过了，是你孔庆良大叔送的，你莫恨你孔庆良大叔，他是不得已抓我，他对我很好。你看，他们都是几个人关在一间，就我一个人关在一间，这都是你大叔人好心好，照顾娘。你大叔送的饭里还有好多肉，比你送的还多。娘吃饱了，你留着。

我知道娘是舍不得吃，想把肉留给我，我就说，是不是大叔送的牢房饭好吃些，我送的饭不好吃？

我知道这样说，娘才会吃。

娘的泪水更多了。娘指着地下说，你看，你大叔给娘送了好大一碗，娘米（没）吃完。

我一看，木地板上，的确有一大钵头饭，上面的确有不少肉。娘肯定是伤心难过，一口都没有吃。在讲究根红苗正的年代，出身寒苦，从小就过着流浪生活、根红苗正的娘，哪里受过这般政治侮辱？

我说，娘，我晓得你米（没）吃，你吃。

娘说，儿，娘吃不下，娘不是流窜犯，不是坏分子，娘米（没）给你们几姊妹丢脸。

我说，人民公社为什么抓你？

娘说，人民公社抓错了，过几天，人民公社肯定会把娘放了。

我说，你米（没）做什么见不得人的事，人民公社哪门（怎么）会抓你？人民公社哪门会随便抓人？你肯定做了。

娘一听，就放声长哭：儿啊，娘真的米有（没有）做任何对不起党和政府的事，真的米有（没有）丢社会主义的脸，娘是冤枉的啊！

我立马脸红心跳，慌张起来，我本是悄悄来的，娘这放声一哭，让人听到看到了怎么办？好多学生吃完晚饭会往公社这边散步呢！

我立刻变了脸，厉声呵斥娘：你犯了罪，还有脸哭？你怕我的老师和同学不晓得你被抓起来了？

娘像做错事的孩子，立刻咬住嘴唇，极力不让哭声从嘴里传出来。嘴角咬出了淡淡的血。

我说，娘，做错了就跟政府老实交代吧，毛主席说了，坦白从宽，抗拒从严。

娘委屈而乞求地看着我，儿啊！娘真的米（们）做错，娘是被生活所逼，娘都是为了你啊。

我说，你不要口口声声是为了我，我米有（没有）喊你流窜、犯罪。

正说时，孔庆良大叔走过来了，孔庆良大叔见我这样说娘，变了脸厉声呵斥：你娘被抓，就是因为你！不盘你和你妹妹读书，你娘会瘫痪？你不拼命读书，你娘会被抓起来？你娘不是为你还是为哪个？你这个米有（没有）良心的，再这样对你娘，我把你抓起来！

我胆怯地低下头嘟噜，我娘米（没）错，你抓我娘搞什么？

娘赶忙擦了泪水替我圆场，大叔，学明小，不懂事，你莫吼他。

孔庆良大叔瞪着我说，死到你学校去，莫到这里怄你娘，不晓得你哪门（怎么）读书的？书都读到牛屁眼里去了！

娘说，我学明成绩好，全校第一。

孔庆良大叔不屑一顾地，全校第一有什么用？连娘都不孝顺，全县第一都米有用！死转去！

见我还不动，孔庆良大叔又说，把你的饭菜都端转去！你娘这里有我，饿不死的！

严厉的眼神和表情，使我不寒而栗。

我赶忙端了碗筷，往学校跑。

本来我就怕带了枪的孔庆良大叔，有了这顿凶，我更像老鼠见到猫。

娘在公社关了一天，就放了出来。当孔庆良大叔把电话打回大队（村）时，作为大队支部书记的大婶娘把他一顿臭骂，你哈（瞎）眼睛了！乱抓人！学明他娘是什么人你还不晓得？你快把她放了！无缘无故地抓一个孤儿寡母，你让我以后哪门做人？你不放，以后就不要死转来！

大婶娘是孔庆良大叔的妻子，又是大队负责人，她的话，当然起决定性作用。因为，社员是好是坏，大队支部书记最清楚。

娘被抓的消息，还是在学校很快传开了。纸里包不住火。彭学明是学校尽人皆知的名人。彭学明的娘被作为流窜犯抓起来，当然会成为学校爆炸性新闻。只是彭学明以为别人不知道。

娘刚放出来的第二天。晚自习。我班一个叫王自泽的同学突然站起来说，同学们，我今天有一个惊人的消息，我要检举揭发！

同学们问什么消息，要检举揭发哪个。

王自泽指着我，彭学明！彭学明的娘是流窜犯！彭学明的娘被公社抓起来了！

同学们惊讶的目光和惊讶的嘘声，立刻像万把利剑汇聚一起，直刺胸口，前所未有的耻辱，有如万把利箭，穿透我心。我在学校赢来的所有荣耀，所有尊严和所有敬意，此刻都因为他的“检举揭发”和“道破天机”而烟消云散，付诸东流。

我先是惊慌失措地看着大家，貌似辩解求助。

后惊慌失措地低头逃避，想找个地孔钻进去。

最后就有一团怒火直冲胸膛。

我愤怒地站起来，咬牙切齿地指着王自泽扔过去一个炸雷：

王自泽！你个狗日的！我日你娘！

王自泽也大喊大骂：

你娘就是流窜犯！你还在这里充什么三好标兵？

我跑到王自泽身边，揪住王自泽衣领，指着王自泽的鼻子：

我是三好标兵关你什么事？！你有本事也拿一个三好标兵！你眼红我三好标兵就污蔑我娘是流窜犯，你娘才是流窜犯！你娘不但是流窜犯，还是地富反坏右！

王自泽自恃捏有我的短处，理由充足：

你凭什么污蔑我娘？

我说：你凭什么污蔑我娘？

王自泽说：你娘就是事实！

我说：你娘就是事实！

王自泽说：你娘被抓好多人看到的！

我说：你娘被抓也好多人看到的！

王自泽见我他说什么我回什么，也开始气急败坏起来：

彭学明，我日你娘！

我一拳打过去，喊：王自泽，我日你一百个娘！

然后不由分说，把他拖出桌子外面，把他狠狠地揍了一顿。

他在我们班个子最小，哪是我的菜。还没等同学们回过神来，我三拳两腿，就把他打趴在地，起来不得！

我长时间没打架了，一口恶气，全在拳脚声中出了出来。

恶气出来的代价，就是我平生第一次给老师写了一封检讨书。

表面上，我似乎在为娘的名誉在战；实际上，我是在为自己的荣誉在战。

表面上，我战胜了；实际上，我战败了。

在以后的日子里，我就此彻底认为娘给我丢了大脸，我彻底地自觉形秽，自卑自闭，人前人后抬不起来。尽管我还是三好标兵，尽管我还是荣誉连连。我从心底，自己把自己彻底打垮。

我不允许娘再来学校看我。

取而代之的，是我年幼的妹妹。

我是一朵春光早昧的油菜。

五

多年后，我考起了大学。二姐和妹妹才给我说起了娘为什么被作为流窜犯抓起的事。

那是我娘最为黑色的时光。

那一年的冬天，二十四个节气所有的日子都凝结成了最冷的冰寒。雪一层层的落，冰一层层的盖。层层冰雪，夜夜冰冻，整个世界就冷酷无情了。一层层冰雪，钢铁一样坚硬地冻结在地上。一根根冰柱冰凌，竹笋一样挂满了屋檐、树枝和沟坎。树叶、草、蔬菜和所有的一切都裹上了冰甲、戴上了冰盔。连续半个多月大雪封山，鸟无踪影。所有的人都天寒地冻得耳鼻冻裂，心都是冰。

在城里人的眼里，冰天雪国的世界是最美的。看不见肮脏，听不见喧嚣，只有一望无际的纯，一望无际的静，一望无际的美。而本来就宁静干净的乡下，这样的天气不能持续太长太久。太长太久的话，美就会被寒冷撕碎，变成恶劣，乡下人的生活就会被冻僵冻死。

米有（没有）办法干活。也不会有人干活。坐在家里烧着旺火都暖不了身子，出门干活不是天冷冻死就是路滑摔死。眼看生产队的牛米有（没有）粮草就得饿死了，生产队长心急如焚。可动员谁谁都不肯割牛草。前面多次说过，我们那个寨子山高路陡，到处都是悬崖绝壁，稍有不慎，就很可能粉身碎骨。这样的天气割牛草，就是等于送死。

娘却顶着风雪上路了。因为生产队长给娘承诺，只要娘在集体最需要的时候能够为集体出力，娘以后就可以多挣几个工分。这种承诺，使受尽委屈的娘，在冰天雪地里看到了希望。多挣工分，就意味着年底可以多分粮食，意味着娘手心里的两个孩子可以多一口米饭。娘和那个地主婶娘，非常高兴地承担起了照顾生产队十头牛的任务。更重要的是，娘跟那个地主婶娘一样，觉得这是生产队长和集体的信任。生产队的牛，集体的财产，一般人是不让挨边的，谁要是起了坏心，把牛毒死了怎么办？娘的心里，充满了被人信任的自豪和满足。

娘就在这样的冰天雪地里，连续多天早出晚归，割牛草。每天裹着一身冷气回来时，都摔得鼻青脸肿，头破血流。手上、脸上，也全是巴茅草划破的一道道血痕。巴茅草一年四季常绿，吃起来有淡淡的甜味，是牛最喜欢的草。巴茅草是根状植物，叶片很长，足有几米，一山一山的，生命力极强。它像一把把绵软细长的钢锯，两边布满了密密麻麻的锯齿，稍有不慎，就会划得皮开肉绽。这咬人的锯齿，在牛的舌头和口腔却不知道为什么不再是刀和剑，而是大山赐予的美味。牛的舌头和口腔那么翻来覆去地咀嚼，也不见划破一个伤口，流出一滴鲜血。也许是牛舌和牛腔长满了厚厚的老茧。

连续一个星期后，娘终于倒在了冰天雪地里，是地主婶娘费了九牛二虎之力把娘背回家的。娘和地主婶娘的浑身都结成了冰甲，冰凌、冰屑和冰块凝结在娘和地主婶娘的头发、眉毛和眼睫。衣服冻成了冰疙瘩，一碰，吱嘎吱嘎响。地主婶娘说，娘在这边山割，她在那边山割，割完，她喊我娘一起回家，喊了十多声我娘都米有答应。她晓得大事不妙，赶忙去找。结果发现，我娘奄奄一息地倒在地上。娘流着眼泪着求她背回家，我娘说她不想做野死鬼吓她的两个孩子。冰天雪地里，同样瘦弱的地主婶娘，根本背不动已经冻得僵硬的我娘，她只能用一根绳子把我娘自腋下一捆，把我娘拉回家。那是一条何等艰难的路啊！好几座大山，好几座陡岭，还是弯弯曲曲的羊肠小道！地主婶娘的肩甲被绳子勒出了深深的血印和血口，娘拖在地上的双脚，磨掉了所有的指甲，染红了一路的冰雪！

娘一动不动地躺在火坑边，牙关紧闭，没有呼吸，熊熊的大火根本烤不热已经冻死的身子。年幼的妹妹吓得号啕大哭。已经跟娘离婚的继父，也不禁悲从心生，流出泪来。他和妹妹抱着娘一遍一遍地喊，一遍一遍地掐人中，终于把娘从死神里喊了回来。

娘醒了，活了，却不能动了。长久受冻的娘，冻坏了两条腿。娘得了巴骨瘤痰，下肢瘫痪了！

想起来了，我并不是连续六年没有回家过年，我这年回去过。但我不知道我娘那时实际上已经瘫痪了。我以为我娘只是病情严重，一时起不了床。

大年三十，我们没有鸡可杀，没有鱼可捉，没有肉可吃。娘躺在床上嘱咐我和妹妹把几斤大米和黄豆磨成浆，然后，让我们把她背到火塘边，坐在板凳上，一小勺一小勺地给我们炸油粑粑。也就是灯盏窝。

灯盏窝是湘西最有名的小吃之一。磨成浆的大米和黄豆放进小墨水瓶一样大的一个容器里，拌点辣椒、大蒜和酸菜，在翻滚的油锅里一炸。米浆就从容器里脱离出来，蓬松蓬松的，浮游在锅里。炸熟捞起，金黄金黄，蛋糕一样。轻轻一咬，一包油香从里面冒出来，又香又辣又软又脆，真是人间难得的美味。

我跟妹妹吃得津津有味，娘却一口都没吃。她病得厉害，吃不下。炸完，娘就精疲力竭，睡了。我跟妹妹守岁到半夜鸡叫。

大年初二，我就回到学校守校去了。

当时，我还是不忍心去，但娘说，你守校你就得守好，你都回来三天了，万一学校东西被人偷了，你就是罪人了。做什么就要像什么，不要打马虎。

我看二姐也拜年来了，就放心地去了。

谁知，二姐这次拜年一拜就是快两年。娘瘫了，二姐无法离开！

二姐一把屎一把尿地伺候娘近两年时，老天开眼，一个土家族的民间草医路过我家，给娘开了几服草药，娘竟然奇迹般地站了起来。娘、二姐还有妹妹，都不知道这个草医从哪里来到哪里去，她们都一致怀疑是神仙可怜我娘，感动我娘，救了我娘。

重新站起来的娘，还是不能下地干活。娘只能艰难地拄着双拐，如蚁挪行。不能干活就没有工分，没有工分，就分不到粮食。瘫痪快两年的娘，早就断了粮，断了炊。要不是二姐接济，我们一家早就饿死了。

有人说，喊你学明回来，莫读了，回来可以抵一个劳动力了。

娘说，我学明那么成绩好，莫读了可惜。我舍不得。

有人说，饭都吃不上了，还读什么？吃饭保命要紧。

娘说，我活一天，我学明就要读一天。

有人说，那让学翠莫读了，女儿家大了，反正是人家的，读了米有（没有）用。

娘说，学翠也成绩好啊，哥哥读，妹妹哪能不读？手心手背都是肉。

有人说，这个也要读，那个也要读，你就等着饿死吧。

娘说，饿得了一张嘴巴，饿不了一把骨头。只要骨头不断，骨气就在。

娘又说，一颗露水养一棵草，天底下饿不死吃草的人。

娘背着一个背篓。带着一口袋。还有一双碗筷。拄着双拐，出发了。

这艰难的求生之路，就是后来被人民公社所认定的流窜之路。

家里就留下了我年幼的妹妹。

在家里，小小的妹妹是孤零零的。

在山野，半身不遂的娘是孤零零的。

大病未愈的娘，要靠双拐走出山重水复的重重阻碍，不知是怎么走的？那求生的路，不知道该有多远、多难和多长？

娘走的方向，是我读书的方向。

娘一天只走得了一两公里。娘不是走，是挪。一寸一寸地挪。

正直秋天，秋收的时候。娘选在这样的时候出发，就是去跟秋天要生活，要生存，要活命的。

看到一片田园，娘停下来，走进田园，捡拾秋收后遗落的稻穗。一线一线、一捧一捧、一粒一粒。

看到一片庄稼地，娘停下来，走进庄稼地，捡拾秋收后遗落的苞谷、豌豆、黄豆、绿豆和红薯。一个一个、一爪一爪、一颗一颗。

捡拾秋收时田地里掉下的粮食，我们叫缮粮。

空旷的大山和田地里，缮粮的娘像一只散架的瘦鸟，耷拉着翅膀，艰难觅食。

天快黑时，娘就找一户人家，跟人家讨一口水喝，讨一碗饭吃。如果人家不给，娘就另外再找一家。如果附近没有人家，娘就只好挨饿。实在饿得不行，娘就点一堆火，把缮来的苞谷或红薯烧一个，就着泉水充饥。然后找一座风雨桥或一处可以遮风挡雨的地方，铺一捆稻草，住下。

空旷无垠的夜里，山风徐徐，星月当空，重重山影都若隐若现，朦朦胧胧，一幕比一幕深，一幕比一幕浓。暧昧的黑影，因为树的茂密和稀疏程度而浓淡不同。树木茂密的，黑影是一团一团的，深而浓，像墨汁。树木稀疏的，黑影是一块一块的，淡而浅，像淡淡的水墨。夜风猛烈时，那黑黑的树影，也摇曳起伏，像墨流动。熟悉的青蛙反倒跟鸟一样睡着了，不知名的各种昆虫，则不知疲倦的叫。这些叫不出名的山地歌手，一定是拿黑夜当幕布，拿大地当舞台，拿星星当舞美了，娘是它们唯一的听众和观众。当各种各样奇形怪状的声音在夜空中飘来时，娘躺在风雨桥上或岩坎脚下，会不会害怕？夜空中高远明朗的星星，会不会让娘想起孩子的眼睛？各种夜色中唧唧唱歌的虫鸣，会不会让娘想起孩子的歌声？孩子的眼睛和歌声，会不会驱走娘的孤单、恐惧，让娘胆壮和温馨？

娘就这样一路挪着，一路缮粮，每天都能缮上三五斤。

每个村庄，每个寨子，娘都会缮上十天半月。娘是生活逼出的一把梳子，把村庄和田间，一一梳遍。

久而久之，周围每个村庄和寨子的人，都知道上布尺有一个半身不遂的女人在缮粮盘儿养女，都被娘感动。

所以，娘走不动或过不了某一个坎时，那些素不相识的乡亲们就会主动过来帮娘一把。如果碰到有的寨子还在秋收打谷子，善良的乡亲就会故意割断一些谷穗掉到地上，等娘去捡去缮。心地好的人家，还会主动把娘喊到家里住上一宿、吃上一顿。等娘缮到几十斤粮食时，那些人家就会主动地帮娘把粮食给我送到学校，给妹送到家里。

娘千恩万谢，就要跟人家认姐妹，以便日后报答。乡亲们也不嫌弃，非常真诚地与娘结拜为姐妹。娘就有了好几个患难真情的姐妹。娘流离失所、缮粮求生的过程里，娘的这些姐妹，给了娘最真诚无私的援助，如果没有娘的这些姐妹，娘也许早就倒在求生的路上，永不起来了。

那时的人，真的是纯善啊！不趋炎附势。不嫌贫爱富。不背信弃义。不见死不救。有的只是：真！情！善！

娘就这样，拄着拐杖在茄通公社和断龙公社，前后缮了两年的粮食。度过了娘一生最黑暗、最艰辛的日子。

娘被当作流窜犯抓进公社时，娘正在茄通公社附近，也就是我学校附近的田园里缮粮食。

工作后，我见到了娘的几个结拜姐妹，我问她们为什么也不告诉我真相，她们说，怎么能告诉你真相呢？你成绩全乡第一，你是你娘的希望和命根，你知道真相若是不读了，你娘的希望和命根不就断了？我们岂不要了你娘的命？

现在，我满眼的记忆里，都是娘在莽莽苍苍的大山里蹒跚挪步的身影，是娘在秋收后的田园艰难弓腰缮粮的身影。娘之所以那么瘦小，是因为山太大。娘之所以那么艰辛，是因为山太沉。娘之所以那么苍白，是因为山太深。所有的不幸和苦难山一样层层压向娘时，娘不但没倒，还草一样从夹缝中钻出，给孩子一缕绿荫。娘是中国乡村最朴实顽强的骨头，骨髓的钙，是中国女性最坚韧的品性。

老天有眼的是，我娘在床上瘫痪近两年，拄着双拐又两年后，终于痊愈，健康如初，没有留下任何后遗症。

（节选自《娘》，知识产权出版社 2011 年 5 月版）

算术题

张锐锋

序曲一

粗糙的木柱，支承着倾斜的、四边形单面泥皮屋顶，简单的、细碎的木格状窗户上，糊着厚厚的粗麻纸……一棵高大的老榆树上，悬挂着一口铁铸的、呈喇叭口形向下敞开、带有波浪花边的大钟，在上课和下课时都要敲响。每当到那一时刻，一个满头白发的老头儿就会神秘地等待在树下，腰里别着一个双铃马蹄表。他低下头，不安地低头看着表盘上的指针，然后以缓慢的动作解下绕在树上的用来敲钟的绳子……这一切，仿佛是一个放大了的、出自西洋的能工巧匠之手的报时装置，它是趣味和精确性的完美结合。

我很难忘掉我们的乡村学校，它那里的无数日子，已经凝结为一个铁块，压在了其他日子的上面，短小而沉重。我时时能够感到它的存在，感到它的力量。我记得那里的许多细节，包括学校的正方形大院里两个角上栽着的枣树，石头井口旁边倾斜地放着的敞口水缸，以及井口上立着的辘轳和它的被磨细了的摇柄……我的心脏跳动的声音里已经含有他们的声音，我的呼吸里也有着它们的呼吸。到了夏天的时候，许多毛毛虫从榆树上顺着一根透明的细丝线悬吊在空中纳凉，又使它们被微风吹得晃晃悠悠，就像坐在秋千上一样。

它们干扰了我们的视线、经常挡住我们进出教室的路径。它们的充满诗意的生活和我们的苦恼形成对比，在教室里，我们可能正在为一道算术题发愁。设立未知数 X，建立方程式，运用各种公式……一个抽象的世界将我们牢牢地控制了。

为了得到一个正确的方程、一个合乎题意的解，孩子们趴在有着几道裂缝的木桌上皱起眉头、苦苦思索。老师一直在教室里走动，他的冷漠的表情不断转向另一个方向，就像作业本上的算术题一样变幻莫测。纸和笔之间摩擦的沙沙声……好像发生在另一个时空里。

实际上，算术使我们获得快乐，那种经历种种艰难之后突然的灵光闪现，那种从复杂的迷宫里挣脱的快意，获得那唯一的解之后升腾起来的幸福，数字和方程式曾经填充了童年时代的时光，使我们的作业本上的空格里有了实在的内容。它让我们不断地发现了能够解答的事物，正是那些算术题里秘密设置的障碍，让我们感到了智力的力量。一个个未知数里，都有自己的影子，我们殚思竭虑地捕捉的不过是一个已经存在的自己。

有一次，我在一只过去的箱子里找到了一本书。这一木箱的表面已经蒙上了尘土，铁锁已经生锈。里面究竟有我的什么？我开始对过去的事物产生好奇。时间流逝得好快啊，好像一切已经被洗涤干净了。

我小心翼翼地找到锁钥，插到锁孔里，轻轻地旋转，那沉闷的“嘭”的一声，就像从远处、很远的远处传来的。这一声，带着时间的余震，我感到自己被摇撼、被一种外在的强力推了一下。木箱笨重的盖子打开了，里面的一切让人失望，箱子里根本没有一点金灿灿的东西，没有阿里巴巴的珠宝，也没有电影里经常出现的、被人争夺的寻宝图，只有一些过时的书籍，一些破破烂烂的儿时的作业本。这是一个秋天。突然从西方沿着城市高大的楼顶刮来的风，将窗外的两棵树上的许多叶子吹到半空。黄色的、脆质的叶片像羽毛一样撒开，一直飞到我的回忆里——漫长的回忆、浩渺的回忆，它们一页又一页地翻开。

一本书。一本算术课本，一本卷了角的作业本，我轻轻地翻开。

序曲二

很像是博尔赫斯的沙之书，它们拥有无限数的页码，我看不完它们。我看到了从前，我的确在从前生活过，我做过作业，我还算过那么多的算术题。那时，我究竟计算了些什么？我又算出了什么？现在看来，我曾经算过的，并非我真正要计算的，我所得出的结果，也并非是真正的结果。比如说我按照老师的讲解把不合题意的解舍去，这就是一种幼稚的错误。我得出了两种答案，又为什么必须舍去其中的一个？

而且，事情不可能计算出来，可以计算的东西太少了。我还记得我们做算术题的时候，总是托着腮想啊想，对那些深埋在文字背后的意义进行猜测，以找到一种求解的途径。途径肯定不是一条，就像歧路亡羊的寓言那样，我们消失在一条又一条岔路上。

一个农人在春天撒了多少种子，在秋天又掉在地里多少？一个牧羊人一天走了多少路，一条河里有多少个波浪？我们只能用自己的眼睛去看，却不可能运用方程式。世界从来强调的是误差而不是精确的结果，这就是算术背离生活的原因，也是我们迷恋算术的原因——有时我们希望走到生活之外、走得越远越好。

往事不曾消逝，它一直在喧哗。像窗外的落叶那样喧哗，像这个城市的道路、广场上的嘈杂，秋风一直在吹着，它把过去残留的热气全都吹到冬天的冰雪里，吹到时间以远。石板上曾经写满了密密麻麻的公式、数字，它证明我们作业本上的公式和得数不是一次找到，然而为了写下另一些内容，我们必须将它一次又一次擦掉。最后，过程被丢掉了，留下了以整齐的铅笔字填充的作业本。

在我的旁边就是一面窗子，它的木格已经发黑。不知什么时候，窗纸破了，正好露出一个小小的洞，它给了我向外窥视的诱惑。我经常能够从这里伸出视线，捕捉到面积不大的事物。一次，一只红嘴鸦落在了老榆树上，它沙哑地叫了几声就沉默了，两个树杈上的树叶正好遮住了它的眼睛。我只是看到从树叶中伸出一个红色的尖尖的嘴巴，猜测着它的忧伤。还有一次，一只蜻蜓轻盈地飞到了被那个窗洞扩大了的视野里，我看到了它绝美的飞翔姿态，一个又一个突然改变飞行方向画出的折线，它的灵巧和速度，它的哧——哧——哧——的击翅声，它的透明的四个薄翼振动着，似乎都显示了算术一样的精确性，可我仍然难以判断它究竟是以什么方法飞行的。多少年之后，我看到了法国作家列那尔的《自然纪事》，他这样描绘：从小河这边飞到那边，它总要在清水里浸一浸它那红肿的眼睛。它轻轻发出一点爆裂声，仿佛带电飞行。

实际上，我曾经看到过这样的情景——在小河边，也在野地里的水洼上面。可是，我透过窗洞的观察却不是那样，只有它的飞行姿态让人神往。一会儿，那一破窗洞里出现了一只眼睛，四周布满皱纹——算术老师从外面向教室里窥视，他经常这样偷偷地监视着我们的一举一动。那只眼睛把我吓坏了，它果断、有力地切断了我的视线，一只飘动的蜻蜓被一只可怕的眼睛替代了。我的算术作业本上只有一个算式，我还没有算出得数。当时的慌乱可想而知，只有胡乱地在作业本上写上自己也不知从哪里获得的数字，我知道这是错误的，正确的答案不在这里。

现在，我可以从飞翔的蜻蜓那里得出结论：我们所演算的一切，上帝已经演算过了，我们的存在仅仅是为了无数次的验证。

算术题

我们想一想自己曾经学过的东西吧。我打开自己曾经使用过的作业本和算术课本。时光的力量已经渗透在纸页中，它们已经失去了纯白的质地和光泽。我知道，时间总是有用意的，它施加力量必有所图，它究竟要告诉我们什么？一位哲学家说，短秤隐约地暗示出绝对之物。我想，我曾一次次算过的得数里必定含有关于世界的寓言，它们一直在时光里窥视着我们，就像那个破窗洞里突然出现的眼睛一样。

题 1

流 速

某帆船顺流而下，每小时行 19 里，逆流而行，每小时行 5 里，问流速划速各多少？

这是一个流速问题。我当初是怎样做这个题的？记忆将一些具体的情景过滤掉了，整个过程已经是一片空白。然而，解题的步骤还放在那时的作业本上。事情就是这样被光阴筛选的：它把不必要的东西扔掉。重要的是，这个题涉及几样要素——帆船、时间、距离和一条河流的流速。它们的背后都隐藏着人的力量，最后的谜底在于，人的手里操纵着双桨。

船是物质的，但它是时间的信物，只不过它一直漂流在波浪上。在中国的道德中，逆水行舟和随波逐流是两种完全不同的选择，人从这两种选择中决出价值和意义。随波逐流显然是一种最省力的方式，在相同的划速里可以走得更远。从某种意义上说，这应该是聪明者的抉择。逆水行舟则显得愚笨、不明智和不合时宜，但是，它更需要勇气。在现实生活中，这样的计算早就藏在我们的心底，它的得数却未必是唯一的。

因为这一切条件都是为目标而设，关键是我们的目标是在上游，还是在下游。这将决定我们的行船方向——其中含有人性中的高贵和卑劣。我在儿童时代，曾在田野里的水渠里模拟过船在河流里的景象。我和别的孩子们一起，将一个蚂蚱捆绑在一片树叶上，然后将它放到水面上。我们用树枝划着水，掀起了层层波浪。我想，在树叶上的蚂蚱看来，一定是遇到了惊涛骇浪，它在上面颠簸着，根本不知道发生了什么。它只知道事情是突然发生的，却不知道事情的原因。它看清了树叶上的每一条脉络，也许看到了那条船的边沿，却不可能知道在它的上方，存在着一个主宰，一个孩子仅仅由于自己的兴趣而把它放到了波涛里。

本来它应该生活在草丛里，以它长长的、弯曲的后腿，经常改变跳跃的方向，呼吸着野草的叶子上环绕的芳香，让早晨的露水打湿自己的触须。然而它却被莫名其妙地绑架了，这就是一个蚂蚱的命运。孩子们对世界的仿造，乃是在浓缩着人的未来。

当然，我们也以纸来折叠自己想象中的帆船，但它易于坍塌、沉没。这让我想到从前的一个故事：在黄河里，一只满载草捆的船由于失去平衡而倾覆，船上的人们抱着草捆漂浮在水面上，渐渐地，河水浸泡了的草捆越来越沉，压倒了水的浮力。岸上的人们看着他们缓缓地没到了水面以下……在滚滚波涛里，谁也没有拯救他们的力量。

事情就是这样，不论朝哪个方向行船，都有着极大的危险。我们仍以最大的力量来计算时间、距离、流速、划速、船的位置，只要有几个条件是已知的，就能通过运算得到其余的未知。前面的那道关于流速和划速、逆水行舟和随波逐流的算术题是这样解答的：

设流速每小时X里，划速每小时Y里，

$$\begin{cases} Y+X=19 \\ Y-X=5 \end{cases}$$

得：X=7　Y=12

答：流速每小时7里，划速每小时12里。

结果已经出现了。它使世界得到了化简，然而世界上的一切都是不能化简的，这就是算术的结论不能概括生活的原因。还有一点，那就是，划速和流速的相加大于划速和流速的相减，这是庸俗实用主义者的哲学结论。

题 2

搬　运

货物385斤，用5牛14马搬运，或8牛7马搬运，都能一次运完，问每马每牛所能运的重量各多少？

一位西方的数学家雅可比固执地认为：上帝是算术学家。就像柏拉图固守上帝是几何学家的想法一样——从人的角度看去，万物都有自己的用处，也有自己的限度。

马和牛是两种不同的动物，它们各有自己的特点、自己的性格。我们都对骏马的洒脱飘逸充满神往，它代表着青春、力量、速度的美。历史上众多的英雄豪杰都与马紧密相连，因而，神骏就成为英雄的象征。远在公元前10世纪前后的中国周代，人们已经将马作为天行健的人世见证，汉代的项王更是名骓腾骧，剑光飘忽，纵横驰骋于万军之间。

公元前500年左右，整个世界发生了不同寻常的变化，一系列不朽的事件出现了……中国出现了孔子、老子、墨子、庄子、列子等诸子百家，印度出现了《奥义书》和佛陀，探究了怀疑主义、唯物主义、诡辩派和虚无主义的全部可能性，古波斯琐罗亚斯德看到了世界两种对立的本原、黑暗和火的搏斗、善与恶的较量，捕捉到了道德斗争的焦点。在巴勒斯坦，以利亚、以赛亚等一批先知冉冉升起，古希腊则更是圣贤涌现，荷马、巴门尼德、赫拉克利特、柏拉图、阿基米德……他们的名字像天上的群星闪耀，照亮了人间的道路，使一代又一代的后人们从他们的思想中辨认着自己。

为什么在这样一个短暂的时期能够展开如此广阔的空间？浩渺的天穹究竟向地上投射了怎样神秘的能量？一位欧洲哲学家对这一突然出现的时代——历史文化的同一性——做出了迄今为止最精深、最激动人心的假设：马，马的魅力、价值使我们的世界发生变化。

中亚国家的铁骑战车实际上早已突入中国、印度和西方，像楔子一样凿开了每一个孤立世界的门户。马匹在古代文明中的驰骋，剑与血的映照，使得不同种族、不同国度的文化在一个历史瞬间大放光芒。马使人类第一次摆脱了双脚活动的有限半径，突破一个孤立的点上的生活，走向广阔的面积、走向远方。是马匹的力量使大地的不同板块对接、融合在一起，人类被笼罩在同一片蓝天下，要发生的就同时发生。

骑马民族以马作为自己的工具，体验到世界是如此浩瀚无疆，并在一次次的冒险、一次次的灾难中，体验到了存在的困惑和可疑。人生的自信和浪漫在青春的激情消失之后渐渐地平息下来，人们开始冷静地思索：我们究竟为什么而生，我们的生活究竟有什么意义？世界是什么，我们又是谁？我们……正在做什么而且能够做些什么……思想的激情爆发了，它像山洪一样不可阻挡。公元前3000年末期，印欧骑族已经抵达红海、地中海和欧洲，公元前1200年左右，浩浩荡荡的大迁徙推进到伊朗和印度，公元前2000年末期，其他骑族事实上已经卷入中国。马以优良的技术、统治精神把人装备起来，也以它的驯服、控制和感情之美以及骑手的勇敢精神，使世界在冒险和思考的交替中成长。

中国唐代的诗人杜甫一生爱马，因为他从马的英姿里看到了人性的舒展、飘逸之美，感到了自由的意义和向理想疾驰的快乐。他在30岁时写道：胡马大宛名，锋棱瘦骨成，竹批双耳峻，风入四蹄轻……中年之后仍然有着剩余的青春火烬：腕促蹄高如踣铁，交河几蹴层冰裂，五花散作云满身，万里方看汗流血，长安壮儿不敢骑，走过掣电倾城知！多么潇洒、任性、自由又充满活力的骏马！诗人却在一个污浊的世界上徘徊，只能看着骏马奔驰、云开云合、尘烟升腾……

回到我们的算术题上吧——在这里，从前的一切都消失了，诗人的一切想象被现实的力量击碎了。马不是用来奔跑，而是用来搬运重物。它要与牛来合作，一起将货物搬运到另一个地方。速度的魅力被废除了，必须以力量来较量。题意已经非常清楚，我们看看马与牛搬运货物的力量吧——

设每马运X斤，每牛运Y斤，

$$\begin{cases}14X+5Y=385\\7X+8Y=385\end{cases}$$

得：X=15　Y=35

答：每牛运35斤，每马运15斤。

结果就是这样，一切都在预料之中。我们的计算给出了更精确的解答。我相信，一匹马和一头牛共同做一件事情是多么不协调，马必须适应牛的缓慢的速度和松松垮垮的节奏，必须放弃自己的优点，也必须放弃自己过去的奔跑习惯，以变得温驯、随和、畏缩不前。这样才能够显得和牛一样笨拙，才能够显得齐心协力、忠诚可靠。从这一角度说，它的力气并不比牛更大，甚至还要小一些。这必然影响到人们对它的评价，因为它的使用的价值降低了，我们甚至不能相信这是一匹真正的马。它的飒飒英姿呢？它的洒脱和飘逸呢？它的英雄气概和狂傲不羁呢？一切都没有了，骏马的一切特点被沉重的货物压倒了、压垮了——一匹马，可能是一匹骏马消逝于牛群中。

这就是一曲马的悲歌、一曲悠长的咏叹调、一场人世的独幕剧。它在无声中表演，却让人看到了惊心动魄的沉默。牛当然是无辜者。几千年来，甚至上万年来，它一直是人类的朋友和好帮手，在田野的茫茫荒草里开垦，缓慢、不倦、沉重的步伐，弯曲、向前的犄角，已经退化了的野性，在寒风中抖动的短短的鬃毛，麻木的、一成不变的僵硬表情，一直被视为人类的榜样。然而，人们却用鞭子抽打着它，甚至用木棒不停地打在它的脊背上，几乎听不到什么打击的响声。这就是忠诚、力量的最后结果。

人们却津津有味地谈论它的优点、赞美它的耐力、计算它的力量。并且喜欢它乖乖地卧在牛棚里反刍草料的样子，因为它对世界的辽阔无动于衷，对一切现实中的事情都能够接受，当然，它知道一切也必须接受，漫长的道路通向天边，断灭了所有抉择的可能。它也不可能做梦，因为梦境的真相胜于事实的真相。一个叫史密斯的数学家曾感叹："算术是最古老的人类知识……它的一些最深奥的秘密与最平凡的真理密切相连。"

题3

分 配

儿童分桃若干枚，若人数多6人，每人所得少3枚，若人数少3人，每人所得多3枚。求儿童数及桃数。

面对一筐桃子，儿童们试图把它公平地分开，这是一个古老的问题。在茫茫历史及现实生活中，这一问题一直是最尖锐的，因为它几乎是无解的。让儿童们来分桃，这里有着设题者的苦心。耶稣说过：天国在孩子们中间。

中国古代有二桃杀三士的故事，阴险的国君正是利用了分配的难题，或者说，利用了一个不可解的算术题，以两个桃子的力量杀死了历经沙场的功臣。一种抽象的运算竟然有着剑刃上的寒光，这是一个流血的童话，一个针对智力而设的刺穿肉体的童话，两个桃子掉在地上的声音伴随着先人的遗恨和叹息，撼动了我们的魂灵。多少世纪以来，无数人试图探索公平分配的秘密，几乎都无功而返。

哲学家们绞尽脑汁地设想着人类的未来——他们凭借自己卓越的想象，在薄薄的纸页上建立起一个又一个最美好的家园：柏拉图以空前的激情营造了理想国，莫尔用全部力量打制了乌托邦，康帕内拉以自己的愿望搭建了太阳城，并在幻觉中看到了行星和整个宇宙的灵性。马克思以自己对穷人的同情和无产者的立场，在雪茄烟的烟雾中，探究了资产者获得财富的秘密，窥望到遥远的共产主义。中国古代的遥远日子里，先哲们同样在思考公平的问题，他们看到生活中的一切并不是自己所愿，也不符合善的理想。老子以冷静的智慧设计了小国寡民，陶渊明则顺着一条小溪找到了桃花源——他们想到，既然在现实中难以寻找到公平和正义，也无法制造绝对公正的砝码和无限精确的杆秤，那么就干脆丢弃世间的一切度量，使人们拒绝一切交换和分配，让人们重返混沌的社会。这不能不说是一个重要的发现，他们让我们不是向前，而是向后看到了实现完全公平的希望。

时间的箭头是向前的，它很少给我们找到公平、公正和正义的机会——这些东西注定要以不可企及的距离，放置于我们的思想里。它不能给我们一个理想的现实，却永远为我们提供行为的准则和依据，我们以此可以推敲正确和谬误、甄别污浊和清洁，寻找自己的权利和挑剔社会的残渣。如果我们失去了头脑里这把隐秘的尺子，人类必将由疯狂而灭亡。

儿童们分桃的故事，实际上是一个带有抽象意味的事件。我们为什么要计算儿童数和桃数呢，因为儿童和桃子的多与少是有着决定意义的，他（它）们决定着公平是否能够实现。在大人们眼中，桃子的数目并不多，它们的分配结果没有实在意义，不会对生活产生任何影响。然而，孩子们并不这样看问题，桃子是否能得到合理的分割，不仅仅是得到多少桃子的问题，这还与集体对待他的姿态相关联，涉及对自己人格、尊严的守护。因而，必须经过精确的计算获得结论。

成人们的错误在于，他们遗忘了天堂的存在，天堂的知识被污浊的生活丢弃了，人们以麻木的表情面对世界。这是我们不幸和痛苦的根源。这一点，俄国作家陀思妥耶夫斯基看到了。他认为，儿童与大人们有着天壤之别，他们唤起了人对爱的渴望："他们像一群小鸟似的……他们的噪声像铃声一样清脆。"更重要的是，孩子们有着比成人更深刻的道德感和更为尖锐、准确的道德判断。陀思妥耶夫斯基一次证明了——"天赋的道德真理"。

我们计算桃子和儿童的数目，实际上是在又一次证明这一天赋真理的存在。我看到我儿时的作业本上是这样解答的：

设儿童 X 人，每人原分桃 Y 个，那么，共有桃 XY 个，

$$\begin{cases} XY/X+6=Y-3 \\ XY/X-3=Y+3 \end{cases}$$

得：X=12　Y=108

答：儿童 12 人，桃 108 个。

这一得数能够说出什么呢？这一数目是多么吉祥，它意味着，108 能够被 12 整除，如果不计桃子的大小差异，那么，每个人都能得到公平的对待。在实际生活中，这是一次少有的例外，是设题者有意设计了一个理想态的事件。

我记得，在很小的时候，我和弟弟总是充满矛盾和怨恨，因为平凡的日子里到处都有不平。我们经常为最细小的事情争吵，实际上，那是天赋的道德真理不断地挑剔现实中的不公，是一种秉承了上帝意旨的道德训练。又一次，父亲用自行车带着我们进城。谁应该坐在自行车的前面？我们争执不下。谁都想坐在前面，理由是前面视线开阔，而坐在后面则被一个宽大的后背完全挡住了向前看的

目光，这个人就坐在了一个人的阴影里。

父亲说：弟弟比你小，应该坐在前边。这是最高的判决，然而在我的内心里，还有更高的声音：为什么比我年龄小就应该获得更好的？我不能理解判决的理由、也不知道它的依据是什么。父亲说：不是给你讲过孔融让梨的故事吗？你要让着弟弟。我说：那么，他应该先挑后面的座位。弟弟开始哭了，显然他不能接受孔融让梨的结局，当然我也不能接受父亲的安排——我们在自己的家门口谁也不肯让步，后来，父亲决定取消这次进城的计划。这样，我们都灰溜溜地失去了一次去热闹场所玩耍的机会。我们虽然有点失望，但决不懊丧，因为玩耍的机会相对于公平和合理来说，后者更为重要。

这是儿时生活的一个小小的细节，它使我们看到一个孩子所看重的东西。孩子们对事物的判断有着更为尖利的直觉，他们已经感到大人们处理日常事务中的漏洞和缺陷，他们因为没有依据而进退两难。在隐藏于我们内心里的公平、公正、正义这些不可回避的焦点面前，人们往往采取了回避的方法。然而，孩子们发现这些事情恰恰是不能视而不见的，我们必须面对它。

父亲给我们讲孔融让梨的故事，似乎找寻到了一个来自古代的榜样，好像遥远的时光必定能够让一件平凡的事件焕发出耀眼的光芒。大人们的反复讲述，越来越让我们感到这是一种陈词滥调。我们不能理解一个古代的儿童为什么要这样做，他的谦让仅仅是为了让大人们的自私行为感到惭愧吗？事实上，人们从来没有因此感到羞愧，多少年来，多少个世纪以来，人们为了自己的私利而一直进行着种种巧取豪夺，血腥的气味被风吹拂着，被雷雨携带着，从过去到现在，充满了人的苍茫历史，刀与剑的影子，一直飘动在大地上。

一个孩子在四岁时让梨的事迹，似乎培养了一个民族谦让的传统，更重要的是，它也使那些谋取私利的人们找到了理由，它给了不公正、不公平的种种事实以借口，应该谦让的一方往往是弱者。它同时使失去利益的人们放弃斗争，以谦让和理解作为依据，放弃自己的权利。这一切，使公平的理想离我们越来越远，使人身陷于污泥中，在生活里挣扎……算术题所得到的解答，只能让老师用粉笔书写在黑板上，让一代又一代的孩子们经过复杂的演算，工整地写在作业本上。

孩子们对每一个得数都做过验算，但在历史和现实生活中从来都没有得到过验证。一位西方作家在《艾丽丝漫游奇境》一书中说："算术的不同分支——野心、困惑、丑化、嘲弄。"的确，他看到了事实中的真理，或者说是污浊的事实本身。

题 4

相 遇

快车长 178 尺，慢车长 150 尺，二车并行于平行轨道上。若同向而行，自相遇至相离，需时 2 分 44 秒，若相向而行，自相遇至相离，需时 4 秒。问这二车每秒钟各行几尺？

两列快车在平行的轨道上相遇，差不多是一个人生寓言。我曾经讲述过儿童时代的一些游戏，其中一个就是捉迷藏中隐含的意义——一个人藏起来，另一个人去寻找。这是一个找寻者的故事，是一种对人的世界的模拟、一个仿制品。它的目的、价值和归结点在于，人喜欢隐藏也喜欢找寻，这一切都是为了最后相遇。

然而一切相遇都是必然性的体现，是上帝的安排之一，我们不能问为什么。比如说，一个人的出生就是这样，他必然与他的父母相遇，否则这一世界将变得不可理喻。为了享受相逢的喜悦，我们无意中已经做了许多的预备，有时，我们根本不知道自己所做的，原是为了未来的某一刻。从相逢到相离，究竟有多长光阴？我们从何时相逢又在何时离别？

唐代诗人李商隐在诗中描绘了相逢相别的景象：相见时难别亦难，东风无力百花残，春蚕到死丝方尽，蜡炬成灰泪始干。这种从相见到相离的过程在漫长的时间中，是如此短暂，它注定要被从生活中抽掉，就像烟雾那样消散。然而剩余的东西却这样长久地存在着，这是一个残酷的秘密：光阴无限地向前延伸是为了打开抽屉，取走本来很少的快乐，留下痛苦和空阔的寂寞。

诗人留给我们的另一首著名诗篇是《锦瑟》：锦瑟无端五十年，一弦一柱思华年，庄生晓梦迷蝴蝶，望帝春心托杜鹃……他在晚年时与自己的回忆相遇，一切都隐匿于时光的后头，以前的事情被重重迷雾遮去了视线。真实的事件消亡了，留下了虚幻的记忆……人的肉体消失了，以他的诗篇作为他曾生活过的见证。历史正是以这层层的白骨作为材料来搭建自身，并在高处谛听亡灵们的歌声。

让我们把时间的尺度缩短吧。对于一个人的一生来说，可能最重要的事件就是与人的相遇。在人生波动的曲线上，每一个转折点上都站着一个人——也许那个人仅仅是为你守候在那个地方，等待着你的到来。不朽的黎巴嫩诗人纪伯伦因为遇到了一位美国女子学校的校长哈斯凯尔而获得新生，他才可能在巴黎得到成长，从而写出那么多永恒的作品。他的《先知》《沙与沫》《暴风雨》和《狂人》等书，曾让多少人感动。因为与一个人的相遇，使他的情感、思想及灵魂与我们贴近了，甚至我们已经听到了他的呼吸声。挪威数学家、贫困的天才阿贝尔因为遇上了一个称职的老师霍姆伯厄，他的数学才华和激情才被唤醒。而他的老师也坚信自己遇上了一个空前伟大的数学家，一生以帮助阿贝尔为荣。这使得阿贝尔在 21 岁时就出版了他的论文——在这一论文中，他证明了用代数方法不可解一般的五次方程，数学家们为之呕心沥血长达三个世纪之久的工作及种种设想，被宣告无效。

事实并不都是这样幸运。出生于莱茵河畔的天才数学家伽罗瓦却在一条反方向的路上走到终点。他在很小的时候就开始读数学家们深奥的几何学著作，就像其他孩子读一本关于海盗的故事一样容易，因而他在 16 岁时就开始对数学做出重大发现。但是，他遇到了一群愚蠢的教师，一直备受屈辱。他们试图扼杀他的梦想。一位美国数学家贝尔以准确的譬喻击中要害：一只母鸡孵出了一只小鹰，他总是想怎样将这个不守规矩的家伙的双脚，固定在谷仓院子里那一大堆脏土上。这注定他不能考入工科学校，因为一些连给他削铅笔都不配的人坐在评判者的位置上。后来，他将 17 岁时的一个重大发现写成一篇优美的论文，交给一位著名的数学家，然而这位数学家竟然将这件事遗忘了。接着他在 19 岁时写出三篇重要论文，将其合并在一起，提交给第一流数学家们角逐的科学院数学大赛。伽罗瓦坚信，自己的成果将使那些著名学者们的研究踌躇不前。手稿交到了秘书手上，然而秘书将它带回家未来得及审阅就突然去世，这一凝聚了天才发现的论文也下落不明。一连串的遭遇，使一位真正的数学家有足够的理由诅咒这一世界……19 世纪上半叶的一个夏日清晨，绝望中的伽罗瓦 21 岁，在微微的凉风中死于决斗。飘忽的时光中，他只留下了自己不朽的论著，共 60 页——它在图书馆的尘土中发出嘲笑，并反衬着那些相遇者的愚蠢和狂妄。

许多作家们对相遇问题表现出极大的兴趣。博尔赫斯曾在一篇小说中讲述过彼此找寻的故事，两个著名的草莽英雄因莫名其妙的结怨而一直寻找复仇的机会，但一生都未能相遇，他们的刀却留了下来——多少年之后，两个素不相识的人拿起了它，在格斗中丧生。这位美洲幻想家的结论是：人的仇恨已经凝结在钢铁里，兵刃的相逢替代了各自主人的未能实现的相逢，它使后来的两个陌生人以颤抖的手拿起了它。那时，不是人在格斗，而是充满仇恨的武器在厮杀……物质的寿命比人的寿命更久长。

这意味着一个完满的、流血的结局。更多的是等待，两把刀在收藏家的兵器橱里一直在等待时机，直到这一结局的实现、相遇的完成。还有另一位作家也描绘过相遇，不过是另一种相遇。那就是卡夫卡的小说《城堡》所描绘的，一个叫

K的土地测量员应聘前往城堡，他们的相遇已经从文书形式上被肯定下来，然而兑现的日子却遥遥无期。K长途跋涉，到达一个城堡所辖的村落时，只能在这里停顿下来。他忽然发现自己什么权利也没有，无权在这里的小客栈投宿，无权进入城堡并会见城堡的主人伯爵以及部长，只有城堡里的一个信使为他传达指示和消息……这是一个相遇受阻的梦魇一样压抑的故事，相遇者之间近在咫尺，却被阻隔在两岸：K的生存的合法性因不能进入城堡而被取消了。

当然，这是一部未完成的小说。卡夫卡曾对他的朋友说过：最后的结果是，K的愿望将得到部分的满足。这可能是现实最后向执着者妥协的证明之一。实际上，K与城堡已经相遇，只是在接近它时感到了强大的排斥力，他被推倒在虚幻的梦魇中，感到了被纠缠、被压抑、无休止的折磨。人，一直承受着精神摧残，这是被现实忽视了的重要事实。关于相遇的故事无穷无尽，萨特的小说中看到了谎言和真实的相遇，一个被俘的战士为了嘲弄敌人，编造了一个谎话，敌人却按照他说的墓地，找到了在那里藏身的他的战友。梅尔维尔在著名小说《白鲸》中，描写的却是一个固执、疯狂的船长怎样追逐神秘的白鲸，以满足自己复仇的愿望……最后，他与白鲸相遇的时刻就是毁灭的时刻……相遇与毁灭联系在一起——只有一个叫以实玛利的人幸存下来，他就是故事的讲述者。梅尔维尔引用了《约伯记》利的话：唯有我一人逃脱，来给你们报信……另一个例子是，耶稣走向耶路撒冷不就是为了与十字架相遇吗？上帝却弃他而去。

中国古代有守株待兔的寓言。奔跑的兔子与树的相遇使人获益，人却认为这样的相遇随时可以出现，守株者低估了事物之间遇合的难度。它需要复杂的条件，还需要一个时刻，一个被安排好的精确的时刻。还有一个故事是，一个画匠被一个国君所召，前去在豆荚上画画，三年而成。国君一看，豆荚上好像刷了一层漆一样，根本看不到什么画迹，大为震怒。画荚的人说：请建一面两丈高墙，凿一个八寸左右的小窗。那个周代的国君按他的办法做了，他把那已画好的豆荚在太阳初升时放在窗口，早晨的日光从苍茫的天边汇拢于为观赏者所设的窗牖前，豆荚被唤起了生气，上面所画的一切都呈现出来，龙蛇禽兽车马聚于一荚，万物之状尽现于眼前。一个豆荚与阳光的相遇竟然产生了如此巨大的奇迹！

现在，我们来算一算那两列快车吧，看一看它们的相逢相离以及那些时间的奥秘。

设快车每秒行X尺，慢车每秒行Y尺，那么：

$$\begin{cases}164(X-Y)=178+150\\4(X+Y)=178+150\end{cases}$$

得：X=42　Y=40

答：快车每秒行 42 尺，慢车每秒行 40 尺。

它们相遇的时间、地点和从相遇到相离的时间长度，取决于它们的速度。也许速度的具体答案并不重要，然而速度的意义却值得我们回味。这一算术题解答次于它所提示的，它的辐射力已经触及人生与社会的许多方面，我们只是采用了最少的计算，运用了最少的颜料，画出了原理和结论的构成图景。寓言的力量在于它的极度浓缩、极度尖利，这比以实玛利的讲述要温和、冷静，也似乎没有一点血腥和疼痛，然而却没有一个人能够从其中逃脱。

题 5

鸡兔同笼

鸡兔同笼，不知其数，但知鸡头比兔头多 3 个，鸡足比兔足少 8 只，问鸡兔各若干？

“在这里面有死去的大自然的恐惧”，俄国思想家沃洛申在自己的笔记中说。他一定皱着眉头，想到了一些事情。至少在一万年时间里，人逐渐地将一些可以驯养的禽兽，归拢于自己身旁，变为财产的一部分。那些飞禽走兽渐渐地脱去了野性，失去了自由，同时找到了可怕的归宿——人们把它们豢养起来。猪成为肮脏和愚蠢的代称，牛变为笨拙的苦力，鸡是多嘴婆的另一种说法，驴子终身劳累却被多少寓言和童话讽刺、挖苦——只有善良的、充满孩子气的作家列那尔指着驴子说：这只长大了的兔子。

我们认为，兔子是可爱的，实际上它的运气也好不到哪里。至少，在我们的算术题里，它和鸡被放到同一只笼子里，让孩子们算出它的数目。有趣的是，通过对两种动物的比较发现，将它们的头的数目加起来，等于它们的实际数目，而将它们的脚数加起来，却变得混乱不堪了。因为兔子和鸡的脚数不同。这就是设题时隐藏着的秘密，将它们各自的脚数分离出来就成为解题的关键。

从纸页发脆的作业本上可以看出，孩子们完全可以窥破他的奥秘，趣味的核心被挖掘出来：

设鸡为 X 只，兔 Y 只，那么：

$$\begin{cases}X=Y+3\\2X=4Y-8\end{cases}$$

得：X=10　Y=7

答：鸡 10 只，兔 7 只。

一个题得到了解答，它便从乐趣的方向上失去了意义。然而，鸡兔同笼却可以视为一个寓言或童话，他们待在一个笼子里将发生什么事情？好像什么也不会发生。它们的个性似乎完全相反，一个叽叽喳喳地不停叫唤，仿佛有说不完的话，另一个则沉默寡言，面对眼前的一切又有什么好说的呢？因而在某种意义上说，兔子成了一个倾听者，一个永远的倾听者。

实际上，我们很少将兔子和鸡放在一起，我们所计算的不过是偶然的事例。这让我想起乡村时的日子，天还未完全放白，公鸡们就开始司晨了，它们沙哑的叫声唤醒了睡梦中的庄稼人。一般地，公鸡这时都是站在高处，站在鸡窝顶部或者是土墙上。这样，它的声音才能传得很远。这让我们想起一个皇帝著名的反拗诗：公鸡一唱撅一撅，公鸡二唱撅两撅，三声唤出扶桑日，扫败残星与晓月。多少人津津有味地谈论后两句力拔千钧、王气逼人的突然转折，公鸡的晓唱和帝王的豪情、雄心勃勃和杀气飞扬，联系到了一起……因为它们的歌声对日出的光芒作了预言。这时已经有人活动在田间的路上，拾粪者正弯下腰身，用粪叉将还冒着热气的牛粪轻轻地铲入荆条编制的箩筐里。因为车夫们早已出发了，笨重的车轮与坚硬的乡村土路之间的接触，发出了轰隆隆的、隐隐约约的、有点沉闷的回声——就像是很远很远的天边传来的雷雨的消息。那时还没有胶轮马车，仍然是用古老的木轮车，它走得很慢，马车或牛车的影子很久都不会消散。

女人们也早早地起来了，她们推门出现在院子里的第一件事就是抽开鸡窝的挡板，一群鸡扑打着翅膀呈半飞翔的状态——尽管如此仍然难以掩饰它们身体的笨拙，它们仅仅是摆出了一种试图飞起来的样子而已。可以将鸡们的这一连串的动作视为刚刚醒来之后的伸懒腰、打哈欠，自由的、清凉的晨风将它们吹得羽毛蓬松，就像是一串串棉花球飘了出来。乡村女人们伸开手，米粒或高粱颗粒从她们的指缝里漏了下来，并且嘴里含着含混的、像是魔咒一样的特别用语。那些鸡可能已经听懂了她们的呼唤，也可能仅仅以锐利的目光看清了撒在地上的食粮。总之，它们一哄而上，以惊人的速度抢夺这些粘着尘土的丰盛早餐。

但是，鸡给我留下了肮脏的印象，它们不讲卫生，随地大小便，我们只要一不小心，就可能踩在一堆鸡粪上。它们的这种坏习惯已经不可能改变，就像它们的外貌一样。虽然鸡已经失去了飞翔的能力，它们却恰好可以飞到窗台上。有时，我在屋子里向外看，玻璃窗外的一双高粱米似的眼睛和伸长的尖尖的嘴正好对准了你，它们目光里的虚无让你恐慌。

我们再看看笼子里的兔子吧。它们与野兔已经有了很大的不同，那种充满活力的跳跃、奔跑的速度之美，已经完全消失，只留下了兔子的外表：长长的耳朵，红红的眼睛，独特的三瓣嘴唇……它们是温驯的，毛茸茸地卧在你面前，吃着草或者萝卜。因而，它就成为童话和儿童故事捕捉的对象，它总是可爱的受害者，因为它没有进攻的习惯，也缺少置敌于死地的锐利武器。它唯一的能力就是奔跑，跳跃着奔跑，然后躲藏到某一个洞穴里。

这就是人们爱它的原因。人总是喜欢坐在君王的座位上，去俯瞰他的奴隶。驯服的奴隶总是最好的。兔子正好是这样的一个纯洁、软弱、天真、温顺的原型，无论我们怎样对待它，它都会伸着长长的双耳，乖乖地待在那儿。它的目光里没有邪恶和凶狠，也没有嫉妒和不满，只有平和的哀求……就是说，它从来没有阴谋和颠覆我们的宝座的企图，这样的事情它想也不想，它只是乖乖地待在那儿，这就是它的全部生活。我的小女儿在幼儿园里学会的最早的儿歌就是关于小白兔的，那长长的耳朵不仅有趣，而且是人间最纯洁的譬喻之一。这让我想到失去家园的流浪者里尔克的一句话：这个故事死去，人们就将它安葬在书本里。

我曾经在遥远的儿童时代喂养过兔子。兔子是那样洁净，雪白的容貌一尘不染。它们总是隔着铁丝编制的网栅，一直向外窥望，等待着我提着箩筐归来，将粘着湿土的青草递给它们。我喜欢坐在兔子的窝棚边，听着兔子们吃草的声音——喳喳喳，喳喳喳喳……这是关于善的训导，一种来自灵魂的言语……它们应该生活在另一个世界里呀。

实际上，它们就在我的身边，与我们在一起，并且是我们的奴隶。它被关在低矮的、潮湿的、肮脏的窝棚里，没有自由，没有一切一切。这就是我们对善的回答。兔子天生没有发声器官，是一种先天的沉默者，好像是一个被割去了舌头的受刑者。它的沉默和我们的语言一样，是这个世界上的另一种声音，而且可能是更重要、更高贵的声音。

我们算术题的要旨是，将兔子和鸡关到同一个笼子里。鸡更能代表庸俗的生活，它与我们的物质生活联系得更为紧密，并且不停地呱呱乱叫，是一个语言的滥用者。幻想家博尔赫斯曾虚构过一个故事，人与美洲豹被放在有着一堵隔墙的同一个房间，结果，那个人从豹皮的斑纹上猜中了上帝的秘密。也许，鸡兔同笼的题意根本不在我们所解答的那一数字上，将有声与无声、纯洁与肮脏、庸俗与高贵置于同一个狭窄的空间，其本身就含有上帝深奥的用意。

题 6

龟鹤同池

龟鹤同池，共计头 h 只，脚 f 只，求龟鹤各几只？

原始的大自然的图像：在一池清水中，鹤在水中的沙渚上站立，凝神看着水中的游鱼或水草顶端环绕飞翔的蜻蜓、蝴蝶，而乌龟正在池水中缓慢地游动，或者潜于水底的石头上静静地闭目养神……万物以它自己的方式生活着。高傲的鹤群，伸长脖子，借助自己的高度可以看得很远，也能以尖利的目光探到深水的底部，它们高兴了就互相交颈耳语，不高兴就愤怒地离开，渴了就饮水，饥饿了，那水池中早已为它们预备了充足的食粮。总之，这是一个自由的世界，在风的吹动中，水草发出了沙沙的响声，它只是以这样的方法来掩饰大自然的宁静。

我想，一个古代的这人就坐在水边的一块石头上，他以自己的眼睛观察着池水里的一切，又以心灵感受着万物的自由，对龟与鹤的头数和脚数的计算发生了兴趣。于是开始计算起来……4 只脚与 2 只脚怎样相加，又怎样把它们分开？他感到自己与眼前的一切融合到了一起……这一切都让我们感动，因为我们的确觉得曾有一个伊甸园存在过，我们有过美好的时代，拥有过真正的自由。几千年前，尧要把天下让给许由，然而许由拒绝做王位的奴隶。对于他来说，拥有自由比拥有天下更重要——对此，庄子以精美的比喻说出了自由的快乐。他说，一只鸟儿在深林里筑巢，只要占用一根树枝就足够了，鼹鼠于河中饮水，只要喝饱就可以了。这样，一个人拥有天下又有什么意义？贪婪者自有贪婪者的理由，自由者却能够不为物质利益所羁绊，获得人的不受控制的特权。

一个人如果失去了自由，他又怎么生活？庄子里的寓言曾将失去自由的例证展示给我们看：影子的影子怀疑地问影子，你行走又停下，你坐着又站起来，为什么你不能做自己的主人？影子的回答是这样的：我的存在原是凭借了别的存在，而我所凭借的又有所凭借，我凭借了蛇腹下面的鳞片和知了的翅膀才得以蜿蜒而行或越过溪流，我又怎能知道这一切是怎么发生的呢？影子存在的理由不属于它自身，人，不能够成为他者的影子。

从龟鹤同池的算术题里，我看到了它们互不侵犯、同享一池清水的快乐。人们常常将龟和鹤作为长寿的象征——长寿原是因快乐而获得。我们还可以想到唱着《击壤歌》的壤父，他一边将土块击碎，一边唱着：日出而作，日入而息，凿井而饮，耕田而食，帝力于我何有哉！除了上天的安排，谁又能干扰我的生活呢……这是多么自由的一幕，它曾经在时光中上演过，只有天上的飞燕、地上的蚂蚁观赏了这样的精彩戏剧。

而我们，面对咄咄逼人的自由，只有胆怯的退却，因而一张观看悲剧的门票塞入我们的手里。我曾看到过没有自由的景象：有一天，我从街头小贩的手里买到了两只螃蟹，让我的小女儿玩耍。我们把它放到了一只脸盆里，脸盆光滑的弧形，使螃蟹永远爬不出去。世界如此巨大的空间对它们失去了意义。我女儿高兴地看着螃蟹试图逃脱的样子，知道了他们喜欢横着走路，数清了它们的脚的数目，却不明白它们的眼睛为什么是突出来的。女儿问：这样的眼睛能看到什么？我只能说不知道。

然而，我想，它们只能看到一片白白的、高高的、反射着刺眼的白光的弧面，横亘在面前。自己为什么掉入了这样一个地方？它们的思想里一片迷惘。然而只要活着，就要逃出去。它们用尽了能够想出的所有办法，两个螃蟹开始时想凭借单个的力量翻越这一白色屏障，一次又一次失败了。后来，他们聪明地想到了合作，一个螃蟹搭在另一个螃蟹的身上，下面的螃蟹试图将上面的螃蟹推过去，在仅仅离脸盆边缘还有一寸左右的时候，它们掉了下来……

夜晚，我从外面回来，奇怪地听到房间里响着沙沙沙的声音。这种声音在深夜的寂静里显得越来越响。我警觉地推开那个房间的门，好像什么也没有。随着开关轻轻地一响，电灯亮了——我明白了，正是那个脸盆里发出的声音，两个螃蟹从未放弃努力，从未失去重获自由的愿望……那一夜，尽管已经非常疲倦，可久久未能入睡，我只是听到那绝望的沙沙声彻夜不息。

最后的结果是，它们耗尽了力气，死去了。这让我们想到多少人间的事情，沙沙沙的声音充满整个世界，我们不论从哪里倾听，都是沙沙，沙沙沙，沙沙沙沙……

这与龟鹤同池的故事恰成对照，我们还是看看这些优美的算式和解答，也许它们并不能说明什么：

设龟头数为 X，鹤头数则为 H–X，那么：

$4X+2(H-X)=F$

得：$X=F/2-H$　鹤头数为 $H-X=2H-F/2$

答：龟（$F/2-H$）只，鹤（$2H-F/2$）只。

其实，这些数目仅仅是自由的数目——它们是幸运的。沃洛申说，我给自己想出一张世界规律的脸，脸色苍白，眼睛睁得很大。那么，这眼睛看到的，一定是那些迷雾蒙蒙中的、似乎处于世界之外的龟与鹤，骄傲的悠闲，孤寂的自白，以及和睦共处的快乐，自由化身的描绘仅仅存于我们的思维和语言中。

题 7

工 程

有一工程，甲乙丙三人合作，30 日可成；甲乙二人合作，32 日可成；乙丙二人合作，120 日可成。三人独做此工程，各需几日？

精彩的想象，优美的回忆，人与人的相逢，各种动物之间的彼此相依，暴雨后迷蒙的阳光中呈现的天边彩虹……我们必须承认，这是一个物质特征压倒其他特征的世界，人间的炊烟是借助于物质的力量升起来的。从某种意义上说，我们的肉眼能够看到或不能够看到的世界里，都充满了处于合作状态的事物。由低等动物到高等动物、环环相扣的生物链，阳光、河水、青草、食草动物与食肉动物之间的密切联系，土壤中从植物的腐败、养分的分解到将这些养分重新释放回土壤，将有数目巨大和不同种类的土壤动物来配合完成一系列的复杂工作，以使辽阔的土地保持用来养育我们的足够肥力。

我们处处可以倾听到各种事物彼此呼应的雄浑的协奏曲，这是一个工种齐备、分工细腻、此起彼伏的协作者的家园，即使什么新的事物都没有出现，我们仿佛仍然必须面对一个永远不可能完成的巨大工程，在不知不觉、无休无止的施工过程中，一切个体生命在时光中一点点地耗尽自己的精力，又回到无机界得以解脱。

人类曾试图建造一座可以通向天堂的通天塔，使上帝感到了恐慌。上帝很快窥破了来自不同地方的人们能够如此和谐合作的基础：语言。于是取消了人们能共同交流的同一种语言，从而使使用各不相同的语言的人们变得交流困难，让人类的合作拥有了一个可以被控制的限度。合作的步伐被抽掉了踏板，通天塔的工程停止了，人类僭越上帝的秘密图纸被彻底撕毁。《旧约》里的这一寓言乃是指出了语言中所含的无穷能量，人类的真诚交流完全可以敲碎上帝的安排。

这一点，不包含在我们的算术题里，我们所要计算的，仅仅是合作本身可能创造的奇迹：

设甲单独做工需 X 日，乙单独做工需 Y 日，丙单独做工需 Z 日。则，甲每日可成全部工程的 1 / X，乙可成 1 / Y，丙可成 1 / Z。方程为：

$1/X+1/Y+1/Z=1/30$

$1/X+1/Y=1/32$

1 / Y+1 / Z=1 / 120

得：X=40　Y=160　Z=480

答：甲单独做工 40 日可成，乙单独做工 160 日可成，丙单独做工 480 日可成。

每一个人的力量是不同的，也极其有限，可合作的力量却能在短期内完成一个人需要很长时间才能做完的事情——一个简单的、人人皆知的道理，却需要用算术来证明。实际上，我们的经验早已解答了这一问题，"众人拾柴火焰高"的谚语已经成为老生常谈和陈词滥调，然而它仍是世界的基本奥秘之一。美国医学家坎农在他的《躯体的智慧》一书中，将自己对躯体、个体细胞及细胞群的研究推广到社会原理。他看到，在原始状态下，依靠狩猎和简陋的农业为生的少数人群，他们所面临的，差不多与孤立的单个细胞生活的状况相似。他们虽然可以在辽阔的环境中自由活动并为自己觅食，但不可能获得控制环境的能力，因而，人们将无可奈何地顺从大自然已经安排的一切条件。当人类组织起来像细胞组成有机体那样，形成一个能够提供相互援助的内部机构，个人的特殊才智与技巧才真正地发挥出来，以造福于集体。这是社会文明的开始——它将解除人类生活中的大量疾苦，许多人们还可以远离自己生存所必需的供应来源。

一个国家、一个民族、一个家庭，都是这样的合作体。另一方面，这样的协作在改变自己生存处境的同时，也将集体的某些意志强加于个体，使独立的个人失去自由选择。我们的生活有时显出了踌躇不前状态，是因为我们时时处于得失之间。蚂蚁以自己严格的分工、完美的合作能够建造复杂的、宏大的地下工程，并为自己衣食无虞的生活做出计划缜密、合理、精巧的安排，天赋的协作精神、精确的指令和稳定的等级秩序，造就了一个严密、稳态的社会，个体的丰富性消失了，活泼的生命仅仅是为了完成某一工程目标的工具，它们也因此而永远是蚂蚁，不可能有任何其他的前途。古代的人们从渴望进入蚂蚁的王国，只是有人在梦中深入到那一与人间差不多的国度，享尽一切荣华富贵之后还得返回古槐树下的阴凉里，接受风雨扑打的人世现实，坐在自己原来的位置上。

蜜蜂的世界里也同样可以找到合作的范例。人们发现，侦察的蜜蜂以翅膀的摆动速度和飞行路线的角度，来向簇拥在它身边的工蜂们嘱咐食物源的距离和方向。优美的舞蹈是它们传递信息的方法。在蜂巢里，一只蜂环绕飞行着，突然以一个横切的轨迹来说出那个方向上存在着大量花粉，鲜花的香气在远方飘荡。而它环绕的圈数、速度则暗示出了那里与蜂巢之间的距离，它们以跳舞的方式为广阔的空间设立了坐标。还有一些居住于垂直蜂房里的蜜蜂，它们的舞蹈缺乏必需的场地，因而它们只能采取另一种方法：以蜜源与太阳的角度来表示其对于蜂巢的方向……

看来，交流和传递信息是决定性的，语言的力量使合作者凝聚起来，去做它们各自的工作。人间的语言有时不是这样，万里长城的修筑仅仅产生于一个人的头脑，一个皇帝的圣旨，一群人就被暴力驱赶着，去做他们根本不想做的事情。帝王的陵寝也是这样建造的，无数的人们仅仅为了一个即将死去的人堆砌石头，耗尽他们的青春和热血。当合作别无选择和没有自由的时候，它就成为奴役、扼杀生命的理由与借口，这就是人类文明活动的源泉。以血泪划定了起跑线，终点却遥遥无期。

尾声

一页又一页，一个又一个复杂或简单的算式，都已经被无情的时光浸泡过了，一本来自从前的算术书，一本来自昔日的作业本，在一个几乎多少年都没有打开的木箱里沉睡，我的手指不管怎样翻动它，都不可能将它唤醒。

“一条鱼能够对它终身畅游其中的水知道些什么呢？”——爱因斯坦在他晚年的《自画像》里说出这样的话。必须承认，我们对自己的真正生活所知甚少。正像一条与不需要对河流或海洋知道多少，仍然不妨碍它自由自在地在其中畅游一样，我们的生活仍然在一页一页地翻开，直到供那一隐藏的造物主阅尽全卷。

重新面对儿童时代的算术题时，发现那些演算并没有得出真正的答案。那时，我常常不能理解的是，为什么要在解题之初先设立一个未知数X呢？解题的目的就是使未知变为可知，题意中已经含有未知，而我们为什么还要重新设立？从另一角度看，我们所解出的答案，只是我们自设的未知数的答案，而不是那算术题所提出的疑问的真正解决。

不过，未知数、方程式、幂、级数、0、负数和等，它们的背后被掩盖的生活场景的片段正在一点点地显影，实际的情形并不是像古代数学家毕达哥拉斯所言：数统治着世界。我们能够回忆的更多的是场景，而那些具体的、枯燥的数字已经被遗忘。比如说，我那时曾喂养过多少只兔子？又割过多少青草？看来这些都不是很重要。一些场景却使我激动：在寒冷的冬天，用黏土捏制的火炉的小口上飘动着淡蓝的火焰，长长的铁皮烟筒的一端伸向炉口，另一端通过一个呈直角的转弯通向窗外，烟雾已经将屋檐熏得发黑，像一片阳光永远找不到的阴影，压住了我们的窗户。我和祖母将双手放在火焰的旁边，脸庞被照得发亮，好像我们自己能够发光一样。

这里有着生活的真实温暖。多少次，我趴在被窝里写作业，一盏小小的煤油灯的光芒已经将整个房间照得十分明亮，由于我与光源的距离太近了，我的影子被放大了许多倍，几乎投射到整整一堵墙壁上。乡村的宁静反衬着一切细小的生息，笔与纸摩擦的沙沙声，母亲在灯光里缝补衣裳的引线声，以及寒风吹拂树木的唑唑声，深夜归家的流浪汉懒散、疲倦的脚步，都显得那么响。很多时候，我还没有写完作业就已经睡着了……多少事情来不及计算啊。

我们的算术老师原是一个工程技术人员，不知由于什么原因，回到了家乡。他的脑袋比一般人要大许多，因而不容易买到合适的帽子。我一直记得，他总是将一顶帽子轻轻地放在头上，就像一个不合格的茶壶盖那样，显得滑稽可笑。平时走在路上摇摇晃晃，仿佛是头重脚轻，随时可能失去平衡。可是他讲课时的神情异常严肃，富有幽默感的外表和他的严肃形成就像是光与暗那样的对照，使我们感到，这完全是一个用两种不同规格的零部件搭配组合起来的可笑的机器，但使用起来却一点也不碍事。不得不承认，他是一个优秀的算术老师。他总是能将复杂的问题化简，把题意解析得非常清楚，并能够让孩子们明白。我记得，又一次，他带着我们到玉米地里拔草，孩子们都被淹没在一片接一片的叶子中间，他们的身高还比不上玉米的高度，仿佛他们在顷刻之间跑入了茫茫的虚无中……用绿色的叶子搭制起来的虚无……我最后一个进入其中，我站在田埂上，只看到一顶帽子在玉米开花的白色稍顶上缓慢地飘动。

我知道，那是我们算术老师的帽子，他的头上轻轻地放着的帽子。正是他身旁的玉米遮住了他的身形，好像我所看到的是一场有趣的游戏，是魔法师的技巧将一顶飘忽不定的帽子戴在了玉米的头顶上。

有许多事情比算术演算更使人着迷，他们用不着运用复杂的公式，也用不着设立未知数和解方程，有时，一顶帽子的飘动比一切更重要。别的事情早已经消失，而一个无意中看到的小小意象却被记忆保存了下来，也许，这一小小的意象有着我们无法预见的深远意义，它可能像蜻蜓的翅膀那样，突然改变我们的飞行方向，我们的全部世界就在那个方向上。

在童年的记忆中，一些场景被放置在一个失去焦点的距离上，它们是这样模糊不清，就像在迷雾中一样。然而，正是时间以迷雾的力量赋予了我们以重新想象昨日的权利，让我们将那些深埋在尘土下的碎片发掘出来，在一盏灯下轻轻地拼接、黏合，一些残渣流失了，甚至一些碎片也可能难以找到，但是，往事的美，包裹着我们对它的复原冲动，一起放在了我们生活的必需品里。

我经常要抽开它的箧屉，以找寻到一些细碎的光芒将现在的日子照亮。是的，那是我们不可或缺的光源之一，在漫漫长夜里，行路者不能缺少天穹里星群的指引。我记得许多事情，甚至一些被人忽视了的事情的碎片，它们仍在我的记忆里长久地闪耀。我记得，小学校里曾让孩子们去拾羊粪。我们从家里找到一个铁皮罐头盒子，用一根细绳系住，以便于携带。孩子们排着长长的队，从校门前出发，一直走向已经变得荒凉的旷野，秋风一阵一阵地从孩子们的面前掠过，就像一些发亮的细丝线一样，只是我们的身上感到有点冷，不时打着寒战。田野里的庄稼已经收获，只有那些尖利的根茬还在那儿挺立着，像死者的白骨均匀地分布在茫茫的四野里，乌鸦的叫声留在了树枝上，它们四周的叶子已经脱落干净。羊群早已走得很远，牧羊人的歌声也消失在淡淡的、发蓝的远山的轮廓里……然而，他们留下了脚印，留下了一些似乎永远也擦不掉的东西。

我们正是要捡拾他们剩余的事物，羊群的此起彼伏的咩咩声，我们捡拾不到。我们所捡拾的是粪便，它们为我们留下了一些小小的、圆圆的黑色颗粒，一双双小手将这些发亮的羊粪小心翼翼地放在自己的预备好了的罐头盒子里，仿佛要收藏一些珍珠一样。我至今仍然能够记得自己和别的孩子们弯下腰身的姿态，在空旷的天底下，一群孩子弯下身子捡拾着地上的宝贝……遥远的、浩大的背景，使他们并不显得渺小，相反，他们因被镶嵌到其中而变得不可或缺。他们手里提着的小小的罐头盒里，那些黑色颗粒的数量正在一点点增加，直到盈满之后，孩子们将盒子里的东西倒入生产队的肥料堆上……傍晚很快来了，从东方到西方，找不到一片红色的晚霞，世界仿佛是完全枯燥的，孩子们开始奔跑着回家，这些杂乱无章的脚步声是急促的，好像它们从很深的地下传来，好像我们的脚下，那些泥土之下，埋藏着一颗充满活力的心脏。

它心跳的次数不可计算……

（选自《布老虎丛书·春之卷》，
春风文艺出版社 2003 年 1 月版，本文有删节）

绝版的周庄

王剑冰

你可以说不算太美，你是以自然朴实动人的。粗布的灰色上衣，白色的裙裾，缀以些许红色白色的小花及绿色的柳枝。清凌的流水柔成你的肌肤，双桥的钥匙恰到好处地挂在腰间，最紧要的还在于眼睛的窗子，仲春时节半开半闭，掩不住招人的妩媚。仍是明代的晨阳吧，斜斜地照在你的肩头，将你半晦半明地写意出来。

我真的不知道，你在那里等我，等我好久好久。我今天才来，我来晚了，以致使你这样沧桑。而你依然很美，周身透着迷人的韵致。真的，你还是那样纯秀、古典。只是不再含羞，大方地看着每一位来人。周庄，我呼唤着你的名字，呼唤好久了，却不知你在这里。周庄，我叫着你的名字，你比我想象的还要动人。我真想揽你入怀。只是扑向你的人太多太多，你有些猝不及防，你本来已习惯的清静与孤寂被打破了。我看得出来，你已经有些厌倦与无奈。周庄，我来晚了。

有人说，周庄是以苏州的毁灭为代价的。眼前即刻闪现出古苏州的模样。是的，苏州脱掉了罗衫长褂，苏州现代得多了。尽管手里还拿着丝绣的团扇，已远不是躲在深闺的旧模样。这样，周庄这位江南的古典秀女便名播四海了。然而，霓虹闪烁的舞厅和酒楼正在周庄四周崛起，周庄的操守能持久吗?

参加“富贵茶庄”奠基仪式。颇负盛名的富贵企业和颇负盛名的周庄联姻。而周庄的代表人物沈万三也名富，真是巧合。代表富贵茶庄讲话的，是一位长发飘逸的女郎，周庄的首席则是位短发女子，又是巧合。富贵、茶、周庄、女子，几个字词在春雨中格外亮丽。回头望去，白蚬湖正闪着粼粼波光。

想起了台湾作家三毛，三毛爱浪游，三毛的足迹遍布全世界，三毛的长发沾得什么风都有。三毛一来到周庄就哭了，三毛搂着周庄像搂着久别的祖母。三毛心里其实很孤独。三毛没日没夜地跟周庄唠叨，吃着周庄做的小吃。三毛说，我还会来的，我一定会来的。三毛是哭着离去的，三毛离去时最后亲了亲黄黄的油菜花，那是周庄递给她的黄手帕。周庄的遗憾在于没让三毛久久留下，三毛一离开周庄便陷入了更大的孤独，终于把自己交给了一双袜子。三毛临死时还念叨了一声周庄，周庄知道，周庄总这么说。

入夜，乘一只小船，让桨轻轻划拨。时间刚过九点，周庄就早早睡了，是从没有电的明清时代养成的习惯？没有喧闹的声音，没有电视的声音，没有狗吠的声音。

周庄睡在水上。水便是周庄的床。床很柔软，有时轻微地晃荡两下，那是周庄变换了一下姿势。周庄睡得很沉实。一只只船儿，是周庄摆放的鞋子。鞋子多半旧了，沾满了岁月的征尘。我为周庄守夜，守夜的还有桥头一株灿然的樱花。这花原本不是周庄的，如同我。我知道，打着鼾息的周庄，民族味儿很浓。

忽就闻到了一股股沁心润肺的芳香。幽幽长长的经过斜风细雨的过滤，纯净而湿润。这是油菜花。早上来时，一片一片的黄花浓浓地包裹了古老的周庄。远远望去，色彩的反差那般强烈。现在这种香气正氤氲着周庄的梦境，那梦必也是有颜色的。

坐在桥上，我就这么定定地看着周庄，从一块石板、一株小树、一只灯笼，到一幢老屋、一道流水。这么看着的时候，就慢慢沉入进去，感到时间的走动。感到水巷深处，哪家屋门开启，走出一位苍髯老者或纤秀女子，那是沈万三还是迷楼的阿金姑娘？周庄的夜，太容易让人生出幻觉。

（选自《人民日报》1999 年 5 月 22 日）

辛亥年的血

熊育群

一

台风“梅花”来临前，广州酷暑，滚滚热浪溽闷得人的思维也昏沉沉。明日即是立秋了，惊觉季节之快。一直念着去黄花岗祭拜烈士，不能又拖到秋天。于是提了相机就出门。猛烈的阳光瞬间要把我熔化。

那个辛亥年整整过去一百年了。在这个炎炎夏季的最后一天，想到“革命”，体会的却是“遥远”，想象那么抽象，有如竹篮打水，好像碰到了，其实是空的。但黄花岗的土地猛然把这一切推到了眼前，一切是那么真切，是辛亥年的血把几千年的封建王朝彻底推翻了！中华大地从几千年封建王朝的轮替中，走向了新生，新的文明历程从流血后开始。

辛亥年的岭南，中国人表现出来的气节、勇敢，为民族与国家前途以死相许，比之风萧萧兮易水寒，荆轲刺秦王的悲壮，更为震撼灵魂！这是一批精英的慷慨赴死，他们是结束封建统治的死士，其悲壮、决绝、惨烈，在中华民族历史上极为罕见。我在读到他们写下绝命书，读到他们大义凛然走向枪口与屠刀，读到他们残破的遗体，读到七十二烈士马革裹尸，泪水在眼眶中回旋，浩气荡然于胸……

岭南大地，只有挺拔高耸的木棉树才配得上他们的气节与风骨，我常停下脚步，仰望这些岭南的英雄树，它枝干苍松一般遒劲、伟岸，花朵硕大如火如血，令人想起那些烈士的身影，我感恩于木棉，它在这滚滚红尘中标榜的是人间的气节与傲骨，标榜着精神的价值与力量。

午后，火球般的太阳直射，树木尤其竹林绿得苍郁，阳光的瀑布从高处的墓地直泻，濯亮纪功坊、碑亭、祭台、拱桥与石级，扎痛人的眼睛。打湿我衣衫的是奔涌的汗水。置身这光芒之中，头顶只有蓝天。仿佛有一个时光的场，我感觉那个呐喊与论争、骚动与流血的年月正在抵近。

想想一百年很遥远了，但一百年真的远吗？看《末代皇帝》，里面的主角——皇帝溥仪，一直活到20世纪70年代才去世。那个时候，我比他从皇位上赶下来的年龄要大。我们大多数人与他在同一时间里生活过。让皇帝像平民一样生活，让权力归于人民，烈士们追求的"民治""公民权""平等""国有化""代议制""公民素质"……这些中国古老土地上陌生的词，它们来自西方，如沉沉黑夜中的曙光出现，一百年后，这些词语仍是我们的追求与寻觅，有的还将是人类永远的追求。是他们开启了新的文明追求的先河。为着这光明、为着这文明，"革命"在中国的南方酝酿，从微弱而漫长的星星之火，到一夜之间燎原。

凿下名字的石碑耸立亭中，七十二位烈士名字与籍贯分六排排列，第一排是：方声洞、李炳辉、李文楷、庞雄、陈更新、杜凤书、韦统铃、林觉民、李德山、饶国梁、饶辅廷、林文；第二排有喻培伦等十二人。碑上烈士的籍贯都是南方人，他们来自广东、福建、广西、四川和安徽，广东有四十一人，福建有十九人。我一遍遍读着广东与福建，惊讶其数量之多。这两省都靠着大海，都有大量的华侨在海外。辛亥革命的火种就来自海外华人子弟，是他们从西方带来了东方土地上陌生的词汇与观念，这些异端一样的思想最早在沿海传播，让国人惊惶、激奋、醒悟，让出生在燕赵大地的悲壮之士在闽粤出现，让从不过问北方皇帝的事情安顺守命的南方人，掀开了中国历史上最悲壮的一页。南方之怒吼，挟带着大海的力量与深广！沉默了几千年的南方，它愤怒的力量当掀翻几千年的帝王江山。

二

石碑上排在第一的方声洞是福建人，1902年，与许许多多有志之士一样，方声洞到海外求学。日本是当时最吸引国人的地方，它明治维新的巨大成功，带给亚洲人以希望。1905年，中国留日青年达到8000多人。方声洞与他的哥哥和姐姐一起到了日本。他选择的是东京成城学校学习军事。

那个时候，民族存亡的梦魇笼罩在每个有志青年心上。方声洞为国难登台演讲，讲得痛哭流涕。他和哥哥方声涛、姐姐方君瑛、四嫂曾醒都参加了同盟会。

同盟会的南方起义九次失败，又在组织第二次广州起义。他们一次又一次地起义，是认为起义能够点燃全国人民反抗的火种。

辛亥年方声洞新婚不久。同是福建籍的革命党人知道这次起义的凶险，想强留方声洞，理由是东京这边革命任务需要他。

方声洞却悄悄争取到了秘密运送军火回国的任务。3 月 31 日，他乘船离开日本，微笑着向好友郑烈告别："昔年秘密开会，追悼吴樾、徐锡麟诸烈士时，君所撰祭文有句云：'呜呼！壮志未酬，公等衔哀于泉下；国仇必报，我辈继起于方来。'今所谓方来者成为现在矣，宁不快哉！"

方声洞到香港后也不顾姐姐方君瑛和闽籍革命党人的劝阻，阴历三月二十七日晚上，他在香港给侄儿写绝命书，希望他为祖国尽力，并担负起照料诸弟妹、善事祖父的责任。第二天清晨抵达广州，又匆匆给父亲和妻子写下两封绝命书。

广州起义，方声洞已怀必死之志，已无生还之心。

阴历三月二十九日下午，五时半，起义爆发。正是万家灯火初上时分，榕树下的街巷人家正在准备晚饭。天空在迅速暗下来，骑楼下的店铺有的在打烊。这时，举义的螺号呜呜吹响。一百二十人组成的敢死队，他们手绑白布带，脚穿黑底胶鞋，带着一股旋风，突然冲了出来。

以前起义举枪冲锋的都是哥老会等会党人员。这次是国家栋梁之材充当小卒。他们从海外回来，先在香港集中，然后潜入广州。敢死队彰显的是一群中国精英决绝的意志。同盟会此役孤注一掷。

一百二十人，中国知识分子最奇特的一次群体行动，他们不是以自己的学识本领贡献国家，而是选择以血。许多人在香港出发前写下了绝命书。信中写的是为国家与民族忠孝不能两全，祈望亲人理解、节哀、保重。

突然而至的枪炮声、爆炸声，惊破黄昏的平静，断断续续，显得有些凄厉。也许炒菜的锅铲停了下来，开着的大门"吱——"一声紧急关闭。敢死队呼喊着，从没有见过这样勇敢顽强的军队，孤军深入，在血泊中冲锋……他们占领总督府，总督张鸣岐听见枪声已经逃走。转攻督练公所，与增援的清军半途遭遇……

血色黄昏，短兵相接，同盟会精英几乎斫丧殆尽。将相之才小卒一样死去，他们的死是中华民族永远的伤与痛。

他们实在是中国现代的启蒙者，在多灾多难的中国，最光明的思想也像风一样吹不进一间密封的房子。民智未开，国家危机四伏，思想与知识无法启迪民众，只有以死与绝命书来惊醒世人，用鲜血来启蒙民众——炸开帝国的一个缺口，让文明之风吹进这已经腐朽的空间。

方声洞在一个叫双门底的地方被清兵围住，他镇定自若，一枪一枪还击，清兵在他面前一个一个倒下，学习过军事的他，俨然一个职业军人，一路击毙二十多个哨弁兵勇。后面一颗子弹穿进了背，鲜血立刻染红了衣服，又一颗子弹从侧面击中了他，鲜血已经浸透了全身，他瘫靠在墙上，再举枪射击时，枪哑了，他没有子弹了。

挣扎着，身子却越来越低下去，血已流尽，他头一歪，所有的喊叫声、枪炮声都离他远去了，他的生命坠入了永远的黑暗。

这一年，方声洞 25 岁。

跟着他倒下的李炳辉比他还小，刚刚 20 岁。他的名字刻在石碑的第二个，这个广东肇庆人，眉眼细长、面目清秀，演舞台上的小生都不用化妆。很难想象如此玉树临风的人会有一颗英雄豪杰之心。

革命党人喜欢他、器重他，他死后十一年，时任国民党中央常务委员会主席的胡汉民，为李炳辉写下了近五百字的题词，详记李炳辉的生平、秉性和志向。赞誉他性情敦厚，最孝道。

李炳辉很小就到南洋教会学校学习英语，想为国家做事。他从新加坡赶到香港，母亲听说他要参加起义，写来了家书，以过生日为由，要他回家。李炳辉留给人世的最后文字就是给母亲的复信，他说自己不能回来了，信中最后他给母亲留下一首诗："回首二十年前事，此日呱呱坠地时。惭愧劬劳恩未报，只缘报国误为私。"

唐德刚在《晚清七十年》中写到辛亥革命，他认为最不该忘记的两个人，一个是杨衢云，一个是喻培伦。杨衢云在香港创立辅仁文社，首倡推翻清朝、创立合众政府，他是最早的觉醒者、启蒙者，中国近代革命的开端始于他。而喻培伦，比之荆轲有过之而无不及。我找到了他的一张黑白照片，一个自诩"世界恶少年"的青年，留着一个大分头、颇有几分少爷派头。他竟然有过三次赴死经历，两次是壮士一去兮不回头的行刺。中国历史上，这样的孤胆英雄罕见。

我时常想，中华民族所遭遇的危急鲜有晚清这样的危急，不只是国将不国，连文化也遭遇到了空前的危机。她的臣民事实上所遭受的待遇比黑奴还要低贱。志士仁人，英雄豪杰在这个时代成批地出现，他们既多又慷慨悲壮，为国赴死，竟然接连上演。这个时代成了一个英雄照亮民族史册的年代，一个精神不朽的年代！我们注意接踵而至的国难时，注意那个时代的无能与落伍时，往往忽视了那时的人，那个时代的知识分子，他们其实是中国历史上最有气节最有抱负的一群人。

只有最优秀的分子才最早看到国家的危机，最先忧患。一个国家存亡时刻，最先赴死的往往是她最优秀的儿女。清末的知识分子，不只是面对列强，还要面对腐败昏聩的清王朝，面对民族文化的存亡……他们的心像被烈火烧灼着一般。

喻培伦是四川内江人。他留学日本专研化学、炸弹，最初他“深念非科学不能救国”，“可以兴工致富”，他要走的是科学和实业救国之路，在日本他起早贪黑、刻苦学习，还对大阪、东京、神户等地的洋瓷、火柴、洋烛、制糖等工业进行了实地考察。有一次，在考察中他制造成功一种安全无毒火柴。他给家里人写信，提出了自己兴办实业的计划，如兴办洋磁工厂、机器缫丝厂、火柴厂、机制糖厂以及改进制糖设备和工艺。但是，一个丧权辱国的清王朝让他的梦想一点点破灭了。

加入同盟会后，喻培伦“便舍豪华而尚质朴，与前判若两人”。这种转变，缘于多么深的绝望，多么大的痛苦。从此，他一心一意投身推翻清王朝的革命。“他赋性聪敏，无论什么技艺，一学就会。他对小型机件如钟、表之类，素来装拆自如。”同盟会总部交给他制造炸药、炸弹的任务。当时，炼制炸药主要是银制法，这种方法既危险又昂贵。他因试炸时左手炸飞了三个指头。他于是决心研制安全炸药。

这时，他家中破产，为了不停止试验，他典当衣物，抵押官费券，终于制造成功一种威力强大而又安全的新型烈性炸药，并研究成功化学发火、电发火、钟表定时发火引爆的各种类型的炸弹。其方法被称为“喻氏法”。

同盟会的起义接连失败，书生们红了眼，丢下笔杆子，拿起炸弹和枪，欲舍生取义。他们想到的是刺杀。同盟会成立了暗杀部，方声洞的姐姐方君瑛做了部长。

1909 年 7 月，喻培伦参加的第一次刺杀行动开始了——刺杀北洋大臣端方。

端方这年夏天从两江总督任上调为北洋大臣，同盟会估计他会从汉口取道京汉路北上。喻培伦和黄复生、但懋辛等人秘密回国，潜到汉口车站。端方十分狡猾，他表面上取道汉口，到镇江就诡称上焦山一游，突然转回上海，乘轮船北上。喻培伦等人赴了个空。

这年底，喻培伦与汪精卫、黄复生、陈璧君写下血书，这一次，他们目标更大，刺杀的是摄政王载沣。这一次刺杀行动震动了全国。

1910 年 3 月 23 日深夜，在载沣每日上朝必经之路地安门附近鸦儿胡同迤西的一座小桥，他们将炸药埋于桥下。不幸的是，一个居民在门外溜达，看见桥下两个人影形迹可疑，于是喊叫起来，引来更多的人。天亮后，他们放置在桥下的二尺高的铁罐被发现，沿着一根电线，一直找到了北面甘水桥下的铁盒子。居民于是报官。

汪精卫被捕下狱。喻培伦受到通缉。他为国慷慨赴死不能，七尺男儿，仰天长叹，有多少痛和伤让他彻夜不眠！

最后的机会来了，辛亥年广州起义，喻培伦自求一死。他制造了三百多枚炸弹运到了广州。黄兴、赵伯先看他视死如归，心痛了。这样的人才死不起啊！应该留备党国非常之用。他们劝他不必身临险地。不知道喻培伦听到这话时是什么表情，错愕？震惊？还是气急？他是这样回答的："储才以备用，今日非有用时耶？且党人孰非有用之才，倘须人人留为后用，谁与谋今日之事？自顾孱残之躯，实不逮诸同志远甚。为革命须流血者，尚可为前驱耳！"

起义时情况突生变故，同盟会通知延期，要求所有同志尽快撤出广州。喻培伦认为延期不妥，他找到黄兴，坚定地说："就是大家都走了，剩下我一个人，也要丢完了炸弹再说，生死成败，在所不计！"

起义枪声响起，喻培伦前胸挂一大筐炸弹，一马当先，直奔总督府，用炸弹将围墙炸裂。在莲塘街口与增援清兵遭遇，恶战三个多小时，喻培伦身上几处中弹，直到打光了子弹，他挣扎着再也爬不起来，清兵围上来将他抓捕。

刑讯时，他对着清吏以不屑的口气说："学术是杀不了的，革命党人尤其是杀不了！"他终于把自己的一腔鲜血献给了国家。

这一年，他 25 岁。

三

辛亥年 3 月、4 月之交，杜鹃泣血，中华民族最优秀最忠诚的儿子一个个倒下，中国的良心在颤抖，这个巨人在失血。这一时刻，伟大的母亲是那么无力，面色苍白……

广州起义找得到姓名的烈士八十六位，其中三十一位被捕刑讯后被杀；有的连姓名也找不到了。烈士们对国家民族的一腔炽爱，对亲人的不忍，对死的义无反顾，通过文字——绝命书——留了下来。今天我们展读这些血泪文字，心仍然在滴血。它表达的不只是慷慨赴死的决绝，还有今天我们已无法企及甚至无法想象的胸怀。它是我们民族的精神遗产，在迷失的时代，它闪烁的光芒能够照耀我们。透过时空虚无的帷幕，我看到了辛亥年的春天浩气盈溢、万物凄迷。

三月二十七日晚上，方声洞在给自己的父亲写信——

“父亲大人膝下，跪禀者：此为儿最后亲笔之禀，此禀果到家者，则儿已不在人世者久矣……祖国之存亡，在此一举。事败则中国不免于亡，四万万人皆死，不特儿一人；如事成则四万万人皆生，儿虽死亦乐也。只以大人爱儿切，故临死不敢不为禀告。但望大人以国事为心，勿伤儿之死，则幸甚矣。

“他日革命成功，我家之人皆为中华新国民，而子孙万世亦可以长保无虞，则儿虽死亦瞑目于地下矣。”

他交代后事：“兹附上致颖媳信一通，俟其到汉时面交。并祈得书时即遣人赴日本接其归国。因彼一人在东，无人照料，种种不妥也。如能早归，以尽子媳之职，或能稍轻儿不孝之罪……旭孙将来长成，乞善导其爱国之精神，以为将来报仇也。”

3月26日晚上，林觉民在给父亲和妻子写信，在一座叫滨江楼的小楼里，他几乎写到东方拂晓。他是一个风流倜傥的才子，这一夜，不知多少回涕泪交加。二十岁东渡日本留学，他谙熟日语，懂得英语和德语，可以从容地出入国际性舞台。他给父亲写道：“不孝儿觉民叩禀：父亲大人，儿死矣，惟累大人吃苦，弟妹缺衣食耳。然大有补于全国同胞也。大罪乞恕之。”

接着，他掏出一方手帕，在上面写起了《与妻书》：

意映卿卿如晤：

吾今以此书与汝永别矣！吾作此书时，尚是世中一人；汝看此书时，吾已成为阴间一鬼。吾作此书，泪珠和笔墨齐下，不能竟书而欲搁笔，又恐汝不察吾衷，谓吾忍舍汝而死，谓吾不知汝之不欲吾死也，故遂忍悲为汝言之。

吾至爱汝，即此爱汝一念，使吾勇就死也。吾自遇汝以来，常愿天下有情人都成眷属；然遍地腥云，满街狼犬，称心快意，几家能彀？司马青衫，吾不能学太上之忘情也。语云：仁者‘老吾老，以及人之老；幼吾幼，以及人之幼’。吾充吾爱汝之心，助天下人爱其所爱，所以敢先汝而死，不顾汝也。汝体吾此心，于啼泣之余，亦以天下人为念，当亦乐牺牲吾身与汝身之福利，为天下人谋永福也。汝其勿悲！

这是多么伟大的情感！年少时读范仲淹《岳阳楼记》中的“先天下之忧而忧，后天下之乐而乐”，总觉得这样的情操似有标榜之嫌。方声洞、林觉民这些活生生的人，哪个不是以天下为己任？他们很少考虑个人。“天下为公”，是一个时代的追求。一个只知逐利的时代也许无法理解这样的胸怀。

面对爱妻，面对生离死别，林觉民的一腔柔情因《与妻书》感动了许许多多的人：“吾今与汝无言矣。吾居九泉之下遥闻汝哭声，当哭相和也。吾平日不信有鬼，今则又望其真有。今人又言心电感应有道，吾亦望其言是实，则吾之死，吾灵尚依依旁汝也，汝不必以无侣悲。”

林觉民中弹被捕后，当时传言抓获一个剪短发、穿西装的美少年。两广总督张鸣岐、水师提督李准亲自在提督衙门审讯他。林觉民不会说广东话，就用英语回答，他慷慨陈词，满庭震动。他的回答就像一场演讲，综论世界大势和各国时事，宣传革命道理。讲到时局险恶，他捶胸顿足，愤激得难以自抑。他奉劝清吏认清形势，不要执迷不悟，只有推翻清朝、建立共和才是出路。张鸣岐也不禁感叹：“惜哉，林觉民！面貌如玉，肝肠如铁，心地光明如雪。”幕僚劝张鸣岐为国留才，而张认为这种英雄人物万不可留给革命党，遂下令处死。

在关押的几天中，林觉民滴水不进。行刑时，他泰然自若迈进刑场，从容就义。这一年他 24 岁。

饶国梁的《绝笔书》是在法堂上写下的，洋洋千言，宣传的都是革命与主义。他怒斥清吏：“吾辈不死，国民不生，牛马奴隶，生何荣焉。求仁得仁，死何憾焉。”这一年他 23 岁。

31 位被捕的起义者，没有一个不是大义凛然，慷慨陈词。没有一个不是视死如归。他们写的绝笔书，因为对象不再是亲人，无法儿女情长，却更加义薄云天。

四

巨坟隆起，七十二位烈士分成四排，埋成了一个大坟。坟顶一个方亭，亭内一块石碑，写着“七十二烈士之墓”。

坟后，纪功坊高高在上，抬头仰望，最高处一尊自由女神像，圣洁、高贵、美丽，也格外不同。我惊讶于这个当年法国人送给美国的女神像，在中国南方一隅伫立了九十年。这可能是中国唯一的一尊自由女神像。墓地建筑，柱子是罗马式的，墓碑是埃及的方尖碑式样。女神雕像让人想起法国画家德洛克拉瓦名画《自由指引着人民》中的女神。她代表了西方现代政治的肇始，也提示了一百年前那一场场血雨腥风，它们思想源头的来处。死难者所向往所追求的正是这尊神像所昭示的民主自由之精神。这正是法国当年那一场启蒙运动开启的思想先河。

起义者从海外纷纷聚集广州，本土国民仍浑浑噩噩。

先觉者从华侨子弟到留学生，他们最早接受西方现代思想，他们的孤愤与后觉者国民的愚昧麻木，恰成对比。鲁迅短篇小说《药》中小栓吃人血馒头治病的一幕，那血正是革命党人杀头的血。这巨大的反差无疑是悲剧的主要原因。

我凝望这尊以西方女性形象雕塑的石像，她的身姿像是一种召唤。这一刻，太阳偏西，女神在一片阳光中，周身散发出熠熠光芒，让人感受到了一种深深的感召。

枪声平息，战死的英雄与被俘后用铁链绑扎一一杀害的烈士，他们的尸骨从越秀山麓至双门底各街道上，一具具倒卧。血，流满了街头马路，由红变黑。血，溅红了广州辛亥年的春天。沉寂后的城市，连日凄风苦雨，天地为之含悲。

遗体在雨水中开始膨胀，数日后，有的发臭、生虫，惨不忍睹。这些年轻的生命，来得那么遥远，在广州没有人认识他们。官府诬说他们是一帮地痞、无赖。

市民从门窗偷窥血肉模糊的尸首，谁也不敢走近。有知情者慑于当局追捕革命党人的恐怖，也不敢殓尸。

烈士们的尸骨断头折臂，残缺不全，被广仁、方便、广济、爱育四家善堂院奉命收到了咨议局门前的空地上。南海、番禺的知事商量，打算把尸体埋到大东门外的臭岗。臭岗是专埋死刑犯的地方，被杀的犯人挖一个坑就草草埋掉了，尸体散发的臭气常飘向四周。烈士如果葬于臭岗，那将是对亡灵的侮辱。

留下来的同盟会员潘达微以记者身份寻找墓地，在广仁善堂恸哭求助。得到黄花岗坟地后，又找亲戚帮忙敛尸安葬。4月4日，一百多个仵工，将烈士遗体洗去血污，穿上衣服，然后入棺。有的尸体还被铁索锁着，两三人一束，无法装入棺材，仵工用铁锤把枷锁打掉，尸骸一一分开。

潘达微在现场指挥，逐一清点、辨认和登记，总共殓葬了七十二位烈士遗骸。

一百多个仵工抬着灵柩向黄花岗进发，一路静默无声，只有潘达微跟在后面，一路走一路流泪。市民担心官府镇压，只是远远凝望，许多人止不住热泪盈眶。天地含悲，下起了淅沥小雨。

抵达黄花岗后，发现墓穴挖得不够深，潘达微又加钱给土工，要他们挖深后才下葬。

潘达微为同盟会办报，留下来是为了起义后能仗义执言。想不到熟悉的战友一个个在自己面前血肉模糊地呈现，记忆里那些鲜活的面孔要与这不忍卒睹的尸体一一联系，一一去辨认，这种悲怆、熬煎，非当事者又何以能够体会。

潘达微是一位画家、摄影家，之后的岁月，他变卖家产，毕生投入孤儿、乞丐和妇女的公益善事中，最后皈依佛门，做了一位居士。他死后就埋在黄花岗烈士身旁。

第二年，中华民国成立。5 月 15 日，从南京回到广州的孙中山率领各界十余万人至黄花岗祭悼，他亲自主祭并致祭文。孙中山为墓地题写“浩气长存”四字，于墓旁栽种马尾松四棵。他悲怆地挥笔写下：“是役也，碧血横飞，浩气四塞，草木为之含悲，风云因而变色，全国久蛰之人心，乃大兴奋。怨愤所积，如怒涛排壑，不可遏抑，不半载而武昌之大革命以成。则斯役之价值，直可惊天地、泣鬼神，与武昌革命之役并寿。”

八年后，滇军师长方声涛募修故墓。

方声洞、林觉民的老乡林森来到黄花岗，替烈士墓募建碑、亭及纪功坊。他们对死难者进行审求，确定了其中的五十六位。又过了三年，才确定其余十六人。烈士名字籍贯核查之难，大埔人邹鲁在碑记里做了记述：“然欲举当日死事者姓名籍贯，一一泐之于碑，事乃至难。盖举事之际，务缜密。凡姓名籍贯，同事者非识不能知，亦不愿知之，故今日同事之不知死者。其所能举，亦惟素识者而已。夫死事者已不止七十二即此七十二亦不能尽举其姓名籍贯，可不痛欤！……夫马革裹尸，党人之志。埋骨已非所期，遑论留名。”

如此悲壮的起义历史上也不多见。义士们连留下姓名也都顾及不到了。

二十二年后，有心人又找出了十三位烈士。

李文楷被误为牺牲了。他起义前得重病被送往香港治疗，没有参加起义。在得知七十二烈士名单中有自己后，他给冯玉祥和时任广州国民政府主席的汪精卫写信说明情况。这时七十二烈士已经驰名中外，起义中牺牲的烈士远远超过七十二个，“七十二”便只是一个象征数字，也就没有作改动。

李文楷 1959 年病逝于山西省万荣县。

五

黄花岗墓地坐西朝东，在不知不觉中升高。马尾松、榕树、凤尾竹、柏树、棕榈树的阴影在这个夏天最后的阳光里加深、拉长。陵园如今处于广州闹市中央，树木竟然把四面的高楼都遮挡住了，只有东面可以放眼远眺，繁华的街市扑面而来，匆匆车流、人流，感觉却是远远的一种景象，隔了某种时空。

低矮的山岗居然给人俯瞰的高度，珠江新城的高楼区就像是河床下游的森林。这条从大门开始一路往上的瞻仰之路，阳光下干净而明亮，像一条静静的河流，可以洗涤尘埃、清心明目。远处钢筋混凝土的森林，是现代城市疯狂扩张的戟和矛，已经冲向了更远的地方。

辛亥年的死亡就在这山岗上；城市的崛起、喧哗在山岗下。一片坦荡与一片密集对接着。我突然冒出这样的念头：这是烈士们追寻与牺牲的意义呈现吗？在他们赴向死神的时候，他们心中新的中国是否与今天的模样类似？他们每天看着远处的变迁，会不会拷问自己牺牲的意义？

今天的知识分子不再像他们那样谈抱负、主义与理想了，世俗的利益已经让人无暇他顾。我想到杜凤书在母亲面前摘下戒指的那一幕，他是为了自己的国家与民族去献身。现在的人戒指的摘与戴再也无关乎生与死了，若是为着人世间的一份爱与温暖，这也是令人心动的一刻；若是一种交换，世界上有价值的事都以钱来衡量，这样的举动，一定显出卑微。

时代远去，辛亥年远去，但愿这座城市熙熙攘攘的人群里还有人记得广州起义。烈士墓前冷冷清清几个晃动的人影，躺在鲜花围绕中的烈士，也许还不至于那么孤单吧。我在网上看到一位北京来的青年张清水，他在 3 月 29 日这天到了黄花岗，流连不舍，感怀不已，写下一段动情的文字。

好在林觉民的《与妻书》还能打动现代人的心，他们的爱与诀别成为艺术家创作的题材，歌手齐豫、李建复、童安格的歌在城市上空飘荡——

夜冷清　独饮千言万语
难舍弃　思国心情
灯欲尽　独锁千愁万绪
言难启　诀别吾妻
烽火泪　滴尽相思意　情缘魂梦相系
方寸心　只愿天下情侣　不再有泪如你
…………

这是童安格在唱。齐豫唱的是——

觉
当我看见你的信

我竟然相信
刹那即永恒
再多的难舍和舍得
有时候不得不舍
觉
当我回首我的梦
我不得不相信
刹那即永恒
再难的追寻和遗弃
有时候不得不弃
爱不在开始
却只能停在开始
把缱绻了一时
当作被爱了一世
…………

傍晚，我在广州的猎德大桥开着车，星光快速之下的珠江，一闪而过。收音机里年轻的歌手唱着情歌或劲歌，黄昏时的五彩霓虹刹那间出现在头顶的天空之上。我又一次想到，革命与这座城市还有关系吗？当上百层的摩天大楼矗立于珠江之滨，城市全变成了钢筋混凝土与玻璃幕墙的世界，千万人口的聚集，新的造城运动，甚至历史的痕迹也难以寻觅，一百年，该是多么遥远！革命，那已是一个历史词汇。

一艘游轮从桥下钻过，向着下游的琶洲驶去。我想起下游的黄埔军校，几年前在那里看到过一张照片，它一直在我的脑子里不断浮现：一架自制的简易飞机，上下两层钢架与布做的长长翅膀，可能刚刚试飞降落，一群人在飞机前一字排开合影。他们大都是军人，但个个气宇轩昂，充满理想主义的神情，特别是一种浪漫的气息，从他们的笑容与身姿体态上弥漫开来，让人感受到了一个时代的精神气场。他们不像军人倒更像是诗人。记得其中就有张治中。

这样的军队出现英雄不足为奇。黄花岗烈士墓就埋葬了很多来自这个部队的英雄，他们都是当年孙中山亲自批准安葬的——援闽粤军飞行家叶少毅，中国始创飞行大家冯如，陆军上将邓仲元，中国革命空军之父杨仙逸，陆军中将苏松山、谢铁良，刺杀洪兆麟的烈士韦德，潮梅军前敌司令金国治，陆军少将梁沾鸿，烈士梁国一、雷荫棠、王昌、史坚如、范鸿泰、翁飞龙等。有黄花岗烈士的感召，后来者纷纷为国捐躯。

在这片土地上生活的人群，不同的年代彼此相看已是传奇。时代精神气象的差异让各自变得失真！似乎是时间在改变一切，它可以让大地葱茏一片，百花争艳，也可以使万物萧瑟，荒凉孤寂。历史因人因时代可以崇高，也可以卑下、猥琐、蝇营狗苟。

立秋第二天就降临了，眨眼间，天气变化。在珠江边散步，广州塔临江一线在搭建脚手架。亚运会开幕式搭的架子春天才拆。问工人为何又搭，精壮的汉子回说不知道，只知道建好后要两个月才拆。是因为国庆吗？会不会是为了纪念辛亥革命呢？一百年啊，我们该怎样去纪念？

（选自《散文选刊》2011 年第 11 期）

永和九年的那场醉

祝　勇

一

到故宫博物院故宫学研究所上班的第一天，郑欣淼先生的博士徐婉玲说，正赶上午门上面办“兰亭特展”，尽管我知道，午门城头，并没有王羲之的那份真迹，但这样的展览，得益于两岸故宫的合作，依然令人向往。那份真迹消失了，被一千八百多年的岁月隐匿起来，从此成了中国文人心头的一块病。我在展厅里看见的是后人的摹本，他们苦心孤诣地复原着它原初的形状。这些后人包括：虞世南、褚遂良、冯承素、米芾、陆继善、陈献章、赵孟頫、董其昌、八大山人、陈邦彦，甚至宋高宗赵构、清高宗乾隆……几乎书法史上所有重要的书法家都临摹过《兰亭序》。南宋赵孟坚，曾携带一本兰亭刻帖过河，不想舟翻落水，救起后自题：“性命可轻，《兰亭》至宝。”这份摹本，也从此有了一个生动的名字——“落水《兰亭》”。王羲之不会想到，他的书法，居然发起了一场浩浩荡荡的临摹和刻拓运动，贯穿了东晋以后一千八百多年的漫长岁月。这些复制品，是治文人心病的药。

东晋永和九年的暮春三月初三，时任右将军、会稽内史的王羲之，会同谢安、孙绰、支遁等朋友及子弟四十二人，在山阴兰亭举行了一次声势浩大的文人雅集，行“修禊”之礼，曲水流觞，饮酒赋诗。魏晋名士尚酒，史上有名，酒具也十分讲究，比如现存故宫博物院的青釉鸡头壶，就是一件东晋文物。鸡头壶始见于三国末期，历经魏晋南北朝，到唐代就消失了，被执壶取代。这件青釉鸡头壶，有鸡头状短流，圆腹平底，腹上壁有两桥形系，一弧形柄相接口沿和器身，便于提拿，通体青釉，点缀褐彩，有画龙点睛之妙。而南朝时期的青釉羽觞，正是曲水流觞中的那只“觞”，它的外形小巧可爱，像一只小船，敏捷灵动，我们可以想象它在水中随波逐流的轻巧婉转，以及饮酒人将它高高擎起，袍袖被风吹动的那副神韵。刘伶曾说：“天生刘伶，以酒为名；一饮一斛，五斗解酲。”阮籍饮酒，“蒸一肥豚，饮酒二斗。”他们的酒量，都是以“斗”为单位的，那是豪饮，有点像后来水泊梁山上的人物，但曲水流觞，有这样小的酒杯，却是另一种的喝法，一种文雅中的放浪。那天，酒酣耳热之际，王羲之提起一支鼠须笔，在蚕茧纸上一气呵成，写下一篇《兰亭序》，作为他们宴乐诗文的序言。那时的王羲之不会想到，这份一蹴而就的手稿，以后成为被代代中国人记诵的名篇，而且为以后的中国书法提供了一个至高无上的坐标，后世的所有书家，只有翻过临摹《兰亭序》这座高山，才可能成就己身的事业。王羲之酒醒，看见这幅《兰亭序》，有几分惊艳、几分得意，也有几分寂寞，因为在以后的日子里，他将这幅《兰亭序》反复重写了数十百遍，都达不到最初版本的水准，于是将这份原稿秘藏起来，成为家族的第一传家宝。

然而，在漫长的岁月中，一张纸究竟能走出多远？一种说法是，《兰亭序》的真本传到王氏家族第七代孙智永的手上，由于智永无子，于是传给弟子辩才，后被唐太宗李世民派遣监察御史萧翼，以计策骗到手；还有一种说法：《兰亭序》的真本，以一种更加离奇的方式流传。唐太宗死后，它再度消失在历史的长夜里。后世的评论者说：“《兰亭序》真迹如同天边绚丽的晚霞，在人间短暂现身，随即消没于长久的黑夜。虽然士大夫家刻一石让它化身千万，但是山阴真面却也永久成谜。”

二

现在回想起来，中国文化史上不知有多少名篇巨制，都是这样率性为之的，比如苏东坡、辛弃疾开创所谓的豪放词风，并非有意为之，不过逞心而歌而已，说白了，是玩儿出来的。我记得黄裳先生曾经回忆，1947 年时，他曾给沈从文寄去空白纸笺，请他写字，没想到这考究的纸笺竟令沈从文步履维艰，写出来的字如“墨冻蝇”，沈从文后来干脆又另写一幅寄给黄裳，写字笔是“起码价钱小绿颖笔”，意思是最便宜的毛笔，纸也只是普通公文纸，在上面“胡画”，却“转有妩媚处”。他还回忆，1975 年前后，沈从文又寄来一张字，是用明拓帖扉页的衬纸写的，笔也只是七分钱的“学生笔”，黄先生说他这幅字“旧时面目仍在，但平添了如许婉转的姿媚”。所以黄裳先生也说：“好文章、好诗……都是不经意作出来的。”

文人最会玩儿的，首推魏晋，其次是五代。两宋以后，文人渐渐变得认真起来，诗词文章，都做得规规矩矩，有“使命感”了。以今人比之，犹如莫言之《红高粱》，设若他先想到诺贝尔奖，鼓足干劲，力争上游，决心为国争光，那份汪洋恣肆、狂妄无忌，就断然做不出来了。

王羲之时代的文人原生态，尽载于《世说新语》。魏晋文人的好玩儿，从《世说新语》的字里行间透出来，所以我的博士导师刘梦溪先生说，他时常将《世说新语》放在枕畔，没事时翻开一读，常哑然失笑。比如写钟会，他刚写完一本书，名叫《四本论》——别弄错了，不是《资本论》——想让嵇康指点，就把书稿揣在怀里，由于心里紧张，不敢拿给嵇康看，就在门外远远地把书稿扔进去，然后撒腿就跑。再比如吕安去嵇康家里看望这位好友，正巧嵇康不在家，吕安在门上写了一个“凤”字就走了，嵇康回来，看到“凤”字，心里很得意，以为是吕安夸自己，没想到吕安是在挖苦他，“凤”的意思，是说他不过一只“凡鸟”而已。曹雪芹在给王熙凤的判词中把“凤”字拆开，说“凡鸟偏从末世来”，不知是否受了《世说新语》的启发。

中国文化史上，正襟危坐的书多，像《世说新语》这样好玩儿的书，屈指可数。刘义庆寥寥数语，就把魏晋文人的形态活脱脱展现出来了。刘义庆是南朝宋武帝刘裕的侄子、长沙景王刘道怜的公子，是皇亲国戚、高干子弟，同时是骨灰级的文学爱好者，《宋书》说他“招聚文学之士，近远必至”。他爱玩儿，所以他的书，就专拣好玩儿的事儿写。

《世说新语》写王羲之，最著名的还是那个“东床快婿”的典故：东晋太尉郗鉴有个女儿，名叫郗璇，年方二八，正值豆蔻年华，郗鉴爱如掌上明珠，要为她寻觅一位如意郎君。郗鉴觉得丞相王导家子弟甚多，都是品学兼优的三好学生，于是希望能从中找到理想人选。

一天早朝后，郗鉴把自己的想法告诉了丞相王导。王导慨然说：“那好啊，我家里子弟很多，就由您到家里挑选吧，凡您相中的，不管是谁，我都同意。”郗鉴就命管家，带上厚礼，来到王丞相的府邸。

王府的子弟听说郗太尉派人为自己的宝贝女儿挑选意中人，就个个精心打扮一番，“正襟危坐”起来，唯盼雀屏中选。只有一个年轻人，斜倚在东边床上，敞开衣襟，若无其事。这个人，正是王羲之。

王羲之是王导的侄子，他的两位伯父王导、王敦，分别为东晋宰相和镇东大将军，一文一武，共为东晋的开国功臣，而王羲之的父亲王旷，更是司马睿过江称晋王首倡其议的人物，其家族势力的强大，由此可见。“旧时王谢堂前燕，飞入寻常百姓家”，循着唐代刘禹锡这首《乌衣巷》，我们轻而易举地找到了王导的地址——诗中的“王谢”，分别指东晋开国元勋王导和指挥淝水之战的谢安，他们的家，都在秦淮河南岸的乌衣巷。乌衣巷鼎盛繁华，是东晋豪门大族的高档住宅区。朱雀桥上曾有一座装饰着两只铜雀的重楼，就是谢安所建。

相亲那一天，王羲之看见了一座古碑，被它深深吸引住了。那是蔡邕的古碑。蔡邕是东汉著名学者、书法家、蔡文姬的父亲，汉献帝时曾拜左中郎将，故后人也称他“蔡中郎”。他的字，“骨气洞达，爽爽有神力”，被认为是“受于神人”，让王羲之痴迷不已。那天他在碑前站了很久，才想起伯父王导是要他来相亲，不得已，匆匆赶往乌衣巷里的相府，到时，已经浑身汗透，就索性脱去外衣，袒胸露腹，偎在东床上，一边饮茶，一边想那古碑。郗府管家见他出神的样子，不知所措。他们的目光对视了一下，谁也不知道对方在想什么。

管家回到郗府，对郗太尉作了如实的汇报：“王府的年轻公子二十余人，听说郗府觅婿，都争先恐后，唯有东床上有位公子，袒腹躺着，一副漫不经心的样子。”管家以为第一轮遭到淘汰的就是这个不拘小节的年轻人，没想到郗鉴选中的人偏偏是王羲之，“东床快婿”，由此成为美谈，而这样的美谈，也只能出在东晋。

王羲之的袒胸露腹，是一种别样的风雅，只有那个时代的人体会得到，如今的岳父岳母们，恐怕难以认同。王羲之与郗璇的婚姻，得感谢老丈人郗鉴的眼力。王羲之的艺术成就，也得益于这段美好的婚姻。王羲之后来在《杂帖》中不无得意地写道：

吾有七儿一女，皆同生。婚娶已毕，唯一小者尚未婚耳。过此一婚，便得至彼。今内外孙有十六人，足慰目前。

他的七子依次是：玄之、凝之、涣之、肃之、徽之、操之、献之。这七个儿子，个个是书法家，宛如北斗七星，让东晋的夜空有了声色。其中凝之、涣之、肃之都参加过兰亭聚会，而徽之、献之的成就尤大。故宫“三希堂”，王羲之、王献之父子占了“两希”，其中我最爱的，是王献之的《中秋帖》，笔力浑厚通透，酣畅淋漓。王献之的地位始终无法超越他的父亲王羲之，或许与唐太宗、宋高宗直到清高宗这些当权者对《兰亭序》的抬举有关。但无论怎样，如果当时郗鉴没有选中王羲之，中国的书法史就要改写。王羲之大抵不会想到，自己这一番放浪形骸，竟然有了书法史的意义，犹如他没有想到，酒醉后的一通涂鸦，成就了书法史的绝唱。

三

一千八百多年后，我们依然能够呼吸到永和九年春天的明媚。三国时代，纵然有雄姿英发、羽扇纶巾的英雄，有乱石穿空、惊涛拍岸的浩荡，但总的来说，气氛仍是压抑的，充满了刀光剑影。“樯橹灰飞烟灭”，对于英雄豪杰，仿佛信手拈来的功业，对百姓，却是无以复加的灾难。继之而起的魏晋，则是一个“铁腕人物操纵、杀戮、废黜傀儡皇帝的禅代的时代”。先是曹操“挟天子以令诸侯”，他的儿子曹丕篡夺汉室江山，建立魏朝；继而魏的大权逐步旁落到司马氏手中，司马懿的儿子司马师和司马昭相继担任大将军，把持朝廷大权。曹髦见曹氏的权威日渐失去，司马昭又越来越专横，内心非常气愤，于是写了一首题为《潜龙》的诗。司马昭见到这首诗，勃然大怒，居然在殿上大声斥责曹髦，吓得曹髦浑身发抖，后来司马昭不耐烦了，干脆杀死了曹髦，立曹奂为帝，即魏元帝。曹奂完全听命于司马昭，不过是个傀儡皇帝。但即使傀儡皇帝，司马氏也觉得碍事儿，司马昭死后，长子司马炎干脆逼曹奂退位，自己称帝。经过司马懿、司马昭和司马炎三代人的“努力”，终于夺权成功，建立了西晋。

西晋是一个偷来的王朝。这样一个不名誉的王朝，要借助铁腕来维系，那是一定的。所以司马氏的西晋，压抑得喘不过气来。当年曹操杀孔融，孔的两个儿子尚幼，一个九岁，一个八岁，曹操斩草除根，没有丝毫的犹豫，留下了“覆巢之下，焉有完卵”的成语。此时的司马氏，青出于蓝胜于蓝，杀人杀得手酸。“竹林七贤”过得潇洒，嵇康“弹琴咏诗，自足于怀”，刘伶整日捧着酒罐子，放言“死便埋我”，也好玩儿，但那潇洒里却透着无尽的悲凉，不是幽默，是装疯卖傻，企图借此躲避司马家族的专政铁拳，最终，嵇康那颗美轮美奂的头颅，还是被一刀剁了去。

290 年，晋武帝死，皇宫和诸王争夺权力，互相残杀，酿成“八王之乱”。对于当时的惨景，虞预曾上书道：“千无无烟爨之气，华夏无冠带之人。自天地开辟，书籍所载，大乱之极，未有若兹者。”这份乱，可谓登峰造极了。公元 317 年，皇帝司马邺被俘，西晋灭亡。王家的功业，恰是此时建立的，公元 318 年，王旷、王导、王敦等人推司马睿为皇帝，定都建康，建立东晋。动荡的王朝在建康（南京）得到暂时的安顿，社会思想平静得多，各处都加入了佛教的思想。再至晋末，乱也看惯了，篡也看惯了，文章便更和平。与西晋相比，东晋士人不再崇尚形貌上的冲决礼度，而是礼度之内的娴雅从容。昏暗的油灯下，鲁迅恍惚看到了一个好的故事："这故事很美丽，幽雅，有趣。许多美的人和美的事，错综起来像一天云锦，而且万颗奔星似的飞动着，同时又展开去，以至于无穷。"这些美事包括：山阴道上的乌桕、新秋、野花、塔、伽蓝……

所以东晋时代的郊游、畅饮、酣歌、书写，都变得轻快起来，少了"建安七子""竹林七贤"的曲折和吞咽，连呼吸吐纳都通畅许多。永和九年（353），暮春之初，不再有奔走流离，人们像风中的渣滓，即使飞到了天边，也要一点一点地落定，随着这份沉落，人生和自然本来的色泽便会显露出来，花开花落、雁去雁来、雨丝风片、微雪轻寒，都牵起一缕情欲。那份欲念，被生死、被冻饿遮掩得太久了，只有在这清澈的山林水泽，才又被重新照亮。文化是什么？文化是超越吃、喝、拉、撒之上的那丝欲念，那点渴望，那缕求索，是为人的内心准备的酒药和饭食。王羲之到了兰亭，才算是找到了真正的自己，或者说，就在王羲之仕途困顿之际，那份从容、淡定、逍遥，正在会稽山阴之兰亭，等待着他。

会稽山阴之兰亭，种兰的传统可以追溯到春秋时代，据说越王就曾在这里种兰，后人建亭以志，名曰兰亭。而修禊的风俗，则始于战国时代，传说秦昭王在三月初三置酒河曲，忽见一金人，自东而出，奉上水心之剑，口中念道："此剑令君制有西夏。"秦昭王以为是神明显灵，恭恭敬敬地接受了赐赠，此后，强秦果然横扫六合，一统天下。从此，每年三月三，人们都到水边祓祭，或以香薰草蘸水，洒在身上，洗去尘埃，或曲水流觞，吟咏歌唱。所谓曲水流觞，就是在水边建一亭子，在基座上刻下弯弯曲曲的沟槽，把水流引进来，把酒杯斟酒，放到水上，让酒杯在水上浮动，到谁的面前，谁就要举起酒杯，趁着酒液熨过肺腑，吟诵出胸中的诗句。魏晋的优雅、江左的风流，让后世文人思慕不已，甚至大清的乾隆皇帝，也在紫禁城宁寿宫花园的一角，建了一座禊赏亭，企图通过复制曲水流觞的物理空间，体验东晋士人的风雅神韵。在他看来，假若少了这份神韵，这座宫殿纵然雕栏玉砌、钟鸣鼎食，也毫无品位。

或许得不到的永远是最好的，王羲之式的风雅，让后世许多帝王将相艳羡不已，纷纷效仿，与此相比，王羲之最向往的，却是拯救社稷苍生的功业。与郗璇结婚三年后，王羲之就凭借庾亮等人的举荐，以及自己根红苗正的家世，官至会稽内史、右军将军——"王右军"之名由此而来，但官场的混浊，依旧容不下一个清风白袖的文人书生。官场上的王羲之，像相亲时一样我行我素。他与谢安一同登上冶城，在谢安悠然远想的时候，他居然批评谢安崇尚虚谈，不务实际："今四郊多垒，宜人人自效，而虚谈费务，浮文妨要，恐非当今所宜。"还反对妄图通过北伐实现个人野心的桓温、殷浩："以区区吴越经纬天下十分之九，不亡何待？"《晋书》说他"以骨鲠称"，还说他"雅性放诞，好声色"。他入世，却不按官场的既定方针办，他不倒霉，谁倒霉呢？果然，王羲之被官场风暴，径直吹到会稽。

离开政治旋涡建康，让他既失落又欣慰。他离自己的理想越来越远，却离自然越来越近。即使在病中，他还写下这样的诗句：

取观仁嘉乐，
寄畅山水阴。
清泠涧下濑，
历落松竹林。

和朋友们相约雅集的那一天，天朗气清，惠风和畅，桑葚的芬芳飘荡在泥土之上，阳光透过密密匝匝的竹林漏到溪水边，使弯曲的流水变成一条斑驳的花蛇。光线晶莹通透，饱含水汁。落花在风中出没，在光影中流畅地迂回，那份缠绵，看着让人心软。所有的刀光剑影都被隐去了，岁月被这缕阳光抹上一层淡金的光泽。唯有此时，人才能沉下来，呼应着自然的启发，想些更玄远的事情，"仰观宇宙之大，俯察品类之盛，所以游目骋怀，足以极视听之娱，信可乐也"。从这文字里，我们看到王羲之焦灼的表情终于松弛下来。我们看见了他的侧脸，被蝉翼般细腻和透明的阳光包围着，那样的柔和。他忽然间沉默了，他的沉默里有一种长久的力量。

在那一刻，谢安、孙绰、谢万、庾蕴、孙统、郗昙、许询、支遁、李充、袁峤之、徐丰之一干人等，正忙着饮酒和赋诗，他们吟出的诗句，也大抵与眼前的景象相关。其中，谢安诗云：

相与欣佳节，率尔同褰裳。
薄云罗物景，微风扇轻航。
醇醪陶元府，兀若游羲唐。
万殊混一象，安复觉彭殇。

孙绰诗云：

流风拂枉渚，停云荫九皋。
婴羽吟修竹，游鳞戏澜涛。
携笔落云藻，微言剖纤毫。
时珍岂不甘，忘味在闻韶。

他们或许并不知道，望着眼前的灿烂美景，王羲之在想些关于短暂与永久的话题，也快乐，也忧伤。儒家学说有一个最薄弱、最柔软的地方，就是它过于关注处理现实社会问题，协调人的关系，而缺少宇宙哲学的形而上思考。它所建构的家国伦理把一代代的中国士人推进官场，却缺少提供对于存在问题的深刻解答，这一缺失，直到宋明理学时代才得到弥补。而在宦海中沉浮的王羲之，内心始终缺了一角，此时，面对天地自然，面对更加深邃的时空，他对生命有了超越功利的思考，他心灵中缺失的一角，仿佛得到了弥补，那份快乐自不必说，对于度尽劫波的王羲之来说，这份快乐，他自会在内心里妥帖收藏；而他的忧伤，则是缘于这份“乐”，来得快，去得也快。因为人的生命，犹如这暮春里的落花，无论怎样灿烂，转眼之间，就会消逝得无影无踪。

花朵还有重新开放的时候，仿佛一场永无止境的轮回，在春风又起的时候，接续它们的前世。所以那花，是值得羡慕的。但是，每当春蚕贪婪地吸吮桑叶上黏稠甜美的汁液，开始一段即将启程的路途，眼前这些活生生的人们，可能都已不在人世了。一如我们今日重返兰亭，看得见崇山峻岭，茂林修竹，清流激湍，映带左右，唯有永和九年那一班名人雅士去向不明。我们摸得到阳光，却摸不到他们曾经真实的身体。

王羲之特立独行，对什么都可以不在乎，包括官场的进退、得失、荣辱，但有一个问题他却不能不在乎，那就是死亡。死亡是对生命最大的限制，它使生命变成一种暂时的现象，像一滴露、一朵花。它用黑暗的手斩断了每个人的去路。在这个限制面前，王羲之潇洒不起来，魏晋名士的潇洒，也未必是真的潇洒，是麻醉、逃避，甚至失态。在这个问题上，他们并不见得比王羲之想得深入。

所以，当参加聚会的人们准备为那一天吟诵的37首诗汇集成一册《兰亭集》，推荐主人王羲之为之作序时，王羲之趁着酒兴，用鼠须笔和蚕茧纸一气呵成《兰亭序》。全文如下：

永和九年，岁在癸丑，暮春之初，会于会稽山阴之兰亭，修禊事也。群贤毕至，少长咸集。此地有崇山峻岭，茂林修竹；又有清流激湍，映带左右，引以为流觞曲水，列坐其次。虽无丝竹管弦之盛，一觞一咏，亦足以畅叙幽情。是日也，天朗气清，惠风和畅，仰观宇宙之大，俯察品类之盛，所以游目骋怀，足以极视听之娱，信可乐也。夫人之相与，俯仰一世，或取诸怀抱，晤言一室之内；或因寄所托，放浪形骸之外。虽取舍万殊，静躁不同，当其欣于所遇，暂得于己，快然自足，不知老之将至。及其所之既倦，情随事迁，感慨系之矣。向之所欣，俯仰之间，已为陈迹，犹不能不以之兴怀。况修短随化，终期于尽。古人云："死生亦大矣。"岂不痛哉！每览昔人兴感之由，若合一契，未尝不临文嗟悼，不能喻之于怀。固知一死生为虚诞，齐彭殇为妄作。后之视今，亦犹今之视昔。悲夫！故列叙时人，录其所述，虽世殊事异，所以兴怀，其致一也。后之览者，亦将有感于斯文。

文字开始时还是明媚的，是被阳光和山风洗濯的通透，是呼朋唤友、无事一身轻的轻松，但写着写着，调子却陡然一变，文字变得沉痛起来，真是一个醉酒忘情之人，笑着笑着，就失声痛哭起来。那是因为对生命的追问到了深处，便是悲观。这种悲观，不再是对社稷江山的忧患，而是一种与生俱来又无法摆脱的孤独。《兰亭序》寥寥 324 字，却把一个东晋文人的复杂心境一层一层地剥给我们看。于是，乐成了悲，美丽做成了凄凉。实际上，庄严繁华的背后，是永远的凄凉。打动人心的，是美，更是这份凄凉。

四

由此可以想见，唐太宗之喜爱《兰亭序》，不仅因其在书法史的演变中，创造了一种俊逸、雄健、流美的新行书体，代表了那个时代中国书法的最高水平（赵孟頫称《兰亭》是"新体之祖"，认为"右军手势，古法一变，其雄秀之气出于天然，故古今以为师法"；欧阳询《用笔论》说："至于尽妙穷神，作范垂代，腾芳飞誉，冠绝古今，唯右军王逸少一个而已。"），也不仅因为其文字精湛，天、地、人水乳交融（《古文观止》只收录了六篇魏晋六朝文章，《兰亭序》就是其中之一），更因为它写出了这份绝美背后的凄凉。我想起扬之水评价生于会稽的元代词人王沂孙的话，在此也颇为适用："他有本领写出一种凄艳的美丽，他更有本领写出这美丽的消亡。这才是生命的本质，这才是令人长久感动的命运的无常。它小到每一个生命的个体，它大到由无数生命个体组成的大千世界。他又能用委屈、吞咽、沉郁的思笔，把感伤与凄凉雕琢得玲珑剔透。他影响于读者的有时竟不是同样的感伤，而是对感伤的欣赏。因为他把悲哀美化了，变成了艺术。”

唐太宗李世民是一个迷恋权力的人，玄武门之变，他是踩着哥哥李建成的尸首当上皇帝的，但他知道，所有的权力，所有的荣华，所有的功业，都不过是过眼云烟，他真正的对手，不是现实中的哪一个人，而是死亡，是时间，如海德格尔所说：“死亡是此在本身向来不得不承担下来的存在可能性。”“作为这种可能性，死亡是一种与众不同的悬临。”玛纽埃尔·勒维纳斯则说：“死亡是行为的停止，是具有表达性的运动的停止，是被具有表达性的运动所包裹、被它们所掩盖的生理学运动或进程的停止。”他把死亡归结为停止，但在我看来，死亡不仅仅是停止，它的本质是终结，是否定，是虚无。

虚无令唐太宗不寒而栗，死亡将使他失去他业已得到的一切，《兰亭序》写道：“况修短随化，终期于尽。古人云：‘死生亦大矣。’岂不痛哉！”，这句一定令他触目心惊。他看到了美丽之后的凄凉，会有一种绝望攫取他的心，于是他想抓住点什么。他给取经归来的玄奘以隆重的礼遇，又资助玄奘的译经事业，从而为中国的佛学提供了一个新的起点，我们无法判断唐太宗的行为中有多少信仰的成分，但可以见证他为抗衡人生的虚无所做的一份努力，以大悲咒对抗人生的悲哀和死亡的咒语。他痴迷于《兰亭序》，王羲之书法的淋漓挥洒自然是一个不可不觑的因素，但更重要的原因却在于它道出了人生的大悲慨，触及了他最敏感的那根神经，就是存在与虚无的问题。在这一诘问面前，帝王像所有人一样不能逃脱，甚至于，地位愈高、功绩愈大，这一诘问，就愈发紧迫。

从这个意义上说，《兰亭序》之于唐太宗，就不仅仅是一幅书法作品，而成为一个对话者。这样的对话者，他在朝廷上是找不到的。所以，他只能将自己的情感，寄托在这张纸上。在它的上面，墨迹尚浓，酒气未散，甚至于永和九年暮春之初的阳光味道还弥留在上面，所有这一切的信息，似乎让唐太宗隔着二百多年的时空，听得到王羲之的窃窃私语。王羲之的悲伤，与他悲伤中疾徐有致的笔调，引发了唐太宗，以及所有后来者无比复杂的情感。

一方面，唐太宗宁愿把它当作一种“正在进行时”，也就是说，每当唐太宗面对《兰亭序》的时候，都仿佛面对一个心灵的“现场”，让他置身于永和九年的时光中，东晋文人的洒脱与放浪，就在他的身边发生，他伸手就能够触摸到他们的臂膀。

另一方面，它又是“过去时”的，它不再是“现场”，它只是“指示”（denote）了过去，而不是“再现”（represent）了过去，这张纸从王羲之手里传递到唐太宗的手里，时间已经过去了200多年，它所承载的时光已经消逝，而他手里的这张纸，只不过是时光的残渣、一个关于“往昔”的抽象剪影、一种纸质的“遗址”，甚至不难发现，王羲之笔画的流动，与时间之河的流动有着相同的韵律，不知是时间带走了他，还是他带走了时间。此时，唐太宗已不是参与者，而只是观看者，在守望中，与转瞬即逝的时间之流对峙着。

《兰亭序》是一个“矛盾体”（paradox），而人本身，不正是这样的“矛盾体”吗？——对人来说，死亡与新生、绝望与希望、出世与入世、迷失与顿悟，在生命中不是同时发生，就是交替出现，总之它们相互为伴，像连体婴儿一样难解难分，不离不弃。

当然，这份思古幽情，并非唐太宗独有，任何一个面对《兰亭序》的人，都难免有感而发。但唐太宗不同的是，他能动用手里的权力，巧取豪夺，派遣监察御史萧翼，从辩才和尚手里骗得了《兰亭序》的真迹，唐代何延之《兰亭记》详细记载了这一过程，从此，“置之座侧，朝夕观览”。还命令当朝著名书法家临摹，分赐给皇太子和大公大臣。唐太宗时代的书法家们有幸，目睹过《兰亭序》的真迹，这份真迹也不再仅仅是王氏后人的私家收藏，而第一次进入了公共阅读的视野。这样的复制，使王羲之的《兰亭序》第一次在世间“发表”，只不过那时的印制设备，是书法家们用以描摹的笔。唐太宗对它的巧取豪夺，是王羲之的不幸，也是王羲之的大幸。而那些临摹之作，也终于跨过了一千多年的时光，出现在故宫午门的展览中。其中，我们目前能够看到的最早的摹本是虞世南的摹本，以白麻纸张书写，笔画多有明显勾笔、填凑、描补痕迹；最精美的摹本，是冯承素摹本，卷首因有唐中宗“神龙”年号半玺印，而被称为“神龙本”，此本准确地再现了王羲之遒媚多姿、神清骨秀的书法风神，将许多“破锋”“断笔”“贼毫”等，都摹写得生动细致，一丝不苟。

而王羲之《兰亭序》的真迹，据说则被唐太宗带到了坟墓里，或许，这是他在人世间最后的不舍。临死前，他对儿子李治说：“吾欲从汝求一物，汝诚孝也，岂能违吾心也？汝意如何？”他对儿子最后的要求，就是让儿子在他死后，将真本《兰亭序》殉葬在他的陵墓里。李治答应了他的要求，从此“茧纸藏昭陵，千载不复见”。或许，这张茧纸，为他增添了几许面对死亡的勇气，为死后那个黑暗世界，博得几许光彩，或许在那一刻，他知道了自己在虚无中想抓住的东西是什么——唯有永恒的美，能够使他从生命的有限性中突围，从死亡带来的巨大幻灭感中解脱出来。赫伯特·曼纽什说:“一切艺术基本上也是对‘死亡’这一现实的否定。事实证明，最伟大的艺术恰恰是那些对‘死’之现实说出一个否定性的‘不’字的艺术。”

唐太宗以他惊世骇俗的自私，把王羲之《兰亭序》的真迹带走了，令后世文人陷入永久的叹息而不能自拔。它仿佛在人们视野里出现又消失的流星，一场风花雪月又转眼成空的爱情，令人缅怀又无法证明。它是一个传说、一缕伤痛、一种想象，朝朝暮暮，模糊而清晰地存在着。慢慢地，它终又变成一个无法被接受的现实、一场走遍天涯道路也不愿醒来的大梦，于是各种新的传说应运而生。有人说，唐太宗的昭陵后来被一个“盗墓狂”盗了，这个人，就是五代后梁时期统辖关中的节度使温韬。《新五代史》记载，温韬曾亲自沿着墓道潜进昭陵墓室，从石床上的石函中，取走了王羲之《兰亭序》，那时的《兰亭序》，笔迹还像新的一样。宋人所著《江南余载》证实了这一点，说:昭陵墓室“两厢皆置石榻，有金匣五，藏钟王墨迹，《兰亭》亦在其中。嗣是散落人间，不知归于何所”。

如果这些史料所记是真，那么，《兰亭序》在唐太宗死后，又死而复生，继续着它在人间的旅程。在宋人《画墁集》中，我们又能查到它新的行踪——在宋神宗元丰末年，有人从浙江带着《兰亭序》的真本进京，准备用它在宋神宗那里换个官职，没想到半路传来宋神宗驾崩的消息，就干脆在途中把它卖掉了。这是我们今天能够打探到的关于真本《兰亭序》的最后的消息，它的时间，定格在1085年。

五

但人们依然想把它“追”回来，他们发明了一种新的方式去“追”，那就是临摹。临，是临写；摹，则是双勾填墨的复制方法。与临本相比，摹本更加接近原帖，但对技术的要求极高。唐太宗时期，冯承素、赵模、诸葛贞、韩道政、汤普彻等人都曾用双勾填墨的方法对《兰亭序》进行摹写，而欧阳询、虞世南、褚遂良、刘秦妹等则都是临写。宋高宗赵构将《兰亭序》钦定为行书之宗，并通过反复临摹、分赐子臣的方式加以倡导，使对《兰亭序》摹本的收藏成为风气，元、明、清几乎所有重要的书法家，包括赵孟頫、俞和临，明代祝允明、文徵明、董其昌，清代陈邦彦，等等，都前赴后继，加入浩浩荡荡的临摹阵营，使这场临摹运动旷日持久地延续下去。他们密密麻麻地站在一起，仿佛依次传递着一则古老的寓言。他们不像唐朝书法家那样幸运，已经看不到《兰亭序》的真迹，他们的临摹，是对摹本的临摹，是对复制品的复制，他们以这样的方式，完成对《兰亭序》的重述。

但这并非机械地重复，而是在复制中，渗透进自己的风格和时代的审美趣味，这些仿作，见证了“一切历史都是当代史”这一真理。于是有了陈献章行书《兰亭序》卷、八大山人行书《临河叙》轴这些杰出的作品。清末翁同龢在团扇上书写赵孟頫《兰亭十三跋》中一段跋语，虽小字行书，亦得沉着苍健之势；无独有偶，他的政治对手李鸿章，也酷爱《兰亭序》，年过七旬，依旧“不论冬夏，五点钟即起，有家藏一宋拓兰亭，每晨必临摹一百字，其临本从不示人”。

于是，《兰亭序》借用了一代又一代人的手，反反复复地进行着表达。王羲之的《兰亭序》，像一个人一样，经历着成长、蜕变、新陈代谢的过程。在不同的时代，呈现出不同的形状。这些作品，许多为故宫博物院收藏，许多亦在午门的“兰亭特展”上一一呈现。它们与我近在咫尺，艺术史上那些大家的名字，突然间密密匝匝地排在一起，让我屏住呼吸，不敢大声出气，而面前的玻璃幕墙，又以冰冷的语言告诉我，它们身份尊贵，不得靠近。

这时我突然想到一个问题——历代文人，为什么对一片字纸如此情有独钟，以至于前赴后继地参与到一项重复的工作中？写字，本是一种实用手段，在中国，却成为一种独特的视觉艺术——西方人也讲究文字之美，尤其在古老的羊皮书上，西方字母总是极尽修饰之能事，但他们的书法，与中国人相比，实在是简陋得很，至于日本书法，则完全是从中国学的。世界上没有一种文化，像中国这样陷入深深的文字崇拜。这种崇拜，通过对《兰亭序》的反复摹写、复制，表现得无以复加。

这是因为文字在中国文化中占有绝对的中心地位，它的地位，比图像更加重要，也可以说，文字本身就是图像，因为汉字本身就是在象形的基础上创造出来的。李泽厚说：“汉字书法的美也确乎建立在从象形基础上演化出来的线条章法和形体结构之上，即在它们的曲直适宜，纵横合度，结构自如，布局完满。”中国人把对世界、对生命的全部认识都容纳到自己的文字中，黑白二色，犹如阴阳二极，穷尽了线条的所有变化，而线条飞动交会时的婉转错让，也容纳了宇宙的云雨变幻、人生的聚散离合。即使在宗教的世界，文字的权威也显露无遗，比如佛教史上重要的北京石经山雷音洞，并不像一般佛教洞窟那样，在洞壁上进行彩绘，而是以文字代替图像，在洞壁上镶嵌了大量的刊刻佛经，秘密恰在于文字是中国文化的核心。密密麻麻的文字，以中文讲述着来自印度的佛教经典，这种以文字代替图像的做法，也被“视为佛教中国化的另一种方式”。

除了摹本，《兰亭序》还以刻本、拓本的形式复制、流传。刻本通常是刻在木板或石材上，而将它们捶拓在纸上，就叫拓本。仅故宫博物院收藏的《兰亭序》刻本，数量就超过三百，刻印时间从宋代一直延续到清代，源远流长，仅“定武兰亭”系统，就分成“吴炳本”“孤独本”（均为日本东京国立博物馆藏），“落水兰亭”“春草堂本”“玉枕兰亭”（均为故宫博物院藏），“定武兰亭真拓本”（台北故宫博物院藏）等诸多支脉，令人眼花缭乱。

画家也是不甘寂寞的，他们不愿意在这场追怀古风的运动中落伍。于是，一纸画幅，成了他们寄托岁月忧思的场域。仅《萧翼赚兰亭图》，就有四件流传至今，分别是台北故宫博物院藏唐代阎立本《萧翼赚兰亭图》卷、故宫博物院藏宋人《萧翼赚兰亭图》卷、辽宁省博物馆藏宋人《萧翼赚兰亭图》卷、故宫博物院藏明人《萧翼赚兰亭图》轴。四幅不同朝代的同题作品，在午门的“兰亭大展”上完美合璧。此外，还可看到北京故宫所藏宋代梁楷的《右军书扇图》卷、台北故宫藏南唐巨然《兰亭修禊图》、宋代郭忠恕《摹顾恺之兰亭燕集图》、宋代刘松年《曲水流觞图》、元代王蒙《兰亭雪霁》、明代李宗谟《兰亭修禊图》、明代仇英《修禊图》、明代赵原初《兰亭图》等画作，不断对这一经典瞬间进行回溯和重放，在各自的视觉空间中挽留属于东晋的诗意空间。画家的参与，使中国的书法史与艺术史交相辉映。这至少表明照搬西方的学科分类对中国艺术进行分科，是不科学的，因为中国书法和绘画，是那么紧密地缠绕在一起，像骨肉筋血，再精密的手术刀也难以将它们真正切割。

眼前这些古老的纸张，就这样形成了一条漫长的链条，在岁月的长河中环环相扣，从未脱节。在这样一个链条上，摹本、刻本、拓本（除了书法之外，上述画作也大多有刻本和拓本传世），都被编入一个紧密相连的互动结构中。白纸黑字的纸本，与黑纸白字的拓本的关系，犹如昼与夜、阴与阳，互相推动，互相派生和滋长，轮转不已，永无止境。中国的文字和图像，就这样在不同的材质之间辗转翻飞，摇曳生姿，如老子所说：“一生二，二生三，三生万物，周而复始，衍生不息。”中文的动词没有时态的变化，那是因为在中国人的精神结构里，时间的概念是模糊不清的；过去、现在、未来的关系，有如流水，很难被斩断；所有的过去，都可能在现实中翻版，而所有的现实，也将无一例外地成为未来的模板。西方人则不同，他们对于时态的变化非常敏感。对他们来说，过去是过去，现在是现在，将来是将来，它们是性质不同的事物，各自为政，不能混淆、替代。在他们那里，时间是一个科学的概念，它是线性的，一去不回头，而对于中国人来说，时间则更像一个哲学的概念。于是，中国人在循环中找到了对抗死亡的力量，因为所有流逝的生命和记忆都在循环中得以再生。《兰亭序》的流传过程，与中国人的时间观和生命观完全同构——每一次死亡，都只不过是新一轮生命的开始。对中国人来说，时间一方面是单向流动的，如孔子所说："逝者如斯夫，不舍昼夜"；另一方面，又是循环往复的，它像水一样流走，但在流杯渠中，那些流走的水还会流回来。因此，面对生命的流逝，中国人既有文学意义上的深切感受，又能从过去与未来的二元对立中解脱出来，获得哲学意义上的升华超越。

"思笔双绝"的王沂孙曾写："把酒花前，剩拼醉了，醒来还醉。"一场醉，实际上就是一次临时死亡，或者说，是一次死亡的预演，而醉酒后的真正快乐，则来源于酒后的苏醒，宛若再生，让人体会到来世的滋味。也就是说，在死亡之后，生命能够重新降临在我们身上。

面对着这些接力似的摹本，我们已无法辨识究竟哪一张更接近它原初的形迹，但这已经不重要了，永和九年暮春之初的那个晴日，就这样在历史的长河中被放大了，它容纳了一千多年的风雨岁月，变得浩荡无边，一代又一代的艺术家把个人的生命投入进去，转眼就没了踪影，但那条河仍在，带着酒香，流淌到我的面前。艺术是一种醉，不是麻醉，而是能让死者重新醒来的那种醉，这一点，已经通过《兰亭序》的死亡与重生，得到清晰的印证。在这个世界上，还找不出一个人能够真正地断送《兰亭序》在人间的旅程。王羲之或许不会想到，正是他对良辰美景的流连与哀悼，对生命流逝、死亡降临的愁绪，使一纸《兰亭序》从时间的囚禁中逃亡，获得了自由和永生。而所有浩荡无边的岁月，又被压缩、压缩，变得只有一张纸那么大，那么的轻盈可感。

它们的轻，像蝉的透明翅膀，可以被一缕风吹得很远，但中国人的文化与生命，就是在这份轻灵中获得了自由，不像西方，以巨大的石质建筑，宣示与自然的分庭抗礼。中国文化一开始也是重的，依托于巨大的青铜器和纪念碑式的建筑（比如长城），通过外在的宏观控制人们的视线，文字也附着在青铜礼器之上，通过物质的不朽实现自身的不朽，文字因此具有了神一般的地位，最早的语言——铭文，也借助于器物，与权力紧紧地结合在一起。纸的发明改变了这一切，它使文字摆脱了权力的控制，与每个人的生命相吻合。文化变成均等的权力，汉字的优美形体，也在纸页上自由地伸展腾挪。仅从物质性上讲，纸的坚固度远远比不上青铜，但纸上的文字却更长久。这是因为在纸页上，中国的文字成了真正的活物，自由、潇洒和率性。它放开了手脚，可舞蹈，可奔走，也可以生儿育女。它们血脉相承的族谱，像一株枝丫纵横的大树，清晰如画。当一场展览将这十几个世纪里的字画卷轴排列在一起，我们才能感觉到文字穿越时间的强大力量。纸张可以腐烂、焚毁，但那些消失的字，却可以出现在另一张纸上，依此类推，一步步完成跨越千年的长旅。当那些纪念碑式的建筑化作了废墟，它们仍在。它们以自己的轻，战胜了不可一世的重。“繁华短促，自然永存；宫殿废墟，江山长在。”那一缕愁思、一握柔情，都凝聚在上面，在瞬间中化作了永恒。一幅字，以中国人的语法，破解了囿于时间和死亡的哲学之谜。

六

王羲之死了，但他的字还活着，层层推动，像一只船桨，让其后的中国艺术有了生生不息的动力，又似一朵浪花，最终奔涌成一条波澜壮阔的大河。那场短暂的酒醉，成就了一纸长达千年、淋漓酣畅的奇迹。《兰亭序》不是一幅静态的作品、一件旧时代的遗物，而是一幅动态的作品，世世代代的艺术家都在上面留下了自己的生命印迹。如果说时间是流水，那么这一连串的《兰亭序》就像曲水流觞，酒杯流到谁的面前，谁就要举起这酒杯，抒发自己对生命的感怀。而那新的抒发者，不过是又一个王羲之而已。死去的王羲之，就这样在以后的朝代里不断地复活。由此我产生了一个奇特的想象——永和九年，有无数个王羲之坐在流杯亭里。王羲之的身前、身后、身左、身右，都是王羲之。酒杯也从一个王羲之的手中，辗转到另一个王羲之的手中。上一个王羲之把酒杯递给了下一个王羲之，也把毛笔，传递给下一个王羲之。这不是醉话，也不是幻觉，既然《兰亭序》可以被复制，王羲之为何不能被复制？王羲之身后那些接踵而来的临摹者，难道不是死而复生的王羲之？大大小小的王羲之、长相不同的王羲之、来路各异的王羲之，就这样在时间深处济济一堂，摩肩接踵。很多年后，我来到会稽山阴之兰亭，迎风坐在那里，一扭身，就看见了王羲之，他笑着，把一支笔递过来。这篇文章，就是用这支笔写成的。

（选自《十月》2013 年第 1 期）

盛　年

周晓枫

一

不记得具体是哪年暑假，我大概八九岁——童年没有储藏，连年龄都是区区个位数，所以才敢那样挥霍地看待生死。

夏夜，大家坐在院子里聊天，我用一把团扇若有若无地赶蚊子。扇面薄如蝉翼，画着细眉细眼的病美人。我看天：星星，微弱地闪烁，向草丛里抖动翅膀的小蟋蟀发出天籁。

……耳边飘来邻居阿姨的问话："余姑娘今年多大啦？"迟疑片刻，是小声的回答："三十。"简单的两个字，我激醒，几乎震惊地侧头打量那个低语者。父母的辈分高，我一直叫她"余姐姐"。她长得像混血儿，眼睛是和头发一样的焦糖色，白净，不太对称的酒窝不影响整体美感。她一直未婚，为"姐姐"增加天然的合理性。从没想到，偶尔和我一起玩的"余姐姐"，三十岁，天哪，那么老！简直越出我理解和想象的边界。我用目光反复审判，渐生反感和蔑视：窃贼般，她偷偷活到这么老。突然得知这个可耻的秘密和真相，我难以适应，搬起竹凳，赌气回家。没有谁在意一个孩子的离场。无人理解，她感到自己遭受莫名其妙的蒙骗，以及她对"三十岁"所象征的衰老那由衷的不屑。

奇怪的是，对旁边纳凉的老人我却并不愤怒。下棋的老者还在继续，棋子的木色泛着积年的旧意，边缘被摩挲出一层包浆。这副棋缺子，少了一枚黑"士"，他们常年用一块圆石头代替。谁也不想换副新棋，太浪费了。两个年届古稀的老头儿体内一定也有秘密萎缩的器官，但他们不能因此推翻自己的整个骨架，就像不能揭翻一盘不想作数的棋……一切，已成定局。即使手上排列着星座般密集的老人斑，即使汗腺分泌出腐木气味，我不觉得他们难以容忍。是因为，他们老得已进入我视线的盲区，我其实看不见他们。两位老者夸张有力地落棋，我身后传来响亮的啪啪声；其实，他们站在边线之外，这个世界的比赛已无须他们参与。或许，在童年的我看来，老年因为失去审美价值而无须与之计较；生，然后寂灭，人们不会像心疼落花一样去珍惜落叶。可三十岁的余姐姐，青春已尽，她正在蜕变，像蛹一样充满尴尬、丑陋和耻辱。作为孩子，我拥有冷酷无知的道德：为了捍卫绝对化的美，应该让落满尘埃的翅膀禁止飞翔，让所有少女都死于干净的十七岁。

我对“年龄”有强烈反应，起自那个夏天。

两天之后，听着高音喇叭里的开学通知，我背着新书包走进校园。我悲伤地想，自己还不到十岁，一生要有多少个十年？漫无际涯啊，要有多大的耐心才能支撑自己坚持那么久？于是，每天上学，我就伤感地自我鼓励，自己又活了那么一点点啊。活，就意味着承担无数明天里所象征的整个未来——它对患有一点先天性脊裂的我来说，有点重。

二

日子被剪切过，我不知道自己怎么就抵达了时间的对岸。瞬间，年龄从十岁到四十多岁，中间的沟壑足够容纳余姐姐的羞耻。我难以理解，童年怎么会因此羞愤？现在看，三十岁，多美。

曾经三十岁的我就算年轻，肩膀上散发着珠光；易感，喜欢流泪，几乎当成一种消遣。我体会不出自己内在的做作，反而视为个性的优雅。日复一日，我被卷在时间的发条上，听它嘀嘀嗒嗒的老节奏。没什么好，也没什么不好，只是令人略感倦意。

那时未来还漫长，但我始终缺乏明晰的自我设计，在命运河里随波逐流，我猜测不出自己会变成什么样子。

——像竹子一样，有力地拔节，不断在否定中塑造更高的自己？

——或者，变得入世，社交的时候多了礼貌、少了诚恳？

——还有，婚姻中那令彼此越来疲惫的真诚，是否会转化为某种暴力？也许小小的灼热过后，是火焰里储存的灰烬。

曾经的三十岁，我可以无所事事，伤感或玄想。可以不急于收集回忆。

三

白天与黑夜，时间的斑马群奔涌——许多人扑上去，以肉食动物嗜血的热情。四十三岁的我，犹豫、懈怠，被某种持续的怀疑所瓦解。时间里的酸性物质蛀蚀，我变得斑驳。

偶尔翻翻旧作，对比今天的写作，我发现阴郁的调子更重了。事实上，我成长得算是顺利，受挫当然有，可在真正坎坷的人看来难免娇气。温室的阳光雨露，为何不让我灿烂、明朗、热衷歌唱，反而灰颓，习惯于陷溺黑暗？是的，习惯在文字里赞颂黑暗的力量，仿佛那是眼睛中最有价值的瞳孔。我常常恼怒于自己的作品里带了暮气，那么自然的暮气，体温一样，暖旧、熟悉。其实，暮气是日积月累对自己的熟悉所导致的轻微厌弃。

热情、动力和好奇心都在衰减。我已变得如此畏怯，情感只肯做微幅的调整。我甚至怀疑，连自己的痛苦都已程式化和书面化了，远离切实的肉体。它与真正的痛苦区别明显，就像由失恋造成的和读一本悲情小说造成的伤感的区别；就像受到惊吓，有的因为遭受雷击，有的，仅仅是读到安全须知上的感叹号罢了。

典型的中年心态。什么叫中年心态？让我死，肯定不愿意，可若有机会再活一遍我又肯定不耐烦。四十三岁，许多人到这个岁数已甘心认领自己的命运，不再做梦，也不再相信梦的任何功效。放弃幻想，放弃转变方向的舵盘，这种所谓的成熟，不过是最轻度的腐烂。

我有时想不通，早晨一觉醒来就瞬间到达的悲伤来自哪里？心里像有个掉了毛的小野兽在挨饿。经常，我处于与恶劣情绪的对峙之中——还有那种比情人到来还要殷勤的虚无感。他人的夸奖难以使我振作，我总是陷入自我怀疑和厌弃；只要沉默中稍不小心，我就滑陷到那种难以逆转的消沉里。

时值盛年，看起来诸事顺遂，我内心却暗藏深深的挫败感。是贪婪、扭曲吗？也不像。那我到底想要什么、还有什么不满足？世界金黄，身置其间的我像枚即将从向日葵上脱落的籽粒。是不是，每个生命都要经历这成熟的忧伤？

四

毒牙没有事先打招呼，直接发到邮箱——我收到她的电子版遗嘱。遗嘱正本锁在她的抽屉里，发给我的用以备份。毒牙是我大学同学，也是关系最为密切的朋友，二十多年来，我在她犀利的目光和语锋下顽强抗争，并磨炼对抗攻击的意志力。我们之间的嬉笑怒骂，外人看来恶语恶声、风格残酷，毒牙和我倒早已适应彼此冷峻得略带黑暗的娱乐精神。

毒牙并非预感不测，也没有疾病到来的任何具体威胁，她只是平静地像处理一张合同那样确立一份遗嘱。她安排住房、存款、首饰，在已然不能控制的未来中，毒牙依然顽强地施加自己的影响。看着看着，忽然，我完全没想到自己会流泪，似乎情绪上并未被触动的那种无声无息、无知无觉、无动于衷的泪。竟然不能自抑。

我们不是一直把死当笑话讲吗？毒牙和我曾戏谑，说让彼此活下去的目的，只为了让自己未来的摇钱树不死。什么时候，死，不再是杜撰之物，它与我们切实发生联系，成了某种可以目测的距离？我想起了里尔克的诗：“死亡很大，我们是它嘴巴里发出的笑声。当我们以为站在生命中时，死亡也大胆地在我们中间哭泣。”

五

不惑之年，是否意味着这是抛物线的顶点，生命从此开始下滑？有时候我觉得活到这个岁数，已属某种幸事。

回忆起中学的物理老师。龚老师有一张天然的老年脸，其实教我们的时候她刚过不惑之年。长得不好看，脾气也不好，但她丈夫很早病逝，龚老师守寡数年的苦命经历，让不懂事的孩子也心生同情。龚老师并不直接教我们班。有一次，她的亲戚患病，需要一种供应紧张、市面上难以买到的药，由于我妈妈的医生身份，她专门托班主任要我找妈妈帮忙，最终买到。时隔三周，她来代课，上课铃响后我小声向同桌借橡皮，我因说话违反了课堂纪律遭受苛责。龚老师带着明显的宣泄快意，花了完全不必要的漫长时间讽刺我。我感到羞辱的同时，分外诧异——记得把药物送到办公室那天，龚老师那种殷切得带了讨好的持续笑意，她要我对妈妈转告谢意，一连数声，郑重得都不像老师对学生、大人对孩子，以至于让我非常不好意思。她怎么这么快就忘了别人的好，变得如此刻薄？我心里暗想，难怪命运坎坷，她肯定是个不知感恩的人，才遭此劫报，以后还不知道会遇上什么倒霉事呢。

龚老师有个备受娇宠的独子。他瘦高，近视，有一张面目模糊的脸，左侧颅骨位置有块儿硬币大小的位置不生毛发，使他看起来像一根擦过的火柴梗，这成了他的绰号。遭到龚老师批评的半年后，学校组织春游，去郊外划船。为了显示自己卓尔不群，火柴梗跳下船——水不深，只及腰部。他向前走了几步，回头让同学给自己照相，火柴梗摆出了胜利的手势。这个平常成为同学笑柄的男孩，似乎只有在校园之外的有限场合才能炫耀他的勇气。或许，火柴梗觉得距离过近的摄影可能会暴露自己头顶的小小缺陷，于是他后退两步，要求同学别把自己的脸照得那么大。火柴梗面向镜头，微笑着，又后退了半步……他一下就没入水中。谁也没想到附着苔藓的斜坡下面，是瞬间的深渊。

……暮色昏沉，同学再见到火柴梗的时候，他沾着湿泥的身体非常沉重。救生员把他从淤塞的河底打捞上来。火柴梗的脚跟和踝骨拖着地面，留下两道长长的车辙式的水印。这是火柴梗最后的人间足迹。

随后很久，我不敢看龚老师被灾难洗劫的脸，我甚至怀疑自己短暂的恼怒变成了秘密的诅咒。死亡，每次都经过了对她的瞄准，然后变成一颗滑擦耳畔的流弹。龚老师也许会想：为什么不是自己？丈夫和孩子按照指定的顺序死去——龚老师，一个不知所措的掉队者。龚老师没有温度的眼睛，带着彻底的茫然，好像她是第三个即将赴任的死者。继承了一种葬礼般的神情，从此，她将以殉难者的身份存在。

死亡不是意外，而是我们生活中的日常，是某种理性。死亡发生在他者身上，意味着对我们的赦免。他人的不幸却保障着我们的福利。由此，可以解释人类之间那种不正义却频繁的幸灾乐祸。

六

有一段时间，我热衷老电影。演员在灰色调中体现着动人的鲜艳，嘴唇光润，眼睛里光芒四射，散发出来自时间深处的优雅。如今，他们中的大多数都已进入永恒的沉睡；唯光影跃动，让我们看到亡灵依然怀有强烈的爱憎……在那个黑白分明的世界里。

我设想一位百岁老人，手臂松弛，动作僵硬地瘫坐，用模糊的视力凝视银幕上长裙翩跹、步态袅娜的少女——那个自己因为陌生，已彻底沦为背叛者和敌人。往日的骄傲，能否成为暮年的支撑？也许我们积累记忆，不过是在捡拾为晚年带来余温的柴薪。

我们是靠记忆养活的。据说松鸦是种聪明的动物，它在收获季藏好松果，并以石子标记埋藏之地；等到大雪覆盖的寒冬，它能找到三万粒果实中的百分之九十左右。假如记忆消失，它将被饿死。

我是提前的老龄者吧？抑或，是一只懒惰的松鸦——我所体验的虚无，是往日懒惰遗留下来的报复。无论怎样，前路坎坷，我们需要坚持活到寂寞的高龄，坚持活到尽头，哪怕无所爱、无所恨，哪怕这个世界剩下的都是陌生人……似乎，那象征峰值的幸福。

今天的我们到底需要获取什么，然后，才能低声说出那个词：幸福？

七

如果选择早晨七八点钟的上班高峰时间去乘坐北京地铁，你会发现，周围全是年轻人：皮肤饱满，弹力十足，还没有被生活压榨出浆汁。即使空间逼仄，窒息得令人丧失立锥之地，这些被希望支撑的孩子们依然蓬勃。我站在换乘电梯的拐角，观察那些密集排列的脸渐渐升高……活跃的血红细胞将随着地下的城市脉管，输送到各自的劳动之中。我会诧异并猜测，那些消失的中年人，他们此时在哪儿？

在私人轿车的方向盘后等待红灯。在高铁的疾速里闲看财富杂志。在飞机上闭目养神，脖子上套着用于保护颈椎、看起来像是牛马挽具的气垫圈。事业成功的中年人用青春作赌，赢得了今天的舒适与精致。但曾经流泪流汗的咸日子，并非全无踪迹——仔细看，他们一副被生活卤过的样子。许多人的表情疲倦、虚弱，好像有什么东西从生活中塌陷下去。因脱缰的梦想远去……他们脸上留下的，是蹄印践踏过后的凹痕。多数时间都用于应对琐事，真正的美好时光在一生中所占比例甚微。怎能不悲伤？我们把生命中最漫长最宝贵的时间用来殉葬。

席聚一堂的时候，我观察旁边那些阴虚阳燥、神亏气散的脸，一问，却与自己同龄；心惊之下，我也明白自己在他人眼中是怎样一副模样。还用别人提醒吗？老得这么快，看着镜子我简直想管自己叫“妈”。

我奔波生计，后来那就成了摆脱梦想的借口。一再欺哄自己，熬过某个阶段就好了，未来可以重新扳回道岔，与梦想并轨。然而，所有无聊的事物都擅长生育，不停排出密密麻麻的卵粒，让我穷于应对。渐渐沦陷，我难以克服对自己的失望。有时自问：生活真的盘剥过你吗？还是你自己出于某种恐惧，自觉纳贡，祭献了你的渴望？

时值中年的生活，像在公园的池水里泛舟。因为没有流动的水，即使松开双桨，它们就像鱼鳍一样轻摆在固体的体侧位置；小船随水漾动，不会偏离到哪里去。这是我安全的被豢养的不会碰壁的生活。我知道水里放养着什么样的鱼苗，清理过什么样的藻草。换言之，这是一种没有意外的生活。之所以敢于松懈，是因为，即使随波逐流，我也不会触礁。尽管我经常暗想如何摧毁自己，但止于情绪上的挑衅和释放，与行动无关。

八

更多的是平静。因更多而廉价的平静。

惊讶与感慨，除了暴露了我们的天真之外，何用之有？历史上太多的残酷倾轧，有太多鲜血淋漓的灾难，我们的生活里一点点花椒粉式的变味处理，根本谈不上人生的辛辣。

以前，一个作家在他的小说里渴死条鱼都引起我不快，更看不得虐杀，以为作家在通过文字施暴获得享乐。如今对这些内容平静看待，我在危险地进步吗？还是获得了职业化的冷静，抑或职业化的麻木？

阅读感受下降，体验的强度下降，我是否还剩下足够的敏感和力量去表达，去继续始自少年的作家梦？

去年中秋，几个写作的朋友小聚。煮酒烧红叶，带霜分紫蟹。聊着聊着，都谈到中年的不甘。怀才不遇或壮志未酬的样子，说来说去，是丧失了幸福感。其实看一看我们写下的文字：没有激情，只剩下表达的惯性；有衡量中的委屈，缺乏一种干净的愤怒。我们很少自省，总是苛责外在环境的冷落和不公。到底怎样我们才心满意足？在网页的饼铛上，获得一分钟的翻身热度？或者，热衷赢得半径更大的圆形方孔钱作为自己脖颈上的枷锁？是不是我们老了，那么迫切地要领取保障晚年的荣誉抚恤金？我们为什么那样着急地想替历史表态，想为自己的创作一锤定音……那么着急，凿好墓碑上的字，要迫不及待地躺进去一试尺寸？如果是这样，我们的身体和心智已散发着秘而不宣的腐气。

九

柳宗元写过一种小虫子，它会把沿途所遇尽可能捡拾起来，放在背上负重而行。这种虫子背部粗糙，东西堆积在上面难以掉落，但即使疲劳到极点，它还是不停累加，直到仆倒在地。

人到中年的吃力，是不是因为我们这种形同负重小虫的习惯？一天天、一年年地活着，悲欢交织在发酵的回忆里……安慰的余温，悔恨的遗毒，我们背着越来越重的时光。疲惫也是一种资本吧，至少，它囊括了你为既往生活所支付的体能。

或者沉重，或者虚无。背负的时候，我心怀隐忧，担心自己被过程消耗，无法体验储藏到最后才能享用的晚年自由。卸下的时候，我亦疑虑，稍不小心，自己就滑陷到那种由虚无感构成的黑洞里——所以需要大声说话、饕餮，需要偶尔的张狂，需要夸饰地流露有毒的模样。前半生制造种种错误，后半生反刍和追悔，我是否由此错过与真理相认的机会？可从另一个角度，假如我对自己果真像自己形容中的那样不满，为什么我又如此惧怕成为别人？还是说，我的自恋以一种强力的虚伪掩饰了它自己？也许并非自恋，我只是对成为他人所象征的未知满怀恐惧，我只有在惯性里才能维护某种安全感。说来说去，安全感，大概是世上最不安全的危险物种：它难以捕捉，令人频繁受到惊吓，无法被长久而安然地搁置。

我看着镜子，里面的陌生女性神情混沌——认识四十多年，她对我来说依旧陌生。一个人的脸，如同时间手中的橡皮泥，被随意捏制……但愿我们的皱纹是神留下的指纹。

可能越老，我们越热衷在残羹岁月中，享受怀旧中的余温。然而，无论怎样爱恨痴缠、颠簸起伏的一生，从更宏大的时空来衡量，我们的命运轻盈，不比一只昆虫的骨灰重多少。想起美国著名作家兼记者亨特·S. 汤普森，他的个性张狂，烟不离手、酗酒、吸毒，他几乎是在挥霍一生。传奇的汤普森先生死于六十七岁，临终时刻他在与妻子通电话，心平气和，谈着谈着就朝自己开了枪。汤普森的遗愿是将自己的骨灰填进炮膛，在空中炸散——最后他卓尔不群的葬礼果真如此举行。后来，这种别具创意的告别被越来越多的效仿者继承。焰火华丽，照彻暗夜——那是上升到高处的骨灰，最后的璀璨。

十

年少时，我以为自己的身体里住着一个起义的灵魂，我以为它有不成功便成仁的决绝。现在我看到自己不断地松懈、妥协乃至姑息。我甚至把对自己的纵容视作学习宽容。不原谅自己也是小气的表现吧？我像一块易于变脏的木头，是否需要不断刨去表面，才能露出新鲜的花纹？在灵魂的贫瘠之地，我能否艰难地掘进，找寻幸福的矿脉，并把它作为一种终身制的努力——由此我才能获得亮度，获得来自内心的光源？

小时候因为胆怯，我总是把灯绳拴在床头。绳子很细，棕色的，韧度足够。半夜醒来，害怕的时候我只要拉动绳端，房间里就充满咒语般即刻降临的辉煌。不是童年了，我不可复得那种奢侈的明亮，但依然可以拥有缓慢而柔软的烛焰。我应该更乐观地看待黄昏以及随后而来的幽暗吧？或许说，我必须如此，别无他途。所谓乐观，不是喧嚣而外在的生存主义口号，而是作为一辆老车，如何努力，把维系运行所需的动力保持在低油耗的水准上。

许多年以后，一个邻居告诉我，余姐姐死于胰腺癌。得知死讯之前，我们从无联系。我早就忘了那双焦糖色的眼睛，忘了记载在她瞳孔上、时间最初的刻度。她是否体验过足够的爱憎，见识过足够的恩怨，她是否获得平衡后的安详？我看到了祝愿里面的内容，原来，它藏着一枚小阴谋般黑硬的仁儿——所谓长寿，不过是有幸见识过更多的死亡。

十一

月亮像只笨手笨脚的闹钟。时间老了，落叶松掉落了它的指针。我不知道，晚年是否就像一盘渐渐凉掉的晚餐，但我明白，必然存在某个转折的时刻，老，不再成为耻辱，而是一种可供炫耀的沉甸甸的资本——它就像跑完整个赛程才能赢取的荣誉。

尽管走过必然的弯路，对于未来，我还是一无所知。但生活还是教会我一些有用的东西。比如不要迷恋那些看起来伟大其实愚蠢的东西。比如，对那些年轻时被分外轻视的东西，我已学会另外的理解。甚至针对他人的妥协，我亦抱温存——关节般的屈服，也不纯粹是弯折，也许是为了压力之下持久的支撑。既然我自己都不具备向死而生、虽败犹荣的那种披靡，我要求他人就是一种苛刻的勒索。

生活中充满不等式，无人能在跷跷板上享受安逸的睡眠……我们起伏，变化，渐行渐远，但愿我们由此获得动荡里的生机。

十二

每年，我都是春天以后才开始自己晚上的散步习惯。我早不愿承受严苛的锻炼，只能维护温暖中的养生。其实散步只是借口，我迷恋的是微温中的遐想，是草木葱茏的气息，是夜间笼罩一切的月色和星空……仿佛自己正和静谧的事物一起发光。

繁星满天，童年的我曾从那里倾听天籁。当中年的我再次仰望，星空——大神打开了表盘的内部，浩大时间在其中精密运行。对渺小个体来说，分秒从身边流逝的，每瞬都是永恒。个体是难以构成计量单位的，星空下的整个人类文明不过是落入钟表的一粒微尘，我们，极小的目不可视的细菌，我们只是彼此知晓而不能被神明的肉眼所注视。我们短暂。也许，正因为必然的告别，我们才应对病床上的余生给予温柔的善待。

爷爷那只康恩贝牌老怀表竟然还可以走动。它挂在那儿，像枚私属的小月亮，黑暗中泛着珍珠色的晕彩。嘀嘀嗒嗒，时间的涟漪，渐近我心脏的节奏。我们都是上帝的机械玩偶，他在我们体内设置精密的发条和血肉。走动吧，克服空气和路途上的摩擦，克服秘密的锈迹。

……这是子夜，这是盛年，时间与河流的中游。即使略带倦意，即使木刺划进指端，我有必要勉励自己不放开握桨之手。

（选自《大家》2013 年第 2 期）

秦皇岛，《北戴河》词与曹操

庞俭克

我第一次知道北戴河这个地方，应该是20世纪60年代的事。那时候的课文里有不少伟人毛泽东的文章，比如“老三篇”——《为人民服务》《纪念白求恩》《愚公移山》，老师要求学生一字不差地背诵。一个偶然的机会，好像是在老爸那里，看到了一本翻印的红栲胶封面的《毛主席诗词》，读到了一首《北戴河》。“大雨落幽燕，白浪滔天，一片汪洋都不见。秦皇岛外打渔船，知向谁边？”形象鲜明的句子，一下子唤起了我的向往。我仔细看了注释，才知道河北古称幽燕，秦皇岛属于河北，北戴河在秦皇岛的西面。

很多年以后，阅读《史记》，从《秦始皇本纪》得知，秦始皇于公元前215年第三次东巡时到达碣石——秦皇岛，在此拜海，先后派燕人卢生、侯公、韩终等两批方士携童男童女入海求仙，寻求长生不老药。又命大臣李斯刻“碣石门辞”。

此行没有踏足这方古迹，有些遗憾，不过，长生不老药是找不到的，秦始皇寿命也不长，前后也就四十九年。

几年前，在潘家园淘到一本中青社1962年版的《毛主席诗词讲解》，郭沫若题写书名，臧克家讲解，周振甫注释。作品、书名题写、讲解和注释，都是大家。经典的出版物。如获至宝。这就是书到手时的心情。随着阅历的增长，我每次翻阅，感受都不一样。臧老的讲解让人如闻其声：“上半阕写眼前景色，下半阕追怀往古，充满乐观兴致的昂扬情调。”这首词用近一半的篇幅讲到三国时的魏武帝曹操，让我对曹操产生了浓厚的兴趣。

关于曹操，我早前所知道的大多来自连环画和戏剧作品，曹操的脸谱苍白，脸上再画上几条黑道道，又听人说，曹操的面目就像在斑驳的墙壁上刷上白石灰粉，其凶残阴险，倒也是有几分像的。后来读《三国演义》，读《三国志》，读曹操的诗文，又读了郭沫若、翦伯赞、王昆仑等前辈方家的文章，才逐渐对曹操有了认识。

曹操这个人，一生充满争议，从他66岁离世以来，史家和坊间的争论一直没有停过。乱世奸雄，乱臣贼子，也许是世间对曹操的盖棺论定之说。

回头看看世人对曹操的评价，是很有意思的事。

最早评价曹操的是梁国人桥玄，曹操年轻时，曾经拜访他，他认为曹操很不平凡，对曹操说："现在天下将要大乱了，安定百姓的责任就在你身上了。"建安七年（202年），曹操驻军家乡谯（安徽亳县），感念桥玄对自己的评价，他派人到睢阳祭祀桥玄，并亲自写了祭文，称"士死知己，怀此无忘"。

曹操去拜访另一位知名的人物评论家许劭（字子将），面对曹操的厚礼和谦逊，子将不肯说话，后来不得已说了一句话："子治世之能臣，乱世之奸雄。"曹操听后，很高兴地走了。

此后，评论他的人可谓多矣，数不胜数。有代表性的是史家陈寿的《三国志》，吴人的《曹瞒传》，长篇章回体小说《三国演义》，还有坊间的无数传说故事。曹操的一生，就在这互相对立的叙述中被翻来覆去。

陈寿是由蜀汉入晋做史官的，奉魏为正统，他对曹操的评价是很高的："太祖运筹演谋，鞭挞宇内，揽申、商之法术，该韩、白之奇策……终能总御皇机，克成洪业者，惟其明略最优也。抑可谓非常之人，超世之杰也。"

而在吴人的《曹瞒传》里，曹操从小游荡无度，长大后为人佻易无威重，妒贤嫉能，酷虐变诈，随意以军法诛杀计划胜出自己的诸将，对言谈议论侵犯自己的人动辄族之，无故棒杀宠姬，等等，结论是大奸大恶。

在罗贯中的笔下，曹操是残暴阴险的"乱臣贼子""国贼"，他在第119回里，写到晋王司马炎欲法曹丕绍汉之事，以即大位，他以魏主曹奂文不能问道，武不能经邦为由，逼曹奂让稷，并称曹操挟天子以令诸侯，自立魏王，篡夺汉室。用今天的话来说，作者罗贯中是按捺不住，跳了出来，直接让作品中的人物点题了。

曹操果真如《三国演义》所写的，是篡汉的"乱臣贼子"吗？

罗贯中生活在元末明初，有考据称他生活在农民起义地区，朱元璋的红巾军以恢复汉室的赵宋王朝为号召，把元朝统治者比作曹操。其时，汉族人民是接受尊汉抑曹的思想的。罗贯中接受尊汉抑曹思想，有贬曹尊刘的写作，是顺理成章的事。

我找来了曹操的作品，想看看曹操本人是怎么说的和怎么做的。

曹操自表从未篡汉，而是忠于汉室。

其作于建安十五年的《让县自明本志令》旨在反击政敌的攻击，稳定部属拥汉之心。在这篇文章里，时年56岁的曹操反复说明自己拥汉，并无“不逊之志”。

再往前数，曹操作于赤壁之战后的《短歌行》（其二），其诗云“修奉贡献，臣节不坠”“小白不敢尔，天威在颜咫尺”“晋文亦霸，躬奉天王”，以周朝姬昌和春秋齐桓公、晋文公“以大事小”“奉事周室”为榜样，称他们地位显贵，品德高尚，始终不废臣节，以表自己未“有不逊之志”。《蒿里》谴责二袁“淮南弟称号，刻玺于北方”。《对酒》展示曹操的政治理想“王者贤且明，宰相股肱皆忠良”，等等。

在其受帝褒奖时的奏表中，曹操的态度是很谦虚的。他在上表《领兖州牧表》《上书让封》《上书让费亭侯》《上书让增封武平侯》等奏表中，再三说明功劳非一人所取得。

至于曹操的行为，就不像他所说的和写的那么纯粹了。

一方面，曹操屡次拒绝不义之邀约。

第一次是中平五年六月（188年），冀州刺史王芬勾结南阳许攸、沛国周旌等人，阴谋乘汉灵帝北巡河间旧宅之际，用武力废灵帝，诛宦官，另立合肥侯为帝。王芬把这个计划告诉了在家隐居的曹操，想拉他入伙。曹操拒绝入伙，他还在回信中指出废立帝王的事，是天下最不吉祥的，指出王芬等人的阴谋必败。

中平六年（189年），并州牧董卓乘宦官外戚争权之时，带兵入洛阳，废少帝刘辩为弘农王，立刘协为帝（献帝），鸩杀何太后，后又毒杀刘辩。时年35岁的曹操，拒绝接受董卓上表荐自己为骁骑校尉之职，变姓名东归家乡，在陈留，曹操得孝廉卫兹以家财帮助，募兵五千，起兵讨卓。

第二次是两年后的初平元年（190年），袁绍勾结冀州牧韩馥，阴谋拥立前大司马刘虞当皇帝，他们拉拢曹操参加，曹操作《答袁绍》义正词严地批判袁绍的错误“而一旦改易，天下其孰安之？”在其后的建安五年，曹操火烧袁绍的粮草，大败袁绍，袁绍和其子谭仅以身免，曹操在向汉献帝写的奏捷报告《上言破袁绍》中，也着重揭露袁绍集团擅铸金印银印、大搞分裂割据的阴谋活动。

建安二年（197年），袁术称帝于寿春，43岁的曹操引兵东征，袁术败走渡淮。

建安二十四年（219）12月，曹操时年65岁，《魏略》云，孙权杀关羽夺荆州后，遣史入贡，上书向曹操称臣，劝曹代汉自称大魏皇帝，曹操示孙权来信于内外群臣，笑称，孙权这小子想放我在炉上烤呀。

一个月后，曹操病逝于洛阳。他至死都没有废汉献帝自立。

另一方面，曹操“挟天子以令诸侯”，自任官职，自封爵位，自发号令。

建安十七年，曹操统一北方后，自称魏公，备九锡，董昭等朝臣心领神会，力荐曹操晋爵国公，曹操也欣然受领。为此，荀彧不以为然。曹操对待荀彧的态度发生变化。

据晋人陈寿撰《三国志·荀彧荀攸贾诩传第十》所述，“建安十七年，董昭等谓太祖宜晋爵国公，九锡备物，以彰殊勋，密以咨彧。彧以为太祖本兴义兵以匡朝宁国，秉忠贞之诚，守退让之实；君子爱人以德，不宜如此，太祖由是心不能平……因辄留彧……彧疾留寿春，以忧薨。”

荀彧之死，众说纷纭，空食盒自杀说，煤气中毒说，病死说，不一而足。

捋一捋荀彧投奔曹操的人生道路，摆一摆两人的关系，厘清曹操对荀彧的态度变化，以此仔细看看曹操，是很有意思的事。

汉初平二年，荀彧断定袁绍终不能成大事，于是投奔时在东郡的奋武将军曹操，时年 29 岁。曹操把彧比喻为张子房，以为司马，对荀彧言听计从。

在艰难的时局中，荀彧替曹操出谋划策，帮助曹操转危为安，反败为胜——吕布攻打兖州时，他定计谋巩固兖州根据地，帮助曹操击败吕布；官渡之战时，曹操因为粮草不足，想退兵许昌，荀彧建议曹操用奇兵扭转颓势，曹操采纳了他的意见，用奇兵偷袭袁绍的粮食仓库乌巢，杀淳于琼等十位将领，迫使袁绍退兵；击败袁绍后，曹操想南下攻击刘表，荀彧劝曹操乘胜消灭袁绍，占领河北，曹操从其计谋，打败了最大的武装割据势力袁绍集团，并于建安九年大破袁绍的小儿子袁尚于邺城，建安十年，杀袁绍的大儿子袁谭并枭首，平定了河北冀州、青州、并州、幽州四州。

建安八年，曹操上表《请爵荀彧表》，列举荀彧建立的功劳，表封他为万岁亭侯。荀彧认为自己未立战功，把曹操的表奏压了下来，曹操给荀彧写了《与荀彧书》，陈述与荀彧共事以来，荀彧帮着做了很多纠缪辅政、举荐人才、提出计策、周密谋划的事情，说立功不一定要作战，望荀彧不要推让。荀彧勉强接受。

建安十二年，曹操又上表《请增封荀彧表》，称朝廷已经给予荀彧的封赏与他的功劳不相称，曹操替他惋惜，请求重新评论，增加酬功的封地。荀彧坚决辞让，曹操又写了《报荀彧》（三）劝荀彧接受，荀彧才接受。

在曹操的上表和给荀彧的书信中，曹操对荀彧的评价是很高的，总体评价如“发言授策，无施不效，彧之功业，臣由以济，用披浮云，显光日月”，“天下之定，彧之功也”。用拨云见日月来形容荀彧的作用。具体评价如官渡之战时曹操欲退兵许昌，转而南攻刘表，放弃兖、豫的想法，荀彧所出的两个计策，曹操的评价“而彧建二策，以亡为存，以祸为福，谋殊功异，臣所不及”，对于曹操的统一大业而言，荀彧的作用不亚于张良，曹操赞其“无施不效”“济危以安”“以亡为存，以祸为福”“彧之功业，臣由以济”，是发自内心的，也是符合历史实际的。

对于荀彧的人品，曹操赞誉有加，“积德累行，少长无悔，遭世纷乱，怀忠念治”，“忠恪祗顺，如履薄冰”。

荀彧对曹操的称赞，也是溢于言表的。他在回答曹操关于征讨袁绍的疑惑时，从度、谋、武、德四方面对比分析袁曹，得出曹操必胜，袁绍必败的结论，曹操的疑惑得以解除，他很高兴。在这段对话中，荀彧称赞曹操唯才是举的人才观——“明达不拘，唯才所宜”；称赞曹操有战略眼光，善于应变——“能断大事，应变无方”；称赞曹操治军有方——“法度既明，赏罚必行”；称赞曹操的人品——“以至仁待人，推诚心不为虚美，行己谨俭……天下忠正效实之士咸愿为用”。

荀彧是以“怀忠念治”投身报国的，即怀抱忠诚，想念太平，以匡扶汉室、国家安宁为己任，帮助朝廷出谋划策，无论投袁，或改投曹，皆无二志。换句话说，曹操于中平六年（189 年）十二月在河南陈留“起义兵，诛暴乱”，献帝刘协初平元年（190 年），关东州郡起兵讨董卓，袁绍被推为盟主，荀彧是满腔热情投身于这场讨逆运动的。他是引曹操为志同道合的同志的。

曹操功成名就之时，人一阔，脸是否变了？他与荀彧道不同、不相与谋的决裂是否不可避免？

实际上，曹操在兴平二年（195 年）七月奉董承私诏进洛阳，自领司隶校尉。九月采纳荀彧“奉迎天子都许”的建议，奉献帝迁都许，献帝以曹操为大将军，封武平侯，41 岁的曹操已是事实上的天子，次年改元为建安元年（196 年），实施“挟天子以令诸侯”的政治策略——在更早的初平三年（192 年），曹操在山东济北击败黄巾军后，即采纳了治中从事毛玠“宜奉天子以令不臣，修耕植以畜军资。如此则王霸之业可成”的谋划。

事实上迁都和晋爵，都是曹操求之不得的事。反映在陈寿费时十年所撰写的断代史《三国志》中，便有诸多记录，也有诸多避讳。陈寿 36 岁到了洛阳，做了晋国的著作郎。他是晋臣，晋承魏国而有天下，陈寿尊魏为正统。史官修史，是为当下政治服务的，陈寿也不例外。在他的笔下，建安十三年，曹操时年 54 岁，自任丞相，帝令曹操依萧何旧制，赞拜不名，入朝不趋，剑履上殿。建安十七年，曹操时年 58 岁，自封魏公，次年，朝廷策命曹操为魏公，并以忠于本朝和十大功劳褒奖之，为曹操加九锡。建安二十年，曹操时年61岁，自领魏王。二十二年，帝令魏王操置天子旌旗，出入警戒清道，十二月，曹操冕上缀十二旒，被皇帝乘车。有心人不难发现，曹操势大，献帝所为是不得已的。

荀彧是在曹操“心不能平”后死的。曹操率大军征讨孙权，以劳军之名，召来荀彧，其后便留荀彧在身边，荀彧不习惯淮南的气候，病倒了，据说是伤寒，咳嗽。陈寿写到荀彧之死，寥寥数语，躲躲闪闪，先是“彧疾留寿春”，后“以忧薨”。《三国演义》写荀彧是被曹操赐毒酒而死的。此说不足为凭，明眼人都知道，《三国演义》扬刘贬曹，其谓曹操“汉贼”，乃故意为之。有人说荀彧死于性格上的固执和言说的直白——之所以有话直说，源于他对曹操的忠诚，他知道曹操待自己颇厚，凡事推心置腹，他也知曹操为人，待人豁达，宽容，言谈戏笑，尽无所隐，所以他就坦率道出了自己的不同意见。

史载荀彧为人伟美有仪容，好熏香。荀彧的为人处世之道，在上述曹操的上表或书信中都有美誉。《三国志》评曰：“荀彧清秀通雅，有王佐之风。”其人“谦冲节俭，禄赐散之宗族知归，家无馀财”。作为封建士大夫，荀彧不是不知道刘姓天下气数将尽，袁绍等辈大搞分裂割据。至于他是否一以贯之地肯定曹操的“忠正效实”，我想答案是肯定的，他只是有所不安，担心曹操出事，留下千古骂名，他以匡扶汉室的初心助力曹操，后以秉忠贞之诚、守退让之实，以德爱人对曹操委婉表明心迹，其中不乏劝止曹操的良苦用心。

清人赵翼之评价荀彧之死：“彧亦明知操之心已怀僭妄，而终不肯附和，姑以名义折之，卒之见忌於操，而饮药以殉。其为刘之心，亦可共白於天下矣！”

这段文字，我以为是中肯的。

曹操的表现却颇耐人寻味。所谓知人论世，知其人才能论其世。还有一句话叫作听其言，观其行，不在于他说什么，而在于他做了什么。用言行是否一致来看曹操，我们是看到了曹操的复杂多面。吊诡的是，荀彧之死有多种说法，甚至陈寿也有难言之隐。曹操是否效法高祖狡兔亡、走狗烹的做派，一脚踢开了曾经帮助自己夺得天下的股肱之臣？我的回答是否定的。

荀彧或许想过曹操早晚会把龙袍当作衬衣穿在里面，只等那一天的到来。荀彧明明知道，刘姓汉室也就剩下那么一件褴褛的黄色衣袍了，呼啦啦大厦将倾，是早晚的事，却依然执着扶助刘家天下。这便是他的忠恪，也是他的人生支点。

陈寿用八个字盖棺论定曹操：非常之人，超世之杰。历史上的曹操，是著名的政治家，军事家，诗人。他有政治头脑，20岁任洛阳北部尉时，棒杀违禁夜行的小黄门蹇硕叔父。28岁时，上书指责三公的举奏，专门回避贵戚和宦官子弟。

35岁时，“起义兵，诛暴乱”，“挟天子以令诸侯”。

虽然世人说曹操篡汉，但是历史上记载的事实，却是曹操一直到死都没有穿上黄袍以魏代汉，他是占领了道义的制高点，并取得政治上的主动权的。屯田奠定经济基础。唯才是举的用人之道使天下人才归拢到他的旗下。他自幼熟读兵书，有杰出的军事才能。这些都构成了其非常和超世的核心。曹操一生，从20岁举孝廉入仕，任洛阳北部尉开始，到做魏王，前后四十一年，其间，他起义兵讨董卓，济北剿灭黄巾军，寿春大败袁术，官渡大败袁绍，白门楼擒杀吕布，降服关中，平定冀州，征服乌桓三郡，统一北方，所行均为忠正之事，称其始终怀忠念治，是恰如其分的。

东临碣石的诗篇，曹操抒发的就是建安十二年（207年）率军北伐乌桓三郡时，路过碣石山的豪迈情怀。

碣石山，在昌黎县北十五里，主峰娘娘顶海拔690多米，距离大海二三十里，有巨石耸立山顶，高约数十丈，故称碣石。

曹操登上碣石山眺望大海，看到水中的山岛，树木丛生，野草繁茂，在大海的波浪中，曹操想到了日月的运行，星河的灿烂。四言古韵，区区五十六个字，形象鲜明，气魄宏大，意境深远。

我想，53岁的曹操面朝大海，感怀一定很多。他感怀历尽艰辛，35岁时兴举义兵，以不过三五千之众讨伐董卓，38岁时追击黄巾，黄巾败降，收其精锐号“青州兵”，有了割据的实力；感怀传檄天下，讨伐僭号自立为帝的袁术，迫其瓦解溃散，袁术病死；感慨投死为国，官渡一战，打败袁绍；感怀统一辽东、并诛袁绍余党袁尚、袁熙的事业就在此一役，此后还有挥师江南，取荆州，进击孙权，继而统一全国的使命；感怀假如国家没有我，不知道会有多少人称帝，多少人称王；感怀老骥伏枥，志在千里……

站在秦皇岛这块地面上，我从一首《北戴河》词，想到了一代枭雄曹操的事迹。沐浴在海风中，遥想曹操当年，金戈铁马，纵横驰骋，如在眼前，不由得吟诵起曹操的诗句，“幸甚至哉，歌以咏志”，很以曹操其人之说为然。记得鲁迅如此评价曹操：曹操是个有本事的人，至少是个英雄。他尚刑名。他不得不如此。天下大乱，人人都想做皇帝。鲁迅之说，大概也是着眼于曹操殚精竭虑毕其一生于结束战乱、统一中国的历史功绩。我以为，一部中国历史，其实就是分裂与统一的历史，统一，便进步，分裂，便倒退。曹操是促进统一进步的英雄。我为他在赤壁之战中输给孙刘联军抱憾。

此行虽然没能去看碣石山，多少有点遗憾。不过，无论是站在海港区金梦海湾的海边，感受大海的喧腾，还是今天的海港区人在这块土地上的努力，关于北三镇——杜庄镇、石门寨镇、驻操营镇的所见所闻——北纬四十度公园、天女小镇、房庄村、闆城小镇、板厂峪长城文化景区、多彩向日葵花海，一路过去，繁茂的树木，漫山遍野的格桑花和葵花花海，掩映着道路两旁的村庄和新房，青砖灰瓦错落有致，着实让我感受到了他们改天换地的英雄本事。

“萧瑟秋风今又是，换了人间。”人民创造历史。在这块有着丰富历史底蕴的土地上，秦皇岛人众志成城，正在创造着前无古人的奇迹。我有理由相信，在海晏河清的今天，秦皇岛人一定会把这块土地建设得更加美丽，让人民的生活更加美好幸福，在历史这部大书中书写下光荣的篇章。我想，到那时候，我会再来秦皇岛，并去碣石国家公园走一走。

（选自《散文百家》2018 年第 7 期）

悲哉，上将军

耿　立

一

也许，理解张自忠将军，需要这个民族的成熟，他孤独的面影常让人心疼，这不是平常任谁都能完成的一个悲剧，这也不是任何一个肩头都能担当得下的沉重，悲剧之深，误解之深，血泪之多，坎棱之多，让人想到身受磔刑，寸肉被百姓啖吃的督师袁崇焕；这是大悲剧时代众人调制的酒，被他独斟独酌，也许酒性太烈，稍一沾唇，就使人肝胆碎裂，但你却又找不到应谴责谁，应追问谁，四周如重重的幕帐。

那是数年前的一个秋日，为了写作赵登禹将军，在将军故宅旁低矮的土屋里，采访一眼睛混浊的29军老兵，我提到了29军的“骨头”，从军长宋哲元，副军长秦德纯、吕秀文，师长赵登禹、张自忠都是山东人。在倭寇面前是有种的山东汉子，铁骨铜声。那个老兵喃喃地说了句：张自忠是汉奸，后来才成了烈士。说毕，摇头，那时夕阳在老人的眼睛里一片混茫，如省略掉的语言。

老人的声音震撼着我，有一种痉挛般的痛楚。将军殉国多年，而汉奸一说再次把我推到了张自忠将军的处境——选择担当的痛苦，并没有被这个民族所消化所理解，我不是为汉奸辩诬，对汉奸这个空洞的词，我私下里是常怀警惕的，鲁迅先生当年，也曾被所谓的愚氓爱国者目之为汉奸，背负着堕落文人的恶名。民族的赤子和炽爱者，在汉奸的血污里纠缠，令人感慨莫名。

我想到了汉朝的李陵，李陵将军就是因为没有战死而被俘，就成了汉奸了。司马迁挺身为之辩诬，也落得了腐刑的下场，含垢忍辱。汉奸这个词是带电的，人一触碰，或者累及身家姓名成灰成齑，或者青史骂名，横横竖竖地在草纸上爬满诋毁。

记得也是“二战”时期，日军攻陷东南亚，麦克阿瑟乘坐小船逃逸，而一位负责掩护的将军却不幸断后做了俘虏，备受折磨，日本溃败后这位伤痛累累的将军走出战俘营，麦帅伸出双臂拥抱他亲吻他，日本帝国在密苏里战舰上签署协议投降的时候，麦帅当着全场所有将军、元帅的面把签字笔送给了这位被俘的将军，当时掌声雷动，如此的举止对我们国人来说有点陌生，陌生得有点不可思议，但这是真实。它真实得令人呆痴，但你无法矢口否认它。由于历史有意无意的遮蔽和钳制，这里面藏着我们文化没有的东西，被俘并不耻辱，他们一样为国家吃了许多苦，国家应低首感谢这些受折磨的孩子，欢迎这些孩子的归来。而我们呢？投降就是贪生怕死，是民族败类……

时代无情，常常总是牺牲和误解它最优秀的儿子。也许从这个角度理解张自忠将军，感受张自忠将军，能一窥他悲凉的心绪吧？

张自忠是1936年6月赴任天津市长的，当时日本人为了钳制拉拢宋哲元，把华北从中国划出去，1937年3月底日本华北驻屯军司令官田代以天皇生日为由，邀请宋哲元组团访问同文同种的日本，一切费用由日人支付。宋哲元面有难色，他要是作为一把手去的话，日军就会谈修铁路、要长芦盐场、煤矿什么的各种权益，于是宋哲元就委派张自忠作为自己的代表到了日本。

在日本期间，日方要挟张自忠在中日经济提携条约上签字。张自忠勃然而起断然拒绝，拂袖退出提前归国。七七事变后，随着佟麟阁、赵登禹血洒沙场，宋哲元7月28日率29军撤退到保定，并决计留下张自忠与日本人周旋，冀察政务委员会委员长、北平绥靖公署主任、北平市长都由张自忠全权代理。

当晚9时，枪声稍歇，宋哲元、秦德纯等人出北平西直门，转赴保定，临别，张自忠黯然对秦德纯说：“你同宋先生成了民族英雄，我怕成了汉奸了。”语言沉痛，但沉痛里自有一种担当在，将军让人追溯到了古之中国的烈士之风，这种“虽千万人，吾往矣”的气度，使我心中悲慨地回旋着两千年前李陵的那些句子——子归受荣，我留受辱。

为了免于炮火下生灵的涂炭，这委屈是那样的悲凉椎心。在不可知的朦胧前途中，古都北平的红墙灰瓦，在炎热的炙烤下，却透着令人难以置信的冷凝，军人的天职是服从，明知是汤镬油锅，自己跳下掀起的巨浪会把自己浇死，但仍要跳，四周是比汤镬油锅还烈的日本人和亲近日本人的鹰犬，我们怎样才能还原张自忠将军独处虎狼丛中的心态？

远托异国，昔人所悲。
望风怀想，能不依依。
身之穷困，独坐愁苦。
终日无睹，但见异类。
…………

李陵写的四言诗如低回的长调，呜咽在我的纸上笔端，命运，一个人的命运在国家危亡之际，真是旋转如秋风里的飘蓬，雨幕下的蜡烛，说不定哪阵风，哪阵雨，蓬萎烛灭啊，是为李陵将军悲，还是为张自忠将军悲？尽管张将军曾指出自己留在日据的北平不是要当汉奸，而是“希望能够打开一个局面，维持一个较长的时间，而使国家有更充实的准备”，并表示为此不计毁誉，但“汉奸”帽子和随处而过的鄙夷唾弃，令他压抑痛怀。

全国各大报章发表文字，痛斥张自忠的“卖国变节”，其中十分醒目的大字标题，如《自以为忠》《张邦昌之后》等，张自忠被认为“华北特号汉奸”，报纸上一律称他“张逆自忠”。

对这一历史，张自忠将军的老上级冯玉祥在《痛悼张自忠将军》文中予以澄清，冯说：“民国二十五六年的时候，华北造成一个特殊的局面，他在这局面下苦撑，虽然遭到许多人对他误会，甚至许多人对他辱骂，他都心里有底子，本着忍辱负重的精神，以待将来事实的洗白。……在北平苦撑之际，有人以为他真要浑水摸鱼。当时我就说，他从小和我共事，我知道他疾恶如仇，绝不会投降敌人，后来果不出我所料。”

我无法判断张自忠将军被人指斥为汉奸脸上涌动的颜色，那一定是隐忍到怒发冲冠和暗夜里的低沉咆哮，我想着张自忠将军的行迹，既激动，又悲抑。那抗战爆发的蹈历热情，是应该护持且要高歌的，但我们能随着那些民众指责张将军吗？我无法用孱弱的文字表述自己在酸咸苦楚之外的感受。

爱国的情怀和路途非是一种，张自忠选择了荆棘和丛莽。他的行为，已经完全是别样层次上对民族的一种苦爱，是一种含泪的凄异与壮烈的美！

二

在西北军里，张自忠向以带兵严格，部下骁勇而著称，西北军里流行的顺口溜："石友三的鞭子韩复榘的绳，梁冠英的扁担赛如龙，张自忠扒皮真无情！"

张自忠字"荩忱"，"荩"乃"荩草"之意，本为一种植物，看似柔弱，《诗经》里面有一句"王之荩臣，无念尔祖"，"荩臣"引申开去便是"忠臣"。中国人的字和名字是互文的，可以互相诠释，字号刚好解释了本名。而唯独"张扒皮"这个绰号显得那么刺眼，那么冷酷，扒皮，其实说穿了是对犯错士兵打军棍、关禁闭，对临阵逃脱的人毫不留情抬手就地枪决的冷酷。这种冷酷背后，是否让人感到将军疾恶如仇的不苟和果决？

张自忠在北平和日本人周旋一周后脱险，然而，汉奸的帽子并没有随他离开古都而摘掉下来，李敖在《大人格与小人格》中说：小人格的标准是匹夫匹妇的层面，是随波逐流的、依附权势的、"庸德之行，庸言之谨"的，这种标准的泛滥下，胸怀大人格标准的英雄豪杰，都会长期遭到舆论、谣言、群众、世俗的打击。所以，"父子责善"的贤人匡章，全国说他不孝；"弟死不葬"的志士张良，社会说他不仁；周公旦被诬不利孺子；直不疑（人名）被诬与嫂通奸；马援被诬贪污；袁崇焕被诬反叛；张自忠被骂汉奸，蒙羞六七载；岳飞不得昭雪，沉冤二十年。……多少大丈夫，在"小人格"标准下，都变成了"人格有问题"的下三烂。

写到此处，我的心一阵抽搐，当袁崇焕在千刀万剐下，那些薄薄的带血的人肉被皇城根下北京胡同里的民众吃掉的时候，公道在谁的心里呢？

张自忠留平的消息传出后，北平街头也是纷纷传闻："出了汉奸了，仗不打了。"29军官兵得知此消息，也纷纷把张自忠的照片撕得粉碎，吐唾沫顿足骂娘！

张自忠在北平市长任上只短短八天，就宣布辞去一切职务。两天后，他化装离开了北平南下，舆论界对他的攻击指责还是不依不饶，一位朋友悄悄写给张自忠一个字条：

> 周公恐惧流言日，王莽谦恭下士时。
> 若是当年身便死，一生真伪有谁知？

在将军转赴南京的列车行至徐州站，突有三十多名青年学生拥到头等车厢的门前，要求上车搜查"汉奸"张自忠。也就在这时，南京国民政府下达命令，以张自忠"放弃责任，迭失守地"为由，将其撤职查办。

张自忠绝望了，他确有点迷茫了，他"开始沾染嗜好，抽起了鸦片烟"，是想在堕落中麻醉和寻找快感吗？我看未必，从将军抽起鸦片看，我们能体悟他的内心已经被折磨到了何等地步！

当中日战争全面爆发，张自忠却被赋闲，他形单影孤地困处南京，如里尔克写的笼中的豹，铁栅外再没有世界，将军整天无事可做，汉书也读不下去了，煎之熬之，度日如年。有人说，落魄与失意者是最易与鸦片结伴的。张自忠本是英勇无畏、坚毅如钢的军人，他身经百战，艰辛淬火，不知闯过多少困境绝地，然而此时此刻却失去了对自己的控制力，实在令人感慨。一个人，无论他怎样坚强，也总有其脆弱柔软的一部分，这部分有时脆弱到了不堪一击，訇然而碎的地步。

佩剑将军张克侠来到南京看望张自忠。他在当天的日记中写道："今往见荩忱师长，其貌憔悴，心绪不佳，闻已染嗜好，诚为可叹，宴安鸩毒真不虚也。余勉以自重自珍，来日方长，是非可明，彼有惜别之意。良将难求，余当助之。"

我们不难设想，张自忠将军后来一死报国，以示清白的决心，怕也是下于这极端苦闷的时候。张自忠毕竟不是只会在鸦片的烟雾中消磨意志的孱弱者败北者，当他重返部队的时候，我们看到了一个历经磨砺爪牙的猛虎，已经度过了荒寒，开始生风呐喊。

我们叙述一个在台儿庄大战前的逸事，刘亚洲将军曾写过小说《将军泪》，我曾问过29军的老兵，小说？笑话，这是真的，29军当时叫作59军，1937年12月7日，张自忠回到河南道口李源屯59军军部。

与大家寒暄见面后，张自忠只硬硬撂下一句话："今天回来，就是去死的，好狗不死家门，看大家如何死法。"部曲听到此言，都眼里噙满了泪水。

随行的记者采访将军大战前的感想，张自忠谦谦地说："养兵千日，用兵一时，国家弄到如此地步，是军人之耻。倾巢之下，焉有完卵？军人洗刷他的耻辱只有一条，那就是用血，血的热比水更有效，水洗的是脸，血洗的是身！"

然而就在接敌的前夕，那些行走的队列却看到传令兵疾驰阵前，可着喉咙宣布将军的命令：原地待命！接着是令人发冷的军号，要杀人了。

光头的将军骑着枣红马在手枪队的簇拥下，来到队列前。只见将军脸色青白，眼中迸出两道如冰如铁的冷光，让人皮肤不觉寒意阵阵，这时人们就会想到张扒皮的来由，接着张自忠将军下令"给我把那两个败类带过来，皮扒了"，军法处长手一挥，两个五花大绑的士兵带到队列前。

张自忠将军双脚站立在马镫上，右手按住佩剑，他用山东方言吼道："弟兄们，就是这两个无耻的东西，昨天市镇宿营时，拿了人家小老板的伞，不仅不给钱还动手打了人，我们的弟兄还没有上前线打鬼子，现在我却要先杀了他们，这都怨我，怨我没有教好他们。"将军把手一挥，声音有些哽咽。

五花大绑的两个兵士被带到了野地里，接着是两声清脆的枪声低低地划过天空，如夜枭的低鸣——

然而也是在处决那两个兵士的夜里，还发生了一起强奸民女的恶劣的事情，最后查出竟是敢死队长孙二胡，孙二胡随即被打进死囚，等待天明后发落。

第二天一早，军法处长来面见将军，如何处置孙二胡。进了房子，军法处长吓了一跳，地上落满了烟蒂，显然将军一夜没睡。59军上下谁不知道，孙二胡是张将军手下能征善战的功狗，从喜峰口到卢沟桥，每役必与，在孙二胡的手下，光手刃的鬼子不下百名，谁知，这样的狗既能看家护院，也反噬主人。这让张自忠陷到了两难的境地。军法处长请示，将军冷冷地吐出几个字“依法从事，扒皮，天娘老子也不开恩”。

军法处长走了，过会儿，再次进来说孙二胡想最后见军长一次。张自忠默然，随即摆手坚决地回绝：“不见，快杀！”军法处长看到张自忠将军冷峻的脸颊上挂着一滴混浊的泪。将军受不了，怕杀晚了，自己会后悔。枪又响了一声，还是如夜枭的低鸣，部队又继续前进了。

三天后，部队到达临沂，阻击日军板垣师团，大胜，这是国民党正面抗日以来取得的第一次真正的胜利。

一个月后，张将军率部驻扎休整。传令兵脸色苍白地进来报告，结结巴巴地说：“军长，他，他回来了”，军长纳闷，斥责道：“谁？谁回来了？”传令兵气喘不过来：“是，是孙队长回来了。”

孙二胡被带了进来，满脸黑炭，衣衫褴褛，头发胡子一样长，仿佛从另一个世界走来。

原来那天行刑的士兵，敬慕孙二胡是条汉子，手有些发抖，结果子弹没打中要害，孙二胡也是命大，被好心的百姓救回了家，休养了几日就恢复元气了。老百姓劝他逃命去，但他打听到张自忠带部队在这一带驻扎，就又赶了回来。

张自忠将军忽地从地图前站起，接连下了三道命令：“换衣服；备酒菜；关起来等候处置。”孙二胡，早就被处置过了，而且是最高级别的处置了，还能怎么处置呢？

副官试探性地问张将军：“是否让孙二胡归队？”张自忠没有回答。

第二天，副官再去见张自忠，指挥部里仍是烟雾缭绕，看来将军又是一夜未眠，满脸憔悴地坐在军帐里，身前落满了烟蒂，桌子是堆了一堆的纸片，副官用眼睛瞅了瞅，蓦然发现每张纸片上都写了一个大大的“扒皮”的字样。

军法处长再次来到孙二胡面前，宣布张自忠手令。孙二胡似乎早知有此一天，面不改色，听完命令，标准的敬礼。然而没等孙二胡提出面见将军，军法处长就又宣布将军备好酒菜为他饯行，孙二胡一脸的茫然，然后嘴角抽搐了一下。

将军来了，酒菜也只是几只烧鸡和红烧的肘子下水之类，这在战争期间，也是丰盛之至了，几位师长低头陪酒。席间无话，师长们轮流给孙二胡劝酒。孙二胡眼圈红红的，只是每劝必喝。几巡酒过，孙二胡突然抬头，眼直直地盯着将军，张将军接过着目光，双方仿佛都要刺透对方。

突然，孙二胡把上衣扒去，从腰盘到肋骨，从前胸到后背，满身的伤疤，如铜钱如石子如树瘤，或凹或凸，也如起伏不平的山川河流，师长们有的不忍心，扭了头去。

张自忠将军一愣，随即指着身边的一位师长说："你把衣服脱了。"师长规规矩矩地就脱了，一身伤痕累累；军长又指着另一位师长，说："你的衣服也脱了。"师长脱了，也是一样的凹凸不平伤痕累累，后面的军人在将军的目光逼视下，齐刷刷跟着脱掉上衣，就像是一次展览，一次检阅，每一处伤疤简直就是一次血与火的重塑与回溯，每一处伤疤简直都是战争馈赠与荣耀。

最后，张自忠将军猛地撕去了自己的上衣，胸口一处致命的碗口大的伤疤，红红的震撼着人心。大家都低下了头，孙二胡也把头埋了下去，目光有点游移躲闪，然后就咚地跪在地上，"我对不起将军！"

张将军把孙二胡缓缓扶起，头扭在一边："你放心地走吧，弟兄门会替你多杀几个鬼子的。"

翌日，孙二胡躺在了量身定做的柏木棺材里，张自忠跟他握手作别。

枪声再次响起，如低低的夜枭的鸣叫，随后是59军密集的送行的枪声响彻苍穹，那是鸟的集合，是无数的翅膀的声音在天地间回旋。

三

在张自忠殉国三周年的时候，周恩来于《新华日报》上撰文《追念张荩忱上将》：张上将是一方面的统帅，他的殉国，影响之大决非他人可比。张上将的抗战，远起喜峰口，十年回溯，令人深佩他的卓识超群。迨主津政，忍辱待时，张上将殆又为人之所不能为。抗战既起，张上将奋起当先，所向无敌，而临沂一役，更成为台儿庄大捷之序幕，他的英勇坚毅，足为全国军人楷模。而感人最深的，乃是他的殉国一役。每读张上将于渡河前亲致前线将领及冯治安将军的两封遗书，深觉其忠义之志，壮烈之气，直可以为我国抗战军人之魂！

是的，张自忠是怀着赴死之心渡河求死的。我想起古琴曲《公毋渡河》“公毋渡河，公竟渡河。公竟渡河，其奈公何？”

1940 年日本发动了旨在控制长江交通、切断通往重庆运输线的“宜昌作战”，当时希特勒以闪电战袭击北欧，一举成功。此举使日本军阀深受刺激，也为之鼓舞，颇欲在中国战场也有一番作为来一次冒险；再就是为纪念日本天皇生日（即4 月 29 日天长节），日军战役计划是先将襄河东岸国军部队包围歼灭于枣阳地区；而后推进至襄河西岸，将国军主力部队歼灭于宜昌附近。

战役开始后，张自忠决定渡河督战，当晚，张自忠给副手冯治安写了一封信，派人连夜送之。信中说：“仰之我弟如晤：因为战区全面战事之关系及本身之责任，均须过河与敌一拼。现已决定于今晚往襄河东岸进发。到河东后，如能与 38D、179D 取得联络，即率该两部与马师不顾一切向北进之敌死拼；设若与179D、38D 取不上联络，即带马之三个团，奔着我们最终之目标（死）往北迈进。无论做好做坏，一定求良心得到安慰。以后公私，均得请我弟负责。由现在起，以后或暂别或永离，不得而知。专此布达。小兄张自忠手启五月六日于快活铺。”

我们想到了《史记·刺客列传》中的荆轲一节，那是古代中国男人在大义面前敢担当的体现。燕国的人马来到了易水，由于荆轲队伍动身延迟，燕太子丹产生了怀疑。当太子丹婉言催促时，荆轲震怒了。那天的易水送行，不仅是不欢而散甚至是结仇而别。燕太子只是逼人赴死，只是督战易水；至于荆轲，他此时已经不是为了燕国，不是为了太子丹；他此时是为了自己，为了诺言，为了表达人格而战斗。此时的荆轲，是为了同时向秦王和燕太子宣战。

风萧萧兮易水寒，壮士一去兮不复还。荆轲和他的同道高渐离在易水之畔的悲壮唱和，其实藏着的是别人无法破解的秘密。那也许是以血践履历史的承诺。

易水已逝，岁月不再。但两千年后的张自忠的渡过襄河却又一次震撼了世界。

张自忠渡河了，从人们骂他汉奸的那一刻，他就想着有一天的渡河，只有当他殉国之后，我们才会体味张自忠信中这誓言的沉重。

在张自忠将军殉国前一年，他来到重庆看望隐居读书的冯玉祥先生。

最难风雨故人来，那时心情抑郁的冯先生阴霾一扫而空。他在巴县中学设宴为张自忠洗尘，张自忠将临沂战役中缴获的日本军刀作为礼物赠给了冯先生。1945 年 9 月 2 日，日本正式签署无条件投降书，抗日战争终于胜利。冯先生感慨万千，睹物思人，在军刀上刻下一句话：“此刀是张上将自忠在临沂大战得的日本鬼子的，民国二十八年送给我。”

相见那天，俩人联床夜话，苍穹大地，圆颅方趾，巴山夜雨，喋血烽火，相谈甚惬。张自忠对冯先生再一次说到慷慨赴死："我不管枪不如人，炮不如人，我总要拼命地干一场。做一个榜样给人看，我一定尽我所有的力量，报效国家，不给先生丢脸。活着我要活个样子，死也要死个样子！"

第二天，俩人互道珍重，依依而别，马鸣风萧萧，落日照大旗。张自忠走出不远，却又心事重重地停住了。是预感到他生未卜今生休？已经预感到今生今际再难与冯先生相见？

张自忠折转身来，怀着诀别的心情回到屋里，扑通一声跪倒在地，重重地向冯玉祥磕了个头。冯先生被这一情景惊呆了，忙说："荩忱，你这是干什么？"只见张自忠眼含热泪，神色庄重地说："我这一生是先生培植了我，我活着要一心一意地为国尽忠，像个人，像个军人，不辜负你培植我这一生；我死了也要像个鬼，像个忠魂，不会辱没先生练兵带兵的英名！"

冯玉祥因惊愕而语塞，但他内心明白，荩忱行此大礼，作这样的告别意味着什么。就这样的一跪，这是一个血勇的将军作为震撼抗战历史一瞬，这是名将忠义和烈性的象征，作为一种对历史的承诺和最古老的仪式，被岁月记住把后人感动了。

作为一名位膺封疆并指挥着几个集团军的上将衔总司令，张自忠统率的部队少则数万，多则十余万，但他个人的生活却依然保持着西北军时期艰苦俭朴的本色。除非重大场合，他从不着呢料或哔叽制服，也不佩戴上将军衔，而是与士兵一样穿老灰布军装，一样剃着光头，只有一条武装带可以表明他的军官身份。平常的饮食也非常简单，同士兵一样每日两餐。

有一位采访过他的记者写道，他对于吃是不考究的，只要是菜，随便是青菜、毛豆，几个馍馍，一碗小米稀饭，这些便可算是他一顿丰盛的午餐，有时候，因招待来宾而改善一下伙食，他也感到不安。

在一次战斗中，给养中断，总部人员和特务营几乎一昼夜都没有找到吃的，勤务兵把随身携带的一点烤馒头片和炒豆子送到跟前让他吃，看到弟兄们挨饿，将军不忍心吃，说："要吃大家吃，这个时候，怎么能一个人吃呢？"大家共同忍着饥饿同日军作战。

天将黄昏时，一位士兵因饥饿而犯了疟疾，张自忠急忙叫勤务兵把仅有的一点干粮拿出来让他吃，这位士兵无论如何不肯吃，流着泪说："总司令都不吃，我也不能吃，我不能破坏总司令'要吃大家吃'的规矩。"

"武官不怕死，文官不爱钱"是岳飞的理想。张自忠身为武将，不光是不怕死，更不爱钱。他为将多年，且数绾政要，而私储无几。张自忠牺牲后，大家在整理他的遗物时，曾翻箱倒柜地寻找他关于家事和经济方面的遗嘱，但终无所获。他的侄子廉卿在旁边说：“你们不要找了，一定没有，如果他顾及家庭和金钱，就一定不会战死了。”

当时，他的司令部设在襄樊与当阳之间的一个小镇上，名快活铺。著名作家梁实秋在张自忠将军驻防前线时候，曾作为慰劳团成员，记下了当时访问张将军司令部的情形——

这司令部是一栋民房，真正的茅茨土屋，一明一暗，外间放着一张长方形木桌，环列木头板凳，像是会议室，别无长物，里间是寝室，内有一架大木板床，床上放着薄薄的一条棉被，床前一张木桌，桌上放着一架电话和两三沓镇尺压着的公文，四壁萧然，简单到令人不能相信其中有人居住的程度。但是整洁干净，一尘不染。

张将军的司令部固然简单，张将军本人却更简单。一个高高大大的身躯，微胖，推光头，脸上刮得光净，颜色略带苍白，穿着普通的灰布棉军服，没有任何官阶标识。他不健谈，更不善应酬，可是眉宇之间自有一股沉着坚毅之气，不是英才勃发，是温恭蕴藉的那一类型。他招待作家们一餐永不能忘的饭食，四碗菜，一只火锅。四碗菜是以青菜豆腐为主，一只火锅是以豆腐青菜为主。其中也有肉片肉丸之类点缀其间。每人还加一只鸡蛋放在锅子里煮。虽然他直说怠慢抱歉的话，但梁实秋看得出这是他在司令部里最大的排场。这一顿饭吃得作家们满头冒汗，宾主尽欢。

四

为一洗身上所谓汉奸的污垢，张将军渡河赴死了。在襄河东面一个叫南瓜店的地方，将军殉国。

那是下午3时许，天空有沥沥细雨，厮杀在雨中持续，张自忠身边的士兵所剩无几。将军眼看前方弟兄一个个倒下，再也按捺不住，提起一支冲锋枪，大吼一声，向山下冲去。就在这刹那间，远处的日军机枪向他射来，将军全身数处中弹，右胸洞穿，血如泉涌。马孝堂见将军突然向后一歪，飞奔上前为他包扎，鲜血溅了马孝堂一身。

伤口还未包扎好，日军就一窝蜂地冲了上来。危急中，张自忠对身旁的人说：“我不行了，你们快走！我自己有办法。”大家执意不从，张自忠拔出腰间短剑要自裁，卫士大惊，急忙将他死死抱住。

弥留之际，张自忠躺在地上，脸色苍白，然后平静地说：“我这样死得好，求仁得仁，对国家、对民族、对长官，良心很平安。你们快走！”

这时，日军步兵已冲至跟前，从日军战史资料中，我们找到了这场战斗的最后情节：第四分队的一等兵藤冈，是冲锋队伍中的一把尖刀，他端着刺刀向敌方最高指挥官模样的大身材军官冲去，此人从血泊中猛然站起，眼睛死死盯住藤冈。当冲到距这个大身材军官只有不到三米的距离时，藤冈一等兵从他射来的眼光中，感到有一种说不出来的威严，竟不由自主地愣在了原地。这时，背后响起了枪声，第三中队长堂野射出了一颗子弹，命中了这个军官的头部。他的脸上微微地出现了难受的表情。

与此同时，藤冈一等兵像是被枪声惊醒，也狠起心来，倾全身之力，举起刺刀，向高大的身躯深深扎去。在这一刺之下，这个高大的身躯再也支持不住，像山体倒塌似的轰然倒地。

时间仿佛蓦然停滞，历史留下了一个静穆的场面，殷红的热血交织着迷蒙细雨，构成一个永恒的瞬间——1940 年 5 月 16 日下午 4 时!

张自忠，一代抗日名将，怀着平安的良心死去，时年 49 岁。与他同时殉国的还有五百多人，张自忠殉国后，南瓜店一带枪声骤停，格外寂静。

硝烟笼罩在战场上，细雨无声地飘落在横七竖八的尸体上，血迹随着雨水缓缓流淌，那染红的泥土，分不清是日军的血还是国军的血。

日军开始打扫战场。堂野和藤冈估计刚刚死去的这位军官一定是位将军，便翻动遗体搜身，堂野从他身旁的手提保险箱中翻出了“第一号仿员证章”，藤冈则从遗体的胸兜中掏出一支派克金笔，一看，上面竟刻着“张自忠”三字！俩人大为震惊，不禁倒退几步，“啪”地立正，恭恭敬敬地向遗体行了军礼，然后靠上前来，仔细端详起仰卧在面前的这个血迹斑斑的汉子来。接着他们把情况报告了上司 231 联队长横山武彦大佐，横山下令将遗体用担架抬往战场以北二十余里的陈家集，日军第 39 师团司令部，请与张自忠相识的师团参谋长专田盛寿亲自核验。

专田盛寿七七事变前担任中国驻屯军高级参谋，与时任天津市长的张自忠有过交往；七七事变时又作为日方谈判代表之一，多次与张自忠会晤于谈判桌前。

遗体被抬进陈家集 39 师团司令部时，天色已黑。专田盛寿手举蜡烛，目不转睛地久久注视着张自忠的面颊，突然悲戚地说道：“没有错，确实是张君！”

在场者一齐发出庆祝胜利的山呼海啸声，接下来则是一阵压抑的静默与肃穆。师团长村上启作命令军医用酒精把遗体仔细擦洗干净，用绷带裹好，并命人从附近的木匠铺赶制一口棺材，将遗体庄重收殓入棺，葬于陈家祠堂后面的土坡上，坟头立一墓碑，上书：支那大将张自忠之墓。

就在当天夜里，当张自忠将军的遗体被国军的士兵抢走后，前线日军接到司令部“将张自忠遗体用飞机送往汉口”的命令，但为时已晚，坟头上只有那一方墓碑。

18日上午，忠骸运抵快活铺，33集团军将士痛哭相迎。将军的属下含泪查看了张将军伤势，发现全身共伤八处：除右肩、右腿的炮弹伤和腹部的刺刀伤外，左臂、左肋骨、右胸、右腹、右额各中一弹，颅脑塌陷变形，面目难以辨认，唯右腮的那颗黑痣仍清晰可见。

然后前方医疗队将遗体重新擦洗，做药物处理，给张将军着马裤呢军服，佩上将领章，穿高筒马靴，殓入楠木棺材。

5月21日晨，六辆卡车从快活铺启程，护送张自忠灵柩前往重庆。沿途数万群众，挥泪跪拜祭奠。

车抵宜昌，十万群众自发送殡，全城笼罩在悲壮肃穆的气氛中。敌机在上空盘旋吼叫，却无一人躲避，无一人逃散。张自忠灵柩在此换船，溯江而上重庆。28日晨，船抵储奇门码头。蒋介石、冯玉祥、何应钦、孔祥熙、宋子文、孙科、于右任、张群率文武百官臂缀黑纱，肃立码头迎灵，并登轮绕棺志哀。蒋介石在船上“抚棺大恸”，令在场者无不动容。后来人们说，蒋介石的办公桌从此就摆上了张自忠的遗像。

张自忠将军殉国时，按山东老家的计算方法是虚岁50，他的夫人李敏慧闻耗痛上伤，一直拒绝粒米，七日后，溘然而死；也许夫人的死不是外人所能理解的，男人为国尽忠，女人为夫殉身，但我们能要求李夫人什么呢？还有比随为国尽忠的丈夫而死的最好的结局吗？我不提倡为男人殉节，但我为李夫人殉身所感动，自己深爱的人死掉，自己也绝不独生，苟活世上。

这一仗，张将军所部虽全军大多战死，但敌人所付出的代价更大。数字是冷酷的，但数字的背后，是将军的鲜血染成的，流血五步的将军，使倭寇流血何止百步？有一组数字，是将军殉国后，从五月一日至十六日之战果，计伤毙敌四万五千人以上，缴获大炮六十余门，马二千余匹，战车七十余辆，汽车四百余辆。

张自忠将军死了，对于将军的死，如果我们归结于凶手只一句：日本人，那就太轻巧也太机巧，淡化悲凉之雾成云霓；在七七事变后，将军留在故都含泪说：恐怕你们成民族英雄，而我成了汉奸了，这句话的沉痛，怕只有用血才能抵偿，这也就是为何一个上将军，只有在血与火的呐喊里一死才心安的内在缘由吧，但死是容易的，赴死前他的隐忍与血泪，别人是无法理解的。

竹简，是青的，也是易朽的，血是红的，也是易褪色的，但由血书写的竹简却坚比金石，那上面的文字也就有了金声玉振之效了。

“良心”二字，在张将军的手令及谈话中时常出现，我的家乡与将军的老家同属鲁西黄壤平原，同属黄河故道，相距不及二百里，我知道这两个字在山东话中是表明心迹、分量很重的用语。山东人做事常是捶着胸脯说：做人要讲良心，“求良心得到安慰”，就是要为这个国家、民族流尽最后一滴血，中国人的血只有流在脚下，流在生养自己的黄壤上，那良心才不负国家，那良心才安妥。这正是张自忠作为一名传统贯骨的军人，在民族危殆之际，不惜以命为所求的一种大悲壮大境界，诚如古语所云：受命之日忘其家，临阵之时忘身，军人之武德，于斯尽矣。

《宋史·岳飞传》有记载，当岳飞入狱之初，秦桧等密议让何铸审讯。岳飞义正词严，力陈抗金军功，爱国何罪之有？并当着何铸面“裂裳以背示铸，有‘尽忠报国’四大字，深入肤里”。浩然正气，令何铸汗颜。岳飞背上的忠字刻在肉里，而张自忠的忠，镌在骨里。

千年前的岳武穆，千年后的张荩忱，在为国尽忠的这一坐标下重合了，他们都是抗击外敌入侵的汉子，死了就死了，但谁说的：老战士永远不死，他们只是逐渐消失，是啊，中华民族的这些绵延不绝的老战士何尝会死呢，他们只是小憩在我们的血液里，鸟巢睡了，鸟醒着，血管睡了，血液醒着，老战士睡了，他的眼睛依然醒着。

如今，汉奸汪精卫的诗集、胡兰成的散文风靡世间，在腐蚀着某些国人的骨头。也许这个民族有了汪精卫胡兰成们，倭寇才会把中国人看成蝼蚁和猪狗，但张自忠将军殉国了，他支撑起了历史，平衡了这个民族，使我们后人不至于脸面羞愧。当有人问我，在日本侵华有百万甚至更多的汉奸使中国人蒙羞的时候，这个民族还有铮铮的“骨头”和胆气吗？

重庆的梅花山，有冯玉祥将军手植的梅树，那里供奉着这一节“骨头”，我要走向我的民族的梅花山，那里有刺在对手喉头的“骨头”，让对手吐不出咽不下的一节“骨头”。

（选自《散文》（海外版）2009年第3期）

捉虫记

孙爱雪

昆虫·隐蔽的地下生活

乡下孩子玩过的蛹大多是蝴蝶的前身。一层薄薄的外皮，带着水波的纹理，散发出璞玉一般光滑透亮的颜色。它用这层坚实柔韧的外皮保护着里面白色的肉体——那种像液体一样柔软稀松的蛹的肉体。

在田地割草，挖开草根下的泥土，会遇到一枚紫红色的蛹，它沉睡于泥土的夹缝，肥美的身体在大地的腹部酣睡如休眠，斯世与它无关，前生后世不足以唤醒它的美梦。它仿佛已经沉睡了几个世纪还想继续沉睡。

一双纤细的小手握着铲子掀开泥土的硬盖，小心翼翼地取出这枚小小的蛹虫，它光亮而挺直，一头粗一头细，细的一端有一节一节的波纹，粗的一端饱满圆润。它像一支钢笔的笔帽，短小肥壮。最讨人喜欢的是它会扭动头颅，不，或许是尾巴的部位。我们从长姐那里学来玩昆虫的办法，捏它在手，对着它喊：西！它会把头扭向西，接着再喊：东！它会跟着你的口令转向东。我们把这种昆虫叫作会辨东西南北的昆虫。逗它玩儿，看它憨厚的模样扭来扭去，我们咯咯大笑。有时候故意把口令喊得很快，它扭来转去，晕头转向，胡乱摇头，我们肆意的笑在野地里飞扬。

蝉蛹在地下生活两到三年，以吸食植物的根茎为主，是生长过程也是积蓄能量的过程。当它在地下长成一只会爬行的虫子时，开始破土而出，我们叫它知了猴。知了猴是我们接触最多的一种昆虫，具有复杂的身体结构：清淡无光的复眼、圆溜溜的鼻子、软乎乎的尾巴、饱满而坚硬的脊背，腹部后面四条细长的爪子，前面两条像夹子一样锋利的大爪子。我们的家乡话叫它解拉猴。天黑，我们去捉知了猴，叫摸解拉猴。

一种食物的食用方式来自一辈辈人的经验传播。这种传播直接影响一个人的味觉取向。我自幼知道知了猴能吃，对这种张牙舞爪、浑身僵硬的家伙毫无惧怕之意。村人家家皆食之，幼童，老人，青年人，无不以它为美味佳肴。幼年时我只吃它脊背上那坨瘦肉。那对看似忧郁的复眼和那张毛胡子嘴巴以及那些带着夹子的爪子，我不吃，尾巴上那块黄嘟嘟的肥肉我也不吃。

我喜欢捉知了猴，到痴迷的程度。追逐它的存在、去向和蜕变，每夜锲而不舍。这是一种集耐心和灵慧于一体的劳动。寻找知了猴充满神奇的诱惑，在知了猴出没的夏夜，有了手电筒之后，几乎是全村人一起出动，像一场盛大的狂欢会。

童年。夏日。雨歇后，我提着小铲子，赤脚走在雨水洗过的小路上，路上的树叶草棒被水冲走，留下一道道水走过的细密的水纹。沙土柔软如棉，小脚丫踏在上面，温热柔软，丝绸一样滑腻。边走边低头寻找知了猴。知了猴蛰伏在地下六七百日，这时它们已经长大，正在往地面涌进。佛说生有时，死有时。知了猴也一定经过神佛的点化，不然谁告诉它出行的日期和时辰呢？一定要在夏天，要在日暮时分，它才肯探头出来，看天色阴暗，夜幕降临，或许觉着四周安静，正是最好的出行时候，它才肯出洞。

寻找知了猴亦有一套经验，长姐们告诉我们要看地下那种薄薄的小洞，里面才会有知了猴。低头仔细搜寻如纸片一样薄的小洞，发现一个，用手轻轻抠开，里面果然蹲着一只知了猴。有时洞很深，我们抠开的一瞬，知了猴漏下去。小铲子是必须带着的。也有小洞口排列着一圈细小的土堆，那是知了猴刚刚离开。在洞口四周寻找，会找到那只正在急急赶路的知了猴——它正在去树顶的路上，或者是已经在树上。

一个洞穴一个知了猴。知了猴过着独居生活，但在居住地附近分布着更多知了猴。我们有这样的经验，找到一个知了猴的洞，会在旁边找到另一个知了猴，有时会有数个知了猴。因此我们这里有俗语说：解拉猴也有一个对脸的。知道了知了猴在地下的存在方式，我们不依不饶地挖掘它的邻居。在一棵树下，我们大面积地翻开土层，围绕着那些洞穴向四周寻找，小铲子在地下翻动，掀开泥土，一层一层往下深入，一点一点往外扩展地面。寻找知了猴的小铲子是轻的，每一层翻开的泥土也是薄的，你不知道哪一铲子下去，一个洞穴就露出端倪，再一铲子下去，知了猴正蜷缩在里面熟睡呢！它慵懒而怠倦的表情告诉我它极不高兴我打扰了它，当我伸手捏住它，它的爪子开始抓，我握它在手，它用夹子一样的前爪夹住我的手心，夹得很疼，有时候不得不甩开它，然后再捡起。

更多时候我们在地面上寻找知了猴。童年时的眼睛贼亮，每一个针眼一样的小洞都会是发现秘密的所在，那些薄薄的小洞我可以确保无误地断定里面是否居住着知了猴。有时候打开洞穴，伸手触摸到它的头，没有带铲子，小小的洞穴伸不下去两根指头，只能用一根手指伸进去，让它夹住手指，带它出来。有时也会把小枝条伸下去，它会夹住枝条，跟上来。偶尔泥土会把洞穴堵死，明明触摸到知了猴的爪子，却怎么都找不到它。我们说它跳井了，放弃，不再找。

昆虫·味觉上的盛宴

20 世纪 70 年代村庄里的生活水平还在贫乏之中，我家一年吃一次肉。在过年的时候，生产队里杀牛能分到一斤牛肉，父亲要用这一斤牛肉包过年的饺子。平时我们没有吃过肉。知了猴是我们吃到的最好的肉。

每一天黄昏来临之际我都在努力寻找知了猴。路上、树林里、水塘边，一遍又一遍走过，最多也就寻找到十几个。天黑之后知了猴从洞穴爬出来，我会在院子东边的榆树树林里摸知了猴。所谓摸，是用手在树身上触摸，摸到一个凉丝丝的硬壳小动物，它一定是知了猴的。借着夜色、星光、偶尔的月光，瞪大眼睛看树身游动的小昆虫，手掌在树身上来回触摸粗糙的树体，摸到甲壳虫和纺织娘，摸到长着长辫子、铁夹子的老牛以及老榆树鼓起的疤瘌都是不稀罕的。有一年村里二青摸到一条蛇，吓病了，在神坛里烧香磕头把魂魄要回来才好。

在黑夜里摸到知了猴的概率极低。一夜捉到三五个，父亲会用盐水泡上，等第二天捉了一起油煎。

夏天的早晨，清凉的风中飘出丝丝缕缕油煎知了猴的气息。熟悉的味道如同煮玉米如同熬红薯稀饭，是村庄特有的烟火味。我父亲煎知了猴时大多是先烙烙饼。鏊子支在地下，烙饼做好后把知了猴放到鏊子上，滴上几滴油，鏊子底下火苗漫不经心地燃烧着，鏊子上的知了猴慢慢散发出肉香。要把知了猴煎到颜色变黄，通体焦酥，才好吃。最好用锅铲把它按扁，挤出里面的水渍，吃嘴里酥香耐嚼。我父亲做饭不舍得放油，煎出来的知了猴便没有那么焦香。他似乎不在乎知了猴的味道，他没有耐心等知了猴焦酥，看着已发黄，盛出来，他把头尾和爪子吃掉，把脊背上那坨瘦肉留给我。

我不止一次在香菱家看到香菱的母亲油炸知了猴。香菱的母亲一脸柔和，站在低矮的锅灶前弯腰按压大锅里冒着热气的知了猴。一件磨得能看到她脊背的短袖衫紧贴在后背上，她头上搭着湿毛巾，不时拿下来擦一下脸上和脖子上的汗水。腰弯下去，头低到冒着热气的大锅前，听到锅底发出吱吱的响声，一股浓重的知了猴的香味扑鼻而来。院门口有人从路上经过，远远嗅到，知道这是在煎知了猴了。

煎出半碗知了猴，四个孩子分着吃，一人六个或八个，各自拿着出去吃。香菱很会吃，她先掰下它的前爪，接着中间的，后面的，吃完爪子吃头，再吃尾巴，最后吃脊背上那坨厚厚的瘦肉，瘦肉还要一点一点吃，先吃外皮，脱下左边一层外皮，填嘴里，再脱下右边的那层外皮，最后是那坨肉丝粗粝的瘦肉，它的香，它的筋道，撕一丝肉在嘴里细嚼，香菱说越嚼越香。我已经在咽口水。我从来没有吃出香菱那样的香味。还有一种吃法是把知了猴卷在烙饼里面，一张烙饼对折，在里面卷上三个知了猴，握紧，一口咬去，烙饼的香和知了猴的香一起在舌尖上荡漾，麦香和肉香缤纷了那些清苦岁月里饥肠辘辘的胃。

三十多年过去，我有了新的家，但我依然喜欢捉知了猴，两个儿子也像我小时候一样会捉知了猴。夏日黄昏后，大儿子和小儿子准备出发，他们背着塑料瓶子，右手手电筒，左手竹竿，向村后的树林进军。一两个小时后回来，多则一百多只，少则五六十只。爱人喜欢吃知了猴。知了猴洗干净，用盐淹一下，倒锅里油煎。煎到快熟时，用啤酒瓶子的底部，把知了猴按压成扁，挤出里面的汁水，煎至嫩黄焦酥，盛出即可食用。爱人一顿吃五十多只。他说村后发财侄子一家用大锅一次煎二百多只，一顿吃完，全家四口人都吃，吃得过瘾，像过大节一样吃得心满意足。

知了猴是一道丰厚迷人的盛宴，没有人不爱它的美味，没有人不为它的存在而心生激动。在快速生长的肉类食品中，唯独这种地下昆虫没有受到影响。它在地下缓慢地生长着，以那种古老的方式，在贫瘠的村庄，对清贫的胃，有非同寻常的意义。

昆虫 · 年复一年的灵光一现

午后，杨树上的小知了在一声声叫。我们把这种形体娇小的昆虫叫小知了。大知了蜕变后叫解老子。成熟的小知了颜色灰白，身体有指甲盖那么大。它是知了猴家族里的先锋，最先出现的小家伙。它是作为先驱者的身份出现在人们的耳际的。没有人去捉小知了，它是领导这个家族的头领，是它喊来了后续的大部队，它的到来，预示着夏天的狂欢节即将到来。听到小知了鸣叫，我们知道捉知了猴的季节到来了。

领受自然的馈赠我们那么心安理得。夜幕降临，村人如蛇出洞，从一个个虚掩的、敞开的大门走出，小狗小猫也尾随其后闻嗅，不错过一个路过的知了猴。正是暑假，孩子在树林里到处跑，跟随父母进城的孩子也回村捉知了猴。村西树林里，手电筒交织在一起，明晃晃的光在树木间闪烁。安静的树林喧闹了，悄悄出洞的知了猴随时遭遇到明亮的灯光。每一株树都有人在照亮，每一株树都有无数个人从这里经过。从上往下，或从下往上，树的缝隙暴露在光亮之中，树的枝杈在灯光闪烁之下幽暗神秘。一只小小的知了猴躲不过这些强光的照射，在树顶、在树下或者是在树中间，有时在树叶上，都会被发现。

我带着少年时期对知了猴的眷恋每夜深入到树林的深处寻找年少时的那种殷切期望。初心不改，我还是怀着单纯的心念，在地下，在树上，在每一个与知了猴相遇的地方心情激动，我被它诱惑，终止不了和它相握在手的愿望。我深陷在这种迷惑里。我深思过这种行为的意义，它不是民俗，不是民风，它是什么呢？它算不算大自然馈赠给我们的除了粮食之外的另一种神奇的美味佳肴呢？我不是一个贪婪的人，却是对它情有独钟。每天早早烧晚饭，草草吃过，来不及洗刷，拿了手电筒、塑料瓶和一根长长的竹竿出发了。我觉着有大批的知了猴正在树林里涌出，我不去，会是一个遗憾，会后悔不迭。

出门往西是一片小树林，榆树杨树槐树在夜色里岿然不动。树下蹲着八十多岁的大乐的奶奶，很多年这个季节她都要蹲在这片小树林里，这里的每一个知了猴都是她的，她不允许任何人踏进这里一步。她每隔十几分钟站起来，巡视一遍，捡拾知了猴，然后再坐到树下，抽烟，火光一明一灭里，她等知了猴出洞。佩佩是新娶的媳妇，不知道大乐的奶奶占住了这片树林，她进去照，大乐的奶奶说：你是谁？怎么到这里来了？佩佩说：这是你的？！我怎么不能来？大乐的奶奶没有说话。第二天，她把所有的树都缠上胶带。树缠胶带是告诉别人这里是他的，第二个目的是知了猴爬到胶带的地方爬不上去，只能在那里等人捉去。

我经过她身边，手电是不打开的。我不愿意浪费我的灯光，更不想让她误会我有捉她知了猴的意图。我直奔河西的树林。河里没有水的时候，我从河底过去，有水的时候，从村前大桥上过去，绕很多的路。现在是干旱季，河里放闸，河水灌满小河。我从村前的大桥去村后的树林。村人喜欢在大桥上聚会，平日里大桥两边坐满人，现在没有人闲坐在大桥上，一个个去捉知了猴。

村后树林是由几块荒地组成的，北边蔓延至邻村的庄前，西边和无边的田野紧挨着。靠近村庄的第一片树林多梧桐树，也有杂树，树下突兀地耸立着四座坟，坟上荒秃秃的，一棵歪脖子梧桐树和一株楝树长在两座坟中间。我要在这两株树上照一遍，每一回都有收获。有时候站在坟顶投刚刚蜕变出来的白知了，不顾忌这里是坟茔，忘记了坟茔里会有鬼的故事。一心想着的是要站在高处才能够到树顶的知了猴。投下知了猴，捡起放到瓶子里，急忙忙往北走，大片的杨树林遮天蔽日，树下不时冒出一片坟茔，荒草遍布，荆棘缠绕。枸杞子和出桃子树交织错综，大片的小飞蓬草静静地立在树下。不在意坟茔的存在，出入到荒草里，荆棘里，直到树林里人稀少了，灯光照到坟茔上裸露出来的一眼野兽掏开的洞，有一种毛骨悚然的感觉，扭头离开，换到另一片没有荒草的树林继续捉知了猴。

多年的暗夜搜索，我知道在哪一片树林知了猴多，我心里藏有几处秘密的区域，那是我必不可少要去的地方。在那里，我记得哪一棵树上会爬知了猴，知道哪一棵树身上长着的是疤瘌而不是知了猴，也知道有一棵杨树紧挨着花椒树，夜色里花椒树发出异样的香味。花椒树上没有知了猴，灯光绕过花椒树，也绕过一株一百多年的老桑树。老桑树在黑夜里笼罩住半边天空，每一根伸展的树枝都带着沧桑的意味。我总觉着老桑树正用温爱的眼神看着这些夜色里捉虫的人们，它见证了一百多年来这片土地的变化，也看到人们暴露在夜色里的欲望之门。每年这个时候我经过这里，感受到老桑树悲悯的情怀和善意的指引——低到夜色之下的人们，白天从土地上或者是打工的路上归来，已经是四肢劳乏，骨骼酸疼，脊背沉重，然而他们眼神凝重，步履急匆，为一枚野地里的虫子疲于奔命，他们不是特意为品尝野味而来，只是用廉价的时间和沉重的体力换取一份免费的味蕾上的满足。多年来，我也在这样的人流里汗流浃背，脖颈僵直，直愣愣地盯着晃动的灯光神情紧张，为发现一枚昆虫激动惊喜，为掉到草层里找不到而惋惜，很久才悻悻离去。

我无意照到树林边的玉米地里也会有知了猴，我把灯光放低，在玉米地里搜寻，一个个倒挂金钟般蜕变的知了猴正耷拉在玉米叶子下，一场惊艳的奇遇使我激动不已。李军家门口的荒草地上，大片的小飞蓬上，有知了猴正附在上面蜕变，我只需走过去，捡银子一般捡起，心里是狂喜。我家地头有一片杨树林，每一次都能捉到十几个。这是几处秘密的地方，我想独享这些天赐的区域。在夏夜，在灯光四溢人流如潮的队伍里，已经没有任何神秘可保藏，连续四夜，我都看到一个女人在我家地头的树林里反复照亮那些树木和树木旁边裙裾摇摆的玉米地。每一天她都比我先到，树林很小，只能允许一个人在那里，她在，我无法过去。最不可理喻的是她在那里不肯离开，像大乐的奶奶一样占住了那片小树林。李军家门口的那片小飞蓬也被人砍了，思顺家的树林紧挨着李军家的荒院，每夜他站在他家树林里对着李军家砍过的空地照，这里也被他占住。

我沿着树林的小路往北走，小路边是参天的大杨树，每一棵树都被人照过，每一棵树上都有不期而遇的惊喜。灯光和灯光交汇，人和人面对面走到一起，调转灯光也转身走开，相熟的人会说：鱼过千千网，网网都逮鱼。彼此安慰彼此宽容狭小空间里紧迫的相冲。我常常在前面一个人刚刚过去后发现一枚属于我的知了猴，也会在我离开之后听到身后有人喊：哈，这里一个。我们都在寻找，也都在错过。免费的食物充满如此强烈的诱惑，那些灵光一现的时刻照亮无数乡村人淌满汗水的脸，坠落其中，不能自拔。这种欣然的狂热情绪持续高涨，每一个人都执拗地坚守着形同虚无的寻找，深陷在对一只小小昆虫的迷惑中——简单却不能详尽其中的乐趣以及汗水和劳累。

昆虫——价值背后的身份认证

清晨，桥头上，干瘦的老头儿在地下铺一张蛇皮袋子，旁边放一个塑料桶，桶里装有水，他在收购知了猴，运往南京他儿子的饭店。

凉爽的夏日，村庄宁静如一幅水墨画，遛鸟的和晨起做工的悠闲而过亦匆匆而过。风从田野吹来阵阵潮润的气息，慢慢游动的脚步踏过花格状的车辙痕迹，有人从桥西和桥东提着塑料袋子走来。塑料袋里装着昨夜捉到的知了猴。来人把知了猴倒在蛇皮袋子上，老头儿把知了猴五个一堆摆放整齐，点数，算账，收入塑料桶内。然后从一个布袋子里拿出钱，数钱，交给来人。有人卖十几元，也有人卖三十四元，疯玉婶六个知了猴也来卖，她说一个知了猴买一个馍，六个知了猴够吃两天馍。

卖知了猴的人多起来，出来闲玩的也围着看。建的媳妇卖得最多，一夜捉一百多，一季下来卖四五百元，买了一辆自行车。夜里我遇见她，扛着竹竿，背着包包，手里握着特大号的手电筒，独侠一样在树林里转悠。一夜捉到一百多，要从七点多开始，捉到十二点，不停地走，不停地追赶树。腿直了，脖子僵了，树林里没有人了才舍得回去。留福的父亲六十多岁，在树林健步如飞，是的，他健步如飞，在腿没有摔断之前。他驼着背，弯着腰，伸着脖子，大幅度跨步，快速地交换步履，在飞快地往前走时，灯光也在他小跑一样速度中不停地摇晃、不停地转换树木。他越过一个又一个前面的人，从一行树到另一行树，从一片树林到另一片树林。他是捉虫队伍里走得最快的一个，仿佛有神奇的力量在推动他前进。我断定他捉到的知了猴不舍得吃，都会拿到收知了猴的地方，卖给那个老头儿。

村外的树林是多家的，在以前没有人因为是自家就不让别人去捉。现在已有几家把树林用网围起来，在树身上缠上胶带，守株待兔一样轻而易举地收获知了猴。还有两家把高大的杨树伐掉，在里面栽上矮小的桃树枝，用网围起来，捉知了猴。我表姑居住在树林里，一间板房屋，周围是用玉米秸围起的院墙。她的腿摔坏，没有儿女照顾，买一轮椅。她不坐轮椅，推着轮椅学会走路。表姑身材高大，捉知了猴的时候她的身子在轮椅上向前探着，淌着泪的眼在院子里的树上、玉米秸上搜寻。她走不远，只能在板房周围捉知了猴，一手推轮椅，一手拿手电筒，身体弯曲如变形的知了猴。黑暗吞噬了她，她用一把锋利的光把夜幕刺破，像瞎子看到光，她看到知了猴。表姑每夜捉四五十个，也捉一二十个，夜里泡在水里，天明拿到桥头卖钱。收获知了猴比收获玉米麦子轻快，熬眼和走路对于表姑乃至村里人来说是一件毫不费力的事。表姑的玉米秸经不起风吹雨打，坍塌后有人钻进表姑的院子里捉知了猴，表姑看到灯光，知道有人来。第二天她推车去集市买了铁丝网，把院子围起来，外人不再进去。

自留田里有三行白杨树，南北成行。白杨树手指粗的时候没有知了猴，手腕粗的时候也没有。某一年突然有了知了猴。没有人知道这个秘密。我发现了这处隐蔽的矿藏，夜夜收获甚丰。灯光暴露了秘密，开始有人过来。每夜不下十几个人走过来，走过去。小溪是一个孩子，每年暑假她都会从城市回到这里捉知了猴。她娇小的身体轻盈如兔子，蹦跳着在我前面抓到知了猴。我问她捉几个了？她说不知道。我想问她上几年级了？妈妈在哪里？我没有问。我不想打开一个孩子禁闭的内心。小溪是一个单亲家庭的孩子，爸妈离婚后她跟妈妈去了城市，爸爸却从来没有踪影。小溪在村庄里长大，她想家想爷爷奶奶想知了猴。每年爷爷都会留一根最长的竹竿给小溪，制作好放知了猴的瓶子等着小溪。这次遇到小溪已经长成一个漂亮的小女孩，带着城市女孩的气息回到老家。她白皙的脸和整齐的刘海儿在灯光里完全不是小时候的模样。我无法从面貌上断定她是小溪，但是我从她在这里捉虫的姿势断定她是小溪。她回来捉知了猴，唯独这个季节她回来，到这片树林来，到这三行树中间来。我看到小溪和爷爷一路走一路照亮黑夜的树林，这种隔辈的亲近在此刻如此温馨动人。

瘾是一种来自身体的欲望，意志虚弱的人无法抗拒犯瘾带来的诱惑。抽烟喝酒有瘾，赌博打牌有瘾，捉知了猴也有瘾。黑夜里徒步走三四个小时不知不觉过去，心里还是期盼着下棵树，下一个知了猴。我每一次去的时候告诫自己，走一个小时就回来，到树林后彻底忘记自己的忠告，两个小时过去还不过瘾，看看手机 11 点，强迫自己回去。

春的母亲六十多岁，身宽体胖，走路颤巍巍的。某夜 11 点多，我已经洗漱完毕，准备休息，忽听大门外有人喊：家有人吗？

我开门，看到是她，惊问：你有什么事？她说：这是哪里？我到哪里了？我说：这是我家，你怎么到这里来了？她说：我不知道，我怎么到这里来了呢？我迷路了，不知道东西南北了。

我仔细看她，她一身汗水，脖子下透亮的汗水正往外溢，她扶着我家矮墙上的栏杆气喘吁吁。从树林到我家要经过河两边的南北路，从北往南，过大桥，再从南往北，还要往东才能到我家，这么曲折的路她怎么能走到这里呢？我只能安慰她：没事，没事，我送你回家。她说：你送我吧，我回不去了。

我回屋拿了手电，送她。我听人说过一个老头儿摸知了猴摸到三十里外的王沟，一直到天明才发现到了一个生疏的地方。有人说这是鬼打墙了。春的母亲说：我在俺家陵墓那里转悠，谁知道转迷了，到处都是荒草，脑子乱了，迷了。听她说我觉着有点瘆人，就说：我送你回家，我回来的时候让春的爸爸送我回来啊，我也有点害怕。春的母亲说：树林里到处都是陵墓，谁怕过啊。

是的，我也在灯光下看到很多坟墓，坟墓上长满灌木野草，灯光一闪而过，心里眼里是知了猴，谁想坟墓里的孤魂野鬼呢。

过了大桥，往西去，她说：还迷着，以为是往北去，这个地方完全不是记忆里的村庄了。

一直送她到家门口，她才辨认出方向。

送她回来，我走在村里路上，月亮从东边升起，寂静的村庄在月光下安详沉稳，每一座房子，每一片院子，每一条小路都沉浸在夜色的柔波里。月光的玉指轻轻抚摩大地，晚风习习吹来露水的湿气，野花的香味坠落到泥土里。一个人在路上，一枚知了猴在树上，蜕变，飞翔，歌唱，死亡，再生。所有的循环往复都是永恒的虚无，所有永恒的虚无都是真实可见的生活秩序，都是我们无法逃脱生存的机制。我们把花香埋藏，把月光遗忘，对河流的声音充耳不闻，对云彩的飘逸熟视无睹。我们需要一只虫子填补精神的缺失，事实上我们需要一只虫子填补苍白生活的负重。我们贫穷的脊梁弯下去，再弯下去，酸疼的双腿已经跪倒在泥土的额前，骨质的损伤像老树朽去，枯竭的内心像被鸟钻开的树洞，我们的身体像一张纸前胸贴着后胸，顽强地活着，我们的五脏六腑从来没有得到滋补。从出生到死亡，躯体和器官，精神和思想，除了损伤还是损伤，除了压迫还是压迫。我们永远在社会的底层仰望参天大树降恩泽于我们，仰望青天不要动怒，给我们一个风调雨顺和丰衣足食的年景。我们鼠目寸光没有见过世面，知了猴之于瓢虫是一个多么庞然大物的肉食动物啊。平原上的我们吃泥土里长出的素食，家禽和家畜奉献给了那些食肉动物们的肠胃，就连一枚小小的知了猴也运去了南京。苍天啊大地，请原谅我们的鲁莽，原谅我们轻率地背离了自然规律。也请树林原谅我们的喧嚣和刺疼树木眼神的灯光。最后请一只昆虫原谅我们的残酷——在食物链的中间，我们都是伤害者和被伤害者，啃噬和被啃噬者。芸芸众生，人如蚁虫，践踏一只蚂蚁，也被另一只蚂蚁击溃。

今夜月光明亮，万物生辉。又见阴影重重，虫鸣清越。

（选自《山西文学》2018 年第 4 期）

羊的冬天

李　娟

居麻每天放羊出发时，经过北面沙丘上的假人总会勒缰停立许久，和假人一起凝望远方。过好一阵，又掏出烟盒纸卷，慢吞吞卷一支莫合烟，再慢吞吞地抽。有时会下马，卧倒在假人旁，侧着身子继续望向远方。不知那时在想些什么，会花这么长的时间陷入沉默的遥望之中。

放羊是辛苦的，上午10点左右出发，赶着羊群在沙漠里四处走动，不吃不喝，直到天快黑透了才把羊群赶回来。我问居麻："放羊的时候都在干些什么呢？"他说："在放羊。"我真蠢。

——荒野茫茫，四下无物，还能干什么？当然只能骑着马跟着羊群走来走去了！居麻感慨地说："傻瓜一样！我就像个傻瓜一样！羊到哪里，我也到哪里！七个小时，一天七个小时！"

所以每天出发前，他才会花那么长时间徘徊在家门口……此去的寂寞，非亲尝而不可得知。

我说："天气暖和时，让我也去放一天羊吧？"

他说："你去放羊，羊哪能吃饱！"

"为啥？"

"你嘛，肯定不到下午两点就把羊赶回家了。"

在阴沉的雪夜里，无星无月，天地笼统。我站在东方沙梁上的假人身旁，向东方挥舞手电筒，给远方晚归的牧羊人确定方位，使之不至于迷失方向，在苍茫夜色中无尽地徘徊。而若是大雾的天气，就算手电筒也没有用了。居麻说：到那时，所有在家的人都得出去找。

我问："要是找的人也回不来了该怎么办？"

他说："要是李娟的话，回不来就算了。整天房子里坐着，从来不放羊，还回来干什么？"

作为不放羊的人，我、嫂子，还有加玛，整天清理牛圈羊圈，背雪，打馕，赶牛，绣花……然而就算从早忙到晚，也没有出去放羊的人一半那么辛苦。

我问居麻："那么放羊经过的地方有没有人家呢？"他说："没有。"又回头对嫂子说："她还以为放羊时可以串个门，喝个茶！"大家都笑了。

我又劝他带一暖瓶热茶去放羊，暖瓶可系在马鞍后。或者带一个锅，一个三脚架，一块茶叶一把盐。冷了就地取雪烧茶。

他便给我讲了一个"汉族人放羊"的故事。说红旗大坝（阿克哈拉下游二十多公里）有一个汉族人第一次去放羊，带着馍馍、咸菜和水。中午就着咸菜啃馍。然后再喝水。拧开盖子，冻得一滴也没了。亏他还用布重重裹着……说完哈哈大笑。

居麻的意思是：在这样的荒野里，这样的冬天中求生存的话，不能忍受痛苦是要遭鄙夷的。

羊群晚归的傍晚，我和嫂子一次又一次冒着大雪爬上沙丘长久向东方张望，眼下世界昏暗迷蒙，传来的细微的吆喝声怎么听都像幻听。许久后，骆驼从那个方向出现在视野中，向我们的沙窝子奔跑过来。夜渐渐深了，雪越下越大，铺在羊圈里的塑料纸早已撤去，改铺在敞开的牛棚上。于是羊圈里的雪渐渐积起……但羊群还是不见踪影。地窝子那边传来哭声，小婴儿喀拉哈西独自醒来了。但新什别克一家正忙乱不已地赶牛、系骆驼，无暇顾及。终于，到5点半时，嫂子最先看到了什么，她招呼我一起走下沙丘梁向东而去。我边走边想：还好下着雪，就算迷路了还可顺着脚印回来吧？可再一想，雪这么大，回来会不会遮住脚印？……夜比荒野还要大。被"大"的事物吞噬，其恐惧远胜被"凶猛"的事物吞噬……但这时，我一眼看到了羊群——果真就在前方不远处，一一耸动在暗夜中，一个个浑身盖满大雪。不知它们之前经历过什么，这么沉默。

每天出发前，居麻总会在满满当当的羊圈里挤来挤去，观察它们的状态。若又发现一只羊嘴部结满厚厚的黄疮，便用指甲生生抠去那黄疮的痂壳，露出鲜肉，再叫我端来盐水浇洗……总是把人家好好的一张嘴弄得血淋淋的，滴着血，走在羊群中特显眼。天又这么冷……总觉得这样做不对，却不能阻止。毕竟他放了一辈子羊，肯定自有经验吧。

在特别冷的日子里，居麻就拎着洗手壶在羊群中东找西找，不时捉一只羊骑在胯下，掰着它的脑袋浇水。我问他在干什么。回答：给羊“刷牙”。这种话当然不能信。得靠自己观察。我便认真地观察，结果发现是在喂药。他这才承认是在给羊治“感冒”。我又问怎么才能看出哪只羊感冒了？他说：“流鼻水，打喷嚏。”当然，这种话也不能信。但又实在观察不出。

至于给羊打灭虱灵……也不知何从判断。我见他大都喷在羊背上，有一些则喷肚子上。大约根据羊毛的零乱形状来判断有虫的部位吧？羊哪里痒了，自己会在圈墙上蹭来蹭去。唉，这么冷的天，羊毛就像一床厚被褥。虱子们想必都很舒服，又暖和又有得吃喝。

对我这个外人来说，羊的生命多么微弱痛苦啊。羊的灾难那么多：长途跋涉，寒冷，饥饿，病痛……但千百年来，羊还是生存了下来。我们看到的情景大多总是羊群充满希望地经过大地。就不说那些痛苦了——那些是生命的必经之途吧？

况且羊的命运又如此圆满地嵌在眼前的自然之中——羊多么像植物啊！在春天里生发，夏天里繁生，在秋天留下种子，又以整个冬天收藏着这枚种子，孕育、等待……赶着羊群走在荒野里，想到它们大多数都有孕在身，想到这些都是平静充实的母亲，便觉得这个冬天真是意义深远。

一天居麻放羊回来，却没有急于下马回家，在一旁勒马守着我们赶羊入圈。后来，他指着队伍最后的一只走得拖拖拉拉的、留着中分头的褐色大绵羊羔说：“就是这个，快不行了，带回家看看吧。”于是我和嫂子一人抓起它的两条腿，把它倒过来抬进了我们的地窝子里。

这个中分头看上去萎靡不振，摸起来肋骨历历。居麻说它白天里走路都走不稳当了。但他打着手电筒仔细查看，又没发现有外伤。可能只是太弱。于是我们决定“留院观察”一段时间。从此，我们的地窝子又多了一个成员。

我们把它的窝安排在床头的柱子下，还挖回了一袋子干粪土，为它铺了一床厚褥子。每天还给它加病号餐——玉米粒。尽管如此，它一点儿也不能习惯此种待遇，每天晚归时，面对我们的邀请总是竭力抗争，不屈不挠。我和嫂子辛苦地抬了三天。到第四天，嫂子大怒，拦腰一抱，往背后一甩，一手扯住它的两个前蹄，一手扯两个后蹄，硬是背回了地窝子……到第五天，干脆一手握一只后蹄，像推独轮车一样把它推回了家。

羊是柔弱的，但它的倔强不次于强悍的牛或骆驼。这个中分头不仅竭力拒绝跟我们回家，还拒绝热火炉和玉米粒，总是远远缩在角落里，显得孤独又不安。它不吃不喝，一整夜卧在天窗下，下巴搁在床沿上，睁着眼睛一动不动。一有动静就全身僵硬，准备抵抗。但人哪能不管它呢？每天居麻和嫂子都得搏斗般地往它嘴里塞半碗玉米粒。有几次甚至喂我们自己的粮食——碎麦子。夫妻俩一人强行掰开它的嘴，一人塞玉米粒。然后再强捏着它的上下唇不让往外吐。可它偏就有那个本事，喂多少吐多少，糟蹋了不少粮食。气得嫂子打了它好几耳光。居麻也生气地说："活不了了！也该它死！"又说："我们四个人一天的粮食没有了！"——半碗碎麦子能熬一大锅麦子粥呢。

嫂子又试着给它喂盐，还是不肯吃。弄得粪地上全是盐粒。不晓得它到底怎么了，哪有羊不吃盐的？

尽管这么让人伤心，大家还是没有放弃。每天羊群晚归时，大家总是在星空下耐心地寻找它，总是得找很长时间。（能在三百多只一模一样的羊里找出来，依我看真是个奇迹……）若是阴天，还得打着手电筒找。而那些天正过着寒流，总是那么冷……真辛苦啊。真麻烦。我便建议在这个中分头身上作个记号，比如用喷枪在背上抹几笔，一定醒目多了。但大家不予采纳。直到第二天下了大雪，羊群披满厚厚的雪被回来……我才明白……

于是我又建议在羊脖子上系一大团红布或花布。嫂子思忖了一下，这回倒采纳了。她钻进毡房翻了半天，却只翻出一条孩子们小时候用过的红领巾……给羊系上后，羊立刻肃容，成为光荣的少先队员。

一个礼拜之后，我们的少先队员总算适应了这个奇怪而温暖的地方。敢在地窝子里四处参观了，凡事都又嗅又拱地研究一番。后来还敢嗅我的手，啃我的脚。但就是坚决不吃高级粮食玉米。岂有此理！别的羊要是能有一丁点玉米吃，保准高兴得哈哈大笑。

我问："是不是嗓子眼长疙瘩了？吞不下去？"

居麻怒道："白天出去，明明还在啃干草！"

我不信。撕了一片白菜叶子给它。它闻了闻，立刻咬住一口吞掉。

这下，我也生气了："原来嫌玉米太硬！"

但怎么可能给它吃白菜呢？我们总共就那么一棵半白菜，每天只舍得剥几片叶子煮进全家人每晚唯一的那顿正餐里。于是继续强行喂它硬硬的玉米粒。

终于，直到第十天，少先队员才总算开窍！总算晓得了我们不是在害它，总算晓得玉米是个多么好的东西了！第一次主动开口，吃得狼吞虎咽。我们都高兴极了。它一吃饱，就自个儿跑到灶台另一侧的大锡锅里喝水。那可是我们的食用水！但大家都没说什么。只是不让喝太多，说刚吃了干粮食再喝水，会撑死的。然后牵走系在柱子上，第二天早上再给喝一遍水。从此，它的生活更高级了，雪都不用啃了。

完全习惯了家庭生活的少先队员，再也用不着我强行推回家，或又拖又拽地骑回家了。只消在它背上拍几巴掌，就一路小跑，跟着我直奔有着火炉和玉米粒的地窝子而去。

它一回到家，跳下高高的台阶，先缓步走到床边，和前来迎接的梅花猫亲个嘴。再走到地窝子右侧角落，喝几口留给它的干净水。相当自在。等它逛完房间，若再不系住，这家伙还会踩到床上走一圈。

寂静温暖的夜里，我们在这边吃饭聊天，它在那边“唰唰唰”地尿尿。相安无事，其乐融融。

然而，就在红领巾总算习惯了地窝子的生活，甚至开始依赖这种生活的时候，居麻却决定让它出院了！说：“看，病好了嘛！”……

那时，居麻利用轮休的日子，和嫂子在羊圈角落里围搭了个小圈。还蒙了塑料顶棚，挂了毡帘，比露天的羊圈暖和多了。

我问：“这是给谁住的？”

他头也不抬：“给李娟住。”

我很有耐心：“是给怀孕的羊住吧？”

仍然头也不抬：“是。”

结果到晚上入圈时——什么啊，明明给山羊住的！

可观察半天，却发现有的山羊硬要赶进去，有的却死活不让进。

便对他说：“一定是给今年的小山羊住的！”

却回答：“大的小的都住。”

问：“那么是给身体不好的羊住的吧？”

答：“身体好的身体不好的都住。”

……于是到最后也没弄清到底什么样的羊能享受“住院”待遇。

不过刚被开除了地窝子“窝籍”的少先队员是一定会住院的。那时，嫂子也给它缝了个小号的苞谷口罩。居麻重新给我布置了任务：羊群回来后先给少先队员戴口罩，等吃饱了再入圈。

然后他说：“行啦，以后嘛，李娟就这一个任务！”

我抱怨道：“这个任务够艰巨的了。”

他问为啥。我说：“得先慢慢找到它，慢慢给它戴上口罩，再守着它慢慢吃完，再取下口罩，最后再赶它进住院部——那么冷的天！”

他大笑，绘声绘色翻译给大家，又说：“这个冬天，李娟就放了一只羊！”

其实那时候，再不用在羊群里四处寻找少先队员了，只要我拎着玉米口罩往那儿一站，红领巾立刻冲出队伍，咬我的手，顶我的腰，没完没了地起腻。

可好景不长，又有一天居麻说："不给吃啦！看它跳那么高，完全好啦！"

我不管，仍然每天给它开小灶……因为它是一只差点就熬不过这个长冬的羊啊！它差点死去，应该被无尽地安慰。

一月下旬，居麻放羊时开始随身携带为母羊临盆而准备的毡口袋——用来装初生的羊羔。虽说温暖的四五月才是产羔的好日子，但总有些不守纪律的小家伙会提前降生。那时，冬羔们会享受少先队员的待遇，待在地窝子里成长。

等到二月，白昼悄然延伸，天气也渐渐缓和。那时，住院部就该拆了。晚归时，除了山羊，绵羊暂时不用入圈，全停在东面沙丘的半坡上卧着。直到夜深了，气温降到最低时，大家才把它们赶进圈。居麻说：天开始暖和了，怀孕的羊肚子越来越大，羊圈就越来越小，挤在一起会很热……

谈到以后的事时，居麻总会再三提起将来的春牧场。我们的春牧场划分在国道线旁一个叫"三岔口"的戈壁滩上。从北面的乌伦古河畔出发，一路上得走三四天（如果没有初生的小羊的话，只需两天）。羊群会在那里停一个多月。接完春羔后，再北上喀吾图，从那里次第进入夏牧场。

加玛也喜滋滋地强调三岔口的好：不用住地窝子，也不用住毡房，住的是砖房子！公路边还有手机信号！……又说喀吾图也好，也有信号，而且很暖和，可以穿T恤……夏牧场也好，水也好，草也好——连奶奶都会去夏牧场一起生活呢……听得我也神往不已，一度有了念头，想就这么一季一季地跟下去……但是居麻太让人生气了，他总是说我一个冬天只放了一只羊！

（选自《文汇报》2011年11月6日）

老 苏

鲁顺民

二月二，龙抬头。春气萌动，岚山里的风却还冷。风非常之细，锋利如剃刀，仔仔细细真心实意在脸上刮过，能起一层皮的。由岢岚县到太原，有一条近道，取道岚县，直上高速可回太原。风冷，且硬，车子行在路上，明显感到被风忽忽摇撼着，不敢开太快。远处的山峦顶端，积雪皑皑，哪里有半点春天的意思？

当年，也是这个季节，毛泽东和周恩来从中共晋绥分局翻过烧炭山，在这里停居一晚。晚上会见当地领导，手书给地方上留下一句话：岢岚是个好地方！从此，县里头总拿这个话说事，宣传。

这可能跟当年毛泽东的心情有关系，西边厢才摆脱胡宗南，东边厢就布开一局大棋要下，心情不好都不行。但要在这个时候说脚下是块好地方，除了不拂主人盛情，再找不见其他更合适的理由。

这样，迎着拂拂而动的寒风，由岢岚到岚县。若不是贪这条近道走，不会知道老苏的消息。

也是缘分。到岚县，正好中午，同学领着去吃饭，忽然想起老苏，就打他手机，都关着。老苏有两个号，一为太原，一为岚县，打哪个都不通。同学说：你在叫老苏？

我说是呀！他知道，在岚县这个地方，除了他，就是一个老苏是朋友了。同学眉头一皱：啊呀，哦知道你就叫老苏呀，你不早来几天？

我说：怎么啦？

他说：早来几天就可以给他烧张纸哩！刚埋了！

一时错愕，不知道说什么。太过明白了，老苏刚刚去世。真是无常，无常得令人无语。没有原因，没有过渡，一个结果就这样直白地捅在面前。同学看我错愕，哈哈笑：人生无常，好好活着，你看这老苏，就这么丢下几亿身家走了。赤条条来，赤条条去。

老苏是一个煤老板，是那种在山西各县都能找得到的煤老板。可和我们打交道，并不是因为他的这个身份。前些年，为补贴刊物，曾帮人出过书，老苏就在我们这里出过一本诗集。清样出来，老苏前来首校，大家发现，这个人比他的诗更加精彩。

正因为这种精彩，我曾经随他到岚县为他做过一个口述。他的经历在很大程度上反映着至少山西许多农民企业家在1979年之后三十年走过的人生轨迹，非常有代表性。这个口述让老苏非常满意，看见杂志发出来，说：好狗日的，没见过文章还可以这么写！可给咱闹了个好，都是咱自家说下的话，都是咱自家想说的话嘛！

没过多久，他小儿子成婚，老苏烧包一下子买了几百册杂志当作婚宴回礼送给参加婚礼的客人。

他的诗倒未必合通常意义上的诗歌体例，本来一个没有经过任何文学训练的人，你让他怎么去写诗？说他的诗是顺口溜也好，是快板书也好，怎么都行。但不能说不是诗。分行，押韵，偶尔会冒出一句让你怦然心动准确异常或者趣味十足的句子，还不够？这些句子，无一例外都在写他自己的心情，自己的经历，自己的回忆，还不够？

这么些年来，他对这种表达方式的迷恋与依赖到了令人发指让人魂飞魄散的地步。编他书的时候，就奇怪他哪来这么大的雅兴写那么多诗，这是需要时间和精力的，当然也需要场合。一个乡村粗鄙不文的煤老板，一个山沟里喧嚣的煤矿，无论如何没有这样的条件。那一次他让我到他矿上看一看，从抽屉里捧出一摞子纸，烟盒，过期记账册，用废了的月份牌，还有在街上随手捡回来的传单、广告页，甚至还有拆开来的包装盒，洋洋大观。说洋洋大观的并不是这些东西的材质，而是，这些单张纸片上写的都是诗，有的成篇，有的就是两句。老苏说，他不抽烟，不喝酒，别人抽剩了空烟盒，就捡起来熨展写字。这是年轻时候养下的毛病，改不了。

老苏在县里是一个名人了，大家都说他有钱。因为大家说他有钱，所以更加有名。进政协，选人大，他很在意一辈子攒下的那些奖状，从少年时期的毕业证，到年轻参加工作后的先进工作者证书，都保存得那么好，用绳子捆着放在柜子里，若摊开，能把一副炕都摆满。我知道，这些奖状与证书，大半因为他的煤矿。我到他的煤矿时候，正值全省性地方煤矿整顿，全面停产。但在办公室看到许多工作人员，不是这个局退下来的局长，就是那个乡镇退下来的书记，就连给他开车的师傅，都是若干任前县委书记的司机。

那一次顺脚搭他的车回太原，途中接了一个电话。看样子本不想接，但还是接了。村里一个人，得了癌症，在太原治病时他给拿了八九万，但是八九万没救住人的命，很快就去世了。打电话的是那个人的儿子，说没钱埋人，请他再出点钱。他说：你看看，八竿子打不着个兄弟，一口一个叔叔伯伯叫，病了咱管，死了还得咱管哩。

其实，他口袋里已经装好两万块准备顺路送回村的。但在电话里他说：有一万够了吗？

那头说：够了。

扣了电话，老苏心花怒放，好像平白无故捡了一万块钱那样高兴。他一个劲儿说：省下就是挣下的嘛，省下就是挣下的嘛。

他永远会自己给自己找台阶下。

这个全县有名的有钱人，成天缠绞在一堆什么样的事务中间，可想而知了。村里人、股东、县里市里省里的方方面面他都得应付。看着眼前一堆材质不同的纸片上记述那些灵光一闪写下的所谓诗句，我想，诗歌对他而言，一定是一种非常有效的缓释情绪的途径与方式。他在那里自言自语，在那里自我缓释，在那里为自己找到理由，在那里完成一种虚拟的身份转换，或者，在那里他找到了一个纯精神性的出口。这种方式周围的人肯定不大理解，有些甚至不大能读懂，他悄悄告诉我说，哪一句诗其实他是想说个甚来，后来写出来不这样说，偏那样说，不散漫成句子，而写成整齐的诗行，别人看不出来。别人不理解，不懂，恰恰是他最得意的地方。就像一个小孩子跟小朋友玩捉迷藏，他藏起来，眼看着对手从眼前经过，又经过，一次次没有将他找到，那样的得意。

在老苏，诗歌绝不是装饰生活的一个文体，而实实在在是一件十分趁手的工具。

从大前年开始好长一段时间，老苏等待着煤矿整合，那是一场非常漫长的等待，一直等到现在还没有结果。将近两年，老苏很少来太原了，可他经常突然冷不防就打过电话来，说他想了两句什么好句子。或者发过短信来，是一首完整的诗。他说，他现在写的诗，又够出一本子了。

他说书，是一本子书。

开始我知道，他陷入了无休止的利益纷争中间。因为煤矿几经技改，前些年不得不引入清徐一家企业，人家一个子拿走一多半股份，这让村里人很不满意，尤其是当初跟他入股的那些股东们。当年，他拉人入股时，最多股份不过二百多块钱，现在当然是一个非常庞大的数字。股东们认为，引入清徐的企业入股，是他当汉奸的结果，所以将他起诉到法院。他当这事也写成诗，其中有一句“豆子炒熟都有份，锅子炸了没人问”。我一下子就笑出来。他说：哦写得有意思哇。可有意思呢。

我说，当初你为什么不自己干？省得这些麻烦。

他说：好哦的你呀，咱是地主成分，平时回村里头只是个埋头受得哈哈的，不敢说话，万一挣了钱，人还不把你头打烂。那些股子，越多越好，谁也不能说个甚嘛。咱成分高，吓怕了嘛。

此前的2006年，煤矿技改见效，村里子就炸起来“闹他”。大字报都贴出来了。老苏跟我讲，一看大字报就吓坏了，大字报说：土改时候分过田，“文革”当中游过街，苏××是地主阶级复辟呢。后来，煤矿出钱为村里修了路，包下所有田地的出产，甚至给村里所有的光棍都娶了媳妇才平息下来。

再下来我知道，他准备回到良种场，在县城西边开发一片土地重操旧业。但是，整合迟迟没有结果，整合之后款项又迟迟不能到位，这事一直还停留在构思之中。

去年冬天，老苏忽然打电话过来说：来咱岚县看戏吧，可闹好咧。

怎么回事？

原来，老苏出资买了锣镲鼓板乐器，在社区组织了一个自乐班，天天在县城里自娱自乐唱戏。

再后来，消息就稀了。今年秋天，给他去过一个电话，说他仍然在红火地唱戏，仍然嘻嘻哈哈，没甚怪异。没甚怪异，今天想起来，恰恰是怪异。

在煤矿不景气的那些年，举债、躲债是老苏日常生活中重要的内容，少则一月，多则半年躲在外头，在外头的小旅馆里吃方便面，就着开水啃馒头是家常便饭。好几个春节，等债主走了他才敢悄悄回家。他呈现在我们面前的，永远是顺遂的那些日子，坐小车，当代表，出诗集，那些灰暗的日子是我在他的诗集中读到的。说起那些日子，会勾起他妻子心里的苦楚，他和他的妻子咽下多少苦楚，外人哪里知道。我刚刚问怎么回事，他妻子眼里就挤出好些湿来。

这些日子，他永远不说。今天我才知道，在去年的秋末，他就查出了癌病。这一个不抽烟不喝酒的乐观的人，得病了。我想，他可能以为这又是一次躲债经历的重演，他仍然不说。他以为命运又一次跟他玩否极泰来的把戏。他不说，但这些心情留在诗里了吗？

没有躲过去。

这样的一个胖墩墩的、乐观的人，突然走了，身边闪过一段空白似的。回来给年轻许多的同事说老苏的死讯，都啊了一声，说那个老苏，怎么会去世？不会吧？

可走掉的，恰恰是这个不可能走掉的人。在过去那些年，他经常来编辑部，给大家带来多少笑声。

老苏用他的诗润饰过许多苦涩的人生片段。他出身不好，他家的成分是地主，祖上是远近闻名的大粮商。他说：我估计，祖上还贩过大烟，不道德！初中毕业，刚满 15 岁。那一年，家里过年连买一斤猪肉的钱都拿不出来。这个刚出校门的孩子和他表哥在窑上卖了一冬天炭，早晨天不亮起床上窑，碴起一平车大炭，两个孩子走二十多里地拉到县城里去卖，一车可以赚到两块钱。一个冬天，两个少年为家里拿回七十多块钱。正在屈辱与穷困中度日的老父亲拍了拍他的肩膀，说他：嗯，能拿起个事了。

这是他成长的开始。从岚县回太原的路上，两个少年拉着大炭走在山沟里的情景让我猜想了很多，当年他是哪一条山沟里走出来的？当年的路可如今天这样平坦吗？

我印象里，他应该才 50 多岁。但同学告诉我说：老苏？老苏今年 63 岁。六十一花甲，也够一辈子的数了。

可不，毛泽东走过岚山的第三年，正是他出生的年份。他说，哦的许多诗，不敢说学咱毛主席，但受咱毛主席影响不小哩，小时候就能读他的诗嘛。

弹指一挥，皆成古人。

（选自《天下农人》，花城出版社 2015 年 1 月版）

时间的形态

任林举

（一）

著名的宇宙学家史蒂芬·霍金坐在他的轮椅上，一双棕灰色的眼睛纯净、澄澈，如宇宙中一对未被污染过的星球。现在，他身体上唯一“活着”的器官大约只剩下了这双眼睛，它们已经成为一个生命退守的最后领地。因为它们到大脑之间的这段距离已经无法掩藏一个闪着奇异之光的灵魂，所以它们看起来明亮而又深邃。每当我凝视这样的一双眼睛，就不由自主被它们强烈吸引，现实感顿然消失，仿佛置身于一个真实而又虚幻的秘密，一个关于时间的秘密。它们用一种若有若无的“声音”告诉我：“时间原来是弯曲的。”

如果在三十年以前，我一定会像接受一个真理一样，毫不迟疑也毫不费力地接受并认同他的这个推论。那时，我的想象力十分丰富，对于任何抽象的结论或事物，都能够在生活中找到具象的表达或描述。

所谓的弯曲，不过是一段优美或并不优美的弧线。

每天，太阳从东方的地平线升起，又从西方的地平线消失，在天上兜了一个硕大的圈子，地上的一切就都被它圈在了里面。飞鸟在天空行进，瞬间将翅膀展开，然后又合拢，身体被气流托起，然后又按自由落体的运动曲线下降，其间不过是一秒甚至更短的间隔，如此的循环往复，从静止到下一次的静止，有时会回到空间的起点，有时却仅仅是时间里一段开放的行程。但是，鹰在天空里盘旋，翅膀却会长时间保持一种平直状态，它们不屑于制造出那么多慌乱的扑打、摆动，因为它们有足够的能力把弧线划得不像弧线而更像直线。其实，地平线并不是直的，而是一段曲线，只是因为人类自身的渺小和局限常常凭直觉把它看成了直的。

从远处看，河是静止的，但其间的水却一直在不停流动，流着流着，就在某处多了一道弯，又在另一处少了一道弯，时间，就在那弯弯曲曲的变幻里藏下身来。因为人们缺少时间所拥有的耐力和能力，所以必定对时间形态和长度的变化无知无觉。

河岸上有一只觅食的苍狼，在草丛里从容地迈开它均匀的步子，一会儿弯向东，一会儿弯向西，头抬起来，又俯下……一只受了惊吓的野兔突然从草丛中一跃而起，它躬起又展开的腰身，有那么一个时刻甚至远远超越了高高的草尖儿，富有弹性的跳跃，每一次落地都如一只充满空气的皮球，立即弹回原来的高度。一双躲在芦苇荡里交尾的矮脚鹬，因为受到了意外的打扰，抛出一串极其圆润、波折的鸣叫在如洗的天空里，表达了柔情未尽的遗憾与不满。野麻鸭则像往常一样，扑棱棱地起，又扑棱棱地落，只将落脚的水面上砸出了一道道波纹，一圈儿又一圈儿，一圈儿又一圈儿，由近及远地扩散开去……

蔓生的牵牛子与豆角秧，在某户农家园子的墙里和墙外，几乎同时以“合法”或“不合法”的身份向上展开攀爬，欲望强烈的蔓儿们还没来得及长出叶子，就凭借自己高超的缠绕、吸附之功在泥墙边成功地划出道道弧线，让人感觉它们在攀升中抓住的并不是旁边可以依附的物体，而是那一缕缕温暖明亮的阳光。向日葵终于把高傲的头慢慢低下；采花的蜜蜂离开后似乎又想起了什么，一个圈子兜回来，再一次落在刚刚落过的花蕊之上；母亲那时还年轻，俯身将一枚西红柿摘下，放入篮中，一转身，仅仅历经了一道虚拟的圆弧，就再也寻不到自己的孩子，檐前的劳燕仍然围着旧家徘徊不去，而自己的孩子们却如一群“出飞”的燕子纷然离散，在不同的城市里筑起了各自的新“巢”。

一生没有离开过村庄的三奶奶，仍维持着多年养成的老习惯，在每一个风和日暖的好日子，以一根木杠支起自家的窗……那年也是这样的一个季节，她以同样的方式打开自家的窗，一段小小的弧线刚好展开，便有一枚巨大的炮弹拖着无形的尾巴从迎面的天空呼啸而至，像一只不祥的大鸟，闪电一般越过屋顶，在屋后的开阔地上炸开一团火光。随着一声沉闷的巨响，她的家和家人便统统消失了。人在失去知觉的时候，肯定不会知道时间是以什么形态存在的，或许，那一段光滑圆润如青花瓷碗的时间，早已在大爆炸中支离破碎成一地残片，并消隐于无觉无见的黑暗之中。当房子再一次从地上长出来时，三奶奶仿佛已忘记一切前尘往事，时间也如一颗弯弯的豆芽重新破土生长。至于那颗炮弹是谁为什么扔下的，索性就不再去想了吧，很多事情你想或不想，知道或不知道其实是一样的，一切都在一条事先铺好的轨道上运行着，而这条轨道却如时间本身一样从来都不会以某个人的意志为转移。对于这些，三奶奶什么也不说，只是信手抛一把火红的高粱，给窗外等着吃食的鸽子。

就那么简单地一挥手，很多很多美好或不美好的往事便随风而逝；很多很多曾牵挂或深爱的人便成离人。

爸爸在世时，力气很大，不管多硬的泥土，往往一镐下去，都能够刨进半尺有余。就那么一镐镐地刨下去，那些本来暗淡无光的岁月便有幸免于荒芜。那一日日、一年年的劳作连续起来，竟然成了一条时光的珠链，由一道道优美而有力量的弧线串联而成，沉实、绚丽地挂在记忆的胸前。

到底什么是记忆呢？不过是被时光的残骸层层埋葬的往事的残骸，它曾经确确实实地存在过，而如今，确实已无法重现，无法触摸。不管多么优美的弧线总会有另一些弧线取而代之。再回首，身后那条自以为很平很直的路，竟然也是一道道的起伏跌宕，一道道的弯转曲折，其上又撒满了左顾右盼、跌倒爬起、步履匆匆、欢呼雀跃、沉重迟疑、马踏飞尘、车轮旋转……种种纷乱无序的弧线尽皆凝固成过往的时光片段，纵然乘坐波音空客以一个更加夸张的跨度、更加霸气的大弧一日万里地追寻，仍难觅其踪。

其实，那些不耕又不种的老师，个个都精通时间的巫术，只要把教鞭一挥，那些小括号、中括号和大括号，就成了一道道枷锁，我们的童年和少年，便被牢牢地锁在其中。一直到我们以自己的血肉之躯将枷锁胀裂，分崩离析，我们都只是一个倒霉的逗号，没日没夜、无冬无夏、无休无止、上气不接下气地赶往一个虚拟的目的地。

正当我们在学校昏暗的教室里与时光较力的时候，爷爷却在窗外远处的农田里一点点弯下了腰，虽然他脸上并没有任何不快或痛苦的表情，但我知道时间的力量正沉重地施加于他的身体和生命。时间的狡猾与强劲，无人能比，它最知道什么时候对什么人动手，施加多大的力量，而每一个被时间征服的人，最后都要成为时间的傀儡，以一道曲度越来越大的弧线描述出时间的形态。

不难想象，有一些弧，只要连在一起或当一个弧在原有基础上继续弯曲，都能成为一个圆环。一旦弧成为圆环的时候，最简单的事物就成了一道最难破解的谜题，成为只有一棵树的森林，人类经常会在这样的地方迷了路。

一盘磨，就那么日夜不停地旋转，如果有必要，最后的终点总能够与最初的起点重合，那一瞬，会让我们认定它此前从来都没有作过任何的运动。唯一不同的是，磨眼里的粮食从中间的孔洞落入，又从磨的边缘溢出，但却不再是原来那样完整的颗粒，而是破碎成不可复原的齑粉。直面时间，我们难免要深陷疑惑，我们到底是从哪一个入口误入了时间的流程呢?

夜晚，总是从黑暗开始。紧接着，时间便会在夜幕上显现，生出它银白色如钩如镰的幼芽儿。之后，它将如生命的领舞者一样，开始永不停止的循环和没有穷尽的往复——由小而大，由缺而圆，由盈而灭，以及再一次的开始……

（二）

本来，我完全可以像作家查里斯·兰姆那样刻意回避开对时间和空间的追问与思考。那样的话，我也能自然而然地像他一样发出这样的感叹：“它们给我带来的烦恼比任何其他东西都少。”然而，一个人肩上一旦套上了科学的精神“夹板儿”，就注定会像一头驴子一样，终其一生对一切令人困惑的问题穷追不舍。即便是史蒂芬·霍金和爱因斯坦那样天才的科学家，在我自己没有充分领会和理解之前，也不会轻易相信或迷信。对科学和科学家的怀疑，本身就是一种科学精神的体现。关于时间，我所能够感受到的时间，其形态往往并不是“弯曲”那么简单，也许会更加抽象，也更加具体。

时间的广大已经毋庸置疑。如果时间是海，那么我们只能是海里一只小小的丁螺，甚至连丁螺都算不上，只是海底的一粒沙。在海的运动中，我们的一切行动都只是挣扎与蠕动，徒劳、微弱、不足挂齿。我们一茬茬、一代代，看似积极却实际很无奈地等待着那个不动声色却无往而不至的海，把我们生命的痕迹悄无声息地毁灭或推送到一个无法预知的角落。

在这样的情形下，我们怎么能够知道时间是什么样子的呢？一切都只是想象与推测。唯有想象与推测。如果我们本身就是海，就是宇宙，就是时间，我们本身就是那些伟大的事物，一切都包含于我们的内部或胸怀之中，我们还用得着去想象吗？看来，想象与推测，已是弱小、无知者唯一可用的武器和必由之路了。但不管时间有多么广大无边，多么难以想象，都不妨碍我们独自的拥有，就像一粒沙不管多么渺小仍然有可能拥有自己的海一样。时间的神奇正在于它可以任由时间之中的任何事物随意截取和剪裁，只是你要拥有一些捕捉的天赋。

时间的最初形态，在我的头脑里，不过是一滴晶莹的水。

早春的农舍，因为屋顶冰雪融化，檐前总会整整齐齐地悬挂着一排冰凌，仿佛一排等待着时间之锤击打的钉子。然而，年幼的我，虽然经常趴在窗台上，怀着惊恐的心情紧盯着那些尖锐的锥体，却始终也没有听到过那一声让人绝望的轰然巨响。太阳出来了，暖暖的阳光就像一些神秘而令人感动的话语，照耀、感化着一切。于是，有一些透明的液体，从冰凌最顶端不断地滑下，在冰凌的顶尖儿处汇聚成一粒粒圆圆的水珠，一颗接一颗均匀地滴落，并发出钻石般耀眼的光芒。一滴、两滴、三滴……时间就这样被分割成一粒粒水珠，等所有的水滴都落到了地上，春天就降临了。

但是，我只是看到了春天，那么时间去了哪里呢？那些小水滴，后来又幻化成了什么？走在上学的路上，我就一直思想着这个问题。而老师的课，似乎总是很长很长，长到让我们感觉永远没有尽头。一个知识点接着一个知识点地铺开，当所有的知识连成一片，却又像倾洒了的墨水瓶将所有的知识糊成一团，一团黑暗得难以再度化开的墨迹。也不知过了几世几劫，终于有铃声如决堤的潮水从破窗的孔洞中灌注进来，这时我才恍悟，原来时间一直躲在电铃里，只等待着一道指令，只等待着一个出口儿。而后，我们也如拥挤在一处还没来得及发出的声音，各自从洞开的教室门口，纷纷涌了出来，并释放出越来越大的噪声。那一刻，我们真以为我们拥有了时间，或跟上了时间的脚步。

最难耐的还是夜晚。在那些漆黑得甚至连一颗星星都看不到的夜晚，睡眠有时会突然无情无义地抽身而走，只把你一个人扔在无边无际也没有底部的黑暗之中。一个人，只有那时才能体会到沉沦的真正含义。沉沦，不仅仅是沉坠，而是沉坠得无休无止且无法控制、无可奈何。世界连同时间仿佛已经同时死去或昏迷。在那样一个没有一丝生气更谈不上生机的夜晚，哪怕有一声蝼蛄的哀鸣，哪怕有一串仓鼠的脚步声，都是一种恩赐。然而，世界并没有走到尽头，时间也没有死去或停滞。

嘀嗒、嘀嗒、嘀嗒……

墙上的老挂钟不停地传出一种金属摩擦混杂着脚踩落叶的声音。越是在这样的夜晚，它的节奏就越清晰、透彻。仿佛真有一个人或一个灵在黑暗里行走如同在白昼里微笑而从容地踱着方步。千万不要把这种打破寂静的声音也定义为噪音，如果你能够把握它的节奏，理解它的真正用意，它会使你很快从烦躁中沉静、安定下来。

那是时间的脚步。

它的出现，倒像是一个充足且没有穷尽的应许；也像是一个可以秘密、独自享用的暗示。时光啊，已不再毫无节制毫无目的地遍地奔流。尽管它有时是一种催逼，有时是一种牵引，但此时却仅仅是一种安抚。它事先就等在你家墙壁上一个小方盒子里边，此时，只为你一点一滴地释放，一点一滴地消磨，就如美酒存于玉壶之中，只为你独自一杯杯斟满，再一杯杯饮尽。也因此，人们经常扬扬得意地自诩为“时间的主人”。

难道时间是一条狗吗？真的可以随人任意豢养和支配？

从前，人们把时间养在沙漏里，像遛狗一样，一段一段训练着时间，让它跑得精准无误，不差毫厘。后来，人们又把时间搓进了细细的线香，燃着，一脉轻烟缭绕，时间不仅有了丝丝袅袅的样子，还有了好闻的味道。再后来，人们变得霸气起来。有的把时间装进一块巨大的金属里，像囚着囚徒一样，只在一些固定的时间里由撞钟人将大钟撞响，让时间出来放放风，人们才清晰地感觉到时间的存在。有的则把时间装进一个大盒子，置放于钟楼或挂、摆在厅堂，那种声音往往庄严、洪亮，冲着人群一响，就成为一个城市或一群人共同的参照，而听到钟声的人，也往往会怀着神圣的心情予以驻足或侧目。那是时间发出的声音，也是时间拥有的尊严。

多年以前，我家的墙上挂着一架体型很大的挂钟，桌上摆着一本纸页很薄的日历，我认定，那就是时间在我家里的两种形态。一种步子较小，一种步子较大，一种能走出声音，而另一种却完全可以转瞬而过，且不发出任何声音。这是完全可以由我自己掌控的两件事物，并且有时会因此而天真地认为，掌控住它们就可以掌控时间。所以有一些年头，看钟点儿和翻日历便成为我最大的“爱好”。每天天不亮，我就会凝神于指针的嘀嗒声，期盼着那个可以从床上一跃而起的时刻；起床后做完该做的事情，再看看钟点儿确定是否可以吃饭；上学时盼着早点儿下课；课余时盼着早点在约定的时间里与伙伴儿们一起去淘气；春天时盼着野地里的花儿快些绽放；夏天时盼着田间地头的昆虫快些长大，好供我们捕捉、玩耍；秋天里盼着地里的农活儿早些结束，让人和大地一起闲下来；冬天里则盼着这个年关和下一个春天早些到来。只要时间的轮子能够飞快旋转，把我从泥潭般的生活旋涡里甩出，我就有希望长高、长壮不受别人的欺负；就会接过爸爸手上的镐头，刨去生活的贫穷困苦；也就有可能远走高飞，过上浪漫快乐的生活，彻底告别那些孤独寂寞的日子……

千万种愿望和理由合成一句话，就是要“骑上时间的快马”，奔向远方。然而，时间并不认我这个“主人”，越是盼望时间过得快些，时间的脚步越如病牛一样缓慢、迟疑。忽一日，我眉头一皱，计上心来，索性就擅自把钟点拨快。但到了与人约定的某个时间，只我一个人赴着空约，而别人的约期仍然在若干小时之后。为了让一个期盼的日子早日到来，我恨不得把几页日历一齐撕去，但那个日子却根本不听我的召唤，表面上应着，脚步并没有因为我的努力而加快半步。那时，我一直以为是时间背叛了我，后来才懂得，是我背叛了时间。那些钟、那些表，那些可撕或不可撕的日历本，不过是时间与我们订立的一个契约，那并不是时间本身。

当我拥有了第一块手表时，已经在一个企业单位的最底层当上了一名技术工人，监控着一些整天轰轰作响的电气设备，过着日伏夜出，难得见人的倒班生活。那时，我已深知前路凶险，不知道在错误的时空里再往前走能陷落多深，早已不敢冒冒失失地期盼着时光能够通过某一个“快进”按钮到达一个定点。每天除了怀着依恋的心情回忆一些往事，就是在昏沉的梦里一次次重回少年时代。抬起手腕，那块耗费我许多积蓄和精力换来的表，里边的时间宛若被谁下了蛊毒，很邪性地猛推着不容分说的指针，正一秒秒迈着正步坚定前行。仿佛有一个无形的刀片，削面一样，一刀刀削着我无可奈何的生命。这时，如果我还会如少年时一样无知，就一定会毫不犹豫地把那些指针统统转回往昔。

以后的日子，我就一直觉得自己坐上了一驾失控的马车，疯了一样地跑在崎岖不平的路上，各种部件和木板的狂响淹没了我叫停的声音，我自身的不适、痛苦和恐惧如车后飞扬的尘土，轻飘而又扶摇直上。时间真的是一匹疯马，我们却抓不到它的缰绳。

我们不是时间的主人，我们从来也没掌握过时间，只是时间掌握着我们。

（三）

史蒂芬·霍金，在写完《时间简史》时，侧歪着头颅狡黠地转动了一下他那棕灰色的眼球，于是每时每刻都摆在他面前的电脑屏幕上，出现了这样一行英文：“时间是根本没有始终的，它不可能被任何空间所包含。”那么，在我们有限的智力所能触及的范围内，到底能够确认多少无始无终的事物呢？闭合的圆环、扭曲但没有开口的绳套、一堆无序却首尾相接的丝线、一张没有出口的网或口袋，一只绝望的蚂蚁在一只皮球内部拼命地爬……一切都无法将时间描述和测量。

事实上，时间的浩瀚无垠和无穷无尽，并不是人类所能想象的。

有时，我们很像一群在时间里游泳的鱼，但我们却触不到时间的边缘，因为在时间的水面之下还有一张细密的大网，恢恢然有如“天网”。我们每一个人、每一个生命都在这张透明的网里，包括那些思考着这张网到底是一个什么形态的人：爱因斯坦、牛顿、霍金……不管是谁，一旦触碰到了这张网，就触碰了自己的时限。虽然每一种生命、每一个人离这张网的距离不等，却早晚有一天能够抵达。

这是一个最有争议、最神秘的时刻。要么，是你在这个时限到来之际真正消失，化为乌有；要么你就越过这张网进入另外的维度，放弃现在的空间形态开始另一种形式的生存；要么，你就像一只海豚或一条燕鳐，把身体投向时间之外，逃脱时间的限制通过"虫洞"而获得永生。

如果时间是一种液体，我们到底在时间之中，还是时间在我们之中？如果时间在我们之中，那么时间将我们充满之后，它又流向了何处？如果我们在时间之中，时间又为什么不将我们载向永远，而是中途毁弃？

很多的老人，很多在这张网里游了很久的"鱼"，当他们的生命即将终结时，都会意味深长地告诉后来人："我的大限已到。"说完，他们便从容、平和地离开，如同去附近的公园里参加一次钓鱼比赛，但再也没有回来与家人共进晚餐。难道那一刻，他们的生命之唇真的触碰到了那张不可触碰的网吗？如果我们有足够的勇气和冷峻，应该把他们叫住，认真地问问他们，时间到底是什么形态？时间到底是流动的还是不动的？我们可以占据时间而让空间处于流动的状态吗？但知道秘密的人却从来不屑于说出秘密。他们的脚步，不再为这个时空里的人多停留一刻。

我们只能孤独地占据着自己的空间，想象着时间的流逝。

其实，时间从来没有流逝过，它就那么无限浩大地静止在那里，世间的万物都不过是时间的器皿，等待着时间一点点将自己注满。

时间将秒注满时，秒消失了，而下一个秒正在等待；时间把小时注满了，小时消失了，而下一个小时也在后面补充上来；日注满了，月注满了，季节注满了，年注满了……它们就纷纷被时间融化，失去踪影，重新成为可以再利用的时间。

当时间把秋风注满，秋风就消失了，雪落了下来；当时间把雪注满了，雪就消失了，天空里飘起了白云；当时间把白云注满，白云就消失了，有雨水洒落在地上；当时间把雨水注满时雨水消失，草的根膨胀并复活了，时间从草根开始倾注，先是草叶、草茎，然后是花朵，遇到了那么美好的事物，时间也没有停止它的动作，仍然一点一滴注入了花朵。当时间滴注得恰到好处时，花朵娇艳欲滴，我的双眼却被倒灌的时间呛出了泪水。不管是热烈的格桑花也好，勇敢的萨日朗也好，深情的野百合也好，能够摄人魂魄的紫丁香也好，就让我随手采上一束捎给远方的爱人吧。因为去年的花期已过，今年的花期转眼不再，明年的花期又遥遥无期。至于明年的这个季节，六月也好，七月也罢，纵然有相同的草木，相同的花开，也已然不是我们当初相约的地点。当时间将花朵注满，山岗上、草原上到处是一派残破的景象。红的花、黄的花、紫的花、兰的花、白的花……都已在时间的催逼下丢弃了原来的颜色，一夜之间，它们纷纷被涂成夜色。

当草被时间注满，树叶被时间注满，鸿雁的鸣叫被时间注满，流动的水被时间注满，温暖的阳光被时间注满，一切的期盼、想往、思念、回忆……都被时间一一注满，寒冷的日子就近了，时间将带着具体的冷和抽象的冷一同注入生命体内。此后的日子，千万千万要学会咬紧牙关。

当时间把鞋子注满，一双双鞋子消失，只剩下脚印；当时间将那一行曲曲弯弯的脚印注满，脚印消失，只剩下了道路；当时间把一条条道路注满，道路消失，只剩车流；当时间把车流注满，车流消失，只剩下拥塞；当时间把拥塞注满，只剩下一片末日般的破碎与狼藉。当村庄被时间注满，当城镇被时间注满，当都市被时间注满，当山川被时间注满，当河流被时间注满，当岛屿被时间注满，当大陆被时间注满，当我们的家园和故乡被时间注满……我们这个星球不过是一滴晶莹的泪水，时间一样随形流赋，欲滴而不滴。那时，将不会再有人类追问时间的形态。

史蒂芬·霍金，这个可怜的天才，不知道他是从什么时候开始与时间结怨并被时间死死纠缠的。他之所以对时间如此敏感，就是因为时间不仅仅从时间的维度，而且也从空间的维度对他进行了腐蚀，先是他的身体，后是他的口唇，之后是他整个面部肌肉，当他整个生命即将被时间注满，只剩下双眼以上部位没有僵死。这时，我们完全有理由痛恨时间，时间的手法、节奏和时间的冷酷残忍，已清晰可见。

站在空旷的宇宙，站在宇宙中的太阳系，站在太阳系里其貌不扬的地球上，站在地球上某个寂静的夜晚，遥望浩渺的星空，感觉无处不在的时间正一点一滴将万物注满，淹没，化为虚无，突然又对自身不可回避的结局感到释然，如果我们注定是时间的器皿，那么我们不被时间注满，我们还能够成为器皿吗？

可是时间，当宇宙万物以及宇宙之外的万物终有一天全部被注满、消融，它还能够将什么注满呢？时间，那时只有时间，亘古孤独的时间。

（选自《中国作家》2013 年 11 期）

村庄的咳嗽声

李公顺

一

父亲没有办法控制自己的咳嗽，就像肚子饿了没有办法不吃饭一样。他呼吸不像别人若无其事地照常该吃吃该喝喝，啥事不耽误；我父亲不行，要嘴呼嘴吸，鼻子对他来说好像聋子的耳朵，尽管不完全是摆设，一到冬天嘴巴还是要张得老大才能打通心肺的通道，吸引空气进来。这时候我就明白了，夏天村民们将收割的麻或苘放在我们村子周围的汪里沤，麻或苘腐烂时给汪中的鱼造成了缺氧，鱼们就都浮上水面，张着大嘴呼吸，我就想起了哮喘病人。鱼翻汪的场面是很壮观的，密麻麻地将嘴和头露在水面上，任由村民捕捉。它们顾不得被人逮住的危险，临死前就为了吸一口氧。

父亲没有鱼之顾虑，他可以肆无忌惮地张大嘴巴呼吸。一呼一吸，他的呼吸道就会发干，一干就会发痒，一痒就会咳嗽。

这样说吧，父亲可以随时随地地咳嗽，咳嗽起来如永动机一样没完没了，父亲的两肋时常咳嗽得疼痛，咳出的秽物中有时还夹杂着血丝。他说他咳嗽的时候感觉到村里有好多人随他一起咳嗽。可是他说的好多人里面有的人早已不在世了。

父亲经常想象着有一天还能和常人一样闭上嘴用鼻子呼吸，他觉得张着嘴巴喘气太难看，一口气喘得短一口气喘得长，不是有修养的人所做出的样子。特别是遇上个红白事亲戚朋友坐在一起，父亲的神态就特别别扭，他的嗓子里发出的声音好像是用初春的柳枝撅成的柳哨，吹不成调调，“嘶啦嘶啦”的瘆人。周围的人看到他那憋闷的神态也不敢明目张胆地瞅他，他更为自己的行为惭愧。于是，除一些必须参加的场合外，可去可不去的时候他尽量不去。

其实，像我父亲这样的哮喘患者随处可见，每当回到老家，我都能从掠过眼前的风丝中辨听出是谁在咳嗽，是谁的哮喘病又发作了。在乡村，哮喘患者算不上病人，他们有可能是因为一场感冒发热烧成了肺炎，热退了肺还没有消好炎就心疼那点吃药的钱，留下了病根；有可能在某一个恶劣的环境中工作，嫌戴着口罩太憋屈，或怕人家说太洋气，于是那五脏六腑就成了吸尘器，时间久了就有了一个稀罕的病名——尘肺病。哮喘病发作时尽管没有疼痛来得尖锐，那种末日之罪会伴其终生的，乡亲们一辈子就这样在习惯与不习惯中急促地消耗着他们的困苦与生命。

我父亲不是这两种情况造成的，他得哮喘病应该怪罪万恶的王洪九。八九十岁以上的临沂人知道他，五十岁以上的临沂人可能听说过他，他是解放前夕最后一任伪临沂行署专员。杀人如麻的他逃跑台湾前夕，在临沂周围村庄大肆抓丁，我父亲就是附近四五个村庄被抓的200余名壮丁之一。1948年底，也就是我父亲被抓丁三个月后，淮海战役之前奏宿北战役开始，在解放军攻打郯城的战斗中父亲被俘虏。接着，他们这些被俘虏的国民党兵有愿当解放军的，领章帽徽一撕就算是了。当然，真正成为中国人民解放军并不是这么简单，而是一个长期的思想转变的过程。当时，像父亲一样被俘虏过来的国民党士兵太多，解放军一下子解决不了服装问题，这也是无奈之举。父亲这些俘虏兵在以后的岁月里也群情激昂地高喊着“打过长江去，解放全中国”，他们心怀谦卑地穿着撕掉了领章帽徽的国民党军服装，走到哪里人们都知道他们是国民党兵，至少曾经当过。村庄的老百姓们疑惑地瞅着他们时，父亲就笑笑，他没有必要解释，他们也不认识父亲，父亲他们还要走过无数个这样的村庄。父亲他们都急于想换上解放军服装，那样就不会给人们知道他们是从国民党兵解放过来的，他们就完成了从一个国民党兵向中国人民解放军的华丽转身。他们这样的解放军有两层含义：从国民党军队中被解放过来，加入解放军后又去解放被国民党占领的国统区。

行军途中，怕被冻死的父亲违犯过“三大纪律，八项注意”，这也是我说的国民党兵成为一名合格的中国人民解放军，是一个长期的思想转变过程的理论依据。父亲偷偷揭过行军途经村庄的老乡贴在墙上晾晒的草纸，就是那种当作纸钱的草纸，那是老乡准备春节前卖出去赚钱的。怕被老乡和领导看见，父亲将偷来的草纸掖在裤腰里、绑在裤腿里抵御风寒。作为不遵守纪律的一种惩罚，行军途中草纸在父亲的身体上发出难听的声音不说，还让他奇痒难忍，粗糙的草纸甚至划得他身上都是血道子。父亲说，多亏了痒和疼转移了大脑对冷的敏感，让他熬到了发棉衣的日子。即使这样，父亲还是得了肺炎。那年他25岁。

父亲是穷人家的孩子，寒冷把他崇高的思想觉悟冻硬了，冻得没有了温度。也许刚俘虏过来的父亲思想根基本就不牢，做出了偷老乡家草纸的事情。父亲暗自庆幸，当夜队伍又走出了那个村庄，可他想象得出天明老乡发现草纸丢失会是什么样子，一旦找到队伍上，事情就会水落石出，后果如何父亲想象不到。

平时壮得像头牛的父亲，根本不知道肺炎是什么，更没把咳嗽放在眼里，贫穷带来的无知和年轻对身体的透支，给父亲留下了以后生存的艰难和困苦。父亲嗓子里那难听的哨音，随着四季变化，随着每一天温度变化，不知什么时候就会变调。今年93岁的他，不用看日历就知道季节到哪里了，就知道“我该到医院给肺和嗓子消消炎了”。

我也太粗心了。父亲45岁之前，我跟着他下地干活，没有听到过像如今这么厉害的喘息；45岁到60岁期间我和父亲的接触是一个断档期，我在城里上学，又在学校里当兵，结束了军旅生涯后又不在他的身边；直到父亲60岁以后来到城里随我们兄弟姊妹一起生活，我才突然发现，曾经挺拔的父亲就因哮喘被折磨得瘦削羸弱且苟延残喘。

我认为，如果不把哮喘与病联系在一起，就不会引起乡亲们对它的警惕，对生活在乡村的人们是不公平的。

二

我们村得哮喘病的人不少，年长的多，年幼的也有。乡亲们搞不清哮喘病与气管炎有什么区别，只要喘气不顺溜的一律叫气管炎，好像说哮喘还是一个很洋气的字眼，怕被村人笑话。村里谁得了这病，生产队长一般是不会让他干重活的。享受这一待遇的还有心脏病患者，乡亲们称那是富贵病，他们能干多少干多少，从没人与他们攀比，也就是与他争个高低。男爷儿们得了这病活得就有些难为了，喘得轻一些的，看场或下湖看青（护庄稼，别让人偷了），或者跟着一群“老娘们”干活，那工分就与壮劳力不一样了。如果一个工每天按十分计算，推独轮胶车的壮劳力每天得10工分，“识字班”8分，而“老娘儿们”就只有六七分了。如此一来，年底通过全年所挣工分结算夏秋两季所分的口粮款，和“老娘儿们”一起干活的男人们汗颜了，他们家要倒着向生产队交口粮钱，生活的拮据就明显地留在了他们家的房子上、饭桌上、衣服上，还有他们家大人小孩的脸上。

后来，当生产队长某一天干活之前点名发现某一人没有答到时，便派人去他家看看，就发现有的一家出走了，有的是一人出走了。没有走的家人也不会说出出走的人去了哪里？其实，那时候谁都知道，肯定“闯关东”去了。

我父亲也闯过关东。那是父亲从队伍上和同村的苏杰三回到家后三四年，抗美援朝最后一批征兵，村长便又让他去。村长心里有鬼，他知道我父亲手里抓着他曾经作恶的把柄，如果让我父亲在抗美援朝的战场上牺牲了，他也了了一条子心事。

我大舅听说父亲要当志愿军去朝鲜抗美援朝，冒着大雨蹚着齐膝的雨水窜行在刚收过棒子的玉米地往我家跑，没有衣服穿的上身被玉米叶划得左一道右一道也全然不顾。跑到我家时，父亲他们已到了临沂城北门口，大舅又拼命往城里跑。当时的临沂城北门是以涑河为屏障的，大舅赶到这里时，滔滔的涑河水正暴涨，便将父亲他们这些候补志愿军隔在北门外一天多，这样就让大舅看到了正在唱“雄赳赳，气昂昂，跨过鸭绿江。保和平，卫祖国，就是保家乡……”的父亲。大舅不敢靠近正在唱歌的父亲，他满身汗水地站在我母亲跟前远远地瞅着我父亲笑。大舅死了好多年后，我父亲还记得当时大舅的笑比哭还难看。父亲说那是让他感觉最亲近的笑。

就在父亲这些新兵出发时，传来了抗美援朝结束的消息，父亲他们被告知回家待命，大舅和母亲在北门外抱着父亲就大声哭了起来。父亲知道他们的哭是因为自己没能当上志愿军喜极而泣，他怕被带队的领导看到会过来批评，一边劝着大舅和我娘，一边偷偷看领导。大舅憨憨地责怪我父亲：“让你去朝鲜你就去啊，你真是死心眼，就不会说你有痨病？”

父亲这时候才想起自己的哮喘病，便感觉到自己真的像大舅说的那样憨。

大舅的思想觉悟我不好评定。在我的感觉里，痨病最重，哮喘次之，气管炎最轻。大舅能提到这一点，说明父亲的病起码要比气管炎重。

等待了半年多父亲没有接到命令，看到贼似的村长成天派人暗中监视着他，他一咬牙，带着和他一起从部队回到家的苏杰三二叔去了东北。村长是从解放前一直当到解放后的，1947 年 5 月中旬孟良崮战役结束后，没有跟上大部队转移的三位解放军战士蹚过我们村东的祊河，刚上岸就被村长带人将他们引到了村里，路上他们将一位发现村长心怀歹意的战士开枪打死，另两位解放军被他们缴了枪。后来，活着的两位又被村长带人押解到临沂城，交给了当时的国民党驻军 83 师李天霞部，以邀功请赏。这件事情父亲最清楚，其实，村里还有好多人清楚，父亲就觉得村长只防着他一人，特别是父亲从南下的队伍中将患病的苏杰三二叔带回家之后，父亲又成了村长的心头之患。父亲努力把自己变成一只缩身的刺猬，在村里很少与人说话，人们听得最多的只是父亲的咳嗽声。父亲就是要用咳嗽声告诉村长，自己是一个无用之人，不必防着他或者除掉他。父亲满心想着像刺猬一样趁没人的时候舒展一下腰身，又怕猝不及防地被村长一锨拍扁。他想，与其在村里当村长的眼中钉，还不如在他的视线中消失的为好。父亲是一位农民，尽管解放后是共产党的天下，他也不敢得罪一直当村长的村长。于是父亲这只刺猬下了关东。

父亲有没有找到伯父谁也不知道。我父亲回到家后，就再也没能走出村子。新任村干部将回村搬家的父亲扣住了，让他在村里进行社会主义建设。

父亲说他就是一只刺猬，一辈子患得患失的。

三

我家的隔壁住着我的本家大娘，我从记事起就知道她哮喘很厉害；住在村西头的我的一个堂哥喘得比我父亲厉害，说话都上气不接下气地；住在大队部东院的光棍苏已到了说媳妇的年龄了，就因为喘气费劲，谈一个崩一个，为了找媳妇，他把挣的钱都花在穿着打扮上，只要不下地干活，裤子烫得笔挺笔挺的，本来裤腿不长，他还要挽上一截，尽量把洋袜子露出来；夏天日头毒，元五大爷也不舍得戴遮阳的东西，全身晒得古色古香泛着金属的光泽；而光棍苏不管干活还是不干，头上总是戴着洋草帽子，不时还换换胡椒眼的席荚子。于是，村里的小学生一看到他不干活，还穿得人五人六地在大街上闲拽，就跟在他的后面喊：“结巴子、结巴子，高吊裤子洋袜子，胡椒眼的席荚子，嗓子眼架了个风匣子。”

他也不恼，只是看到孩子们跟着他喊，他才有意识地弯腰在地上虚抓一把，向后面做投掷状，孩子们嬉笑着作鸟兽散。后来读了鲁迅先生的文章，才知道孔乙己并不是孔乙己，人人都有个孔乙己。

气管炎一定会咳嗽，哮喘不一定咳嗽，犯憋，伸长脖子大口喘气也不够用的。春夏秋三季看不出他们有多么大的痛苦，有时候还会挎着紫花槐条子编织的筐，下地去割草、扯地瓜秧、劈玉米叶，弄回家喂家畜家禽。冬天就不行了，他们的哮喘及咳嗽想憋都憋不住，寒风裹挟着哮喘声和咳嗽声在村庄的屋顶上和树梢上旋转，我顺着声音就能分辨出谁是老气管炎和哮喘病患者，谁是新的。我就在他们的哮喘和咳嗽声中长大，我感到小时候的冬天特别冷。我不是医生，我对他们的病无可奈何，我就憎恨冬天，只有这样，才会显出对他们的同情，才会让村人们说我是一个懂事的孩子。

冬天，生产队看场的屋子或喂牛的牛棚是比较温暖的地方。我父亲是这两处地方的主角，他会说书，《七侠五义》《秦琼打擂》《说岳全传》这些半文言半白话的书他读过就不会忘，谁都抢着让他去说。我曾写过《听父亲说书》一文，文里和文外的父亲怕烟熏，大伙就让他坐在上风头里。

20 世纪六七十年代，一把柴火都稀罕，每天早晨，我都会被母亲叫醒，在二姐的带领下到结冰的汪崖，用竹筢撅着紫花槐筐，去搂一夜不知从何处刮来的茅草、稻草、麦穰等，我还特意带着一把镬镰子，发现汪崖上有裸露出的树根就给他斩断，带回家晒上几天，用它烤火或做饭，比一筐的草类要耐烧得多。我们村子有两三千口人，大汪围着村庄完整地转了一圈还不行，又在村中灌出了三个相对完整的大汪，其中一个占地四五百亩成为龙头，那围着村庄转的汪就是龙身了。多少年后我回到村里，发现村里的大汪被村民自觉填平，上面建起了厂房和住房；没有被填的大汪孤零零地待着，没了源头之水，成了死汪臭汪。我想，村民现在不用再刨汪崖上的树根烧火了，也不用汪崖抵挡会被漫天的寒风吹上天的草们了，更不用汪里的水洗衣服、饮牲口了，他们有了煤炭、液化气，有了自来水、矿泉水，有了洗衣机，有谁还会去关心不能给他们带来吃与喝的臭水汪呢？

后来我就听说一个又一个村庄的汪没了，幸存下来的水臭了，村庄里得奇奇怪怪病的人多了。每次回一趟老家，就会听村人说起谁谁不在了，谁谁年轻轻的得了怪病不能干活了，媳妇跟着人家走了。他们不管一个村庄的风水或环境对人类的生存多么重要，他们相信死生由命，富贵在天。

四

哮喘和气管炎的发作与冬天有一定的关系，也不能完全归咎于冬天，他们就是不能干稍微重一点的活。他们的器官娇嫩，经不得一点异常风丝的侵入。春天青草发芽的日子里，照样有在返青的麦苗地里拔草的人咳嗽得抱着肚子蹲下。随着夏天的到来，他们心想着没有了冷风心肺总会平静一些，盼望着咳嗽声减少一些，可还是没有间断过。躺在地头的土沟里晒着暖阳歇息的间隙，他们还会张着大嘴喘气，生怕天底下的空气会被没有哮喘或气管炎的人吸没，生生地把他们憋过去。

他们就这样伸长脖子把麦苗从雪底下用嘴吹出来，再一口气一口气地把麦苗吹得分蘖、拔节、抽穗、黄梢；直到将金黄的麦子割倒捆成个运到打麦场上，他们才意识到不能再张着大嘴喘不息了，也要气定神闲地与老天爷比赛比赛了；如果不能把在土地上孕育了半年多的希望收到口袋里、粮囤里，就不会最终进到自己的嘴里。嘴里没有粮食会心慌的，心慌张着大嘴咳嗽也没劲。

我转身看看躺在病床上的父亲，此刻他正张着大嘴喘息。我搞不清父亲有没有睡着觉，他睡觉时眼睛经常是半睁半闭，好像一边睡觉一边还要看着什么紧要的东西，并不时压抑着总也抑制不住的咳嗽；嘴唇干着，张着嘴喘气的喉咙就干了，喉咙一干，咳嗽声就一个连着一个。我就在他咳嗽醒的时候，将凉好的温开水端给他润润嗓子。

我是坐在父亲的病床前趁他似睡非睡的时候写这一篇文章的，像一个画家把父亲当成了模特儿。父亲穿着衣服还盖着棉被，头上还戴着一顶线帽子，不像模特儿那样光鲜靓丽，他已经是一个羸弱的老人了，他需要我的搀扶才能做他想要做的事情；他已经是手无缚鸡之力，只有生气时的情绪是硬硬的。所以，当我面对着病魔缠身的父亲去写他的故事和他的村庄的故事时，我觉得自己是一个不孝之子。父亲似乎觉察到了我的尴尬，他总是在我还没问我们村里谁谁有这种病时，他就会列出一个个我熟悉的和不熟悉的人的名字，他和我说这些人的故事时心情很平稳，喘得也不费劲了。

我也得过气管炎，那是1976年闹地震的时候，各家各户在院子里搭防震棚住，或焊防震床在屋里住。我父亲这两件事都没做，也不准我们弟兄们做，我就诚惶诚恐地晚上睡不着觉。有一天，我突然发现院子里的麦穰垛是一处绝好的防震棚，就悄悄地将其撕了一个窟窿，每当父母睡着的时候，我再抱着被子钻进麦穰垛里。一直也没等到地震，却被父母发现了我的秘密，我被寒冷的冬天冻感冒了，发烧、流鼻涕、咳嗽，似乎感冒的特征我一样也没少，一个冬天就被我无缘无故地咳嗽尽了。我说话的时候带着浓重的鼻音，很有磁性，那段时间两个姐姐都夸我说话发音变得好听了，尽管我说的话还是临沂普通话。我知道是姐姐在揶揄我，可我还是为我带有感冒音沾沾自喜。随着天气的逐渐变暖，我的话音又带上了原有的土腥子味。

后来有过几次感冒，声音或大或小地带有感冒音，我却总也找不到那一次的感觉。父亲为了将我拉进屋，趁我不在家的空把麦穰垛推倒了，还把责任推到了风身上。随着年龄的增长，我对春夏秋冬的四季风有了好感，春华秋实是季节的规律，我并不因为冬天的寒风给村庄带来了无尽的咳嗽而厌恶它，也并不因为春风将庄稼地里的野花野草吹出来而对它有什么好感。我还知道，秋天的风能给庄稼果实涂抹上金色，也能摧枯拉朽地使它们立地成佛。春夏秋冬人们都会患感冒，这不能怪罪风，没有风雾霾会肆虐，它会制造出比风更严重的后果。

五

在村庄里，在有风或无风的夜晚，咳嗽声会传得很远很清晰。爹说，在村里住的时候，是谁的咳嗽声他都能听出来。当咳嗽之人走近，爹隔着墙都不会叫错名字。那人就会在墙外回答爹的问话，或叫我爹二叔，或叫二哥，或叫二爷，当然还有叫别的称呼的，也许就两个字再没有下文，却透着街坊邻居乡里乡亲的一种温暖，一种亲情。

爹曾经逮着过一只刺猬带回家，那小家伙全身的刺让我和弟弟都不敢靠近它，更不敢摸它。只有看到它逃到我家大门口就要钻门缝时，我才用脚把它踢回院子，或用棍子将它滚回院子。它逃跑的时候会很快，外力一作用到它的身上，立马会缩成一个球，球上面全是刺。爹叮嘱我们不要让它偷吃了咸东西，否则它咳嗽起来像一个老头儿那样难听。我早就知道刺猬吃盐会咳嗽，父亲还没说之前就被我们用树枝子沾着盐让刺猬舔了。正是我们的这一恶作剧，引得父亲也咳嗽不止。父亲一生气，趁我们晚上觉睡得正香，将刺猬放了。至今我只要听到咳嗽声，就会想到是小时候被父亲放走的那只刺猬回来了。

如今乡亲们住的房子都有了盖，像住在一只只箱子里，他们的咳嗽声就轻易传不出来了，他们居住的村庄已经叫居委或社区，他们在居住的楼下叫卖着水果、蔬菜、早餐，他们变成了居民或市民，可他们在有霾或无霾的早晨，在有风或无风的傍晚，在一天劳作的开始或结束，都要咳嗽几声，告诉人们自己还好好的。

他们曾经是我们村的村民，只是我离开了他们，他们并没有离开我，他们仍然在老地方过着生活，过着日不出而作，日落也不息的生活；他们原来居住的与天地相接的房子刺猬也是可以去住的，现在刺猬住不进去了，村民住进了高楼大厦远离了刺猬，刺猬只能到庄稼地或更远的山里生活了。刺猬以假乱真的咳嗽曾经蒙蔽过我爹，他费了好大的劲就是判断不出咳嗽出自谁的口。我敢保证，现在再也不会发生这种事情了。

夜晚无灯无火的楼宇里还有跑来跑去的刺猬就好了，我可以将此起彼伏的咳嗽声追加于它。

可是，它能将百姓们的痛楚带走吗？看它那满身的针刺。

（选自《临沂日报》2017 年 8 月 25 日，本文有删改）

陕北的树

马　语

红枣树

车在一条拐来拐去的红胶土公路上转下来，开始看见了远处钢蓝色的山峦，进入马镇。在石山之巅俯视，空旷的几条相错相连的灰色石沟中全是郁郁青青的枣树，望不见往日那一条带子似的黄河。小车若蚂蚁一般从山巅铺挂下来的一条石路上下来，便钻入了青纱帐。

大地的青纱帐，它们是陕北黄河岸边的红枣林。

早在1995年，榆林清涧县被国家林业局命名为“中国红枣之乡”，2001年佳县又被授予“中国名枣之乡”称号。

当世人惊奇地发现陕北地下有煤炭、石油、天然气、食盐这些宝藏时，同样惊奇地注意到，陕北榆林大地上还有绿色的红枣田。

榆林的枣树，有三千多年的历史，各地志书多有记载，引来世界关注的是佳县泥河沟村的老枣树，被联合国冠以“全球重要农业遗产体系”。迄今为止，联合国粮农组织在全世界范围内共评选出农业遗产地三十六处。泥河沟的古枣园里生长着三百三十六棵三百年以上的老枣树，其中的三棵已过千年，最大的一棵经林业专家确认已一千四百岁，被尊为“枣树王”。枣王主干才是一人多高，但需三人方可合抱，暗黑色的树皮，布满深刻的几拃宽裂纹，若苍龙鳞甲。主干之上，以左旋之势，又派生出一抱粗的三根大枝，它们年年发出新枝，岁岁开花结果。一千多年的时光里，枣王守候在这里，经历了多少自然的风霜雨雪，记录了多少人世的无常变化。

在那些困难年代，红枣可以说是乡下人一年四季最好的“干粮”，特别是灾荒之年，它更成了救命之粮，庄户人家将红枣磨成面，掺了糠谷、草根之类的面粉，做成炒面，以度饥荒。革命战争时期，陕北黄河沿岸漫山遍野的红枣，也曾是最佳“军粮”。佳县那地方流传这句话：“毛主席说，佳县红枣好吃。”这自然是无法找到可靠证据的。在《毛泽东年谱》中是有着这样的记载，1947年9月，转战陕北期间，毛泽东仅在佳县神泉堡村就住了五十七天，那时生活之苦几乎是不敢想象的，群众杀掉耕地的牛驴来支前，支援一场在解放战争中富有转折意义的伟大战斗。沙家店战役刚刚打完，好在树上的枣子渐渐红了，警卫员每天收拾主席的窑洞，扫出来的都是些烟头和枣核。毛泽东在这里写下了《中国人民解放军宣言》。黄河岸边的父老乡亲们说，枣树的花，五角形、金黄色，像一颗颗星星。枣树的果，像鲜血染红，这不正好是共和国五星红旗的元素吗？

一辈传一辈，几千年的岁月里，红枣与陕北人如影随形。陕北传统婚礼习俗中有这样一项极为重要的仪式，在洞房花烛之夜，将挑选好的大红枣儿撒到炕上、被窝里，寓意“早生贵子”。在黄土高坡窑洞院落里生出的这些儿女，血脉里就注入了枣树忠勇、奉献的品格，基因里就植入了枣树不屈、抗争的精神！

风雨吹不折，雷电劈不倒，冰雪冻不死。陕北的红枣树！

有这样一幅图景一直挂在心间：那是秋天，陕北的坡畔上或沟沟汊汊，一株株枣树，那婆娑虬曲弯弯地垂下来的枝条上，万千绿叶间，缀满青里泛红、黄灿灿的果实，有的枝条被累累果实压得趴在地上，有的已折断……

离开黄河岸边，沿黄土石子路盘旋而上。陕北之北的这片高原，属干旱、半干旱大陆性季风气候，十年九旱。严重的干旱使山区的农田一片焦荒，路边的杨树，叶子稀稀落落，一副快要病死的样子，柠条也灰突突的没有一点生机，唯有枣树这“铁杆庄稼”依然枝繁叶茂，果实累累。

蓬头柳

蓬头柳，大多生长在陕北榆林的长城沿线。

它们是树。祖祖辈辈，砍了柳椽，盖房子、打家具、做农具、扎篱笆……

它们是卫士。站立在北方天空下的千里长城线上，使风沙整整后退了上千公里。

从柳笆庵起，柳树就与北草地儿女结下了世世代代的缘。

在北草地，有柏油路通过的地方，差不多都有柳树。年轻的蓬头柳，丈把高的树干上，滋长起数十根粗细不等的柳椽，一片葱茏繁茂。

它一直与农田相伴。沙滩上、沙丘间开辟出的一片田地，这样的农田边上，一般都会长着几棵大柳树，也有用柳树将农田围隔成网格状的。

从榆林西定边北部风沙草滩区的盐场堡、白泥井、海子梁出发，过内蒙古的城川，回到定边堆子梁，沿途过靖边柠条梁、牛玉琴治沙的金鸡沙、黄蒿界、统万城、横山雷龙湾、白界……一排排，一行行，或一片片，到处都有柳树的身影。

它们几乎与那道黄泥或白土的“边墙”，形影相随。其实在这“边墙”修筑之时，就已经很繁茂了。现在，它们终于老了。

在统万城不远的地方，有一个村庄就叫古柳村。五六棵古柳都在六七百岁以上，腰围都有两三米，要六七人方可合抱。

这一棵，树头中间已朽蚀，树头从中间分开，开始倾向两旁。它支撑着，不倒下来，分开向两边的树头上，各顶着数根腕粗的枝叶浓密的柳椽。

是哪一刻？实在支撑不住时？树头分崩，倒向四面，着地后迅速成支撑状，形似一只螃蟹。生命从这里又开始，看似枯朽的树身上再长出葱绿的枝条，就这样又是上百年。这是旁边的一棵。

倒了也不死。这一棵，一定是轰然倒地，整个树身横卧于地，现在朽成了一个空洞，像用一指厚的苍老的鳞甲片的柳树皮箍成的一个圆囤。只是囤背上滋长着一丛浓郁的柳枝。

还有两棵，这样说吧，要是没有其上那一丛青葱的柳枝柳条，我们一定会把它看成农人在种地时，收拾、堆放在地头、路边的一堆干朽木头，连木头也谈不上，几大块枯朽弓曲的老柳皮堆放在一起。它们是老柳的骨头吗？枯朽、苍白，可就是在这苍老的骨架上又滋长出新的柳枝新的生命！

塞上柳，我觉得它是一个“别名”。集粗犷与秀美于一身，挺立在蓝天丽日下坦荡的高原大漠之上，谁不为之动容呢？圣贤、名流从这里走过，我想一定是他们给这北草地上的蓬头柳起了这名字的。就像陶潜、太白、东坡诸士的别名一样。

我想也许应该叫它母亲树，因为它一年年蓬蓬勃勃长起的枝条，那些枝条——那些无穷无尽的“子女”，一年年长直、长粗，让农人来砍伐、收割，好帮衬一下他们艰难的生计。母亲树长到一两米，树头就被砍去，就在砍去的地方，新生出浓密的枝条，又以蓬勃的姿态，伸向蓝天。用不了几年就又都长成了柳椽，再被砍下来。还是原来的树头上，又生出新的枝条，砍了一茬又长一茬，如此循环往复。

在诗里，在画里，柳都是女性的象征，而北草地的蓬头柳却是一身的阳刚，像极了北方的汉子。只要砍一根柳椽，插在哪里就在哪里生根。长在大漠上的柳，飞沙走石，百折不挠，威武不屈，巍然挺立。酷热耐得，严寒不死，与北草地人相依为命。春来，早早抽出枝条，拧成一代又一代北草地人那“童年的柳笛”。一生中不知要长出多少茬柳椽，让人砍伐下来扎篱笆、编筐子、搭棚子、盖房子。直到最后回归土地，还要与柳为伴，在北草地，抬埋逝者，必须是一根细的柳椽子顶上扎了引魂幡，走在送葬队伍的最前头……

最特别的还是榆林城里这些柳，就栽种在新城区的榆林大道上。穿城而过，榆林最长的这条街道，在它的街道中间，三五或十来棵一小段，从北栽到南，差不多上千棵的柳树。这都是近几年新栽的，但它们从农村移过来时，树身直径已有尺许，柳椽不粗，但树头已不小，粗犷里的秀美，给这条大道平添了壮观。塞上柳发芽早，落叶迟。既喜水，又耐旱，寿命长。秋季，在那些干旱的地带，黄叶会落得更迟一些，大片大片的黄色，不逊胡杨的色彩。一座现代的新兴城市，在它的主干道上栽植了这么多的柳树，在中国的城市或许独此一景。这样的构想，我想更多的还是取塞上柳的品格吧。

（选自《人民日报》2017年6月7日）

我把母亲抱在怀里

吴克敬

我把母亲抱在怀里，就像母亲曾经抱着我一样。母亲抱着我的时候，是我的新生，我攥着拳头哭声嘹亮……我抱着母亲的时候，母亲即将撒手远去，她悄然不语……在我昨夜的梦里，我梦见母亲了。

这一夜，我即将步入我生命的64岁，而我的母亲，离开我也已有二十二年。

二十二年前的七月，我从咸阳报社调入西安日报社三月有余，母亲在我租住的家里，三番五次要我把她送回老家。母亲给我说，我父亲想她了，要她去陪他。我嘴上答应着母亲，却没有任何举动。我坚持认为，母亲是说胡话，她虽然85周岁了，但她的身体很好，能吃能喝能走动，抱着我3岁的女儿吴辰旸，还能坐在阳台上的阳光下，教我女儿说口谱。母亲记得的口谱很多，在我小时候也给我说过。我还记得，我女儿也记得的，就有一大堆，但记忆最为清晰的，是这几句：

蜂蜜罐罐，油馍串串，
肥肉片片，臊子面面，
额娃额娃福蛋蛋。

我抗拒着母亲，没有立即送母亲回老家，母亲竟悲伤地哭着给我看。我把母亲没了办法，就把母亲曾经说给我，也说给我女儿的这四句口谱说给母亲听。我不说母亲说给我和女儿的口谱时，母亲只是潸潸地啜泣，我把这四句说出来，想要惹母亲开心而停止啜泣……过去的日子里，我这么来哄母亲，总能把母亲说得笑出来，可这一次，我失败了。母亲不仅没有乐起来，而且还把她的暗自啜泣，演变成了大声的哭诉。

母亲哭诉我是不听话了。她说她没有说胡话，她说她不会说胡话，真的是父亲想她了，她要去陪父亲了。

我父亲在我 14 岁时，就被迫无奈地辞世而去。那一年是“文化大革命”如火如荼的 1968 年，要面子的父亲，不忍他被戴上一顶“村盖子”的高帽子，在父老乡亲和儿女子孙面前，游街示众，父亲把一根绳子，趁着黑夜，挂在如钩的月亮上，就自己攀着去了天堂。这么算来，父亲离开母亲和我，已经二十六个年头了。在这二十六年里，我在扶风县北的闫西村种了十年的庄稼，此后又在扶风县城做副业工和合同制国家干部，再到西北大学读书，咸阳日报社、西安日报社工作，母亲和我，相依为命，我到哪里，母亲跟我到哪里，她突然地说出那样的话，我是不能接受的。

我惶恐畏惧，胆战心惊，我奈何不了母亲，也奈何不了我。

我答应了母亲，并找来一辆小车，抱着我的母亲，和母亲一起回了扶风县北乡的闫西村。

坐在小车里，我想着母亲的过去，有些是母亲说给我的，有些是我亲历亲见的。母亲说给我最多的话，是我的父亲。母亲在说父亲时，起头的话，总是一句“短寿死的”。我初听时，以为母亲给父亲结着什么大怨大恨，听多了，才觉出那是母亲对父亲的一种思念，而且还有点儿母亲自己的骄傲。

不过，母亲来说父亲，总是特别不客气，我忘记不了的还有母亲说的这样的一句话。她说：“我就不该嫁给短寿死的。”母亲最早说的时候，父亲还没有离开我们儿女而去，母亲那时候说这句话，她会说得咬牙切齿，父亲离开我们走了，代之而来的，就像母亲骂我父亲“短寿死的”时一样，依然怨中带恨，却也不失自己的骄傲与自豪。

母亲被父亲娶回家来，因为一个游方道士的话语，父亲坚持要母亲给他生育五个儿子。母亲是争气的，一个接着一个，给父亲连着落草了四个儿子。到母亲分娩第五胎时，生出一个女儿，父亲面对他的大女儿，也是喜欢的，可是等到母亲又生下二女儿、三女儿时，父亲不能容忍了，终是残忍地把他的二女儿和三女儿，在母亲落草下来，都没能睁开眼睛哭出声，就按进盛满了水的脚盆里，溺亡了。还好，父亲见不到那个给他算过命的游方道士，就去了我们村口的小庙里，向小庙里唯一的老和尚求教了。老和尚对父亲已有的行为，早有耳闻，在父亲向他求教时，老和尚双手合十，什么话都不给父亲说，只是一个劲地数着他的念珠，口里喃喃自语。

老和尚的自语是：罪过……罪过……

就在老和尚自语“罪过”后不久，母亲又给我父亲落草了一个女儿。这一次，父亲接受了他的这个女儿，至此两年以后，母亲再次分娩，产下了我，完成了父亲所希望的“五条汉子”。

母亲开口即骂父亲“短寿死的”，与父亲溺死他的两个女儿是相关的。再还有什么呢？母亲没有说，我也就不知道了。

可以想象，一对农家夫妻，要养活我们兄弟姐妹七人，是怎样的不容易，仅一个吃，仅一个穿，就让父亲母亲作难了。母亲说过，为抓养我们，他们夫妻是做了分工的，吃是父亲的事，穿是她的事。对此，我有最为深切的体会。

先说吃吧。20世纪人民公社后的“大跃进”，父亲以他一个庄稼把式的智慧，预知了后来的大饥饿。他在生产队参加集体劳动，过些日子，总要缺工一两天。父亲之所以缺工，他是独自个钻进了我们村北的深山，在山林里开荒种谷子。父亲的这一举动，以当时的政策而论，是反动的，可是正因为父亲的反动，到大饥饿突然来临，且蔓延全国时，父亲又隔三岔五，天黑时悄悄离家，半夜时悄悄回家，肩背上他耕种出来的谷子，在家熬了稀饭给我们喝，让我们一家的九张嘴，在饥饿岁月里，没受大的罪。

我问过母亲，父亲在山里为啥只种谷子。母亲就在我头上拍了一巴掌，要我去问父亲。父亲给我说清楚了。父亲说荒山地谷子好长。

我没说我藏在心底的小九九，其实我是想吃母亲做的面条的。我不是夸口，我母亲的臊子面，做得是很绝的，为此我写过一篇《想起老饭店》的散文，发在2009年的《美文》杂志上，因此还引起了一场小风波。当时，我在西安日报社工作，市委某部的一位副部长，是我的同乡，他看过我的散文后，打电话生气地质问我，你怎么写文章说你妈做的面是你们村最好吃的！他这么质问我，没能使我沮丧不满，而是让我更加理直气壮，我对上级的副部长毫不客气地说，我才说我妈做的面是我们村上最好吃的，我这么说是不够的，我还要说，我妈做的面是世界上最好吃的呢！

我电话里的回话，把部长上级说得哑口了。他在电话那头喘着粗气不说话，我就想了，他和我大概一样，是吃不着母亲做的面了。

我没有让同乡太难受，在电话这边说，对不起，我吃不着母亲做的面了。听了我的话，他在电话那头，一改刚才气愤的语调，很是低沉地回了我话，说他也吃不到母亲的面了。

母亲就在我们的舌尖上，当然还在我们的身体上。分工我们穿着的母亲，于是把夜熬深沉了。在我童年的记忆里，母亲的辛劳，无分四季，总在炕头的一角，嗡嗡嗡嗡的风旋着，好像是越到寒冷的冬季，母亲的纺车越是摇得急迫，摇得夜深，我们兄弟姐妹后来说，无人不是蜷缩在母亲摇着纺车的怀抱里睡过去的，我们听惯了母亲纺车风旋的嗡嗡声，仿佛那持续不断的声响，就是一支催眠曲，在我们闻听不见时，还可能睡不踏实。

我们兄弟姐妹七人，倒是在母亲的纺车声中睡鼾了，睡足了。可是我们的母亲呢？她摇着纺车，一日一日又一日，一夜一夜又一夜，她就不困了？她就不乏了？肯定不是的，我们听母亲说过，每到换季的日子，或单或棉，我们高高低低七个人，加上身材魁梧的父亲，都能体体面面地换上新衣服，她所有的困乏就都值得了。特别是大过年的时候，初一的清早，泛滥着新棉布、新棉花特有的一种气息，包裹着我们兄弟姐妹和父亲的身体，母亲走过来转过去，把我们穿在身上过年的新衣，伸手这里拽一拽，那里抻一抻，母亲的脸含着笑，特别的温和，特别的温暖。

母亲还要给我们兄弟姐妹和父亲织毛袜子和毛手套的。

母亲把给我们织毛袜子、毛手套的希望寄托给了她养的那几只绵羊身上了。要养好养肥几只大绵羊，是费时费力的，青草长上来的季节，可以牵着绵羊到田野上的墩坎上去放，入冬后，就只有关在圈里喂养了。而喂养绵羊的饲草，却也要在青草摇曳的时节，割回家来，晾晒干了，堆积起来，等入冬了喂给绵羊。父亲忙着庄稼地，闲暇了，就去割青草。但这是不够的，母亲知道几只大绵羊卧冬时的食草量，她也是要提上镰刀，拿上担绳，割青草而冬贮的。我们村西，离家三里地的地方，有条名叫草沟的深沟，是母亲割草冬贮的最佳去处，也不知母亲在草沟割了多少回草，偏偏的在一个傍晚时分，母亲在草沟割了一捆草，那天的草捆得有点大，母亲用带着钩子的担绳，把草捆子捆紧，这就半跪半蹲，把肩膀套进绳捆子里，想要背起草捆回家，可她使着力气，背了几背，都没能把草捆背起来。

母亲奇怪了！想她怎么就把草捆背不起来呢？

就在母亲奇怪的时候，有几只小狼崽，蹦跳着跑到她的面前，睁着圆溜溜乱转的小眼睛，看着母亲乱吱哇……母亲因此更为奇怪，她抬了一下头，看见了一只大母狼，两条前爪踩在她的草捆上，吐着一条鲜红的大舌头，不偏不倚地搭在她的头顶上。母亲被吓昏了一刹那，紧接又清醒过来，母亲想着家里的孩子们，她给大母狼诉说起来，说你是个母亲，我也是个母亲哩！母亲都为自己的孩子好，你能忍心你的孩子好，而让我的孩子哭吗？母亲把这几句话，车轱辘似的说着，说得她面前的小狼崽都跑得没了影子，她再抬头，也不见了前爪踩在草捆上的大母狼，母亲使了一把劲，把草捆子背起来，背上壕沟，背回了家。

母亲给我说她经历过的这件事，已经是几十年后的老事了。

这个时候，生活在关中道上的人们，谁还能见到一条野生的狼呢？见不到了，狼几乎绝了迹，而母亲不忘她曾经的经历，母亲问我了，说狼都到哪里去了？怎么就见不到狼了呢？特别是在我父亲“文革”时被扣上顶“村盖子”的帽子整死后，母亲不止一次要怀念到狼。

母亲说：狼是通人性的，狼听得懂人的话。

母亲说：而人通人性吗？人怎么就听不懂人话呢？

父亲过世二十六年，一直跟着我生活的母亲，从老家闫西村进了扶风县城，从扶风县城又到咸阳市，从咸阳市再到西安城，母亲的身体向来不错，除了一时半会的头疼脑热，母亲没有什么太要紧的病。她说我父亲想她了，她要去陪我父亲了。下来坚决地要回老家去，我不能不顺着母亲的意，陪着母亲回老家了。几十年离家在外，回到家的母亲，引来村里人相看问候，母亲精精神神，什么事都没有，我给家里大哥、二哥、三哥，还有大姐、二姐交代了一下，并给母亲问了声安，就又回西安自己的工作岗位上，编稿子写文章，过去了两天，二哥打电话给我，让我火速往家里赶。二哥说母亲清早起来，自己烧了锅热水，把自己洗干净了，又在脚盆子里腾净了自己身子，自觉地翻箱倒柜，把她给自己准备的老衣都找出来，满面笑容地穿好，在老家的院子里，前前后后走了个遍，这就要大哥二哥他们给支床，说她要走了。

母亲是要去见我们的父亲吗？大哥二哥他们吓坏了，打电话给我，我没敢迟疑，在回家的路上，拐进扶风县城，叫上在县医院当院长的一位李姓同学，回到家来，看见我的母亲，已静悄悄地躺在支着几块木板的床上。

我回家来，让在县城名气很隆的医生同学，给我母亲做了全面的诊断，心电图、脑电图地做了一遍，然后给我自语，老人没啥病，老人就是老了。我听得懂同学说“老了”的话，也就是说没病的母亲，她全身器官赶在同一个时间，老得没有用了。我没有流泪，更没有哭诉，我爬到给母亲临时支起来的木床上，轻轻地把母亲抱起来，紧紧抱在怀里，我把我的脸，贴在母亲的脸上，我听见母亲给我再一次说着她说顺了嘴的口谱：

蜂蜜罐罐，油馍串串，
肥肉片片，臊子面面，
额娃额娃福蛋蛋。

（选自《散文》2017年第8期）

敢吃的中国人

洪　烛

中国人的勇敢尤其体现在饮食方面。这是一个几乎什么都敢吃的民族。灾荒时期吃树皮、野菜乃至观音土自然还可以算作迫不得已（包括长征路上的红军解下牛皮带炖汤喝），和平的年代，他们也照样热衷于吃各种稀奇古怪的食物。吃蛇（在西方的《圣经》里那是魔鬼的化身）也罢了，在古时岭南一带，还曾将其易名为“茅鳝”，有点附庸风雅或掩耳盗铃的架势。还吃蝎子。我在北京安定门外某餐馆出席酒宴，高潮处便是圆桌中央摆上了满满一大盘炸得黄灿灿的蝎子。那一瞬间我不禁联想：中国人的嘴巴真够“毒”的——才敢于如此“以毒攻毒”？当然，被传为佳话的是吃剧毒的河豚，“拼死吃河豚”这句江南古谚颇像烈士的绝命诗。所以我自小即有这样的印象：能够将生死置之度外的，第一是革命者，其次则当数美食家了。

不知西方社会，在政治家、思想家、艺术家、军事家等之外，是否还产生过美食家的头衔？在中国，美食家几乎是一种传统。虽然它一直近似于“闲职”，却也是颇让人羡慕的。欧洲文明里，美食家一度缺席，正如它所推崇的探险家，对于中国而言，则是近代以后舶来的词汇。但我私下里以为：美食家也算是一种足不出户的探险家——“父母在，不远游”，中国人只好陶醉于另一种意义的探险，那就是对山珍海味的猎奇。美食家用菜谱来代替地图，用杯盏来代替罗盘，用筷子来代替桨橹，航行在自己的味觉里，同样也领略了无限风光。这种冒险心理在河豚的问题上发挥到极致。河豚相当于中国饮食文化里的“禁果”——一种致命的诱惑，它的鲜美因为神秘与危险而被夸张了。美食家们不仅没有望而却步，反而趋之若鹜。这份勇气，恐怕连渎职的亚当、夏娃都会自叹弗如。

神农氏（即炎帝）堪称史前的美食家。“神农尝百草”，不仅仅为了果腹，也为了辨识植物的种类、滋味、营养价值（包括药用价值）。他大大地丰富了后人的“菜篮子工程”。在我想象中，中国人的祖宗是个挖野菜的，其装束、表情有点类似于后来编撰《本草纲目》的老中医李时珍：穿着草鞋，挎着竹篓，扛着一把小锄头。湖北有座神农架，据说就是他的露天“食堂”。没有敢为天下先的神农，我们的口福将大打折扣。

甚至春秋时期的老学究孔子，也提倡“食不厌精，脍不厌细”。他本人在办私塾时，不爱收现金，更乐意接受弟子们孝敬的一束束干肉，以充抵学费。可见食物是最古老的“硬通货”。孔子，在方方面面都称得上是我们民族的教师爷呀。他同样也影响了一代又一代精益求精的美食家，使饮食发展为文化，登上大雅之堂。中国的菜谱（从线装的手抄本到铅字印刷品）若堆砌起来，绝对比四书五经要厚重许多。在美食家眼中，是可以当诗来读的。譬如苏轼讲解烧猪肉（后被命名为“东坡肉”）的秘诀:“多著火，少著水。”多么精练呀。至于袁枚，既写了《随园诗话》，又写《随园食单》——左右开弓，拿筷子时像耍笔杆一样虔诚，耍笔杆时又像拿筷子一样奔放……当然，诗人的吃相毕竟比较文雅，《随园食单》仅可用来管窥中国人的食物。还有许多奢侈的吃或野蛮的吃，被有意无意地忽略了。譬如民间流传的所谓“活吃猴脑”（系将活猴用木枷锁定，敲开头盖骨，以麦管吸其脑汁），绝对是太残酷了。它反射出人性的黑暗。中国人的饮食里，也有一些反文化的东西，不是没有可批判之处。鲁迅先生说过：“饮食问题，不仅可以反映社会的物质文明程度，也可以反映出一定社会的社会状况以及暴露种种社会痼疾。”

路易斯·辛普森写过一道《美国诗歌》：“不论它是什么，都必须有 / 一个胃，能够消化 / 橡皮、煤、铀、月亮、诗。/ 就像鲨鱼，肚里盛只鞋子。/ 它必须游过茫茫的沙漠，/ 一路发出近似人声的吼叫。”想起古老的中国，我就仿佛看见一只巨大的胃：除了五谷杂粮，里面还填充着燕窝、鱼翅、熊掌、海参、虎骨等，甚至还有愚昧年代里的金丹、胞衣、人血馒头呀什么的……这是一只消化能力惊人的胃，整整蠕动了几千年。它的胃酸简直能腐蚀石头抑或金属。中国人的胃口真是太大了，太好了。

自从 20 世纪末以来，“环保”在世界范围成为越来越受到重视的课题，中国人那包罗万象的食谱，也是很值得推敲与挑剔的。

我查阅了清代满汉全席的菜单，发现其中有龙肝（多用娃娃鱼或穿山甲替代）、凤髓（多用孔雀或飞龙替代）、象披（即象鼻，亦可用犀牛鼻、犴鼻替代）、枭炙（烤猫头鹰）、狮乳（雌狮的乳房）、豹胎、猩唇、猴脑、虎眼、驼峰、鲨鱼翅及唇、熊胆及掌、仙鹤……甚至还有天鹅肉。涉及许多目前已濒临灭绝的野生动物。我从字面上闻到了一股血腥气。不无汗颜：我那好吃的祖先们哟，是否无意识地加重了这种生态危机？对美食孜孜不倦的追求，无形中造成了他们的过失。都是欲望惹的祸。而贪吃的恶果，在目前已越来越显现了。

全中国，究竟还剩下多少头野生的老虎、豹子、大象、熊？还剩下多少扬子鳄、娃娃鱼？

合拢祖传的食谱，我以赎罪的心情，向这些濒危动物表示忏悔——包括写下此篇文章。《野生动物保护法》的出台，规范了中国人的食欲。有些东西是吃不得的，那无形中等于在蚕食自己的未来，蚕食这唯一的地球。受法律保护的珍稀动物，相当于现代社会的“禁果”。亚当、夏娃就是因为偷食“禁果”被逐出伊甸园的。唉，人类的原罪总是与吃有关。我把一些物种的灭亡，视为人类犯下的另一种原罪。

我们的环保意识，应该首先从每天的餐桌上开始。刀叉必须是合法的，必须是负责任的。

朋友邹静之去湘西时，曾遇见店家悄悄推销娃娃鱼，问他是否想吃？他断然拒绝。他并不是付不起那高价，而是觉得“自己早已在思想上加入了绿色和平组织”。（原话如此）假如每个中国人都有这样的觉悟，饮食文化的负作用将减少为零。邹静之写过一篇叫《吃的劣迹》的随笔。吃濒危动物，自然属于劣迹了。但愿中国人在这方面的劣迹能彻底根除。

可惜我近日去南方某省山区出差，还是听说当地的有钱人以穿山甲炖汤招待贵宾，一旦被执法部门发现，则谎称穿山甲是在爬过公路时被车辆撞死的。以违禁的食物来抬高身价及宴席的档次，这绝对是中国人的虚荣心在作怪。那天夜里，我梦见一只血淋淋的穿山甲。这无疑是一个噩梦。

中国人有吃狗肉的。在一衣带水的邻邦韩国，此风尤甚。这似乎并没有什么错，因为狗并不属于濒危的珍稀动物。欧美人对此却颇有微词，甚至恨不得要求以戒除此习来作为韩国举办世界杯足球赛的先决条件。欧美人不吃狗肉，并非有什么法律约束，而纯粹是感情上的：他们一直认为狗是人类最忠实的朋友。这似乎显得心太软甚至有点迂腐了。但我想，人类的心灵若是能更温柔、更善良一些，难道不是件好事吗？在欧美，严令禁止虐待动物，否则要承受高额罚款。更重要的，是大多数人都在自觉地遵守。是的，人类该到了良心发现的时候。

（选自《中国美食：舌头上的地图》，中国地图出版社 2014 年 1 月版）

一根稻草

李光彪

一粒饱满的稻谷被选为种子入地，在农民的精心呵护下，便成为一株秧苗，再把秧苗移栽进亮汪汪的水田，一苗多蘖，绿油油蓬勃生长。夏末初秋，秧苗簇拥着拔节，抽穗，扬花，转眼，一丘丘、一片片水稻逐渐成熟，金黄璀璨，尽收眼底的是一派五谷丰登的景象。

农家的秋收在“嚯嚯”的磨镰声中，似赛场上裁判吹响哨子，你追我赶，竞相开始了。早的人家“七月半”，就可尝到新米饭，“中秋节”前后，家家户户就一片新米飘香了。

脱去谷粒的稻草，是牛马驴骡的食料，家家都会像收庄稼一样收拾，用草绑草，扎成圆锥形的“草揪”，捆成圆柱形的“草把”。然后整齐有序地放在田里，或是田埂上晒干，挑回家、背回家，堆在牛厩楼上，或垛柴似的码在不易受水、受潮的屋檐下，储存着水冷草枯的冬春季节喂牛马。

在我眼里，稻草就是稻草，喂牛马都还要铡碎。而且稻草脚秆硬硬的，挑来拣去，不会说话的牛马也不喜欢吃，常常把草搁在槽底，只好捞出来给牛马垫圈作肥。而就是这样一根小小的、平凡的稻草，在母亲眼里都是金条，只要经过她的手就变废为宝。

每年入冬，母亲开始磨豆腐、腌咸菜，要晒霉豆腐的时候，母亲会从草码上挑一把最好的稻草，解开，“啪……啪……啪……”，抖去灰尘草沫，拣鲜葱蒜苗似的拔去脚草叶，一一铺在房头上晒待腌的豆腐，或是把稻草洗净，扭成个草团，用来塞腌菜罐。家里杀年猪，母亲也会用些干净的稻草铺在楼板上，用来放肉，然后就安排我拖几把稻草，找个僻静的地方，去烧猪头、猪脚、猪手。我模仿着大人的样子，先解开一把草，把猪头栽上，再用稻草架柴似的站立着把猪头捂严，“哗”一下点燃火，稻草就“噼噼啪啪”熊熊燃烧起来。几个回合，边烧、边刮，再添稻草，再烧、再刮，毛被烧去刮尽，黄喷喷的猪头拎回家，向母亲领功请赏，便可多吃几块一年到头渴望的年猪肉了。

稻草似乎是母亲最能派上用场的一种东西。插秧时节，母亲去拔秧苗，常挑一捆棵长的稻草，一把一把绑秧苗。若有蔬菜要拿到狗街、猫街卖，也如此，不论是分葱、蒜苗、白菜、茴香、菠菜、青笋、芹菜等，凡是需要捆扎的，一一洗净，用几根稻草，小把小把捆好，才背着上市。有时，去卖猪，也要往竹篮里垫上稻草，让猪感觉睡在圈里一样，神不知鬼不觉就被卖了。婚娶讨嫁，建房竖柱，逢年过节，母亲就会用稻草来捂蚕豆芽、黄豆芽、兵豆芽。然后用那些又胖又嫩的豆芽，挡门立户，当礼品送人，或是留着自家办喜事用，作为上等好菜，有脸有面待客。

老家在山区，出门就爬坡，上坡下坎，七丁八拐，背得多，挑得少，“背”是最常见的农活。而且勤劳的母亲不甘示弱，敢与那些力气如牛的汉子比个高低，能背上百公斤的石头、粪土、柴捆，诀窍就是用女人不好意思用的半圆形背板，头和肩同时着力，再往腰脊上镶个自制的稻草垫把，就可以比常人能多背二三十公斤东西。常令那些弱小的汉子忌妒。忌妒母亲的体魄，忌妒母亲的智慧，忌妒母亲靠“背”，挣来的高工分，忌妒母亲靠“背”，背来油盐柴米不缺的日子。

心灵手巧的母亲，还会用稻草编制用具。那时家里穷，为了让我床上有垫的，母亲精心挑出些最好的稻草编制成草帘、草席当棉花垫在床板上，使我睡得软些。但那时的我，不知什么原因，常“撒夜尿”，心里想着是在别的地方撒尿，忽然从梦中醒来，才知自己尿床了。所以草帘禁不住尿咬，尽管被母亲抽去晒过，但很快就变黄发黑了。再加上那些偷吃我血的吸血虫“壁虱”，不知是从哪儿来的，常躲在草帘卷“安家落户”，繁衍生息，夜间梦里经常被叮醒。第二天，母亲只好抽出草帘，抱到院外，像画卷一样由我和她打开，竖扶起来，各拉一头，用根光滑的棍子不停地翻来覆去捶打，撵得那些吸食我的血液，像小瓢虫似的红红壁虱一骨碌滚落在地上，东窜西逃，最终一一死在了我和母亲的脚下。毕竟是草帘，不时被我尿床浸潮，不时要捶撵壁虱，没多长时间就烂了。几天后，母亲编制的新草帘、草席，就会垫在我的屁股下面，让我闻着清香的稻草味入梦，不知不觉，不争气的我，又尿床了。家里穷，请不起木匠做凳子，屁股下坐的除几条祖辈传下的旧板凳外，大多是一截木头、一个树疙瘩。母亲就用稻草编制成草墩，高的、矮的，大的、小的都有十几个，不用时，一个摞一个，码在墙角，要坐时，随手拎来，坐着吃饭，坐着烤火，坐着喂猪，全家人各得其所。而母亲常坐着草墩搓麻线，纳鞋帮，缝针线，剁猪食，捡种粮……几乎手没有闲下来过，直到三更半夜。或提着个草墩，去参加生产队开社员会。我亦如此，一听说来村里放电影，就会早早地扛个大草墩，去那块全村人的晒场上，选个好位置，看让我满脑子长满幻想的电影。直到全部人散场，放映人员解下布幕，才拎着草墩，依依不舍回家。

20 世纪六七十年代，我所在的偏僻老家与广大贫穷落后的山区农村一样，淋浴条件极差，要洗澡，只能瞅个酷热的天气，去坝塘里、山箐里、河里洗。而且女人几乎都不会游泳，一月、两月，一年半载不洗身子那是见怪不怪的事。爱干净的母亲干完那些又脏又累的农活，常烧一锅水，紧依墙角，用草帘作屏障，把自己围在里面，自擦、自冲洗。一直听母亲说，我襁褓婴年时，母亲常用这种方法，为我洗身上的屎尿，然后再把赤裸裸的我包捆好，生怕我着凉感冒，使我一天天健康长大。大嫂、二嫂生孩子“坐月子”时，也常见母亲十天半月就熬些中药，让她们坐在自己发明的稻草帘“洗澡堂”里蒸熏。

后来，老家种的烤烟也越来越多，母亲的稻草手艺也用上了场，专门打草席，八角钱一床卖给当地烟叶站。大集体时，钱交生产队兑换工分，年底分粮、分钱，田地分到户后，打草席赚来的钱就是母亲的劳动回报了。所以，母亲每年不管用什么方法，买也好，斢换也好，帮人家编制草帘、草墩，抵工时费也好，都要囤积很多好的稻草，闲时“打草席”卖给烟叶站，使家里除烤烟收入外，又多了一条微薄的生财之道，哺育我成长。

像泥土后裔稻草的我，进城二十年到现在，豪华的客厅里，经常放着几个与那些高档家具不相配的草墩，都是母亲从乡下老家带来的，全家人都爱坐。

（选自《母亲的气味》，云南民族出版社 2015 年 4 月版）

中年读杜甫

雪小禅

杜甫真好，说这话有点晚了，因为人至中年了。但也不晚，因为终于知道了杜甫的好。

少年读“尔曹身与名俱灭，不废江河万古流”，觉得天地都无情，也不理解江河万古和身心俱焚，又读“感时花溅泪，恨别鸟惊心”，对没有分别过的少年，如何恨别？又如何惊心？

我只当小鸟轻轻飞过，并无波澜，因为也看不到花溅泪——我少时去和小伙伴偷芍药，车骑得飞快，芍药花很快在单车的车筐里蔫掉了，一点也不疼惜。

我只爱那疯狂正午的私奔和蝉鸣，一如爱我放纵不羁的少年。我连少年悲愁的滋味也没有，老师让背杜甫，只觉这个老头儿好凄苦，一副愁眉的样子，国破家亡衣衫褴褛举目无亲。

“安史之乱”只是书中的四个字，我们不知如何天摇地动，更不知它几近是一个朝代的节点，从此急转直下，再无盛唐。

直至中年，昏黄灯下，雨落黄昏，一个人展卷，忽然读到“所向无空阔，真堪托死生”。心中翻滚，再不能平静，索性一个人去园子里散步。

盛夏的黄昏有一种将散未散的别情。流浪猫在花下发呆，孤独的眼神没着没落。白色的木槿花真好看，花期长，整整开了一个月了。石榴、枣树、山楂都结了果，茂盛的萱草仿佛在等待一场暴雨，珍珠梅开得有些败了，睡莲却正疯狂，一副清心寡欲的样子。

我总爱独自一人坐在凉亭里发呆，轻轻唱着：“一霎时把前情俱已昧尽……”

人至中年，俱已昧尽啊。黄昏兀自黄昏着，我们兀自着渺目烟视的光阴。

我少时喜欢着李白的放浪，奔流到海不复回的豪情，还有与尔同销万古愁的壮怀，即便不得意了，他也会安慰自己："长风破浪会有时，直挂云帆济沧海。"他笔下的五陵年少和白马春风，是唐诗中的早晨，一切蒸蒸日上。他用的词都壮阔，都是和宇宙江河讲话："燕山雪花大如席""千金散尽还复来""黄河之水天上来""人生得意须尽欢""飞流直下三千尺""仰天大笑出门去"……他什么也不管，他只管活得放纵肆意，他只管寄愁心与明月，然后邀月饮酒和花对诗。他不见古人只见自己，他和时间平行着飞翔。李白的诗中没有别人，只有他自己和天地光阴任性，他是早晨八九点钟的太阳，照得我们一身光芒。

白居易的诗是中午，有了儿女情长，无论《琵琶行》，还是《长恨歌》，能感受到人的温度和爱情的光泽，他在凡间，叹息同是天涯沦落人，祝愿在地愿为连理枝。他又写老来多健忘，唯不忘相思。他的诗里，是可亲可怀的人在走动——我们也热恋也缠绵，也曾七月七日长生殿。我们感同身受，我在 20 岁到 40 岁时最爱白居易。

终于，到杜甫。天已黄昏人已中年。

一个人在"春秋亭"唱《一霎时》，眼中无泪心里有泪，便纵有千言万语，更与何人说？且不说，一个人亭中看雨、抽烟，不尽思绪滚滚来——我也曾"感时花溅泪"，在机场与人分别，转身刹那"恨别鸟惊心"，再也见不到了，永别了。

也曾斯人独憔悴，一人在三月春花中，万籁俱寂里泣不成声。甚至读到"城春草木深"都会掩面，无边落木在心中萧萧而下，聚散离别多了，甚至经历了至亲至爱的生死，甚至时代里的坎坎坷坷。一转身看到杜甫，他在那里，一身悲悯和慈心等着你，心里遍布荆棘，却给人花开见佛的明示——他赶上了安史之乱，国破的山河，流离失所，再读《三吏》《三别》，心中俱是惊恐与不安——在不安的年代，谁能保身？杜甫如何？在逃难途中忍饥挨饿，闻官军收复了河南河北写下"漫卷诗书喜欲狂"，喜欲狂啊，谁能记得我初闻涕泪满衣裳？

去年秋天，我坐在杜甫草堂中饮茶，看着黄叶悠然飘下，不知道一千多年前的杜工部是怎样的心情？他赶上了一个乱世，那是他的命，他还有一颗赤子之心，那也是他的命。

"莫自使眼枯，收汝泪纵横。眼枯即见骨，天地终无情。"一个没有经历生离死别的人，怎能读后动容？怎能掩面而泣？生离死别是人生大别，从此后，再也见不到了，再也看不到了，只能靠回忆打发光阴，埋葬时间。

春闺梦里人又如何？我想摸一下你的发，我想做一碗面给你吃——但，天地真无情，光阴真无情，我一人且唱《一霎时》，时光里碎片扎疼了我，中年遇到了少时不喜欢的杜甫，“明日隔山岳”，而“世事两茫茫”——我是再也见不到你了。

我哪知人生易老，却分明易老。白发初生，表妹买来韩国染发剂，我笑着说满头白发更性感。（人生第一次，写到这泣不成声了。）少年时的好友彩虹来电话，说儿子要结婚，让我去给当证婚人。那天我在台上，看到新郎和新娘一脸甜蜜地站在我面前，看着台下有了白发一脸笑意的好友，脱口而出杜甫的诗句：昔别君未婚，儿女忽成行。

少女时代我们去大堤上采野花，照相。那时还没有手机，一个胶卷 36 块钱，小心翼翼地照着，生怕浪费了一张胶卷。

而此时手机里有一万多张随便拍的照片，还有美图秀秀、美颜相机，可把快 40 岁的人变成少女，可随意删除，再也没有当年的珍贵。

同学聚会，一帮中年人。或者有人当了爷爷奶奶，张嘴便是孙子孙女，或者只提少年的交集。也有同学去世早，大家说他如果活着该多大了……他有一天喝醉了酒，说，儿子领了结婚证，觉得自己老了……等老了我们一起去养老院吧，语气中是对光阴的无奈和绝望。

“人生不相见，动如参与商。今夕复何夕，共此灯烛光……夜雨翦春韭，新炊间黄粱。主称会面难，一举累十觞。十觞亦不醉，感子故意长。明日隔山岳，世事两茫茫。”

人到中年，谁读到这样的诗不感慨？你的少年已随时光飘走，你的少年已经成为别人的少年，你的发鬓已霜。你想念老朋友，每饮必醉，还念念不忘，念念不忘。

丁酉春，我在成都，晓看红湿处花重锦官城，又在杜甫草堂看到千朵万朵压枝低，这是杜甫的好，经历了万千坎坷国破家亡，还在赤子之心里开出一朵又一朵小花。

他是随风潜入夜，他是润物细无声。他是我中年遇到的杜甫，不早一步不晚一步，恰恰好地熨烫了所有时光的褶皱。

我等着锦江春色来天地，我等着花开时节又逢君。

（选自《我只向美好的事物低头》，湖南人民出版社 2018 年 1 月版）

河套王

王富江

清末民初，他，本是冀南地区乡村一位家境十分贫困的农民，千里迢迢走西口，来到大西北的河套，通过开渠租地白手起家。

他，曾经拥有五原、临河、安北三县的巴彦淖尔大片区域，拥有数十条河渠、二百多万顷土地、七十个牛犋（村庄），数千家丁、数万民工和佃户，一生开渠总长达两千公里，可灌溉土地一百一十多万亩，超过了李冰都江堰当时可浇的面积，创造了世界水利史上的神话，被称为继大禹、李冰之后中国水利第三人。

他，在黄河后套及整个绥西，财产无人可与匹敌，开拓了后套地区，捐建了五原县城，引来了数以万计的晋、冀、陕等省汉族移民，实现了“黄河百害，唯富一套”、“天下黄河富河套，富了西套富东套”的光荣梦想。

全盛时期，他年收粮食二十三万余石，年收租银十七万两，饲养耕牛一千余头、奶牛两千余头、骡马一千七百余匹、羊十二万余只、骆驼五百多峰。且在一八九一年华北、西北大旱，一人收留五万灾民近一年。并与当时军政学界的名人张骞、冯玉祥、张相文等都交往密切。

他，一手奠定了当今美丽富饶的河套平原的基础，使其不仅成为内蒙古自治区主要的粮食和经济作物产区，也是国家重要的商品粮基地之一。

他，威望、财富和传奇的人生，赢得了“河套王”的称号。

他，名叫王同春，中央电视台黄金时间曾热播的电视连续剧《我叫王土地》，就是根据他的故事改编创作的。

一

王同春老家——邢台县东石门村，坐落在太行东麓平原一片绿树婆娑之中。年轻时候，这个村有我好朋友赵聚海和王进，去过多次却很少谈及曾经辉煌的他。步入中年，我对打拼在黄土高原的王家前辈日渐高山仰止，一个春节期间，我揣着浓厚的春意专程来串“亲戚”。

百年沧桑，名震塞外的游子，梦之乡关的父老乡亲知之甚少，可供凭吊的遗迹更是微乎其微。故园，为数不多的老人意念余晖里，王家大院有一座十分气派的门楼，悬挂过皇帝御封“寿考尊荣”四个金字，看到过家中珍藏朝廷赏赐的“黄马褂”，这一切连同东南土岗上威严森森的祖坟，随着岁月风雨漂流得无影无踪。唯一留存的厚厚一沓王同春史料，还是从内蒙古五原辗转复印而来，淡淡墨香徐徐向故里展示一代“河套王”的旷世传奇……

老家三门近亲，粗略印证了王同春少年梗概，1852年呱呱落地一户贫穷农家，乳名“进财”，寄托了父母殷殷盼望广进财源的心愿，仨兄弟中排行老二，从小过继给叔父，5岁出天花时瞎了左眼，7岁读过半年私塾。或许他姥姥家是山西缘故，这个说大约8岁就撵着大爷上山西打铁，那个道13岁时跟父亲背井离乡逃荒绥远，还有的断言16岁那年随他人走西口，投靠早来后套做羊皮生意的叔父王成。

后套南北四百多里，东西近八百里，得天独厚，地广人稀，黄河水流之处皆为膏腴，明朝以前充作马上民族的天然牧场，清中叶后几个山西汉子随意拓荒获大利，谁播种归谁，谁吃苦耐劳谁不愁吃穿，讯息不胫而走，闯西口的人们一窝蜂飞来，王同春就是嗡嗡西飞中一蜂。十六岁那年秋，他决然离开叔父枯燥无味的皮匠铺，投奔当地颇有影响的地商郭大义挖渠，毛头小伙子一时冲动，拉开了一生引黄济套波澜壮阔的序幕。

别看小伙子眼睛瞎了一只，心眼却多出好几个，再加上身材魁梧，下地格外不惜力气。阅人无数的老郭喜上眉梢，很快委派管渠重任，并慧眼下嫁女儿给王同春。乘龙快婿，借势无中生有，先租一片蒙地垦荒旗开得胜，接着瞅准后套唯一综合商号“隆兴长”潜在的商家宝地，千方百计谋划到手。血气方刚的他放手一搏，幸运品尝了第一条渠成功的喜悦，五年头顺势添加了第二条渠。他琢磨透了“后套地势西南高于东北”这一来龙去脉后，果断地将西南状如飞龙奔来的两条渠，北连乌加河，东通乌梁素海，一气呵成气势磅礴的义和渠。哗啦啦的水流，就像他信手甩开的一条七色彩练，旋转舞过“风吹草低见牛羊”的后套腹地，天遂人愿地飞挂在隆兴长货栈门前，促使街道周边旺铺如雨后春笋冒出，“独眼龙”的声名，也随哗哗渠水一路响亮起来。

挖条渠，三丈阔、三丈深，短的数十里，长的数百里，加之众多支干，熟悉黄河水性的王同春展现出了无比神奇的魅力，一回回开渠，看似有如神助，实则花费了无数的心血和汗水。白天，他采用十个涂满白色的柳编水斗子，沿途依次每十丈竖立一根钉着水斗子的竹竿，一会儿登高望远，一会儿骑马巡行，前后左右，因势利导，循序渐进，独眼土办法算出的精确度，跟洋工程师拿仪器测量的相差无几。夜晚，几百里内的原野，他尽管烂熟于胸，还是慎重地命手下点着数盏灯火，错落摆放在新选择渠道区域，反复遥测起伏地势，细细观瞻火焰高低，力争万无一失地敲定最佳路线图，偶然迷失方向，随手抓一把泥土灯下一瞧就知行之所在。下雨了，下得越大越猛，电闪雷鸣，他越出门实地探查雨水新流向，狂风冰雹也不能阻挡。一年之中，除过春节稍事休息外，他大年初二就出门到附近渠田慢悠悠地转，日均百里，不走车马大路，专挑羊肠小道，借机多掌控广阔地貌的些许微妙变化。

日积月累，天道酬勤，那一条条蜿蜒的河渠，犹如一首首欢快的赞歌，不舍昼夜传颂着“独眼金睛”河套王……

数万走西口大军，冲着王同春如日中天的名号，一个个心甘情愿地跟他摸爬滚打。芦苇柳丛杂生之地，经一道道纵横血脉渠道持续给力，一夜之间华丽转身五谷丰登的希望田野，带动了隆兴长百业兴隆，飞速聚集起一座繁华热闹的边陲重镇。民国县政府慕名迁来，县城核心圈隆兴昌镇之名亦源于“隆兴长”，几代人不约而同地认为：“没有王同春就没有昔日的隆兴长，没有隆兴长就没有今天的五原城！”

因王同春一只眼瞎了，人们私下多尊称“独眼龙，”龙王转世之说随即广传。又因他小名进财，干啥都能挣大钱，背地里男女老少直呼“瞎进财”。当年后套，打听王同春，不少人会迷惑摇头，提起“独眼龙”“瞎进财”“老财主”却家喻户晓，路人皆知。解放前，后套百姓太信服王同春了，每遇大河决口成灾，或遭受极度干旱少雨，往往成群结队而来祠堂，正午以前虔诚地设牲摆供祈求消灾降福，夜幕降临则用蜡纸叠成纸船、纸灯，一一点着烛火放入河渠，默默祷告嗜好水利若命的“河神”显灵佑护。

二

千里河套，就像个巨大龙潭，四面八方涌来闯荡深浅的鱼群，再加上世居水族的抵触，“独眼龙”王同春被动接受虾兵蟹将不间断的挑战，一会儿为达到目的断然使出非常手段，一会儿担当匹夫之责抗击外国势力骚扰，一会儿逆来顺受低下倔强的头。

面对弱肉强食，初始，他的家法“住顶棚房子”“下饺子”“吃麻花”等，充斥着浓烈的血腥味。有一年，他毫不眨眼地将违令和作对的三千五百余人统统处死，就算乱世需用重典，不得已而为之，闻听也头皮发麻，触目惊心。打开局面后，他在草原大规模垦牧更是猛冲硬拼，时常强立借契，对卡脖子的钉子户直接动用武力，不甘心的蒙古人武装围攻过来，他带卫队佯装败退，半夜三更杀回，一把熊熊大火烧死许多宿营兵丁。达拉特旗联手杭锦旗以屠杀主谋罪控告他入狱，官司一下子折腾了三年。狱中，他反思在道义做得有些过头，一出牢门，就诚信当先，价钱合理，辅以恩威，这一垦牧策略变化，竟然化敌为友，英雄相惜。随之，劳其筋骨联合晋军帮助牧民战胜在沙俄纵容下一路烧杀犯境的外蒙匪徒；随之，苦其心志与蒙人一道对付咄咄逼人的西方传教士，举头摆尾之间，透射出朴素的爱国情操与民族气节。

河套大地，每个教堂四周圈地数百千顷，自成一片独立行事王国，牧民极为不便，怨气冲天。王家包头有一块沃壤，水渠流经教堂地盘，教徒恃强霸水谋利，他绵里藏针应对，刚争回正当权益，又遇到蒙古乌审旗人同教徒纠纷闹大，需赔银四万八千两，可旗里太穷拿不起钱物，不得已抵押宝藏大淖尔碱池。教堂公开招商承领，沙俄愿出大价钱购买，他立马借给乌审旗五万两白银承租，没承想经营得顺水顺风，比利时传教士格外眼红，想夺回已有，他宁肯低价让地方政府收回，也绝不屈服于洋人威逼势力。45 岁那年，清廷严令他将私自拥有的渠田上交，只给象征性的一点补偿。天主教神父趁机挑拨，百般诱惑：“你若将产业归入教堂，信奉了天主，我们定会厚厚酬谢，可保证你余年无虞。”他微微一笑回绝：“我是一个中国人，土地渠道交给国家乃国民之本分，这样做是应该的，岂能私自授予外人！”

“独眼龙”独来独往，不惧外来风高浪急，却忧愁同行地商冤家。

他与“蟹将陈四”拼得鱼死网破，付出了三进监狱的惨痛代价。陈四，早年追随左宗棠西征，手下悍徒如云，又占据河渠上游地势，两家常为利益分配爆发严重冲突。诉诸萨拉齐厅，正直的抚民同知文钧判决械斗双方互有责任，第一次身陷囹圄的他当场无罪释放。陈家不满屡屡上告，他将因此革职而又年老无子的文钧抬回家，殷勤侍奉胜过至亲。不久，他第二次锒铛入狱，原来同另一地商高占旺争斗时恰遇高的儿子遭袭丧命，恼怒的高家诬告月下见他带人持棍行凶，萨拉齐厅仔细推算那天夜晚原本无月而未结案。陈家推波助澜，高家趁势上诉省城，太原府动用酷刑查无实据，驳回重审，两地扯皮往返三年，最后虽澄清匪徒所为，他却损伤筋骨，因此落下了一遇阴雨天就阵阵疼痛的毛病。

连遭旋涡陷害，“乐水”痴心不改。听说陈四密谋雇惯匪一千块大洋挖自己赖以生存的右眼，“独眼龙”震怒之下，多付一倍价钱反而剜去陈的双目。失明后的陈四变本加厉，处处作对，无奈之下，他派拳师杜福元带人大年三十深夜将其杀死，然后跨上早已备好的神骡疾驰包头城四处现身。惊天大案，官府审讯，杜福元振振有词：“天刚亮我就在城里头拜年，怎么能夜里12点在他家杀人？两处相去四百多里，难道我会飞？”一匹骏马，的确连续数小时累死也无法跑到，这起天方夜谭命案，至今街头巷尾，仍有一些人津津乐道。

鹬蚌相争，官府胃口大开：“你私垦蒙地犯了大罪，主谋杀人又犯了死罪，快花钱消灾吧，不然还要危害子孙！”边吓唬，边拿出蓄谋已久的契约，别无选择的王同春轻轻一摁，如同降宋李后主一样，无限绿油油的家国故园，“雕栏玉砌应犹在，只是朱颜改”。

木秀于林，加之陈家旧案困扰，光绪三十三年，王同春第四次黯然入狱。度过漫漫五年牢灾，天庭似乎有意网开，耗尽人力物力的他，不可思议地沾了辛亥革命惊雷之光。绥远将军坤岫下令格杀全部囚徒，五十一名罪犯五十一具尸体，开枪的一个兵丁竟鬼使神差地自毙顶缸，他居然幸免于难。将军长叹一声，随便找了个理由释放。

身陷坑坑洼洼浅河滩的“独眼龙”，虽忍痛舍鳞飞跃出绝境，却再也不能大展宏图叱咤风云……

乱腾腾的清末，义和团运动席卷河套，他独自为之筹备粮饷。大灾大旱年头，他一再捐献粮米，多次收留晋冀鲁豫四省灾民。土匪队伍袭来，他主动负担口粮开支，免除骚乱侵害。革命党同盟会员慕名来拜，他尽其所能给予资助。首任绥远垦务大臣贻谷假惺惺地明里提拔他为总工程师，暗地里却处处掣肘，朝令夕改的官员也竞相卡要，不送好处就不给水，逼得成千上万老百姓一块块血汗田多数回归沙碛，只剩下不足五分之二。他常常闻听一些故旧叫苦连天，禁不住流下几串混浊老泪。

乱哄哄的民国，兵祸连着匪患，官员走马换灯，原本生机勃勃的田野一片肃杀衰败，谁也没有王同春私自管理渠道时秩序井然，多位有识之士摇头而叹：民生渠挖了三年还不能用，眼看着以后也无希望，要是“独眼龙”来干，哪能浪费这么多的时间和钱财！

三

后套老百姓们，纷纷啧啧称赞“龙王”“河神”；北国风流人物，也都打心眼里敬佩这个敢作敢当的燕赵农家汉子。

民国二年，王同春与下野隐居河套的阎锡山一见如故。阎复出后，响应武昌革命，率军北伐，势如破竹，他一边承诺给其军需补给，全部收治受伤官兵并使之痊愈归队，又一边代表败退的绥远将军斡旋劝和。民国十四年，冯玉祥带领部队挺进西北，当面抱拳道：“王哥，小弟我吃你来了。”他爽快担当所有吃穿和军营筹建。

君子坦荡荡一诺何千金！

烽火连天，兵匪横行，他却年年把青海宁夏的特产滩羊皮、软毛细皮，大量运到家乡邢台，再把中原丰富的绸缎布匹洋货日用品贩卖过来。一队队满载货物的大小车辆，只要插上“王同春”三个字猎猎标旗，西北和三晋各处军事关隘和税卡，一律免验放行，摄取了万里商贩无数羡慕的目光。

声名日隆的“河神”王同春，对络绎不绝求助的乡亲，一一给以照应，不少人留作“二地主”发家致富。邢台皮毛业能在京畿快速崛起，也多受益于他的倾力周旋。听说家乡受灾了，他心急如焚，连忙整车皮发回救命口粮，拳拳之意令牛城父老代代难忘。后半生，他唯一回老家省亲的画面，已记不清是哪一年的春节，绥远婆姨盘腿端坐在东石门老宅院热炕头，满脸堆笑地给拜年后辈每人两个小元宝，盈盈厚待之举长留乡邻心间。

时至今日，几个老人还能忆起传唱到邢台的歌谣：

隆兴长有个独眼龙，其名就叫王同春。
大家都称他老财主，开渠筑坝是河神。
河套由他来开发，五谷丰登享太平。
若非禹王再重生，哪有这样好光景。

歌谣传得京城也沸沸扬扬。

民国三年春，他这个塞外水利土专家，吸引了京都国家地理学大师张相文来访，两人彻夜长谈，相见恨晚，颇似春秋时期俞伯牙巧遇樵夫钟子期。张相文深为王同春经世奇才折服，回京力荐给农商总长兼导淮督办的张謇，礼聘水利顾问。冬闲践约，王同春动身进京，顺道谒见绥远新任都统潘矩楹，谁料其部下垂涎王家百万家财，胡乱捏造个罪状就将他第五次扔进狱中，并以莫须有罪名判了死刑。张謇两次紧急函电交涉营救未果，火速觐见总统袁世凯方才枪下放人。他稀里糊涂遭受第五次狱灾，差一点酿成现代版俞伯牙摔琴哀知音的悲剧。京城的日子，他与张相文、张謇朝夕相处，筹谋了一个西通垦牧公司，由他拨出五百四十顷土地入股，两先生各出资两千大洋。民国四年，黄河解冻，张相文踌躇满志地带领数名农科大学生赶赴草原。然而，残酷的现实——交通不便，官吏贪婪，军队骚扰，土匪猖獗，使六度春秋苦苦支撑的大畜牧农业梦付诸东流，就连惨淡经营的养殖，也被乱世洪水冲撞得七零八落。

五进五出监狱，王同春无怨无悔，一如既往。

民国十一年，马福祥出任绥远都统，采纳他接二连三的中肯提议，组建民营汇源水利公司，多措并举疏浚废弃的渠道，大量田地迅速焕发了蓬勃生机。

桑榆虽晚霞满天，王同春不顾年老体衰，毅然几次跟随张謇南下，夜以继日地覆勘淮河水患工程，绞尽脑汁地推敲治淮良策。上海商洽，他主张招募冀鲁豫的民工疏导入海，张謇也深以为然。由于比利时、美国专家意见不同，贷款久拖杳无音信，实事求是的方案胎死腹中。无奈之下，他陪同张謇参与组织海门垦务公司小试牛刀，围海筑坝造田三百余顷，巧用天然潮汐作渠，涨潮时导入海水，待落潮时将炎日暴晒出的一层地碱席卷干净，往返数次冲刷，一年养草，二年栽豆，三年种上香喷喷的稻谷。

春寒料峭，回京征尘未洗，他就应晋北农会力邀，踏着雁门关外残雪巡查桑干河上游山水，寥寥数语，画龙点睛，两大渠比翼双飞，几小渠竞相争流，朔州两千余顷望天收顿时止渴。紧接着，他又听从西北边防督办冯玉祥将军召唤，兼任包西水利公署参议……

鸡鸣即起，栉风沐雨，老骥伏枥，志在千里。

他 74 岁高龄了，仍不知疲倦地兴云布雨在西北苍凉的河山，奉命监管新挖渠道，依然亲自下水勘察。历史永远铭记住——1925 年 6 月 28 日，一代“河神”赶赴黄河岸边汛前督修，谁料意外中暑昏厥，复染痢疾终致不治，魂归黄河龙宫。

四

数年打拼，王同春几乎以一己之力开发了绥远十八个行政县中的三个，独自引领了义和、刚济、皂火、丰济、沙河五龙飞降甘霖，搭伙牵来了通济、长济、塔布三龙呈祥献瑞。八大龙渠，二百七十多根龙须渠，好似银河飘落的绿丝带盘绕在浩瀚田野，把他星罗棋布的永久居住点连成一片。登高远望，牛羊骡马如同满天飞舞的彩云，一望无垠的小麦玉米向日葵，碧波荡漾，金浪翻涌。他一次次有意无意地沿岸牵引，将野茫茫的阴山南麓喷洒成远近闻名的米粮川。

这一切，连同整个绥远省版图，都沉入历史长河。

然而，历史不会忘记。

土生土长的农民水利专家，只身单眼，大字不识几个，躬身在塞外荒原白手剪出一片大地同春，怎能不令后辈缅怀？怎能不令故乡邢台引以为豪？倘若他也像郭守敬那样，与忽必烈、刘秉忠等明君贤臣风云际会，必将干出更加耀眼的业绩彪炳史册。不巧的是，恰逢祖国母亲多灾多难之秋，我读罢张相文为他作的祭文小传，实在不忍再听那带血的叹息："王同春真是不幸而生于中国！"

遥想 1925 年盛夏，黄河民间"龙王"下葬，西藏达赖、班禅来了，青海喇嘛来了，伊斯兰阿訇来了，蒙古各旗王爷来了，一个个不远千里吊唁，当地民众扶老携幼齐聚隆兴长，含泪排成"十里长街"送行，冯玉祥将军亦沉痛地在包头召开追悼会，这是多么庄严而荣耀的盖棺论定啊！翌年 9 月，五原誓师，冯玉祥就任国民革命军总司令，挥戈响应北伐战争，目睹临河至五原一带人烟稀少，大好田野荒废，念起王同春在世时的遍地兴旺，深为痛惜："这样的人若生在外国，当早已成为誉满世界的大人物。"

再忆十年忌日，绥远省主席傅作义追念王同春开渠垦荒之功，特拨专款重新维修祠堂，国民党西北和晋地军政显要人物冯玉祥、阎锡山、马福祥、门致中、李鸣中等亲撰挽联致敬。历史学家顾颉刚辗转千里专访，秉笔直赞他为"民族的伟人"，文学大师冰心纤手素描他女儿《二老财》一文中尊其"后套的民族英雄"。故交与新知，字字珠玑，句句情真，深深慰藉天上之英灵！

纵观王同春一生，五十年施展宏图的珍贵光阴，竟在牢狱空自耗费了十一个春秋，直到去世，怀里还揣着一卷未来得及实施的"复兴河套水利计划图"。叶落归根，他本想回邢襄祖坟的，后套隆兴长的兄弟姐妹硬是长跪不起留下，万千心声凝聚在祠堂前八尺高四尺宽的青青石碑之上。他的事迹入选民国小学语文课本，载入《清史稿》，还漂洋过海到《剑桥中华民国史》。

其实，最有纪念意义的，当属“河神”毕生挥毫的“八大干渠”，一直清悠悠地恩泽万亩良田。国内一些专家学者目睹后，纷纷惊叹华夏历史又多了一项激动人心的民生工程，只是静静大隐在塞外阴山脚下而鲜为世人所知。

如今五原城西，义和渠旁新辟了柳绿花红的河神公园，六龙头威武托起二十余米六菱形花岗岩巨塔，匆匆从西北黄河边跋涉考察而回的王同春，高瞻远瞩，屹立顶部，深情地俯瞰东南大地。

20 世纪 80 年代末，邢台东石门村民赵学仁跑运输夜过五原住宿，浓重乡音一下子引发素不相识的店家无限感慨，不仅热情周到分文不收，临走还执意赠送两天路上干粮。岁岁七月十五,四里八乡的人们自发聚集义和渠行舟，载其瓷像，放逐河灯，敲锣打鼓，祈福风调雨顺，形成一道独特的历史传统文化风景线。改革开放的春风，催动创作他的人生传奇小说《河套王》《河魂》先后问世，中小学校课堂也陆续开始讲述“龙王”“河神”演义。

大禹九州治水，不用说了，泱泱中华独一无二。滋润川蜀，李冰父子手握一方郡守行政命令，一呼百应，背后又有大秦帝国鼎力相助。而王同春呢？冀南乡村一普通农夫，凭借着满腔燕赵慷慨悲歌之豪气，吸纳着大西北的瀚海雄风，几十年在风沙干燥的黄土高原后套，打磨出了能与天府之国相媲美的塞外明珠。百年以来，一把辛酸泪，谁解其中味？

五

今年，人面桃花又在春风里笑了，我再也按捺不住汹涌的遥思，追随顾颉刚和冰心两位老前辈独具慧眼的大家风范，千里探寻神交已久的一代河套王。

明媚阳光下，巴彦淖尔市西北空旷的黄河湿地生态公园中央，气势磅礴的长龙形黄河水利文化博物馆傲然雄踞。视野开阔的厅内灯火辉煌，显著位置别具一格，再现了王同春开发河套那一段穷当益坚的岁月，精心陈列了他一件件就地取材极具科学原理的简陋土实物，遗憾的是不允许现场拍照。

凉意习习的夜晚，酒店前星月广场人流如织，我迫不及待地连连询问王同春其人其事，本地六十多岁以上老人都非常熟悉，兴奋拉开“瞎进财与瞎陈四”的话匣子，而绝大多数，跟故乡牛城人们似的，一脸迷茫。转入“王土地”话题，几个青年学生恍然大悟，腼腆地说，是从学校中考知道王同春这个人物的。

五原县博物馆，王同春治理河套专题展览，成为一张最抢眼的名片。穿过多个似曾相识的动人场面，我在他用过的一个青石马槽前长时间驻足，这里看到的不仅仅是西北首富日常生活一个侧面，夜晚亲自喂养白天干活的马，而是他带领一个家族，几十年如一日下地劳作，吃菜自己种，吃面自己磨，穿衣自己做，一生不忘农民本色。

走进五原城外二十多里天籁湖，我缓慢浏览新建影城基地，那些复制的“隆兴长商业一条街”“河套大干渠”“王土地庄园”……以及陈列的民国时期的“洋轿车”“大喜轿”“豪华马车”……他在天之灵，又做了件大好事，增添一处通晓河套清末民初历史文化的永久窗口。

步入“四大股”普济寺，这个诸神庙，1872 年，由万太公、万德原、郭大义和王同春四大乡绅庆祝“短辫子渠”竣工兴建，几十年后衰败，他晚年又出资重修，可惜众人郑重撰写的记事碑焚于抗日战火，雄伟壮观的飞檐楼阁毁于“文革”内乱。我与按原型复建庙宇的几个和尚交谈，浑然不知四大股是谁，转遍金碧辉煌的殿堂，未发现四位发起者立锥之地。颇有纪念的历史渊源，如此轻描淡写地从现实世界悄然流走了，而寺院醒目昭示每年农历六月二十八日至七月一日的水陆法会布告，却深藏玄机奥妙，这本是王同春忌日以后的那几天啊！

匆忙一日，我不停地打听五原县城东北角的王同春墓地，得到一连串摇头失望。据说，那往昔巍峨祠堂，散落一片破砖烂瓦，遍地衰草枯叶，唯有县政府新树的一通矩形墓碑，白色大理石上红色描绘墓主之名，虽孑然而立，却醒目散发着现代色彩。千里乘兴而来，却无缘下拜同乡同姓的“河神”长眠地，浓烈乡情，厚重乡愁，不甘而又惆怅地丢进渐渐逼近的苍茫暮色。

夕阳西坠，屹立塔顶的“河神”熠熠闪光，似乎刚踩着一抹彩霞从天堂归来。我信口问起旁边一对年轻情侣，两人仰望巍峨雕像迟疑了一下说：“可能是大禹吧。”情不自禁纠正时，他俩连忙道：“知道王同春，就是电视上演过的那个王土地。”恢宏的塔基四周，一处处开荒群雕庄严肃穆，若是再锦上添花一块“河神”事迹简介碑刻该多好哇！

踱步义和渠长提，微风吹面不寒，我百感交集地阅读百年川流不息，黄河之水天上来，绵绵大爱大义，润泽后套不复回。一线古渠洋洋，两行新柳依依，忽弯弯飘来朱熹《观书有感》，遂借千古诗意抒发久久萦怀的敬慕：

万亩五原一鉴开，龙光神影共徘徊。
问渠那得清如许，为有同春引水来。

（选自《散文百家》2015 年第 4 期）

玄 鸟

格 致

我数电线上的燕子。我正闲着，看到什么就会去数什么。数燕子之前，我在数葫芦架上的葫芦。数葫芦总是遇到障碍。那些汹涌的叶子，怀里抱着玻璃杯，对云彩、风和我充满了警惕。葫芦里面，葫芦的孩子很多很小很拥挤，它们害怕下雨、害怕日晒也害怕被我数清楚。

我准确地数清楚了电线上的燕子，它们唯一的燕子藏在屋檐下。但是电线上的燕子不能是五只，它们可以是三只六只七只八只，其他任何只，单单不能是五只。

其他数字我都可以心平气和，都可以像数葫芦那样悠闲，能数几个就数几个，看不清楚就不数了。但是电线上的燕子，我从左往右数是五只，从右往左数也是五只。它们不能是五只，是五只我的心就乱了，是五只我就得从春天开始说了。

我一直在努力，希望和燕子生活在一个屋檐下。为此我盼望了三年。今年是丁酉鸡年，我终于在春天等来了一对燕子愿意住在我家的屋檐下。这是个吉兆。你知道吗？我们家住燕子啦！我把这一喜讯告诉了很多人。然后我开始记录燕子的饮食起居，我像一个从来没见过燕子的人那样记录燕子的一颦一笑。我知道燕子秋天会走，我知道来年春天它们还会回来，因此我不会为秋天的那场离别伤感。

想不到的是，我和燕子的离别来得那么早——燕子初伏就走了。我从来没有听说燕子六月底就离开北方。惶惑之余，我开始往坏处想，我担心它们遇到了不幸，已经死了。在乌拉街的天空上，我还偶尔能看见鹰隼滑翔机一样的傲然黑影。鹰隼是空中食物链的金字塔尖。可是我家的燕子走时已经是五只了，它们怎么可能五只都同时被老鹰吃了呢？它们得多倒霉同时遇到了五只鹰，而这样的概率基本是零。老鹰和老虎一样，从来不成群。这样一想，又觉得它们有活着的可能。只是不愿意在我这里住了，搬家了。

但是为什么呢？它们在春天决定住下来是经过了认真考察、论证，找到了住在这里的理由的，那么它们住了两个月就决定走了，那就是最初的理由都意外坍塌了，被破坏了，它们身处险境。可是，我家发生了什么吗？我什么也没破坏啊！我只是薅掉了菜地和花园里的野草；为黄瓜搭起了黄瓜架；早晨把南瓜的雄花摘下来，为雌花授粉……燕子筑巢的那座坐北朝南的老房子，我也没拆啊。我都没有说过拆这个字，连心里的计划都没有。这是多么难解的题啊！

只有燕子知道，只有燕子看到了，它们不说，悄然离开了险境。燕子的险境也是我的险境，它们能看到，我看不到；它们离开了，我无法离开。但是我害怕了。燕子走了之后，我的心慌了。我这个院子里的天下已经不太平了。

而此刻，中伏的最后一天，我坐在秋千上，秋千吊在榆树下；燕子坐在院子上空的电线上，一字排开，像五个黑色的象形文字。它们组成了一个句子，一句话，为我呈现出故事的结局。

这是最好的结局了——它们都活着！

这个故事怎么讲呢？一个故事，只有上半部分和结局，而缺失了中间重要的情节和内容，这个故事我怎么讲呢？这个故事不好讲我也要努力讲，因为结局是那么的好，它们都活着，并且惦记着旧巢。那旧巢安在我的房子上，我住在房子里，那么它们回来看旧巢，就把我也一起看了。它们也没有忘记我。那么这个故事我愿意讲。这是个和我有关的故事。把这个故事从头讲到尾，弥补上中间缺失的部分，我愿意试一试。

我离开秋千站了起来。一只巨大的冬瓜，忽然从木架上掉到了地上。我的心就是一颤。我不愿意那只冬瓜掉到地上。我希望它继续吊在藤上，继续长大，长到浑身的绒毛都变成白色的。而现在，冬瓜身上的绒毛还是绿色的。冬瓜自作主张中断了生长，并不征求我的意见。

我发现我对这个院子里的很多事都失去了掌控：波斯菊长得太高了，风吹倒了它们；西红柿争分夺秒地长出新杈，与主干上的西红柿争夺有限的养分，梦想在主干的侧面打开新局面；小鸡都好好的，忽然就会死去一只，而我不知死因。到秋天的时候，我的院子里一共死了三只鸡。隔一个月就会死一只，而且都是母鸡。那么这个院子对雌性动物不利。我也是雌性，我很害怕。后院的黏玉米，被老鼠吃掉一大半，而我毫无办法；冬瓜吊在那里，没有一丝风，竟然学会了自杀；

而燕子，忽然搬走了，留下四个空巢……一开始它们是两只。两只是两个字，还不能组成一个句子。如果两只一直坐在那里不动，那么这个故事就没有开始。它们用飞翔开始了在这个院子里的故事。飞翔留下了轨迹，而轨迹组成了句子。整个春天，从清明到谷雨，它们飞出去再飞回来。飞翔的轨迹组成很多个句子，很多个句子组成了故事的前半部分：

老房子门楣上的燕子窝，为燕子的一天画上句号。门楣上方有两个燕子窝，三年前我搬进这个院子的时候就有了。不知道是什么时候，由哪两只燕子筑造的。就像我住的这所老房子，不知道是什么时候由谁修建的。我住进了老房子里，而门楣上燕子窝空着。我盼着来两只燕子住进来。这样这座老房子才算客满了。一座乡下的院子，光住了人，还是不够的。一座老房子上的燕子窝空着，就是这座房子还存在着漏洞。

第一年的谷雨时节，一天院子里的吵闹声很大，出来一看是两只燕子。它们先是落在院子上空电线上看，然后又落到院子里晾衣绳上大声地商量。它们说了很多话，听上去是那种激烈的争吵。好像是一只想住下来，另一只不同意。各自说着各自的理由。一只还飞到屋檐下近距离地考察那两个旧燕子窝。

我在心里期待着它俩能达成共识，住在一直空着的燕子窝里。那两个空着的燕子窝悬在我的头顶，出门进门都能看到，我一刻也没有忘记那里应该住着燕子，而燕子窝空着，说明我的生活有缺憾，甚至有漏洞。我虽然坚决地选择了这所宅院，但如果燕子也选择这里，那么我的理由就更充分了。我就更有理了。

燕子的争论持续了两三天，最后还是飞走了。它们不愿意住在我家。我是多么沮丧，这足以构成对我的打击。燕子如果一直没来还好，关键是燕子来了，反复地看了，议论了，然后不住在这里，这说明这里不好，这里有人类看不见的凶险。我很惶恐。我想起一句俗语：燕子不入愁宅。那燕子看见我心里的忧愁了吗？我把整个院子都污染了吗？因为我的坏情绪，而使整个院子都成了愁宅了吗？那么燕子不住这里，不是宅院的问题，而是我的问题？可是谁没有忧愁呢？

第二年春天，又来了两只燕子，考察了两天，大声地争论了两天，最后还是不在这里住。燕子在考察的时候我还是暗暗地期待着，我有理由期待，因为第二年，我已经做了一系列的补救工作。我找人把院子做了围墙，院子中间种了许多鲜花，我种红色的花、粉色的花、紫色的花、黄色的花……我用这些花表达我的好心情，我在说我是热爱生活的。这个院子里的花园，其实是从我的心里移栽出来的。我还搭了葡萄架、葫芦架、黄瓜架。那葫芦不能吃只能看，种葫芦的目的也是想让燕子知道，你看我有多悠闲。你看这里多安宁。我心情很好。我不忧愁。

我努力取悦燕子，努力营造安静、繁荣、祥和的氛围，但是，它们还是飞走了。我的花园、我的葡萄、我的葫芦架都没能留住燕子。后来我找到了安慰自己的理由：春天的时候，我种的花朵还没有开放；葡萄也刚刚发芽；葫芦还没有开出白花；西侧新盖的房子还没安上门窗，燕子还看不出我为留下它们所做的努力。

今年春天，我已不再盼望。我已认定，这个院子有大问题。我有大问题。但是今年春天，好运就在我绝望的时候突然来了。有一天，天已经黑了，我从老房子屋檐下走过，看见一只燕子嗖地飞进去，我站住，等了一分钟，燕子没再飞出来。

我以此确定燕子住在我家了，因为天黑了，燕子回到哪里就是住在哪里了。第二天我躲在新房子里，偷偷向外看，又找到了一些两只燕子住下来的证据。我很激动，把这个好消息告诉了很多人，同时一直不安的心落下了。我的家终于不是愁宅了。我的所有努力都做对了：葡萄架搭对了；葫芦架搭对了；西侧的厢房也盖对了。燕子终于给予了我肯定。

两只燕子每天都很忙，在捉虫子吃，也可能是维修旧巢。我想仔细看看燕子，但是我不敢冒险，怕它们误会我，以为我要伤害它们。盼了三年才盼来的燕子，它们就是我的吉星，是我看不见的环境的安全证明，我哪敢让它们起疑心呢。我总是从窗子后面偷偷地看，拿东西必须从它们的窝巢下面经过，我也要加快脚步，不敢停留。它们好不容易对我满意了，我要好好地表现，让燕子对我的印象更好一些。

此后许多天似乎每天都一样，燕子的故事没有进展、没有起落。时节到了立夏，停滞多日的燕子的故事，终于向前流动了起来。在燕子窝下面的窗台上，我发现了残破的蛋壳。蛋壳很薄，比鸡蛋壳薄多了。鸡蛋壳像粗陶，而燕子蛋壳像细瓷。黄色的蛋液也凝固在水泥台上。这说明这只蛋至少是一天前掉下来的。

也就是故事在一天前就往前推进了，而我没能及时发现。毫无疑问，蛋是从燕子窝里掉出来的，是燕子蛋。确定是燕子蛋后，一个问题出现了：燕子蛋是不小心掉出来的？还是老燕子有意舍弃的？燕子从来不对我解释它们的行为，我就只能猜。依据那只破碎在窗台上的蛋，依据那残破的蛋壳，凝固的蛋液，我像个依据蛛丝马迹破案的侦探，我的推论是这样的：那只掉出摔碎的蛋，是大燕子不要的——因为那是一只石蛋。

什么是石蛋？就是没有受精的蛋。燕子窝里的空间有限，住两只燕子刚好，加上几只蛋，就已经拥挤了。但是再拥挤也要孵小燕子啊，而不能孵出小燕子的蛋，就没有理由在那里占据空间。这只蛋的存在没有意义，这只蛋没有未来。大燕子就把这只没有意义没有未来的石蛋舍弃了。

燕子能知道哪只受精了，哪只没受精吗？据我对燕子的了解，燕子知道。燕子还知道很多。它们的感觉异常敏锐，是人所不能及的。女人自己怀没怀孕，会不知道吗？子宫的血管和全身相连。那里住进去了一个人，女人会不知道吗？家里来了一个客人，主人会不知道吗？受精的燕子蛋，就是燕子的子宫。燕子的子宫在肚子外面。燕子把腹部贴在蛋上，那里面的一切，燕子就都知道了。那些贴着蛋的羽毛，早就把获得的消息告诉了燕子。

蛋里面的小燕子，也一刻不肯消停。很傻的燕子都会知道哪只蛋里有小燕子，哪只里面没有。那只石蛋，要不了几天，就被燕子发觉了，然后就被丢弃了。我仔细检查那些窗台上的蛋液，里面没有哪怕一丝血迹。

至于燕子窝里有几只好蛋，我也不用鬼鬼祟祟地上去数，要不了几天，我就会知道答案。这个秘密燕子是守不住的。当它们一只一只飞出来的时候，我会数数就可以了。也没有等到它们一只一只飞出来，我就数清楚了它们。

十天，或者十五天之后，我听到了一个声音，那不是幼小无力的声音，而是嘎嘎嘎嚣张的大叫声，还此起彼伏的。这说明发出这种声音的不是一个个体，而是人多势众的。我看见大燕子飞回来，燕子窝里就会传出那种呀呀的大叫声。这是小燕子凶恶的叫声。它们在用声音争夺大燕子送来的食物。它们还不能动，连眼睛还没有睁开，这时候它们唯一的争抢工具就是大嘴和大叫。

那叫声很难听，很伤害神经。大燕子快速地飞走又快速地飞回来，就是要平息那凶猛的叫声。我急忙赶过去，数清大燕子当初下了几只蛋的时刻终于到来了。我在大燕子飞回来的时候，站在燕子窝下，看见了三张突然张开的剪刀一样的嘴。两只大燕子不停地往这三张大嘴里输送着昆虫。那么一开始，大燕子一共下了四只蛋。我数小燕子时，回来送食的大燕子警惕地看了我一眼，它还是不信任我。我赶紧说，我只是数一数，我这该死的好奇心，没别的意思。然后我赶紧走了。第二天我从那里路过，又数了一遍。

我在数数的过程中，意外发现了小燕子的凶猛。它们一出生就携带了两样凶器——那让人头晕的叫喊声和张开的剪刀一样的大嘴。

电线上的燕子，头都朝着院子里老房子的方向，那是它们曾经的家，也是那三只小燕子的出生地。它们坐在高高的电线上，就那么看着，不肯靠近老房子，也不说话。这期间，有另外一只燕子飞来，落在我家五只燕子的旁边，它只坐了几秒就飞走了。它叫了几声，我家的燕子也叫了几声。那是一只路过的燕子，以为这里有什么好看的，结果就是在看一座老房子，觉得没趣，就飞走了。我家的五只燕子继续坐着，继续看着老房子。

小燕子的初飞我没有看到。当我数完有几张嘴从窝里伸出来要吃的，为我的春天的疑问找到了答案后，我就不去燕子窝那里了。我怕大燕子误会，以为我图谋伤害它们的孩子。这时候的燕子怀疑一切。燕子不会咬人，但是它会紧张。我不想让燕子紧张。它们太累了，整天那么劳累还要面对三只小燕子的凶器，我再因为好奇心而让燕子精神紧张，我于心何忍？接下来许多天，我都能听到小燕子凶恶的叫声。它们大喊——给我！给我！给我！大燕子像遇到三个蒙面的劫匪。

大燕子把嘴里的蜻蜓给了其中的一只劫匪，心里惦记着没吃到蜻蜓的另外两只劫匪。它们心甘情愿地被三个劫匪一次次地打劫。我坐在新盖的西厢房里，听着外面小燕子打劫父母的大喊声，知道一切还在继续，小燕子还没有长大。然后我就出差了，等我回来，那种嘶哑的大叫声已经没有了，而在院子上空忽东忽西飞翔的黑影似乎多了。我看见窝巢空空如也。

我紧张起来，我的老房子上面有老鼠，我一直担心老鼠会爬上去。我只离开了不几天，燕子的故事就结束了吗？燕子的故事讲到这里，出现了空白，我得想办法补上。我走后，院子里还有人，这个人是我的儿子。儿子在他幼小的时候，也曾把我洗劫一空。现在他温文尔雅，我可知道他为了吃奶，闭着眼睛大哭大叫有时候还蹬腿尥蹄，不比小燕子好多少。现在，他是燕子的故事的唯一目击者。我说，咱家小燕子呢？他说，它们都飞上天了。我说你真的看见啦？他说看见了。我又问，你看见了几只？他说一共五只，有三只小的。他说他看见五只燕子在屋檐下的电线上、在院子里的晾衣绳上落着。

原来故事没有结束，还有了精彩的情节。世界原本好好的呢，我真是瞎担心，这种世界观要不得，我得改。

在屋檐下，离它们的窝巢不到一米，有一条废弃的有线电视的白色管线横在那里。离这条管线不到三米就是院子里的晒衣绳。小燕子如果练习飞翔的话，这两条线可以帮助小燕子，不会掉到地上。因为掉到地上很危险。小灰（巨型阿拉斯加）的大爪子一下子就能要了小燕子的命。小燕子试飞，刚一出窝会很害怕，这时可以抓住那近在咫尺的电视线路，稳定一下，再往三米处的晾衣绳上飞。

稚嫩的翅膀刚刚没了力气，晾衣绳已经到了。这样反复练习几次，就了解自己的翅膀了，等对自己的翅膀有了信心，就可以往高处的电线上飞了。有难度的是飞回来的时候，屋檐下的窝，位置太靠上，屋檐又长，得盘旋一下才能进去。小燕子一开始肯定不会盘旋。我认为盘旋很难，需要技术和熟练。盘旋就是在飞行的时候在空中的停顿、转弯。多亏院子里有晾衣绳，落在晾衣绳上，准备一下再飞到屋檐下的电视线上，然后再进窝。这样就把一个弧线分成了两段直线，难度就降低了。那个一连贯的动作被分解了，就容易掌握了。

我回来的那些天，刚进入伏天，天气非常热。院子里忽然有很多蜻蜓在飞。我还以为蜻蜓都灭绝了呢。蜻蜓出现了，我为燕子高兴，我觉得蜻蜓能比其他昆虫干净好吃。小燕子吃一两只就会饱了。蜻蜓飞得慢，也不扇动翅膀，小燕子抓得到。抓蜻蜓是很有意思的，我小时候的夏天游戏主要是抓蜻蜓。我不吃蜻蜓还整天抓得兴致勃勃，小燕子一边抓蜻蜓玩一边吃饱了，它们应该更喜欢。

我看见它们的时候，从形容大小上我已经不能区分谁是小燕子，谁是燕子爸妈。那个燕子窝，它们五个已经住不下了。住不下没关系，在燕子窝斜上方不到一尺的地方，还有一个空的旧燕子窝。它们五个可以分开住。从紧挨着的位置看，就像一套房子里的两个房间。我猜应该是小燕子住原来的窝，两只大燕子住旁边的窝。两个窝离得很近，有个什么情况可以互相照应。如果我是燕子，我就会这样安排。但是，我不是燕子，燕子也不是我。燕子的安排和我的安排出入很大。它们对生活的态度值得我学习，也值得大家学习。

一天我到老房子的窗台上找一根钉子。那窗台上不光有钉子，还有钥匙、锁头、螺丝刀……那里是我的五金店。我要找这类东西，到老房子的窗台上总会找到。可我的窗台，上面的东西是随便丢在那里的，找到要找的东西并不容易，有时得花点时间，并且需要集中精神。我低头仔细寻找，心里想着钉子，这时我感到有一股气流从头发梢上过去。我抬头一看，一只燕子落在了窗子上方。那里竟然有个刚建的新巢，泥还是湿的。

这个巢已经初具规模，应该就剩收尾工作了。而离这个新巢不到三十厘米，还有一个正在建设的新巢。这个巢只建到一半。它们依托的是我去年用塑料封窗子时钉在窗子上方的一段木条。它们竟然在这里大兴土木，一起建了两座住宅。燕子看见我，很惊慌，快速飞走了。好像建新巢得偷偷摸摸地进行。燕子也觉得建房子应该由我审批一下吗？既然我不知道，那么燕子的建筑应该算违章建筑。但是燕子的建筑不是违章建筑，因为老房子是有房照的，那么建在老房子屋檐下的燕子窝应该是合法建筑。

这是个重大发现。比发现石蛋还让我意外。这么重大的事，我才知道。人家的新巢几乎建完了。这段时间我对燕子的关注度不够。自从小燕子不那么大叫，能自己飞了，我就不再每天观察燕子。我觉得它们已经长大了，每天飞出去找吃的，然后飞回来睡觉。空中飞着它们的食物，屋檐下有现成的鸟窝，什么都不缺，它们一家五口一起过着幸福的生活。

什么都不用我操心了，我也真帮不上什么忙。想不到它们不安于过我为它们想好的幸福生活。它们在我不注意的时候，已经制造出了这么大的起伏和波澜。燕子的思路和我的思路一直没有重合过。那么一个很大的问题我就没法绕过去了：旧巢还好好的，它们为什么要建新巢？它们刚来的时候为什么不建？燕子的生活对于我来说就是一道复杂的数学题，不是一步就可求出最后的解。

当冬瓜咕咚一声掉到地上，我已经意识到我对我的院子里的植物和动物都没有掌控力。没有谁按照我思想的道路走。我并不能主宰这里的事物。这里的一切都按照自己的意愿在行动。此刻燕子的行为，已经在我眼里心里都成了谜语。我不想学英语，不想学日语，我想学燕子语。我想知道它们为什么这样做。光靠猜测我已经不能准确地把握这个院子了。我也想和那只冬瓜交流一下，这里就藏着这个世界的奥秘，只会人的语言是远远不够的。世界的大部分我是陌生的甚至是看不见的。

虽然我不懂燕子的语言，我还是要尽力解读它们：两只大燕子春天来，住在了旧巢里，那是因为母燕子急着下蛋。它们没有时间建一个新巢。下蛋之后就更不能建巢了，它们的工作重点是孵蛋。等小燕子孵出来，工作重心是喂养小燕子，然后是小燕子学飞、学捉虫，这些时候，燕子都没条件建新巢。从小燕子长大后，它们建新巢这件事，可以知道，燕子对旧巢是不满意的。现在，小燕子长大了，有了劳动能力，五只燕子干起活来会很快的。我不知道盖新房子的决定是谁提出的，应该是大燕子吧。它们今年建好了，明年春天来时就不用建了。来了就可以直接下蛋了。趁着现在是雨季，水和泥土好找，人手又多，天又长，时间充裕，还可教会小燕子筑巢。

明年它们还会来的。新巢都筑好了，说明它们有了长远打算。明年会来两窝燕子，每一窝孵三只小鸟，两窝加上老燕子，一共是十只燕子，那我的院子可就热闹了。院子里都是飞翔的翅膀，气流是欢畅的，一切忧烦都没有地方降落。

我不再关注它们了。连明年它们还会来，都被我洞悉了，我彻底放心了。那个建了三分之一的新巢会很快建好的。五张衔泥球的嘴一起上阵，那点活不愁。

转眼就是中伏了，这也是一年中的雨季。到了雨季这里就下雨了。下了小雨、下了中雨、下了大雨、有一天下了暴雨。下小雨下中雨的时候，世界还是原来的样子，仅仅是城市和乡村都被淋湿了；下大雨下暴雨的时候，这里就天下大乱了。

首先是南面不远处的城市，雨水滞留在城市的大街小巷，大街小巷满了，就进了居民的家。低洼的地方，雨水已经顺着楼梯上楼了，进了二楼的家了。没有谁家欢迎雨水来到家里，但是雨水没有地方去，它们该去的地方道路堵塞了。雨水有些像滞留在机场、火车站、汽车站的旅客。旅客谁愿意滞留呢，谁不希望快点到自己想去的地方去呢？因此，雨水进了居民的家并不是雨水爱去你家，它是没办法啊。城市的水泥挡住了雨水回到泥土里的道路，而城里人留给雨水回家的道路又是那么窄，而需要回到泥土的雨水又是那么多。

城市不能下暴雨，城市处理不了暴雨。一座城市就是一个不会游泳的人。乡村除了道路，还保留了大片的土地。泥土可真是个好东西。平时你不觉得，到了下雨的时候，到了下暴雨的时候，泥土的好就明显了。我的院子，暴雨之后，地面没有积水。院子里那片四四方方的菜地，把暴雨都接住，并且送到泥土深处去了。

我到大街上看了看，路面没有积水，玉米地里也没有积水，白菜地里也没有积水。原来，泥土和泥土之间悄悄地留着我们看不见的缝隙呢，这样的缝隙无法计数，多大的雨，都从那缝隙里走了。那么大地本来是一张网，它为雨水留着无数的通道。这些通道在天晴的时候，也把地下的水蒸发到天上去。形成云，云再形成雨，雨落到地上，流到下面去。这是水的生命路线。

这个路线不能堵塞，大地上要尽量少地铺水泥。水泥之间没有缝隙，水泥不是网，水泥阻挡了水的道路。

我住的村子暴雨过后，什么事也没有。可是村干部说有事。在村子的上游，有五座水库，暴雨之后，水库的水已经满了，满到就要溢出来了。如果大雨接着下，五座水库就要同时溃堤。五座水库，那是多少水？大片的农田也吸收不了它们。农田只能吸收雨水。而水库里的水，已经不是雨水了。雨水是从天上直接来的，而水库里的水，经过了水库的存储，性质变了。比如农民，在家里种田，就是农民，而成千上万地集合起来，打家劫舍，那就是土匪了。而水库里的水，就是组织起来的水，就是要作祸的水。

面对这样的水，谁也没有办法，只有躲避，我被通知撤离到地势较高的太平村去。

乡村不怕大雨，不怕暴雨，不怕水从天上均匀地洒下来，但是怕五座水库决堤，怕水横着在地上流。横着在地上流淌的大水，它们的方向是向前，而不是从上到下。它们人多势众，长期被囚禁，心情很不好。它们一旦冲破水库的牢笼，不破坏些什么是不能消气的。在这样的大水到来之前，政府通知水库下游的村子、集镇，都要转移。我就在水库的下游。我也得转移。我带上电脑和银行卡转移了。

小灰我也是要带着的。可小灰怎么也不肯上车，它不肯转移，它不理解水库，不懂水库的水为什么不在水库里好好待着，到它的家里干什么。我试图说服小灰，和它描述五座水库同时决口的景象。我想把一盆水从它的头上倒下去，又觉得这样做它也不会懂，只能留下小灰。院子里有十多棵二十岁龄的榆树，还有两座房子的房脊可供它栖息。旧房子土木结构，来水就会倒的，不来大水它都要倒了。

但是去年盖的新房子不会倒。小灰虽然不懂我描述的洪水，但洪水真的来了，它可比人有办法。除了小灰，我还有九只鸡，不准备带走了。两只白色的乌鸡，两只黑色的乌鸡，剩下的就是红色黄色的鸡了。有一只母鸡已经下蛋了。从春天就开始一直到现在，它保持着一天一个蛋的良好状态。洪水来了，那是养在水库里的怪兽，我想我不能把什么都带走，而不留下一点供奉和牺牲。

太平村人家这名字好啊，太平村成了这片地方的挪亚方舟。天黑了，没有人睡觉。大家说，水库为什么在大雨之前不放水，把库容预留好，等大雨暴雨来了，世界的水已经够多了，水库又要放水，这能不淹吗。后半夜，雨停了，没有继续下。第二天早上，太阳竟然出来了。水库看来没有溃坝，那任性的在地上横扫一切的洪水没有出来。它们还在水库的牢笼里好好地锁着呢。早上，我往家赶。我只离开家一宿，仿佛离开了一世。小灰早就听到了我的脚步声，从大门的门缝看见我回来了，高兴得又蹦又转圈。院子里一切和我昨天走时一样。没有水流从院子里经过。地上只是湿了，没有存水。那么大的雨，地上没有积水。这土地的渗透能力真强啊。

我知道我的小鸡也不会少的。走时留给了它们足够的食物。果然都好好的呢。那只大母鸡甚至还下了一个蛋。大雨和暴雨并没有让小鸡害怕。它们经过风雨见过世面，下个雨有什么奇怪的。它们不知道悬在头顶的水库，就算告诉它们，也不懂水库是什么。我走时为了劝小灰上车，我和小灰说了水库，说了溃坝，但是小灰不上车。

小灰不上车，说明小灰不懂水库和溃坝。只有人懂水库，因为水库是人修建的。我并不是虚惊一场，而是侥幸逃过一劫。在这场大雨之后，南面的那个城市损失惨重，无数的汽车被水淹了报废了。更南的一个小城，大水带走了几十人的生命。原来大水不要小鸡，它要活人啊！在这样的灾难里，我连一只小鸡也没有损失，甚至都没有影响母鸡下蛋。小灰坚决不走，可能也是因为它感觉到了危险不会到来？

我自己跑了，把狗留在了危险中，我感到愧对它，就在回来时给它买了蛋糕。它不爱吃肉，爱吃甜食，尤爱槽子糕。我买了槽子糕给它吃，又赶紧给小鸡准备吃的。小鸡吃玉米面和白菜。我爱喂鸡，爱看一群生灵因为我的努力而能活着。我尽可能让它们吃得好一些。我给它们放好食物和水之后，我都不马上离开，我看着它们吃食，然后努力辨认，它们谁是公鸡，谁是母鸡。除去年的两只，一只公鸡，一只母鸡已经尘埃落定，并且那母鸡已经下蛋了，公鸡打鸣了，而今年新养的七只小鸡，谁是公鸡、谁是母鸡，它们中间的界限我总也画不清晰。它们似乎也是故意和我周旋，制造谜团。或者这是那些公鸡的策略。它们不愿意过早暴露身份。因为一到冬天，公鸡就要被杀了。

天彻底晴了。雨不再下了。小雨也不下了。大地已经像一个喝了太多酒的人，需要太阳出来帮助泥土，把多余的水分吸走。日子继续。土豆应该起出来了。然后好种上白菜。头伏萝卜二伏菜。现在是二伏了。但是地里的土太湿了，得等一两天。这一两天我移栽花草。在别人家挖了一些马蛇菜花，栽到院子里，又偷偷在人家大门外薅了一把秋菊，回家栽上。面瓜秧子已经快要萎死了，补种上黄瓜。总之，你要愿意干活，一个农家院子，有干不完的活。

等土干了，土豆起出来了，装在纸箱子里存放到仓房里，连白菜都种上了，甚至白菜都长出来了，我忽然想到一个事儿——燕子呢？这些天怎么没有看见燕子？没有听见燕子？

燕子走了。五只燕子一起离开了我的家，离开了它们的家！这个结论是发现燕子离开后的第三天晚上做出的。我站在屋檐下，头顶着四个空巢。南天的天蝎座照耀着空巢，而我的心，被困惑包裹着，漆黑一团。已经三天了，燕子在天黑后没有回家。燕子和我不一样。我三天不回家，那是出差了，到别的地方开会，完了就回来了。燕子三天不回家，那不是燕子出差了，也不是燕子开会去了，而是搬家了，彻底不回来了。燕子也开会，商量个事，它们不会跑很远的地方。它们一般白天开会，开会的地点离家不远，开完会就各自回家了。天还没黑呢。

在我冒雨撤离乌拉街的时候，燕子也撤离了。我是村长通知的，燕子是谁通知的？我撤离到了太平村，燕子撤离到了哪里？太阳出来了，我回来了，燕子为什么不回来？它们飞到上游看到水库里那满满的颤巍巍的水了吗？从上空往下看，那五座水库，已经像五只装得太满的水杯，大地的手已经端不稳它们了吗？

这是燕子留给我的最后一个谜题。从春天开始，我跟随在燕子身后一路捡拾燕子抛给我的谜题。我在猜谜的时候心里是多么愉快啊！那只石蛋、有几只小燕子、为什么建新巢……这些问题多好猜啊！这些谜语就像河水中的石头，我踩着它们，一步一步过了河，走到了燕子身边。和燕子成了一家人。我以为我已认识了燕子，理解了燕子，掌握了燕子。但是，燕子就在我最自信的时候，突然抛出了最后一个谜题。呈现出它们从来不曾示人的部分。燕子给了我沉重的打击，我不知道谜底，连通往答案的路径都找不到了。

找不到我也得找。燕子的离去和水灾有关，和我也有关。我一定是无意间做错了什么。我在院子里转圈，在燕子的老巢、新巢的下面久久停留。我仰视它们留下的空巢，似乎那里装着答案。我踩着凳子，把头伸到和燕子窝一样的高度，把四个燕子窝都看了一遍。哪一个窝里燕子也没有给我留下说明去向和离开原因的书信。

几天之后，我终于找到了可疑的东西。老房子西侧的窗台上，有一个菜板，菜板上放着一把切菜刀。这是给院子里养的鸡切青草和白菜用的。小鸡喜欢吃蔬菜，但是得切碎才吃得进去。燕子新巢在窗子上方，菜刀在下面的窗台上，它们两者之间的距离非常近，不到两米。

而且切菜刀并不是老老实实躺在切菜板上，每天早晚，切菜刀都要切菜，来帮助小鸡消化巨大的菜叶和青草。刀把白菜切碎的过程就是杀戮的过程。这个过程发出的声音在燕子听来很恐怖吧？刀切菜的样子也很凶恶吧？切菜刀切碎蔬菜的场面很血腥吧？关键是这可怕的声音和这凶恶的现场，就在离燕子窝不到两米的地方，并且天天上演。

我努力回想，这把切菜刀是什么时候放在那里的。春天的时候肯定没有，应该是初夏，白菜和青草长大需要切碎的时候。是不是在放了刀之后，燕子就放弃了它们建了一半的新巢，搬走了？虽然我记不起准确的时间，但我感到燕子害怕刀，更害怕刀切菜的样子和声音。应该是燕子建新巢的时候，那把刀还没放到窗台上，当它们的巢快建完的时候，那把刀才来到了它们新家的下面。

于是那血腥的场面每天给燕子上演，燕子的神经受不了了。燕子担心那刀哪天也会切到它们的身体上，于是燕子害怕了，决定放弃这个家，远走高飞。找个安全的地方，找个没有菜刀的地方。而就在那几天也下雨了，并发了洪水。

儿子 20 岁了。他和我之间有代沟。这个代沟多宽呢？有三十年那么宽。我们总是发生冲突，对世界的看法很不一致。我们站在不同的时间点上看世界的角度是完全不同的。他看见的我看不见，我看见的他看不见。他认为我已经老了，跟不上人类前进的车轮，我认为他基本上还没有进入人类社会的秩序里面去。

我们住在一个屋檐下，却生活在不同的时间里，不同的秩序里。儿子不想和我吵架，他想和我和平共处，他四处寻找导致我们不和的原因，不久他就找到了。他拿着厨房菜板上的切菜刀对我说，妈，刀用完要收起来，不能这样放在外面。他说刀会导致住在这个屋子里的人发生冲突。他说如果刀收到碗柜里，他的情绪就会平稳下来，不会动不动就发脾气。我猛然感到儿子关于刀的认识有些道理，但是我记不住，多年的坏习惯我一时改不了，刀还是经常躺在光天化日之下。儿子看到了，总是把刀收起来。

窗台上的那把刀，大摇大摆的，白天被太阳照耀着，晚上沐浴着月光，刀吸纳日月精华，在我疏忽的时候已经成精了？那把成精的刀，能那么老实地待在菜板上吗？天黑了后，它一定发出了什么声音，吓到了燕子。那刀在月光下可能还跳起舞来了，舞姿怪异邪恶，变幻出各种样子，故意吓唬燕子。燕子快要被吓死了。

一把刀会如此影响儿子的情绪，那么刀也会影响燕子的情绪。燕子无力把刀收起来，它只能选择离开刀的领地。

现在是下午，太阳走到西厢房的屋脊上面。丝状云从西向东铺在天上，像一碗泼洒了的甩秀汤。五只燕子坐在院子上空的电线上。头对着院子里的老房子。老房子坐北朝南，燕子坐南朝北。它们面对面对视着。我忽然感到老房子和燕子之间是能交流的。它们互相懂得。它们的语言我听不见、听不懂。现在，它们就在说话。燕子告诉老房子，它们搬到了哪里。至于搬走的原因，老房子是知道的。

我现在明白了，燕子回来，为什么落在高高的电线上，而不肯落到院子里的晾衣绳上。它们是和那把窗台上的刀保持安全的距离。它们想念老房子，想念旧巢，就飞回来看看。

几分钟后，当五只燕子一起飞走的时候，我的心并没有一下子空了。我从它们选择的位置，清晰地知道，它们只是回来看看过去的家，而不是回家来了。我的心是安宁的，因为我终于知道，它们还活着，找到了住处。这是我最后的疑问，它们今天给了我答案。这是最好的结局了。它们回来看过去的家，我恰好也在院子里，它们也看到我了吧。我如此牵挂它们，它们怎么会不知道呢？

发现它们走了之后，我困惑它们为什么搬走了？去了哪里？我做错了什么？而这些和它们的安危比起来，都是次要的。我最想知道的是它们还活着吗？这里的天空是有鹰隼的。鹰张开翅膀从我的头顶像滑翔机一样慢慢地飞过去。鹰霸占着这里的天空，而燕子是在鹰的翅膀的空隙里求生存。而它们五个把所有的灾难都躲过了，现在，它们都好好的，小燕子和大燕子已经长得一般大小了。它们学会了筑巢，学会了躲避危险，学会了在什么情况下搬家。它们都很强壮、聪慧。在灾难重生的人间，机警地活着。

可是，事情还没有完。当我以为所有的谜题都找到了答案，可以把这页翻过去的时候，关于燕子的最后一个谜题出现了。

一个月后，和后街的一个女人闲说话，我说到了燕子，我说我家的燕子走了。她马上惊讶地说，她家的燕子也走了。她又补充说，还没到走的时候啊。我说你知道燕子为什么走了吗？她说不知道。我说你家燕子窝下面的窗台上有一把刀吗？她说没有啊！

我的心忽然沉下去了。是不是整个村子的燕子都走了？我的燕子离开我，那把切菜刀只是原因之一，还有另外的原因隐藏在这个村子的空气里，人类的肉眼不能看见，但是燕子看见了。

这个问题我不想要答案了。我也无处得到答案。我忽然感到很累，对于猜谜失去了兴致。这是一件多可怕的事情啊！我宁愿相信，只有我家的燕子走了，只有我家出了问题，而不是整个村庄出了问题，整个村庄的燕子都走了。

（选自《黄河文学》2018 年第 1 期）